芍药之诗，

之歌，

卫女，

陈娥。

春草碧色，

春水渌波，

送君南浦，

伤如之何！

欧丽娟品读古诗词

〈上卷〉

欧丽娟

著

北京联合出版公司
Beijing United Publishing Co.,Ltd.

图书在版编目（CIP）数据

欧丽娟品读古诗词.上/欧丽娟著.—北京：北京联合出版公司，2020.9

ISBN 978-7-5596-4139-7

Ⅰ．①欧… Ⅱ．①欧… Ⅲ．①古典诗歌－诗歌欣赏－中国 Ⅳ．① I207.2

中国版本图书馆 CIP 数据核字（2020）第 059934 号

北京市版权局著作权合同登记号　图字：01–2020–4563 号

欧丽娟品读古诗词. 上

作　　者：欧丽娟

出 品 人：赵红仕

责任编辑：管　文　徐　樟

北京联合出版公司出版

（北京市西城区德外大街 83 号楼 9 层　100088）

北京联合天畅文化传播公司发行

北京天宇万达印刷有限公司印刷　新华书店经销

字数 510 千字　　880 毫米 ×1230 毫米　1/32　21.75 印张

2020 年 9 月第 1 版　2020 年 9 月第 1 次印刷

ISBN 978-7-5596-4139-7

定价：98.00 元（全二册）

·序·

　　中国是一个"诗"的国度，早在三千多年前，黄河流过的大地就已经传唱着许多美丽动听的诗歌，接着从华北到江南，整个中华民族都笼罩在诗歌扣人心弦的韵律里。

　　这种情况，和西方文学以叙事文类为主的发展很不一样，属于两种不同的文学主流。所谓叙事文类，指的是说故事、有人物情节的文学作品，西方最早的叙事文类作品就是古希腊的神话、史诗和悲剧。古希腊时代的史诗（Epic），虽然叫作"诗"，但其内容实际是糅合了神话传说，讲战争中英雄的故事。盲诗人荷马（Homer，约公元前9世纪～公元前8世纪）所写的《奥德赛》《伊利亚特》就是最早也最著名的两部叙事诗，"木马屠城"的情节到现在大家都还是耳熟能详，可以被用来做类似情况的比喻，是一个著名的典故。当然，就像中国明朝时的几部长篇小说，是在历代数百年口传的基础上，再由高才的文人加以整编定版，而诞生了杰作一样，希腊史诗的这些故事最初应该也是民间流传的口头文学，荷马很可能是最后做整理、定型工作的那位功臣，好比吴承恩之于《西游记》、罗贯中之于《三国演义》、施耐庵之于《水浒传》。

除了史诗，对后来影响深远的古希腊神话也是叙事文学。这些神话讲天上诸神的故事，众多超现实的神灵在另一个美好的世界活动着，有性别的差异，有阶级的不同，也有各式各样的爱恨情仇，戏剧化的程度比起人间故事更有过之而无不及，后来被古罗马神话继承吸收，神话世界就更加波澜壮阔。更不用说古希腊悲剧了，同样也是讲神话故事和英雄传说，里面各种故事往往非常极端，比如俄狄浦斯王弑父娶母的故事，这样的命运让人意想不到，也无法调解，带来极其震撼的效果，让人静下心来省思生命的难题与意义。所以希腊三哲人之一的亚里士多德在《诗学》中认为，悲剧的目的是要引起观众对剧中人物的怜悯和对变幻无常之命运的恐惧，由此使感情得到净化，这对于西方文化与文学影响甚大。

　　整体而言，西方文学以古希腊的神话、史诗和悲剧等叙事文类为起始，这样的开头决定了后来的走向，后来欧洲小说的发达也就可想而知。这与中国文学传统贬低小说为不入流的情况截然不同。在这样的差异之下，有学者认为，相较于西方文学的叙事传统，中国文学可以说是抒情传统，也就是以诗歌的抒情言志为主的发展方向。两者方向不同，并没有高下之别，而是各自发展出文学的丰富内容，都对人类的文明大有贡献。

　　如果要认识中国文学的精髓，那么从古典诗歌切入，最能一窥堂奥。

　　而诗歌是什么？诗歌是以婉转的格律、特定的形式，抒发人们内在心声的文字曲调。它不是平铺直叙的口头表达，而是建立在文字的艺术形式里，经过了用字遣词的打磨、感受思虑的沉淀，以精致细腻的文字组织，让表达出来的感觉更敏锐、心灵更优美，对这个世界的了解也更深刻。这一点古人早就认识得很清楚。南朝梁代的昭明太子萧统在编选《文选》这部中国最早的诗文总集时，就清楚地说："事出于沉思，义归乎翰藻。"（《文选·序》）简单地说，好的文学就是要有沉思过的深刻内容，并且通过美丽的文字形式来展现。大体说来，中国文学史是以广义的诗歌为主流，也很受精英分子的重视，从《诗经》《楚辞》、汉赋，再到魏晋南北朝、唐代，唐代诗歌的艺术成就到达巅峰，成为接下来一千年的创作核心。

这些诗篇经过漫长时代的洗练，经过了无数精英分子的呕心沥血，也出现了不同的形式与内容。例如，《诗经》是以四言诗为主，也就是每一个句子都是由四个字构成，感觉平稳舒缓，所歌唱的主题以婚姻恋爱的追求与苦恼最多；《楚辞》是屈原的心血结晶，为了抒发他那激昂动荡的大喜大悲，所以诗篇大多是参差不齐的长句，读起来气势磅礴、淋漓尽致，像坐云霄飞车一样地痛快；而汉赋，则是汉代皇帝最喜欢的一种鸿篇巨制，文人在皇帝的鼓励之下大量写作，内容主要是歌功颂德，赞美帝国的伟大，当然从句式到篇幅都更加扩展，是一种非常专门的文学艺术。

东汉时期，民间悄悄地酝酿了五言诗，也就是我们现在最熟悉的诗歌形式，每一个文句都是由五个字所构成。虽然汉赋仍然是文学的主流，但是东汉开始有一些无名的文人默默作了一些五言诗，对后来的诗人产生了极大的影响。到了魏晋南北朝、唐代的六百多年之间，五言诗大盛，唐代的杰出诗人更是登峰造极，从此以后，五言诗就以最高的质量，成为许多杰作的宝库，《红楼梦》里那些贵族小姐们的吟诗作诗也是以五言诗最多，就可以证明这一点。

至于宋朝，这个阶段的代表性文学其实不是所谓的词，依然还是诗。整个宋代的诗篇创作数量高达二十七万首，远远超过五万首的唐诗，可见宋代的作家最重视、也真正用心投入的还是诗，虽然词是大家比较熟悉的。在这里必须特别澄清一下，很多人以为中国文学史是"唐诗、宋词、元曲、明清小说"的发展主轴，好像这几个朝代的文学类型不同，各有重点，但这样的认识是不正确的。其实，诗歌一直都是每一个时代的最大宗，词、曲、小说只是随着各个朝代的演化而形成的新文学，它们只是额外的补充，在文坛上偏重于小众，从来也没有变成文人创作的主流，抒情诗始终牢牢占据着文学书写的核心。要了解宋、元、明、清的心灵内涵，诗歌还是最重要、最逼近的窗口，如果我们以为词、曲、小说代表了宋朝、元朝和明清两代的文学成就，以为词、曲、小说可以反映宋、元、明清文人的内在高度，这些古人如果地下有知，一定会愤愤不平，觉得被无知的后人给大大冤枉了。

话说回来，即使宋代的词、元代的曲相对于诗处于末流，但是宋词、元曲仍然都有固定的格律、押韵的要求，产生了更有音乐性的节奏感，内容也以抒情居多，都可以算是广义的诗。到了明清时代，文人们写作时采用的还是赋、诗、词、曲等形式，相关作品更是蔚为大观，无论是从质和量等方面来说，都比戏曲小说重要得多；相比较而言，戏曲、小说是属于庶民文学，被视为不登大雅之堂。所以说"中华民族流着诗歌的血液"，这个说法一点也不为过。

三千年来，最杰出的人才留下来这么庞大的文学资产，对我们现代人的意义是什么？我们为什么要读文学？为什么要读诗，尤其是古典文学、古典诗词？文学看起来和实际的生活没有关联，也不能帮助人飞黄腾达，许多人就因此忽视它，以为那是没有用的风花雪月、无病呻吟。但是，事实完全不是如此，只要看看世界上文明先进、文化发达的国家，例如法国、德国，它们的政府和国民是如何地重视文学，尤其是古典文学，不但给予郑重的传承，整个社会也弥漫着谈文说艺的风气。由此可以知道文学与文化对一个人、一个民族有多么重要。

表面上，读文学不能直接增加收入，只是职场上拼搏之余的闲情逸致，用来调剂一下身心而已；但你可知道，当诗歌与文学进入一个人的内在以后，会对心灵产生多么深刻的影响？古人早就体认道："腹有诗书气自华。"（苏轼《和董传留别》）诗书的深度、诗词的情韵，都会让一个人由内而外焕发出一种恢宏、优雅的气质。先秦的思想家荀子也发挥这个道理，说："玉在山而草木润，渊生珠而崖不枯。"（《荀子·劝学篇》）只要山里面埋藏着玉，连草木都会长得特别翠绿滋润，生机勃勃；倘若水渊中的蚌壳生出了珍珠，外围的山崖同样也会感染到珍珠的高洁润滑，不会干枯贫瘠并看起来空洞乏味。这都是在说明精神涵养对一个人甚至一个地方的改变。

至于所谓的"三日不读书，则言语乏味、面目可憎"，则是从反面说明读书的重要，换句话说，一个人如果多多读书、多多读诗，就会言语有深度，连面孔都会优美可爱一点。这种由内而外的改造，让人充实而有光辉，比起用珠光宝气包装自己，其实更是持久，也不会流于肤浅。这么一来，怎么能说读书、读诗是没有用的？读书、读诗带给人的，是真正的大用，只是人们短视近利的时候看不到而已。

当然，读书、读诗并不只是有美化的功能，甚至还能减轻或解决人生的问题。南朝一位诗歌批评家钟嵘在《诗品》中便阐述道："使穷贱易安，幽居靡闷，莫尚于诗矣。"他认为，要让人在贫穷卑贱的处境中感到平和安定，在孤独寂寞的时候不觉得烦闷，没有比诗更有用的了。因为文学、诗歌所碰触的是人类最内在的心，能让我们更深刻地了解人生，了解人性最复杂幽微的层次；其他的吃喝玩乐只是表面上暂时地逃避问题而已，时间一久，还是会回到同样的问题里，因此不是解决之道。而文学、诗歌所碰触的人类最内在的"心"，它是一个小宇宙，无所不包，人生的一切都是从这里开始的。

"心"是人类存在的终极核心，即使一个人吃饱穿暖，甚至飞黄腾达，但只要这颗心没有感到满足，那么这个人依然是彷徨的、空虚的、不快乐的，他还是会想要探索心灵的奥秘，想要破解各式各样人生的困惑。尤其是当一个人面临极大的精神困境，痛苦得无以复加却无法从现实中获得抚慰时，可以读读古人的诗篇，这时你就会发现，人竟然可以从古人那里寻得慰藉，因为你的痛苦古人都经历过，你对人生的感慨古人都咏叹过，而且他们的境界比你更深刻，你其实并不孤独！

再进一步言之，西方思想家曾经赞美说："诗人是人类的感官。"这真是一针见血！意思是说，诗人比一般人更敏锐，看到的更多、听到的更细致、品味的更丰富，即使是快乐、寂寞和痛苦这一类的情绪，也比大多数的人体验得更透彻。

诗人会看到一般人看不到的。例如：他们会看到红花在燃烧，杜甫就说"山青花欲燃"（《绝句二首》之二），在青山碧绿色的映衬之下，怒放的花就像要燃烧起来似的；于是韩愈就形容桃花盛开时，"种桃处处惟开花，川原近远蒸红霞"（《桃源图》），整个平原陆地远远近近弥漫着一片红色的灿烂，就像天上的彩霞掉落到地面一样，于是整片大地云蒸霞蔚，无比辉煌。

还有，诗人会听到一般人听不到的。例如，在无比寂静专注的聆听里，他们会听到花开的声音，甚至还能听到天上的云朵飘过时，发出流水的声音。唐朝的诗人李贺在《天上谣》中就说："天河夜转漂回星，银浦流云学水声。"星星就像微小的船只一样，浮在云层水面上漂动旋转，银河中还似乎隐隐传来淙淙的水声。再有诗仙李白，也曾经听到"春风语流莺"（《春日醉起言志》）。当时喝醉的李白才有点儿清醒，懵懵懂懂中"借问此何时"，问现在几点钟，春风刚好吹来，听到李白的喃喃自语，于是把答案告诉了飞过的黄莺！

你看，诗人带领我们去看我们原来没看到的，去听我们原来没听到的，从此学会可以怎么看、怎么听，世界就发生了改变；最重要的是，诗人还可以把我们感受得到却说不出口或说得不好的体验，那么深刻传神地表达了出来，比我们自己说得还要好，像是直接从我们心里掏出来似的。譬如"少壮不努力，老大徒伤悲"（《长歌行》），这样的后悔莫及，两千年前的汉朝人就已经给了我们如此言简意赅的座右铭；到了唐代，王维的"每逢佳节倍思亲"（《九月九日忆山东兄弟》），道出了天下游子的心声，一千多年来，数不尽的读者在异乡过节的时候，脑海里便自动浮现了这一句诗；李商隐的"相见时难别亦难"（《无题》），也把情人之间的难舍难分写得入木三分，难怪会成为爱情的代言人；而杜甫的"但见新人笑，那闻旧人哭"（《佳人》），看起来很平易的文字、很简单的对比，却是张力十足，洞察了喜新厌旧的人性阴暗面。再看清朝诗人黄仲则所感慨的："十有九人堪白眼，百无一用是书生。"（《杂感》）其中有对自己坚守高洁人格的骄傲，也有对于个人力量十分渺小的悲哀，读了之后，让人禁不住发出一声叹息。

所以说，这些诗歌离我们一点也不遥远，甚至应该说，这些诗歌其实就在我们身边，是可以一起谈心的知己。

最重要的是，诗人不仅用诗歌告诉我们各式各样的人生滋味，还让我们看到，一个人活着，可以有怎样美好的姿态。当诗人往世界的真、善、美走去，也会带领读者一起探测世界的奥秘，诗人通过诗歌的锻炼，把这个世界的真、善、美打磨得更加晶莹剔透，甚至连那些令人痛苦的阴暗面，也过滤掉粗糙的成分，焕发出泪的光彩，以至于在现实中让人苦不堪言、难以忍受的悲哀伤痛，写进诗歌的时候却升华了，映照出几分优雅与美感。而在这个书写的过程中，那些沉重的伤痛悲哀也获得了纾解，这就是所谓的文学治疗的功能；同样的，读诗的人也被带到那个升华的世界，又因为共鸣的效果，让自己的重担卸下来一部分，或者从诗里面得到了领悟，让诗人的智慧指引一条出路，当下的困惑可以稍稍开解。

这就难怪德国诗人荷尔德林（J. C. F. Holderlin，1770~1843）领悟到："人充满劳绩，但还诗意地栖居于大地之上。"在劳苦之中，人仍然还是可以诗意地以美好的姿态存在于人间。而白居易读了李白、杜甫的诗以后，更深深赞叹道："天意君须会，人间要好诗。"诗人用好诗把天意带到了人间，人间只要有好诗，人们也就可以领略到神秘莫测的天意，也就是宇宙万物人生的奥妙。这么说来，诗歌简直泄漏了天机，诗人简直就是天神的代言人。

总而言之，中国古典诗歌历经了三千年的累积与筛选，累积的艺术含量、情感含量都十分饱满，才会产生出这么多杰作；又因为三千年的筛选，在时间极其严格的考验下只留下最好的珍品，让后人不必寻寻觅觅、浪费太多过滤的时间，处处都是宝藏。以"取法乎上"的原则来说，听听中国古代的诗歌在唱什么，可以说是一条通往艺术与性灵的快捷方式，一路风光无限。

陈丽娟

目录

第六章　隋唐诗歌

第七章　宋诗

第一章

———

神话

扫一扫，
试听课程

第一节　诗歌为什么要从神话讲起

我想从神话开始进入诗歌。你一定很好奇，我们明明是在讲诗歌，为什么要从神话开始谈起？

神话与诗歌的关系

从一般的理解来说，神话并不属于诗歌的范畴，而是我们经常所说的叙事文学。但是神话和诗歌却有着很密切的关系。

首先，神话可以说是一个民族最早的创作，虽然当时还没有发明文字，只是在口头上传播，口耳相传之下，流传到了后世，才被文字记录下来，但从内容来说，其中还是保留了一些古老的、原始的历史或传说，反映出当时人们的思想和感受，属于整个社会的精神产物，可以说是非常珍贵的民族记忆，也隐含了这个民族的文化基因。从这个意义来说，神话都应该是文学史的开端，我们必须涉猎一下。

第二，从本质上来说，神话也是诗歌的一种特殊形态，因为神话的思考方式、表达方式和诗很接近，二者都充满了想象力，让人离开现实世界开展宇宙的翱翔。德国哲学家卡西尔（Ernst Cassirer，1874~1945）曾经引用一位同行的话说：一涉及神话，"我们首先得到的印象就是它与诗歌的近亲关系……'神话创作者的心灵是原型；而诗人的心灵……在本质上仍然是神话时代的心灵。'"

因此，神话思维也可以称作诗性思维，以浓缩的、触发的、跳跃式的、象征性的方式感应这个世界，带有一种无中生有的创造力。

民国初年，著名的学者闻一多先生写了一本古典研究的书，书名就叫作《神话与诗》。他把研究中国神话与中国诗歌的文章收在一起，因为他认为神话是一切文化，尤其是文学的源头，研究神话就如同研究诗一样，都是要清理自上古以来中华民族的"心灵史"。这也间接说明了"神话"与"诗歌"的密切关系，甚至被当作同一个主题。

神话为什么这么吸引人

因为神话飞跃的想象力，创造出意想不到的时空，表面上看起来那个超现实的世界似乎天马行空，突发奇想，却又有着某种特殊的内在思路。神话虽然看起来不合乎现实的逻辑，但其实一点也不荒诞。经常会有一些人说，神话都是胡编乱造的，读起来一点用都没有，那是因为他没有掌握到神话的表达方式，以及其中的象征寓意。

给大家举几个例子，比如《庄子》里面有一位中央之帝"浑沌"。《山海经·西山经》对浑沌的描写是：

> 又西三百五十里曰天山，多金玉，有青雄黄，英水出焉，而西南流注于汤谷。有神鸟，其状如黄囊，赤如丹火，六足四翼，浑敦无面目，是识歌舞，实为帝江（hóng）也。

在天山汤谷这个地方，有一只神鸟，浑身火红，有六只脚、四张翅膀，它懂得歌舞，叫作"浑敦"，也就是"浑沌"，最主要的特征是"无面目"，没有脸孔五官。到了《庄子》这本书里，保留"无面目"的这一个特征再加以变化运用，进一步改装成寓言，也就是寄托着教训或道理的故事，于是形成了"七孔凿而浑沌死"的寓言。在《应帝王》这一篇中说：

> 南海之帝为儵，北海之帝为忽，中央之帝为浑沌。儵与
> 忽时相与遇于浑沌之地，浑沌待之甚善。儵与忽谋报浑沌之
> 德，曰："人皆有七窍，以视听食息，此独无有，尝试凿之。"
> 日凿一窍，七日而浑沌死。

天下最大的中央大神，叫作浑沌，他对两个比较小的地方神很好，一个是南海的神，叫作"儵"，一个是北海的神，叫作"忽"，这两个地方神也感恩图报，两个神就彼此商量，想要回报浑沌给他们的恩德，讨论了很久，想到人人脸上都有眼睛、鼻子、耳朵、嘴巴这七个孔窍，才能去看、去听、去闻、去吃，享受各种快乐，浑沌却偏偏没有，这不是太没有乐趣了吗？于是两个神就好心地给浑沌凿出了七孔，没想到却让浑沌因此死去了。

这个神话真是充满哲理。首先，请你注意，这两个地方神的名字，也就是"儵"和"忽"，两个字合起来就是"儵忽"，这个词本来就是代表瞬间、时间很快的意思，例如一转眼，儵忽就到了年底。那么，为什么这两个地方神要叫作"儵忽"呢？

原来，庄子是要暗示我们，这两个地方神就像一般人一样，用眼睛、鼻子、耳朵去看世界，也注重享受各种感官的快乐，但这些都很表面、很短暂，他们自己以及他们对世界的认识就非常有限了，有限到稍纵即逝，所以才会把它们叫作"倏忽"。

但是反过来说，那位中央之帝没有眼睛、鼻子、耳朵，一点儿也没有损失，因为各种感官的享乐根本不重要，反倒因为不停留在表面，所以能够深入到表象之下，也扩大到看不见的世界，于是更广大、更深刻，它也就代表了真理。

通过这个有趣的故事，庄子要传达的道理是：人固然因为眼耳鼻舌的感官而领略到各种滋味，包括美食歌舞之类的享受，但这么一来，人也会失去用心灵去体验、不被表象蒙蔽的能力，因此失去了真理，浑沌的死就象征着真理的死。例如，我们讲究证据，一切都要"眼见为凭"，这固然并没有错，但很多时候，真理或者是有价值的东西，却是眼睛看不见的，《小王子》这本成人童话里不也是这样说的吗？可见，浑沌的故事就是庄子利用神话表达哲理的好例子。

还有很多大家耳熟能详的故事，如女娲补天、夸父逐日、精卫填海等，我们都通过神话理解到人生的哲理或先民对这个世界的解释，理解了这些，如果你之后在创作中有一些思想或感受想要表达的时候，就可以借取神话善加运用。

比起西方神话，中国的神话比较贫乏，西方即使到现在，神话故事依然流传很广，宙斯、阿波罗、雅典娜、达芙妮、维纳斯、丘比特……都可以说是全球化的知识了，而且到了今天仍然还是许多文学、艺术的灵感和素材，连商业广告都可以用得上。

为什么我们五千年的文化传到今天，神话的普及反而没有西方广泛呢？主要是因为中国的文化性格着重于现世，而不是超现实世界。早在三千年前，周朝就已经脱离了原始宗教，发展出高度的人文精神，尤其是周公制礼作乐影响最深，礼乐就是人类生活的文化原则，所以现在当我们说一个社会文化低落的时候，就会说"礼乐崩坏"。

周公之后最具有代表性的是孔子，他以继承周公为己任，所说的"敬鬼神而远之"（《论语·雍也》）、"子不语怪力乱神"（《论语·述而》），就是在强调要把注意力和努力都放在活着的人身上，思考人类社会怎么才能发展得更好，所以才会那么注重伦理关系，强调养生送死。也因此，即使之前中国有许多的神话想象与超现实传说，却没有大量地留存下来。

但即使如此，神话还是非常重要的文化遗产，对后来诗歌与文学产生了极大的影响。在中国这个神话比较不发达的文化里，保存神话的文献就更加弥足珍贵，今天如果你读到《庄子》《楚辞》《穆天子传》《淮南子》《列子》等，都可以从中找到一些零零星星的神话材料，在分散的状况下留住一些神话故事的遗迹。

比如说，《庄子》里面有一位住在姑射山的神，《逍遥游》中说：

> 藐姑射（yè）之山，有神人居焉。肌肤若冰雪，淖约若处子。不食五谷，吸风饮露。乘云气，御飞龙，而游乎四海

之外。

这个神，简直就像一位仙女，那不食人间烟火的脱俗，清朝还有人联想到《红楼梦》里的薛宝琴。

再看《淮南子》，里面提到了昆仑山，那是中国古代最有名的仙境，《坠形训》和《时则训》篇说：

> 昆仑之丘，或上倍之，是谓凉风之山，登之而不死。(《淮南子·坠形训》)
>
> 西方之极，自昆仑绝流沙、沈羽，西至三危之国，石城金室，饮气之民，不死之野。(《淮南子·时则训》)

昆仑山丘，也叫作"凉风之山，登之而不死"，以后凡是提到仙境，昆仑山都是大家最熟悉的一个。

既然有仙境，那就有不死药，人就可以长生不死。《列子》这本书里说：

> 珠玕之树皆丛生，华实皆有滋味，食之不老不死。(《列子·汤问》)

珠玕之树，它的花和果实都很有滋味，吃了以后会"不老不死"，那不就是青春永驻、长生不死的仙丹吗？

而且，《淮南子》和《列子》这两本书里，都记录了女娲补天的故事，说古时候天塌了，地也倾斜了，到处都是洪水猛兽，四处都是火灾蔓延，百姓苦不堪言，于是女娲就出来补天了。请你注意一下，女娲用来补天的可不是一般的石头，而是她苦心精炼过的五色石，那其实就是玉石，只有玉石才有资格去补天。补了天以后，天空就回稳了，地面也平静了，人们又可以安居乐业。所以说，女娲是一位伟大的保护神。后来曹雪芹写《红楼梦》的时候，也是用"女娲补天"来开场的，可见这些远古神话有多么重要。

> 往古之时，四极废，九州裂，天不兼覆，地不周载，火爁炎而不灭，水浩洋而不息，猛兽食颛民，鸷鸟攫老弱。于是女娲炼五色石以补苍天，断鳌足以立四极，杀黑龙以济冀州，积芦灰以止淫水。（《淮南子·览冥训》）

> 然则天地亦物也。物有不足，故昔者女娲氏炼五色石以补其阙，断鳌之足以立四极。其后共工氏与颛顼争为帝，怒而触不周之山，折天柱，绝地维。故天倾西北，日月辰星就焉；地不满东南，故百川水潦归焉。（《列子·汤问篇》）

除了上面提到了零零星星的故事，收集神话最丰富、集中保存最多神话素材的作品就是《山海经》。《山海经》是神话的宝库，是一部奇书，据现代神话学者袁珂先生考证，这是战国中期至汉初楚地、楚人的作品，写成文字的时间并不早，但内容却充满了古老的痕迹。就像汉代刘秀《上〈山海经〉表》所说的，《山海经》记录的是"远国异人"，也就是遥远国度里奇异的人们，这句话很能概括出《山海经》的特色。

当然，《山海经》并不仅仅只有神话故事，顾名思义，《山海经》这部书共分《山经》和《海经》两个部分。《山经》依照东西南北中央五个方位，分别有《南山经》《西山经》《北山经》《东山经》《中山经》，用以记录五方山川；在这个地理框架下，又涉及远古历史、奇特的草木、鸟兽，还有神话、宗教等内容。至于《海经》，则包括《海外经》《海内经》《大荒经》，扩及更远的地方，风土物产也就更加丰富了。

神话的分类

前面我们讲了神话和诗歌的联系，接下来就要讲讲神话的具体分类。

先不论中西方神话的差别，单就整体来看，神话的内容主题分类主要有哪些？这些主题内容也正是远古初民所关心的问题。只不过，"分类"本身是一个见仁见智的工作，依照不同的标准，可以产生或大或小、或多或少的分类结果。例如钟敬文主编的《民间文学概论》将神话分为三大类：对于自然现象的解释；反映生产斗争和征服自然的愿望；社会生活的反映。而《中国神话母题索引》这本书的分类框架则是："神祇与文化英雄""宇宙的起源""人类的起源""文化的起源""动物和植物的起源"，一共五类。

至于分类最细的，可以参考英国学者路易斯·斯彭斯（Lewis Spence）1920 年所出版的《神话学绪论》（*An Introduction to Mythology*），他将神话分为 21 类：1. 创世；2. 人类起源；3. 洪水；4. 报答；5. 惩罚；6. 太阳；7. 月亮；8. 英雄；9. 野兽；10. 解释习俗或祭礼；11. 冥世或死亡历险；12. 神的诞生；13. 火；14. 星辰；15. 死亡；16. 向死者祭献食物；17. 禁忌；18. 化身；19. 善恶二元论；20. 生活技艺；21. 灵魂。

以上的分类，无论是大类还是细分，大多可以在中国神话里找到相应的故事。我们可以折中一点，采用下面这个分类：创世、自然、战争、感生、变形、推原，共六个范畴。这个分类有几个好处，一是不会太烦琐，另一个最重要的是，从分类名称上就可以提供几个最重要、最普遍的故事类型。

总结来说，神话大致上可以分为创世、自然、战争、感生、变形、推原这几种，对后来的诗歌文学都有影响。

第二节　创世神话

什么叫作"创世"呢？"创世"就是创造世界，而创世论（cosmogony）这一词语来自希腊文 kosmos 和 genesis。kosmos 指宇宙秩序，genesis 指创生，因此"创世"一词即是指从没有秩序变成有序与存有（being），相当于"宇宙的起源"。这类的故事包括天地日月是怎样产生的主题。

盘古开天

虽然有些神话学家认为中国没有完整的"神话"，也缺乏世界神话中普遍的主题——创世神话，但我们仍然可以找到少数的遗迹，"盘古开天"就属于这一种，记载于三国时期吴国徐整所写的《三五历纪》这本书里。故事说：

> 天地浑沌如鸡子，盘古生其中。万八千岁，天地开辟，
> 阳清为天，阴浊为地。盘古在其中，一日九变，神于天，
> 圣于地。天日高一丈，地日厚一丈，盘古日长一丈。如此
> 万八千岁，天数极高，地数极深，盘古极长。后乃有三皇。
> 数起于一，立于三，成于五，盛于七，极于九，故天去地
> 九万里。(《艺文类聚》卷一引)

同一作者的《五运历年纪》又接着说：

> 首生盘古，垂死化身，气成风云，声为雷霆；左眼为
> 日，右眼为月，四肢五体为四极五岳，血液为江河，筋脉为
> 地里，肌肉为田土，发髭为星辰，皮毛为草木，齿骨为金石，
> 精髓为珠玉，汗流为雨泽；身之诸虫，因风所感，化为黎甿。
>
> (清·马骕《绎史》卷一引)

整个故事说明了神的诞生，也就是"天地浑沌如鸡子，盘
古生其中"，而且盘古这个神也是被创造出来的；然后再说这个
神如何创造世界，包括天地、风云雷霆、日月星辰、四极五岳、
江河山川、雨泽草木、金石珠玉，当然最后也创造出人类，非
常完整地解释了整个世界的来历。

虽然有学者的研究认为，盘古神话是源自佛经，是受印度
的影响而产生的，并不完全是中国本身的文化产物，但这一则

神话还是具备了创世神话的特点。再看第一句的"天地浑沌如鸡子，盘古生其中"，"鸡子"就是鸡蛋，这个像鸡蛋般浑沌的状态，呈现出一切都没有区分、一切都混为一体的情况，正是初民对宇宙的概念中我们这个世界最早的样子。

其实，单单是创世神话的这一类，依照创造的方式不同，又有五六种不同的分类，"天地浑沌如鸡子，盘古生其中"明显属于"宇宙蛋的创世（creation from the cosmic egg）"，或是米尔恰·伊利亚德（Mircea Eliade，1907~1986）所分类的第三种"从宇宙卵而生（creation from world egg）"。这个宇宙蛋先产生了神，再由这个神去创造世界万物，盘古开天正是反映了这个模式，也反映出远古初民共享了类似的思维想象。

有趣的是，盘古"垂死化身"的这个情况，又符合了创造世界的许多方式中"尸化神"的这一种，也就是某一个神在死亡之后，以他自己的尸体转化出各种存在物。盘古"垂死化身"的结果是两眼化为日月、血液化为河流、肌肉变成了土壤、汗水变成了雨水，从中反映了形似模拟的推演模式。那么，为什么会"发髭为星辰"呢？古人的头发胡须很长，样子和天上一颗颗的星辰并不相像，这样的模拟似乎有点不伦不类。但是，如果我们考虑到古代的环境是大地空旷，没有拥挤的建筑物阻碍视线，空气也很干净透明，更没有光害的遮蔽，夜晚的满天繁星真是历历在目，当然，流星雨也是很常见的景观。你看，划过天际的流星雨犹如光的瀑布，不就很接近长发飞散的形象了吗？盘古开天这一则尸化神的故事，还真表现出无比精巧的想象力。

不过，这种说法里提到了人类是盘古身上的各种虫子所化成的，这是否值得我们现代人省思呢？我们不像草木，会行光合作用，贡献氧气给大自然中的万物，我们只会一直取用大自然的资源，却几乎没有回馈，会不会真的很像寄生虫呢？

哪些诗歌讲了盘古开天的故事？我们发现，写到盘古开天的诗歌很少，毕竟诗人所歌咏的是当前的世界，并不是去追溯世界的开创。就举一个例子。初唐诗人沈佺期写了一首《自昌乐郡溯流至白石岭下行入郴州》的诗，题目的意思是：他从昌乐郡溯流（逆水而上），到了白石岭以后再往下走，进入郴州（在今湖南省南部），就在这次旅途上，沈佺期描写了沿路所看到的原始风景：

> 兹山界夷夏，天险横寥廓。太史漏登探，文命限开凿。
> 北流自南泻，群峰回众壑。驰波如电腾，激石似雷落。
> 崖留盘古树，洞蓄神农药。乳窦何淋漓，苔藓更彩错。
> 娟娟潭里虹，渺渺滩边鹤。岁杪应流火，天高云物薄。
> ……

沈佺期说，这座白石岭非常高耸险峻，是夷夏的界限，一越过山岭，就从中国到了蛮荒了，整座山岭可以说是天险，横亘在辽阔无边的大地上；山谷中的河水汹涌奔腾，冲击了岸边的石头，简直像打雷一样崩落下来，令人惊心动魄。而山崖上还留着盘古开天的时候就种在那里的大树，山涧里生长着神农大帝所找到的药草，泉水充沛淋漓地流出来，潭水中出现了彩虹，四周还有斑斓的苔藓、优雅的仙鹤，这真是一片古老又美丽的大自然！我们会发现，引入盘古开天的神话，这首诗就有了时间纵深感，令人感到宇宙洪荒的魅力。

女娲补天

至于著名的女娲补天，一般也把它归类到创世神话。确实，女娲不仅塑造了人类，即所谓的抟土造人，并且创造出世界万物，甚至还有创造出神的迹象。以创造世界万物来说，《山海经·大荒西经》郭璞注："女娲，古神女而帝者，人面蛇身，一日中七十变。"汉代许慎在《说文解字》里说得更清楚："娲，古之神圣女，化万物者也。"这位神界的女皇帝之所以"一日中七十变"，指的就是创造万物，以每天变化出七十种生物的速度，让大地欣欣向荣。

而人类属于万物之一，又是神话的制造者，当然更关心自己的起源问题，女娲也同样是人类的创造者，《太平御览》卷七十八引汉代应劭《风俗通》提道：

> 俗说天地开辟，未有人民，女娲抟黄土作人，剧务，力不暇供，乃引绳于泥中，举以为人。故富贵者，黄土人也；贫贱凡庸者，絙人也。

这个"人类的起源"应该是大家最为熟悉的说法，而这个造人的神话其实包含了两个阶段的情节：最初开天辟地的时候，并没有人类，于是女娲用黄土抟做出人类。一开始女娲是手工制作，用黄土一个一个地捏制，但这样速度太慢，于是把绳子浸在泥水中，拿出来一甩就有几十个泥水滴，就可以大量生产。故事中说，最初女娲亲手捏制的人比较精致，就成为上层阶级的富贵人家，后来大量生产的比较粗制滥造，于是就成为下阶层贫贱平庸的百姓。很明显，这是后世有了社会阶级制度，也有了贵贱的阶级意识的情况下，才改写了神话来加以解释，古老的抟土造人随之增加了时代的痕迹，可以辨别得出来。

有趣的是，就古老的抟土造人来说，不仅中国的神话认为女娲抟土造人，西方的《圣经》也说上帝用尘土造人，彼此有着惊人的相似之处，这也可以说是世界各地各个民族传说共通的说法，而这个现象并不是基于巧合所致。附带说明一下，其实这种说法蕴含了科学原理，最新的科学研究已经发现，黏土是可以使生命成为可能的复杂生化物质的起源地。这么说来，再度证明了神话并不是荒诞虚构的故事，而是以象征的描述表达深刻的观察，难怪西方这几十年的神话研究，让人了解到神话其实就像科学一样严谨，只是它们用的不是科学的表达方式而已。

再看女娲进一步创造出神的迹象，《山海经·大荒西经》中记载：

> 有神十人，名曰女娲之肠，化为神，处栗广之野，横道而处。

值得注意的是，郭璞注明"有神十人，名曰女娲之肠，化为神"，这几句的意思是"其腹化为此神"，更清楚地点出这十个神是从女娲的身体中诞生出来的。这么一来，女娲是创造出神的更伟大的神，是诸神的母亲，正是神话学家所谓的大母神。从这个角度来说，"女娲补天"是一则很古老的神话，女性还保有单独创造生命的神圣性；到了后来，以男性为中心的父权制度确立以后，女娲就降格了，变成了伏羲的妻子，属于要迁就男神的配偶神。汉代著名的伏羲、女娲交尾图，作为生殖崇拜的图腾，所反映的也已经是后来的社会观念了。

再回来看女娲补天的故事，应该注意到女娲固然创造了人类、创造出世界万物，甚至还创造出神，她可以说是众神之神、众神的母亲，但是女娲并没有创造世界，而是修补世界。关于这一点，《淮南子》和《列子》都有记载，我们前面也提到过。

我们仔细推敲一下，便会发现女娲之所以补天，前提是世界已经建立之后却又出现了破损，天塌了、地倾斜了，导致洪水泛滥、大火燎原、野兽横行，民不聊生而苦不堪言，然后女娲才出来重建、复原。从混乱中恢复秩序的这一点而言，女娲补天也可以归属于"创世神话"。

难怪女娲后来更发展为"三皇"之一，与伏羲、神农并列，成了华夏民族共同的祖先。

那么，这些创世神话对后来的诗歌、文学有什么影响呢？

以唐诗来说，有所谓的"三李"，就是以神话素材写出杰出作品的三个姓李诗人，包括李白、李贺、李商隐。其中，李白《上云乐》（节选）说：

> 女娲戏黄土，团作愚下人。
>
> 散在六合间，濛濛如沙尘。
>
> 生死了不尽，谁明此胡是仙真。

李白是个睥睨人间的诗仙，深深感慨没有人可以脱胎换骨，化为神仙。一般世人就是女娲造人的时候，用大绳子沾了泥水所洒出来的平凡人，他们散布在天地六合之间，多得像沙尘一样，但都不能领悟生死的奥妙，也没有眼光去看出真正的神仙，所以李白就称他们是"愚下人"。

不只李白这样说，晚唐的诗人皮日休《偶书》也认为：

> 女娲掉绳索，绹泥成下人。
>
> 至今顽愚者，生如土偶身。
>
> 云物养吾道，天爵高我贫。
>
> 大笑猗氏辈，为富皆不仁。

皮日休同样用了女娲造人的故事，说那些愚顽之辈就是女娲调弄绳索的时候所撒落的泥水人，一辈子活着就如同土偶一样，没有性灵。这当然是一种感慨了。

上面所讲的两首诗，用的是关于女娲造人的部分，其实，诗人对女娲补天本身更是感兴趣。中唐的李贺为了极力赞叹李凭这位音乐演奏家的技巧，就歌咏道："女娲炼石补天处，石破天惊逗秋雨。"（《李凭箜篌引》）意思是说，李凭弹奏的音乐出神入化，它的感染力甚至连永恒而坚固的天空都被撼动，以至于远古时期女娲用来补天的石头都脱落了，这个破洞也就让雨倾泻下来，巧妙地解释了当时演奏现场下起雨来的原因，也同时极力赞美了李凭的技艺高超，就此，也创造了"石破天惊"这个成语，直到今天还被用来形容令人震撼的现象。

另外，中唐的诗人姚合《天竺寺殿前立石》一诗中则是想象道：

> 补天残片女娲抛，扑落禅门压地坳。
> 霹雳划深龙旧攫，屈蟠痕浅虎新抓。
> 苔黏月眼风挑剔，尘结云头雨磕敲。
> 秋至莫言长矻立，春来自有薜萝交。

意思是说，天竺寺这座佛寺的大殿前面有一座大石，奇形怪状，像是被巨龙、猛虎给抓过一样，留下深刻的痕迹，随着时间越来越久，一次又一次风吹雨打的历练，大石头上面长了青苔，也积了灰尘，甚至到了春天，还会漫布一些藤蔓类的植物。而这座立在天竺寺大殿前面的大石，就被诗人想象成是女娲补天剩下来的一块，"补天残片女娲抛，扑落禅门压地坳"，从天而降，扑落到了佛门前，把地面都压得凹陷了，成为这里的特殊景观。你看，这和曹雪芹说贾宝玉的前身是女娲补天剩下的一块石头的说法，岂不是很像吗？

再到了晚唐，司空图《杂言》(一作《短歌行》)说：

> 乌飞飞，兔蹶蹶。朝来暮去驱时节。女娲只解补青天，

不解煎胶粘日月。

你看，诗人竟然批评起女娲来了！"乌飞飞"是指太阳里的金乌每天都快速飞翔，"兔蹶蹶"指的是月亮中的兔子仍然每晚都跳跃不停。两句话的意思是说，日月不断地东升西落，时间一直都在流逝。所以下面接着说"朝来暮去驱时节"，一天又一天，日月就这么驱赶着光阴流逝。面对这个状况，女娲却只懂得"补青天"，而"不解煎胶粘日月"，即不知道熬出黏胶来粘住日月，让太阳、月亮固定不动，那时间就可以停顿下来，再也不用担心光阴流逝了！想一想，这不是很有趣吗？

再看曹雪芹以"女娲补天"开场，以最大的文学才能把这个神话做了最充分的运用，神话中的女娲隐喻了小说中的母神崇拜，歌颂贾母、王夫人、刘姥姥之类年长的、有智慧的，因此能够齐家，即治理家庭，也就是补天的女性；那片残破、倾斜而需要补的"天"，则是暗示贾府的末世处境，在爵位降等承袭，只要三四代就归零的朝廷制度下，到了贾宝玉这一代已经面临了这个家族发展的最大困境，是否可以起死回生、复兴重振，这一代的继承人就是关键。这样的末世安排，一方面强调了宝玉的责任重大，一方面也突显出补天者如王熙凤、贾探春等优秀女性的杰出表现，符合整部小说对于女性的歌颂。至于用来补天的石头，精确而严格地说，那其实是玉石而非普通的石头，曹雪芹故意设定为三万六千五百零一块，贾宝玉身为唯一无用的那一块，被抛弃在山脚下，这就意味着宝玉的无材补天，注定了无法挽回家族的败落，而成为不肖子孙的忏悔。可以说，从来没有一部文学作品把神话运用到如此充分、如此深透的程度，这当然是基于曹雪芹了不起的才华；但古代的神话也不可或缺，倘若没有女娲补天的古老神话，曹雪芹的创作也是巧妇难为无米之炊，《红楼梦》的深层隐喻必然有所失色，至少也会改头换面，长成另一番样貌。

以上，所提到的后代运用神话的例子，证明了神话一点也不荒诞无聊，其中其实蕴含了深刻的道理，只等有眼光的人去认识、去挖掘，当有眼光、有创造力的人多了，这个文化的内涵也就更丰富了。所以说，就像希腊罗马神话一样，"古代的传统"根本不是落后的糟粕，而是一个民族文化心灵的源头活水，提供给优秀的人们创作发展的资源；中国神话也是如此，它们在中华文化里不断生发出历久弥新的生命力，值得我们珍惜。

第三节　自然神话

什么叫作"自然神话"？"自然神话"就是用来解释大自然各种现象的神话，包括为什么会有日夜的轮替、有四季的循环，又为什么会有风雨雷电、水灾旱灾的出现。这一类相关的神话故事就属于自然神话。而我们应该注意到，自然神话里的神可以说是"自然物的人格化"，也就是把自然物给拟人化、再神格化，美国学者理查德·蔡斯（Richard Chase）在《神话研究概说》一文指出：

自然神话学派一致的主张，即是神话和宗教中的神，都是自然物的人格化，尤其是较大的星辰的人格化；但是也有气象方面的现象，如狂风暴雨的人格化。[①]

有关自然现象的神话

　　例如说，为什么会吹起了风？古人认为，那是因为有一种超自然的力量在鼓动空气，它就是风神，又叫作风伯、飞廉，屈原《离骚》云："前望舒使先驱兮，后飞廉使奔属。"他要派望舒作为前驱，后面则要派飞廉追随着，汉代的王逸注："飞廉，风伯也。"想想看，后面有风神压阵，等于有了一个强大的动力引擎，加足马力在后面推动，屈原的天空远游就更可以快速飞奔了。

　　那么，作为前驱的"望舒"又是什么神呢？汉代的王逸注："望舒，月御也。"也就是为月驾车的女神，后来就被用来代指月亮。

　　而月亮又是从哪里来的呢？在更早的神话里，传说太阳和月亮都是帝俊（qūn）的妻子常羲，也就是羲和所生的，《山海经》

　　① 〔美〕理查德·蔡斯（Richard Chase）《神话研究概说》（*Notes on the Study of Myth*），收入〔美〕约翰·维克雷（John B. Vickery）编，潘国庆等译《神话与文学》（*Myth and Literature: Contemporary Theory and Practice*），上海文艺出版社1995年版，第13页。〔美〕理查德·蔡斯（Richard Chase）《神话研究概说》，收入〔德〕W. 施密特（Wilhelm Schmidt）著，萧师毅、陈祥春译《原始宗教与神话》，上海文艺出版社1987年版，第49页。

的《大荒西经》说，天空有十二个月亮，她们都是帝俊的妻子常羲所生的：

> 有女子方浴月。帝俊妻常羲，生月十有二，此始浴之。

而常羲就帮这十二个月亮沐浴。同样的，她也是太阳的母亲，《山海经》的《大荒南经》记载了帝俊的妻子羲和生十日的神话：

> 东南海之外，甘水之间，有羲和之国。有女子名曰羲和，方日浴于甘渊。羲和者，帝俊之妻，生十日。

这位羲和也一样会帮太阳洗澡，甘渊这个地方就是他们的浴池了。讲到这里，你可能会疑惑，太阳和月亮的诞生是有关世界的开端，以及宇宙建立秩序的想象，那这两则神话应该属于创世神话吧？确实，只就我们现在所谈到的部分，应该属于我们上一节所讲的创世神话，我们等于在这里做一个补充。然而除此之外，有关太阳、月亮的神话就算是自然神话了。

为什么这两则故事都说到太阳和月亮要洗澡呢？古人会这么想象，原因当然已经无法追究了，不过我们还是可以设身处地想一想可能的原因。第一，太阳、月亮的运行都是东升、西落，而东、西地平线的那一端都是大海，所以可以联想到日、月是从水中出现的，那不就像是洗过澡一样吗？第二，太阳、月亮永远都是天空中最明亮的天体，从来都没有暗淡过，好像从来也没有弄脏过，那它们是如何保持洁净光亮的呢？既然人都得靠洗澡才能保持干净，那么古人想象太阳、月亮也都要洗澡，才能天天都那么光辉明亮，不也是很合乎逻辑的吗？

不只如此，羲和一共生了十个太阳，为什么天空只看到一个？《山海经·海外东经》中说：

> 下有汤谷。汤谷上有扶桑，十日所浴，在黑齿北。居水中，有大木，九日居下枝，一日居上枝。

又《山海经·大荒东经》记载：

> 大荒之中，有山名曰孽摇頵羝，上有扶木，柱三百里，其叶如芥。有谷曰温源谷。汤谷上有扶木，一日方至，一日方出，皆载于乌。

这十个太阳的故事大家都很熟悉，每天挂在天空的只是其中之一，其他九个就在大树下休息，以免天气太热。后来出现了另一种说法，也就是后羿用箭射下九个太阳的故事，那是后续的发展了。从《海外东经》的说法，也衍生出另一个重要的典故。你看这十日所沐浴的地方叫作汤谷，算是前面说到的甘渊，不过这里叫作汤谷，最重要的是汤谷上有一棵扶桑，扶桑也成为太阳们的家，每天轮流有一个爬上树梢，发光照耀天下。所以说，扶桑就相当于东方日出的地方。你想到了吧？后来中国人把东边的日本叫作扶桑国，就是这个原因。

关于这两则神话的内容，主要是对天空中太阳运动的一种想象解释，应属于星辰神话，也就在自然神话的范围内了。当然，我们还可以进一步去想：太阳是从东方的扶桑树那里出来的，但到了傍晚，本来当空照耀的太阳，又到了哪里去呢？这一点，神话里面也做了解释，《大荒西经》中说：

> 大荒之中，有龙山，日月所入。

另外，《山海经》和屈原的《离骚》都说，太阳的归宿就是隅谷，即虞渊。如《列子·汤问》说："夸父不量力，欲追日影，逐之于隅谷之际。"张湛注："隅谷，虞渊也，日所入。"《淮南子·说林训》也说："日出旸谷，入于虞渊。"旸谷，被认为太阳出来之处，有"日出旸谷天下明"之说。"旸谷"也作汤谷。屈原的《楚辞·天问》云："出自汤谷，次于蒙汜。自明及晦，所行几里？"注释说："日出于东方汤谷之中，暮入西极蒙水之涯也。"这唯一的太阳下山去了，于是留下一片黑暗，等到第二天的再一次循环。这么一来，太阳的运行就有了很完整的解释了。

不过，关于昼夜的交替，古人还有另一个传说，那就是烛龙的故事。《山海经·海外北经》里说道：

> 钟山之神，名曰烛阴，视为昼，瞑为夜，吹为冬，呼为夏，不饮，不食，不息，息为风。身长千里。

这位叫作"烛阴"的钟山之神，顾名思义就是像蜡烛一样照亮阴暗，它在《山海经·大荒北经》里又被称为"烛龙"。古人想象它是一个巨龙般的大神，身体有一千里那么长，它不只主宰了昼夜的变化，也控制了四季的变化。当它张开眼睛时，就是明亮的白昼；当它闭上眼睛时，就是漆黑的夜晚；当它用力吹气时，就带来寒冷的冬天，北风呼号，冰天雪地；当它呼气时，就产生了炎热的夏天。烛龙是不吃不喝，也不呼吸的，当它轻轻呼吸时，那气息就引起了风。看起来，这只烛龙实在太更伟大了。

也因此，当诗人突发奇想，想要停止时间的时候，就从烛龙身上做文章了。唐代的诗人李贺《苦昼短》（节选）说：

> 天东有若木，下置衔烛龙。
> 吾将辗龙足，嚼龙肉。
> 使之朝不得回，夜不得伏。
> 自然老者不死，少者不哭。

李贺因为苦于时间很短，白天根本不够用，于是想到那一只烛龙，它就住在天空东边的若木（也就是扶桑）之下，如果把它的脚砍断，那它早上就回不来，晚上也不能睡，没有了昼夜，时间就可以停止了，自然老人就不会死，年轻人也不用哭泣。这是对烛龙神话的反用，表现出对时间流逝的焦虑。

另外，我们再介绍一个引起旱灾的天神，它叫作旱魃，《山海经·大荒北经》的描述如下：

> 有人衣青衣，名曰黄帝女魃。蚩尤作兵伐黄帝，黄帝乃
> 令应龙攻之冀州之野。应龙畜水，蚩尤请风伯、雨师，纵大
> 风雨。黄帝乃下天女曰魃。雨止，遂杀蚩尤。魃不得复上，
> 所居不雨。

在这场黄帝与蚩尤的争霸战中，两军在冀州之野对垒，蚩尤这一方请来了风伯、雨师，也就是风神、雨神；于是黄帝派遣叫作魃的天女来助阵，她威力强大，一来就让雨停止了，黄帝便趁机杀了蚩尤，取得了胜利。只是天女魃却也回不去天庭了，凡是她所在的地方便干旱无雨，这就是旱灾的原因。

谈到这里，足见神话的内容真是丰富有趣，在幻想里又隐藏着真实，打破了日常的僵化认知，充满了启发性，只要深入探究就会惊叹其中的奥妙，这便是神话最迷人的地方。

自然神话对诗歌的影响

那么，这些自然神话对后来的诗歌、文学有什么影响呢？那影响可多了，我们就举一两个最有趣的例子吧。

第一个例子是唐代的诗人想象嫦娥一个人生活在广寒月宫里，该有多么孤独寂寞呀，李白《把酒问月》就说："白兔捣药秋复春，姮娥孤栖与谁邻？"李商隐在《嫦娥》这首诗里，甚至推测说："嫦娥应悔偷灵药，碧海青天夜夜心。"嫦娥的长生不死，竟然也变成了永恒的悔恨了，她每一天都要面对无边无际的碧海青天，夜夜都要忍受孤独，那为什么嫦娥要这样永永远远地忍受孤独一人的命运，无以解脱？归根究底，最初她"偷

灵药"的这个抉择就是错误的。如果没有"偷灵药",她就不会成仙,也就不会飞升到月宫中,面临这样无边的黑暗寂寞了。可想而知,嫦娥应该是悔不当初,而这种懊悔,也就变成她每天面临孤单寂寞时的衷心悔恨。这真是出人意料,谁能想到永生的女神竟然会这般悔恨,而且又因为永生而不能以死解脱,李商隐的思路的确耐人寻味!

第二个例子,是白居易《东城桂三首》之三:

> 遥知天上桂花孤,试问嫦娥更要无。
>
> 月宫幸有闲田地,何不中央种两株。

根据这一组诗前面的序所说:"苏之东城,古吴都城也。今为樵牧之场,有桂一株,生乎城下,惜其不得地,因赋三绝句以唁之。"意思是说,苏州东边的东城就是古代吴国的都城,现在已经长满树木野草,沦为樵夫砍柴、农家放牧的地方,有一株桂花长在城下,让白居易惋惜生错了地方,那么美的一棵树应该要植根在优美的环境里啊,于是白居易便打起天上月宫的主意了。这《东城桂三首》之三就是发想月宫里只有一株桂花,那太过寂寞,如果还有空地的话,那就把这株东城桂花也移植过去吧,两棵树就都不会那么寂寞了。这种人间、天上的连贯打通,显示了诗人高度的想象力,神话也因此有了新的生命。

另外,在中国的星辰神话里,最有名的应该就是牛郎织女了,他们被分隔在银河的两岸,古人就从这个现象去发挥想象力。牛郎织女的故事首先出现在《诗经·小雅·大东》(节选):

维天有汉，监亦有光。跂彼织女，终日七襄。

虽则七襄，不成报章。睆彼牵牛，不以服箱。

　　这里的牵牛和织女只是指天上的星星，还没有爱情方面的描述。不过，到了西汉时，牛郎、织女已经成为两位神人，不久，著名的《古诗十九首》中，有一首《迢迢牵牛星》描写道：

迢迢牵牛星，皎皎河汉女。

纤纤擢素手，札札弄机杼。

终日不成章，泣涕零如雨。

河汉清且浅，相去复几许！

盈盈一水间，脉脉不得语。

　　可见牛郎、织女的爱情故事已经发展完成了，两人隔着银河远远地相望相思，因为无法相会而哭泣，具备了现代人所知晓的基本面貌。从古至今，牛郎、织女的坚贞爱情感人无数，织女的节操、牛郎的专一，后来发展出一年一次的七夕相会，都成为爱情的神圣典范，甚至专门设立了七夕这个节日来纪念他们。宋朝的秦观写了一阕词《鹊桥仙》，就是对这个爱情神话的歌颂。其中说："金风玉露一相逢，便胜却人间无数……两情若是久长时，又岂在朝朝暮暮！"这真是令人感动万分，也感慨万分，原来牵牛织女虽然仅仅只有一天的团聚，却是那么被全心全意地珍惜着，每一分每一秒都专注地对待彼此，没有丝毫的敷衍、不耐烦，也没有漫不经心的虚应故事，更没有浪费在柴米油盐酱醋茶的日常琐碎里，因此反而胜过人间无数的夫妻。那么，人间的平凡夫妻是否应该好好珍惜可以天天相处的幸运呢？

当然，牵牛、织女一年只能一会，这让许多热恋中的情侣感到无比的辛酸，毕竟爱深情浓的时候，总是希望能够朝朝暮暮、长相厮守。只可叹，世间的悲剧总是超乎人们的想象，竟然还有人羡慕牛郎、织女可以一年一会呢！原来，有一群深居在宫廷里的女性，一入宫中深似海，她们不但不能出宫，更不用说自由聘嫁了，幽禁在森严的后宫里，整年也见不到皇帝一面，整个青春、整个人生就这么白白蹉跎了，真是标准的虚度光阴！唐代诗人杜牧很同情她们，就写了《秋夕》这一首著名的诗：

银烛秋光冷画屏，轻罗小扇扑流萤。
天阶夜色凉如水，坐看牵牛织女星。

在七夕这一个秋天的夜晚，到处都是苍白萧瑟的冷色调，四周是银白色的蜡烛和被秋光冷却的画屏，屏风上本来五颜六色的彩画，也变得冷冷清清了。这位宫女还有一点过节的兴致，于是拿着轻罗小扇扑起飞舞的流萤，很有那么一点天真活泼的赤子之心，好像没有什么烦恼似的。但是，玩着玩着，夜色越来越深了，气温更加低了，整个皇宫冷凉如水一般，那扑流萤的兴致也渐渐消失了，于是百无聊赖的宫女在露天的台阶上坐下来，抬头看天上的牵牛、织女星。

讲到这里，整首诗就结束了，诗人并没有清楚地告诉我们，这首诗到底是在讲什么，但我们可以体会到，原来他是在表达一种特属于宫廷女性的哀怨，属于"宫怨诗"。最主要的是第四句，也是最后一句——"坐看牵牛织女星"，不着痕迹地透露出一种羡慕、一种遗憾、一种悲哀，原来天上的牵牛、织女竟然还值得羡慕呢！因为这些宫女们连一年一次的情人相会都没有，这岂不是人生莫大的遗憾吗？究竟这些宫女要等到什么时候呢？就像诗里面并没有写这位宫女看了多久，没有写出来的，还有那越来越冷的漫漫长夜。可以想象得到，无论看了多久，都看不到自己的未来，好比白头宫女谈天宝旧事，她们也只有等到老、等到死，所以才会那么让人同情。诗人用一个"坐看"这样简单的动作，看起来不着痕迹，却非常耐人寻味，杜牧这首诗果然是一篇千古名作。

有趣的是，不同的诗人对牵牛、织女的诠释都不一样，很能反映他们各自的独特性。例如诗圣杜甫，他是非常地道的儒家文人，所写的《牵牛织女》这首诗，就完全带上了伦理道德的色彩：

牵牛出河西，织女处其东。

万古永相望，七夕谁见同。

……

嗟汝未嫁女，秉心郁忡忡。

防身动如律，竭力机杼中。

虽无姑舅事，敢昧织作功。

明明君臣契，咫尺或未容。

义无弃礼法，恩始夫妇恭。

小大有佳期，戒之在至公。

方圆苟龃龉，丈夫多英雄。

　　诗里说，牵牛、织女在银河的东、西两岸遥遥隔绝，注定只能万古相望，即使七夕也没有聚首。但杜甫并不从爱情的角度来抒发感慨，他很与众不同，选了一个婚姻的角度，去谈一个未婚女子应该怎样自处的问题，所以说"防身动如律"，意思是要守身如玉，严守礼法，并且"竭力机杼中"，也就是尽力遵守妇女的职分，做好纺织女红，织女不就是这样的典范吗？女性纺织的形象，就在"织女"身上化为典型。于是杜甫接着说"虽无姑舅事，敢昧织作功"，虽然还未出嫁，没有侍奉舅姑（公婆）的事务，也不敢对纺织工作有所懈怠。这四句的妇女道德规范，就是下面"义无弃礼法"，意思是在道义上不可以抛弃礼法，这一句的"礼法"也是整首诗的关键。从牵牛、织女的神话也可以引申出妇德女教，杜甫果然是杜甫，在这里反映出他最主要的终极关怀。

　　当然，有从伦理道德的角度来看织女，宣扬传统礼法对女性的要求，那么又会有相反的观点，从不伦悖德的角度来看织女可能出现的问题。果然，对牛郎、织女这个凄美的爱情神话，李商隐竟然也可以进一步改写，提供出人意料的新戏码，可以说是另类的文化创意。

　　李商隐的思路很特别，十分与众不同，他认为这对神话夫妻一年只见一次面，单单七夕一个晚上，时间太过短暂；其他的三百六十四天半，织女都是一个人独守空闺的，寂寞漫漫无尽。这不就是第三者趁隙而入的好机会吗？谁说红杏出墙是人间女性的专利？于是李商隐从人性的角度去揣摩，竟然大胆推测织女应该会出轨！而让她出轨的嫌疑犯有哪些可能的人选呢？总得要有机会遇到织女的人，才有这个可能吧。这时，就考验我们对神话素材的掌握程度了，现代人当然苦思无着，但传统文人都十分娴熟各种文献，有心要运用的时候就不缺灵感了。李商隐在《海客》这首诗中说：

> 海客乘槎上紫氛，星娥罢织一相闻。
> 只应不惮牵牛妒，聊用支机石赠君。

"支机石"是织布机上的零件，看样子织女是就地取材，信手把身边的日常用品送给了第三者，不怕牵牛会忌妒，第三句的"妒"字显露了这首诗涉及了情感的背叛。而这位第三者是谁呢？现代人万万料想不到，不是同样在天上度日、近水楼台的吴刚，而是来自人间的张骞！

怎么会是通西域的张骞呢？让我们先看李商隐用了哪些神话典故。《海客》这首诗的第一句"海客乘槎上紫氛"，意思是有一位住在海边的人乘着船上了天庭，典故出自晋张华《博物志》卷十：

> 旧说云天河与海通。近世有人居海渚者，年年八月有浮槎去来，不失期。人有奇志，立飞阁于槎上，多赍粮，乘槎

而去。十余日中，犹观星月日辰。自后芒芒忽忽，亦不觉昼夜。去十余日，奄至一处，有城郭状，居舍甚严，遥望宫中多织妇，见一丈夫牵牛渚次饮之。牵牛人乃惊问曰："何由至此？"此人具说来意，并问此是何处。答曰："君还至蜀都，访严君平，则知之。"竟不上岸，因还如期。后至蜀，问君平，曰："某年月日有客星犯牵牛宿。"计年月，正是此人到天河时也。

古人既然想象银河、天河像天上的水流，视觉上又可以和大海联结在一起，便衍生出有一艘船可以从海边到天河，来来去去。"浮槎"就是漂浮的船，像定期的航班一样，每年八月都会看到它漂到海边。这位海客就突发奇想，准备了粮食，终于利用这艘天船到天河去了。可织女星不就是在天河边与另一边的牵牛星遥遥相望吗？这位乘槎来到天河的海客，也就有了遇到织女的机会。

但我们应该注意到，海客的故事里并没有提到织女，他只是可以借着浮槎这艘船循着天河到了天宫，所见到的众多织女是天宫中的女仙，不是我们所熟悉的那位织女。因此，海客回来以后询问懂得天机的严君平，他掐指一算，算出"某年月日有客星犯牵牛宿"，外来的客星接近了天上的牵牛星宿，客星就是这位海客，但他所造访的地方只提到牵牛宿，而没有提到织女星，就是这个原因。

所以，更精细地说，李商隐的写法是把这位海客又重叠了另一个传说中的人物故事，也就是张骞。张骞虽然是历史人物，被汉武帝派遣出使西域，对文化交流厥功至伟；但他的故事也被神化了，脱离了历史衍生出另类的神话版本。毕竟，出使西域是一件超过人们想象的空间旅行，大可添油加醋，附会出新奇的故事。于是在类似海客的情节上把主角换成了张骞，又增加了一点进展，南朝梁宗懔《荆楚岁时记》记载：

> 武帝令张骞使大夏寻河源，乘槎经月而至一处，见城廓如州府，室内有一女织，又见一丈夫牵牛饮河。骞问曰："此是何处？"答曰："可问严君平。"乃与一支机石而归。至蜀，问严君平，君平曰："某年月，客星犯牛女。"支机石为东方朔所识。

其中的"室内有一女织"，明确就是特定的这位织女了，而且张骞不仅见到了织女，"客星犯牵牛宿"变成了"客星犯牛女"，还获得了一个赠品支机石，也就是织布机作为支架、支撑的零件。这是织女与外人有所接触的新发展。

但是，即使在这个版本里，支机石原来也只是一个证物，用来取信于人，是证明张骞确实看到织女的证据；可李商隐却把单纯的证物变成了男女之间的信物，染上了暧昧的意义，这一点从第三句"只应不惮牵牛妒"的"妒"字就清楚可见，这真是石破天惊的创意！与其说这是神话的进阶版，不如说是李商隐个人的投射，戴着有色眼镜的结果，就是在神话中看到了自己。李商隐果然是一个非常独特的诗人，把浪漫都用来改写神话，变质的结果诚然出人意表。

从这一点也可以看到，神话是如何滋长、变化，给许多人创作的灵感，成为表现其思想观念的一个象征，也让作品更加多彩多姿、生动有趣了。

第四节　变形神话

从上一节"女娲补天"的故事，可以延伸出神话中最常见的一种类型，"变形神话"。所谓的变形神话，就是形体发生变化，这是神话里非常普遍的一种主题，在中国神话、西方神话中都很容易见到，各种故事也最多。例如希腊神话里，达芙妮（Daphne）为了逃避阿波罗（Apollo）的追求变成了一棵月桂树，这就是很有名的一则变形神话。

那么，为什么一个生物会发生变形呢？变形的情况又有哪几种呢？分析这些问题的答案可以让我们更好地体会神话的深刻意义。

德国的文化哲学大师卡西尔在《人论》（*An Essay on Man*）一书中说："变形法则"作为神话的典型特征，其中蕴涵着连续、综合以及整体性的生命观，此中各个领域间没有绝对的界线，而具有流动不定的特性，形成"生命一体化"的观照：

> 生命没有被划分为类和亚类，它被看成是一个不中断的连续整体，容不得任何泾渭分明的区别。各不同领域间的界限并不是不可逾越的栅栏，而是流动不定的。在不同的生命

领域之间绝没有特别的差异。没有什么东西具有一种限定不变的静止形态：由于一种突如其来的变形，一切事物都可以转化为一切事物。如果神话世界有什么典型特点和突出特性的话，如果它有什么支配它的法则的话，那就是这种变形的法则。

也就是说，生命并没有被划分为各种不同的类型，它被看成是一个不中断的连续整体，各个不同领域间的界线是流动不定的，彼此之间绝没有特别的差异，没有什么东西具有一种限定不变的静止形态：由于一种突如其来的变形，一切事物都可以转化为一切事物。而这种变形的法则就是神话世界典型的特点和突出的特性。既然生命体与生命体是一个连续的整体，因此，当一个生命体还没有从整体的连续中独立出来，还没有完全变成另外一种生物的时候，就会出现两种形体各一半的怪异组合。

两种形体各一半的变形

尤其在这个变形的过程中，如果有一部分是人类身体的话，变形的身体看起来更是十分"怪诞"，打破了我们对形体的习惯认识，就会称之为妖怪。但这只是我们已经习惯了所谓的"正常"之后的刻板反应，谁说生命与生命之间壁垒分明，一定存在着清晰而固定的界线？生生死死、死死生生，万物都在宇宙运行的奥妙里流转着，当彼此发生碰撞时，就很有可能擦出独特的火花，创造出新的生命体。在古代先民们的认识里，生命是流动的、变化的、融合的，表现在形体上，当然就会出现组合的造型。

例如补天的女娲，在最早的神话里是人面蛇身。《楚辞·天问》中提出的问题之一，就包括了："女娲有体，孰制匠之？"意思是，女娲是创造万物的神，但她自己又是谁创造出来的呢？这里王逸注云："传言女娲人头蛇身，一日七十化。"配合《山海经·大荒西经》郭璞的注解所说："女娲，古神女而帝者，人面蛇身，一日中七十变。"这种"一日七十化""一日中七十变"的创造力，和她的人面蛇身可以说是密切相关的。

后来地位非常崇高的美丽女神西王母，最早的时候也是半人半兽。《山海经》里有三次提到她。《西山经》说：

> 玉山，是西王母之所居也。西王母其状如人，豹尾虎齿而善啸，蓬发戴胜，是司天之厉及五残。

还有《大荒西经》道：

> 西海之南，流沙之滨，赤水之后，黑水之前，有大山，名曰昆仑之丘。有神，人面虎身，有文有尾，皆白，处之。其下有弱水之渊环之，其外有炎火之山，投物辄然。有人戴胜，虎齿，有豹尾，穴处，名曰西王母。此山万物尽有。

可见西王母的原始造型是豹尾、虎齿，蓬乱的头发上戴着首饰，而且善于发出长长的啸声，还住在洞穴里，动物的成分还比较多些。她所主管的是"天之厉"和"五残","天之厉"是传播病毒和灾难的恶煞,"五残"是凶星、灾星,更可以推想这样的西王母是非常凶悍的,一点儿也不像后来《汉武帝故事》中那位美丽高贵的女神。

但奇怪的是,这两位半人半兽的女性神都拥有很大的力量,一半的动物形体并没有削减她们的神圣性,反倒更加突出一种人类所没有的伟大力量。其中所蕴含的深刻道理,就在于:古老的初民惊叹于动物的力量,蛇的多产、蜕皮,虎豹的飞奔速度和猎杀力道,鸟类的自由飞翔,那都是人类所没有的能力,因此,把动物的形体与人体结合在一起,似乎就可以让人类也获得那些动物的力量。当然,这种超凡的力量不可能人人都可以拥有,于是就只体现在那些神的造型上了,特别是具有创造生命的力量的神,就更是如此。那变形以后的怪诞身体,大胆打破了生命的界限与习见的静止感,呈现了存在本身的内在运动,就在从一种形式向另一种形式的转化过程中,体现了一种快活的、随心所欲的异常自由。于是,具有创造生命的力量的神,就以变形的造型象征了"创造"本身。

这么说来,屈原所提出的"女娲有体,孰制匠之"这个问题,答案其实就很明白了,女娲不仅创造万物,她也是自我创造出来的,这是最伟大的神才拥有的专利。而当女娲"一日七十化""一日中七十变"的时候,很可能就是从自己身上分化出各种各类的生物来,在这个无比频繁的分化过程中,会出现她和她的所造物之间形体连接的情况,也就可以说是理所当然了。

由一种形体变成另一种形体的变形

倘若单独来看，这种"人头蛇身""人身豹尾"的造型可以理解为：在变形时整个过程中断了，停留在半途上，并没有完全变成另外一种生物，于是出现两种形体各一半的怪异组合。至于变形的另外一种，就是完成了变形过程，从一个生物完全变成了另一个生物或另一种物品。例如，《山海经·大荒西经》说：

> 有鱼偏枯，名曰鱼妇。颛顼死即复苏。风道北来，天乃大水泉，蛇乃化为鱼，是为鱼妇。颛顼死即复苏。

这是说，蛇会化成鱼，变成偏枯——也就是半边干瘪的样子，它叫作鱼妇，这个变化的过程带动了起死回生的效用，死去的颛顼就可以复活了。

另外，《山海经·北山经》记载了炎帝的女儿女娃，溺死于东海之后，变成了精卫鸟的故事：

> 发鸠之山，其上多柘木。有鸟焉，其状如乌，文首、白喙、赤足，名曰精卫，其鸣自詨。是炎帝之少女，名曰女娃，女娃游于东海，溺而不返，故为精卫，常衔西山之木石，以堙于东海。

原来女娃到东海去玩水，不幸溺死了，虽然是炎帝的女儿，但怎么样也回不来了，一个天真活泼的美丽少女就这样无辜地消失了，令人无比地怜惜、不舍；可是，生命是难以起死回生的，古人就让她化身为精卫鸟，那就可以一代又一代地永远活下去，虽然死了，却也等于没有死。

夸父逐日的传说也是如此。《山海经》里有两个地方提到夸父，《大荒北经》说：

> 大荒之中，有山名曰成都载天。有人珥两黄蛇，把两黄蛇，名曰夸父……夸父不量力，欲追日景，逮之于禺谷。将饮河而不足也，将走大泽，未至，死于此。

这里告诉我们，夸父的造型也和蛇有关，他的耳朵有两条黄蛇，手上也握着两条黄蛇，这个造型已经显示他是一个不平凡的人物。夸父的企图心很大，想要追到太阳，并且也真的在禺谷这个太阳落下的地方追上了，可惜这个过程让他太过口渴，黄河的水根本不够，就在前往大泽取水的半途上渴死了，从此"夸父逐日"变成了一个自不量力的典故。

不过，这个故事在《海外北经》中增加了一个后续的发展：

> 夸父与日逐走，入日。渴欲得饮，饮于河、渭；河、渭不足，北饮大泽。未至，道渴而死，弃其杖，化为邓林。

夸父完成了追日的壮举，却也牺牲了自己的生命，跟着他一起完成梦想的手杖被丢弃在一边，结果化成了邓林。清代的毕沅指出："邓林即桃林也，邓、桃音相近……盖即《中山经·中次六经》所云'夸父之山，北有桃林'矣。"这只手杖可以变成一片桃树林，从这里我们也可以推敲出来，夸父的手杖应该是用桃木做成的，而桃木在古代就有辟邪的功能，很可能是夸父的护身用品，或是协助他赶上太阳的利器。夸父虽然没有死而复生，也没有变形成为另一种生物，但他的手杖好似通灵一样，代替他把生命延续下去。想想看，这一片桃林到了春天时该有多美！这是夸父伟大的精神所灌注出来的生机。

同样的，《山海经·大荒南经》也有一段类似的记载：

有宋山者，有赤蛇，名曰育蛇。有木生山上，名曰枫木。枫木，蚩尤所弃其桎梏，是为枫木。

郭璞注云："蚩尤为黄帝所得，械而杀之，已摘弃其械，化而为树也。"这指的就是黄帝杀了蚩尤的战争神话。后来，黄帝被视为中华民族的共主，失败的蚩尤不但失去了生命，也被当作民族的罪人。只是，在古代初民的看法里，恐怕就不是这么简单了。其实，蚩尤虽然失败，却不一定就是邪恶的坏人，所谓的"成者为王，败者为寇"，成败只是结果而已，完全不代表当事人的品德。从"蚩尤所弃其桎梏，是为枫木"的故事，可见蚩尤也被认为是一个悲剧英雄，就像夸父一样，人虽然死了，却还是奋勇不屈，刑具弃械竟然变成了枫树，同样是一代代地活下去，那是一种不死的反抗！想一想，每到秋天，枫树一片血红灿烂，简直就是蚩尤的灵魂还在燃烧一样，不是令人非常感动吗？

从女娲变成精卫鸟、夸父的手杖化为桃树林、蚩尤的器械转生为枫木的故事，可以清楚看到变形神话所蕴含的是"死与再生"这个最重要的主题。神话以各种方式清除了死亡的现象，就这一种情况来说，变形的目的往往是对抗死亡，变形以后就可以用另一种生命形态继续活下去。难怪卡西尔认为："在某种意义上，整个神话可以被解释为就是对死亡现象的坚定而顽强的否定。"这样的思维，岂不是非常悲壮吗？

　　更悲壮的是，在这些再生神话里，变形的目的不只是逃避死亡而已，还隐含了一种不死的意志，连死亡都不能磨灭，因此以变形、再生的方式继续完成这个坚定的意志，形成"英雄抗争"的悲剧象征。例如精卫这只小小的海鸟，衔着细小的树枝，飞到东海想要把海填平，一趟又一趟毫不懈怠，简直就像愚公移山一样，知其不可而为之，从精神、志气来说，她已经是伟大的英雄！连陶渊明都深受感动，读了这个故事以后，便写诗歌咏道："精卫衔微木，将以填沧海。"这是一种精神不死的象征，足以激励志士仁人的心志。

　　至于"夸父逐日"，又哪里能说是自不量力呢？你看希腊神话里的伊卡洛斯（Icarus），他装上蜡制的翅膀逃离克里特岛，却因为不听劝告而飞得太高，以致蜡被太阳的热力融化，人也掉到海里淹死了；相比较而言，夸父则确实抓到了太阳，也完成了逐日的雄心壮志。从这个不平等的竞赛来说，他已经是成功的英雄；何况死后连一枝手杖都发挥了无比的创生力量，夸父作为手杖的主人，那意志的力量也就不言而喻了。

　　最震撼人心的，非刑天的故事莫属了。《山海经·海外西经》

说道：

> 刑天与帝至此争神，帝断其首，葬之常羊之山，乃以乳
> 为目，以脐为口，操干戚以舞。

这个和黄帝争神的刑天，不幸失败，而被斩首断头，但即使被埋葬了，仍然屹立不倒，以双乳为两只眼睛，以肚脐为嘴巴，左右两只手各拿着斧头、盾牌挥舞着，好像还在战斗一样。据说到了东晋时期，批注《山海经》的郭璞还亲眼见过他呢。这么说来，刑天死了吗？没有！他这么挺拔、凌厉，像一座永恒的雕像一样，展现出悲剧英雄不死的姿态，虽然死了，失败了，却比胜利者还要辉煌，因此连陶渊明都深受感动。

再看大家很熟悉的嫦娥的故事。嫦娥奔月的神话影响到了中秋节，让我们对月亮有了无比浪漫的联想，中国文学中所写到月的，比起西方来说，实在要多得多，这则月亮神话等于是宣示了中华民族的一大特点。仔细推敲嫦娥奔月这个故事所隐含的象征，确实也反映了反抗死亡的常见主题，本来不死药是嫦娥的丈夫后羿所有，嫦娥偷了药，吃下去之后就化为神仙，飞到天上的月宫里，变成了蟾蜍！

蟾蜍？是那种全身长满了疙瘩的青蛙吗？是的，那就是蟾蜍。本来，古人看到月亮上有一些阴影，于是想象那是兔子和蟾蜍，这个说法最早是屈原的《天问》提出来的："夜光何德，死则又育？厥利维何，而顾菟在腹。"意思是说，月亮这个夜光体究竟有什么高尚的德性，让它拥有神奇的魔力，怎么会死而

复生呢？你看月亮的肚子里为什么会有黑点，那是一只"顾菟"，就是月兔。不过据闻一多先生的考证，"顾菟"应该是蟾蜍。不久以后，在西汉初期马王堆的一号汉墓帛画中，月亮上面就绘有蟾蜍和玉兔，可见在先秦时期已经有了这些传说。后来《淮南子·说林训》说："月照天下，蚀于詹诸。""詹诸"，就是蟾蜍，特别是指月亮里的蛤蟆。汉朝的五言古诗里，也有一首诗说："三五明月满，四五蟾兔缺。"意思是说，农历的"三五"日，也就是十五日，月亮是圆满的形状，到了"四五"日，也就是二十日那一天，月亮就会缺损了。诗里面用"蟾兔"代表月亮，就是因为神话中说月亮里有蟾蜍、兔子。

其中，月兔的故事大家都比较熟悉，它在月宫陪伴嫦娥并且捣药；那么蟾蜍呢？在汉代的记载里可以看到嫦娥飞到月宫之后变成蟾蜍的故事。《后汉书·天文志》注引张衡《灵宪》云："羿请无死之药于西王母，姮娥窃之以奔月……遂托身于月，是为蟾蜍。"可是美丽的嫦娥为什么会变成丑陋的蟾蜍呢？汉朝人的审美观是不是和我们现代人大相径庭？其实我们都误会了，我们常常用自己的角度来看问题，也就常常误会了古人。经过研究，对于汉朝的人来说，蟾蜍或青蛙是一种很美丽的动物，所以嫦娥变成了蟾蜍，一点儿也没有降级。

尤其是在远古时代，全世界的初民们都想象月亮里有青蛙呢！这是一种普世的神话想象。这种联结，就是因为青蛙是一种两栖动物，从水里面诞生，又来到了陆地，然后又可以回到水里，这样周而复始，仿佛可以死而复生一样，体现了一种生生不息的力量，所以它才会变成人们崇拜的对象，也和月亮的阴晴圆缺相对应，于是月亮和青蛙、蟾蜍就结合在一起了。

变形神话与心灵自由

从不死药的概念而言，很明显，人类最主要是因为面临了死亡的恐怖，在巨大的压力下没有办法改变这个注定的命运，于是通过想象给自己一点希望，至少在心理上解决这个问题。解决的办法一个是变形，转化为另一个生命继续活下去，还有一个就是直接服用不死药。《海内西经》里就提到"不死树""不死之药"，可见人类很早就想出这个方便的管道了。到了后来，道教提出了炼丹求仙的方法，其实也是采取同一种理路，只是那不死之药不是现成的，而是必须费尽辛苦才能提炼出来，这应该也是对人的另类的考验。

另外，利用变形神话而展现出心灵自由的严肃境界的，莫过于庄子。《庄子》的第一篇《逍遥游》，一开始就是一则鲲鹏变化的神话：

> 北冥有鱼，其名为鲲。鲲之大，不知其几千里也；化而为鸟，其名为鹏。鹏之背，不知其几千里也；怒而飞，其翼若垂天之云。

这是何其壮阔的境界！多么磅礴的气势！鲲鱼就是汪洋大海里的大鱼，巨大到超乎想象，变成了大鹏鸟也不遑多让，振翅起飞时，几千里宽的翅膀可以遮蔽整个天空。你看，只有无边无际的大海、天空才能孕育出如此宏大的生命，庄子在表达他的人生哲理时运用了变形神话，无非证明了神话的辽阔、超然，可以帮助他表达用现实世界的概念很难体会的逍遥境界。

再参考"庄周梦蝶"，岂不也是变形神话的体现吗？《庄子·齐物论》中说：

> 昔者庄周梦为胡蝶，栩栩然胡蝶也，自喻适志与！不知周也。俄然觉，则蘧蘧然周也。不知周之梦为胡蝶与，胡蝶之梦为周与？周与胡蝶，则必有分矣。此之谓物化。

你看，庄子梦见自己变成了蝴蝶，感受到蝴蝶翩翩飞舞的自由和快乐，根本不知道自己是庄子；等到醒过来时，才又发现自己分明就是庄子这个人。庄子从这个经验体悟到，一个人如果超越自己的执着，不再固执地以为"人类"是他存在的唯一实体，那么他就可以进一步认识到一个相对的世界：不是他做梦变成了蝴蝶，或许也是蝴蝶做梦变成了他！他现在身为人类的一切，只不过是蝴蝶的一场梦而已。如此一来，在蝴蝶的梦里斤斤计较，又有什么意义呢？并且，蝴蝶也可以做另一场梦，为什么偏偏要固执地做那些争名夺利的梦？尝试一下做别的梦，岂不是更好、更有趣？

当然，不同的生命体还是有区分的，否则完全一样就可以了；庄子并没有天真地否定这个差别，只是要进一步提醒我们，这种区分只是表面而已。通过"物化"这个词，庄子的用法是指"化为另一个物"，人就可以打破狭隘的画地自限，去领略各种存在样态的美好，这才是人类真正的自由。

鲲鹏变化、庄周梦蝶，这两个故事的基底都是变形神话，只不过这几则神话都被庄子改装为寓言，也就是带有哲理的故事，所要表达的思想已经不是生命的创造、生存的意志了，而是更高层次的心灵自由，那是一种超越自己的"齐物"的心灵境界。天地万物是平等的，应该彼此欣赏、互相学习，到了齐物的境界，就可以领略造物主的宽广，和这整个天地万物一样的丰富而宏大。庄子太了解画地自限的悲哀了，人类把自己当作万物之灵，用自我中心的傲慢去面对其他的生命体，甚至去对待身边的同类，其实是十分狭隘的心态。表面上看起来自己很尊贵，其实是更卑微，因为他不懂自己的单薄与有限，不能认识到除了自己以外的大世界、大生命，其实非常无知。

一旦能体验到庄子的恢宏开阔，人就不会琐琐碎碎、庸庸碌碌了，像大鹏鸟这样的大生命，便深深吸引了李白，李白十分乐于用大鹏鸟自我比喻，譬如：

> 大鹏一日同风起，抟摇直上九万里。假令风歇时下来，
> 犹能簸却沧溟水。（《上李邕》节选）
> 大鹏飞兮振八裔，中天摧兮力不济。馀风激兮万世，游
> 扶桑兮挂石袂。后人得之传此，仲尼亡兮谁为出涕。（《临路歌》）

李白何等豪壮，自认为是那只大鹏鸟，随着大风一飞冲天，直接奔赴九万里的苍穹，即使风停了、力气用完了，从空中掉了下来，它的撞击力道还是能震动大海，掀起海啸，并且余波荡漾，流传千秋万世！难怪李白认为自己就是诗歌世界里的孔

子，可以千秋万世，这份自豪真是无与伦比。

诗歌中的变形神话

从诗歌方面而言，既然抒情诗是中国文学的主流，那么诗人的作品中也可以运用神话材料，来表达自己的喜怒哀乐，反映自己的性格特质与人生观。例如，陶渊明读了《山海经》，他的读后心得就是《山海经》组诗（十三首），其中第十首写到"刑天舞干戚，猛志固常在"，表达出他对于刑天这个神话人物的敬佩。因为刑天在失败之后被砍断了头，身体却依然屹立不倒，那是多大的意志力！同时，刑天的两只手还分别挥舞着干、戚，"干"是投出去刺杀敌人的矛，"戚"是用来保护自己的盾牌，可见刑天不仅不肯倒下去，在没有了头颅的情况下还奋战不休，双手依然挥舞着干、戚继续作战，那真是一种超越了生死，连死亡都不能让他屈服的伟大的意志力！陶渊明深深受到感动，从刑天身上看到了"猛志固常在"这种坚持不懈的刚猛意志，这岂不显示了陶渊明自己也向往着这样的精神！

其实，诗歌中很少写到组合变形的怪物，毕竟诗歌是优美的语言，用以抒情言志，不会特别去写超现实世界的怪异形象，但是有一个女神倒是例外，她就是麻姑。这个女神出现的比较晚，不是最早的原始神祇，她之所以成为诗歌中的常客，一个原因是和"沧海桑田"的成语有关。晋朝葛洪《神仙传》卷三提到，麻姑和王方平做了朋友，王方平也有神通，两个人都注意到东海的水发生了变化：

麻姑自说:"接待以来,已见东海三为桑田。向到蓬莱,水又浅于往昔会时略半也,岂将复还为陵陆乎?"(王)方平笑曰:"圣人皆言海中行复扬尘也。"

麻姑竟然在认识王方平以后,短短的时间内就看到东海三次变成桑田,不久前到了蓬莱仙岛时,又注意到海水比上一次碰面时浅了一半,那应该就是要第四次变成陆地了!而王方平也认可麻姑的推测,并且引用了圣人的预言,说大海中即将再度扬起灰尘了,这就是"沧海桑田"的典故。"沧海桑田"代表了世间的无常变迁,可见神仙的永恒远远超越了尘世万物,正所谓"天上一日,人间千年",令人不胜唏嘘,因此,深深感慨时光流逝的诗人,就会用起麻姑的这个典故了。唐诗里写到沧海桑田的诗歌很多,例如初唐诗人卢照邻《长安古意》就说:

节物风光不相待,桑田碧海须臾改。

昔时金阶白玉堂,即今惟见青松在。

最著名的是刘希夷《代悲白头翁》:

洛阳城东桃李花,飞来飞去落谁家?

洛阳女儿惜颜色,坐见落花长叹息。

今年花落颜色改,明年花开复谁在?

已见松柏摧为薪,更闻桑田变成海。

古人无复洛城东,今人还对落花风。

年年岁岁花相似，岁岁年年人不同。

他在洛阳城东的春天看到了一片盛开的桃花、李花都不免花开花落，不知飘零何方，看花人更是青春一去不复返，于是见到落花就忍不住发出长长的叹息，感叹着：花落了明年还会再开，但那时候，原来的看花人却已经不知去向，也许出嫁远地，如断线的风筝；再拉长时间来看，不但四季常青、坚韧不拔的松柏已经被摧折成为柴薪，更听说桑田变成了汪洋大海，那就不用说洛阳城东的古人早就不复存在，而今人仍然面对着吹落桃花、李花的风，风一年一年照样地吹拂，桃花、李花一年一年地如期绽放，可是人类就不一样了，生老病死，再加上聚散无常，于是刘希夷悲痛地说："年年岁岁花相似，岁岁年年人不同！"这两句文字浅显易懂，其中的感慨却是深刻透彻，笔力万钧，打动了无数读者的心，难怪成为千古传诵的名句。

这首诗中对人世无常的感慨，就是用麻姑故事里的沧海桑田来突显的。诗歌里会写到麻姑的另一个原因，就是她的造型带有变形不完全的痕迹，葛洪《神仙传》（卷三）又说麻姑降神到蔡经家，发生了一件有趣的事：

麻姑手爪不如人爪，形皆似鸟爪，蔡经中心私言：若背大痒时，得此爪以爬背，当佳也。方平已知经心中所言，即使人牵经鞭之，曰："麻姑神人也，汝何忽谓其爪可以爬背耶？"便见鞭着经背，亦不见有人持鞭者。

原来，麻姑的手就像鸟类的爪子一样，细细长长，又带有尖锐的指甲，于是蔡经心里偷偷地想，用这样的手来抓痒，后背该有多舒服呀！没想到神仙洞察人心，一眼就看穿凡人心里的念头，想要神仙帮你抓痒，那可是大不敬的亵渎心态。于是王方平就给他一个惩罚，派人把蔡经拉过去鞭打一番，但奇特的是，只看到鞭子打在蔡经身上，却没有看到拿鞭子的人，这当然也是灵异的神力。

而重点是，麻姑那没有完全转变成人手的鸟爪，就形成"麻姑搔背"的典故，诗人发想的第一种用法，是用来表现凡人与女神非常亲近时的动作，例如李白《西岳云台歌送丹丘子》道：

> 西岳峥嵘何壮哉，黄河如丝天际来。
> 黄河万里触山动，盘涡毂转秦地雷。
> 荣光休气纷五彩，千年一清圣人在。
> 巨灵咆哮擘两山，洪波喷箭射东海。
> 三峰却立如欲摧，翠崖丹谷高掌开。
> 白帝金精运元气，石作莲花云作台。
> 云台阁道连窈冥，中有不死丹丘生。
> 明星玉女备洒扫，麻姑搔背指爪轻。
> 我皇手把天地户，丹丘谈天与天语。
> 九重出入生光辉，东来蓬莱复西归。
> 玉浆倘惠故人饮，骑二茅龙上天飞。

李白自己是个道教徒，送别的丹丘子（也就是元丹丘）则是他的道友，要到西岳华山去游历求仙，两人志同道合，于是李白写了这一首送别诗给他。诗中将奇伟的山水和优美的神话巧妙结合，一方面歌咏黄河中游峡谷段的壮观景色，一方面进行超现实的想象，幻想丹丘生到了华山的云台峰以后，"明星玉女备洒扫"，明星玉女也就是华山仙子，会忙不迭地为他洒扫庭坛，还有"麻姑搔背指爪轻"，麻姑为他搔背的时候，下爪竟还那样轻灵。这就大大抬高了丹丘子的身份地位，连明星玉女和麻姑都变成为他服务的侍女了！

另外，晚唐诗人李商隐《海上》这首诗也说：

石桥东望海连天，徐福空来不得仙。
直遣麻姑与搔背，可能留命待桑田？

李商隐站在石桥上，向东瞭望，看到了一片海连天、天连海的辽阔景观，于是想起秦始皇派徐福到东海求仙药的故事，忍不住感叹徐福白来一趟，秦始皇终究没能成仙、长生不死。从这个生死的主题继续往下思考，李商隐便想到了麻姑这个见过好几次沧海桑田的女神了，他说，即使你有通天的本领，派遣麻姑来给后背搔痒，却哪里可以延长生命，而看得到海水变成桑田的那一天？这一首诗把和麻姑有关的两个重点，也就是鸟爪搔背、沧海桑田都运用上了，非常特别。

但关于"麻姑搔背"最感人的一首诗，应该是晚唐杜牧《读韩杜集》这一篇作品：

杜诗韩集愁来读，似倩麻姑痒处抓。

天外凤凰谁得髓？无人解合续弦胶。

　　杜牧说，杜甫的诗歌、韩愈的文章是最动人心扉、感人肺腑的作品了，当你忧愁的时候拿来阅读，觉得他们都说到了心坎里去，那种舒畅无可言喻，就好像请到了麻姑，用她的鸟爪搔到了痒处，简直就是痛快无比，心里的郁闷也就消解了大半。接着杜牧就感慨说，可惜杜甫、韩愈这两位有如天外凤凰一样的诗人，再也没有人能够得到他们的精髓，也就没有谁懂得熬制出"续弦胶"——一种把断掉的刀剑、琴弦牢牢接回去的黏胶（传说凤麟洲上多凤凰、麒麟，取凤嘴和麟角合煎成膏，称为"续弦胶"，可用以接续折断的刀剑及弓弦，见晋朝张华《博物志·异产》）。"无人解合续弦胶"一句比喻后继无人，意谓着杜甫、韩愈的作品从此成为绝响！

　　这么一来，最触动人心的文学家，就只有杜甫和韩愈了，而他们感人肺腑的美妙力量，竟然是用"似倩麻姑痒处抓"来表达，可以想见，麻姑的那一双鸟爪拥有多么特殊的吸引力！

第五节　其他神话

　　这一节，我们要开始阐述神话中的其他类型。在上一节中，我们看到了不死药，可见人类自古以来就面对了死亡的恐惧，为了解除或减轻这种恐惧感，人类不仅构想出变形神话，让生命可以用另一种形态继续活下去，这样就等于没有死亡；另外，人们还想出一种更干脆的方法，那就是想象出有一种吃了就会不死的药，于是不死药的传说出现得很早。至于人类为什么会死？为什么会脱离永恒而美好的国度，以致要承受这么多、这么大的存在压力？古人也对此提出了解释，那就是"绝地天通"的神话。

"绝地天通"神话

"绝地天通"这四个字最早见于《尚书》和《国语》，本来是儒家经典中与吊民伐罪有关的古老叙述，向来属于经学、史学的范畴。但如果以神话学的角度来看，"绝地天通"意谓着断绝天与地的相通关系，从此人就被驱逐出天上诸神的乐园，沦落到大地上受苦。这个神话的前提是：原来天地是相通的，人可以自由上天入地，和神是一体的；但"绝地天通"之后，只剩下极少数的特殊通道可以通天。这个通道可以是天柱，也可以是大树，更可以是高山，都统称为"宇宙山"（cosmic mountain）、"世界山"，一般总称为"天梯"。掌握这个通道而有通行特权的，包括了半人半神的巫，《山海经·大荒西经》里就提到了"灵山十巫"：

> 有灵山，巫咸、巫即、巫盼（bān）、巫彭、巫姑、巫真、巫礼、巫抵、巫谢、巫罗十巫，从此升降，百药爰在。

这座灵山就是天地之间升降的通道，因此百药都在这里，其中应该也包括了不死药，都由这十个巫保管。《海外西经》里又提道：

> 巫咸国在女丑北，右手操青蛇，左手操赤蛇，在登葆山，群巫所从上下也。

这里，巫咸国是由一群巫师所组成的国家，登葆山就是巫师们可以上下升降的天梯，如同那一座灵山。

既然已经"绝地天通"，只剩下极少数的通道被巫师所掌管，一般人类就只能永远生活在大地上，忍受各种存在的压力，会有生老病死，还得辛苦工作才能活下去，也必须面临各种劳苦烦忧。若追问为什么天神要断绝天地的相通，原因不难理解。学者的研究整理指出，这种"绝地天通"现象的出现，从诸多创世神话所涉及的情节中，可见明显的原因有三：一是天神怕地上的人造反，二是怕地上的人找麻烦，三是嫌地上的人不洁。因而使天远离大地。

从神话学的角度来说，"绝地天通"蕴含了人类之所以会在人间受苦的原因，那就是被天堂放逐，这也表达了人类对天堂乐园的永恒的乡愁。

这么一种人类求之不得的乡愁，说明了为什么神话故事里有许多美好的乐园，那里丰饶、光明而美丽，衣食无忧、永葆青春，只要安逸地享乐就好。而在中国神话里，顾颉刚先生认为乐园类型分为东西两大系统，西方昆仑山的神话流传到了东方，形成蓬莱仙岛神话系列。其中，"昆仑"的名称首先出现于

《山海经》。《西山经》中说："昆仑之丘，是实惟帝之下都。"《海内西经》讲得更清楚：

> 海内昆仑之墟，在西北，帝之下都。昆仑之墟，方八百里，高万仞。上有木禾，长五寻，大五围。面有九井，以玉为槛。面有九门，门有开明兽守之，百神之所在。

意思是说海内有一地方叫作昆仑之墟，位置在西北面，是上帝在下方人间的都城。昆仑之墟四方有八百里的宽度，高度达到万仞。一仞相当于古代的七尺或八尺，即相当于一个一米八的成年男子的高度，所以万仞是形容不可想象的高度。昆仑上面长着一棵木禾，属于野生的麦，它"长五寻，大五围"，这是怎样的体量呢？古代一寻是八尺，那么这棵树就是高四十尺，树干要五个人张开双臂才围得起来，等于是一棵神木了。此外，每一面有九座水井，以玉为栏杆，每一面有九门，门有开明兽守着，这是众多天神聚集的地方。

"昆仑之丘""昆仑之墟"都是昆仑山的意思，作为"帝之下都"，昆仑山高耸入云，也属于连接天与地的天柱，是宇宙的中心，因此是百神居住聚集的地方。这让人联想到希腊神话里的奥林匹斯山（Olympus），只是昆仑山的百神之间没发生那么多的爱恨情仇，所以我们在前面提醒过，中国神话偏向于空间的营造，较少叙事性的故事。至于昆仑山上有皇宫使用的白玉栏杆，也有京城规模的九个门，显然都是皇城的投射，或者说是未来皇家建筑的原型，而守门的开明兽，应该就是紫禁城里那些铜狮、石狮的祖先。

在《山海经》之外，《楚辞》里也提到过类似的仙界，《天问》这一篇说"昆仑悬圃"，于是"悬圃"也成为后来对仙界的代名词。至于东方乐园系统的蓬莱仙岛，完整地说，包括了蓬莱、方丈、瀛洲这三座仙岛，坐落在东海中，云雾缥缈、海市蜃楼，也启发了许多超现实的想象。例如，传说秦始皇派遣徐福带领一大批的童男、童女去找长生不老药，结果在日本落地生根，这个传说就属于这个神话系统的发展。司马迁《史记·秦始皇本纪》中记录道："齐人徐市等上书，言海中有三神山，名曰蓬莱、方丈、瀛洲，仙人居之。请得斋戒，与童男女求之。于是遣徐市发童男女数千人，入海求仙人。"其中却并没有提到童男女数千人是日本人的祖先，所以对这个民族起源的问题，我们还是谨慎一点比较好。

很多诗歌对昆仑山和蓬莱仙岛有所描写，例如谈到求仙，就很容易想到昆仑山，中唐诗人孟郊《求仙曲》说：

> 仙教生为门，仙宗静为根。
> 持心若妄求，服食安足论。
> 铲惑有灵药，饵真成本源。
> 自当出尘网，驭凤登昆仑。

意思是，要铲除生命的疑惑，是有灵药的，根本的源头就是"饵真"，也就是服用"真"这样的精神灵药，只要把握住这个关键，那就可以超脱尘世的罗网，驾驭着凤凰登上昆仑山！

既然昆仑山高耸入云，黄河又发源于西边的崇山峻岭，于是诗人又想象昆仑山就是黄河的源头。李白《将进酒》非常知名，一开始就赞叹说："君不见黄河之水天上来，奔流到海不复回。君不见高堂明镜悲白发，朝如青丝暮成雪。"第一句的"黄河之水天上来"是夸大黄河的奔腾澎湃，像是从天而降一般。到了《公无渡河》这首诗里，李白就清楚地说："黄河西来决昆仑，咆哮万里触龙门。"从西天奔腾而下的黄河，冲决了昆仑山以后，万里咆哮，碰撞到了龙门，这是何等惊天动地的气势！

　　到了中晚唐，许多诗人们索性就认为黄河是从天上的昆仑来的，中唐诗人孟郊《泛黄河》中说：

　　　　谁开昆仑源，流出混沌河。
　　　　积雨飞作风，惊龙喷为波。
　　　　湘瑟飐飕弦，越宾呜咽歌。
　　　　有恨不可洗，虚此来经过。

　　他说，是谁开启了昆仑山的源头，流泻出这样混沌恣肆的黄河！像是累积了无数的雨水，河面上起风翻飞，惊动了水底的龙，喷出水来就变成了波澜万丈！晚唐的薛能《黄河》(节选)一诗也道：

　　　　何处发昆仑，连乾复浸坤。
　　　　波浑经雁塞，声振自龙门。

　　最有趣的是杜甫《戏题王宰画山水图歌》，其中赞美四川人王宰非常擅长绘画，特别是一种玲珑嵌空山水，王宰那高明的造诣来自这样刻苦稳健的努力，"十日画一水，五日画一石"，一点一滴，一丝不苟，踏踏实实地作画，所以才会有无比惊人的杰作，那一幅图画着："壮哉昆仑方壶图，挂君高堂之素壁。巴陵洞庭日本东，赤岸水与银河通。"这应该是一大幅的山水画吧！挂在家里厅堂的一整面墙壁上，其中有宏伟的山水，包括壮观的昆仑山，同时还有海上的方丈仙岛，也就是方壶。于是杜甫发挥浪漫的想象力，遥想这座方丈岛就在东方的日本，岛上的河水还连通到天上的银河呢！这么一来，山水蜿蜒于天上大地，混成一片，分不清是仙境还是人间。果然是气象万千，难怪杜甫会赞叹不已。而就在这首诗里，蓬莱、方丈这些海外仙岛已经开始和日本连在一起了。

　　但讲到蓬莱仙岛的诗，最有名的，就是白居易的《长恨歌》了，这首诗中说：安史之乱发生以后，玄宗带着贵妃出逃，可禁卫军发动了马嵬坡兵变，于是贵妃惨死，草草埋葬在道路边，玄宗不久也退位，成了太上皇，到四川避难。后来玄宗终于回到长安，对贵妃依然念念不忘，于是有一个道士利用广大无边的神通，到处去寻找贵妃的魂魄，诗中说：

　　　　　排空驭气奔如电，升天入地求之遍。
　　　　　上穷碧落下黄泉，两处茫茫皆不见。
　　　　　忽闻海上有仙山，山在虚无缥缈间。
　　　　　楼阁玲珑五云起，其中绰约多仙子。
　　　　　中有一人字太真，雪肤花貌参差是。

金阙西厢叩玉扃，转教小玉报双成。

闻道汉家天子使，九华帐里梦魂惊。

揽衣推枕起徘徊，珠箔银屏迤逦开。

云鬓半偏新睡觉，花冠不整下堂来。

风吹仙袂飘飘举，犹似霓裳羽衣舞。

玉容寂寞泪阑干，梨花一枝春带雨。

含情凝睇谢君王，一别音容两渺茫。

昭阳殿里恩爱绝，蓬莱宫中日月长。

回头下望人寰处，不见长安见尘雾。

唯将旧物表深情，钿合金钗寄将去。

钗留一股合一扇，钗擘黄金合分钿。

但教心似金钿坚，天上人间会相见。

临别殷勤重寄词，词中有誓两心知。

七月七日长生殿，夜半无人私语时。

在天愿作比翼鸟，在地愿为连理枝。

天长地久有时尽，此恨绵绵无绝期。

　　原来杨贵妃变成了女神，就住在海上的仙山里，那就是蓬莱仙境，而"山在虚无缥缈间"这一句诗，简直把山中景观写得如画一般传神，可以呈现海市蜃楼的虚幻感，但用在一般烟岚缭绕的远山，也是一样的逼真。白居易说，贵妃变成了蓬莱仙岛上的女神，仍然眷恋着过去的时光，想念以前还在人间的时候，长安城的昭阳殿里那么恩爱的生活，已经断绝不再存在了，现在成了神仙，就只有日日月月永恒不尽的漫长时光。但即使"一别音容两渺茫"，一想起过去的恩爱，贵妃女神也禁不住"梨花一枝春带雨"，原来做神仙很寂寞，还不如人间快活！并且两人的爱情永恒不朽，因此贵妃女神才会发出这样的心愿："在天愿作比翼鸟，在地愿为连理枝。天长地久有时尽，此恨绵绵无绝期！"

这是一首对爱情的永恒的颂歌！只是有一些人因为这首诗，认为杨贵妃其实并没有死，而是逃亡到了海外，那海外的仙山不就是日本吗？现在日本还真的有一座杨贵妃墓呢！这么一来，历史和神话、事实和虚构之间的界限就更模糊了，虽然历史学家应该会摇头，但却更具有文学的浪漫趣味。

不过，从蓬莱、方丈、瀛洲三座仙岛的神话，涉及秦始皇派遣徐福入海求仙的历史传说，而衍生出那童男女数千人是日本人的祖先的说法，可见对于一个民族究竟是从哪里来的，也确实是人们很好奇的问题。想想看，每一个孩子都有父母亲，但一直往前追溯的话，无论追到哪一个人，都还是会有"他是谁生"的问题，于是最早的生命创造者又是谁？这简直就是一个麻烦的疑问。尤其是涉及一个民族的始祖，那更必须塑造出一种非常庄严郑重的形象。于是，"神圣诞生"就成了中外许多古代伟人的共同传奇，各个民族的始祖也不例外。在中国神话里，就出现了"感生神话"，意思是：因为某种特殊的感应而怀孕诞生的故事。

"感生神话"

"感生神话"本来就是很重要的神话主题之一，和创世神话、自然神话、战争神话、变形神话等并列，这种神话很早就常常被用来解释一个民族的始祖的诞生。于省吾解释感生之说的起源，说：

> 感生之说的历史背景，是由于母权制时代……还意识不到妇女怀孕系由"男女媾精"，遂产生了妇女感图腾童胎入居体内而妊娠的虚幻想法。到了父权制和古代社会时代仍有感生之说，而旧籍由于辗转传说和附会，遂以感生为感应神灵或感上帝而生子，但前者出于蒙昧无知，而后者则逐渐加以神化。

这就说明了感生之说根源于原始时代蒙昧的生命观念，并指出《生民》一诗即立基于这样的生命观念上，并将他们的始祖加以神格化。

在中国的传统文献里，《诗经·大雅》的《生民》诗约成于西周初年，从公元前1046年周武王灭商朝算起，距离今天已经大约三千年了，而《诗经》的《商颂》则约成于西周中叶，因此《生民》诗可说是先秦神话中记录神圣生命诞生的第一篇。

《生民》一诗的主旨，是在追述周朝始祖后稷开创农业、立国于邰的事功，为周人祭祀始祖后稷的乐歌，其一开始就写到后稷是感生出来的：

> 厥初生民，时维姜嫄。
> 生民如何？克禋克祀，以弗无子。
> 履帝武敏歆，攸介攸止。

载震载夙，载生载育，时维后稷。

　　意思是说，最初周朝创生了第一个子民，那就是姜嫄孕育出来的。如何把先民生下来的呢？诗中说，她祷告神灵、祭拜天帝，祈求不要没有孩子，然后有一天，姜嫄外出的时候走在田野上，"履帝武敏歆"，这一句经过学者的考证，指的是"踩到了上帝的大脚拇趾印，心里出现一种欢欣的感觉"，并且休息了一会儿，借由神的保佑、神的降福，于是就有了胎孕，经过十个月的孕育，后来生下来的就是后稷。

　　除了诗歌，感生神话还出现在许多其他的文学体裁中，比如司马迁《史记》里一共记载了四个感生神话。《史记·周本纪》便说，周朝的祖先后稷（又叫作姬弃），他的母亲姜嫄"履大人迹"——在野外走动时看到一个巨人的脚印，心里面涌现出一种喜悦的感觉，想要踩上去，而踩下之后有所感应，就受孕了。同样，比周朝更早的商朝，其始祖殷契也是如此诞生的。《史记·殷本纪》记载："殷契，母曰简狄，有娀氏之女，为帝喾次妃。三人行浴，见玄鸟堕其卵，简狄取吞之，因孕生契。"这个契就是商朝的祖先，他的母亲简狄和另外两人去沐浴的时候，看到一只玄鸟产下了卵，简狄拿了一个吞吃下去，就受孕生了契。另外，《秦本纪》里也说女修也是吞了玄鸟的卵，怀孕生下了秦的伟大祖先大业。《高祖本纪》则说，汉高祖刘邦的母亲刘媪"尝息大泽之陂，梦与神游。是时雷电晦冥，太公往视，则见蛟龙于其上。已而有身，遂产高祖"。这么一来，汉高祖刘邦就等于是龙的儿子了。从这几则感生神话来看，会出现这种奇异诞生的情况的，都不是平常人，都是历史伟人，尤其是国家民族的创建者。

无论这是否为美化、神圣化的虚构手段，感生神话提供了一种特殊的生育方式，恰好可以被女儿国运用。《后汉书·东夷传》中便说："又说海中有女国，无男人。或传其国有神井，窥之辄生子。"只要看一眼那口神奇的水井，就可以怀孕生子，解决单一性别无法繁衍的问题。而女儿国最早的记录就是出自《山海经》，《海外西经》说：

女子国在巫咸北，两女子居，水周之。一日居一门中。

另外《大荒西经》又记载：

大荒之中……有人衣青，以袂蔽面，名曰女丑之尸。有女子之国。

女儿国的传说影响很大，甚至连史官所写的正史中都有女儿国的记载，例如《三国志·魏志·东夷传》里提到，北沃沮的耆老说：

国人尝乘船捕鱼，遭风见吹数十日，东得一岛，上有人言语不相晓，其俗常以七月取童女沉海；又言有一国亦在海中，纯女无男。

后来关于南朝历史的《梁书》《南史》，也都记载了一个"东方女国"，直到《旧唐书》还提到"东女国"，说这个地方"以女为王""俗重妇人而轻丈夫"。再到《新唐书》中，相关的记载就更多了。东女国之外还有女蛮国、西女国等。从常识来推敲，单性的国家一定会面临繁衍的问题，怎样才能够代代相传而不会亡国呢？古人用的法子就是"感生神话"，又称为"贞洁受孕神话"的思维，也就是在接触或吞食了某种东西后，就会感应而怀孕生子。

这种情节同样被后来的小说充分吸收，最著名的就是《西游记》，第五十三回中写到一个西梁女国，国内有一条喝了以后就可以受孕的子母河，相对的，也有饮用一口便能化解胎气的落胎泉。明代还有一部小说《西洋记》，讲三宝太监郑和下西洋的故事，其中的女儿国在浡淋国之后，国中全是女人，没有男子，同样也是通过子母河受孕，喝圣母泉取消胎孕，和《西游记》很接近，这些都是建立在古老神话上的有趣创作。

当然，曹雪芹所写的大观园住的都是女孩子，男性止步，再加上重女轻男的价值观，也很有女儿国的味道。只是大观园毕竟不是女儿国，少女们都还是要离开、要出嫁，所以说，大观园只是一个短暂的梦幻乐土，寄托了曹雪芹所怀念的往事，以及往事如烟的悲哀。这是它和一般女儿国最不相同的地方，也是它最迷人的魅力所在。

回到原始神话来看，最特别的是，《山海经》中不仅有"女子之国"，《大荒西经》里还有"丈夫之国"，连纯男性的世界也出现了。非但如此，《海外东经》又提到"大人国"和"君子国"。

这个君子国是"衣冠带剑……其人好让不争",《大荒东经》也说"君子之国,其人衣冠带剑",从里到外都符合君子的标准。另外还提到国民长得矮矮小小的"小人国"——"有小人国,名靖人",《大荒南经》也记载说"有小人,名曰焦侥之国,几姓,嘉谷是食""有小人,名曰菌人",这些靖人、菌人只有几寸长,是人类的迷你版,用我们今天的公仔玩具去想,就差不多很接近了。

这些奇特的国度,各自住着不寻常的人类,后来都被清朝的小说家李汝珍写进了《镜花缘》,形形色色,多彩多姿,简直可以媲美爱尔兰作家斯威夫特(Jonathan Swift,1667~1745)的《格列佛游记》(*Gulliver*)。在这部于1726年面世的幻想小说中,也写到了小人国,其中的人小到可以放进口袋里,这和《山海经》写到的"小人国"如出一辙,然而《山海经》的时代要早得多,可见中国古人的想象力多么丰富!

此外,除了前面提到的女儿国、男人国、君子国、小人国之外,单单在《海外北经》里还有很多的远国异人,包括"一目中其面而居"的一目国、无肠之国、"人大,两足亦大"的跂踵国。至于"一女子跪据树欧丝"的"欧丝之野",应该就是影射可以吐丝的蚕,"欧"就是呕吐的"呕"。这个神话把蚕给拟人化了,变成了跪在地上抱着树呕出丝来的女子。从神话的主题分类来说,它属于"推原"神话,一种解释来源的神话(etiological myth),这是神话内容主题的一个大类,我们前面一开始的时候已经提到过。

还有,除了奇特的远国异人,神话里更有着形形色色的特异动物与特效物品,例如《山海经·海内南经》中记载:"巴蛇食象，三岁而出其骨，君子服之，无心腹之疾。"这一则故事和我们平常所说的"贪心不足蛇吞象"并不一样，神话里四川的巴蛇吞下大象以后，经过三年的消化，吐出来的象骨变成了心腹疾病的绝佳预防药，君子吃了以后，就再也不会患有心腹方面的疾病。另外，《山海经·大荒东经》里也提道："青丘国在其北，其狐四足九尾。"这种九尾狐狸有特别强大的灵力，到了后世就被附会为法术高超的妖精，在东亚的许多传说中出现。据说导致商纣亡国的妲己就是被九尾狐附身，才会变成祸水，当然这是古老的神话到了后世的演变。

不过，如果我们以为神话故事中的异类怪物都是虚构的、想象出来的，那就太轻率了。《山海经·北山经》写到一条河流叫"决决之水"，东流到黄河里，"其中多人鱼，其状如鳝鱼，四足，其音如婴儿，食之无痴疾"，这种人鱼不就是今天的娃娃鱼？娃娃鱼是一亿多年前就存在的动物，正式的名字叫作大鲵，是非常珍贵的活化石，现在已经被列为国家二级重点保护野生动物，它被记录在《山海经》里，一点儿也不奇怪，更证明了神话确实是古代文化的宝库，需要有眼光、有创造力的人，继续去挖掘其中丰富的文化内涵。

第二章

——

《诗经》

扫一扫，
试听课程

第一节 《诗经》的来历与分类

神话毕竟不是严格意义上的诗歌，真正在文字表达形式上的诗歌，最早的作品是《诗经》，《诗经》也是中国最早的一部诗歌总集。

《诗经》的地位非常崇高，从书名的"经"这个字就可以知道。它是儒家的神圣经典，和《论语》《孟子》等典籍一样，都是传统文化的核心，可以说是过去知识分子的必备学问，其重要性可想而知。不过，它所收录的内容毕竟是诗歌，是句式整齐、隔句押韵、内容抒情的作品，也是不折不扣的文学经典，可以说是后代诗歌发展的渊源，因此被称为"根文学"，也就是后代文学的根源，影响非常深远。

下面我们就来谈谈《诗经》的来历，以及其中的诗篇是怎么形成的。

诗三百

我们先来了解一下《诗经》里作品的来历以及它们的分类。

《诗经》最初叫作《诗》，一共有三百一十一篇，其中的六篇是"有目无词"，也就是只剩下目录上的篇名，却没有诗歌内容，所以真正的诗歌作品是三百零五篇。

据说，《诗经》原来有三千余首诗，被孔子整理、淘汰之后，只剩下大约十分之一。这是中国最伟大的历史学家司马迁说的，后来的理学家朱熹也这么认为。不过经过学者的考证，"孔子删诗"的这个说法应该不是事实。

必须说，孔子确实参与了《诗经》的音乐整编。根据《论语·子罕》记载孔子说："吾自卫返鲁，然后乐正，《雅》《颂》各得其所。"可见，孔子的整理主要是音乐上的分类编排，也显示出孔子是很懂音乐的，音乐造诣极为高明。难怪《论语·述而》里面说："子在齐闻《韶》，三月不知肉味。曰：'不图为乐之至于斯也！'"能够这样欣赏音乐的美，还感动到一连三个月都不觉得肉的美味，你可以想见，孔子真的是一个造诣很高的音乐爱好者。从这里也可以知道，《诗经》中的作品都是入乐的，可以配乐演唱。

无论如何，至少可以确定，从孔子开始，《诗经》就已经是三百零五篇，《诗经》又被称为《诗三百》，就是这个原因；甚至"三百"的这个数字就专门代表了《诗经》，后代的文人也会直接以"三百篇"代称《诗经》。

这些诗篇，创作的时间很长，起于西周初期至春秋中叶（公元前11世纪～公元前6世纪），涵盖了大约六百年的时间，诞生的地区主要是在黄河流域一带，包含了黄土高原最主要的陕西、山西，以及河南所在的黄土平原地带，属于周文化的一部分。

风、雅、颂

这些作品，都是配乐演唱的，依照内容体制或音乐性质，可以分为风、雅、颂三种。其中，依照宋朝郑樵《通志》所说：

"风土之音曰风，朝廷之音曰雅，宗庙之音曰颂。"可以分别说明如下：

第一，"宗庙之音曰颂"，是宗庙祭祀的乐曲，包括《周颂》《鲁颂》《商颂》，表达出周朝、鲁国、商朝的祭祀颂歌，甚至有人视之为周的开国史诗。在演奏时要配以舞蹈，内容最是庄严隆重。

第二，"朝廷之音曰雅"，《雅》又分为《小雅》和《大雅》，属于宫廷音乐。宋朝的大学者朱熹也认为，《小雅》为宴请宾客之乐，《大雅》是国君接受臣下朝拜、陈述劝诫的音乐，内容几乎都是关于政治方面的。另外还有一种说法，认为"雅"就是反映王政的诗，如《毛诗序》云：

> 雅者，正也，言王政之所由废兴也。政有小大，故有小雅焉，有大雅焉。

但即使如此，这类的作品主要是配合雅乐，属于"雅"的类别。那什么叫作"雅"呢？"雅"就是"正"的意思，代表正统、正确，所以后来也都"雅正"并称，可以说是一个同义词。因此，"雅"可以说是贵族官吏的诗歌。

第三，"风土之音曰风"，"风"就是风土民情的意思，指的是周代各地的地方民谣。《诗经》里收录了一共十五个国家地区的民谣，称为十五国风，朱熹《诗集传·序》又说：

> 凡诗之所谓风者，多出于里巷歌谣之作，所谓男女相与

咏歌，各言其情者也。

一般人民歌咏的就是生活以及婚姻爱情，属于人生最基本的需求，所产生的诗篇数量也最多，有160篇，高过于《雅》的111篇(其中包括"有目无词"的六首)，《颂》的部分则只有40篇；《国风》里的作品不但最多，也是我们今天最熟悉的诗篇。

那么，这些诗是怎样成为《诗经》内容的呢？原来有两种途径：一种是献诗，一种是采诗。

所谓的"献诗"，据《国语·周语》所说："天子听政，使公卿至于列士献诗。"可见有些诗是在朝廷上，由公卿大夫献给天子。那么，"风、雅、颂"中的"雅"，应该就是"献诗"这一类的作品。

至于"采诗"，指的是派人到各地采集民歌，这么一来，采诗所收集到的作品，反映了各地的风土民情，主要就是到了《国风》这个分类里。

但讲到这里，我们应该要知道，无论是献诗，还是采诗，最后都要集中到太师那里。太师是周王室的乐官，由他进一步整理，配上音乐，然后反映给天子，让天子可以掌握政治状况，尤其是百姓的情况。这么说来，采诗得来的作品，应该就是《国风》中的诗。由此可见，连《国风》这些从全国各地收集而来的诗，都要汇总到周王室的乐官"太师"手里，进行修改、润饰等整理之后，才形成正式的文字版本，也就是我们现在看到的样貌。所以说，包括《国风》在内，《诗经》都是贵族阶层文化的产物。

这里，我们还必须特别提醒：在资源丰富、教育普及的现代，读书、读文学是人人都可以享受到的权利，但是，这个情况只不过是近一百年，甚至只不过是这几十年来的样态，并不是天经地义、自古皆然的。我们可以参考一个统计数字：大约在清朝末年光绪三十年（1904）的时候，社会上做过一个全国识字率的普查，当时的期望值是1%。而这个比例是在几个条件上得出来的：第一，当时已经经过十九世纪西方列强的入侵，导致许多观念的改变，一方面努力追求富国强兵，一方面则是大力推动国民教育，因此识字的人口比例会比以前来得高；第二，所谓识字率的标准只是初级的教育程度，只要基本上能读能写就好，当然人数也会比真正的知识分子范围大得多；第三，1%这个数字是期望值，意思是希望达到的数字，也就是在最好的情况下会有的数字，所以1%又是一个高估的数目。换句话说，把这三个情况考虑进来，就可以发现，即使在努力现代化的清末时期，全中国人民的识字率是不到1%的；而在清末以前，教育的普及率更低，一般百姓的识字率更远远不到1%，能像司马迁、谢灵运、李白、杜甫、苏轼、曹雪芹等这样写作的人，那真可以说是凤毛麟角，属于万中选一的极少数精英。

也因此，这些文化精英的道德标准、思想观念，当然和一般平民是很不一样的，这就是古人所说的"礼不下庶人"，即礼乐、礼教之类的道德文明，是不会普及到一般老百姓的。庶民既然没有受教育，也就不用受到高标准的要求，这很公平。从文化集中的情况来说，既然文士能够读书做官，享受绝大部分的人所没有的文化知识和政治权利，当然也就更应该洁身自爱，以最高标准来自我要求，才能对国家社会有所贡献。

从这个历史背景或社会条件来说，采集《国风》的目的当然不是为了歌咏人民的喜怒哀乐，而是要反映百姓的喜怒哀乐，以作为当政者的参考。在诗篇的整理上，也不可能是各地民谣原来的样子，多多少少都经过改写，或者至少润饰加工，因此这么多的诗篇才会有如此统一的风格。也因此，在诗篇寓意的解释上，采取纯粹抒情的角度去理解，恐怕是脱离历史背景的；寄托道德寓意，应该还是比较接近编辑《诗经》原意的。

赋、比、兴

首先我们得知道，对于《诗经》的创作，传统的说法有所谓的"六义"，也就是"风、雅、颂，赋、比、兴"。前三项的"风、雅、颂"，是指《诗经》中作品的三种分类，我们前面已经看到了；至于六义中的后三项"赋、比、兴"，则是指诗歌的三种创作方法，这是我们现在要谈的内容。

"赋"，就是直接描写的意思，主要的做法就是铺陈。这也是诗歌文学最基本的写法，也最常见。例如《国风·豳风·七月》，就是描写农家一年的生活，第一章从岁寒写到春耕开始：

> 七月流火，九月授衣。一之日觱发，二之日栗烈，无衣无褐，何以卒岁？三之日于耜，四之日举趾。同我妇子，馌彼南亩，田畯至喜。

"七月流火，九月授衣"意思是说，七月时，火星已经不在五月时正中最高的位置了，它开始偏西向下；到了九月，蚕丝、桑麻都已经收成了，这时就要忙着做冬天的寒衣。下面说"一之日觱发"，是指十月以后第一个月的日子，那就是十一月，北风刮过来，发出觱发的碰撞声。"二之日栗烈"，是指十月以后的第二个月，也就是十二月，这些日子气候凛冽，大雪纷飞，这时候"无衣无褐，何以卒岁"，没有冬袍和棉袄，如何挨过年终的酷寒？接着是"三之日于耜，四之日举趾"，意思是十月以后的第三个月、第四个月，也就是第二年的正月、二月，这时要修理耕田的农具，下田去做活。其间你可以看到"同我妇子，馌彼南亩，田畯至喜"——妻子和孩子送饭到南田给农夫吃，主管农事的官员看到这个景象，心里感到非常满意。

《七月》这首诗依照历法，从七月、九月、十一月、十二月，按时一直写到第二年的正月、二月；再配合其他各章的描述，完整呈现出农村一年四季的生活景象，非常写实。这就是"赋"的写作方法。

此外，在平铺直叙的基础上，为了凸显诗人想要呈现的效果，还有两种特别的艺术技巧可以运用，那就是"比"和"兴"。"比"，就是比喻的意思，诗人在两个事物之间找到类似的地方，然后放在一起来诠释，这可以让抽象的道理更具体，更容易理解，也可以让原本就具体的事物更生动、更鲜明，所以是一种很重要的修辞法。

例如《诗经·魏风·硕鼠》里，写到深受横征暴敛之害的人民，他们把剥削百姓的官吏比喻为大老鼠，并大声呼吁说：

硕鼠硕鼠，无食我黍！三岁贯女，莫我肯顾。逝将去女，适彼乐土。乐土乐土，爰得我所。

　　硕鼠硕鼠，无食我麦！三岁贯女，莫我肯德。逝将去女，适彼乐国。乐国乐国，爰得我直。

　　硕鼠硕鼠，无食我苗！三岁贯女，莫我肯劳。逝将去女，适彼乐郊。乐郊乐郊，谁之永号。

　　用大老鼠来比喻横征暴敛的官吏，可以说是非常生动而精确的。我们常常说小人的模样是尖嘴猴腮、獐头鼠目，说短视近利是鼠目寸光。老鼠那尖尖的嘴、细小的眼睛、锐利的牙齿，这种长相本来就不讨好了，它乱啃乱咬的破坏力更是让人气得咬牙切齿，可它神出鬼没，只在深夜暗地里活动，简直就是百分之百的小人，难怪古人常常把小人称为鼠辈，这里老鼠也被用来比喻贪得无厌的官吏，剥削百姓辛苦的心血，据为己有。"赋、比、兴"中的"比"的用法，《硕鼠》这一篇可以说是最佳的代表。

　　至于"赋、比、兴"中的"兴"，是兴起、兴发的兴，也就是一种触发的作用，指的是一个人已经蓄积、酝酿了一些情感，而自己并没有清楚意识到，突然之间看到大自然中的某一种景物，在这个外在的刺激之下，就触发了内心已经酝酿得很饱满的情感，于是接着把这份情感抒发出来，形成了一种写作的模式：先写外在客观的自然景物，接着写主观的内在情意，看起来两者之间似乎没有关联，其实通常彼此有一种类似的性质，那外在的景物才能引起注意，而召唤出类似的情感。

例如《国风·周南·桃夭》这一篇，诗中的第一章说：

桃之夭夭，灼灼其华。之子于归，宜其室家。

第一句的"桃之夭夭"，今天已经用同音字加以转化运用，变成了"逃之夭夭"，赶快一溜烟逃走的意思，但这其实是后来的人严重的误解。最初《桃夭》这一篇是在讲春天桃花盛开的样子，所以是桃花的"桃"字；而"夭夭"，是指年轻少壮的样子，所以这棵桃树的生命力才会这么旺盛，枝繁叶茂、花朵缤纷，红艳的花朵像在燃烧一样；"灼灼"这个词带有一种鲜明闪亮甚至炙热的感觉，充分显示出灿烂逼人的色彩，新嫁娘的美丽也可想而知。"之子于归"的"之子"就是"是子、是人、此人、这个人"的意思，它说这位新嫁娘就要"于归"了，出嫁回到她真正要安顿一生的归宿，而她的秀外慧中真是"宜其室家"，非常适合她的家庭，等于是得其所哉，注定终身幸福！

而这一首诗就是用"兴"的笔法，诗人以"桃之夭夭"起兴，看起来好像只是在送嫁的路上偶然看到路边的景色，于是顺手用来作为一个引子，和新嫁娘没有关系；但其实并不是这样的，你仔细玩味一下，就会发现：桃花开在春天里，不就是呼应了新娘的青春？古代女性结婚的年龄，差不多是十几岁的少女，就像花朵正要绽放一样；而桃花盛开的样子，不就正好像这位新娘的美貌吗？婚礼的那一天，新娘打扮得艳丽华贵，往往就是女性最美丽的一天，脸上的胭脂仿佛就是桃花染上的色彩呢；再说，古人认为女性有了夫家，就是得到了终身的归宿，所以说是"于归之喜",到今天,我们参加婚礼时还可以用到这个成语,那么这位新娘不就是满心喜悦吗?

这样看起来,盛开的桃花不就等于于归的新娘吗?都是青春洋溢,都是美丽非凡,也都是充满喜悦,难怪走在送嫁的路上时,会吸引诗人的注意的,不是其他地上的小草或绿色的树木,也不是蜿蜒的小溪流水,而是满树盛开的桃花。诗人一看到"桃之夭夭,灼灼其华"的景色,心里充满青春、美丽、喜悦的那份情怀就被触动了,所以信手拈来,接着推展"之子于归,宜其室家"的主题。这样的脉络,顺理成章,自然而然,可以说是"起兴"的一个典范。

其他类似的还很多,好比"蒹葭苍苍,白露为霜。所谓伊人,在水一方"(《诗经·国风·蒹葭》),都是这样的形态,大家可以自行类推。

第二节 《诗经》的形式风格

上一节所讲的《诗经》,我们已经看到了大体的概要,对《诗经》也有了基本的认识,接下来我们要进一步来谈谈《诗经》里的作品有哪些特色,可以带给我们怎样的启发。

诗歌的形式:四言句式

"赋、比、兴"是《诗经》里的创作方法,即诗人对内容素材的处理手法,属于主观的运用;而写成诗歌的时候,还得要有文字结构的形式，这就属于客观的样态。

《诗经》中的作品大多是四言诗，也就是一个句子用四个字写成，从前面我们提到的《硕鼠》《桃夭》这两篇就可以看得出来。其实，对于单音、单形、单义的中国文字而言，通常会两两结合，形成两个字一组的词汇，比较能清楚表达。看看我们的辞典里所收的词条，最多的就是两个字构成的词汇，就可以证明这一点。这样一来，《诗经》中的这些四言诗，很自然地就形成两两断句的节奏；因此，特别能表现出一种均衡、沉稳、平和的特质，用在正式的场合、隆重的礼仪上，能增加庄严肃穆之感，最合适不过。后来比较正式的、严肃的文类，例如铭、赞、偈，也会采用这种四言的形式，就是因为同样的理由。

例如五代十国时的后蜀皇帝孟昶，为整饬吏治，亲自写下二十四句的《令箴》，以告诫地方官，要爱护百姓，不能做贪官污吏。后来宋太宗摘取其中的"尔俸尔禄，民膏民脂。下民易虐，上天难欺"这四句，亲自书写、颁布到各个州县，令州县刻石立于衙署大堂前、甬路间，称为《戒石铭》，用以时时警示为官者要廉洁自律、克己爱民。后世各朝都将这十六个字列为各级衙门必不可少的官箴。你再默念一次，是否感到一种顶天立地、无比庄严的热血涌上来了呢？

再看中唐刘禹锡的《陋室铭》，前六句都是四言句："山不在高，有仙则名；水不在深，有龙则灵。斯是陋室，惟吾德馨。"他说这一间简陋的屋子，只要住的是有德行的人，也就是刘禹锡自己，那就会像有神仙的山、有龙的水，不用高耸入云、深不可测，都会是名山灵河，让世人崇拜尊敬。这六句话一开始就给人一种铿锵有力的语感，这样的四字咏叹，确实产生了一种堂堂正正的力量，能为他的自信加分，让刘禹锡整个人都壮大了起来。

当然，以文学作品来说，最好的四言诗杰作，非曹操的《短歌行》莫属，慷慨激昂、大气磅礴，实可推之为四言诗的桂冠。诗中说："对酒当歌，人生几何？譬如朝露，去日苦多！"那份对生命短暂、时光一去不返的悲凉，令人惊心动魄，却又是悲凉中有豪迈，你似乎可以感觉到诗人引吭高歌，拿起酒杯一饮而尽，一点儿也不颓废，更没有无可奈何的眼泪，即使悲凉，还是充满了力量。这固然是曹操雄霸气质的流露，但是，四言的文字形式也功不可没，那平稳的节奏不疾不徐，简单利落，因此让心情得到了一种塑造，产生出强健的气势，是我们欣赏这首诗歌时所不能忽略的。

再后来的陶渊明，他的《停云》则几乎完全是《诗经》的形式，这组用以"思亲友"的诗篇，一共有四章：

霭霭停云，濛濛时雨。八表同昏，平路伊阻。静寄东轩，春醪独抚。良朋悠邈，搔首延伫。

停云霭霭，时雨濛濛。八表同昏，平陆成江。有酒有酒，闲饮东窗。愿言怀人，舟车靡从。

东园之树，枝条载荣。竞用新好，以怡余情。人亦有言，日月于征。安得促席，说彼平生。

翩翩飞鸟，息我庭柯。敛翮闲止，好声相和。岂无他人，念子实多。愿言不获，抱恨如何！

第一章说的是"霭霭停云，濛濛时雨。八表同昏，平路伊阻"，第二章稍微变化一下，颠倒用语，换个韵部，就变成了"停云霭霭，时雨濛濛。八表同昏，平陆成江"，说的都是烟雨蒙蒙、云气弥漫，整个天地之间都是昏暗的，道路也因为淹水而阻隔不通，这样阴沉的不良天候让人感到心情低落，越发觉得孤独，因此更凸显思念亲友的殷切。到了后面的两章就变化得多一点，不像前两章显而易见地有所重复，但还是维持四言的句式，第四章的"岂无他人，念子实多"，意思是说：怎么会没有别人呢？但对你的想念确实是最多！一语道出了深刻的思念，表达出对这位亲友最深的情意。虽然并不波澜壮阔，却耐人寻味，在质朴的文字、平稳的句式中，隐含了像橄榄——刚咬下去似乎没什么滋味，却越嚼越甘甜——一般的深情。

　　即使到了民国时期，四言诗仍然出现了杰作，那就是李叔同（也就是出家之后的弘一大师）在临终前所写的诀别诗。在这篇写给挚友夏丏尊的信件里，弘一大师以简单的三言两语告诉他，自己即将离开人世，特此告别，并附了两首诗偈在后面，说道：

　　　君子之交，其淡如水。执象而求，咫尺千里。

　　　问余何适？廓尔忘言。华枝春满，天心月圆。

　　两人志同道合，多年下来，就是君子之交淡如水，不是亲密互动，却是心灵深处的生死之情；倘若只从表面上来看，即使近在咫尺，其实也等于千里之远。这是弘一对夏丏尊的推崇，也是对彼此关系的总结。而接下来，弘一以无比的智慧看待死亡，告诉老友他临终的境界。原来，面对人生的终点时，不是一般人所以为的缺憾和恐怖，恰恰相反，懂得生死大智慧的人，会了解死亡只是一种生命形式的结束，生命还会有下一个旅程。但死后会到哪里去呢？超越生死的弘一大师却说"廓尔忘言"，他心里无比的清明开阔，连怎么说明都忘了。"忘言"，这种超越语言的境界，不就是庄子得道时的最高境界吗？最高的智慧是无法分析的，只能形象地比喻当下的感受。弘一大师接下来就说"华枝春满，天心月圆"，这时的心态，就像开满花朵的枝头上有着满满的春天，天空的正中央有着一轮毫无缺损的明月。请特别注意一下，"华枝春满"的"满"和"天心月圆"的"圆"，合起来岂非正是"圆满"这个词？很明显，弘一大师在说，他面对死亡一点儿也不恐惧，一点儿也不遗憾，反倒心灵无比平静、坦然，甚至到了一种春满月圆的最佳境界，正符合佛教所说的"圆寂"，这不是一种非常令人动容的大智慧吗？这样的从容、平稳、深沉！而四言的句法，就成了最好的表达形式了。

《诗经》里的作品就是以这样的四言句为主的。我们必须说，诗句的短小，使它的表达性未能如五言的灵巧，但在四字一句的表达中，少于变化，自然也就较为庄严、稳重。西晋挚虞《文章流别集》在评论诗歌时就主张："以情志为本，而以成声为节，然则雅音之韵，四言为正。"后来，中国伟大的文学批评家刘勰在《文心雕龙·明诗》中也指出："四言正体，则雅润为本；五言流调，则清丽居宗。"可见四言的形式成为中国诗歌的正体，它以文雅温润为根本，是均衡的、沉稳的、平和的，而不是激烈的、动荡的。

因此，日本学者松浦友久在《中国诗歌原理》中便提到：四言诗，从观念上被认为是汉语古典诗的历史中最雅润而规范的诗型，这些诗作的使用场合是在特定的诗人渴望复活古代的"雅正"诗精神的场合中。由此可知，四言诗是一种非常重要的文学形式，比我们熟悉的五言诗产生得更早，也更是文学理想的代表。

重叠复沓的章法：三段体

《诗经》中的诗篇，严格说来，每一个篇名或诗题都被当作一首诗，但是其实很多都包含三首或四首类似的段落，形成连章的结构，可以称为"三段体"，这三首内容一样，只是换几个字词，也更换押韵，反复迭唱。在大体重复、小处变化的状况下，反而创造出一种渲染的效果，循环回旋，情韵悠长，耐人寻味。

前面讲过，孔子对《诗经》的整理，主要是音乐上的各得其所，因为《诗经》里的诗都是可歌、入乐的，尤其是《国风》里面的作品。而西方学者戴尔（Richard Dyer）曾经指出，歌曲中歌词与旋律的重复，会产生一种时间静止的感觉，让剧情仿佛在原地踏步。这就是《诗经》里的诗常出现三段体的原因。

唐朝王维有一首著名的绝句《送元二使安西》，又叫作《渭城曲》，诗中说：

渭城朝雨浥轻尘，客舍青青柳色新。
劝君更尽一杯酒，西出阳关无故人。

大家可知道，唐代的绝句诗，也就是由四句所组成的一首诗，都是可以配上音乐演唱的；也因为有配乐，王维的这一首《送元二使安西》才又叫作《渭城曲》，变成了和曲调搭配的歌曲。当大家演唱这首诗歌时，会把最后一句的"西出阳关无故人"反复唱三次，所以这首歌曲又叫作《阳关三叠》，在歌曲即将结束的时候重复咏叹，呈现出一种依依不舍的眷恋，以及失去故人的寂寞，所以余韵无穷，仿佛时间就停顿在离别前夕的这一瞬间似的。

当然，《阳关三叠》只是重复最后一句，这是文人圈子的状况，和民间音乐有一点不同。而民间的流行音乐更是采取这种三段体的形式，因为一般大众音乐的内容和曲调都比较简单，这也是它可以流行的原因；但只有短短一段，匆匆忙忙就唱完了，总是不过瘾，所以几乎都会重复，只是中间的那一次，也就是第二次，通常会用变调来表现，以免呆板。

回来看《国风》里的诗，也大多是这种略加变化的三段体，例如《秦风·蒹葭》这一篇，一共有三章，说道：

蒹葭苍苍，白露为霜。所谓伊人，在水一方。

溯洄从之，道阻且长。溯游从之，宛在水中央。（其一）

蒹葭萋萋，白露未晞。所谓伊人，在水之湄。

溯洄从之，道阻且跻。溯游从之，宛在水中坻。（其二）

蒹葭采采，白露未已。所谓伊人，在水之涘。

溯洄从之，道阻且右。溯游从之，宛在水中沚。（其三）

清朝方玉润的《诗经原始》也指出："三章只一意，特换韵耳。其实首章已成绝唱。古人作诗多一意化为三叠，所谓一唱三叹，佳者多有余音。"这种三段体的形式，就是流行歌谣最常见的形式。

诗教：温柔敦厚、思无邪

我们前面谈到的《诗经》的特色，主要是偏向形式方面，包括四言句、三段体，现在我们要从内容方面来看《诗经》在情感表达上的特色，那就是"温柔敦厚"。

"温柔敦厚"这四个字来自《礼记·经解》，其中引孔子曰："入其国，其教可知也。其为人也，温柔敦厚，诗教也。"可见，"温柔敦厚"就是"诗教"，诗歌的教化作用，也是《诗经》在情感表达上的特色。那怎样才算是"温柔敦厚"呢？温柔敦厚的诗歌会带来怎样的教化影响呢？

我们先看第一个问题。所谓的"温柔敦厚"可以用三句话简单定义，那就是"乐而不淫，哀而不伤，怨而不怒"。这三句话分别来自《论语·八佾》中孔子所说："《关雎》，乐而不淫，哀而不伤。"再加上《国语·周语》召公所说的"怨而不怒"。这就可以说是"温柔敦厚"的完整定义。

这三句话涉及了快乐、悲哀、幽怨这三种情绪，也差不多等于人类喜怒哀乐的所有情绪反应，可见孔子和儒家根本没有要压抑人性，更没有要否定这些人性；相反，孔子完全接受人应该拥有这些与生俱来的基本情感，所以《诗经》里才会有那么多歌咏人生喜怒哀乐的诗篇。只不过，孔子认为人的各种情绪或情感不应该被过度放纵。"乐而不淫，哀而不伤，怨而不怒"的意思是：当你快乐欢喜的时候，不要过度以免乐极生悲；当你感到悲哀的时候，不要过度而到了伤痛的程度；当你心中有怨的时候，不要过度而到了愤怒的程度。因为一旦过度放纵，无论是快乐或悲伤愤怒，都会对自己、对社会带来伤害甚至毁灭，那就偏离了人生的意义了。

我们先举一个例子来看。子夏是孔子的大弟子之一，学问、人品都是第一流的了，但是，当他的儿子死了，却无法承受丧子之痛，在悲伤过度的情况下天天哭泣，导致失明，《礼记·檀弓上》中记载：

> 子夏丧其子而丧其明。曾子吊之，曰："吾闻之也：朋友丧明，则哭之。"曾子哭，子夏亦哭，曰："天乎！予之无罪也！"曾子怒曰："商！女何无罪也？吾与女事夫子于洙泗之间，退而老于西河之上，使西河之民疑女于夫子，尔罪一也；丧尔亲，使民未有闻焉，尔罪二也；丧尔子，丧尔明，尔罪三也。而曰女何无罪与？"子夏投其杖而拜曰："吾过矣！吾过矣！吾离群而索居，亦已久矣！"

故事是说，子夏死了儿子，他也哭瞎了眼睛。同门的师兄弟曾子去吊唁，说："我听说朋友失明了，就要为他哭泣。"于是曾子哭了，这时子夏也哭了，说："上天啊！我并没有罪，为什么要承受这样的折磨呢？"曾子一听，就气愤地直呼子夏的名字，说："商！你怎么会没有罪呢……你死了儿子，你也哭瞎了眼睛，这就是你的第三条大罪！"

当然，子夏对儿子的爱是山高海深，丧子之痛也是人生不可承受的惨剧，他的痛彻心扉可以想见。但是，哭到失明的地步，把此后的人生之路走绝了，等于是另一种陪葬，而这是最好的情况吗？让我们想一想：人生的意义是为了体验成长的奥妙，能够好好地活着，保持身心的健全，不仅可以继续做出更多、更大的贡献，还可以把儿子来不及看到的风景多看一些，把对来不及长大的儿子的爱分给其他的人，这岂不是让儿子的死更有意义？

所以，曾子责备子夏，说他因丧子而失明就是一条罪状，这绝对不是礼教的压抑，而是让人生均衡的正道。朋友之间要互相指正、提醒，曾子就善尽朋友的义务，当面规劝，子夏也诚恳地一再认错，说自己是离群索居太久，越来越以自我为中心，才会失控。这个例子恰恰可以说明"哀而不伤"的道理。

从这里可以清楚看到，儒家哪里是压抑人性呢？它明明是在肯定人性中的喜怒哀乐等情感或情绪。儒家的重点是在告诉人们：当你有喜怒哀乐等等情绪或情感的时候，要适当地纾解它，加以均衡，不要因为过度而导致失控，凡事过与不及，都会对自己或别人造成伤害，"乐极生悲"就说明了这个道理。

而帮助人们不要太过度、太偏激的，就是一种"温柔敦厚"的性情或胸襟。《文心雕龙·宗经》也说《诗经》是"温柔在诵"，有那一分温柔，人就会有气度，温和而柔软；而有了敦厚，就不会太过激动而流于尖锐。换句话说，《诗经》的抒情特点，便是情感表现的克制与平和，这种"温柔敦厚"展现出一种节制的优雅，而不是直接与激烈，恋爱的时候温柔低回，而不是干柴烈火、饿虎扑羊；愤怒的时候虽然也有情绪，却不是咆哮谩骂、横冲直撞，这就让人活得更坚忍、更高贵。

这么一来，我们就可以讲前面所说的第二个问题了：温柔敦厚的诗歌会带来怎样的教化影响呢？我们就举《蒹葭》的第一章来说。诗人道：

蒹葭苍苍，白露为霜。所谓伊人，在水一方。

溯洄从之，道阻且长。溯游从之，宛在水中央。

一开始的"蒹葭苍苍，白露为霜"，就是"赋、比、兴"这三种作法中的起兴。诗人看到秋天时节，水岸边的芦苇长得非常茂盛，一大片苍苍茫茫的景致，而叶片上洁白晶莹的露水也结成了霜；于是诗人想起自己心中所怀念的那个人啊，就站在水岸的那一边，望着、看着伊人的踪影，忍不住想要逆流而上，前往追寻她的芳踪，但这条道路充满险阻又曲折漫长；想要顺流而下，找寻她的方向，却发现伊人仿佛在水的中央，有如幻影一般，即使寻寻觅觅，都是可望而不可即。

现在，请你再仔细玩味一下："所谓伊人，在水一方"，面对心里所喜欢的人，远远地欣赏、静静地等待，没有急切与焦躁，更没有亵渎的欲望，那种距离的美，让情感更深厚、更纯净，让对方更深植在心里，化为自己的一部分，因此也就会更加珍惜。其实，这样的情感形态和表现方式才是最耐人寻味的，也才是最深刻感人的，它和现代人所习惯的追求强度、速度有所不同，是一种放在心里面沉淀下来的、不断累积的情感，既诚敬又庄重，那才是可以延展一生的深度、厚度。

这正是"温柔敦厚"，也就是《诗经》的品格，它体现出一种自我调节的力量，让一个人可以深刻地品味喜怒哀乐的滋味，而不被情绪所主宰，也避免在失控的情况下造成伤害——无论是伤害别人还是伤害自己。更进一步说，"温柔敦厚"这种自我调节的力量，不仅不会造成伤害，还能帮助一个人提升自己，让心灵品格升华为优美的姿态。"诗教"让人懂得控制自己的感情，没有怨恨，没有偏激，有的只是踏实而深沉的平静和安详。因此，当你悲伤的时候，能够更敏锐地感受各种默默无言的缺憾，也能更柔软地体贴别人的心思，这叫作"凄美"。当你生气的时候不会咆哮谩骂，让愤怒扭曲了自己的脸孔。这种"节制含蓄的优雅"，就被孔子称为"温柔敦厚"，这其实才是诗教、也就是礼教真正的意义。

最后总结一下这一节，我们讲了《诗经》的形式与风格，它们最大的特征就是"四言的句式"和"反复迭唱的三段体"。我们又从内容上情感表现的风格，引出了"温柔敦厚"的诗教，其中最有代表性的就是《蒹葭》这一篇。通过这些内容，你有没有对《诗经》里的诗歌有新的了解了呢？

第三节 《诗经》中的美人

在上两节里，我们已经看到了《诗经》大体的概要，对《诗经》的重要特色也有了基本的认识，接下来我们要进一步来谈谈《诗经》里有哪些重要的主题，可以带给我们怎样的启发。我们首先要看的是《诗经》里塑造的美人形象。

前面的章节中，我们看到了《诗经》如何描述出嫁过程中美丽的新娘，也就是《国风·周南·桃天》第一章中所描写的：

> 桃之天天，灼灼其华。之子于归，宜其室家。

它说桃花盛开，红艳的花朵像在燃烧一样，"灼灼"这个词充分显示出灿烂逼人的光彩，正焕发出新嫁娘的美丽。但这样的描写，并不是那么具体，究竟"美丽"可以怎样地表达出来呢？

《硕人》，最传统的审美造型

《诗经》中祝贺女性出嫁而写的赞美诗，最著名的还有《卫风·硕人》这一篇，其中所描写的新嫁娘，就有非常具体而生动的美感，也因此成为中华文化里对美人的想象与描写的一大来源。它讲的是卫庄公娶齐庄公的女儿庄姜为妻，卫庄公五年（公元前753），当这位美丽的庄姜出嫁时，迎娶的卫国人热烈地赞美她而写了这组诗。整首诗的第一段——"硕人其颀，衣锦褧衣。齐侯之子，卫侯之妻，东宫之妹，邢侯之姨，谭公维私"，就是在说明这个相关背景，告诉我们，庄姜穿着锦衣再套上丝织的罩衫，身材高挑而修长，她是齐庄公的女儿，卫庄公的妻子，齐国东宫太子姜得臣的亲妹妹，刑侯的大姨子，谭公则是她的妹婿。可见，庄姜完全是一个出身高贵的皇族少女。到了第二段，则是描写庄姜之美的精彩段落：

> 手如柔荑（tí），肤如凝脂，领如蝤蛴（qiú qí），齿如瓠（hù）犀，螓首蛾眉。巧笑倩兮，美目盼兮。

在这个段落里，美人的局部被放大了，在仔细检视之下，她脸上、身上的每一个细节都毫无瑕疵，诗人以具体的联想一一给予巧妙的比喻。

首先，"手如柔荑"的"荑"，是茅草刚刚长出来的嫩芽，又柔软又洁白又细嫩，如朱熹《诗集传》卷三所说："茅之始生曰荑，言柔而白也。"这就类似于美人的纤纤玉手。"肤如凝脂"的意思是，那白皙柔嫩的皮肤就像羊脂白玉，十分润泽光滑。至于第三句的"领如蝤蛴"，则转向了脖子这个比较少被注意到的美感部位。"领"是指脖子前面的部分，"蝤蛴"是生长于木头中的天牛的幼虫，长而丰润洁白。《康熙字典》引述北宋的辞典《埤雅》"蝤蛴之体有丰洁且白者"，说道："其在木中者白而长，故诗人以比妇人之颈。"这样的联想，现代人乍看之下会觉得有点怪异，但其实只要抛开我们直觉上对昆虫的惧怕或排斥，以庄子"齐物"的境界来欣赏造物主的每一个作品，就会发现古人的观察和比喻确实非常贴切而巧妙。我曾经在整理花园翻开泥土的时候看到这样的软体幼虫，于黑色的土壤里显得特别洁白丰润又柔软，轻轻巧巧地蠕动着，当模拟于美人委婉转动的颈项时，就难怪东汉张衡《七辩》这篇文章中会赞赏道："蝤蝤之领，阿那（婀娜）宜顾。"这样修长白皙而柔若无骨的颈子让人顾盼流连，美人的回眸一笑也是因此才更为迷人。

其实不只如此，脖子这个地方的皮肤很薄，因此也是人体最容易松弛老化的部位之一，却又不容易用化妆品遮掩，一不小心就泄漏出岁月的痕迹。诗人用"蝤蛴"加以比喻，乃是直接承续着前一句的"肤如凝脂"而来，非常精确地表现出这位女子的青春美丽正在巅峰状态，这一点是一般读者或研究者都忽略的另一个比喻的关键。也许这样的忽略，是因为中华文化的审美角度到了后来，不知为何慢慢地不再聚焦于脖子了；而邻国日本的文化却是直到现在，对美人所欣赏的几个主要地方都还包括脖子，尤其是微微低头时所露出来的白皙而光洁的颈项，这也是他们的和服会特别敞开领口后部的原因，以便旁人可以欣赏这女性特有的美。但即使后来审美重点出现了不同的发展，比较起来，我们的古人还是远远领先不止一步，以"领如蝤蛴"加以比喻，展现出精准、细腻的审美眼光，对美人的感官之美观察得入木三分。

在"领如蝤蛴"之后，诗人接着赞美庄姜"齿如瓠犀"，说她的牙齿整齐又洁白，就像瓠犀。"瓠犀"，指瓠瓜，也就是葫芦的种子，将瓠瓜剖开后可以看到瓠瓜的种子排列整齐且洁白光滑。然后，诗人的眼光又往上移动，观察到美人脸庞的最上方，说"螓首蛾眉"。螓，是一种样子似夏天的蝉而形体较小的昆虫，《毛传》说："螓首，颡（sǎng，颖）广而方。"意思是她的额头宽广饱满，像螓这种昆虫一样，至于她的眉毛则是细长而弯曲，就像蚕蛾的触须。

讲到这里，不知道你发现了吗？"手如柔荑，肤如凝脂，领如蝤蛴，齿如瓠犀，螓首蛾眉"这五句大量运用动植物来做比喻，昆虫类尤其最多。更值得注意的是，这五句其实是依照由下而上的顺序来运镜的，镜头先是从最下面的"手如柔荑"开始，很自然地观察到"肤如凝脂"的细嫩皮肤；然后往上一点就看到"领如蝤蛴"的白嫩脖子，而脖子的上面就是唇间的牙齿，所以是"齿如瓠犀"这一句；再往上就是眉眼额头了，这就是"螓首蛾眉"的一笔了。所以说，诗人的安排其实是非常精密的，绝不是信手拈来，随意挥洒。

这几句还只是在刻画脸上静态的五官，所以感觉上比较像是在作油画，而且是由下往上一笔一笔地描摹；但接下来压轴的"巧笑倩兮，美目盼兮"这两句就不同了，诗人捕捉到那张精致的脸孔最迷人的时刻，那张画也瞬间立体化了，像动态图一样，美人似乎就站在我们面前，让人感到四周的空气都流动了起来，弥漫着一股芬芳的香气。

一看到"巧笑倩兮"这句诗，就让人眼前立刻浮现活色生香的美人，一笑嫣然；那浅浅一笑，四周就立刻掀起无数涟漪，让人心情荡漾！古人也说"一笑值千金"，周幽王为了博得褒姒的一笑，甚至不惜烽火戏诸侯。那么，美人的笑到底有多大的魅力呢？李商隐《北齐二首》(之二)说"巧笑知堪敌万几"，意思是北齐后主的宠妃冯小怜，她的一抹巧笑敌得过日理万机的国家大事，可见"巧笑倩兮"这一句简直就是最好的答案了。

在这里，我们应该注意到，前面描写的"齿如瓠犀"可以说是"巧笑倩兮"的基本条件，倘若牙齿发黄或参差不齐，一开口就破坏美感，又如何能称其为"巧笑"？最多只能抿嘴而笑，以免露出缺陷，但这样的抿嘴微笑虽然有含蓄的美，也很可爱，却没有露齿而笑的灿烂，那种笑容的感染力不免要逊色几分。而美人"巧笑倩兮"时的露齿而笑，更具体一点、更进一步来看，就是杜甫所首创的"明眸皓齿"了。杜甫在《哀江头》里，写安史之乱发生后他被俘虏到长安沦陷区，听说了杨贵妃在马嵬兵变中惨死的事件，想象当时的情况，便写下了"明眸皓齿今何在？血污游魂归不得"的诗句。"明眸皓齿"等于是"巧笑倩兮，美目盼兮"这两句的浓缩，更加简洁扼要。可见，大家心目中的杨贵妃是何等的倾国倾城！杜甫很喜欢用"皓齿"来形容美人，后来中唐诗人李贺也继承了这个用法，在《将进酒》中说：

> 琉璃钟，琥珀浓，小槽酒滴真珠红。
>
> 烹龙炮凤玉脂泣，罗帏绣幕围香风。
>
> 吹龙笛，击鼍鼓；皓齿歌，细腰舞。
>
> 况是青春日将暮，桃花乱落如红雨。
>
> 劝君终日酩酊醉，酒不到刘伶坟上土。

这真是一场欢乐热闹的宴会，有琥珀般透明的美酒，也有滋滋作响的美食，歌舞女郎在笛声、鼓点的伴奏下，"皓齿歌，细腰舞"，那皓齿间发出的歌声，该是多么悠扬宛转啊！

讲完了"巧笑倩兮"的精彩，接下来的"美目盼兮"这句话，更简直把美人写得活灵活现，真是画龙点睛！德国美学家黑格尔（G.W.F.Hegel，1770~1831）曾经说："整个灵魂究竟在哪一个特殊器官上显现为灵魂？我们马上就可以回答说'在眼睛上'。因为灵魂集中在眼睛里，灵魂不仅要通过眼睛去看事物，而且也要通过眼睛才被人看见。"（《美学》第一卷）然而这一点，其实我们的古人早就发现了，距今一千多年前，东晋著名的人物肖像画家顾恺之（约348~409）就清楚说明表示出来，被记载在《世说新语·巧艺》里：

> 顾长康画人，或数年不点目精。人问其故？顾曰："四体妍蚩，本无关于妙处；传神写照，正在阿堵中。"

人家问他，为什么画人物的时候，总是把眼睛这个部位放在最后，甚至放了好几年都不画上去？顾恺之解释说，四肢体态的美丑并不重要，一个人的内在灵魂传神写照的关键之处，正是在"眼睛"这个地方！"阿堵"是一个当地土话，相当于英文文法里的指代名词（Demonstrative Pronoun），表示"这个"的意思，从上下文来看，明确是指"眼睛"。正因为眼睛是灵魂之光，是一个人传神写照的关键，所以要等到他把握到画主的灵魂时，才是肖像画完成的时候，也才是肖像画成功的时候。

这番说明，清楚地反映出顾恺之深刻洞察到一千四百多年以后西方哲学家才发现的道理。但是进一步来说，顾恺之的体认固然比西方人早了一千四百多年，这已经不能不说是非常高明的成就，而在具体实践上表现出这一点的，《诗经》却又更早了一千一百年，这简直就是不可思议！

"美目盼兮"的"盼"字是一个会意字，也就是从这个字的组合去领会造字的意义，代表眼睛的"目"再加上"分"所构成，意思就是眼睛黑白分明的样子。你看，这双眼睛多么清澈无瑕、灵动万分，没有泛黄，更没有混浊，绝对不是目光如豆的小眼睛，也不带有勾引别人的媚眼如丝，当然不可能出现善于心机盘算的人容易有的锐利或凶狠，或者是争名夺利的人常见的闪烁不定，而是一直保有婴儿般的纯洁明亮，透光如玉的清白里点缀着漆黑深邃的瞳孔。单单看这双眼睛凝视的样子，就足以令人着迷了，何况是在顾盼流转之间，简直是美不胜收！美人的脸庞因此辉煌了起来，有了生机和生命力。难怪清朝的方玉润在《诗经原始》中称赞说："千古颂美人者，无出'巧笑倩兮，美目盼兮'二语。"既然眼睛是灵魂之窗，可想而知，庄姜不仅是春秋初期的第一美人，这位"美目盼兮"的美人也势必拥有一个高贵优雅的灵魂！

确实，我们必须特别提醒，这样的美丽不只是外形上的表面形态，也隐隐然和人的内在素质有关。因为"硕人"这个词在《诗经》里出现过四次，可以指男性，也可以指女性，都是形容贤德之人；如果是用来指女性，那就是貌美且有美德的女子。卫国人之所以会如此热烈地赞美庄姜，并不纯粹只是爱恋她的美丽而已。历史记载，庄姜是一位心灵手巧、贤惠有德的大家闺秀，为女性品格树立了典范。由此可知，美并不只是外形的悦目而已，还得再加上品德，外貌的美丽才会有真正的魅力。一个人貌美而心不美，即使一开始可以引人注目，但一段时间之后就会令人生厌，甚至让人害怕；到了这个时候，应该就不会有人觉得她美丽了吧。所以说，"优雅"才是永不褪色的美丽，而优雅的气质几乎只能来自心灵的美好，古人很明白这个道理。

还要请大家注意，"硕人"是指身材高大的人，是健康的、明朗的、有活力的，而不是忧郁的、悲伤的、柔弱的，这种美感和后来纤细的病态美很不一样。而且很有意味的是，《硕人》篇这一整段的美丽描写，白色是最主要的色彩。从双手、皮肤、颈子、牙齿再到眼睛的底色，"洁白"都是美丽的关键点，它不但能营造出没有瑕疵的基础，更可以衬托出蛾眉的细长、笑容的灿烂、瞳孔的明亮，产生了最佳的映照效果。所以说，三千年前的中国人就已经奠定了这样的审美观，以后会有"一白遮三丑"的俗语，也就更可以理解了。

可以说，《硕人》篇开创、引导了美的造型，后代许多歌咏美人的作品都会运用类似的描写。最有名的应该是白居易在《长恨歌》里写杨贵妃"温泉水滑洗凝脂"。杨贵妃之所以有吸引唐玄宗的强大魅力，当然和她非凡的美貌密不可分，而凝脂般的皮肤必然是加分的要件，所谓"软玉温香抱满怀"，凝脂的细腻触感自然不可或缺。

除了"肤如凝脂"之外，"蝤首蛾眉"的"蛾眉"也变成了后代写美人时一个经典的符号。这样的作品太多了，同样是在《长恨歌》里，白居易写到马嵬兵变、贵妃惨死的时候，也说："六军不发无奈何，宛转蛾眉马前死。"杨贵妃的绝色就同时用了"凝脂"和"蛾眉"这两个词语。再举几个著名的例子来看。初唐刘希夷的《代悲白头翁》这一首长篇乐府诗，在感慨"今年花落颜色改，明年花开复谁在""年年岁岁花相似，岁岁年年人不同"之后，接着便说道：

> 宛转蛾眉能几时？须臾鹤发乱如丝。
> 但看古来歌舞地，惟有黄昏鸟雀悲。

时间飞逝，青春短暂，那宛转美丽的蛾眉能有多久呢？须臾之间，眉毛就稀疏浅淡了，一头青丝也鹤发苍苍，就像古来歌舞的盛况也不复存在，只剩下黄昏的暮色中鸟雀的悲鸣。

至于李白《怨情》诗则说：

> 美人卷珠帘，深坐颦蛾眉。
> 但见泪痕湿，不知心恨谁。

这是一首闺怨诗，写一位独守空闺的美人，眉头深锁、满脸泪痕，她卷起珠帘，坐在窗边，应该是在等待着某一个人吧？却迟迟不见归人，那美丽的蛾眉被哀怨给扭曲了，多么可惜的美人，这寂寞的青春！诗人为她心酸，却无法代替她心中所想、所需也因此所恨的那个人。在这里，"蛾眉"又发挥了具体塑造美人的功能。

总结一下，这一节，我们阐述了《诗经》中经典的美人形象，主要的就是"肤如凝脂"和"蛾眉"这一类的感官比喻，最吸引人的则是"巧笑倩兮，美目盼兮"的动态美，美人的脸庞因此辉煌了起来，有了生机和生命力。

第四节 《诗经》中的相思（一）

在上一节中，我们已经看到《诗经》塑造了美人的经典造型——"肤如凝脂""巧笑倩兮，美目盼兮"。三千年以来，这种审美主导了我们对女性之美的想象。而面对美人，哪会有人不动心呢？心动之后就是行动，积极展开追求。整个爱恋的过程中，"相思"的情境最是扣人心弦，可以说是人生中最刻骨铭心的一种体验了。难怪这类的诗歌很多，也很感人。下面，我们就来谈一谈《诗经》里的相思。

人与人之间有各式各样的关系，一般来说，最强烈的应该就是男女之间的婚姻恋爱吧！果然，《诗经·国风》里最多的主题，就是这一个部分。当一个人情有所钟，那分分秒秒的思念是既浓烈又专注，既甜蜜又痛苦，全心全意地起伏荡漾，让人浑然忘我，更忘了这个世界，完全是脱离现实的状态。而三千年前的古人，早就领略了这种滋味，而且体悟很深刻、很细腻，也表达得很感人。就举几首诗来看吧！

《周南·关雎》: 一场温柔敦厚的追求

这一首美丽动人的情歌，是《周南·关雎》:

> 关关雎鸠，在河之洲。窈窕淑女，君子好逑。
>
> 参差荇菜，左右流之。窈窕淑女，寤寐求之。
>
> 求之不得，寤寐思服。悠哉悠哉，辗转反侧。

参差荇菜，左右采之。窈窕淑女，琴瑟友之。

参差荇菜，左右芼之。窈窕淑女，钟鼓乐之。

首先，我们应该知道，这位诗人应该是一位贵族青年。因为在《诗经》的时代，"君子好逑"的"君子"是对贵族的泛称，后面又提到这位君子想要以"琴瑟""钟鼓"来表现他的爱情，那都是讲究礼乐的贵族阶层才会用到的乐器。这位贵族青年在行旅的途中来到了河边，听到也看到"关关雎鸠，在河之洲"的景象，那河里的沙洲有一对雎鸠，这两只禽鸟彼此和鸣，发出"关关"的声音，他就触景生情，想到了"窈窕淑女，君子好逑"。

"窈窕"这个词不是用来形容身材很好，而是赞美一个淑女美丽而善良，这样美丽而善良的淑女才是君子的"好逑"——好的配偶。现在，很多人把"好逑"念成"好求"，"逑"写成"追求"的求，把"窈窕淑女，君子好逑"理解成，美丽的女孩是男性喜欢追求的对象，这实在是一种很大的误会。"淑女"的"淑"是"善"的意思，"淑女"是指善良而有教养的女性。这两句原来是说，美丽而善良的淑女，是君子的好配偶。你想想看，能够打动贵族青年的心，岂能只有漂亮的外表呢？

而这位青年一旦动了心，那就不可收拾了，他在河边看到"参差荇菜，左右流之"，河里的荇菜参差不齐，河水从它的左右流过去，像是环抱着它，相偎相依，就好像自己对窈窕淑女的爱恋一样。于是下面接着说"寤寐求之"，"寤"是睡醒，"寐"是睡着，这个恋爱中的青年无论是醒着还是睡着，任何时候都想要追求对方；然而这只是单相思啊，于是这个青年"求之不得，寤寐思服。悠哉悠哉，辗转反侧"，这四句写尽了备受煎熬的相思之苦。你看，他因为"求之不得"以致"寤寐思服"，无论是睡梦中还是清醒着，任何时候都在思念着对方；而这思念是"悠哉悠哉"，如此的绵绵无尽，让人深夜躺在床上，还是翻来覆去地睡不着，以致"辗转反侧"。这四句话写恋爱的苦恼真是精彩万分，那"求之不得"的心理煎熬，彻夜失眠的"辗转反侧"，都刻画得丝丝入扣，到今天都还是没有其他更好的形容词可以取代。同样的，在《陈风·泽陂》这一首诗里，最后也写道："有美一人，硕大且俨。寤寐无为，辗转伏枕。"可见这真是表现相思煎熬的普遍现象。

而失眠的青年，满脑子都是窈窕淑女的情影，于是思绪又回到河岸边的"参差荇菜"，这时候，他已经不是在河边旁观河水"左右流之"——从荇菜的左右边流过去了，他更想走进河里"左右采之""左右芼之"，直接把荇菜采摘下来。这一丛"参差荇菜"仿佛已经是"窈窕淑女"的化身了！

讲到这里，我们一定要注意到，这个在热恋中相思渴慕的青年，毕竟是一位贵族，当他想要接近情有独钟的佳人时，并没有乱了分寸、逾越分际，做出不合道德的行为。他对这位心中爱慕的"窈窕淑女"，想到的是"琴瑟友之""钟鼓乐之"，也就是他要演奏琴瑟来示爱，要用钟鼓之乐来取悦对方；而琴瑟钟鼓都是堂堂正正的乐器，那音乐既优雅又庄重，最能够衬托"窈窕淑女"的美丽与贤淑；甚至演奏这些乐器还是婚礼上不可或缺的仪式之一。难怪有人认为，"琴瑟友之""钟鼓乐之"是这位青年幻想中的迎娶场面，这不就是有情人终成眷属的圆满结局吗？

由此可见，这位青年即使心情激荡，热切地爱着这位淑女，却还是那么温文儒雅，那么含蓄尊重，一切都要依照礼教来对待她，不肯让她受到一丁点儿的委屈，于是要用最高尚的音乐来衬托她，要用最庄严的乐器来迎娶她，成为自己堂堂正正的妻子！这不是迂腐，而是对彼此的尊重，尤其是对女方，让她在正式的婚礼里得到保护，受到家族的接纳、社会的认可，不用担心被别人歧视，一辈子光明正大地长相厮守。你可知道，爱情里面有尊敬、有责任感，这才是真正的爱！

因此，有人说这位"窈窕淑女"是在河边采荇菜的少女，路过的青年对她一见钟情，但这恐怕是很大的误解。毕竟在阶级的区隔之下，能与贵族青年相匹配的"君子好逑"，应该要文化程度相当，才能称为"窈窕淑女"，婚后也才能心智交流，达到真正的琴瑟和鸣。所以，倒不如说是这位青年路过河边，听到沙洲上的"关关雎鸠"，看到流水中的参差荇菜，触动了他心里对那位"窈窕淑女"的向往之情，因而引起了这一阕追求佳人的讴歌。

更重要的是，这颗爱慕的心虽然十分热烈，但始终都是光明磊落的，尤其对那位窈窕淑女更是尊重而珍惜。这种理性与平和，也让他自己没有陷入痛苦呻吟，或是紧张焦虑而难以自拔，因此，整首诗更多的是一种爱的美好。孔子就给予了中肯的评价，他在《论语·八佾》中说："《关雎》，乐而不淫，哀而不伤。"是的，这正是温柔敦厚的诗教，表现出"中庸"之德的典范。

"隔水伊人"的相思模式

这里我要提醒大家，触动这种缠绵悱恻的思慕之情的景物，是沙洲上的"关关雎鸠"，是流水中的"参差荇菜"，让人感觉到这份爱情是在一种距离中延展的，而距离让人节制、让人沉淀，也让人纯净，那道水流简直就是《诗经》对纯净的爱情的保障，也出现在好几篇爱情的诗歌里。还记得前面提到的《蒹葭》这一篇吧，它的第一章说：

> 蒹葭苍苍，白露为霜。所谓伊人，在水一方。
> 溯洄从之，道阻且长。溯游从之，宛在水中央。

你看，诗人想要"溯洄从之"的那位"所谓伊人，在水一方"，不就是"参差荇菜，左右流之。窈窕淑女，寤寐求之"吗？这种恋爱的形态，被称为"隔水伊人"的相思模式。那"伊人"并不是伸手可及、随意碰触的，她是隔着一道水，难以逾越，可望而不可即的；而水本身就是洁净的、清澈的，水中的伊人因此显得特别脱俗，等于是理想的化身，美丽而神圣。

难怪有学者认为，诗人其实是要借由"水"的象征意涵来代表"礼教大防"，让人停留在"思无邪"的精神境界，而不涉及非礼教的部分。在这礼教大防下，追求者表现出来的是低回流连，而伊人风姿绰约又带有一种贞洁美好，这都是因为"礼"的自制而让爱情表现得更深厚淳美。这样的说法确实发人深省。

　　《诗经》所开创的"隔水伊人"的相思模式，影响非常深远，后来汉朝的乐府诗里，就有"美人在云端，天路隔无期"的诗句，可以说是"隔水伊人"的变体。伊人从"在水一方"变成了"在云端"，彼此的相会更是遥遥无期，也就更让人饱尝相思之苦了。到了唐代，诗仙李白《长相思二首》之一说：

> 长相思，在长安。
>
> 络纬秋啼金井阑，微霜凄凄簟色寒。
>
> 孤灯不明思欲绝，卷帷望月空长叹。
>
> 美人如花隔云端。
>
> 上有青冥之长天，下有渌水之波澜。
>
> 天长路远魂飞苦，梦魂不到关山难。
>
> 长相思，摧心肝。

　　很明显，"美人如花隔云端"比起"在水一方"还要远得多，远在天边，更加遥不可及，因此相思之苦也就到了"摧心肝"的地步。从这样的表达来看，李白果然是一个狂放的诗人，他的情感总是要以非常极端的方式来呈现。例如"白发三千丈，缘愁似个长"（《秋浦歌十七首》之十五），但世间岂有三千丈的头发？当然更没有三千丈的白发，可李白却非得用这样的长度才能表达他的离愁，现实世界的度量衡是够不上他的感觉尺度的。甚至有时"三千丈"还不够，要延伸到"一万里"才算数，《远别离》这首诗就说"海水直下万里深，谁人不言此离苦"。这种穿透地球的深度当然是不现实的，可见李白的感觉性远远超过一般人。表面上，这样的极端根本脱离了"温柔敦厚"的诗教，与《诗经》并不同道，不过李白却仍然服膺《诗经》的崇高地位，还以《诗经》的继承人自居，他不是说"大雅久不作，吾衰竟谁陈"（《古风五十九首》之一）吗？李白还担心他自己衰老了以后，就没有人把《大雅》给继续呈现下去呢！这就十分发人深省了，原来孙悟空还是一直在如来佛的掌心里，但那不是限制和束缚，而是滋养与提升。

至于诗圣杜甫，也采用了"隔水伊人"的写法，他在《寄韩谏议》这一首诗中说：

今我不乐思岳阳，身欲奋飞病在床。
美人娟娟隔秋水，濯足洞庭望八荒。
……
国家成败吾岂敢，色难腥腐餐风香。
周南留滞古所惜，南极老人应寿昌。
美人胡为隔秋水，焉得置之贡玉堂。

杜甫卧病在床满心的不快乐，于是思念着湖南的岳阳，那里有一位"美人娟娟隔秋水"，双脚站在洞庭湖里洗涤，眼光却望向宇宙八荒。只看到这里，不了解的读者就会发生误会了，以为杜甫有一个远方的情人呢，当然不是这样的。这首诗后面又提到"国家成败吾岂敢"，显然就绝对不是一首恋爱诗，而一般恋爱中的女性也不会有"濯足洞庭望八荒"的气魄。

其实，那位"娟娟隔秋水"的美人，就是这首诗寄赠的对象韩谏议，一位姓韩的谏议大夫。杜甫心疼这位才德兼备的人才流落到了江南，所以在怀念老朋友的同时也感叹他的怀才不遇。最后收尾的一联"美人胡为隔秋水，焉得置之贡玉堂"，便清楚表明了这首诗的主旨，杜甫希望能把韩谏议给"贡玉堂"，也就是贡献到朝廷中去，为国效力。很明显，"美人娟娟隔秋水"直接继承了"隔水伊人"模式，那位美人体现出诗人心目中最纯洁、最崇高的理想，被用来比喻才德兼备的韩谏议，这又结合了屈原"香草美人"的象征用法。关于这一点，我们以后再补充解释。

由此可见，"隔水伊人"之类的作品常令人低回流连、歌咏再三，就是因为多了那道水，距离让人更能够自我节制，更能够尊重对方，反而让这份强烈的感情更纯净。所以说，人性是必须要超越的、要加以升华的，而不是用原始的本能去满足它；如果人要活得更美、更优雅，就不能让自己停留在原始的状态，而必须要对人性做进一步的提升。爱尔兰诗人叶芝（William Butler Yeats，1865~1939）曾经说过："文明就是要力求自我控制。"这真的说得太好了，真正的文明，就是每一个人在面对内在的人性时，不要停留在低层次的欲望和情绪里，应该要加以适当的控制，那就可以让人性升华，让人性更优美。

这么说来，"隔水伊人"的模式可以说是爱情的文明境界，难怪那位伊人会如此之脱俗而圣洁，令人心向往之！

总之，《诗经》中对相思之情的描写，真是入木三分、丝丝入扣，最主要的就是"窈窕淑女，君子好逑"的天作之合，让人动心，以及"求之不得，寤寐思服。悠哉悠哉，辗转反侧"的细腻描写，尤其是"隔水伊人"的相思模式，连李白、杜甫都受到了影响，真的是人们最刻骨铭心的体验。这就是《诗经》历久弥新的魅力。

第五节 《诗经》中的相思（二）

在上一节中，我们已经看到《诗经》塑造了"隔水伊人"的相思模式，那"求之不得、辗转反侧"的煎熬，令人感同身受；而隔着一道水流的远方美人，让人学会欣赏、学会等待，因此更加纯洁、更加脱俗，爱情也就更散发出一种明亮的光辉。

《陈风·月出》: 开启"明月相思"模式

让爱情散发出明亮光辉的相思并不是只有一种形态，既然"相思"是人生中最刻骨铭心的生命经验，以致这类的诗歌很多，诗人对这份情感也有其他的精彩表现。接下来，我们就要来谈一谈《诗经》中"明月相思"这美丽又寂寞的造型。

什么是"明月相思"呢？顾名思义，那就是相思和明月的结合，这是比"隔水伊人"模式影响更广、更大的一种形态。既然饱受煎熬的人往往"求之不得，寤寐思服。悠哉悠哉，辗转反侧"，在失眠的深夜里，举世皆睡我独醒，那该是何等的寂寞，仿佛被整个世界抛弃了似的！而相思的人举目远眺，看不见想念的那个人，却抬头一眼就看到天上的一轮明月，高高在上却又形影不离，就像是唯一的知己，那该是何等的安慰！于是，在月亮的照耀下，连那份相思之情也染上了纯净的光辉。

《诗经》是开启"明月相思"模式的先锋，在《国风·陈风·月出》这一篇里就奠定了这样的写法：

> 月出皎兮，佼人僚兮。舒窈纠兮，劳心悄兮。
>
> 月出皓兮，佼人懰（liǔ）兮。舒忧（yǒu）受兮，劳心慅（cǎo）兮。
>
> 月出照兮，佼人燎兮。舒夭绍兮，劳心惨兮。

这一篇采取了三段体的形式，一共三章，每一章都是以月起兴，说月光明亮地照耀着，接着第二句浮现美人的影像，然后第三句具体描绘美人的体态，到了第四句再抒发相思的煎熬。朱熹《诗集传》说："此亦男女相悦而相念之辞。"连理学家都这么认为，这个写作主旨已经被普遍接受了。但不免还是有一个问题：诗歌里第二句所写的"佼人"，也就是美人，当然一定是指美丽的女方，可是仍然不能确定，这首诗到底是写男方想念女方，还是女方怀思着男方？如果是男方想念女方，那么诗人等同于男主角，而"佼人"就是男主角幻想中的情影；反过来，如果是女方怀思着男方，那么"佼人"就是这首诗的当事人，诗人以她为对象，刻画她在相思中的美丽与哀愁。这个疑问其实并没有确定的答案，两种解释都说得通。

清代方玉润《诗经原始》说这首诗是"从男意虚想，活现出一月下美人"，根据这个说法，就是一个男性诗人写他自己对女方的想念，我们就先从此一角度讲。第一章说"月出皎兮，佼人僚兮"，诗人看到月亮出来了，多么的皎洁明亮，于是想到了"佼人僚兮"，"僚"字等同于女字边的"嫽"，指娇美的样子，所以整句话的意思就是不断赞叹，那个美人真是娇美啊！怎样的娇美呢？第三句又继续赞美说"舒窈纠兮"，"舒"是发语词，没有意义；"窈纠"就是窈窕淑女的"窈窕"，形容女子的美丽贤淑。这样的倩影让人念念不忘，于是"劳心悄兮"，心中无比的煎熬。"劳心悄兮"的"劳"和"悄"，都是忧愁的样子，而这颗忧愁的心就是因为太过思念所造成的啊，人们常说"相思苦"，这份相思虽然甜蜜，却也因为"求之不得"而苦不堪言。

下面的第二章、第三章都是同样的意思，反复咏叹。第二章说："月出皓兮，佼人懰兮。舒忧受兮，劳心慅兮。"意思是说：月亮出来了，多么的洁白光明啊，于是想到了"佼人懰兮"，"懰"是妩媚的样子，那个美人这么的妩媚，"舒忧受兮"，"忧受"是舒缓、迟缓的样子，形容这位女子行步优雅，姿态动人，这样的倩影让人念念不忘，于是"劳心慅兮"，"慅"字通"懆"，形容忧愁而心神不安。很明显，这些描述和第一章的意义差别不大。

再看第三章也是如此："月出照兮，佼人燎兮。舒夭绍兮，劳心惨兮。"它说，月亮出来了，照耀着大地，于是想到了"佼人燎兮"，"燎"是明亮的样子，那个美人如此的光彩照人；下一句接着说"舒夭绍兮"，"夭绍"是姿容美丽的样子，这位女子行步优雅，姿态动人，这样的倩影让人念念不忘；于是"劳心惨兮"，"惨"字也通"懆"，一样是形容忧愁而心神不安。这三段体的形式，通过不断地重复，就把诗人低回不已的爱慕之情传达得更加淋漓尽致了。

另外，如果把"佼人"当作抒发相思的主体，写女方怀思着男方，那么这三章就可以解释为：晚上月亮出来了，美丽的女子沐浴在皎洁的月光下，想念着远方的情人，这个佼人是如此的娇美、妩媚、优雅动人，她的心却因为苦苦相思而备受煎熬，令人不忍。从这样的角度来说，这就是一首闺怨诗了，也就是写深闺女性怀念丈夫或情人的诗。而在古代男性中心的社会里常见的思妇，也就是想念着丈夫或情人的闺中女性，就开始和月亮结合在一起了，构成了"明月相思"的关联模式。也就是说，《月出》这一篇为女性塑造了崭新的形象，影响非常深远。

无论如何，《月出》这一首诗开启了"明月相思"的模式，那么，为什么"明月"会与相思发生关联呢？我们可以试着想想看：很大的一个原因，是因为到了夜晚，没有白天的喧嚣和忙碌，不用再应付外界的人情世故，一切都安静下来了，可以面对自己的内心，那深深埋藏的情感就特别浮现出来了，这是最容易产生"相思"的时间点。尤其在一片漆黑中，众人皆睡我独醒，一个人辗转反侧，更容易陷入苦涩的孤独意识，在无边无尽的煎熬里，只有一轮明月每天在窗外守候、照耀，使人感到心灵上的慰藉，那无法宣泄的孤独感因此稍稍减轻，这是"明月"与"相思"容易产生关联的原因。

此外，相思必然是发生在远距离的阻隔上，那要怎样才能稍微离对方近一点，和对方有一点联系呢？月亮，就提供了一点可能性了。既然月光无远弗届，笼罩着苍茫大地，那么，相距遥远的离人至少都在月光的怀抱里了吧？只要想到双方都共享了同一片月光，天涯也就似乎不再那么遥远了，这一种心理何等的微妙！南朝刘宋时的谢庄早已点出来了，所谓"隔千里兮共明月"（《月赋》），初唐曾经做过宰相的张九龄，在其《望月怀远》中也呼应道："海上生明月，天涯共此时。"也因此苏轼期望说："但愿人长久，千里共婵娟。"（《水调歌头》）甚至唐代诗人张若虚还突发奇想，说："此时相望不相闻，愿逐月华流照君。"（《春江花月夜》）他竟然希望可以追逐着像流水一样的月光，一直延伸到天涯，就可以照耀在想念的人身上！可见，月亮就像一座迷幻的桥梁，可以把异地仰望的两双眼睛连接起来，两颗心也就因此更紧密了。这便是月亮之所以和相思结合的秘密！

"明月相思"模式的诗歌

无论如何，从《月出》这一篇以后，月亮就照耀在离人的窗口，照耀在相思的心中，也照耀在无数的诗篇里，而且将来还会继续照耀在中国的大地上。诗人在咏叹相思的时候，那一片皎洁明亮的月色常常徘徊在字里行间，让那扇眺望的窗镶上了金边，也让这颗思慕的心更纯净、更深厚。

大家还记得吧？上一节我们提到了李白《长相思二首》之一，其中用"美人如花隔云端"响应了"隔水伊人"模式，但又不仅如此，它同时也继承了"明月相思"的模式——"孤灯不明思欲绝，卷帷望月空长叹"，一盏孤灯陪伴着一个孤独的人儿，夜色越深沉，灯火就越暗淡，而那份相思也就越煎熬、越无以为继，于是承受不了的人就卷起窗帘，望着窗外的月亮，但仍然看不到远方所思念的那个人，只能空自叹息。这不又是"明月相思"的典型表现吗？

李白还有一首《子夜吴歌·秋歌》，其中写出的相思竟是饱蘸着无数血泪的，它说：

> 长安一片月，万户捣衣声。
> 秋风吹不尽，总是玉关情。
> 何日平胡虏，良人罢远征？

诗人看到整个长安城笼罩在一片月光下，听到了万户人家捣衣的声音，那是为过冬的衣裳所做的准备。为什么整个城里都在忙着捣衣呢？下面这两句就告诉我们了，"秋风吹不尽，总是玉关情"。"玉关"，就是玉门关，那是通往西域的关卡，显然那里发生了战争，许多人上了战场，家里留下提心吊胆的妻子，一颗心就悬在玉门关，不知何时才能平定胡人的寇乱，让良人停止长时间、长距离的远征，早日回家？但在这里，李白不是只写某个妇女的个案，而是从宏观去设想：战场上有成千上万的军人，那么就有成千上万独守空闺的妻子，她们只能默默在家等待，唯一能做的事情，就是在秋天来临的时候，赶紧为前线的丈夫制作保暖的冬衣，让奋战的士兵既能挨过无情的战火，又能挨过酷寒的冬天！

而宏观着整座城市的李白，一开始就通过长镜头，看到高高在上的一轮明月，它在天空中散发出光芒，俯瞰着忙碌的长安城，不知是不是心存慈悲，让万家妇女可以借着月光彻夜工作，好及时做好冬衣，尽快送到前线？这万户捣衣的壮观情景，应该也是月亮不忍卒睹的广大悲剧吧？月亮虽然从古至今见证过那么多人的孤独，但是一下子和万家妇女一起悲哀，分担着一万个家庭的悲剧，那该是多么令人心痛！因此，照耀着长安城的月亮，不正是怜惜着万家捣衣妇女的诗人李白吗？可以说，李白温暖的慈悲，无论是对战场送命的将士，还是对后方心碎的妻子，都借由那一片月光表达出来了。

其实，不只是深闺里的思妇，许多男性诗人的怀念也会和"月"产生关联，如苏轼《江城子·乙卯正月二十日夜记梦》这一阕悼念亡妻的词里，也同样出现了月光：

十年生死两茫茫，不思量，自难忘。千里孤坟，无处话凄凉。纵使相逢应不识，尘满面，鬓如霜。

夜来幽梦忽还乡，小轩窗，正梳妆。相顾无言，惟有泪千行。料得年年肠断处，明月夜，短松岗。

苏东坡怀念着十年前去世的妻子，这份深情是那么的厚实，没有刻意去回想、去纪念，就已经难以忘怀，原来妻子早就内化到自己的骨血里面，成为自己的一部分，而人怎么能忘掉自己呢？也因此不可能忘了妻子，她一直都在心里面。只是，幻影是多么的虚无缥缈啊！总想要当面一起谈心，即使在坟前相聚，隔着一层黄土，妻子毕竟就在眼前，也是聊胜于无的安慰。谁知苏东坡命运坎坷，四处漂泊，现在离妻子的葬身之处已经有千里之遥，想要和妻子说说话，聊一聊这十年来的辛酸凄凉，却到不了她的身边！更何况即使碰了面，经过这十年的折磨，让人多了满脸的风尘、添了两鬓的银丝，夫妻两个还能认出彼此来，手牵着手，促膝并坐，一起共话家常吗？讲到这里，夫妻的生死永隔，真是彻底的失落，那是生命中永远无法弥补的残缺。

可是，做做梦总是可以的，幸好还有梦可以带来一点补偿，苏东坡在梦里回到了故乡，看到了再也见不到的妻子，她依然坐在小窗前，正在梳妆。夫妻俩终于见面了，却是彼此相顾无言，只流下千行的泪水。那不只是激动而已，那是百感交集，不知从何说起，也是夫妻之间了解很深，一切尽在不言中，不用多说。而这千行的眼泪，是疼惜，是悲伤，也是安慰，苏东坡和妻子之间的情深义重、相濡以沫，就可想而知，难怪失去了同甘共苦的伴侣，苏东坡会这么寂寞。那座孤坟隔绝了夫妻的联系，留下他自己一个人面对人生的悲苦，所以是东坡心碎肠断的地方；每当漂泊孤寂的时候，东坡就忍不住想起长眠的妻子，那最后的一幕总是又浮现眼前，在种着松树的小山岗上，这时应该依然满是月光吧！同一个月亮，既陪伴着地下的妻子，也陪伴着世间的丈夫，月光是苏东坡对妻子的思念，也是妻子对苏东坡的真挚深情，一年一年地见证了无比深邃的恩爱。

苏东坡的这一阕悼亡词，可以说是明月相思的作品里最感人肺腑的一篇了。在此之后，明月继续照耀在无数的相思情境里，即使到了现代也没有例外，现代诗人卞之琳有一首题为《断章》的新诗，诗里说：

你站在桥上看风景，

看风景的人在楼上看你。

明月装饰了你的窗子，

你装饰了别人的梦。

　　这首诗很有意思，所谓"你装饰了别人的梦"，是说你成为别人的梦中情人，那个别人就是"在楼上看你"的那一个人，他在看风景的时候也看到了你，你就是风景里最美的风景，因此打动了他的心，连梦中都在思念着你；而这个被别人思念的你，站在窗边眺望着远方、看着风景，当月光洒落下来，就像一尊发亮的雕像，浑身散发着光辉，难怪会成为别人的梦中女神！而你已经注意到了吧？其中"明月装饰了你的窗子"这一句，就是从三千年的诗歌传统里化出来的，明月相思的意境，根本早就出现在《诗经》里了！

　　这一节我们通过《月出》这一首诗了解了《诗经》"明月相思"的表达模式，看到了李白、苏东坡、卞之琳的相关诗歌，皎洁的月光让相思之情那么清澈透明，那么无边无际，于是更加扣人心弦。以后你抬头看到月亮，应该会更有感触吧？

第六节　《诗经》中的恋爱与道德

　　通过前面两节所讲，我们已经看到了相思的凄美，既凄凉又美丽，因此，直到现在的流行歌曲里，写爱情相思的作品仍然是最多的，可见那是人类最强烈的一种情感，在血气方刚的青春年华，最是激荡人心。

不过，虽然爱情是动人的，相思是浪漫的，但一旦落实到行为上，却并不能保证双方的表达方式都是恰当的、合宜的，而且很可能会带来可怕的后果。这一节我们要进一步来谈《诗经》里的恋爱甘苦，看可以带给我们怎样的启发。必须说，从爱情的坚贞而言，最动人的誓言应该属于《邶风·击鼓》：

死生契阔，与子成说。执子之手，与子偕老。

无论是生是死，是互相契合还是彼此阔别，都要与你说定一生的誓约；握住你的手，要和你一起白头到老。你看，这真是最动人的山盟海誓，如此朴实无华，又如此深厚有力，他要一辈子珍惜对方，不会见异思迁，不肯喜新厌旧，"牵手一起老去"就是永恒的不离不弃。这十六个字沉稳如磐石，闪耀如星辰，比闪闪发光的钻戒更坚固，又比九百九十九朵玫瑰花更灿烂。不需要花言巧语，只要轻轻牵起对方的手，承诺共度一生，一辈子彼此扶持、互相照顾，这就是真正的爱情！

但，爱情一定是甜蜜美好的吗？婚姻一定是幸福圆满的吗？当然天下并没有这样的保证。

《将仲子》："发于情，止于礼"的爱情

先来看爱情好了。我们必须厘清一个很常见的误解，也就是爱情并不等于激情，可惜一般人往往混为一谈，于是蒙蔽了

真正的爱情；也可惜，总有无知的少女，总有不负责任的男人，于是常常发生看似浪漫、实则充满危险的畸恋，最终不可收拾。

例如，在《召南·野有死麕》中写道："有女怀春，吉士诱之。"写的是青春期的少女，很容易受到男性的追求甚至诱拐，但那是一种出于原始欲望的激情，并不是真正的爱情。而在男女不平等的状况下，男性当然可以积极而大胆，没有顾忌，但女方就得清醒一点了，了解现实处境，懂得保护自己。《郑风·将仲子》这一篇就很值得参考：

> 将仲子兮，无逾我里，无折我树杞。
>
> 岂敢爱之？畏我父母。
>
> 仲可怀也，父母之言，亦可畏也。
>
> 将仲子兮，无逾我墙，无折我树桑。
>
> 岂敢爱之？畏我诸兄。
>
> 仲可怀也，诸兄之言，亦可畏也。
>
> 将仲子兮，无逾我园，无折我树檀。
>
> 岂敢爱之？畏人之多言。
>
> 仲可怀也，人之多言，亦可畏也。

这就是"人言可畏"这个成语的来源。篇名"将仲子"之"将"念 qiāng，是"请"的意思，李白的名作《将进酒》也是这个用法和念法，要请你喝酒的意思。"仲子"，指"这个人"，也就是这位女主人翁所爱的情人。这三章表现出一个女子的正确做法，她并没有被激情冲昏头，也没有被爱情绑架，做出会伤害自己的行为，而是一再恳求男朋友不要过分，要适可而止。这三章的内容都是在劝阻这个情人，说：不要翻越我家的门户、围墙，入侵到我家，也不要折断了我所种的杞树、桑树、檀树。哪里是舍不得这些树呢？而是害怕父母、兄长和邻居的指责。固然你是我所怀念、牵挂的人，但人们的闲言闲语也实在是很让我害怕的啊。

在这里，我们并不能控诉古代的迂腐，毕竟每个时代都有自己的运作状态，我们今天的自由开放也有自己的问题；尤其我们更不能批评这位少女的软弱，相反的，我们应该赞美她的清醒与勇敢。怎么说呢？你想想看，在两性不平等的情况下，男女所受到的压力是天壤之别，《卫风·氓》这一篇就清楚地指出："于嗟女兮，无与士耽。士之耽兮，犹可说也；女之耽兮，不可说也。"意思说：哎呀，女孩子啊，不要和男生一样沉溺在爱情里，因为男人沉迷了以后，还可以脱身，而女人要是陷入爱情里，就再也解脱不了了！还有一种解释，说是：哎呀，女孩子啊，不要和男生一样追逐爱情，男人拈花惹草没有多大关系，但女孩子若是有任何不检点的行为，就会铸成千古遗恨！

难道不是吗？《红楼梦》里就有这么一个血淋淋的例子，贾珍和他的儿媳妇秦可卿发生了乱伦事件，可以说是天理所不容，但结果呢？秦可卿上吊自尽，贾珍却毫发无伤，两个人的待遇是何等的悬殊！我们得知道，这就是当时的客观环境，没有人可以改变。《孟子·滕文公下》就说道："不待父母之命、媒妁之言，钻穴隙相窥，逾墙相从，则父母、国人皆贱之。"当爱情违背了道德，有了私通的行为，女方就不会得到家庭、社会的支持，通常也就很容易会导致悲剧的下场。因此，如果这位少女一时冲动，接受了男方过度的要求，最后就得付出惨烈的代价，被父母、国人所轻贱，而到了这个时候，她哪里还有容身立足之地？这么一来，人生岂不就注定要破碎不堪，哪里还有幸福的可能？

对于这一点，《诗经》里就提供了一个悲惨的例子，《曹风·候人》这一篇说：

维鹈在梁，不濡其咮（zhòu）。彼其之子，不遂其媾。
荟兮蔚兮，南山朝隮（jī）。婉兮娈兮，季女斯饥。

对这首诗有各种解读，其中有一种是说：鹈鹕这种体形较大的水鸟，站在堤坝上从水中捕鱼，连鸟喙都不用沾湿，就可以轻易吃到鱼，就好比"彼其之子"，那个达官贵人一样，不劳而获，他"不遂其媾"，并没有和故事里的少女完成婚礼。云彩兴起，在南山升腾，成为早晨的彩虹，而那位年纪轻轻的少女"婉兮娈兮"，年轻貌美，却是如此的忍饥挨饿。屈万里《诗经释义》说："上章不遂其媾，此言季女斯饥，似此季女未成婚而被弃以至于饥馁者。"如果采取这个说法的话，那么，未婚少女一旦被抛弃，那真是为父母、社会所不容，恐怕会流落街头，挨饿受冻。这样的下场实在是令人触目惊心啊，而这是我们希望看到的后果吗？

可想而知，对古代女性来说，婚前的激情是多么的危险！始乱终弃的悲剧从来都不少见，婚姻才是对女性最大的保障。

所以我们才会说，《将仲子》中，这位女子是头脑清醒的，不是懵懂无知的，她很有理性，不是凭感觉去行动，因此谨守"发乎情，止乎礼"的原则，也要求对方自制，这不但是一种符合社会规范的做法，更是一种自我保护，让自己比较不会受到伤害；更重要的是，那是对自己尊严的爱惜，不让对方觉得自己很随便，也才能获得尊重。

懂得这一点已经非常难得，最可贵的是，这个女孩子非常勇敢，敢于抵抗爱情勒索——也就是抵抗对方用爱情来强迫她就范，她没有屈服于情人的甜言蜜语之下，甚至还得承受失去情人的压力，这真需要无比的勇气！想想看，有多少女性因为害怕失去情人，只好接受对自己不利的要求，可是当发生问题的时候，男方不仅帮不了忙，还一走了之，这苦果只有女性自己承担，那该有多么悲惨！这就让我们认真地思考：真正的爱情一定会为对方设想，一定愿意给对方确切的保障，不肯让爱情成为对方的负担，甚至造成身败名裂的伤害。因此，一个真正爱你的人，一定会尊重你、保护你，不会只考虑自己的一时之快，当你拒绝他的过分要求时，他不但不会生气，还应该会更珍惜你。

由此可见，《将仲子》这一篇可以说是一个女子对情人的测验卷，虽然语气温柔，却可以考察出对方的真心。如果男方不顾少女的恳求，定要霸王硬上弓，或者一怒之下拂袖而去，都表明他是一个存心占便宜的坏家伙，因为只有这种人才会完全不顾虑女方的处境，那么，两个人趁这个机会分手，最好不过。相反，如果仲子被拒绝以后懂得自我节制，并且忏悔自己的自私自利，以后再也不鲁莽冒失，心甘情愿地筹备婚礼，正正当当地来迎娶，那他就是一个值得托付终身的人了，等到有情人终成眷属，两个人白头偕老的机会就大得多。

当然，《将仲子》这一篇的故事后来如何发展，包括仲子是坚持冒进还是守礼而退，两人是不欢而散还是共结连理，我们都不得而知，但这一篇已经暗示了我们：在任何人与人之间的互动关系里，"发乎情，止乎礼"都是最好的原则！

《节妇吟》：一段有惊无险的三角关系

同样地，在婚后的夫妻关系中，更应该如此。中唐诗人张籍《节妇吟》写了一个发人深省的故事，让我们了解了理性对婚姻爱情的重要：

> 君知妾有夫，赠妾双明珠。
>
> 感君缠绵意，系在红罗襦。
>
> 妾家高楼连苑起，良人执戟明光里。
>
> 知君用心如日月，事夫誓拟同生死。
>
> 还君明珠双泪垂，恨不相逢未嫁时。

这是一个有惊无险的爱情三角关系，能够化险为夷，直到圆满落幕，靠的都是女性当事人的理性和意志力。故事里的男方是一个强行介入的第三者，虽然知道女主人公是有夫之妇，却还是非常爱慕她，积极追求她，送给她两颗珍贵的明珠。这位女子有感于对方缠绵的情意，就把两颗明珠系在衣服上，贴身感受那一份深情，可见她的心里已经有所动摇。但是，不久以后，被爱慕、被追求的感动平息下来了，这位少妇越来越清醒，思前想后，把所有的状况一一考虑，她想到自己是有夫之妇，不能任意谈恋爱，何况婆家有很高的名望，高楼就挨着御花园，丈夫也身世非凡，在皇宫明光殿上拿着长戟值班，身为儿媳妇和妻子，她不能让他们蒙羞，最重要的是，她和丈夫本就是恩爱的伴侣，彼此之间有着深厚的情感，还曾经发誓要同生共死，这岂不是《邶风·击鼓》所说的"死生契阔，与子成说。执子之手，与子偕老"，属于无比完美的婚姻吗？夫妻情深义重，又怎么能因为一时动心，就毁掉了自己与夫家的幸福？于是，这位少妇坚定了意志，即使流下了满脸的泪水，最终还是把"明珠"还给了第三者，徒留"恨不相逢未嫁时"的遗憾与怅惘。

可以想见，"还君明珠"，是一个多么荡气回肠的画面！这位少妇低着头，偏过脸庞，不敢看对方的眼睛，生怕自己会失控溃堤，脸上的泪珠滴落下来，捧着明珠的双手可能还微微颤抖；也不知道这双举高的手在空中等了多久，毕竟那位第三者也应该是无比的失望，迟迟不愿意收回明珠，那就等于梦想破灭了！但我们也可以合理地推测，那双手虽然柔软甚至颤抖，却很坚持，没有半途而废，因为"还君明珠"是一个明智的决断，也必然是一个坚强的姿态，等于一把斩断情丝的慧剑，清楚反映出一颗玲珑剔透的心！

你可能会想，这位少妇可能是更爱第三者的，整首诗写她没有拒收第三者赠送的两颗明珠，还直接"系在红罗襦"，贴身系在红色的丝质短衣上，这已经是接受情意的表示；后来归还明珠的时候，更是充满不舍的眼泪，以及错过良缘的遗憾，"还君明珠双泪垂,何不相逢未嫁时",这两句可以说是已婚者的失恋情歌!如此种种,都显示她已经心灵出轨,那么,她算是诗题上所称的"节妇"吗?这就是这首诗最细腻感人的地方,诗人张籍刻画了复杂的人性与世情,塑造了一个有血有肉的女性。原来,即使是很圆满的婚姻,也还是会有遇到考验的时候,"死生契阔,与子成说"这一点比较容易,而"执子之手,与子偕老"就需要一辈子的认真经营了,王子与公主结婚以后,是否就会从此过着幸福快乐的生活,其实都还需要很大的智慧和努力。因此,我们应该思考到如下几件事:

第一,当下的动心固然很强烈,但衡量爱情的标准并不是靠强度而已,甚至必须说,"强度"令人意乱情迷,往往容易造成误判。因为强度不等于深度,也不等于持久度,被强度所迷惑的人,很容易就失去理性,做出错误的抉择。试想:又有谁能保证,这个眼前让她如此动心的第三者,将来可以长相厮守?如果现在男方会横刀夺爱,介入别人的婚姻,女方自己也见异思迁,背弃曾经"誓拟同生死"的夫君,那么他们就是很自我的人,没有为别人设想,以后,这种情况是否又会再度重演?日久才能见人心,但再回头已百年身,那是多大的风险?所以,情感的强度并不能当作选择的标准。从这个角度来说,这位少妇是很聪明、很有智慧的,她知道若是"相逢未嫁时",在结婚前相遇、相恋,这个第三者也可能是很好的终身伴侣,至少现在很打动她的芳心,以致掀起无数的波澜;但事到如今,处境已经非常不同了,既然错过了时机与缘分,那就要另当别论。此时此刻,不能因为一个无法检验的可能性,而对所有的人造成伤害,那是非常不负责任的做法,因此及时刹车,没有让波澜泛滥。

　　第二，这位少妇即使有动心的时刻，却没有行为不端，唯一收受的礼物也还给对方，两不相欠，一点儿也没有辜负别人、伤害别人，让这一场邂逅只是一段偶然的插曲，短暂地演奏过浪漫的音符之后，就随风而逝，让生活回到正轨，让心灵恢复平静，只留下一道闪烁的记忆。这种悬崖勒马的强大意志力，就是真正的节操！

　　当然，"不动心"是最根本的解决之道，但是我们都明白，情感的发生有时候不是可以完全自主的，因此重要的是，万一发生情感的时候就应该"发乎情，止乎礼"，不要流于随心所欲，一发不可收拾，而这位少妇的"还君明珠"就是动心之后最好的做法，也都是绝顶智慧所致。由此可见，爱情并不是万灵丹，不用说爱情会有杂质，连婚姻都充满了危机，单单只有爱情是很不够的，一个人要做出最好的选择，依靠的一定是良好的判断力、坚定的意志力，而这些都是来自理性的力量。因此，人们需要理性，无论是婚前还是婚后，婚前的理性让爱情保有纯洁，不会流于激情的冲动；婚后的理性则让人深思熟虑，让幸福可长可久。

　　这一节我们讲了《诗经》中的爱情与道德，也提到了张籍的《节妇吟》，这些诗歌告诉我们，原来浪漫的爱情也都需要理性，让人懂得思考，而"道德"就是一种很好的力量，让一个人不会只想到自己，不会只凭感觉去行动，这样一来，就可以做出正确的选择。

第七节 《诗经》中的婚姻与爱情

前面我和大家进行了一番《诗经》里的恋爱甘苦谈，大家已知道爱情原来并不是那么简单，应该要分清楚"激情"并不是爱情，真正的爱情应该也包含理性的思考，才能走向美好的方向，领取真正幸福的人生大礼。接着我们要进一步来看《诗经》里的婚姻甘苦带给我们怎样的启发。

从现代人所熟悉的过程来说，一般而言，男女之间一旦发生了爱情，就会希望朝朝暮暮、长相厮守，顺利的话，再往下走就是有情人终成眷属，彼此结为夫妻。而"执子之手，与子偕老"，从青年到中年，再到晚年，那是漫长的数十年，也等于是真正的一生，所以，婚姻期比起童年、青春期都要长久许多，堪称决定人生幸福与否的关键。

《周南·桃夭》: 最美好的婚姻

婚姻确实是人生大事，对于古人来说，幸福的婚姻又是怎样的情况呢？我们再回来看《周南·桃夭》这一篇。

> 桃之夭夭，灼灼其华。之子于归，宜其室家。
> 桃之夭夭，有蕡（fén）其实。之子于归，宜其家室。
> 桃之夭夭，其叶蓁（zhēn）蓁。之子于归，宜其家人。

第一章热烈歌颂新嫁娘的美丽，最重要的是，她的秀外慧中真是"宜其室家"，非常适合她的家庭，堪称得其所哉，注定终身幸福！接下来两章所迭唱的内容，主要是更改了第一章的"灼灼其华"，替换为"有蕡其实""其叶蓁蓁"这两句，分别用来形容果实硕大、树叶茂盛的样子。以全部三章的布局来看，从第一章的花朵盛开、第二章的果实累累到第三章的树叶繁茂，层次非常清楚而逻辑严密，先有花开才能结果，结果的同时树叶大量生长，整棵树欣欣向荣。这本来是桃树一整年的生长规律，却被诗人巧妙地用来模拟新娘的一生：她从年轻貌美的少女到嫁作人妇，当时正是桃花盛开般的"灼灼其华"，接着怀孕生子、瓜瓞绵绵，来到了"有蕡其实"的阶段，然后则是让整个家族枝繁叶茂，壮大成荫，正所谓的"其叶蓁蓁"。这时，青春美丽的少女成为相夫教子的贤妻良母，最后又晋升为凝聚家族的保护神，就像《红楼梦》里的贾母一样，这可以说是古代女性一生的最高成就。

　　所以，这位出嫁的女性在整个人生历程中表现出有色有德的完美形态，又美丽，又有品格，犹如孔颖达疏"有蕡其实"曰："非但有华色，又有妇德。"又疏"其叶蓁蓁"云："有色有德，形体至盛也。"这一类传统的解释，并没有过度道德化地比附问题，因为一位妇女若能"齐家"，作为贤妻良母，必然也就具备了优良的德行和智慧，否则非但不能团结族群，还可能导致分崩离析，哪里会有"其叶蓁蓁"的景观，而能"宜其家室"？因此，"有蕡其实""其叶蓁蓁"都让"灼灼其华"不致流于徒有其表，既呈现了桃树完整的一年，同时也双关了女性完美的一生。

当然，就像人生不可能永远平坦一样，再顺利的婚姻也会出现波澜，甚至掀起风暴，前面我们提到张籍的《节妇吟》，不就写了一场雷声大、雨点小的婚姻风暴吗？只要少一点理性，就会酿成身败名裂的大祸。可见，婚姻本身真的是一门大学问，只不过是两个人的结合，却得面对无数的难题，可以说是一门复杂的人生功课，让人从中磨炼出百般的智慧，也获得更多的成长。何况，即使夫妻双方都没有发生背叛的情况，婚姻仍然有可能是残缺的、悲伤的，苏东坡不就说"人有悲欢离合，月有阴晴圆缺，此事古难全"？女性在婚姻里还是很可能要面对独守空闺的情况，这是因为性别待遇的不同所致。

《卫风·伯兮》：闺中思妇的姿态

我们都知道，传统上男性被鼓励要建功立业，要追求各种发展，连成了隐士的陶渊明，《杂诗十二首》(之四) 都说"丈夫志四海"，何况其他？所谓的"志四海"就是以天下为志向，主要就是对外的开拓，包括做官、经商，甚至到边疆作战，都是要出远门的，一去就经年累月，像断了线的风筝；而女性受限于家庭以内，几乎出不了门，只能守候，只能等待，于是成为一名哀怨的思妇。

"思妇"是指在闺中思念丈夫的妻子，这种内容的诗也被称为闺怨诗。闺怨诗中的思妇，因为与相思主题相关，所以也会出现"明月相思"的造型，这一点我们前面已经看过了。这样一个沐浴在月光下的女子，散发出一种凄凉的美，可以说是艺术化了的；然而，倘若回到现实的情况中，被孤独、烦恼所煎熬的人，所呈现的就是另一番样貌，如同《圣经·箴言》里所说的："喜乐的心乃是良药，忧伤的灵使骨枯干。"那忧伤的灵魂，对闺中思妇所造成的摧残，《诗经》里也有极其传神的刻画，《卫风·伯兮》这一篇说：

> 伯兮朅（qiè）兮，邦之桀兮。伯也执殳（shū），为王前驱。
> 自伯之东，首如飞蓬。岂无膏沐？谁适为容！
> 其雨其雨，杲（gǎo）杲出日。愿言思伯，甘心首疾。
> 焉得谖（xuān）草？言树之背。愿言思伯，使我心痗（mèi）。

"伯"，本来是指平辈中比较年长者，这里是对丈夫的称呼。第一章写这位思妇对丈夫的敬慕，"伯兮朅兮，邦之桀兮"是说她的丈夫强壮威武，是邦国杰出的英雄；"伯也执殳，为王前驱"进一步写丈夫手拿着长殳这个兵器，作为君王的前锋，这是何等的英姿勃发，令人引以为傲！但也正因为太深爱着丈夫，就更难忍受离别。当战争发生时，丈夫也随军到东方去征战，这不只是一般的分离，其中还充满了生死永隔的风险；这位妻子不仅要忍受孤独，还面临永远失去丈夫的恐惧，孤独再加上恐惧，那就是让人无法承受的重量了。李清照《武陵春·春晚》不也说"载不动许多愁"吗？连心里的愁绪都乱如麻、重如千钧，哪里还有余暇去照顾外表呢？何况也没有人要欣赏这个容貌了！所以，当时的李清照是"日晚倦梳头"，而比她还要早个一两千年的这位思妇，就更是"首如飞蓬"了。

"首如飞蓬"这句诗很传神地描绘了整个人失控的情况，满头凌乱的头发像到处乱飞的蓬草，那该是多么憔悴不堪！而蓬草之所以会随风乱飞，就是因为一到秋天就枯萎了，草根也断了，无法立足。这么一来，"如飞蓬"的岂止是满头的长发，隐隐然又是那颗彷徨无法安顿的心！

　　那颗彷徨无法安顿的心放任"首如飞蓬"，"岂无膏沐"，哪里是没有洗发液、润发油呢？其实是因为"谁适为容"啊，丈夫不在身边，还有谁会欣赏自己打理过的容貌？而这就是后来所说的"女为悦己者容"的具体表现，因为有"悦己者"，也就是一个爱自己的人，所以女子才会装扮。"容"是当作动词使用，增添容貌之美，也就是化妆的意思。"女为悦己者容"的做法，反映出女性响应情人的努力之一，那不只是让自己更赏心悦目，更讨人喜欢，也是对伴侣的一种尊重，有谁会愿意和一个邋遢的人相处呢？既然人们都喜欢花草缤纷的满庭芳，而不喜欢芜杂凌乱的荒废园，那么，我们给别人合宜的、悦目的容态，就是一种应有的尊重，何况那个别人是自己最重要、最珍贵的至亲与挚爱！

　　唯一所爱的丈夫已经很久没有回来了，要装扮给谁看呢？失落的心，让人意兴阑珊，既然没有了生活的乐趣，当然也就没有精心梳妆的兴致了。无论是阴晴圆缺，都治疗不了受伤的心、枯干的骨！"其雨其雨，杲杲出日"，雨下个不停，灿烂的太阳终于出来了，但这位思妇"愿言思伯，甘心首疾"，一心还是思念着丈夫，想念到头痛都心甘情愿。此一情境，颇有柳永《蝶恋花》中所说"衣带渐宽终不悔，为伊消得人憔悴"的味道，来自对夫妻之情的无比的坚持。

但，到底要憔悴到什么程度呢？要憔悴到哪一天才能解脱呢？这样的痛苦煎熬，能撑到丈夫回来的那一刻吗？想到这里，这位妻子挣扎着做了最后一个努力，她突发奇想："焉得谖草？言树之背。""谖草"，即萱草，也就是忘忧草，想要找到忘忧草，把草种在屋子北边的后堂，这样也许就可以忘掉忧伤，获得解脱了吧？当然，这是一个天真的念头，事情哪有这么简单呢？但有趣的是，这位少妇还是没有去寻找忘忧草，原因竟然不是因为做不到，而是因为她还是选择了相思的痛苦："愿言思伯，使我心痗。"最后两句，说明她不愿放下对丈夫的思念，一心怀念，也一心痛苦，因此忧思成病。

写到这里，这首诗就结束了，我们不知道后来的结果如何，这位少妇是否坚强地活了下去，她的丈夫是否得以生还？但诗篇停在这里，一个最饱满、最令人不忍的时刻，也留下无尽的悬念，令人感动，低回不已。

从这首诗我们可以修正现代人的误解，以为古代的婚姻都是父母之命、媒妁之言，夫妻之间没有爱情，事实上哪有这样简单。古往今来，有无数的人建立起无数的婚姻，又怎么可能都一模一样？《伯兮》这一篇就清楚地告诉我们，古人的婚姻里也可以存在着无比深刻的爱情，而且比恋爱的激情更坚定、更厚实，因为那是"执子之手，与子偕老"的漫长累积，经过了时间的考验，不是一时的浪漫、一时的动心，因此可以终其一生。

这种因为丈夫离家而形成的思妇，在其他作品中也有，例如《唐风·葛生》《鄘风·柏舟》，奠定了夫妻离别相思的哀情。

也因此又呈现出一个道理，其实婚姻并不是爱情的坟墓，为爱情挖掘坟墓的，是不真诚、不正直的人格，尤其是自私自利的心！所以不要错怪了婚姻，应该反过来说，婚姻其实是保障爱情最好的方式，如果婚姻做不到这一点，那是当事人自己的责任，必须反求诸己。

由上可见，《诗经》中的婚姻，有的圆满，有的残缺，我们看到了三千年前的婚姻形态，但无论如何，最主要的就是"人品"和"道德"，忠诚才能深情，深情又能促进道德，这就是真、善、美彼此相辅相成的道理。

第八节 《诗经》中的婚姻与道德

品德是婚姻美满必要的条件，而且婚姻和爱情并不是对立的，甚至应该说，人类的文明到目前为止，婚姻是爱情的最佳保障。当然，人是非常复杂的，两个人结合为一个家庭，婚姻也就更加复杂，失败的婚姻并不少见。现在我们要进一步来看《诗经》中的另类婚姻可以带给我们怎样的启发。

前面提过，为爱情挖掘坟墓的其实是不真诚、不正直的人格，尤其是自私自利的心！就这一点来说，在古代男女不平等的情况下，弱势的女性通常是受害的那一方，当女性被抛弃的时候，就变成了无家可归的弃妇，她们的心声也被记录在《诗经》里。

《氓》：开创弃妇文学原型

所谓"弃妇"，就是被抛弃、被休离的妇女，她的伦理归属被完全剥夺，也因此变成没有社会身份的女性。女性在古代讲究三从四德，必须要有非常明确的伦理框架，给予一个生存的依靠，一旦被抛弃，就会成为悲惨的一群人，无处容身。回到娘家，娘家认为她们是泼出去的水，回来只是增加家里的负担，除非情感特别深或家里经济能支持，否则这些被休弃的女性只能变成流浪的边缘人，还要受到社会歧视的眼光。《诗经·卫风》里有一篇很长的叙事诗《氓》，就诉说了这样一个悲惨的故事。

诗题的"氓"，是住在城外的野民，属于较低阶的劳动者，也就是这首诗的男主角；而在这首诗中担任告白的主人公，是一位善良而勤劳的妇女，就是氓的妻子。这首诗有六个段落，依照人物命运发展的顺序加以描述，作法上是以赋为主，分别写她从陷入热恋、接受求婚、嫁作人妇、勤劳持家，到最后被丈夫无情地抛弃，整个过程实在发人省思，也留下许多言简意赅的成语。全篇说：

> 氓之蚩蚩，抱布贸丝。匪来贸丝，来即我谋。送子涉淇，
> 至于顿丘。匪我愆（qiān）期，子无良媒。将（qiāng）子无怒，
> 秋以为期。
>
> 乘彼垝垣，以望复关。不见复关，泣涕涟涟。既见复关，
> 载笑载言。尔卜尔筮，体无咎言。以尔车来，以我贿迁。
>
> 桑之未落，其叶沃若。于嗟鸠兮，无食桑葚。于嗟女兮，

无与士耽。士之耽兮，犹可说也。女之耽兮，不可说也。

桑之落矣，其黄而陨。自我徂尔，三岁食贫。淇水汤汤，渐车帷裳。女也不爽，士贰其行。士也罔极，二三其德。

三岁为妇，靡室劳矣。夙兴夜寐，靡有朝矣。言既遂矣，至于暴矣。兄弟不知，咥（xì）其笑矣。静言思之，躬自悼矣。

及尔偕老，老使我怨。淇则有岸，隰（xí）则有泮（pàn）。总角之宴，言笑晏晏。信誓旦旦，不思其反。反是不思，亦已焉哉！

最开始的一段，写少女恋爱时的心情起伏，真是令人莞尔。首先是男主角出场了，"氓之蚩蚩，抱布贸丝"，这个氓是一个布贩子，傻乎乎、笑嘻嘻地抱了布匹来换丝。但"匪来贸丝，来即我谋"，他其实不是来换丝，是来与我谈婚事。看到这里，我们可以想一想，很可能就是这种傻乎乎的憨厚打动了少女吧！于是少女动心了，"送子涉淇，至于顿丘"，送氓回去的时候，一直送他过了淇水，到了顿丘才分手，可见两人浓情蜜意，依依不舍，这才上演了一场"十八相送"。

但接下来，忽然发生了一点突兀的噪音，让人顿时紧张起来，原来氓生气了，他认为这个少女不肯嫁给他。于是女方赶紧澄清说"匪我愆期，子无良媒"，这不是我拖延婚期，而是你没有派出好媒人来说亲，所以才没办法共结连理呀！然后又赶紧安抚男朋友，说"将子无怒，秋以为期"，请你不要生气，就把结婚的日期定在秋天吧。

看到这里，让我们停下来仔细推敲一下。我们应该注意到，这位少女虽然只是一般的民间女子，却不是一个盲目冲动的小女孩；所以，即使再怎么深爱对方，她还是希望情人可以明媒正娶，两人堂堂正正地结合，不要像《将仲子》里的仲子，做出"钻穴隙相窥，逾墙相从"的不轨私行，可见她真的是一个很有头脑的女孩子，令人激赏！

但是，头脑清楚、坚持做对的事情的人，不一定就会顺利成功，这位少女的坚持也让自己陷入考验里，不知道男方是否可以尊重她，为她而努力。于是从分手的那一刻起，直到预定的秋天来临之前，少女都处在提心吊胆的不安里。她天天牵挂着，忍不住"乘彼垝垣，以望复关"，登上那一堵土墙，遥望复关的方向，引颈期盼，那是氓的身影会出现的地方啊；"不见复关，泣涕涟涟"，没看到对方的踪迹，生怕情人不守诺言，少女等得都哭了，流泪不止；还好，终于"既见复关，载笑载言"，氓的现身就像天降甘霖一样，瞬间花开大地，少女顿时放下了心中的大石头，破涕为笑，挥去了泪眼婆娑，轻快地迎接情人，两个人又说又笑，简直幸福无比！方玉润《诗经原始》评这一段云："不见则忧，既见则喜，夫情之所不容已者，女殆痴于情者耳。"可见，这个少女既清醒，又痴情；既有理性，又有感性，真是难能可贵。

至于氓之所以这么久才来，是因为"尔卜尔筮，体无咎言"，你慎重地占卜排卦，卜筮的卦象没有不吉利的，于是择定了好日子。满心欢喜的少女也坦率地说"以尔车来，以我贿迁"，驾着你的车过来吧，我会带着嫁妆跟着你一起走。事情发展到这里，有情人终成眷属，应该是圆满的结局了吧？但情况不是这样的，完美的婚姻中仍然会有暴风雨，何况婚姻未必完美。这首诗后面的情节急转直下，让我们看到人性的阴暗。

在讲到究竟发生了怎样的厄运之前，我们先看这首诗的第三章。第三章写的似乎是不相干的景物，以及一种哲理式的感慨。所谓"桑之未落，其叶沃若"，桑树还没有凋落的时候，满树的叶片非常饱满润泽，还结实累累。这位弃妇却感叹说"于嗟鸠兮，无食桑葚"，唉呀，斑鸠啊，不要贪吃桑葚，吃多了会醉啊。这是用来比喻青春少女沉浸于爱情中的状况，所以下面接着说"于嗟女兮，无与士耽"，唉呀，女孩子啊，不要和男生一样沉溺在爱情的欢乐里，因为"士之耽兮，犹可说也。女之耽兮，不可说也"，男人沉迷了以后，还可以脱身，而女人要是陷入爱情里，就再也解脱不了啦！这里所说的就是男女不平等的待遇。而这段感慨硬生生地接在幸福的尾巴后面，就像一记不祥的丧钟，预告了悲惨的未来。

果然，整首诗最前面的两段是描写婚前恋爱、谈婚论嫁的快乐时光，中间的第三章就是转折的关键点，此后的三章都是在讲婚后的不幸。

原来，婚前的恋爱期是短暂的、激情的，未必能显露出一个人真正的性格，而结婚以后再也不用伪装，一个人是君子还是小人，就无所遁形了。这个氓果然不是可以依托终身的良人。你看，就像桑叶落下了，枯黄憔悴，这个少女嫁到夫家多年，过的是贫苦的日子，却没有怨言，还恪遵妇德，勤勉于女红。"三岁为妇，靡室劳矣"，做了三年的人妻，没有一天是不辛劳的；"夙兴夜寐，靡有朝矣"，早早起床、夜深才睡，简直没日没夜；

牺牲了青春年华，没想到"言既遂矣，至于暴矣"，当家业顺遂之后，对方却渐渐凶暴起来；最后更被抛弃了，"淇水汤汤，渐车帷裳"这两句，写的就是她被抛弃后离开家门，渡过波涛滚滚的淇水时，溅起来的水花打湿了车上的布幔。

车上的弃妇心情该是何等的悲哀啊，同样是这条淇水，几年前欢欢喜喜地渡江过来，嫁作人妇，满怀幸福一生的希望，现在却是一无所有地离开，人生完全失败！淇水一去不复返，她的人生也从此陷入了空虚。而她被抛弃的原因在哪里呢？就是这个氓的人品不好啊。"女也不爽，士贰其行。士也罔极，二三其德"，是说女方并没有任何爽失，但男方太薄幸。"士贰其行""二三其德"，都是批评氓行为、品德前后不一，后来见异思迁，以致没有遵守白头偕老的诺言。你可以注意到，诗里一连用了两次指控，可见这位弃妇心里是多么的沉痛，多么的不甘！对照婚前的"言笑晏晏""信誓旦旦"，如今却"不思其反"，不回想过去的恩情，更是何等的讽刺！

但再如何的沉痛、不甘，都不能改变命运，只能无奈地叹息："反是不思，亦已焉哉。"她告诉自己，从来没有想到对方会违背誓言，但不要再想过去的事了，一切也就算了吧！可见这位弃妇是温柔敦厚的，她没有过激、偏颇的举动，却不是因为奴性，而是因为品性与理性。良好的品性让她没有情绪失控，呼天抢地，变成一个歇斯底里的人；而良好的理性让她把持住自己，洞悉这种情况的无可奈何，所以不去做徒劳无益的冲动之事。把自己的悲伤故事说完了，她应该也会想办法安顿自己的后半生吧！人生要继续走下去，而不是一直埋葬在怨恨里，否则就是更彻底的悲剧了。

这首诗写了一个婚姻悲剧的故事，反映了女性常见的不幸遭遇，所以很具有普遍性，成为后代弃妇文学的原型。但很少有人注意到，这位女主人公具有清醒的头脑，表现出罕见的理性能力。让我们回想一下：她在恋爱的时候就没有被激情冲昏头脑，即使无比的痴情，仍然要求男朋友明媒正娶，堂堂正正地结为夫妻，真是一个可爱又可敬的少女。结婚以后遇到了丈夫变心，而惨遭抛弃，在可怕的折磨中却没有一味地怨天尤人、呼天抢地，竟然还领悟出性别不平等的本质，以这个体认告诫着世上的女性，千万要好好保护自己，不要重蹈她的覆辙，这又再一次显示出这位女主人公的特殊性，证明她真是一个很有理性的人。懂得思考，懂得观察，也能够看清现象的本质，不是仅仅凭着感觉而已，对于一个平民女性来说，这不是太难得了吗？

所以我们认为，《氓》这首诗里的女主角，不但可爱、可敬，而且可大大赞叹，她的可爱在于真诚与痴情，她的可敬在于品德高尚、守礼有节，而她的可以赞叹就在于清醒的理性能力！当然她也是可怜的，这样的好女性是值得获得幸福的，偏偏遇人不淑、事与愿违，真是令人感慨万千，这就是世间最不公平的地方。

《诗经》中的婚姻，有的圆满，有的悲惨，让我们看到，三千多年前的古人就已经为婚姻而非常苦恼了。但无论如何，最主要的就是"人品"和"道德"，那不一定可以带来幸福，但一定可以让人变得可爱、可敬，保持自己的尊严。

第九节 《诗经》中的离别

晚唐诗人李商隐曾经说："人世死前唯有别。"(《离亭赋得折杨柳二首》之一)意思是说，在人的一生里，面对死亡是最艰难的，但除此之外，"离别"就是唯一的、最大的痛苦。这说得很有道理，想想看，得失荣辱虽然会引起人的情绪变化，但那毕竟是外在的、一时的，而离别的割舍却是内在的、持续的，可以说是生命里最刻骨铭心的悲哀，所以才会有"生离死别"这个成语。无论生死，"离别"都是人的一生多多少少会遇到的经验，可以说是人类最普遍的经验之一，也因此成为诗歌中最常被歌咏的主题。

《采薇》: 沉重的乡愁

无常变迁的感伤是最令人痛彻心扉的，但是要表达得好，那就不容易了，《诗经》里就有许多一流的作品，也影响十分深远，我们要来谈最动人的一首诗，那就是《小雅·采薇》。这首诗一共有六章，写一位离家参战的征夫，历经了各种劳苦艰辛，好不容易九死一生，终于保留了性命可以回家，最后的一段说：

> 昔我往矣，杨柳依依。今我来思，雨雪霏霏。
> 行道迟迟，载渴载饥。我心伤悲，莫知我哀。

这位征夫怀抱着多年的乡愁，这时终于走在归途上了，他顶风冒雪，路途漫长而艰辛。想起当初离家时还是春天呢，道路旁杨柳轻柔地摇摆着枝叶，一片绿意盎然、生机蓬勃。除了点出客观的季节，其中也似乎暗示着，当时真是年轻啊，不了解世道的艰险，离开家的心情没那么沉重，甚至只当那是一趟出门旅行，可以见见世面，甚至还有闲情欣赏路边的杨柳。

可如今，他已经是一个饱经忧患的中年人了，充分体验过种种人生的艰苦，包括沙场上的血腥残酷，也包括弃别亲友的寂寞孤独。思前想后，回家的路竟然是那么困难！"行道迟迟，载渴载饥"这两句，可以有不同的解读。如果只看到路途本身的艰苦，那么"行道迟迟，载渴载饥"是说路走得很慢，因为冬天雨雪霏霏，以致满地泥泞，跋涉在泥泞中举步维艰，想快也快不了；而寒冷的冬雪里，疲惫的人感到又饿又渴，更没有力气加快脚步。这当然辛苦万分，似乎是回不到家了。诗人"我心伤悲，莫知我哀"的感叹，就是指这种咫尺天涯的无奈，谁知离家容易、回家难，即使就在回家的归途上，"家"也还是遥不可及！

倘若以另一种心理层面来理解，这几句诗的滋味又不同了。所谓的归心似箭，这里则用饥渴来形容"风雪归人"的心有如"载渴载饥"，更生活化地表达急切之感。照理来说，急迫的心应该就会嫌速度太慢，无论怎么加紧脚步都不够，可同时却又说"行道迟迟"，慢慢地走在道路上，看起来矛盾极了。推敲起来，可能有几种原因：一种是如前面所说的，因为"雨雪霏霏"，以致跋涉在泥泞中举步维艰，这对于"载渴载饥"的归心简直更是折磨；也可能有另一个情况，他一点也不着急地缓慢行走着，并不是受困于道路坎坷，而是因为百感交集，近乡情怯！以致即使心里"载渴载饥"，脚步却拖延起来，形成了反常的落差。这样的复杂反应，这样的矛盾感受，真是冷暖自知，点滴在心头，没有经历过的人又哪里能体会呢？"我心伤悲，莫知我哀"，这时就偏重在那种无人可以理解的孤独与悲伤。

你看，诗歌真是太丰富了，多层次的蕴涵更耐人寻味，以致古人早就说"诗无达诂"（董仲舒《春秋繁露·精华第五》），诗歌没有一个绝对的训诂解释。只要经过严谨的思考和推论，合乎整篇文章的脉络，无论是哪一种诠释，都能让我们更深地了解人性，体悟人生。

当然，离家远行还是依依不舍的，杨柳似乎也在挽留他的脚步，轻柔地随风飘拂着。从此以后，在这首诗里所出现的杨柳意象，因为和离别的主题连在一起，也对后世影响深远，成为离别的必要景物。汉朝的长安就发展出"折柳赠别"的习俗，送别的时候，在长亭边折下一段柳枝插在泥土里，表示惜别的心意。这么做的原因大约有几个：一个是"柳"谐音"留"，间接表示一种挽留的心意；另一个是柳树的生命力非常坚忍，扦插就可以成活，而且随地而安，就这一点来说，可以表示送别者祝福远行亲友到了异地他乡之后，没有水土不服而可以平安无恙。无论是哪一种寓意，柳树早在《诗经》里就已经确立了离别的象征，从此出现在后世许许多多送别的篇章里。

以唐代来说，王维的《送元二使安西》（也就是著名的《渭城曲》《阳关三叠》）诗中说："渭城朝雨浥轻尘，客舍青青柳色新。劝君更尽一杯酒，西出阳关无故人。"第二句就出现了"柳色新"的景象，这一方面是借着柳叶刚刚萌发的新叶，以点出送别的时间是初春时节，一方面也同时借着柳树表达了离别的情怀。另外，刘禹锡的《杨柳枝词九首》(之八) 更直接说："长安陌上无穷树，唯有垂杨管别离。"可见柳树和离别已经直接画上等号，彼此紧密地连接在一起。到了近代，才子李叔同在他的《送别》这一篇里歌咏道："长亭外，古道边，芳草碧连天。晚风拂柳笛声残，夕阳山外山。"同样用到了柳树，都是在这个优美的传统里所汲取的养分，结晶出动人的杰作。从这样的发展轨迹中，我们可以看到诗歌的长河是如何的源远流长，滋养了无数美好的心灵。

《黍离》: 乱离的悲歌

扩大来说，"离别"除了可以发生在人与人、人与地方的关系上，也可以发生在人与时代之间。设想一下：《采薇》这首诗是就一个人的人生遭遇来说的，时间只要拉长个几十年、甚至只要几年，这种今非昔比、人事已非的感伤就自然会出现了，难怪这一首诗许多人都可以朗朗上口。而如果时间拉得更长，几百年，甚至只要几十年，那些现在富丽堂皇的宏伟建筑，一旦人去楼空、化为废墟，见证了如此斑驳的历史痕迹，人们怎能不感慨万千呢？墙塌了、柱子倒了，残垣断壁，哪怕屋顶还在，只要上面长几丛杂草，看起来就是触目惊心！你看，北京老照片里百年前的紫禁城、皇家园林，不就是这样吗？这样的伤痛便不只是个人的感伤，更是整个国家民族的悲痛。《诗经》也早早提供了一篇作品，那就是《王风·黍离》这一首诗，深刻展现了这样哀凄的情怀。

《诗经·王风》是东周都城洛邑周边地区的民歌,《黍离》则为王城乱离的悲歌。传统批注《诗经》的权威《毛诗序》指出:

> 《黍离》,闵宗周也。周大夫行役,至于宗周,过故宗庙宫室,尽为禾黍。闵周室之颠覆,彷徨不忍去,而作是诗也。

这是很能切中诗歌写作宗旨的说法。"宗周"就是周朝最早营建的都城所在,包括丰京与镐京,这两京合称为丰镐,是西周的政治中心,文明十分昌盛;但是在周幽王的时候,因为犬戎入侵而化为灰烬,周朝的王室向东迁移到河南的洛邑,从此就来到了东周或"成周"的阶段。丰镐这个昔日繁华的都城也毁灭了,变成一派荒郊野外的萧条景象,于是诗人感慨而作《黍离》,这也是三段体的诗篇:

> 彼黍离离,彼稷之苗。行迈靡靡,中心摇摇。知我者,谓我心忧;不知我者,谓我何求。悠悠苍天,此何人哉?
>
> 彼黍离离,彼稷之穗。行迈靡靡,中心如醉。知我者,谓我心忧;不知我者,谓我何求。悠悠苍天,此何人哉?
>
> 彼黍离离,彼稷之实。行迈靡靡,中心如噎。知我者,谓我心忧;不知我者,谓我何求。悠悠苍天,此何人哉?

一开始就是一派荒凉的景象。所谓"彼黍离离,彼稷之苗","黍"是黄米,"稷"是高粱,都是北方常见的农作物,而"离离"

是植物长得很茂盛、枝叶纷披垂下来的样子。乍看之下，这应该是歌咏农村繁荣的景观，那黍茂盛得叶子都垂下来了，高粱也抽出了青绿色的小苗。但其实不是，你看下面接着说"行迈靡靡，中心摇摇"，"行迈"就是行走的意思，"靡靡"则是行步迟缓的样子，这位诗人走得很慢，却并不是为了欣赏农村的景色，而是因为"中心摇摇"，心里面忧苦不安，摇荡不定，以致脚步沉重了起来。原来他根本没有欣赏的心情，而是对眼前所看到的景物痛心不已——这一大片繁茂的黍、高粱竟然是长在原来的皇宫废墟之上，宏伟壮丽的皇宫已经变成一片绿油油的农田！

写出《黍离》的这位诗人，应该是周朝的大夫，在犬戎之乱以后路过宗周这片西周的故土，赫然看到原来的宗庙宫室都已经被大片的农作物所覆盖，哪里还有王城的痕迹？仿佛时空错乱，世界的版图都崩溃了，简直不知身在何处。那么多精英的心血，无数百姓的血汗，累积了将近三百年所形成的文明，竟然可以彻底灰飞烟灭，荡然无存！诗人没有想到毁灭是这样子的，当毁灭不是一个抽象的名词或动词，而是真真实实地在眼前以一种归零的原始形象呈现，才知道巨大的毁灭是这样的若无其事，好像一切回到从来没有发生过的样子，这便是毁灭的本质，令人无法置信。只有谷物一年一年地成长，高粱也照常从"彼稷之苗"长到"彼稷之穗"，再到"彼稷之实"，从小苗到抽穗、结实，植物欣欣向荣，但诗人穿透黍稷所看到的，却是西周曾经有过的辉煌文明消失得无影无踪，怎么会这样呢？

无法接受这个事实的诗人于是乎"中心摇摇""中心如醉""中心如噎",满心的迷乱,喉咙仿佛被塞住了一样,说不出话来,也哭不出声音,就在这个地方彷徨、徘徊,不忍离去,禁不住再三悲吟:"知我者,谓我心忧;不知我者,谓我何求。悠悠苍天,此何人哉?"原来,即使面对了这么巨大的家国之痛,诗人情绪即将崩溃,但仍然有旁观者提出局外人的误解,他们奇怪你怎么这么忧伤,难道是有什么求之不得的损失?你看,果然真的印证了"人和人的距离,比起猿人和类人猿之间的距离还要来得远",总有许多人终其一生都不了解什么是心灵的世界,于是也只能用他们所能懂的现实利益或个人得失,来理解你无私的大爱和理想的失落,颇有一点"以小人之心,度君子之腹"的味道,这里"小人"是指"心胸狭隘"的人。

虽然俗话说"道不同不相为谋",可那些道不同者却又喜欢质疑你,甚至诋毁你,这种"不知我者,谓我何求"的情况,真是让已经"中心摇摇"的诗人雪上加霜,心绪寂寞到极点。"悠悠苍天,此何人哉"的感叹,正是无语可问天的无奈。"此何人哉"的"何人"可以指诗人自己,意味着这样的自己似乎是一个与众不同的异类,孤独地怀抱着这样巨大的伤痛在天地间流浪;也有人认为这个"何人"是指那些质疑他的"不知我者",倘若如此,那就是诗人忍不住要控诉世人的庸俗无知,那些人不但对家国之痛无动于衷,还对忧国忧民的仁人君子这样冷酷无情!

《黍离》可以说是中国诗歌史上第一篇写"亡国之悲"的作

品。在中国传统历史里，"天下合久必分，分久必合"的循环，导致每隔两三百年就会遇到改朝换代，那就是酝酿亡国之悲的环境，因此也深深影响了后世诗人的创作。例如杜甫《春望》这一首诗说：

> 国破山河在，城春草木深。
> 感时花溅泪，恨别鸟惊心。
> 烽火连三月，家书抵万金。
> 白头搔更短，浑欲不胜簪。

一开始的两句"国破山河在，城春草木深"，不就相当于"彼黍离离，彼稷之苗"吗？国家破碎了，但山河仍然屹立不摇，春天照样降临人间，就在残破的长安城里草木欣欣向荣，完全没有草木同悲的共鸣，把人世反衬得更加沧桑；因此杜甫一点儿也无法感受到春天的喜悦，反而更加孤独、更加悲哀，竟然"感时花溅泪，恨别鸟惊心"，他感慨时局的动荡不安，即使面对着盛开的春花，都还是禁不住掉下了眼泪，飞溅在娇艳的花瓣上；他又悲恨着与亲友的生离死别，连看到树上小鸟的飞落飞离，都觉得惊心动魄，那颗饱经忧苦的心，是多么的脆弱啊！美丽的春花、枝头的小鸟不但不能给他抚慰，还更掀起了翻腾的波涛，冲击着那颗脆弱的心，让诗人更加心如刀割，这岂不就是"行迈靡靡，中心摇摇"的进一步表现吗？所以说，《王风·黍离》奠定了中国文学史上"亡国之悲"的原型。

而从《黍离》到杜甫都面临的"亡国之悲"，在后来中晚唐的诗坛上有了更完美的表现，那就是"金陵怀古"的创作主题。

　　金陵原本是六朝的国都，南朝著名的诗人谢朓曾经赞颂它是"江南佳丽地，金陵帝王州"（《入朝曲》），这座城市比长安、北京这些北方的京都更温柔、更美丽，又比扬州、苏州这些江南城市更坚固、更险要，既雄伟威严却又充满脂粉气，展现出独特的魅力。但是，在朝代兴亡的无常里，金陵也免不了毁灭的命运，而且毁灭得非常彻底，到了唐代的时候，已经变成一个只剩下农田的小乡村了，丝毫看不出昔日的辉煌灿烂。这座城市的兴衰反差更大，也因此更令人惊心动魄。

　　于是，经过了安史之乱的中晚唐诗人，就借题发挥，写出了非常精彩的"金陵怀古"诗。其中最有名的就是刘禹锡《金陵五题》，第一首《石头城》说：

　　　　山围故国周遭在，潮打空城寂寞回。
　　　　淮水东边旧时月，夜深还过女墙来。

　　这样一座石头城，周围的山势仍然屹立不摇，秦淮河的流水依然潮起潮落，一阵阵的波浪不停地拍打着城墙，每天晚上的月亮也依然从东边升起，越过女墙照耀着城内，大自然一点儿也没有改变，但城市里的一切早就面目全非。你看，刘禹锡用"故国""空城""旧时月"说明过去所有的繁华都已经灰飞烟灭，这座城市只剩下一个空壳，也只留下了"寂寞"。

《金陵五题》的第二首《乌衣巷》，更是一首脍炙人口的名篇：

朱雀桥边野草花，乌衣巷口夕阳斜。
旧时王谢堂前燕，飞入寻常百姓家。

诗中的朱雀桥、乌衣巷都是金陵城里的精华区，当时住着最有权势威望的王、谢家族，但到了后世，这个地方已经长满了"野草花"，在偏斜的夕阳下染上淡淡的微光，没有灿烂，更失去了辉煌；虽然燕子依然年年回到原地，筑巢繁衍、生生不息，但同一个王、谢住过的豪宅，经过了无数的变迁，这时已经荡然无存，变成了寻常百姓的住家。诗篇中没有一个感伤的用字，连"寂寞"这个词都消失了，但抚今追昔，眼前的"野草花""夕阳斜"以及"堂前燕"，都只是各地随处可见的平凡景色，至于六朝金陵的朱雀桥、乌衣巷，就只剩下幻影，只剩下空洞的名词，再也无法想象，那种苍凉更加令人低回不已。也因此，《金陵五题》达到了"金陵怀古"的最高境界，同时也把"亡国之悲"做了最完美的呈现。

以上就是《诗经》中所谈到的"离别"，包括了离开故乡、回返故土的各种心情，其中最有代表性的就是《采薇》《黍离》这两篇，它们影响深远，也影响了后世的诗歌，当然也包括杜甫的《春望》、刘禹锡的《金陵五题》，还有李叔同的《送别》。《诗经》的部分讲完了，我们谈了《诗经》里的特点，谈到了闺怨诗，看到了两性关系里的残缺与烦恼。原来早在三千多年前，婚姻就是一门复杂的大学问，苦乐参半，尤其是对女性而言，在不能自主的情况下，更常常是一个很大的负担。《诗经》刻画的是人们生活中的现实世界，也对婚姻的笑与泪有所反映，这些内容在《诗经》里面早就呈现了，你有没有对《诗经》的重要性有了更深刻的认识呢？下一章就要开始讲《楚辞》了，其中具备了非常感人的特质，和《诗经》有很大的不同。

第三章

———

《楚辞》

第一节 《楚辞》的诞生

《楚辞》是中国文学的另一个"根文学",非常重要。一讲到《楚辞》,首先一定就会想到屈原(约公元前340~公元前278);而一讲到屈原,我总是会想起一位台湾现代诗人郑愁予,他在多年前写下的《野店》这首诗,其中的第一句就说:"是谁传下这诗人的行业,黄昏里挂起一盏灯?"这是用疑问句写成的,他也并没有给出答案,但如果从中国文学史的角度来说,可以提出一个精确的答案,那就是屈原!是屈原传下这诗人的行业,黄昏里挂起一盏灯!

我在前一章已经说过,《诗经》的作品都经过整理、雅化,个别性的差异并不明显。虽然《诗经》中的诗篇也有一些可以考证出作者是谁,但是这些有名有姓的作者,都只有很少的、甚至就这么一首诗而已,谈不上诗人;其他更多的无名的诗篇都找不到著作权人,因此《诗经》算是集体的创作。而诗歌开始有个性、有诗人自我的独特性,就是从屈原开始的。《文心雕龙·辨骚》说道:"不有屈原,岂见《离骚》。"意思是说,如果没有屈原,现在的人又哪里看到《离骚》这篇伟大的杰作呢?这也等于肯定了屈原是中国的第一位诗人,而《离骚》就是他的代表作。

还有学者认为,如果一定要从中国文学史上选出三个最伟大的诗人，除了杜甫、李白稳坐第一名、第二名的宝座之外，关于第三名，屈原可以说是当之无愧。这最主要的原因，并不是说屈原的文学成就比陶渊明、王维、苏东坡等伟大诗人都要高，严格说来，后面的这几个大诗人也都符合第三大诗人的候选资格，很难勉强分出高下；因此关键就在于，屈原是中国历史上的第一位诗人，这种首开先锋的第一名，是他绝无仅有的历史定位。

但是，讲到这里，我还是应该提醒大家，一部伟大的作品当然来自伟大的诗人，但是，诗人不完全是靠他自己就能成就出来的，所谓的时势造英雄，时代创造人物，都是在说明一个道理：任何一个人的成就，都必然来自大环境的帮助，除了天赋以外，家庭、社会给了哪些资源，发生了哪些遭遇，使得他的性格有了怎样的发展，天时、地利、人和，处处都说明了一个诗人、一部作品之所以诞生所需要的各种条件。因此，虽然说屈原是中国的第一个诗人，创作出《离骚》等杰作，但是我们也得看看战国时代的历史氛围和楚国这个地方的风土民情提供给屈原多少养分，让他有这么多的材料可以驱遣运用，让他的才华充分挥洒出来，闪闪发光！

首先，屈原是公元前 4 世纪，也就是战国时期南方的楚国人，而《楚辞》就是战国后期产生于长江流域一带楚国的新诗体，本来是一种地方文学，正是屈原伟大的人格与杰出的才华，把这样的新诗体提高到了艺术的最高境界，从此《楚辞》也变成了中国文学史中的一大文类。

那为什么要强调"战国时期"的时代风气和"南方楚国"

的地理环境呢？因为这两个时空条件是构成屈原和《楚辞》的艺术特点的两个关键。可以说，孕育屈原和《楚辞》的摇篮，就是战国的时代风气以及楚国的文化特色。

《楚辞》与战国的时代风气

就时间背景而言，国家之间的战争、吞并，使得战国时代的社会风气已经和春秋时期有了很大的不同。我们前面已经看到，春秋时代的《诗经》讲究温柔敦厚、含蓄委婉，但是到了战国这样一个人才竞争激烈、政治上合纵连横的动荡时代，人才的流动性扩大，贵族阶层也不再那么封闭，出现了让人各凭本事的机会。人与人之间早就不复揖让的空间，大家极力使出浑身解数，以最快的速度、最大的效果取得实践理想的最多可能，当然也可以借此获得个人的最高成就。

只要比较一下就很清楚了，所谓的先秦诸子百家，其中只有老子、孔子寥寥两位是在春秋时期的哲人，其他的诸子，包括儒家的孟子、荀子，道家的庄子，法家的韩非子，墨家的墨子，名家的公孙龙，阴阳家的邹衍，还有苏秦、张仪之类的纵横家等，这些都是战国时期的著名学派，占了先秦诸子的压倒性多数，比例最大。可想而知，这时候的人才竞争势必是非常激烈的。再看他们表达思想的方式，《老子》只有五千言，也就是五千个字，对很多人说，简直是有字天书，深奥到难以理解；孔子更"述而不作"，只整理、转述学问而自己并不写作，《论语》这本书还是孔门的弟子记录下来的，其中大部分是简短的对话，甚至只有三言两语。所以说，《老子》《论语》两部书的共通特点是言简意赅，短短的几句话就意味深长、哲理隽永，蕴藏了深刻的思想，经得起后来两千多年的挖掘和探索。

但是到了战国时期，《孟子》《荀子》《庄子》《墨子》这几部书都是洋洋洒洒、长篇大论，一个道理要反复说明、引申辩证，不仅要善用比喻，让人一看就印象深刻，还要用精彩有趣的故事来加深感染力。"寓言"故事会在战国时期大量兴盛起来，广为诸子的论述所采用，也同样是基于这样的环境所造成的。例如"鹬蚌相争，渔翁得利""不鸣则已，一鸣惊人"，都是来自这个时代的寓言故事。在《庄子》《孟子》《韩非子》里面，也都有许多的寓言故事，例如司马迁《史记·老庄申韩列传》声称《庄子》一书"大抵率寓言"，据统计约有两百多则；《韩非子》则收集寓言故事三百多则；孟子当然也善于此道，他提到的"守株待兔""揠苗助长""齐人骄其妻妾""五十步笑百步"等，也产生了很好的辩论效果，成了今天的典故或成语。

这就难怪了，身处于这个环境中的孟子禁不住感慨道："予岂好辩哉，予不得已也。"（《孟子·滕文公下》）也就是说，如果不大声辩论，善用修辞技巧，你的意见别人就听不到，国君也无法实行你所苦心拟出的治国良策，饱读诗书就失去了用武之地，所以"好辩"是不得已的做法。为了让国君、大臣听得到，于是诸子只好提高音量大声疾呼，更要加强辩论的口才，也不妨虚张声势，甚至遣词用句不惜夸张尖锐，有失厚道。最典型的例子是孟子，他不就批评墨家、杨朱是"无父无君"的禽兽？《孟子·滕文公下》中说："圣王不作，诸侯放恣，处士横议。杨朱、墨翟之言盈天下。天下之言，不归杨则归墨。杨氏为我，是无君也；墨氏兼爱，是无父也。无父无君，是禽兽也。"如此充满攻击性的语言，言之太过，根本不足为训，又哪里有一点孔门的宽和气象！

可孟子还是孔子的继承人，被尊称为亚圣！连他都被卷入这样的激流里，其他人就可想而知。从好的方面来说，可以增进艺术效果的修辞学被发展起来了，文学创作也一定会发生剧烈的变化，这么一来，《诗经》里质朴平稳的四言诗，就负荷不了了。如同鲁迅《汉文学史纲要》所指出的：战国时代"游说之风寖盛，纵横之士，欲以唇吻奏功，遂竞为美辞，以动人主""余波流衍，渐及文苑，繁辞华句，固已非《诗》之朴质之体式所能载矣"。

时代的风气使然，战国时期诸子百家，尤其是纵横家华丽铺张的文辞，自然影响到了文学，也难免出现剑拔弩张的气势。连李白这位狂放的浪漫诗人，谈到中国诗歌史的发展时，也保持同样的看法。在《古风五十九首》第一首中，李白就说：

> 大雅久不作，吾衰竟谁陈？
> 王风委蔓草，战国多荆榛。
> 龙虎相啖食，兵戈逮狂秦。
> 正声何微茫，哀怨起骚人。
> 扬马激颓波，开流荡无垠。
> 废兴虽万变，宪章亦已沦。

意思是说，当历史来到了战国时代，《诗经》的理想已经沉沦了，"大雅"就是"王风""正声""宪章"，也就是诗歌的正统和最高标准，但它们都被抛弃不顾；战国时期的时代风气是激荡的、争夺的、充满杀伐之气的，李白用了"蔓草""荆榛""龙虎""兵戈"这些意象，很具体地呈现出战国时代的纷扰尖锐，甚至彼此吞噬，根本容不下温柔敦厚的理想，从而使得战国后期的诗人们，也不能脱离环境的影响。屈原就是在这样的时代氛围中活着的，"哀怨起骚人"的"哀怨"已经清楚告诉我们，屈原这一批精英不再是"诗教"的信徒，偏离了"哀而不伤"的温柔敦厚，甚至走向了极端。《文心雕龙·辨骚》便指出屈原的作品特点是"绮靡以伤情"，也就是在华丽的文字中充满哀伤之情，以致屈原最后甚至在强烈的绝望之下走上了绝路。这不仅仅是屈原本身的个性使然，时代的尖锐化、激烈化也应该发挥了相当的助力。

《楚辞》与楚文化

在战国时代，楚国是一个很有自己的文化特色的地方。所谓的文化，是一群人共同形成的生活内涵，而生活脱离不了风土地理等客观条件，也反映到了文学作品里。大体说来，南方和北方的差异，如同近代经学家刘师培在《南北文学不同论》中所说："大抵北方之地，土厚水深，民生其间，多尚实际。南方之地，水势浩洋，民生其际，多尚虚无。民崇实际，故所著之文，不外记事析理二端。民尚虚无，故所著之文，或为言志抒情之体。"这种比较是颇为中肯的。

其实，刘勰早就说《楚辞》的奇特魅力，是来自"江山之助"，所谓："若乃山林皋壤，实文思之奥府……然则屈平所以能洞鉴风骚之情者，抑亦江山之助乎！"（《文心雕龙·物色》）《诗经》又何尝不然？有一种说法认为，《诗经》这样"温柔敦厚"的文学气质也反映了地理的影响，甚至气候的影响。以地理来说，《诗经》的产地包含了黄土高原最主要的陕西、山西，以及河南所在的黄土平原，这一片广大的地区水深土厚，景观辽阔而单一，比较缺少变化，这就孕育出《诗经》的平和稳重；再加上西周初期的气候多风调雨顺，这也容易培育出温柔敦厚的诗教。

但是南方就不一样了，江南的山水变化多端，令人目不暇给，各种景物更是奇异而丰富，柳暗花明又一村，到处都别有洞天，加上烟雾缭绕、水汽弥漫，既浪漫又神秘，难怪生活在这里的人们，比较容易有玄虚的想象。尤其是楚国，作为长江流域文化的代表，王夫之《楚辞通释·序例》曾有很好的描述："楚，泽国也。其南沅、湘之交，抑山国也。迭波旷宇，以荡遥情，而迫之以崟嵚戍削之幽菀，故推宕无涯，而天采矞发。江山光怪之气，莫能掩抑。"说楚国既是水乡泽国，又是高山绵延的地方，有水波荡漾，也有山势陡峭，交错在一起，特别焕发出一种光怪陆离的气息，因此又是南方国家里最贴近超现实文化的国家。

由于楚人信鬼、敬神，在现实中就常需要举办频繁的祭祀活动。《汉书·地理志》说他们"信巫觋，重淫祠"，淫祠就是过度的祭祀，宗教活动太多。东汉王逸《楚辞章句·九歌序》也指出："昔楚国南郢之邑，沅湘之间，其俗信鬼而好祀。其祠，必作乐鼓舞以乐诸神。"于是整个国家就弥漫着一股浓厚的巫风。还记得吧，写了不少神话寓言的庄子，也是楚国人，《庄子》也反映了楚文化的特点，那就是颇有超现实的好奇，与神鬼世界特别接近，这和北方中原地带注重现实人生的人文主义是很不一样的。

这么一来，楚国的文学犹如明朝袁宏道《叙小修诗》所指出的："若夫劲质而多怼，峭急而多露，是之为楚风，又何疑焉！"所谓的"劲质而多怼，峭急而多露"，也就是自我比较突出，性格特别鲜明，喜怒哀乐的表达也显得直接而坦率，这是"楚风"之特点，而《离骚》则是"怼怼之极"，可以说是楚文化的极端表现。难怪李白会说"哀怨起骚人"，屈原正是无比哀怨的忧患之人啊，他的创作正如《惜诵》中所说的"发愤以抒情"，以抒情为主流，而所抒发的情就是心中郁积的悲愤，这就是他的作品最热烈感人的地方。

总而言之，《楚辞》受到了战国的时代风气、楚国的文化特色影响，单单屈原的《离骚》这一篇，就用了三百多句，近两千五百字（按袁行沛主编《中国文学史》），平均每一句是六七个字，规模宏伟，气势淋漓，很有雄辩的奔放，清楚带有战国时代以及楚文化的烙印。而且，屈原极端突出了个人，明显以自我为主体，尽情歌咏自己的喜怒哀乐。根据学者的统计，在《离骚》中，屈原一共使用了六个不同的自称代词，包括"予""我""朕""余""吾"等，总共出现了八十八次，占了将近四分之一，"余"字就出现了五十次。其中，屈原直接以自称代词为主语的句子则有将近四十句，超过十分之一的比例。如果再加上其他以"我"为主词，却没有出现相关的自称代词的，更高达一百四十多句，所占的比例大幅提升到百分之四十，这真是一个相当惊人的数字！而这种写作方式，让全篇的字里行间处处都彰显了诗人的影子，极其强烈地表达了个性、张扬了自我，充分反映了战国的时代精神，难怪班固的《离骚序》称屈原是"露才扬己"——显露才华、张扬自己，这不是没有原因的。

而屈原以自我为主体，尽情歌咏他自己的喜怒哀乐时，笔下大量运用了楚国的山川风物，以及语言声调，也更与《诗经》大大不同。比如说："亦余心之所善兮，虽九死其犹未悔""路漫漫其修远兮，吾将上下而求索"，这些句子里都有"兮"字，那是楚歌的一大语言特色，整篇大量运用"兮"这个语气词，让文章更抑扬顿挫，也更富有情感。再看《九歌》里有《湘君》《湘夫人》这两篇，讲的就是湖南湘江的水神，而湖南正是楚国的所在地；至于屈原常常提到他要满身佩戴香草，那些杜若、蘅芜、茝兰、薜荔、藤萝也都是楚地的产物。所以宋代的黄伯思便说道："皆书楚语，作楚声，纪楚地，名楚物。""若些、只、羌、谇、蹇、纷、侘傺者，楚语也。顿挫悲壮，或韵或否者，楚声也。""兰、茝、荃、药、蕙、若、芷、蘅者，楚物也。"（陈振孙《直斋书录题解》引《东观余论》卷下《校定楚辞序》）这就构成了《楚辞》的一大特点，这些诗篇会被叫作《楚辞》，也正是这个原因。

这一节讲到了《楚辞》的诞生，那是战国时代、楚国文化双重影响之下的产物，但它之所以成为伟大的文学作品，影响深远，都是因为屈原的贡献。而屈原更是中华民族最早的诗人，以"露才扬己"的突出个性，以及以国家公务为己任的崇高理想，树立了伟大人格的标杆，无人可以取代。

第二节　屈原和《离骚》

《楚辞》作为《诗经》以后最重要的文类，其非凡的感染力深深打动了许多人的心灵。这样的魅力，可以说是屈原的伟大创造，而《离骚》就是其中最重要的代表作，让我们进一步来看《离骚》如何在屈原的笔下发光发热。

高贵血统、高洁品格与"香草美人"

屈原是楚怀王（公元前 4 世纪后期在位）时代的贵族。从目前的文献资料可知他担任过楚国的"左徒"，又身为"三闾大夫"，而这个身份只在《楚辞》中出现过，并不能确定实际上的意义。有学者认为，他的职务大多与宗教仪式有关，大概类似汉制之太常。太常管祭祀之事，其职位大概是"祭政一致"风气下的产物，而巫风时代的祭祀官，其人格及其职务恐怕也多沾上巫风之习。笼统而论，屈原的"左徒"与"三闾大夫"之职可以解释屈原作品中有《大招》《招魂》这类的文章的原因，并在他被放逐后，走到楚"先王之庙及公卿祠堂"，而作《天问》，由此反映了特殊的职业癖习。简言之，屈原是"巫官"，而"巫官"的前提乃是"巫"。

在古代，巫官并不是迷信的宗教人员，而是掌握了历史、医学、天文地理各种重要知识的人，从《离骚》的表达方式可知，屈原拥有高贵的家世背景和特殊的通灵体质。作为楚国的贵族，他拥有良好的文化教养，这从他能够写出《楚辞》就可以看得出来；除此之外，屈原更心怀纯洁的品格和崇高的理想，也是真正的"精神贵族"，无法忍受同流合污，也总是忘我地追求"存君兴国"——心存为君王奉献才能，以兴旺国家——的政治抱负。而这一切，都显示屈原的才华养成、文学表现是和后天的身份地位、成长环境息息相关的。

我们可以注意到，《离骚》一开始就张扬自己历代的祖宗，显示出屈原非常珍惜自己的高贵血统：

> 帝高阳之苗裔兮，朕皇考曰伯庸。
> 摄提贞于孟陬兮，惟庚寅吾以降。
> 皇览揆余初度兮，肇锡余以嘉名。
> 名余曰正则兮，字余曰灵均。

他说：我是远古时代高阳大帝的子孙后裔，我的父亲叫作伯庸。摄提（也就是寅年）的那一年正当孟陬正月，就在庚寅的那一天我诞生了。父亲仔细揣测审度我的生辰，一开始就给了我很好的名字，为我取名正则，给我的字则是灵均。我们可以注意到，"正则""灵均"都带有非常崇高的理想性，"正""均"这两个字都是"平"的意思，"正则"这个词表现出天下准则、国家栋梁的期许，而"灵均"的"灵"字，则似乎呼应了"巫"

的职官特性。这个家族掌握了与神灵沟通的特权，所以是国君依赖的神职人员，屈原就是这个高贵血统的传人。

但屈原宣扬这样的血统，并不是一种高高在上的阶级骄傲，而是对家族精神血脉的珍惜，并且在这样的光荣系谱之下，产生出善加传承的高度自我期许。所以屈原接着说：

> 纷吾既有此内美兮，又重之以修能。
> 扈江离与辟芷兮，纫秋兰以为佩。

意思是，他既然继承了如此优良的基因，有了这么多与生俱来的美好的内在品质，后天又加上很好的才能，于是非常珍惜自己，努力追求芬芳高洁的品格，不肯流入世俗。所谓"扈江离与辟芷兮，纫秋兰以为佩"，江离、辟芷、秋兰都是香草的名字，"扈"和"佩"有披和戴的意思，字面是说屈原披挂、戴上江离、辟芷、秋兰这些香草。而这两句呼应了后面说到的"制芰荷以为衣兮，集芙蓉以为裳"，把出淤泥而不染的荷花制作成衣裳，可见屈原不只是佩戴香草而已，全身的衣裳更都是用荷叶、荷花编织而成的！经过统计，单单在《离骚》一篇里"香草"一共就出现了十八种之多，包括杜若、杜蘅、蕙茞、秋兰、芳芷等。这当然不是说屈原有恋花癖，而是一种象征性的表达，用来象征他的人格高洁，品格高尚！

从此以后，香草就被用以比喻君子贤人，形成了一种文学的修辞传统，后代继承了这样的象征意义，也往往用香草来烘托人物的品格崇高。举一部大家熟悉的经典名作为例，《红楼梦》

第十七回里，薛宝钗后来所居住的院落中，就种着藤萝、薜荔、杜若、蘅芜、茞兰、清葛，以及金簦草、玉蕗藤、紫芸、青芷等香草，这也是该所房子取名为蘅芜苑的原因，"蘅"便是屈原《离骚》里最知名的香草之一。而曹雪芹之所以要这样安排，当然是为了配合塑造薛宝钗的人品。

既然屈原是如此之珍惜自己，不只是不能容忍有一丝污秽，还要创造出令人想要深呼吸的香气，无论身在何处，都浑身散发芬芳、传播美丽，让所到之处都是芬芳美丽的地方。可想而知，屈原带有一种极端的精神洁癖，择善而固执，绝不愿意妥协。这一点，屈原自己也心知肚明，《离骚》里面就说：

鸷鸟之不群兮，自前世而固然。

他就像一只巨大的猛禽，翱翔在广阔的天空中，独来独往，无法混在一般的鸟群里面，这是前辈子就注定的，可见屈原的精神洁癖是一种根深蒂固的天赋。但这样的天赋是屈原十分珍惜的人格，因此也是他用一生不断坚持的结果。《离骚》里早就说"重之以修能""余独好修以为常"，而清朝蒋骥《山带阁注楚辞》更注意到，《离骚》"通篇以好修为纲领"，这个纲领据姜亮夫《屈原赋校注》的统计，一共出现五次："凡言好修者五，前修姱修者再，而特发端于此，此一篇之指要也。"如果只算"修"字，那么《离骚》中总共出现十一次，而这些"修"字，大概都有"美"的含义，则所谓的"好修"，就是"喜爱美"的意思。这就难怪屈原要用香草来装扮自己了。

"谗人高张，贤士无名"与"求女"主题

屈原以如此高洁的人格心存"存君兴国"的理想，努力要以整个生命和全部的才华报效国家。然而，这在千疮百孔的世界中必然是格格不入的。如此美好的品行碰上了颠倒而残酷的现实，竟然不是近悦远来，而是打压排挤！屈原善尽职责，偏偏被小人嫉妒、排挤，在国君面前说尽他的坏话，以致空有满心的理想、满腹的才华，却没有用武之地。在《离骚》里，单单"嫉妒"这个词，就出现了三次，包括：

> 羌内恕己以量人兮，各兴心而嫉妒。
> ……
> 世溷浊而不分兮，好蔽美而嫉妒。
> ……
> 惟此党人之不谅兮，恐嫉妒而折之。

再加上单用"嫉"字的两次，一共有五次！原来，人性大部分是见不得别人好的。《论语·里仁》记载孔子所说的："见贤思齐焉，见不贤而内自省也。"见到贤德的人，要想和他一样；反之，遇见不贤的人，就要反省自己有没有类似的缺点，然后加以改进，这是君子才会有的心态。可世界上有几个君子呢？平庸的人们总是"羌内恕己以量人兮，各兴心而嫉妒"，他们对自己很宽容，却用卑劣的心理衡量别人，因而生出了嫉妒。于是大多数的情况是"见贤嫉妒"而不是"见贤思齐"，这么一来，

"世溷浊而不分兮，好蔽美而嫉妒"，美丽光明的事物就被混浊不分的流俗给遮蔽了。甚至不只是遮蔽而已，当嫉妒太强烈的时候，还会摧折、伤害那少数的真善美！果然屈原痛心地说：

　　　　众女嫉余之蛾眉兮，谣诼谓余以善淫。

　　屈原拥有如此高洁清香的人格，于是把自己比喻为美人，而姿色平凡、庸脂俗粉的众多女性嫉妒他的美丽。后来汉代的谚语也说过类似的话："美女入室，恶女之仇。"这两句用语更加浅白，原来嫉妒的心竟能强烈到仇恨的地步，"美人"简直成了"恶女"的仇敌，于是这些"恶女"便制造谣言，毁谤"美人"是一个淫荡的女子，这不是颠倒黑白吗？但众口铄金，"美人"就这样蒙受不白之冤，惨遭排挤、打压。

　　确实，这样的人、这样的性格是很难在现实中立足的。不愿意妥协的屈原也心知肚明，因此悲叹道："哀吾生之无乐兮，幽独处乎山中。吾不能变心而从俗兮，固将愁苦而终穷。"（《涉江》）就在屈原的一生里，留下许多对世界、对人生的感慨，他感叹"何昔日之芳草兮，今直为此萧艾也"，意思是说，为何昔日的芳草，到如今竟然变成了萧艾呢？也就是过去的君子后来变成了小人。芳草，在屈原的辞中代表了贤德的君子，散发出人格的芬芳，所以屈原才会要"制芰荷以为衣兮，集芙蓉以为裳"，穿着荷花、芙蓉编织而成的衣裳，屈原简直就是一个君子中的君子了！"萧艾"则是一种臭草、毒草。但连芳草都会沦为萧艾，连君子随着岁月的变迁，人格也会发生变化，不知不觉就变成了一个小人了，这是多么可怕！最可怕的是，到了后来，连自己已经变成了小人都不知道！

确实，太多的人在岁月中发生了质变，忘了自己的初衷，遗失了年轻时候的理想，变得面目可憎，那又是为什么呢？原来，人的改变往往都是一点一滴造成的，这里打一点折扣，那里放弃一点原则，以为只是一点点而已，没什么关系，殊不知，退让是永无止境的，权位利益的诱惑更是一个无底洞，只要原则一开始松动，开始自我合理化，那就注定要走上一条人格质变的不归路了。

可是，君子本来就不多了，却连芳草都会变成萧艾，那这个世界就难免出现颠倒的情况了。坚持原则的人不肯同流合污，不肯成群结党，就像"鸷鸟之不群"，猛禽之类的老鹰根本不可能和一大群鸽子一起飞，那就注定要终生孤独。果然屈原曲高和寡，承受着没有知音的寂寞，看着世界上到处都是得意扬扬的小人，他们或者缺乏崇高的品德，或者缺乏优良的才学，却靠着野心和手段占据了权位，拥有大量的资源，也把握了发言权，甚至可以翻云覆雨、颠倒黑白，这真是颠倒的世界！趋炎附势的人性使得大多数人都跟着附和吹捧，彼此成群结党、拉帮结派，一起建立了人多势众的利益集团，彼此都分享到好处，以致谬说大行其道，反倒成了真理；而君子却因为有为有守，不肯违背良知、盲目服从，只能面对被排挤、被打压的困境，孤掌难鸣。

伟大的历史学家司马迁看多了古往今来的是非不分，他自己也遭遇到类似的处境，还写了《悲士不遇赋》这篇文章，悲叹文士的怀才不遇，故而最能了解屈原的心情。他在《史记·屈原贾生列传》里就指出："屈平正道直行，竭忠尽智以事其君，谗人间之，可谓穷矣！信而见疑，忠而被谤，能无怨乎？"一个诚信正直的人却受到怀疑，忠心耿耿竟然被人毁谤，怎能没有怨尤呢？屈原也感慨说：

> 黄钟毁弃，瓦釜雷鸣。谗人高张，贤士无名。（《卜居》）

"黄钟"，是用黄铜制作的大钟，声音洪亮清澈，深沉而悠远，是可以用来校正音律的乐器。在标举礼乐的文明社会里，它代表了崇高的真理、永恒的坐标，也是文明的精髓，理当被尊敬、崇仰；但在一个混乱倒错的世界中，却根本不被珍惜，而遭到毁坏、抛弃。"黄钟毁弃"的同时也就是"瓦釜雷鸣"，那时能发出打雷般的声量的，竟然是最普通的陶土制作的砂锅，它们从厨房里走到了朝廷上，取代了高雅的黄钟，发出震耳欲聋的噪音，这不就是小人得志的比喻吗？所以屈原接着说："谗人高张，贤士无名"，说坏话谗害君子的人气焰高涨，而洁身自爱的贤德之士却被埋没，籍籍无名。这种"君子道消，小人道长"的现象，不是每一个混乱的时代都很常见的吗？

于是屈原深深地感到悲哀了，对于世界的残缺、人生的沉重，他忍不住发出哀痛的叹息，单单《离骚》里，"哀"这个字就出现了三次：

> 长太息以掩涕兮，哀民生之多艰。
> ……

虽萎绝其亦何伤兮，哀众芳之芜秽。

……

忽反顾以流涕兮，哀高丘之无女。

"长太息以掩涕兮，哀民生之多艰"，人生是多么艰苦啊，这一种感慨，另外在《远游》里也抒发过：

惟天地之无穷兮，哀人生之长勤。

"长勤"是长期劳苦的意思，对比天地永恒的无穷无尽，短短的人生中却主要是长久的劳苦，这是多么悲哀的事！如果这些艰辛劳苦能让理想得到实现，能换来收获的欢呼，那也是心甘情愿的，像屈原一样的君子，没有一个会想要不劳而获，毕竟一分耕耘、一分收获，为理想而奋斗，踏踏实实地流血流汗，本来就是应该的。但是屈原说，"虽萎绝其亦何伤兮，哀众芳之芜秽"，虽然花朵枯萎了，又何必悲伤呢？我哀痛的是所有的花卉只留下荒芜和污秽啊！"民生之多艰""人生之长勤"所换来的，竟然不是甜美的果实，而是一片凋零的荒芜和污秽，那才是最让人痛心疾首的。

为什么会这样呢？屈原指出了原因："忽反顾以流涕兮，哀高丘之无女"，原来是高山上面没有美丽的女神。"无女"的"女"指的是完美的女性，另外还有一个说法，认为这个"女"是指知音，但无论怎样解释，这位女性其实就是理想的化身。前面已经看到，屈原还自我比喻为被庸脂俗粉嫉妒的蛾眉，因为他自己本身就是一个活着的理想！既然如此热烈地追求理想，也难怪"求女"便成为屈原笔下的一个重要主题。《离骚》的五段里，就有三段写到了三次神游求女的情节，写的是追求完美的女性，象征的是追求完美的理想。这么一来，"无女"就是没有理想。一个理想荒芜的地方，人性怎么会不衰败呢？芳草岂能不变质为萧艾呢？所以说，"高丘之无女"就是"众芳之芜秽"的真正原因。

于是，屈原哭泣了，"长太息以掩涕""忽反顾以流涕"，太过悲痛的屈原只能通过诗歌来治疗心里的创伤，这就是《离骚》之所以如此动人心扉的原因，连司马迁这位伟大的历史学家都忍不住潸然泪下。

这一节讲了屈原和《离骚》，看到屈原以高贵的血统和高尚的心灵去追求高洁的理想，也为了这样高洁的理想，通过文学的象征手法，创造出"香草美人"的美丽比喻，还有"求女"的浪漫主题。下一节要继续讲屈原的死，以及屈原的另一篇作品《渔父》，看看恒星的陨落是多么悲壮。

第三节　屈原之死和《渔父》

通过屈原的家世背景和人格特质，可以看出他非常珍惜高贵的人品，丝毫不愿妥协、打折扣，因而面对现实的时候，必然产生无比的感慨。现在我们要进一步来看屈原的人生抉择可以带给我们怎样的启发。

"明之不可为而为之"的屈原

屈原说他自己是"鸷鸟之不群兮,自前世而固然",这一只眼神锐利、只肯振翅在苍天翱翔的猛禽,却不幸要落到人间,面对人性的自私、世间的混乱,所以感叹"黄钟毁弃,瓦釜雷鸣",甚至连君子也不免堕落,于是又痛心于"何昔日之芳草兮,今直为此萧艾也"。这么一来,整个世界就沉沦了,于是屈原更是"哀众芳之芜秽"。在一片荒芜的泥泞里,浑身洁净的屈原必然感到非常孤独,"举世皆浊我独清,众人皆醉我独醒"(《渔父》),稍有风骨、有所坚持的人,难免就会有这样的感慨。清朝诗人黄仲则不也感叹说:"十有九人堪白眼,百无一用是书生。"(《杂感》)十个人里,就有九个人品行不及格,只堪给他白眼,想想看,这世界是多么平庸灰暗啊。那剩下来的唯一一个,是值得青睐的人物了,但面对十分之九的崩坏,一介书生是多么无力啊!"百无一用是书生"是黄仲则的自我解嘲,那力不从心的渺小感,大概是许多志士仁人的共同悲哀吧。

但屈原不怕孤独,也不怕失败,在满地荒芜、风雨如晦的世界里仍然奋斗不屈,真正做到了孔子的境界:"知其不可而为之!"意思是明知事实无法改变却仍然要去努力,表示意志坚决,只求尽心尽力。《论语·宪问》记载:

> 子路宿于石门。晨门曰:"奚自?"子路曰:"自孔氏。"曰:"是知其不可而为之者与?"

意思是说，孔子的学生子路晚上在石门过夜，守门的人问说："你从哪里来？"子路回答说："来自孔子那里。"守门人说："就是那个'知其不可而为之'的人吗？"

原来连清晨守门的人都知道孔子是一个"知其不可而为之"的人。同样地，屈原就在这样困苦逼仄的生存环境里不懈奋斗，从不退缩。刚直不阿的性格让他的生存环境险象环生，越来越被边缘化，终于被流放到外地长沙，尝尽了苦楚，但他却宁死不屈，始终没有放弃风骨，一直坚持到最后一刻。除了理想之外便一无所有的屈原，最后所能交出来的也只有自己的性命，他以生命作为理想的献祭，自投汨罗江而死。

你以为我把屈原比拟为孔子，是很奇怪的模拟吗？不，一点也不。早在司马迁这位中国最伟大的史学家心目中，就已经这么认为了，司马迁以一种非常特殊的方式把孔子和屈原画上等号。你仔细看，在《史记·屈原贾生列传》的篇末，有一段"太史公曰"，那是司马迁以一个历史家的身份对屈原所下的历史论断，他说：

> 余读《离骚》《天问》《招魂》《哀郢》，悲其志。适长沙，观屈原所自沉渊，未尝不垂涕，想见其为人。

值得注意的是，就在《史记》里写孔子的《孔子世家》里，最后的篇末赞语也与其相仿佛：

> 余读孔氏书，想见其为人。适鲁，观仲尼庙堂车服礼器，

诸生以时习礼其家，余祇回留之不能去云。

比较两段话语，司马迁都提到自己"阅读"孔子和屈原这两个人的著作，也都亲自到这两个人生命中最重要的地点去参观，一个是长沙，就是屈原最后的葬身之地；一个是鲁国，那里是孔子的故乡，也留存着他一生所追求的礼乐的理想。这两个地方好像是一个特殊的神圣空间，凝聚了伟大的灵魂，让人沉浸其中，深受一种崇高精神的洗礼，因此司马迁在这里徘徊流连，而"想见其为人"，对屈原、孔子由衷生发了无限的向往之情，那不就是司马迁《史记·孔子世家》所说的"虽不能至，心向往之"吗？也就是我们虽然达不到那样的境界，但因为有这样的人存在，让我们的心里带有一种向往，有一种追求，人格就可以维持一定的高度，不会越来越堕落。

可见，这已经不只是一个历史学家为了写书所做的工作了。司马迁告诉我们，历史就是这样由伟大的人物、伟大的精神所创造的，所以说，屈原的人格高度可以和孔子相媲美！难怪《史记·屈原贾生列传》又说："其志洁，其行廉"，屈原的志向高洁，行为清廉，整个人浮游于尘埃之外，这样清高的心志"虽与日月争光可也"。而这样光明如日月的高洁，又和孔子的地位是一样的。

当然，屈原毕竟是一个诗人，他不像孔子作为一个思想家、道德家，主要是以自我修炼的方式去化解人生的困厄，而是始终抱着敏感多情的心灵，以激昂的笔调抒发那磅礴激荡的悲愤，所以读起来特别撼人心魄，感人肺腑。屈原的代表作是《离骚》，司马迁《史记·屈原贾生列传》说："屈平疾王听之不聪也，谗谄之蔽明也，邪曲之害公也，方正之不容也，故忧愁幽思而作《离骚》。"《离骚》的"离"，相当于罹患、罹难的"罹"，是"遭受"的意思；《离骚》的"骚"则是忧愁、忧患的意思。定名为"离骚"，清楚交代了屈原的写作动机，是要抒发他遭受到的忧患的悲哀，这就是所谓的"发愤以抒情"。

这种强大的忧患鼓荡了激烈的情感，充塞在整篇文章里，产生了一种非常巨大的感染力，通过他惊才绝艳的文笔，就此诞生了古典文学中的杰作。正是这个原因，从此以后，凡是写诗以抒情言志的作家，就会被称为"骚人墨客"。而传下诗人这行业的屈原，以他的诗篇作品站上了文学的高峰，更树立了一种高洁无瑕的品格典范，尤其对一代又一代怀抱理想、又怀才不遇的人来说，屈原简直就是他们的精神导师，是他们的人生北斗！

首先，他这种百分之百的坚持带给后人永不放弃的勇气。《离骚》里面有两段话，总是让人一读就勇气倍增，一段是：

路漫漫其修远兮，吾将上下而求索。

他说，道路是那么的漫长，远到天边，但我不但要坚定地上路，还要上下追寻、上天入地、上穷碧落下黄泉，到处去探索、追求真理！这种绝不退缩、绝不半途而废的意志力，和孔子又有什么区别呢？

《离骚》里面振奋人心的另一段是：

亦余心之所善兮，虽九死其犹未悔。

意思是，只要我的心认为是好的、是对的，虽然会面对九
死般的痛苦，也依然不会后悔！"九死"是代表多大的痛苦和
折磨啊！但屈原却仍然坚持理想，从不退缩或改变。原来，这
颗纯净的心会给他无比的力量去承担巨大的苦难，坚持美善的、
正确的事物。心灵，就是决定自己成为什么样的人的关键！

于是，屈原孜孜不倦地奋斗，生怕浪费了大好人生，《离骚》
里面说：

汩余若将不及兮，恐年岁之不吾与。

汩，是形容水流很快的样子，屈原看到水流这么湍急，让
人追赶不上，于是总害怕不够努力，恐惧时间有限，岁月并不
等待人，他清楚地看到：

日月忽其不淹兮，春与秋其代序。
惟草木之零落兮，恐美人之迟暮。

日月一天天地轮替，春秋四季不断地循环，光阴就这样快
速地流逝了，不但草木飘零凋落，美人也必然要面临迟暮的时
候，那该多么令人唏嘘！清初赵艳雪《和查为仁悼亡诗》也说：
"美人自古如名将，不许人间见白头。"就是因为美人的衰老太
令人心痛。屈原借此所说的也是志士仁人落到一事无成的悲哀，

那种痛心并不亚于美人迟暮啊。所以屈原这么勤奋——"朝搴阰之木兰兮，夕揽洲之宿莽"，清晨去大山上拔木兰花，傍晚去沙洲上采经冬不凋的宿莽，从早到晚四处飞奔，象征他不断精进努力。

另一方面，屈原也热心呼吁，大家都一起走上这一条阳光大道吧！于是《离骚》又接着写道：

> 不抚壮而弃秽兮，何不改乎此度？
> 乘骐骥以驰骋兮，来吾道夫先路。

他说，你为什么不趁着年轻力壮的时候，抛弃不好的恶习，改变轻忽的做法？来吧，选一匹千里马，坐上去尽情驰骋，我会在前面的路上做向导，引领你奔向理想的国度！你看，屈原并不是独善其身的隐士，更没有独占鳌头的野心，他是如此恢宏，如此恳切，对所有人都敞开胸怀，希望大家共襄盛举，一起建功立业。

屈原之死

这样纯洁的、热情的、理想崇高的屈原，在人世间、政治场里奋斗了许多年，跌宕起伏、悲喜交集，但从不放弃的屈原到最后终于也放弃了，他不是放弃自己的品格，与尘世同流合污；而是放弃这个世界，一死了之。

关于死亡，这真不是一个容易面对的复杂问题，法国文学家圣埃克苏佩里（Antoine de Saint Exupery, 1900~1944）在《风沙星辰》(*Wind Sound and Star*) 这本书里曾经讲过一个道理：

> 我对任何人的轻蔑死亡一点也不重视，除非这种轻蔑是深深地根植于责任感，否则他只代表一些感觉无聊的灵魂，或者只是年幼无知的行为。

这就呼应了司马迁《报任少卿书》所说的："人固有一死，或重于泰山，或轻于鸿毛，用之所趣异也。"所以说，不是选择去死就证明一个人是伟大的、是正确的，我们必须仔细地分辨。对屈原的死，也应该如此。

当一个人不能接受黑暗的现实世界时，有几种应对的方法？

一类是让自己冷漠麻木，明哲保身，可以说这是最方便的，也是最多人采用的一种方法，因为最不费力。

另一类则是索性离开那个现实世界，去追求自己所向往的心灵世界。佛教的出家人、道教的炼丹士、儒家的隐居者，他们脱离社会走向山林，甚至与世隔绝，不受现实世界的干扰，这样多少可以保有内心的平静。陶渊明就是其中最著名的一个。

还有一类，是走入或留在社会人群里，与大众和谐共处，但又不受外界的影响。仔细区分，这又可以分为两种，而境界完全不同：一种是老子、庄子所代表的，老子说"和光同尘"，庄子说"庖丁解牛"，他们不改变世界，也不惊动世界，韬光养晦，与世界和平共处，却也不受外界的影响和干扰，内在充足，保全自我的完整，这当然是非常不容易的境界；再有一种，就是孔子所代表的类型，怀抱"兼济天下"的大愿，走在人间坎坷的道路上，鞠躬尽瘁、死而后已，这种"知其不可而为之"的努力，就是儒家最让人感动的地方。

但是，以上这四种应世方式，屈原都不选择。首先，他当然不可能对世事冷漠，明哲保身，那样的话还谈什么理想？其次，屈原也不愿归隐于山林田园中，因为他总是放不下对国家的关心，那就只能留在社会里。可是他的性格太热情、太刚强，无法放下对现实的不满，在最高的标准之下做不到柔软宽和，所以也不能达到老、庄的境界。那么，就只剩下儒家入世的道路了。

确实，屈原一直是尽心尽力地奋斗着，所以司马迁才会把他和孔子相提并论。可是屈原又太敏感多情，太容易受伤，没有孔子"厄于陈蔡，弦歌不辍"的韧性，不能洞悉"知穷之有命，知通之有时，临大难而不惧者，圣人之勇也"（《庄子·秋水篇》），由之产生一种坦然甚至轻松，在一再遭受打击之时，终于陷入绝望。而绝望的人，也就失去了生机，这是屈原走上绝路的真正原因。

可以说，在屈原的性情里，更多的是诗人的气质，他以这么大的强度、这么极端的高度、这么不容一粒尘埃的纯度，又面临这么彻底的失落，势必过不了正常的日子。在一再的失望下，理想破灭的屈原选择了自我放逐，形容枯槁，脸色憔悴，独自一个人徘徊于江边泽畔，吟咏人生落空的悲哀。这时遇到了一位渔父，于是有了《渔父》这一篇作品：

屈原既放，游于江潭，行吟泽畔，颜色憔悴，形容枯槁。

渔父见而问之曰："子非三闾大夫欤？何故至于斯？"屈原
曰："举世皆浊我独清，众人皆醉我独醒，是以见放。"渔父
曰："圣人不凝滞于物，而能与世推移。世人皆浊，何不淈
其泥而扬其波？众人皆醉，何不铺其糟而歠其醨？何故深思
高举，自令放为？"屈原曰："吾闻之，新沐者必弹冠，新
浴者必振衣，安能以身之察察，受物之汶汶者乎！宁赴湘流，
葬于江鱼之腹中，安能以皓皓之白，而蒙世俗之尘埃乎！"
渔父莞尔而笑，鼓枻而去。歌曰："沧浪之水清兮，可以濯
吾缨；沧浪之水浊兮，可以濯吾足。"遂去，不复与言。

从这篇文章可见，渔父可不是一般的打鱼人，其实是一位
隐藏在江湖中的智者，拥有类似老、庄"和光同尘"的智慧，
能够在浊世中保全自我。因此面对极端执着的屈原，渔父就传
授他随遇而安的道理，毕竟地球的运转从不以任何一个人为中
心，世界并不是单为你一个人而打造的，社会也不可能照你的
愿望而运行，其中有形形色色的人、各式各样的环境，一个人
必须懂得自我调节，在保有自我的情况下也能和世界和谐共处。
当周遭是清澈的时候，你可以充分实现理想，就好比干净的水
可以用来洗涤重要的帽缨；环境污浊的时候，你也可以安于局
外人的旁观，甚至找到土壤里的营养，就好比不洁的水可以用
来洗涤双脚，各有用途，绝不是全无意义。这就是"圣人不凝
滞于物，而能与世推移"的道理。

假设这篇文章是屈原所写，那么他通过渔父调侃自己的执
着，指出自我的偏执、任性，这也意味着屈原不是一味陷溺在

自己的价值观里，像一般人一样顽固不通，毫无自觉地盲目向前；相反的，他能很理性地跳脱出自我的局限，从客观的角度反省自己的缺失，亦即过分执着单一光谱的局限，因此充分意识到这个世界并不是没有其他的路可走，而且那条路可能一样好，甚至更好，可以避免无谓的自我折磨。这个渔父可以说是指点迷津的智慧老人——the wise old man，也可以说是屈原内在的另一个自我。借由分裂出来的两个自我的对话展现出屈原的内在挣扎，一个通脱的屈原想要说服另一个执着的屈原。

只不过，一个人的性格都有其根柢，既然从出生就开始用一辈子的时间去塑造，那是不容易改变的，何况一涉及价值观的时候，往往也就难以调整。渔父建议"圣人不凝滞于物，而能与世推移"，这不仅是道家老、庄的思想，其实也是儒家孔子的圣人境界。孟子赞美孔子的圣人境界就是"时"，《孟子·万章下》说：

> 伯夷，圣之清者也；伊尹，圣之任者也；柳下惠，圣之和者也；孔子，圣之时者也。孔子之谓集大成。集大成也者，金声而玉振之也。

由此可见，孔子绝不是一个迂腐的老夫子，相反的，他拥有灵动的大智慧，因时制宜，不拘泥、不偏执，能够审时度势、弹性因应，当清则清、当任则任、当和则和，这叫作"集大成"，是孔门圣人的最高境界，与道家有一点异曲同工之妙。可见条条大路通罗马，人生的智慧其实是相通的。

但屈原并没有接受渔父的建议，宁可在自己的执着里走到极端，这也是性格使然。从《离骚》所说的"宁溘死以流亡兮，余不忍为此态也"，可知屈原早就下定决心，宁死也不愿妥协，绝不愿为了飞黄腾达而做出违背情操的丑态，到了这时仍然一以贯之。他回答渔父的"宁赴湘流，葬于江鱼之腹中"，等于是以死明志、以死自我保全的预告。于是，难渡有缘人的渔父也只能无奈地摇桨离开，那莞尔微笑带有一种超然度外的轻松，也带有对一个顽固小孩的疼惜，所以在渐行渐远的歌声里还留下最后的劝告，唱着"沧浪之水清兮，可以濯吾缨；沧浪之水浊兮，可以濯吾足"，不放弃对屈原的拯救。果然屈原不久就投江自尽，在湖南长沙附近湘水的支流汨罗江中了结了一生。

屈原的死之所以会如此震撼人心，让人的心灵好像被洗涤净化了一般，就是因为他的死并不是轻率的任性，更不是软弱无能的逃避，而是为了一种绝不打折扣的理想而殉葬，"死亡"是对理想的绝对净化与彻底完成，因此让那一份始终纯粹的理想更加崇高，散发出重如泰山的千钧之力。

伟大的史学家司马迁《史记·屈原贾生列传》便赞美他说："推此志也，虽与日月争光可也。"在明亮如日月的人格光芒照耀下，是容不下阴影存在的。

从此以后，汨罗江这个地方就成为一个精神光辉永恒闪耀的神圣空间，后代许多痛苦的、受冤屈的、不愿妥协的知识分子，往往来到这里汲取心灵的力量，让屈原来坚定、巩固他们的气节。最早的后继者应该是汉代的贾谊，他被贬为长沙王太傅，以致满心的郁闷不得意，就在搭船渡过湘水的时候写了一篇《吊屈原赋》，最后几句感叹说："彼寻常之污渎兮，岂能容夫吞舟之巨鱼？横江湖之鳣鲸兮，固将制于蝼蚁！"那只有七八尺宽的狭窄的小水沟啊，怎么能容得下可以把船吞下的大鱼？而纵横江湖的鳣鱼、鲸鱼，（出水后）一定也将受制于蝼蚁！整篇文章借着凭吊屈原表达了深刻的惺惺相惜之情，来浇自己胸中之块垒。最感人的是伟大的史学家司马迁，当他发愤要写一部"究天人之际，通古今之变，成一家之言"的《史记》时，首先是去行万里路，壮游大江南北，增广见闻，旅途中来到了长沙，就在这里碰触到了屈原的灵魂，感应到了屈原的召唤，于是情不自禁地流下激动的泪水！

屈原，真是夏季的夜空里"夏季大三角"中的"天津四"——天鹅座最明亮的一颗恒星，永远在中华文化里闪闪发光。

这一节，我们讲了屈原的死和《渔父》这一篇作品，看到了屈原的人生抉择，见证了恒星的陨落是多么悲壮，让人肃然起敬，又心扉摇荡为之动容。

第四节　《招魂》

在上一节里，我们谈了屈原的死和他的《渔父》这一篇作品，了解了屈原的性格特色，也借此反思各种人生选择的问题。现在我们就来讲他与祭祀有关的诗歌，看看屈原怎样把深情融入宗教仪式里，变成浪漫的神话故事，展现那些缠绵悱恻之情。

《招魂》的作者是谁

前面我们谈屈原的家世背景和身份职业时，曾经提到屈原应该是类似巫师的神职人员，并且，古代的巫官并不只是主持祭祀的宗教人员，他们还掌握了历史、医学、天文地理等各种重要知识，所以又称为巫史、巫医，可以说是全国知识最丰富广博的人。屈原丰富的文化素养和文学才华，应该就是这样来的。

屈原在遭受排挤，被放逐以后，便失去了发挥专长的舞台，只剩下一颗受伤却不愿意妥协的心和一支失去了用武之地的笔。没有出路的屈原只能拿起这支作废的笔，去写他自己内心翻腾的煎熬，形诸文字的悲愤与哀情，就是一篇篇动人的诗歌。但如果我们仔细去看这些作品的内容，还是可以发现其中带有一些巫风，也就是巫术气息，反映出巫师的职业倾向。例如《远游》这一篇，其中写他在天际翱翔的游历，恐怕不只是纯粹的幻想而已，很可能是屈原灵魂出窍，脱离身体的神秘经验，而这一点，在《离骚》里面也有所反映。至于《招魂》这一篇，顾名思义，就是要召唤死者的灵魂，以便让他安息，从事这项工作的人，当然一定要具备施展巫术的能力。

只不过，进行招魂仪式的人，以及被招的鬼魂，究竟是谁？这是历史上存在争议的问题。有人认为，举行招魂仪式的人是后来的《楚辞》作家宋玉，他去招屈原的魂，所以是这一篇作品的作者；但是从诗歌里所展现的格局，尤其是富丽堂皇的宫殿、锦衣玉食的享乐，那并不是一般臣民的等级，而与国王的身份比较匹配，因此现代学者大多同意，被招魂的死者应该是楚怀王，而进行招魂仪式的就是忠君爱国的屈原，这也符合司马迁《史记·屈原贾生列传》里面的说法。

楚怀王被秦俘虏之后，孤身待在异乡，最后还客死于秦国。这样的悲惨结局让楚国上下一片哀戚，屈原更是极端悲痛，于是采用当时盛行于楚国少数民族中的招魂咒语形式，也就是在每两三句押韵的时候，加上一个"些"字，而加以改造，写成了《招魂》这一篇诗歌。整篇作品一腔热诚，充盈着无比悲伤的悼念，这样的题材不是一般的文人会采用的，所以学者们认为，这反映了屈原的特殊专长，他的文学素养让他容易就地取材，再加以创新。

《招魂》: 美丽与恐怖的极端对比

虽然有着宗教仪式的背景，但在整篇一开始的时候，屈原还是忍不住先自我抒情：

> 朕幼清以廉洁兮，身服义而未沫。主此盛德兮，牵于俗而芜秽。上无所考此盛德兮，长离殃而愁苦。

这第一段就像浓缩版的《离骚》，其中屈原概括了自己高洁的人格，以及被君王冷落、被世俗排挤的不幸。"长离殃而愁苦"这一句就是"离骚"的意思。但是，屈原并没有一直陷在自怜的情绪里面，因为他所钟爱的楚怀王远离了人间，迫切需要救赎与安顿，这是比自己的怀才不遇更重要的事，于是屈原接受了天帝的委托，进行了一场庄严而哀凄的招魂仪式。

当时，天地与屈原之间的对话是这样的：

> 帝告巫阳曰："有人在下，我欲辅之。魂魄离散，汝筮予之。"巫阳对曰："掌梦！上帝其难从；若必筮予之，恐后谢之，不能复用巫阳焉。"

天帝告诉巫阳说："有一个人在下界流浪，他就是楚怀王，我想要帮助他，但他的魂魄离散，无法整合，也就不能升天安息，你就卜筮一下，把灵魂还给他。"而巫阳是谁呢？巫阳就是巫师，也就是屈原。但是巫阳回答说："占卦要靠掌梦之官，因此上帝的命令其实难以遵从。如果一定要用卜筮求问魂魄之所在，然后把魂魄还给他，这是职责的混乱，恐怕后世就会废弃巫阳，不再任用他了，但招魂是可以的。"巫阳于是开始进行招魂仪式。

> 乃下招曰：
>
> 魂兮归来！去君之恒干，何为四方些？舍君之乐处，而离彼不祥些！
>
> 魂兮归来！东方不可以讬些。长人千仞，惟魂是索些。十日代出，流金铄石些。彼皆习之，魂往必释些。归来兮！不可以讬些。
>
> 魂兮归来！南方不可以止些。雕题黑齿，得人肉以祀，以其骨为醢些。蝮蛇蓁蓁，封狐千里些。雄虺九首，往来倏

忽，吞人以益其心些。归来兮！不可久淫些。

魂兮归来！西方之害，流沙千里些。旋入雷渊，爢散而不可止些。幸而得脱，其外旷宇些。赤蚁若象，玄蜂若壶些。五谷不生，丛菅是食些。其土烂人，求水无所得些。彷徉无所倚，广大无所极些。归来兮！恐自遗贼些。

魂兮归来！北方不可以止些。增冰峨峨，飞雪千里些。归来兮！不可以久些。

魂兮归来！君无上天些。虎豹九关，啄害下人些。一夫九首，拔木九千些。豺狼从目，往来侁侁些。悬人以嬉，投之深渊些。致命于帝，然后得瞑些。归来！往恐危身些。

魂兮归来！君无下此幽都些。土伯九约，其角鬈鬈些。敦脄血拇，逐人伾駓些。参目虎首，其身若牛些。此皆甘人，归来！恐自遗灾些。

接下来作品的内容，就如同王逸《楚辞章句·招魂序》所说的"外陈四方之恶，内崇楚国之美"，主要就是以夸饰的手法，在外是铺陈四面八方的险恶，在内则推崇楚国的美好，这两方面形成极端强烈的对比，以吸引亡魂回到楚国来。所谓的"四方之恶"，包括东方有"十日代出，流金铄石"，十个太阳轮流出现，那番炙热的高温足以熔化金石；南方则是"蝮蛇蓁蓁，封狐千里"，这些大蛇和狐狸会吞食人肉，当然必须离远一点；至于西方，不但有"流沙千里"，一旦陷进去就脱不了身，那里还是"五谷不生""求水无所得"的荒漠，很快就会活活饿死、渴死，此外更有"赤蚁若象，玄蜂若壶"，红蚂蚁像大象，黑蜜蜂像水壶，这样巨大的昆虫简直像猛兽一样，谁能逃出它们的魔掌！北方也不用再多说了，"增冰峨峨，飞雪千里"，广大的冰天、厚重的雪地一点也没有温度，让人根本待不下去。

既然东西南北都不要去，那是否可以上天入地呢？同样不可行啊，天上有"虎豹九关，啄害下人"的危险，而地下的幽都阴间更是怪物横行，"土伯九约，其角觺觺些"。这个"土伯"是一种神兽，也有人说是地下的魔王，它有"九约"，意思是身体有九个弯曲的形状，另外一个说是有九条尾巴，头上的角非常锐利。而且"敦脄血拇，逐人駓駓些。参目虎首，其身若牛些"，它背上的肉鼓起来，脚爪上沾了血，追逐的速度很快；像老虎的头上有三只眼睛，身体就像牛一样，这样的魔怪把人当作美味的食物，还是离远一点得好。

既然天地四方漫无边际，那里多么孤独、多么黑暗，多么恐怖！于是，屈原不断地重复"魂兮归来"，声声呼唤、苦苦哀求，盼望楚怀王赶快回家吧，不要再在荒凉的世界里流浪了。而回到楚国来，这里多么美好，"高堂邃宇""翡翠珠被""九侯淑女"，有您熟悉的皇宫、美人，有您习惯的美食、歌舞，有热爱您的臣属、子民，这里既美丽又安全，所以归来吧，那迷路的亡魂！

我们可以看到，屈原为了担心鬼魂找不到归宿，流落在无止境的空虚里承受孤独漂泊之苦，着急地用各种方法吸引亡魂早日回来，生怕他忘掉回家的路。因此这篇作品里，前半部极力描写楚国四周以外的世界是非常恐怖的，提醒亡魂切莫流连以免误入歧途，落入到万劫不复的地狱里。而到了作品的后半部分，屈原又极力铺陈楚国是多么美好的地方，有各式各样的珍宝，加强对流浪亡魂的吸引力。从文学的角度来说，这种"美丽与恐怖"的极端对比，形成了强烈的艺术张力，也让人印象深刻。

一直到了诗篇的最后，撕心裂肺的屈原发出了最后的呼唤，说：

> 湛湛江水兮上有枫，目极千里兮伤春心。魂兮归来，哀江南。

江水，就是楚国所依傍的长江，江水是那么高深而清澈，潺潺流向天边尽头，江边的枫树也沿岸生长，绵延千里。屈原在江边招魂，望向天涯海角，极目远眺千里之外的天地，想要穷尽眼力，搜寻到楚怀王的踪迹。然而四处渺渺茫茫，一无所获，于是屈原伤透了心。那颗心一片纯洁，只有一片赤诚，一片忠爱，所以屈原称它是"春心"，像春天一样美好的心，而这样一颗美好的心，却因为无比的悲怆而破碎了。但是，屈原顾不得收拾自己破碎的心，对他来说，还有比自己更重要的东西，那就是他所热爱的国家与君王！于是屈原再度发出一声呼唤：魂兮归来！魂魄啊，归来吧，江南是您的故乡，失去了楚怀王的江南也就失去了春暖花开的美景，只剩下那哀恸而破碎的心，苦苦等待失踪的魂魄回来予以弥补。

这是多么动人心弦的悲歌！每一声呼唤都发自肺腑，饱蘸了深情，这种爱远远超过了狭隘的男女之情，也只有超越了个人，才能蓄积出这样悲壮的情感。

尤其是在这样椎心泣血的呼唤里，映衬的景物是流向天涯海角的长江，还有岸边的枫树。长江代表了一种无尽的思念、永恒的悲哀，李后主《相见欢》不就说"自是人生长恨，水长东"吗？江水东流是无法改变的自然常规，就像人生的缺憾悲哀也是无法改变的宿命，屈原在江边招魂，就痛切地体认到那无穷无尽的苦楚。至于枫树又象征什么意义呢？前面在神话的单元里，我们已经看到枫树是蚩尤失败后，所丢下的刑具桎梏所变成的，枫树就代表了一种超越死亡的、不死的意志。而在《招魂》里，枫树也是和死亡联结在一起，隐隐然反映了诗人一种对枫树的文化想象：或许是秋天时节一片枫红似血，那满目的艳丽绚烂中总有一点点的不安、一丝丝的恐惧，因为那是在冬天来临前夕，奋力倾泻所有生机的回光返照，然后就是枯槁死寂的死亡状态，让人感到惊心动魄；而到了春天，整棵树绿意盎然，照理来说应该是生气勃勃，令人振奋，但或许是起死回生的轮回感，总摆脱不掉死亡的阴影，于是那青绿色的树叶里，就仿佛一直潜伏着鬼魂的阴影，等待着下一次的死亡，以及再一次的复活。

无论如何，青色的枫树在很早的时候就已经和鬼魂联结在一起了，《招魂》这篇作品以枫树收尾，就是这种文化想象的反映。从此以后，枫树的意象便常常成为鬼魂活动的背景。于是，我们看到了中国诗歌史上伟大的诗人杜甫，也延续了屈原的血脉，进行了一场对李白的深情招魂。

《梦李白》：杜甫对李白的深情招魂

你可知道，杜甫和李白曾经有过巨星的交会，一个诗仙，一个诗圣，两人变成了好朋友，小十一岁的杜甫对前辈李白简直是佩服得五体投地，那段共游的经历，成为杜甫晚年不断回忆的美好岁月。可惜时间很短，从天宝三年（744）的夏天第一次碰面以后，历经两三次的相约共游，到了第二年（天宝四年）的冬天分手，两人从此再也没有重逢，首尾只有这一年多的时间。当安史之乱发生以后，杜甫历经了千辛万苦，流落到了秦州，听说李白卷入了叛国案，被判流放夜郎，心里非常担忧。可是彼此天南地北、音讯不通，杜甫并不知道李白后来的情况是中途遇赦，回到了江陵，因而忧心如焚，日有所思、夜有所梦，居然梦见了李白来看他，于是写了《梦李白》二首。

其中的第一首便写道：

> 死别已吞声，生别常恻恻。江南瘴疠地，逐客无消息。
> 故人入我梦，明我长相忆。恐非平生魂，路远不可测。
> 魂来枫林青，魂返关塞黑。君今在罗网，何以有羽翼？
> 落月满屋梁，犹疑照颜色。水深波浪阔，无使蛟龙得。

原来，饱经忧患的杜甫是这样懂得生离死别的悲苦，"死别已吞声，生别常恻恻"，永远的死别已经足以让人吞声呜咽，而生者的离别也令人凄楚不堪。李白被放逐到夜郎这个江南瘴疠之地，却一点儿消息也没有，他究竟是生是死？实在让人忐忑不安，而李白似乎感应到杜甫的衷心关怀，于是千里迢迢来到杜甫的梦里，"故人入我梦，明我长相忆"，老朋友入梦这件事就证明了杜甫对他的惦念不已。

梦境是如此的逼真，李白就像真的来到眼前一样，栩栩如生，可是杜甫即使在做梦，仍然还有理性的推理，他不禁怀疑"恐非平生魂，路远不可测"，那来到自己梦中的李白，恐怕不是李白的生魂，因为路途是如此遥远，生魂是飞不了这么远的；何况路上充满了不可测的危机，"魂来枫林青，魂返关塞黑"，李白的魂魄来到杜甫这里，必须掠过青绿色的枫树林，告别回去的时候又得跨越漆黑的关塞，这些关塞、高山、深水的险峻都要一一克服，但"君今在罗网，何以有羽翼"？李白现在身陷罗网，被押解到夜郎，又怎么会有翅膀飞到这里来呢？这么说来，到梦中来见杜甫的，恐怕就是李白的亡魂了吧！

因此，这段描写魂魄活动的想象中就出现了枫树意象。杜甫想象李白的亡魂为了两人的友谊，天南地北地辛苦跋涉，以便看杜甫最后一眼，"魂来枫林青，魂返关塞黑"，青、黑交映，这种暗沉的色调本就带着不祥的气息；再加上这时杜甫不知李白是生是死，这个"魂"字又更加染上冥界的阴森，鬼魂的性质也就更加浓厚了。

当夜深时分，梦境来到了终点，就要结束的时候，李白也该回去了，离别的依依不舍让杜甫再一次凝视李白的面孔，要把他深深记在脑海里，因为下一次见面遥遥无期，这恐怕就是死别了。这时"落月满屋梁，犹疑照颜色"，外面是落月沉沉，月光照满了屋梁，也似乎映照着李白，让故人的面孔更加容光焕发，这才是杜甫心目中的李白啊，只是在梦境中、在夜色里，总是那么虚实难辨，所以凝视着李白的杜甫，才会有"犹疑照颜色"的怀疑。

讲到这里，我们可以注意到，整首诗一共出现了三次疑问，包括"恐非平生魂""何以有羽翼"和"犹疑照颜色"这三句，这些疑惑让整首诗染上了浓厚的虚幻不真之感，既符合梦境的虚构性质，也表现出鬼魂的飘忽。可是也正因为如此，反倒突显出那一份情真意切，是创造梦境、招来魂魄的力量。

而为什么整个梦境收结在一片月色里呢？这又是回应了《诗经》"明月相思"的传统了。杜甫深深舍不得李白，要用无尽的月光一路伴随他的归途，月光所照耀的大地有多么广阔，杜甫对李白的相思挂念就有多么广大。只因路途太遥远、太艰险，于是杜甫忍不住心里的担忧，叮咛李白"水深波浪阔，无使蛟龙得"，这一趟归途又得越过汹涌翻腾的波涛，李白啊，千万不要被水里的蛟龙给捕获呀！最后一定要平安回家。你看，这岂不是很像屈原招魂的咒语吗？所以我们才会说，杜甫写这一首诗，乃是对李白的深情招魂。

既然屈原、杜甫都在招魂里用到了枫树，这就形成了一种写作传统，连曹雪芹写《红楼梦》的时候，也用了类似的意象。在小说的第五回里，借由贾宝玉神游太虚幻境的时候，警幻仙姑不断暗示他众金钗们的未来命运，让他目睹薄命司的人物图谶，也聆听新制的《红楼梦》十二支曲，就在其中为四姑娘贾惜春所定做的《虚花悟》一首中，出现了这样的悲剧场景：

说什么，天上夭桃盛，云中杏蕊多。到头来，谁把秋捱过？则看那，白杨村里人呜咽，青枫林下鬼吟哦。更兼着，连天衰草遮坟墓。

其中"青枫林下鬼吟哦"这一句清楚呈现了幽冥世界的景观，再加上坟墓边常种的白杨树，村里呜咽哭泣的遗族，以及"连天衰草遮坟墓"的荒冢，青青枫树的亡魂联想十分明确。探本溯源，屈原在湛湛江水边招魂时所见到的枫树，就这样一脉相承下来，丰富了文学的意象发展。

这一节我们讲了屈原所写的《招魂》，看到它铺陈了两种极端的结构，形成对比的张力。特别是枫树这个意象，响应了神话里蚩尤的故事，直接和鬼魂联结在一起，从此以后，无论是杜甫在怀念李白，担忧他的安危，还是曹雪芹写《红楼梦》时，要表达生死无常的感慨，也都用了类似的景物象征，枫树的文学意涵就建立起来了。

第五节　宋玉《九辩》

在上一节的专题里，我们又看到了屈原的精神体现在他的作品里，是那么的纯净光明，百分之百不打折扣，而且最难能可贵而打动人心的，是屈原真的用全部的生命去实践理想，不是说好听的空话。可以说，理想就是他的生命，他的人生就是为了完成理想而存在的，难怪司马迁要把他和孔子相提并论了。

我们可以说，就是这样的屈原创造了《楚辞》，使得《楚辞》成为一个非常重要的文类，后来就启动了一批追随者，为这个文类增添了生力军。尤其是宋玉，他的心志、品格虽然不能和屈原相比，但他的作品却也影响深远，艺术上的贡献恐怕更不遑多让。从这一节开始，我们要谈谈宋玉的作品。

首先，我们要先说明一下宋玉这个诗人的特点。屈原是公元前4世纪楚怀王时代的贵族，一心一意都在经世济民上，最后甚至把生命奉献出去，为他的理想殉葬；但宋玉就大大不同了，他出身寒微，是一个普通的文人，在动荡的时代里缺乏良好的出路，于是十分贴近现实生活的酸甜苦辣，他的作品内容也就偏向于个人的得失，所以我们才会说他的心志比不上屈原。但有趣的是，这反而使得宋玉更接近后代的文人，毕竟要像屈原那样完全为理想而活，也愿意为理想而死的人，实在并不多，所以我们才会说，宋玉的影响力并不比屈原逊色。

宋玉的代表作，主要是《九辩》《高唐赋》《神女赋》这几篇。我们现在就来看《九辩》这一篇。

《九辩》：为什么秋天是个悲伤的季节

这篇作品为什么叫作《九辩》呢？原来，《九辩》的“九”是很多的意思，代表多数，而《九辩》的“辩”虽然用的是辩论的辩字，其实就是表示一遍、两遍的“遍”，代表次数，所以说，《九辩》意指由多阕乐章组成的乐曲。整篇作品也很长，共有二百五十三行，这等规模同样反映了《楚辞》的特征，也就是淋漓尽致地抒情写怀。其中，最有名、影响也最大的，就是第一段：

> 悲哉，秋之为气也！萧瑟兮草木摇落而变衰。憭栗兮若
> 在远行，登山临水兮送将归。泬寥兮天高而气清，寂寥兮收
> 潦而水清。憯凄增欷兮，薄寒之中人。怆怳懭悢兮，去故而
> 就新。坎廪兮贫士失职而志不平，廓落兮羁旅而无友生，惆
> 怅兮而私自怜。燕翩翩其辞归兮，蝉寂漠而无声。雁廱廱而
> 南游兮，鹍鸡啁哳而悲鸣。独申旦而不寐兮，哀蟋蟀之宵征。
> 时亹亹而过中兮，蹇淹留而无成。

第一句，宋玉开宗明义就说："悲哉，秋之为气也！萧瑟兮
草木摇落而变衰。"他看到大地被死亡的气息所笼罩，温度冷却
了，寒风吹过原野，草木也被抽离了生机，纷纷泛黄凋零，让诗
人触目惊心，所以他感到一阵悲哀涌上心头。而这就是整篇《九
辩》的主轴，宋玉借由秋天的触发，充分感慨人生许多的不如意。

但是，在谈宋玉的种种不如意之前，或许我们可以先停下
来仔细想一想：为什么宋玉会觉得秋天是一个悲伤的季节呢？
人们一定会这样去感觉秋天吗？其实，人对季节的感受并不是
天生的、固定的，谁说秋天就一定会给人带来悲哀的感觉呢？
所谓的"春耕、夏耘、秋收、冬藏"，不也有人赞美秋天是金黄
色的、丰收的时节吗？田地里成熟的庄稼，果园里硕果累累的
果树，一年的辛苦终于有了报偿，农夫们卖力地忙着收割，流
着汗水的脸上洋溢着笑容，这是何等欢欣的秋天！连苏东坡《赠
刘景文》都说："一年好景君须记，最是橙黄橘绿时。"意思是说，

你要好好记住秋天的美丽啊，柳橙黄了、橘子绿了，这可是一年中最好的景色哪。而这是何等生机盎然的秋天！

此外，"秋高气爽"这个成语，不也显示了秋季的天空又高又远，又清朗又透明，没有春天的浓稠、夏天的威武、冬天的厚重，秋天辽阔的天空让人想要远走高飞，流浪到天涯海角，那该多么舒坦、多么痛快，这是何等宽广的秋天！不只如此，晚唐诗人杜牧《山行》还赞叹说"霜叶红于二月花"，他看到秋天降临以后，那经霜的枫叶一片深红，比二月的春花更灿烂、更艳丽、更耀眼，所以他不想错过这一场视觉的飨宴，索性把车停下来，尽情地饱览一番。而这又是何等缤纷的秋天！

再者，即使是写秋天的落叶，也未必就一定会联想到死亡。屈原《九歌·湘夫人》这一章里，就写到"袅袅兮秋风，洞庭波兮木叶下"，屈原看到了在微微秋风的吹拂之下，洞庭湖上泛起了涟漪，岸边的树飘着落叶，表达的是"思公子兮未敢言"的心情，也就是湘君等待他的情人湘夫人时，心中的惆怅和迷惘。其中虽然有失望和落寞，但更多的是热切的期待，因此才能在漫长的等待中观察入微，细腻地注意到周遭环境的景致，一丝丝的微风、一阵阵的水波、一片片的落叶，都历历在目，这哪里是匆忙赶路的人能够察觉的呢？"袅袅兮秋风，洞庭波兮木叶下"这两句诗，就被明朝著名的诗评家胡应麟赞美为"形容秋景入画"（《诗薮·内编》卷一），它对秋天景色的描写简直就是一幅优美的图画。

讲到这里，你已经看到了秋天带给人的感觉，其实是很多元的，有快乐，有畅快，有沉醉，但宋玉却说秋天令人悲哀！

很明显地，宋玉看到的是这个季节的萧瑟，草木枯萎凋零，落叶纷纷，而这正是"境由心生"的道理——一个人会怎样看待他的环境，关键就在于他有一颗怎样的心！后来欧阳修受到宋玉的影响，写了《秋声赋》，其中就明白指出了这一点：

> 草木无情，有时飘零。人为动物，惟物之灵；百忧感其心，万事劳其形；有动于中，必摇其精。而况思其力之所不及，忧其智之所不能；宜其渥然丹者为槁木，黟然黑者为星星。奈何以非金石之质，欲与草木而争荣？念谁为之戕贼，亦何恨乎秋声！

意思是，大自然本就有自己的规律，荣枯的变化和人的情绪无关。因此，以悲苦戕害我们心灵的，其实就是我们自己的心灵，我们总想要做超过自己能力的事，杞人忧天，不自量力，不能知足、自足，才会产生这么多的烦恼忧愁，以至于青春红颜化为槁木死灰，满头黑发也染上了银白色，这根本无关乎秋天，又何必去恨秋天的萧瑟！

所以说，宋玉会觉得"悲哉，秋之为气也！萧瑟兮草木摇落而变衰"，原因就在于：他非常的不快乐，这悲苦的心灵就让他看到了悲苦的秋天。那么，宋玉为何而悲苦呢？他遇到了人生的哪些不如意呢？从《九辩》里的描写可以知道，宋玉所感叹的不幸，确实是人们普遍会遭遇到的几种经历，主要有四类：

1. 羁旅他方。

2. 孤独无友。

3. 贫穷潦倒。

4. 时间流逝。

　　第一类，就是离家远行，漂泊在外。紧接着"萧瑟兮草木摇落而变衰"这一句之后的，就是"憭栗兮若在远行，登山临水兮送将归"。"憭栗"，是形容凄凉的样子，正好像旅人的心。何况这时宋玉登山临水，要送朋友回家乡，心里更是无比凄怆！这么一来，就顺势带出了人生的另一种不如意，那就是孤独和寂寞。你想想看，出外靠朋友，但是连朋友都要分手，各奔东西，自己不就更孤独了吗？果然后面就清楚地说"廓落兮羁旅而无友生"，"廓落"是形容秋天那无边无际的空虚，就如同一个人羁旅异乡却没有朋友的处境，失去了知音的慰藉，四顾无人，形单影只，这种寂寞人人能懂，难怪"寂寞"是一首千古传唱的心声，百代之下都可以获得共鸣。

　　但是宋玉的不如意还不仅如此，孤独寂寞之外又加上了贫穷潦倒的生活，那真是雪上加霜。所谓的"坎廪兮贫士失职而志不平"，指出自己是一个困顿不得志的贫穷文人，怀才不遇，失去了职业的保障，不得不过着颠沛流离的生活，因而心中愤愤不平；更糟的是，"时亹亹而过中兮，蹇淹留而无成"，眼看着时光流逝，人生已经过了大半，一个中年人却一事无成，依然还停留在窘迫的困境里，未来还有多少的希望？翻盘的机会越来越渺茫，人生岂不是注定要一辈子潦倒落魄了吗，那该是何等的绝望！原来日薄西山的感觉，其实是从中年开始的，一事无成，只剩下贫穷的压力、衰老的恐惧，又无人了解、无人分担，如果没有坚毅的性格，可供咀嚼的就只有悲哀了。这就难怪宋玉要悲秋了，以这样绝望悲凄的心，所感应到的，自然就是悲凄绝望的秋气了。

看到这里，你了解了宋玉的感慨，确实和屈原非常不同。《九辩》里也清楚指出这一点，那就是"惆怅兮而私自怜"，这一句话简明扼要，正是《九辩》的主旨。确实，"私自怜"就是宋玉的"惆怅"所在，他充满自怜，而那是属于"私"的范畴。相比之下，他的前辈屈原并不自怜，只是哀伤痛悲理想的毁灭，但凡是真正称得上是理想的理想，都必然不是个人的，而是无私忘我的。也因此，《九辩》这样"惆怅兮而私自怜"的格局没有屈原的《离骚》那么开阔崇高，充满了超越的悲壮。但回到个人的小格局里，"惆怅兮而私自怜"却最能碰触到一般人的心。而这个独自咀嚼着悲哀的宋玉，对秋天的萧瑟特别敏感，把这一面写得细致入微。你看，宋玉还写到"独申旦而不寐兮，哀蟋蟀之宵征"，他独自一个人通宵达旦地睡不着，在安静的夜晚里，听到蟋蟀整夜的鸣叫，声声入耳，那就好像是自己心里说不出口的哀歌！

这是多么细致的观察啊，但你可能无法想象，屈原会去写蟋蟀这样的小昆虫吧？屈原的眼光永远望向高远的宇宙，甚至一心一意想要飞翔在永恒的世界里，哪里会注意脚底下那样平凡的小东西！从这里就可以发现，也只有牢牢被捆绑在现实生活里的人，才会注意到漆黑的夜色里，躲在草丛中发出声音的蟋蟀吧？而且不只是蟋蟀，宋玉还连续写到了好几种小动物，包括"燕翩翩其辞归兮，蝉寂漠而无声。雁噰噰而南游兮，鹍鸡啁哳而悲鸣"，燕子张开翅膀，翩翩飞走了，离开这个地方；夏天的蝉也沉默了，无声无息；大雁同样是成双成对地一大群飞往南方去了，还有长得像仙鹤一样的鹍鸡，发出啁哳这种繁杂细碎的悲鸣；而到了晚上，就是蟋蟀的鸣叫了。在过去的诗歌里，还没有一篇是像这样密集地写动物昆虫的，而且集中在秋天最有特色的部分，秋天的景物显得非常鲜明而突出。最重要的是，这样偏重在离别、失落，甚至死亡的景物，就是宋玉所开创的秋天的面貌！

《登高》: 写尽悲秋的压轴之作

可以说，宋玉对秋天的定位和塑造，奠定了中国人的感应模式，于是一想到秋天就自动涌现出萧瑟悲哀的心理感受，也因此形成了诗歌里的悲秋传统，从此以后，两千多年来无数的诗歌写到秋天，大都离不开宋玉所描写的内容方向。我们举一个例子来看：杜甫晚年流落到了四川夔州，就在今天的重庆市奉节县，他在那年的九月爬上长江三峡巫峡边的山顶，居高临下，远眺长江进入瞿塘峡的山水景观，于是写下了《登高》这首诗：

风急天高猿啸哀，渚清沙白鸟飞回。

无边落木萧萧下，不尽长江滚滚来。

万里悲秋常作客，百年多病独登台。

艰难苦恨繁霜鬓，潦倒新停浊酒杯。

猛烈的风，不就是凛冽的秋气吗？它铺天盖地，像急行军一样迅速扫荡。山林里的猿猴悲哀号叫，鸟儿才一振翅就被强风逼退，根本飞不起来，只能一再折返，受困于沙地上。然后诗人登高望远，只见"无边落木萧萧下，不尽长江滚滚来"，令人惊心动魄！我们仿佛感受到狂风吹袭，江面波涛汹涌，像是掀起了海啸，真是气势磅礴，但"不尽长江滚滚来"至少还有一种雄伟壮阔的奔腾动力，而"无边落木萧萧下"在壮观之中，最多的却是触目惊心的节节败退，那山中一望无际的树林，完全抵挡不住暴烈的秋风，无数的叶片纷纷飘落，整片光秃秃的山林，显得又凄凉、又苍白，天地之间生机顿失，充满了肃杀之气。横扫千军的秋风配合着滚滚长江奔流而来，仿佛就要卷走一切似的，而年老体衰的诗人，又怎能承受得了呢？

果然，下面接着说"万里悲秋常作客，百年多病独登台"，杜甫明明白白地点出了"悲秋"，而他所悲哀的，是浪迹万里、作客他乡，不断地忍受漂泊的艰苦；短短不到百年的人生却又常常受困于体弱多病，这已经够难以承受了，谁知竟然又只能忍受孤独，一个人登高望远，以致感受到"无边落木萧萧下，不尽长江滚滚来"的巨大冲击。这里，我要请你仔细注意一下，杜甫不只是说"长江滚滚来，落木萧萧下"，而是分别加上"不尽"以及"无边"这两个形容词，都是表示无穷无尽的意思，那么，面对"无边落木萧萧下，不尽长江滚滚来"这样浩大的自然威力，渺小的、短暂的、受苦的人类，又该是如何不堪一击！难怪原本就借酒消愁的杜甫，连酒杯都握不住了，就这样挺立在狂风巨浪的萧瑟中，不知何去何从。

这一首七律诗，是杜甫的杰作之一，千锤百炼，难怪千古传颂。我们再来看看最后"万里悲秋常作客，百年多病独登台。艰难苦恨繁霜鬓，潦倒新停浊酒杯"这四句，杜甫提到了哪几种宋玉提到过的典型处境？算一算，有"常作客"的风尘仆仆、漂泊异乡，"独登台"的孤独，以及"艰难""潦倒"的贫穷困顿、有志难酬，还有"繁霜鬓"这一句，写两鬓有很多的白发，这代表了年华老去，未来已经时间不多。你看，这岂不是全部都在宋玉所感叹的范围内吗？而杜甫青出于蓝，在四种典型之外，又加上"多病"，连所剩无几的贫穷、孤独的人生，都还要忍受疾病的煎熬，让已经走到极限的人生更增加了痛苦的重量，哪还能有多少幸福的希望？杜甫这一首《登高》，真是写尽"悲秋"的压轴之作。

谈到这里，我们回过头来看《九辩》，还可以注意的是，宋玉涉及人们——特别是终身怀才不遇的文人，常见的几种典型处境，包括：漂泊在外、羁旅异乡，孤独寂寞、没有朋友，怀才不遇、贫穷潦倒，再加上时间流逝、老大无成的失败感。只要遇到其中一种，人们就难免会心情波动，下笔写起忧郁的日记了，何况这四种经历常常彼此相关？试想：怀才不遇就容易贫穷潦倒，也就容易没有朋友而孤独寂寞，对于时间流逝的无情，也会特别敏感，因为他知道自己时间越来越少，成功的机会越来越渺茫。果然这四种悲伤的经历在《九辩》里又同时结合起来，那真是坎坷无比。

可悲的是，自古以来，成功的文人总是少数，宋玉也就等于是他们的老前辈，早早说出了他们的心声。因此，《九辩》里

"坎廪兮贫士失职而志不平"这一句，便开启了"士不遇"之文人书写传统。不久以后，就有很多写怀才不遇的文章，篇名上直接就叫作"士不遇"，连著名的司马迁、陶渊明都有这样的作品，包括董仲舒《士不遇赋》、司马迁《悲士不遇赋》、陶渊明《感士不遇赋》。其实，连曹雪芹《红楼梦》一开篇的"补天石被弃"，也都是此一题材的直系传承。因此，鲁迅《汉文学史纲要》说得好："虽驰神逞想，不如《离骚》，而凄怨之情，实为独绝。"此一"凄怨之情"，也正是《楚辞》的典型特色。

在这一节里，我们讲了宋玉《九辩》中对秋天景物的描写，还有人生的种种不如意，于是形成了悲秋传统，连杜甫都受到很大的影响，可以说主导了中国人对秋天的感觉模式，所以说，古典文化的力量是非常博大精深的。接下来，让我们进入汉代，来感受那个时代的文学风采。

第四章

———

汉代诗歌

扫一扫，
试听课程

第一节　李延年《李夫人歌》:
倾城倾国的美人颂歌

上一节，我们看到了宋玉的《九辩》，以及它所产生的深远的影响，甚至决定了中国人怎样去感知秋天，这个季节的内涵就此底定下来了，所以我们才会说宋玉的影响力不亚于屈原。讲完了宋玉，先秦部分的诗歌也要告一个段落，接下来，我们来谈谈汉代的诗歌。

其实，汉朝最主要的文学类型是汉赋，它的特色是华丽宏大，因此深受皇帝、贵族的喜爱，文人们也大量投入创作，可以说是一种非常流行的帝国艺术。但一般人都不知道，汉赋是可以吟诵的，它不但押韵，而且讲究对仗，开拓了许多文字的艺术表现力，所以可算作广义的诗歌。而我们一般以为的狭义的诗歌，当时是以歌谣的形式流传的，在民间的歌谣后来被称为乐府诗，至于在皇宫里，皇帝们唱的就是楚歌。

大家还记得吧？秦朝末年楚汉相争的时候，最主要的项羽、刘邦这两方都是楚国人，项羽还自封为"西楚霸王"呢！当两人的争霸战走到了最后一幕时，也是用"四面楚歌"来画下句点的。这就难怪项羽、刘邦这两个人都是用楚歌来表达情感，项羽的《垓下歌》、刘邦的《大风歌》都带有"兮"字，句子也是长长短短的形式。到了汉武帝时，也还是继承了这个传统，他所吟唱的《秋风辞》同样是真挚感人的楚歌佳作。

既然汉武帝的音乐素养、文学造诣都很高，还能亲自演唱，那么自然而然地，他身边就有一批善于作曲写歌的文人或优伶。其中，有一个歌手叫作李延年，其妹就是后来入宫深受宠幸的李夫人。李夫人和她的哥哥同一个出身，都是从事娱乐业的倡家，身份低下，而她为什么能够入宫呢？这个机缘靠的就是李延年卓越的创作才华。班固《汉书·外戚传》中记载：

> 孝武李夫人，本以倡进。初，夫人兄延年，性知音，善歌舞，武帝爱之，每为新声变曲，闻者莫不感动。延年侍上起舞，歌曰："北方有佳人，绝世而独立。一顾倾人城，再顾倾人国。宁不知倾城与倾国，佳人难再得！"上叹息曰："善！世岂有此人乎？"平阳主因言："延年有女弟。"上乃召见之，实妙丽善舞，由是得幸。

大意是说：李延年因为特别擅长音乐歌舞而受到汉武帝的宠爱，每当他创作出新的音乐，聆听的人没有不被感动的，正是运用这样高超的能力，李延年以一首歌深深打动了汉武帝。有一天，李延年正侍候汉武帝休闲起舞，在这个时候便唱起一首歌：

> 北方有佳人，绝世而独立。一顾倾人城，再顾倾人国。宁不知倾城与倾国，佳人难再得！

这首歌曲里虽然没有楚歌最明显的特征，也就是使用"兮"字，但从汉朝宫廷的喜好来说，李延年私下所唱的《李夫人歌》，应该也是楚歌。而汉武帝听完了这首歌，不禁悠然神往，叹息说："真美啊！世界上难道还有这样的佳人吗？"武帝的姐姐平阳公主就说："李延年有一个妹妹。"皇上听了以后便召见她，一见之下果然惊为天人，李夫人实在是妙丽善舞，因此就获得了宠幸。这就是李夫人进宫的过程。

讲到这里，你可能还没有想到一个问题，那就是为什么这篇歌词会有这么强大的魅力，如此打动汉武帝呢？其中的内容到底高明在哪里呢？要解答这个问题，我们要从两方面来谈。

第一，汉武帝可不是一般男性，而是统御整个国家的皇帝，如《诗经·小雅·北山》所说的"普天之下，莫非王土。率土之滨，莫非王臣"，因此后宫佳丽三千人，环肥燕瘦，什么样的顶尖美人没有见过？再加上他雄才大略，眼光非凡，庸脂俗粉怎能入其法眼？从这个角度来说，要打动汉武帝实在不容易，甚至应该说是难度非常高的挑战。而李延年却偏偏做到了，这就足以证明他确实是一个十分卓越的艺术天才。

最重要的是，李延年打动皇帝的可不是音乐，而是歌词的内容，这就是我们要讲的第二个方面，也是最重要的地方了。究竟，这篇歌词的高明处在哪里呢？

我们回忆一下，《诗经》里写美人的《硕人》篇，塑造出"肤如凝脂，巧笑倩兮"的绝色佳丽，还有什么写法可以青出于蓝呢？那真是不容易的事。在这首《李夫人歌》中，一个字都没有提到美，甚至连一个比喻都没有，但却充满强大的魅力，足以吸引汉武帝这样的帝王，原因何在？有人说，因为诗里面有"倾城倾国"这一句，但这一句又为什么会那么动人呢？一旦我们认真地去思考，就会发现这绝不是一个简单的问题，背后还有很深刻的原因，值得深入分析。

其实，这整首歌词都把握了惊人的心理学，隐藏着内在的、不容易自觉到的心灵反应，要破解这首诗的秘密，钥匙就在人类心理的奥妙。

首先，"北方有佳人，绝世而独立"这两句呈现出一个遥不可及的形象，比"在水一方"还要远得多，这位北方佳人隔绝于人世间之外，独自站在远方，既不能近距离碰触，也无法看得很清楚，就像是虚无缥缈的天边女神一样。而人的心理总是贵远贱近的，近在眼前的事物再美、再好，天天看着就都觉得稀松平常，因为唾手可得；相对地，远方不常见的东西，先天上就似乎镀了金，因为"距离"会自动帮它增加价值，所以才会有"外国的月亮比较圆""远来的和尚会念经"之类的俗话。而遗世独立的美人就更是魅力无穷了，因为蒙着神秘的面纱，人们无法近观看清楚，通过无边无际的想象，反而更增加了吸引力。所以说，"绝世而独立"这一句呈现了北方佳人的神秘性，这份"神秘感"就引起汉武帝的好奇心。

然后就是"一顾倾人城，再顾倾人国"这段名言了。"顾"是回头看的意思，而"倾人城""倾人国"的"倾"，这个字可以有两种解释：一种解释为"倾动"，指这位绝代佳人一出现就能引起轰动，大家就来争相目睹，导致万人空巷的盛况，这当然也展现出一种非凡的、明星般的魅力。至于另一种解释，就更加耐人寻味了，倘若把"倾"字解释成倾覆、倾灭的倾，那么"倾人城""倾人国"指的就是红颜祸水，甚至还不需要"回眸一笑百媚生"，她那回顾一眼的秋波流转就已经令人惊心动魄，竟然"一顾"足以"倾人城"，"再顾"足以"倾人国"，整个城市乃至整个国家都为之陷落了，这样的美丽多么危险，却又多么惊人！

异曲同工的是，公元前12世纪的西方世界也发生过类似的故事，希腊的特洛伊战争不就是以美丽的海伦为导火索的吗？而特洛伊城不也就此陷落了吗？再回到中国古代来看，周幽王不也是为了博得褒姒的一笑，乃至把整个国家给灭亡了吗？美人一旦美到了极致，就带有一种危险性，也正因为要付出的代价如此之巨大，同时也就更衬托出美人的绝色程度，这就是一种极端危险的、致命的美丽！

话说回来，这样足以带来国破家亡的危险，通常会让人感到害怕而畏缩，以致裹足不前，或者干脆连碰都不要碰，至少可以确保一生的平安；但人性就是如此奥妙，有时候，事物越是危险就越想要去尝试，好比大人禁止小孩玩火，就反而越让他想要去玩火；学校禁止爬墙，就偏偏总会有人故意去违反校规，可见人性的复杂。而汉武帝本身就是一个具有冒险性格的人，否则他不会穷兵黩武、开疆拓土，再加上身为帝王的自信，以及征服天下的欲望，又岂会害怕一个美人可能会带来的危险呢？相反地，汉武帝不但不怕危险，他更想要征服危险，而越是危险的事物，冒起险来不但越是刺激，驯服了危险之后也会带来更大的成就感！"一顾倾人城，再顾倾人国"这两句，就是因为这个原因而增加了李夫人的吸引力。

讲到这里，李延年已经借由神秘性、危险性而让李夫人的美无与伦比，把汉武帝的好奇、向往之心带到了巅峰，但他接着又运用了一种心理策略，把汉武帝的心动转向积极的行动。他说"宁不知倾城与倾国，佳人难再得"，那就是通过"稀有性"去激发占有欲，这样一来，就可以让佳人从世外走向皇宫！

"宁不知"是一个疑问词，意思是"岂不知"，李延年给了汉武帝一个最后的提问：你难道不知道"倾城与倾国，佳人难再得"吗？这样的绝色美人本就是稀世珍宝，百年难得一见，一旦错过就再也找不到了，徒留一生的遗憾！于是乎，人就会激起一种欲望，把她据为己有。

这种心理反应，其实是很普遍的现象，所谓"物以稀为贵"，就一语道中人类的心理。原来，一个物品的价值并不完全在于其自身的质量，更多的时候，是决定于它的数量。即使质量再好，数量一多就会贬值了；但是，当同样的东西很罕见的话，抢着要的人竞相出价，就会一路垫高它的价格，像钻石之类的珠宝，不就是因为稀少才会那么昂贵的吗？同样地，我们在消费市场上也会遇到这样的情况，当一个商品号称是最后一个，再不买就没有了，这个时候就激起了购买欲，因为不想错过的心理让"可有可无"变成了"非要不可"，这就是商场上常见的推销术。

同理可推，李延年用来增加李夫人的吸引力的，就是稀有性，而这确实达到了效果。当汉武帝听完了这首歌，果然忍不住叹息说："真美啊！世界上难道还有这样的佳人吗？"这时，李夫人进宫的时刻到了！

你看，李延年的技巧是多么高明啊！他不是用具体的事物来比喻美人，像"肤如凝脂""螓首蛾眉""领如蝤蛴"之类，《诗经·硕人》这样的写法，等于是把美人拆解成一个个的零组件，再去做具体的比喻，但各个部分的比喻再怎么生动传神，都不是美人的整体；何况，即使把这些局部重新组合，也还原不出整体的美人形象，最多只是拼装的人偶。更何况，就算我们在脑海里把"肤如凝脂""螓首蛾眉""领如蝤蛴"重组出完整的硕人，但美人的气韵又哪里能够如实再现呢？那种神秘的气质、甚至是致命的美丽，是任何笔墨丹青都不可能表现出来的。

传说美人王昭君因为画师毛延寿故意把她画丑，所以没能被皇帝选中，而被送去塞外与匈奴和亲，一个人漂泊塞外异乡，终身过着孤独、悲伤的生活。但王安石却替恶名昭彰的毛延寿作翻案文章，说王昭君的悲剧并不是毛延寿造成的，为什么呢？道理就在于"意态由来画不成"（《明妃曲二首》之一），那倾城倾国的"意态"是不可能画得出来，再伟大的画家都一样，所以，即使毛延寿尽心尽力地替昭君作画，结果依然无法改变王昭君的命运。照这个道理来说，毛延寿不就等于背了黑锅，做了替罪羔羊？所以王安石才会认为"当时枉杀毛延寿"，毛延寿白白死在不懂得绘画的极限的人手里，还被套上舞弊的罪名，真是太冤枉了。

既然美人倾城倾国的意态是"由来画不成"，那就不要画吧！于是李延年尽全力去写美人的神秘性、危险性、稀有性，这些都是抽象的范畴，反而延展了人们的想象力。既然想象力是无限的，那美人的魅力也就是无限的，而无限的美又有谁能抗拒得了呢？于是见多识广、自信又霸气的汉武帝就被深深吸引了。这就是李延年的艺术天才最卓越的发挥，令人简直不敢相信，李延年只是一个出身倡家的歌者，从哪里学来这样了不起的技巧！《李夫人歌》从此也就成为诗歌里的杰作，与倾城倾国的李夫人一起永垂不朽。

总结一下这一节，我们讲了李延年为他的妹妹所写的《李夫人歌》。他是一个很懂音乐的人，但又能用最高明的文学技巧，写出最能打动人心的歌词，从此以后，"倾城倾国"就成为绝色美人的最佳形容词了。现在，你应该明白了为什么"倾城倾国"这个成语会这么动人的原因了吧？

第二节 《薤露》《蒿里》：生死的感慨

在上一节的专题里，我们已经看到了汉初李延年的诗，写他的妹妹李夫人风华绝代，足以倾城倾国。可惜的是，李夫人这位美丽与智慧兼具的佳人，虽然获得了皇帝的宠幸，但不仅一生没有得到真正的爱情，而且红颜薄命，不到三十岁就香消玉殒，徒留无限感慨。

事实上，薄命的当然不限于红颜，古人通常会遇到各种疾病、天灾人祸的威胁，在营养、卫生、医疗都不发达的情况下，人不但衰老得比较早，而且也不容易长寿，韩愈在他的《祭十二郎文》中，不就感叹说他自己是"吾年未四十，而视茫茫，而发苍苍，而齿牙动摇。念诸父与诸兄，皆康强而早世，如吾之衰者，其能久存乎”，以致怀疑自己能活得久吗？但这几句话却是写在悼念侄子的祭文里，比他小一辈的侄子年纪轻轻就已经病故了。难怪杜甫感慨说"人生七十古来稀"（《曲江二首》之二），一语道出古人的共同心声。

从平均寿命来看，一直到清朝末年为止，人类的寿命都算是短暂的，有一个统计甚至说，晚清时期的平均寿命只有三十八岁。对于我们现在动辄八十岁的平均寿命，实在是难以想象的。最严重的是汉朝末年与魏晋之交的时候，不但战争连绵不断，死伤无数，雪上加霜的是常有瘟疫肆虐，不分贵贱贫富，死人无数。例如著名的建安七子，就是因此而凋零殆尽，其中，孔融、阮瑀早个几年过世，剩下的五个人竟然全都死于建安二十二年（217）：先是这一年的春天，王粲死于回邺城的途中，年仅四十一岁；到了这一年的冬天，北方发生一场大瘟疫，曹植《说疫气》描述当时疫病流行的惨状，道："建安二十二年，疠气流行，家家有僵尸之痛，室室有号泣之哀。或阖门而殪，或覆族而丧。"就在这场传染病中，建安七子中最后的四个人也无一幸免，全部罹病而亡。后来曹丕在《与吴质书》这一篇书信中，便无比痛心地感慨道：

> 昔年疾疫，亲故多离其灾。徐、陈、应、刘，一时俱逝，痛可言邪？……谓百年己分，可长共相保；何图数年之间，零落略尽，言之伤心！顷撰其遗文，都为一集。观其姓名，已为鬼录。追思昔游，犹在心目，而此诸子，化为粪壤，

可复道哉！

　　就在瘟疫横行的灾难之下，曹丕的亲朋好友很多都遭了殃，建安七子里的徐干、陈琳、应玚、刘桢一时之间接踵病逝，他们的年龄都在四十岁上下，多愁善感的曹丕万分悲伤，写下了这一篇令人动容的哀悼文字，但一切都只是无奈的悲怆而已。

　　这样触目惊心的生命大扫荡，连王公贵族都尚且如此，何况平民百姓？由此可见，"死亡"是古人最切身的体验之一，那是生活中频繁发生而无法回避的人生课题，再加上这些经验又太深沉、太沉重，因此也成为诗歌里所歌咏的主题之一。以西汉时期的乐府民歌来说，就已经出现了专为送葬而写的挽歌，包括《薤露》《蒿里》这两篇。

　　根据晋朝崔豹《古今注》的说法："《薤露》《蒿里》，并丧歌也，出田横门人。横自杀，门人伤之，为作悲歌，言人命如薤上露，易晞灭也。亦谓人死，魂魄归于蒿里，故用二章。……至孝武时，李延年乃分二章为二曲，《薤露》送王公贵人，《蒿里》送士大夫庶人，使挽柩者歌之，世亦呼为挽歌。亦谓之长短歌。言人寿命长短定分，不可妄求也。"

　　这段话有两个重点，一是说明《薤露》《蒿里》都是丧歌，出自田横的门人。田横是先秦末年齐国的贵族，汉高祖刘邦统一天下的时候，田横不肯称臣，率五百门客逃往海岛，在途中距洛阳三十里地的偃师首阳山自杀。门人悲伤感慨，所以就写了这两首送葬的哀歌。第二个重点是说明到了汉武帝的时候，这两首诗就分别被不同的阶级使用，《薤露》用来送王公贵人，

第四章
汉代诗歌

《蒿里》则是送士大夫庶人。

但是，关于《薤露》《蒿里》的来历，其实可以不必这样拘泥，这两首诗就是西汉流行的送葬歌曲，也是西汉留存至今寥寥可数的篇章，其中所歌咏的都是生命短暂以及死亡所带来的绝对性归零、生命终究无可救赎的悲哀。

《薤露》: 生命如朝露

先以《薤露》这一篇来看，歌词说:

薤上露，何易晞? 露晞明朝更复落，人死一去何时归?

这首诗是用比喻和对比的手法，突显出生命的短暂。薤，是一种带有特殊辛辣气味的蔬菜，在古籍《黄帝内经》中，它和葱、蒜、韭及兴渠（洋葱）组成了植物"五辛"，最大的特色是"叶似葱、韭，鳞茎似蒜"。它们长在路边，随着日升日落，吸收阳光雨露，随着自然的韵律生长枯萎。当送葬队伍前进的时候，它们就像在沿途默默致哀似的。

这首诗一开始就写出殡时，诗人一眼就留意到路边的花草植物。当然，这不是送嫁的喜悦，所以看到的不是"桃之夭夭，灼灼其华"，而是"薤上露，何易晞"，薤草上面沾着清晨的露珠，在旭日的照射之下晶莹剔透，闪闪发光，那本来是非常美丽的景象；而且经过一夜露水的滋润，植物更是生机饱满。但所谓的"感时花溅泪"，当心中满怀着死别的悲哀时，触景生情，哀伤的眼睛便看不到生机勃勃的美，而只感慨一切生命瞬间就会消失，就像闪耀晨光的露珠一下子就干涸了，无影无踪。

这种生命如朝露的比喻，成为一种人类普遍的感应，《汉书·苏武传》便记载：汉武帝时，李陵被匈奴俘虏而投降，也被汉朝视为背叛者，两面的压力，让他痛苦不堪。这时，苏武出使到匈奴已经十几年了，艰苦地牧羊为生，但都坚持不肯降服，李陵被赋予收编苏武的任务。在游说的说辞里，就动之以情：

> 来时太夫人已不幸，陵送葬至阳陵。子卿妇年少，闻已更嫁矣。独有女弟二人，两女一男，今复十余年，存亡不可知。人生如朝露，何久自苦如此？

意思是，苏武家破人亡，母亲已经过世，年轻的妻子也改嫁了，两个妹妹、两个女儿、一个儿子，经过了十几年也都不知是死是活，人生有如朝露般的短暂，何必要这样长久地苦守下去呢？这里，就已经使用到"人生如朝露"的比喻。

到了东汉，文人所写的《古诗十九首》里面，也回应了类似的感慨，《驱车上东门》说道：

> 浩浩阴阳移，年命如朝露。人生忽如寄，寿无金石固。万岁更相送，贤圣莫能度。

在浩瀚广大的天空中，阴、阳也就是日、月不断地移动，日复一日东升西落，形成一种永恒不变的节奏，而生命就如同朝露一般，只有很短的时辰可以闪耀光芒。这样的人生匆匆，倏忽即逝，就像是暂时寄居在旅店一样，过一晚就得离开，所以说"人生忽如寄"。而自古以来，这千万年之间不停地送葬，这是圣贤也无可奈何的事啊。

再后来的一代霸主曹操，也用了一样的比拟，他著名的《短歌行》不就说："对酒当歌，人生几何？譬如朝露，去日苦多！"而才高八斗的曹植《赠白马王彪诗》中也感慨道："人生处一世，去若朝露晞。"可见不只是"贤圣莫能度"，世界上最有权力的王公贵族也同样无能为力。难怪后来竹林七贤之一的阮籍《咏怀》之三十二也哀诉："人生若尘露，天道邈悠悠。"无独有偶，这种把生命比作朝露的比喻，并不限于中华文化，例如日本战国时代末期统一全国的武将丰臣秀吉，死前写给自己的几句话里，也表达了一样的感慨，他说："人生如浪花，我将消失如露珠。"由此可见，露珠的美丽与短暂，已经成为文学里对人生的绝佳比喻了。

但是，《薤露》的作者并不只是建立这个巧妙的模拟而已，他还进一步意识到露珠和人类毕竟是不同的，两者固然都是短暂有限的存在，但"露晞明朝更复落"，露水虽然干涸了，明天一早仍然还会落在草叶上，可"人死一去何时归"，人一死却再也不会回来！换句话说，露珠的存在虽然稍纵即逝，却可以每天不断地重复再生，那就形成了另一种的永恒，相比之下，每一个人却都是一去不复返，走到生命终点之后就完全消失，化为无限的虚空。这么说来，人类的死亡真是一种彻底的绝望，所以尤其让人痛彻心扉。

在此，我要特别提醒大家：这个"露晞明朝更复落，人死一去何时归"的对比，是诗词里非常普遍的作法。以唐诗来看，所谓"年年岁岁花相似，岁岁年年人不同"（刘希夷《代悲白头翁》），"人面不知何处去，桃花依旧笑春风"（崔护《题都城南庄》），都是同样的感慨，只是把露水换成花朵而已。可不是吗？今年的花虽然谢了，但明年春天还会再开，并且一样绚烂似锦；但当年看花的人却已经变老了、搬家了，甚至离开人间了。抚今追昔，能不感慨万千？

确实，人生之旅是一条有去无回的单行道，无论整个过程怎样的曲折起伏，充满怎样的酸甜苦辣，发生多少让人想象不到的离奇故事，最终都逃不过死神的潜猎、收编，抵达死亡的终点站。

有生必有死，这是万古的规律，是每一个生命必然的宿命，没有人可以例外。即使古代有所谓的长寿之人，如彭祖据说活了八百岁，但比起永恒来说，八百岁仍然也不过是昙花一现，最后同样都得回归死亡的怀抱里。

因此西方 17 世纪的英国诗人德莱顿（John Dryden，1631~1700）便形容：人生像朝圣者前往指定的地方，世界是一个客栈，死亡是旅程的终点（The world's an inn, and death the journey's end）。难怪英国文学家弗吉尼亚·伍尔芙（Virginia Woolf, 1822~1941）说："你生下来那一刻，就已向死亡走去。"这个说法乍看之下太过夸张，令人触目惊心，其实却抓住了人生的本质，逼使我们得时时刻刻面对这个终极的问题！

《蒿里》：埋骨之处

而人一旦死亡之后，那个最后指定的地方在哪里呢？具体来说，就是埋骨之处。和《薤露》相提并论的《蒿里》这首诗，题目上的"蒿里"二字就是坟墓区，这一篇作品明显也是送葬的挽歌。《蒿里》说道：

> 蒿里谁家地，聚敛魂魄无贤愚。鬼伯一何相催促，人命不得少踟蹰。

这处叫作"蒿里"的地方，根据宋代郭茂倩《乐府诗集》中所言："按蒿里，山名，在泰山南。"那是在泰山南边的一座山。陶渊明《挽歌三首》之一也说："死去何所道，托体同山阿。"把死者送往周边的山区埋葬，这样的做法可以分隔阴阳，生死各安其道，死者却又不会离开故乡，可以获得真正的安息，因此长达两千多年来形成了普遍的习惯。类似的山各地区都有，对后世影响最大、也最知名的，叫作北邙山。

例如东汉文人诗《驱车上东门》这一篇开始所说："驱车上东门，遥望郭北墓。"诗人驾着车到洛阳东门外，遥望城郭北边的坟墓区，那就是北邙山。北邙山位于洛阳城的北边，山虽然不高，但土厚水低，宜于殡葬，自东汉以来就是洛阳人的墓地，一代又一代，不计其数。唐代诗人王建《北邙行》便云："北邙山头少闲土，尽是洛阳人旧墓。"而其中，还包括帝王的陵墓，比较有名的有东周皇陵、东汉皇陵，曹魏、西晋和北魏时期的皇陵。晋朝诗人张载《七哀诗》说道："北邙何累累，高陵有四五。借问谁家坟，皆云汉世主。"再有《后汉书·桓帝邓皇后纪》所言："诏废后，送暴室，以忧死。立七年，葬于北邙。"连皇后都安葬于此，其他的王公将相当然更多了。这岂不正是《红楼梦》里，《好了歌》所说的："古今将相在何方？荒冢一堆草没了！"从此以后，只要一提到北邙山，就一定是指葬区，它已经成为埋骨之处的代名词。

这些位于山区的葬区又有哪些常见的景观呢？整体来说，其中会种植特定的树木，包括白杨、松柏等等。这些树点缀在坟墓间，也因此成为死亡的代名词，一出现在诗词里，就引起了死亡的联想。前面提到的《驱车上东门》这一篇"驱车上东门，遥望郭北墓"这两句之后，就描写道："白杨何萧萧，松柏夹广路。"陶渊明《挽歌三首》之一也说："荒草何茫茫，白杨亦萧萧。严霜九月中，送我出远郊。"

这些诗都描写触景生情，白杨在风吹之下发出萧萧的声音，听了不免胆战心惊，备感凄凉，再看松柏夹道而立，在宽阔的道路旁成排延伸，直通到最后的终点。《红楼梦》里也写到过这个现象，第五十一回贾宝玉说"我就如那野坟圈子里长的几十年的一棵老杨树"，他身边的丫头麝月等听了，笑道："野坟里只有杨树不成？难道就没有松柏？我最嫌的是杨树，那么大笨树，叶子只一点子，没一丝风，他也是乱响。你偏比他，也太下流了。"从这段话可以明确证明，自汉代以来，白杨、松柏就已经是固定的墓树了，至于白杨的萧萧作声，最是听觉上的悲哀之音。

诗人感慨地说："蒿里谁家地？"这个终点站是一个不专属于任何人的地方呀，它像一个黑洞一样"聚敛魂魄无贤愚"，不论是贤能还是愚笨，都一概被吸纳进去，可见死神对任何人都一视同仁，没有特权。后来晚唐的诗人杜牧《送隐者一绝》也说："公道世间唯白发，贵人头上不曾饶。"任你再大富大贵，同样都得接受白发丛生，白发公道，死亡也一样公平，"聚敛魂魄无贤愚"；而且当这个自然力量来临的时候一点也不通融，只要时间一到，"鬼伯一何相催促，人命不得少踟蹰"，拘捕魂魄的鬼伯紧紧催促，连一刻都迁延不得。到了这个时候，人们才深深体会到，平常不觉得珍贵的时间，却是怎样都求之不得，只恨以前怎么那样蹉跎了岁月！

可以说，《薤露》《蒿里》这两首挽歌诗，直接碰触了死亡，反映了人们在被迫面对这个阴暗点的时候，非常真实而悲哀的感受。或许，大部分的人都很忌讳这个话题，觉得老是谈死亡是没有意义的，只会带给人恐惧和不愉快，除非不得已，何必一再触犯禁忌？但其实并非如此。

既然有生必有死，那也是生命经历的一部分，当然必须好好正视它，做出妥善的规划。何况，正如美国小说家索尔·贝娄（Saul Bellow，1915~2005）曾经睿智地说道："只有当生命被清楚地看作是在慢慢死亡时，生命，才是生命。"这位诺贝尔文学奖得主的意思是：只有当一个人清楚知道必死的结果，他才会珍惜时间，不会得过且过、敷衍了事，也懂得拿掉外在的得失、无谓的情绪，不纠缠于枝枝节节的琐碎事物里，那就能珍惜对自己最有价值的东西，全心全意去做真正重要的事情，这样一来，生命便能成为真正的生命，让活着更有意义。所以，索尔·贝娄有一本书的书名就叫作《抓住这一天》(*Seize the Day*)。

基于同样的道理，古今中外许多杰出的人物都勇于面对死亡的这个课题，因此充分认真地对待每一天，创造出最有意义的生活。其中很特别的是陶渊明，他不但写了挽歌，竟然还模拟自己的死亡，自我送葬，把自己当作死者，亲自为死后的自己送行、写挽歌，写一篇祭文给自己！

在这篇《自祭文》里，陶渊明回顾自己的一生，然后想象自己临终的情景。一方面是毫无遗憾，因为他"勤靡余劳，心有常闲。乐天委分，以至百年"，非常勤劳，没有偷懒，而心里又始终保持了从容悠闲，没有浮躁，就这样乐天知命，整个人生过得充实而愉悦，因此"余今斯化，可以无恨"，一旦面对死亡的时候，就可以坦然迎接这必然的终点。

但另一方面陶渊明又难免感慨，人生真是非常艰难的功课。《自祭文》最后说："人生实难，死如之何？""人生实难"这句话出自《左传·成公二年》，建安七子之一的王粲已经加以引述，《赠蔡子笃诗》中云："人生实难，愿其弗与"，哀叹人生无常，但求不违所愿。陶渊明继承这样沉重的人生感慨，堪称道尽了世事的艰难险阻。原来，人生实在是太艰难了，相比之下，死亡算得了什么呢？

其实，庄子早就表达过类似的思想，《庄子·齐物论》里说了一个寓言故事：

丽之姬，艾封人之子也。晋国之始得之也，涕泣沾襟；及其至于王所，与王同筐床、食刍豢，而后悔其泣也。予恶乎知夫死者不悔其始之蕲（祈）生乎？

丽之姬是艾地守封疆人的女儿，当晋国把她娶过来的时候，丽姬公主一路上哭得非常伤心，衣服都湿透了。等到了晋国的王宫，和国王同睡一床、共享美味佳肴，这时再回想当初那样的哭泣，感觉自己好傻而后悔不已。接着庄子就提出一种颠覆性的思考：我怎么知道死者不会后悔当初之祈望活着呢？说不定死后的世界更美妙，就像丽姬嫁到晋国以后更加幸福快乐呢。

庄子的这个寓言提醒了我们，原来对于死亡的恐惧，其实是无知的结果，既然没有人真正知道死后的情况，那又何必贪生怕死，如此地害怕死亡，执着于人世？何况人生不如意事十之八九，充满劳苦烦忧，更是何须贪恋！陶渊明《自祭文》所说的"人生实难，死如之何"，便显示出一种面对死亡的豁达，是陶渊明克服死亡的一种特别的方式，他把自己置之死地而后生，反而把人生看得更清晰、更明朗，而不会迷惑、盲目，由此产生一种坦然面对生死的大智慧。

现在做一个总结：汉朝的《薤露》《蒿里》这两首诗，都是送葬时所唱的丧歌、挽歌，其中表达出人们对生死的深刻感受，一方面是对死者的怀念与不舍，一方面则是对死亡本身的恐惧，以及对生命短暂的悲哀。但是，庄子、陶渊明这些智者也告诉我们，死亡其实是一种最好的忠告，提醒我们诚恳地面对自己，实践一个无悔的、没有遗憾的人生。所谓的"能了解死亡，就更能了解生命"，便是这个道理。

第三节 《上邪》：爱到世界末日

在上一节，我们经历了一个人类必然要面对的课题，暂时跟着古人经历了一次终点之旅，为的是让我们更珍惜生命，努力充实短暂的人生！

而人生不仅短暂，并且孤独，西方文化里甚至还感慨说："每一个人都是一座孤岛，无路可通。"这也是人们必须克服的难关。那么，在这个短暂又孤独的人生里，有什么是治疗空虚的良方？那应该就是发自内心的真情了吧！亲情、友情、爱情，可以说是人心最终的依归，那是幸福感的来源，也是足以超越有限的永恒的力量，所以中唐诗人李贺《金铜仙人辞汉歌》才会说："天若有情天亦老。"而在这些真情里，就属爱情最为惊心动魄了，比起亲情、友情的醇厚，爱情的强度、激烈程度最是突出，它又大都发生在年轻的阶段，所以往往成为一个人最刻骨铭心的体验，追求爱情甚至是一门大功课呢。

讲到这里，我们又回到女性与爱情的题材了。今天我们就来看看汉代乐府里，一个少女感天动地的执着。

就在前面的章节里，我们看到了汉武帝时李延年的诗，他那倾城倾国的妹妹李夫人，被他非凡的艺术才华塑造出无与伦比的美丽，令人倾心不已，连汉武帝都拜倒在她的石榴裙下。

只可惜，李夫人虽然美丽绝伦，又智慧非凡，实际上却没有获得真正的爱情。这个说法你一定会奇怪，她不是深受汉武帝宠爱吗？但是，"宠"并不是"爱"，关于这一点，李夫人是看得非常透彻的，所以并没有因为受宠便得意忘形。她不到三十岁就重病不起，临终前坚拒汉武帝的探望，所持的理由就是"我以容貌之好，得从微贱爱幸于上，夫以色事人者，色衰而爱弛，爱弛则恩绝"（《汉书·外戚传》）。这种"以色事人"的本质，当然不可能天长地久，因为美貌是很短暂、很脆弱的，没几年就会随着年龄增长而褪色，一旦到了那时，失宠也就是必然而然的结果。

但谁不希望拥有真挚的爱情，和一个灵魂伴侣天长地久呢？可很明显地，汉武帝并不是一个可以长相厮守的有情人，何况他拥有整座花园，哪里会只钟情于一朵花呢？所以说，李夫人表面上是成功荣耀的，但其实内心却寂寞又空虚，这也是一个清醒的、有智慧的美人才会出现的特殊状况。

《上邪》：爱到世界末日

早从《诗经·国风》开始，女性与爱情就是诗歌的主题之一，到了民间的歌谣里，情况更是如此，汉代的《上邪》可谓最知名的一首，全诗云：

> 上邪！我欲与君相知，长命无绝衰。山无陵，江水为竭，冬雷震震，夏雨雪。天地合，乃敢与君绝！

诗题的"上邪",就是摘录第一句而来的,"上"是指上天,"邪"是句末语气词,相当于今天的"啊"。"上邪"是一种呼格,当女主角呼唤着"上天啊"的时候,就表现出一种虔诚的、神圣的、崇高的心意。

整首诗就是以对上天的呼唤开始的。那么,这位少女要向上天祈求什么呢?原来还是对爱情的追求与执着啊。她说"我欲与君相知,长命无绝衰",那位"君",就是她所心爱的人,对于这份强烈的爱,她说得多么庄重、多么含蓄!试看,她说的是"我欲与君相知"而不是"我欲与你相爱",第二人称的不同用字,就代表了不同的态度。

原来在中国古代,用来指称对方的第二人称,有"君""尔""汝"这几种。其中,"君"是一种敬称,使用在面对长辈、长官的场合;而"尔""汝"就比较轻松随便一点,对好朋友之类关系亲近的平辈就可以用,当然对晚辈、下属就更不用说了。这种区分一直到清朝都是如此,难怪《红楼梦》里,有一次大丫头平儿情急之下,对王熙凤说话的时候不小心用了"你"字,就被主子王熙凤给纠正了。

可见,《上邪》诗的女主人公以"君"称呼她的情人,就显示出一种尊重、诚敬的心态,这才是真正的爱的表示。我们一般人都以为,亲近的人就可以不用那么讲究,甚至可以随心所欲,甚至还误认为这样才代表彼此很亲近。这可是很大的误解。其实道理很简单:如果你真的爱一个人,那就一定会珍惜他、尊重他,设身处地照顾到他的感受,又怎么会轻慢、没礼貌呢?至于一个人会容忍对方随便而无礼的态度,那确实也是因为爱,但这种纵容的爱是一种没有建设性的、不能带给人成长的溺爱，其实不是一种真正的爱！

从这个角度来说，这位少女的爱包含了尊重，所以是真正的爱；或者反过来说，因为她所给予的是真爱，因此也必然具备了尊重。由此我才会提醒大家：《上邪》诗的女主人公以"君"称呼她的情人，就显示出一种尊重、诚敬，这是真正的爱的表示。

其次，她说的是"我欲与君相知"而不是"我欲与君相爱"，这当然有押韵上的考虑。"知"和下一句"长命无绝衰"的"衰"字，都属于"四支"韵，两句相接，念起来就有一种顺畅的韵律感；后面的诗句再换韵，包括"江水为竭"的"竭"，"夏雨雪"的"雪"，"乃敢与君绝"的"绝"，一连三个韵字都是入声韵，又连续形成另一种律动。从整首诗来说，前面平声韵、后面仄声韵，也就更产生抑扬顿挫的节奏感。

但是必须说，任何一首好诗，绝对不是迁就形式所能创作出来的。让我们仔细推敲一下"我欲与君相知"的"相知"，就会感到这份爱不但含蓄，而且深刻。试想，如果只说"我欲与君相爱"，那就只是一种强烈的感觉而已，而且表达得非常直接而坦率，容易流于浅薄甚至粗野。可她说的是"我欲与君相知"，"相知"这个词不仅含蓄得多，并且耐人寻味。因为"相知"是建立在彼此的了解之上的，是需要用心去对待、去尊重对方，才能达到的境界，那需要长时间的累积，并不是在强烈的感情之下不顾一切地陷入就可以做到的。也是因为"相知"，感情的基础才会深厚，才能长久。这种以"相知"为根柢的爱情，岂不是一种最理想的"知己式的爱情"吗？而这又正好符合西方心理学家弗洛姆（Erich Fromm，1900~1980）对于"爱"的深刻分析。

弗洛姆在《爱的艺术》（*The Art of Loving*）这本书里分析得很精彩，他清楚地指出：爱不只是一种强烈的感情，也并非与生俱来的本能。爱，其实是一种人格的力量，所以是必须学习、锻炼的，而一个人格成熟的人，就会懂得成熟的爱，那就是在爱里面具备了"照顾、责任、了解与尊重"这四个条件。对一般人来说，照顾所爱的人，对他有一种责任感，这个条件比较容易，父母亲对子女的爱尤其证明了这一点；但是，要能了解对方、尊重对方，那就很需要一番努力了。你想想看，多少人其实并不真正了解所爱的人，包括伴侣与子女？而又有多少人不自觉地没有尊重对方，态度随便、口气不好，以致造成彼此的冲突，反倒让爱变质为压力，让对方想要逃走，甚至让爱越来越薄弱，最后荡然无存？这种悲剧在我们的身边，不是处处可见吗？

可见弗洛姆说得很对，要真正爱一个人，就必须先了解他，然后尊重他，这样一来，彼此才能携手一生，避免"因为误会而结合，因为了解而分开"的悲剧。再回来看《上邪》诗的女主人公，她以"君"这个称呼显示出一种尊重、诚敬的心态，又说"我欲与君相知"，要和对方相知相惜，可见她的爱确实包含尊重与了解，是真正的爱，原因就在于此。

也因为"相知"，所以就能"相守"，这份爱细水长流，便可以像《诗经·击鼓》所说的"死生契阔，与子成说。执子之手，与子偕老"，两人一起白头偕老。所谓的山盟海誓，最多不就是一生吗？于是这首诗下面接着说"长命无绝衰"，终其一生没有断绝或衰退，那就是用一辈子许诺的爱情，而爱一辈子需要多大的意志力，才能不离不弃、不见异思迁？所以说，能够做到"长命无绝衰"就已经算得上伟大的爱情了。

但这位少女竟然还不满足于此，她甚至把这份爱情的长度推到了极端，超越了个人的生死，直到世界末日。接下来的"山无陵，江水为竭，冬雷震震，夏雨雪"，这四句讲的都是末日景观，因为对古人来说，山水都是永恒不变的大自然，是不可能毁灭的；可山却夷平了，江水也枯竭了，冬天出现了怒吼般的雷霆震震，而炎热的夏天竟然下起了白雪，大地荒芜破碎，四季紊乱颠倒，这就是古人所想象出来的世界末日，也就是下面所说的"天地合"——天地再度合而为一，这时候万物失去了存在的空间，又回到天地开辟之前的混沌状态，一切化为乌有。

这位少女说，她要爱到了"天地合"的时候"乃敢与君绝"，才敢与君分手断绝情缘，那么，这份爱的长度又能如何丈量？简直是无穷无尽！所以归根结底，这种说法其实是一种反衬，既然山水是永恒不变的大自然，所谓"青山依旧在，几度夕阳红"，世界末日不可能到来，所以这首诗真正的意义，就是指她的爱情要天长地久，直到永远！

这样的期望，早就超越了生死，超越了有限的生命，就现实而言，除非两个人一起成仙，否则又如何能实现呢？但这样痴傻，不就更显示出这份爱情的执着吗？唐宋的词里也有类似的呼应，五代词家冯延巳有一阕《长命女》：

> 春日宴，绿酒一杯歌一遍。再拜陈三愿：一愿郎君千岁，二愿妾身常健，三愿如同梁上燕，岁岁常相见。

在一个春日的酒宴上，这位女子当着情郎的面诉说衷情，每献上一杯酒就展开歌喉，唱一首歌曲，一一提出了心愿。而"郎君千岁""妾身常健""岁岁常相见"这三个愿望，真是面面俱到，当这三个心愿都能实现的时候，那不就等于确保了幸福的朝朝暮暮、天长地久！

当然，仔细分辨一下，就会发现：即使这两篇作品都是以女性的立场和口吻写对恋人的执着，也都是表达长相厮守的愿望，冯延巳的这一阕词和《上邪》还是有很大的不同。《长命女》这篇作品带有"词"这个文类的特征，也就是柔媚的女性气息，而且它所表达的愿望带着一种乞求的卑微感，以及没有把握的不确定性。但比较起来，《上邪》诗就刚烈豪壮得多，全篇表现出一种指挥天地的强大意志，要山川四季都得支持她的爱情，直到世界末日、宇宙消失的时候，才不得不放手。这种气魄简直就要摧毁宇宙，比诸帝王霸主都毫不逊色，甚至可以说，那已经达到天神般、造物主似的魄力了！

再进一步仔细观察，可以看出《上邪》没有任何华丽炫目的辞藻，也没有一丝一毫的文学技巧，完全拿掉了外在的雕琢妆饰，唯一剩下的就只有爱的本身，这么一来，在没有掩护或调味的情况下，这份爱是否有力量，完全得看它自己。也正因为如此，这个少女的爱情不容一丁点儿的虚伪或杂质，所以这首诗才会那么直接，又那么真诚，这就是它能如此感人的原因。

从《上邪》到《远别离》，从人民歌到文人诗

《上邪》的力量也深深打动了诗仙李白，被他汲取到自己的创作里，写出了《远别离》这样波澜壮阔的诗篇。诗中歌咏道：

> 远别离，古有皇英之二女，乃在洞庭之南，潇湘之浦。海水直下万里深，谁人不言此离苦。……帝子泣兮绿云间，随风波兮去无还。恸哭兮远望，见苍梧之深山。苍梧山崩湘水绝，竹上之泪乃可灭！

这里，李白同时结合了政治和爱情两个范畴来发挥，也通过这首诗巧妙寄托了他自己对玄宗的忠诚和爱戴，可又写得那么动人！我们可以看到，李白取材于远古的圣王舜和其二妃娥皇、女英的悲剧故事，表达他对天宝时期朝廷政治状况的忧心。但为什么可以有这样的联结呢？一般的说法都是尧舜禅让，树立了传贤不传子的政治典范，被儒家的知识分子津津乐道，"悲剧"又是从何说起？但是，李白却注意到很偏僻、也很少有人注意的历史记载，传说尧、舜的禅让其实都是权力斗争失败，只是后来被美化而已。因此李白戳破这些完美的政治神话，认为事实的真相是"尧幽囚，舜野死"，尧最后是被囚禁，而舜是被流放到湖南省南部的苍梧，终于魂断异乡，死在荒郊野外的九嶷山，落了个尸骨无存。这真是出乎我们意料之外的历史

版本！

就在残酷的权力斗争中，却激发出壮丽缠绵的爱情，南朝任昉《述异记》一书记述道：

> 昔舜南巡而葬于苍梧之野。尧之二女娥皇、女英追之不及，相与恸哭，泪下沾竹，竹文上为之斑斑然。

据说舜的两个妃子娥皇、女英太晚得到消息，闻讯后苦苦追赶不及，到了苍梧之后找不到舜的踪迹，连为他安葬的机会都没有。面对这样只剩下遗憾的生死永隔，于是娥皇、女英绝望地在湘水边相与恸哭，眼泪溅洒在江边的竹子上，竹皮染上了斑斑点点的泪痕，就变成了斑竹，而两人随后跳入湘江殉情，化身为湘水女神。后来所谓的"潇湘妃子"，包括后来成为《红楼梦》中林黛玉的别号，就是出自这个典故。

那么，李白又是如何吸收《上邪》的内涵呢？主要就在最后的那两句里。李白收尾的时候说："恸哭兮远望，见苍梧之深山。苍梧山崩湘水绝，竹上之泪乃可灭。"彼此参照一下，就可以发现，"苍梧山崩湘水绝，竹上之泪乃可灭"就等于《上邪》的"山无陵，江水为竭……乃敢与君绝"，而李白吸收了《上邪》的精华，把其中的山陵、江水具体化，指向湘水边的苍梧山、湘水，显然是青出于蓝了，因为这个地方的风光景致空灵优美，把爱情点染得更加细致浪漫；而《上邪》的"乃敢与君绝"到了李白笔下，就变成了"竹上之泪乃可灭"，斑竹一代又一代地见证了娥皇、女英的苦恋，等到斑竹跟着世界末日一起灭绝了，竹子上的泪痕才会消失，如此一来，娥皇、女英对舜的爱也就同样的天长地久了。

由此可见，李白保留了《上邪》诗的那股力量，却又让这股力量加上了优美，从而青出于蓝。我们再仔细分辨一下可以注意到：从《上邪》到《远别离》，其中的情感表现也有了变化，刚强化为温柔，质朴变得优美，率直转向缠绵；情感的本质是一样的，但在表现上更具有艺术性，显示出从民歌到文人诗的进展。这一条诗歌意象的推演脉络，可以说是李白这个天才对《上邪》的感恩与致敬。

这一节，我们讲了汉朝民歌《上邪》诗，它表达了一位少女的山盟海誓，在刚强里包蕴着无限深情，连大诗人李白都深受感动，化用到自己的诗篇里，也确实发挥了极其感人的魅力。通过这样的解读，你是否对汉代诗歌有了新的了解呢？

第四节 《有所思》：决绝的告别

在上一节里，我们看到了汉代女性追求爱情的意志是如此的刚强，一点儿也不是菟丝女萝之类的柔弱，《上邪》诗的女主人公甚至要坚持到山崩水绝的世界末日！这样性格的女性，如果爱而不得，中间发生了落空的情况，她又会有怎样的反应呢？这个问题也可以从民歌中找到解答。这一节，我们就来讲《有所思》这首诗，谈谈一个少女决绝的告别，以及面对难关的勇敢。

从整个历史文化来看，汉朝的女性是比较强悍的。虽然当时知识阶层的文人已经发展出阴阳的观念，使得女性低于男性的社会地位被理论化了，刚柔之类的性别气质也被明确标准化，但是民间则比较没有受到这样的影响，不少乐府诗就说明了这一点。其中，表现最激烈的弃妇，是《有所思》里的这一位女主人公：

> 有所思，乃在大海南。何用问遗君？双珠玳瑁簪，用玉绍缭之。闻君有他心，拉杂摧烧之。摧烧之，当风扬其灰。从今以往，勿复相思，相思与君绝！鸡鸣狗吠，兄嫂当知之。妃呼狶！秋风肃肃晨风飔，东方须臾高知之。

一开始，这位女主人公还在甜蜜的相思里，"有所思，乃在大海南"，是说她所思念的人，身在大海的南边，一个遥远的地方。可见这是一种长距离的恋爱，彼此的联系只剩下内心的真情，以及可以传送的书信和礼物了。于是这位女子百般设想，问自己"何用问遗君"，要用什么礼物赠送给情人呢？答案是"双珠玳瑁簪，用玉绍缭之"，那是一支玳瑁壳所制作的美丽发簪，不但镶上了两颗珍珠，还要用美玉缭绕包覆，一层一层精美绝伦，算得上是价值连城的宝物，可见这位女子是如何费心地准备礼物，这支发簪代表了用心至深，也等比例地具体表达爱情的分量。

女方愿意将珍贵的信物慷慨相赠，可见是多么情深意浓，两个人之间应该有过一段相当甜蜜的恋爱期。只可惜，男方终于还是喜新厌旧、见异思迁了，正当少女小心翼翼、准备把礼物寄出去的时候，噩耗传来，"闻君有他心"，她这么珍惜的情人竟然移情别恋了！既然爱得铭心刻骨，也就会痛得刻骨铭心，被抛弃的痛苦往往让人灰心丧志，许许多多失恋的悲歌写尽了这一类的心声，在这种强大的打击之下，有的人自我放逐，借酒浇愁，有的人以泪洗面，行尸走肉，陷入无法自拔的颓废里。

但是，这位女子却非常与众不同，当她遭受晴天霹雳的时候，却不是这样坐以待毙的类型，最不一样的地方是她并没有忍气吞声，默默承受悲哀，而是以一种决绝的姿态表达抗议。她"拉杂摧烧之。摧烧之，当风扬其灰"，把原本打算送给情人的"双珠玳瑁簪"胡乱地抓过来凑在一起，然后用力砸碎、放火烧掉，一点也不保留，即使都烧成了灰烬，还要把余灰扫到空中，让风吹散，"落了片白茫茫大地真干净"，不留一点蛛丝马迹！

你看，这位女子遇到失恋时的反应，是多么的刚烈啊，她这么彻底地摧毁爱情的证物，就是因为无比强烈的情感，因此也引起同等强烈的愤怒，所谓"望之深，怨之切"（陈祚明《采菽堂古诗选》评语），在愤怒之下不惜做出激烈的破坏行动。"拉杂摧烧之。摧烧之，当风扬其灰"就是一种悲愤的抗议，一点也没有温柔敦厚的作风，"拉、摧、烧、扬"这一连串动作一气呵成，毫不犹豫、斩钉截铁，快刀斩乱麻，慧剑斩情丝，颇有女侠的气势！只不过这个女侠要对付的不是一般的坏人，而是对情感不忠实的负心人。

看到这里，先让我们停下来想一想：这位女子遇到失恋时，情绪多么激动啊！而冲动之下非常容易手段过激，愤怒尤其容易驱使人失去理性，做出伤害别人、也伤害自己的憾事，玉石俱焚的后果是最可惜的。

对于这个少女的不幸遭遇和刚烈表现，我们很容易会联想到明朝时期非常有名的一篇小说：《杜十娘怒沉百宝箱》。这篇短篇拟话本小说，收录在冯梦龙小说集《警世通言》卷三十二里，讲述了京城名妓杜十娘与捐粟入监的太学生李甲之间的恋爱故事。话说明末万历年间，李甲在京坐监，与同乡柳遇春同游教坊司院，与一个名妓相遇，院中都称其为杜十娘，芳龄十九岁。两人一见钟情，过着双宿双飞的生活。经过了两年，杜十娘也终于赎身同住，原本以为从此可以共结连理，过上美满的婚姻生活，孰知发生了一件意外的事件，考验出李甲的薄幸负心，于是整个故事转向了悲剧。

这个意外事件发生在两人搭上船，准备要回京师去过夫妻生活的时候。邻舟有一个少年，叫作孙富，一眼看上了杜十娘，竟然想要据为己有，于是设计一条计谋，邀请李甲过来一起饮酒作乐，言谈中慢慢套出他的话来，因此知道了这一对情人的来龙去脉，也知道李甲已经有了抛弃杜十娘的心，然后提出一个建议，愿意用白银一千两来交换美人！没想到李甲竟然同意了，这让杜十娘伤透了心，于是假装同意这桩交易，当确定收到了一千两以后，杜十娘就在船头拿出自己的描金宝箱，开了锁，一层一层地抽出里面的抽屉小箱，没想到里面全是各式各样价值连城的宝物，但出乎大家意料的是，杜十娘却全部都一一投进水中，让围观的众人惊呼不已。最后杜十娘把这两个恶男大骂一番，接着竟然抱持宝匣纵身向江心一跳，就这样瞬间被波涛吞没，消失得无影无踪。四周的许多人吓得发出惊呼，急忙想要去救人，但波涛滚滚，哪里还有一点芳踪？一代名妓就这样葬身于江底，留下了大大的惊叹号，她的多情与悲愤从此永远冲击着世人的心。

这就是《杜十娘怒沉百宝箱》的故事。你是否觉得杜十娘的愤慨很类似于《有所思》的少女呢？两个人都是这样决绝，毅然决然地毁弃一切爱情信物，不打折扣、不留余地。但双方还是有不同的地方，相比之下，杜十娘要更加激烈而极端，她不仅摧毁那些珍贵的爱情信物，而且玉石俱焚，连自己的命都不要了，完全不留一点后路，可见她的灰心绝望到了多么彻底的程度。可以说，杜十娘是这位汉代少女的极端进阶版。

幸好《有所思》的女主人公愤怒而不疯狂，激动而不极端，并没有陷入绝望，也没有对任何人造成伤害，她那"拉杂摧烧"的破坏行动虽然非常激烈，但其实并不是出于纯粹泄愤的破坏性欲望，目的也不是要毁灭一切，而是痛下决心，彻底挥别孽缘的意志。

这个道理就在于：既然情感消失了，哪里还需要什么纪念？当时的甜言蜜语简直就是残酷的讽刺，每一个信物都再次提醒这个可恨的背叛，就像丑陋的疮疤一样，只要一打开抽屉，看了就让人痛苦，于是索性摧毁它，驱除这个变质爱情的阴魂不散，莫要留下那些往日的遗骸，对未来的人生继续纠缠不清。

也许会有人说，这么昂贵的珍品被砸碎烧毁了，多么可惜，就算要彻底断绝关系，把它变卖了也是一样呀！但这么做的话，意义就大不相同了。毕竟这些礼物都是情感的体现，不是用来牟利的商品，拿去变卖或许很务实，但也会让自己的情感变质。也就是说，过去所付出的真情原本是无价的、纯净的，虽然已经过去了，但那段人生、那个灵魂都仍然是无瑕的；一旦用来换取金钱，那份爱情也变成了筹码，染上了铜臭。如此一来，这位少女不但失去了幸福的未来，也失去了幸福的过去，那她就不但被情人背叛，也被自己给背叛了，岂非真正的一无所有？因此，一个洁净的心灵是不会这样做的。

换句话说，这个少女要挣回的，是自己心灵的自由，因此选择"拉杂摧烧之。摧烧之，当风扬其灰"，表示一种彻底的断绝，而这样做的同时，也是一种彻底的重生！所以下面才会接着说"从今以往，勿复相思，相思与君绝"，从此以后不想再被变质的爱情所困。提得起、放得下，真是痛快利落！

讲到这里，我们可以松一口气，因为看到这个女子能够承受磨难，而且还有力气去愤怒，并没有被打倒，有一句话说："生气总比悲伤好"，就是这个道理。再则是她有很大的决断力，能够毅然决然地放手，不会拖泥带水、不可自拔，可以说是一个爽快利落、很有自尊心的人呢。这样的性格，比较容易开创光明的人生，不会一蹶不振。

但是，爱情从来就不只是两个人之间的事而已，它一定还会牵涉家族和社会。当这位少女大刀阔斧地放下这段变质的爱情后，接着就意识到这场恋爱所留下的现实问题，原来，这个少女并没有守住"发乎情，止乎礼"的伦理界线，以致形成了始乱终弃的局面。

关于私情，下面说"鸡鸣狗吠，兄嫂当知之"，是回想以前私下约会的时候，曾经惊动了鸡鸣狗吠，同住的兄嫂应该察觉了两人的私情幽会。而今若断绝关系，势必身败名裂，对兄嫂又该如何交代？

《孟子·滕文公下》早就指出："不待父母之命、媒妁之言，钻隙穴相窥，逾墙相从，则父母国人皆贱之。"这就是女性在追求爱情的时候，会面临的严重问题，因此应该以理性思考，避免冲动。关于这一点，前面讲过的《诗经·郑风·将仲子》这一篇就很值得参考。

《将仲子》以一个女子的口吻，拒绝了男方的要求，示范了正确的做法，她并没有被激情冲昏头，也没有被爱情绑架，做出会伤害自己的行为，而是一再恳求男朋友不要过分，要适可而止。

然而，《有所思》的女主人公却没有这样做，这个女子的爱情是直率而大胆的，以致出现了越界。既然已经有了这样的前提，恐怕免不了"父母国人皆贱之"的困境，唯一的依靠就是那位情人了，最后却不能修成正果，以后还有容身之处吗？未来又怎样可以找到愿意接受她的良人呢？如果一直嫁不出去，当父母年老撒手西归以后，她就会成为兄嫂的负担，那日子恐怕就很不好过了。这便是诗中会提到"兄嫂当知之"的主要原因。

想到这个程度，这位少女就不只是失恋被抛弃的痛苦了，未来更长远的日子，又再加上身败名裂的耻辱和忧虑，于是禁不住心烦意乱，发出"妃呼狶"这长长的叹息。至于这三个字的读音，闻一多《乐府诗笺》认为："妃读为悲，呼狶读为歔欷。"那就要念作"悲歔欷"。而清人陈本礼《汉诗统笺》则指出："妃呼狶，人皆作声词读，细观上下语气，有此一转，便通身灵豁，岂可漫然作声词读耶？"意思是这三个字不只是感叹词而已，通过这个语气，让整首诗有了转折，从愤怒不甘到恐惧烦恼，从感性到理性，显示了当事人的心思重重。

就在心乱如麻的状况下，她感应到"秋风肃肃晨风飔"，秋风冷冽地吹袭，清晨的风带来一阵凉意，这才发现自己彻夜难眠，竟然不觉时间流逝，即将天亮。但非常可喜的是，这个女子即使备受煎熬，却没有怨天尤人，反倒一直保有她那一份坚强的勇气，告诉自己"东方须臾高知之"。"东方"，是太阳出来的地方；"须臾"，表示时间很短；"高"的发音和意义都等同于"皓"，指东方发白的天色。这一句意思是：只要一会儿东方日出，天亮了以后，我就会知道该怎么做。

诗歌讲到这里，就结束了，我们不知道这个女子后来会怎么做，以及为什么她一到天亮就会知道该怎么做。试想，从这时候到天亮之间，只有短短的几个时辰，问题又这么棘手，不是轻易可以解决的，那这样的说法，是因为她对自己很有自信，还是无可奈何的自我安慰呢？

但无论是哪一种，这种心态都表现出一种勇于面对事实的勇气，以及一种解决困境的意志，都是非常正面的态度。这让我想到美国小说《飘》(Gone with the Wind)，这本书又叫作《乱世佳人》，故事里的女主角斯佳丽，每当遇到无比艰难、无法承受的困境时，都会说一句经典台词："我现在不要想这件事，再想就要疯了，我明天再想吧。无论如何，明天又是新的一天！"乍看之下，似乎这是一个脆弱的表现，但其实这不是逃避，而是让自己恢复力气的好方法，暂时放下太过沉重的烦恼，给自己一点重整的空间，就可以恢复冷静而不至于失控，也就能把事情想得更清楚，找到更好的解决方法，所以是一种很坚强、也很有智慧的作风。

而且，当一个人觉得还有明天的时候，就表示他会认真过下去，不会绝望地自暴自弃，那就会产生希望，也就会有了勇气，力量就会跟着诞生了。所以说，只要还有明天，就会有希望！那么，这位相信"东方须臾高知之"的失恋少女，就像《乱世佳人》里的斯佳丽一样，永远不会被打倒！

最后必须说，这首诗背后的故事，又是老套的始乱终弃，遇人不淑，忍受被背叛、被抛弃的痛苦，自古以来，不知有多少这样的悲剧发生在女性身上，留下许多爱恨交织的记录。幸好这首《有所思》的女主角性格刚强，有面对现实的勇气，有解脱出来的意志力，也有处理问题的能力，所以我们应该可以期望，她的未来即使无法顺遂幸福，至少也不会淹没在悲苦的眼泪里，而是可以坚毅地奋斗下去，尽量做出最好的选择。我们可以从她身上学习到的，正是这一点。

我们看了汉代乐府《有所思》这首诗，讲的虽然是一个痴心女子负心汉的故事，但女方虽然犯了错，却勇于面对，遭遇到始乱终弃的厄运，也没有怨天尤人，而表现出刚强、坚毅的心态，令人耳目一新。

下一节我们还要继续谈汉代乐府诗中的女性，看看她们怎样努力追求婚姻的幸福。

第五节 《羽林郎》: 婚姻的坚贞

上一节我们看了汉乐府《有所思》这首诗，虽然又是一个始乱终弃的老套故事，但其中的女主人公却很给我们耳目一新的感觉，有一点《乱世佳人》里面斯佳丽的影子，这是中华文化里面比较少见的女性类型。

而其实，她的刚烈、勇敢，反映了汉代民歌中女性的普遍特质，在乐府诗里，还很常见一种女子抗拒权贵之诱惑的诗篇，在这篇辛延年的《羽林郎》中，就可以看到另一位坚贞的女性，是如何地抗拒豪强的诱惑和调戏。

《羽林郎》:"男儿爱后妇，女子重前夫"

这首诗篇的诗题"羽林郎"，是汉代皇家的禁卫军军官，而在这里是套用乐府旧题，内容讲的却是另一个故事:

> 昔有霍家奴，姓冯名子都。依倚将军势，调笑酒家胡。
> 胡姬年十五，春日独当垆。长裾连理带，广袖合欢襦。
> 头上蓝田玉，耳后大秦珠。两鬟何窈窕，一世良所无。
> 一鬟五百万，两鬟千万余。不意金吾子，娉婷过我庐。
> 银鞍何煜熠，翠盖空踟蹰。就我求清酒，丝绳提玉壶。

就我求珍肴，金盘脍鲤鱼。贻我青铜镜，结我红罗裾。

不惜红罗裂，何论轻贱躯！男儿爱后妇，女子重前夫。

人生有新故，贵贱不相踰。多谢金吾子，私爱徒区区。

　　诗中一开始就以存心不良、行为不轨的男方出场，写"昔有霍家奴，姓冯名子都。依倚将军势，调笑酒家胡"，过去有一个霍光家里的奴才，名字叫作冯子都，倚仗着霍光身为大将军的权势，调戏一位酒家的胡姬。那霍光的权势有多大呢？霍光，是鼎鼎大名的骠骑将军霍去病的弟弟，自己也深受汉武帝的信任，武帝晚年还任命霍光为顾命大臣，连同车千秋、金日磾、上官桀、桑弘羊共同辅政，其中尤以霍光为核心。在汉武帝过世之后，他先发动政变，废黜昌邑王刘贺，尽诛旧臣二百余人，后来立了昭帝，便担任大司马大将军，威震海内，权倾一世。冯子都是霍光家的"奴监"，也就是家奴们的头子，这在古代的豪门贵族里，既可以亲近主人，又掌管所有的下人，确实是很有权势的，也往往对外狐假虎威，算是半个权贵。

　　辛延年这一篇《羽林郎》中的霍家奴，就是这样一个一人得道、鸡犬升天、仗势欺人的奴才，借势借端、横行霸道，出入酒家花天酒地，甚至调戏卖酒的胡姬。这位从西域来到长安的胡姬，年轻貌美，"胡姬年十五，春日独当垆"，一个人在春天的时候当垆卖酒，这就给了流氓一个机会。不过，在写霍家奴的调戏行为之前，诗人先大篇幅地描写胡姬的装扮，无比华丽，是"长裾连理带，广袖合欢襦。头上蓝田玉，耳后大秦珠。两鬟何窈窕，一世良所无。一鬟五百万，两鬟千万余"，这八句说她长长的前襟用衣带从两边连接系紧，外面罩上衣袖宽大、绣着合欢图的短袄，而她的头上戴着蓝田美玉所制作的首饰，耳朵后面摇晃的，是西域大秦国所产的宝珠。至于"两鬟何窈窕，一世良所无"是赞美她那高高挽起的两个发髻何等的美丽，整个世间实在都再也找不到呢，如果用金钱数字来衡量的话，这一个发髻的价值就有五百万，两个发髻就高达千万多，简直是举世无双！

看到这里，读者很可能会疑惑了，一个要抛头露面去当垆卖酒的女性，通常是社会底层出身低下的女子，何况她又是一个西域的胡人，在以华夏为尊的传统中国里，异族大多是边缘人，那么她怎么可能有这样公主般的打扮呢？这当然是一种夸张的写法，为的是增加艺术效果，而这种艺术效果是双重的：从外表来说，胡姬是非常美丽的，因此极力渲染她的外观之美；同时诗人又要以外在的华丽来展现内在道德之美，也就是象征胡姬内在坚贞的品德，这些衣饰珠宝就是要用来暗示她内在品行的珍贵。这种写法，其实是很接近屈原"香草美人"的比喻手法。

所以说，在汉乐府民歌里，写女性的服饰装扮就是在象征她的品德身份，服饰装扮越是华丽耀眼，她的品行德操就越是崇高贞节，因此，"一鬟五百万，两鬟千万余"这样俗气又夸张的说辞，目的其实是要烘托胡姬的人品无比美好，正是《孟子·滕文公下》所说的"富贵不能淫，贫贱不能移，威武不能屈"，从这个角度来看，她的人格价值无法估量。这么一来，诗人接下去写她抗拒霍家奴的行为，不怕恶势力，不为荣华富贵所动，就非常合理了。

在这样华丽的外在描写之后，诗人响应了故事一开始的源起，把霍家奴"依倚将军势，调笑酒家胡"的情况加以具体叙述，诗中接着说："不意金吾子，娉婷过我庐。""不意"是没想到的意思，而"金吾子"本来叫作"执金吾"，是西汉末年时率禁兵保卫京城和宫城的官员，有人说是统领羽林军的高级军官，这个官职令人艳羡，算是事业成功的代表，连东汉的光武帝在当上皇帝之前，最大的心愿就是"仕宦当作执金吾，娶妻当得阴丽华"，可见其地位尊贵。在这首诗里，"金吾子"是用来对霍家奴的美称，这是一种礼貌的行为，显示了胡姬的良好教养，也其实明褒暗贬，带有一点讽刺的意味。而这位耀武扬威的霍家奴意外地"娉婷过我庐"，轻巧从容地到我家来拜访，很有一种探囊取物、驾轻就熟的姿态，他驾着车马，"银鞍何煜爚，翠盖空踟蹰"，银色的马鞍熠耀发光，装饰着翠鸟羽毛的车盖停在酒店前面，马匹踏着脚步来来回回地等待主人，那真是派头十足！

车马的主人到哪里去了呢？这个霍家奴直接走进酒店，与胡姬纠缠不休，接下来的六句诗："就我求清酒，丝绳提玉壶。就我求珍肴，金盘鲙鲤鱼。贻我青铜镜，结我红罗裾"，详细地描写了霍家奴是如何纠缠胡姬的。这六句里霍家奴一连四个动作，包括两次的"就我"，"就"字指贴近身来的亲昵动作，再加上"贻我""结我"的逼近，表达出行为的轻佻狎近。

首先是"就我求清酒，丝绳提玉壶"，霍家奴贴近身来要胡姬给他一瓶清酒，这时胡姬遵守待客之道，以服务的精神用丝绳提来一瓶玉壶，为他斟酒。可霍家奴是醉翁之意不在酒，接着又"就我求珍肴，金盘鲙鲤鱼"，他贴近身来向胡姬要一盘佳肴美食，胡姬便用金盘装上细切的鲤鱼肉片来给他。这时，霍家奴似乎以为这个胡姬很好摆布，于是竟然得寸进尺地动起手来，"贻我青铜镜，结我红罗裾"，他送给胡姬一面珍贵的青铜镜，而且要直接系在胡姬的红罗裾上，等于要碰触胡姬的身体，这简直是逾越分际的非礼行为了！

于是胡姬决定不再客气隐忍，开始奋力反击了，她"不惜红罗裂，何论轻贱躯"，不惜撕裂珍贵的红罗裾，也要驱离那面不怀好意的青铜镜，不让它沾到自己的身躯。这种激烈反抗的行为正是一种爱惜自我的表现，所谓"何论轻贱躯"，意思是说："怎么可以说轻贱自己的身躯呢！"因此不愿意被邪念所污染。这一句也有另一种不同的解释，把"何论轻贱躯"理解成"何必提到这副轻贱的身躯呢"。因为这样的反抗行为很可能会激怒豪强，惹来杀身之祸，但胡姬却不惜一死。这两种解释看起来似乎矛盾，但其实是相通的，无论是哪一种，都表达出胡姬对自己的珍惜，坚持不愿意被污染，所以奋力保护自己的贞节。

就在撕裂红罗裾的激烈反抗之后，胡姬接着义正词严地说话了，她大义凛然地教训冯子都，说："男儿爱后妇，女子重前夫。"你们男人总是喜新厌旧，更爱后来再娶的年轻妻子；而我们女子却是看重前夫，忠于旧情。这个说法虽然有点极端，却也相当程度地反映了男女不平等之下的差别心态，捕捉到不同的性别特质。确实，在汉代的俗谚里，还有"兄弟如手足，妻子如衣服"这样的说法呢，衣服通常有很多件以便替换，而且越新越好，可见夫妻的地位是很不平等的。当时既然有"妻子如衣服"的比喻，难怪胡姬会用"男儿爱后妇"来指控霍家奴了。

相对地，被要求从一而终的女性通常也比较重视专一的爱情，一旦与前夫同甘共苦、累积了深厚的情感，就不容易见异思迁了。于是接着胡姬又说："人生有新故，贵贱不相踰。"意思是人生总有新有旧、变化无常，但这并不重要，因为新的也会变成旧的，所以关键在于安分守己，无论身份贵贱都不应该逾越情理。换句话说，胡姬清楚意识到自己的婚姻也可能会遇到"男儿爱后妇"的情况，但她依然要做"女子重前夫"的女子，坚持从一而终，与同样身份低贱的丈夫相守一生，不因为有攀附权贵的机会就放弃原则。胡姬这样说，并不是对阶级伦理的盲从，其实是要用阶级伦理来守住道德的界限，不要逾越分际，这就可以让她的抗拒更名正言顺，更强而有力，可以说是非常聪明、很有智慧的做法。

最后，胡姬表明"多谢金吾子，私爱徒区区"。"多谢"的"谢"字，其实不是今天所以为的"感谢"的"谢"，在古文里有一些不同的解释，用在这里都可以讲得通。

第一个解释是"谢绝""闭门谢客"的谢，表示推辞的意思。这么一来，"多谢金吾子"就是对霍家奴的大力拒绝，这是延续了前面胡姬的刚烈作风。

第二，在这里也可以把"谢"字解释为"告诉"，带有非常郑重的语气和态度。那么"多谢金吾子"就是对霍家奴的郑重说明，也是前面义正词严的余波，但是稍微温和一点。

第三种解释比较特别，也更深刻，如果把这个"谢"字看作"谢罪"的意思,向人道歉认错,这也未尝不可,而且可能更加意味深长。因为"谢罪"原来就是"谢"这个字的本义,何况胡姬在发飙之后再向对方道歉,更能表现出她的教养。也就是说,这最后的致歉让胡姬的态度有了不同的变化,不会流于得理不饶人的刚强泼辣,而是可以自我控制,呈现出一种温文尔雅的形象,这也很符合最初胡姬的性格表现。让我们回想一下:她一开始就是能够适度地隐忍,很客气有礼地招待这个存心不良的霍家奴,并没有泼辣莽撞。所以说,能屈能伸,拥有良好的教养,也敢于抗拒的刚烈,这才是胡姬的完整形象。

那么,胡姬要拒绝、要致歉的"私爱徒区区"又是什么意思呢?"私爱"是指霍家奴的私心或单相思,"徒"是白费的意思,"区区"根据《广雅》的训诂,就是爱的意思,那么"私爱徒区区"便意谓着对方是白费心思。则最后的"多谢金吾子,私爱徒区区"这两句诗,便是说胡姬谢绝推辞了霍家奴的私心之爱,斥责他的私心是白费无用的,整首诗、整个胡姬的形象就结束在刚强激昂的情境里;而如果用谢罪的意思来看的话,那就是胡姬对霍家奴表示深深的歉意,白费了他这般的殷勤厚爱。后面的这一种解释明显温柔敦厚得多,是一种更成熟的待人处事的方式,其实更值得赞许,而且整首诗从柔到刚,最后再从刚到柔,也就是先礼、后兵、再回到礼,层次的变化更丰富,也让胡姬的性格更立体,更有魅力。

《陌上桑》:"使君自有妇,罗敷自有夫"

其实,在汉代的乐府诗里,这种女子抗拒权贵之诱惑的作品是常见的，另一篇《陌上桑》就是更知名的作品。就诗题来说，《陌上桑》又名《艳歌罗敷行》，罗敷是女主角的名字，但"罗敷"并不是这个女主角的专名，而是汉代美女常见的"共名"。这位采桑女非常美丽，所以就叫罗敷，她在城南采桑的时候也遇到了权贵的诱惑，同样也表示了拒绝诱惑的忠贞，可见整首诗在结构上、技巧上都和《羽林郎》非常接近。《陌上桑》说：

> 日出东南隅，照我秦氏楼。秦氏有好女，自名为罗敷。罗敷喜蚕桑，采桑城南隅。青丝为笼系，桂枝为笼钩。头上倭堕髻，耳中明月珠。缃绮为下裙，紫绮为上襦。行者见罗敷，下担捋髭须。少年见罗敷，脱帽着帩头。耕者忘其犁，锄者忘其锄。来归相怨怒，但坐观罗敷。
>
> 使君从南来，五马立踟蹰。使君遣吏往，问是谁家姝？"秦氏有好女，自名为罗敷。""罗敷年几何？""二十尚不足，十五颇有余。"使君谢罗敷："宁可共载不？"罗敷前致辞："使君一何愚！使君自有妇，罗敷自有夫。"
>
> "东方千余骑，夫婿居上头。何用识夫婿？白马从骊驹。青丝系马尾，黄金络马头；腰中鹿卢剑，可值千万余。十五府小吏，二十朝大夫，三十侍中郎，四十专城居。为人洁白皙，鬑鬑颇有须。盈盈公府步，冉冉府中趋。坐中数千人，皆言夫婿殊。"

我们可以发现，罗敷在城南采桑的时候，也是衣着十分华丽，"青丝为笼系，桂枝为笼钩。头上倭堕髻，耳中明月珠。缃绮为下裙，紫绮为上襦"，这当然不是写实的，有谁会在采桑的时候做这样的打扮呢？因此，这就像《羽林郎》一样，写女性的服饰装扮就是在象征她的品德身份，服饰装扮越是华丽耀眼，她的品行德操就越是崇高贞节，这也为后续的发展做了良好的铺垫。

值得注意的是，罗敷的美，竟然让人一见就浑然忘我，"耕者忘其犁，锄者忘其锄。来归相怒怨，但坐观罗敷"，难怪"使君从南来，五马立踟蹰"，本来飞奔的马匹都被紧急勒住，因为策马的使君被罗敷给深深吸引住了呀。这"五马立踟蹰"的场景，不就是《羽林郎》里的"银鞍何煜爚，翠盖空踟蹰"吗？于是使君立刻派人去查询这个美人是谁，也获悉罗敷才十七八岁，使君竟然邀请罗敷一起搭乘马车。

这可是一个越轨的举动，只要罗敷有一点动心，登上马车和使君招摇过市，那就等于宣告自己的琵琶别抱，也就失去了一个女性的品德。于是罗敷向前对他说话了："使君一何愚！使君自有妇，罗敷自有夫。"她说：使君啊，你是多么愚蠢呀，你已经是有妇之夫，而我罗敷也是有夫之妇，本来应该是井水不犯河水，才是正道，不应该有这样逾矩的邀请。单单是拒绝还不够，接着罗敷就开始张扬起自己的丈夫来了，说他是多么的年轻有为、俊美显赫，简直就是睥睨天下男性。这么说来，罗敷完全以自己的丈夫为荣，这份骄傲也就强化了对丈夫的忠诚，等于是说有了这样的丈夫，十分心满意足，哪里还会看得上其他的男性呢？这可以说是给使君的一个大软钉子了。

讲到这里，我们都非常感动于胡姬和罗敷这两个少妇对丈夫的深情，也非常赞赏她们对婚姻的坚贞，这两首诗可以说是对女性之美的颂歌。但或许我们还可以多想一点，那就是：《羽林郎》中的胡姬，以及《陌上桑》里的罗敷，之所以会遇到这样的危险，就是因为当垆卖酒、户外采桑，因此抛头露面的关系。当年轻女性暴露在开放空间里，必然会增加了被其他男性觊觎的风险，受到男性猎艳目光的注意与挑逗，这就容易与伦理道德发生冲突，而这时，当事的女子便面临了严峻的道德测试，只要心里有一点动摇，甚至见异思迁、琵琶别抱，那就会成为一个身败名裂的浪女了。

但是，为什么这些道德测试都只出现在女性身上呢？男性怎么就可以为所欲为呢？何况，胡姬、罗敷这些年轻女性之所以要抛头露面，都是为了贴补家用，胡姬会当垆卖酒，罗敷去采桑养蚕，都属于社会、家庭派给她的经济活动，却又让她因此暴露在闺阁之外，遭受猎艳者对她的考验，必须靠自己的力量和智慧去面对。这种为难的处境，其实又显示了性别上的不公平。

但是，不公平归不公平，重点还是在人品。因此最可贵的是，《羽林郎》的胡姬声称"男儿爱后妇，女子重前夫"，而《陌上桑》的罗敷也表示说"使君一何愚？使君自有妇，罗敷自有夫"，她们都明确拒绝了权贵的挑逗，表现出头脑清醒、意志坚定、品格高洁的特质，也都通过了高标准的道德测试，树立了忠贞的道德形象，因此留下美丽的身影。这就是汉代乐府诗对女性的致敬与赞美！

辛延年《羽林郎》这首诗就讲到这里，我们总结一下这一章的重点。首先，汉代民歌中的女性普遍拥有勇敢、甚至刚烈的特质，而且品格高尚，忠贞不贰，《羽林郎》中的胡姬就勇于抗拒权贵的诱惑和调戏。这种内在美还延伸到外在美来表现，那些华丽的衣饰珠宝就是用以暗示她珍贵的内在品德，算是屈原"香草美人"的另类运用。

第六节　《咏史》：刚强女性的颂歌

上一节，我们讲了辛延年的《羽林郎》，从这首诗可以看到一位坚贞的女性，在遇到豪强的诱惑和调戏时，是如何的刚柔并济，在保有礼貌与教养的情况下，勇敢地表达立场，确立了贞洁的风范，令人赞叹。

你发现了吗？到现在为止，我们所看到的汉代乐府诗中的女性都很刚强坚毅，不是柔弱的菟丝花，也不是被动的小绵羊，而是很有个性、很自觉，也很有行动力的人，即使不幸被抛弃，也都没有哭哭啼啼。这和我们通常所认为的传统女性，是很不相同的。

但你注意到了吗？这些女性都是来自民间，表现出一种质朴的强悍，这是她们共同的特色。而这和乐府诗的来源是有关系的。汉代的乐府民歌都属于"汉世街陌谣讴"（《晋书·乐志》），来自地方上街头巷尾的传唱，即使被收集到官府里，大致上仍然保留了原始的样貌，所以非常质朴，甚至带有一点野性。汉代诗歌中这样刚强决绝的女性，很可能就是平民阶层的反映，在较少的文化雕琢之下，便保留了粗犷、强悍的特色。

那么，同样是在汉代，在受过教育的精英阶层中，那些闺秀们是否也会这样的刚强呢？答案是有的，有这样的少女，并且她不是为了婚姻爱情，而是身为一个女儿，为了尽孝道、救父亲，于是挺身而出，展现了大无畏的勇气，那就是鼎鼎大名的缇萦。有趣的是，仅次于司马迁的历史学家班固，他也很喜爱缇萦，专门写了一首《咏史诗》来赞美她。我们就来谈谈这两位大家都很熟悉的人物。

班固，开创咏史诗

班固，是一个博学又有才华的文人，出身于书香世家，父亲是历史学家班彪；弟弟是投笔从戎的班超，威镇西域，受封为定远侯，留下了"不入虎穴，焉得虎子"的千古名句；他的妹妹是才华横溢的班昭，因为嫁给曹世叔为妻，所以又称为曹大家，"大家"是古代对学识渊博、德高望重的妇女的尊称，她所写的《女戒》是历史上最早的妇女训诫，影响到后来历代有关妇女闺训的撰写。不只如此，班固并没有完成《汉书》，在班固死后，班昭奉诏入宫续修《汉书》，把剩下来的部分加以补足，终于完成了这部重要史书，这可是历史上非常罕见的现象。由此可见，班家一家都是出类拔萃的人物。

一般人总以为，班固在历史学方面的才华不如司马迁，《汉书》也比不上《史记》的成就，但这其实是有待商榷的，因为两个人各有所长，写作的条件也不一样，其实不能用一个标准来衡量。何况，班固除了克绍箕裘，继承父亲的遗志完成《汉书》

这一部史学巨作之外，还对诗歌、汉赋有很大的贡献。以汉赋来说，班固也是很重要的名家，所写的《两都赋》包括写洛阳的《东都赋》和写长安的《西都赋》，是京都大赋的代表作之一，影响到了后来张衡的《二京赋》和左思的《三都赋》，可以说是京都赋的开创者。

另外，以诗歌来说，班固还写了一首五言的《咏史》诗，开创了"咏史"的崭新题材，这也是前所未有的诗歌类型。所以说，班固在汉赋、诗歌两方面的重大贡献，都是司马迁所望尘莫及的。客观地说，司马迁是一个伟大的史学家，但班固却同时是杰出的史学家和文学家，这是衡量他的历史地位的另一个指标。

其中，班固的《咏史》诗非常重要，它的重要性有两个：其一，它虽然不是第一首五言诗，却是第一首文人所写的五言诗，这显示了五言诗在民间流行了一段时间以后，也开始被知识阶层接受和运用，而这对于五言诗来说是很重要的，因为如此一来，五言诗才能被提升，通过内容的深刻化和高度的艺术琢磨之后，就成为文人抒情言志的最重要形式；其二，它开创了一种新的内容题材，奠定了"咏史"——以历史人物或事件为对象，歌咏其功过得失的书写类型。

顾名思义，咏史诗就是歌咏历史的诗，主要是针对历史事件或历史人物加以描述，并且进行功过得失的判断，让人从中吸取历史教训，这是一种唐太宗所说"以史为镜，可以明得失"的做法；或者诗人要单纯地借以抒发情怀也可以，所谓的"借古人之酒杯，浇自己心中之块垒"，这也是咏史诗很常见的一种类型。

而咏史诗，就是班固所开创的。作为一个接任司马迁的史学家，班固承担了《汉书》的撰写，也是他开始把历史人物写进当时才刚刚发展的五言诗里，可见班固这个人其实是很有开创性的。

《咏史》：孝女缇萦的故事

就在《咏史》诗，班固写了一位孝女缇萦勇敢拯救父亲的故事，这也显示出他对缇萦的厚爱。诗中说：

> 三王德弥薄，惟后用肉刑。太仓令有罪，就递长安城。
> 自恨身无子，困急独茕茕。小女痛父言，死者不可生。
> 上书谓阙下，思古歌鸡鸣。忧心摧折裂，晨风扬激声。
> 圣汉孝文帝，恻然感至情。百男何愦愦，不如一缇萦。

很明显的，这整首诗是单纯地把缇萦的故事讲了一遍，一开始先是感叹"三王德弥薄，惟后用肉刑"，他说在唐尧、虞舜之后，夏、商、周三代君王的德行越来越浅薄，刑罚苛峻，尤以肉刑为剧。而肉刑，是指对罪犯身体外部的残害，以达到处罚的目的，包括黥（在脸上刺字）、劓（削掉鼻子）、膑（斩断脚）、腐刑，等等。到了汉文帝初期，朝廷的刑罚仍然十分严厉，还有肉刑，而这些肉刑所造成的伤害是不可逆转的，不仅影响罪犯的生活，更变成他们终身的耻辱，一辈子抬不起头来。

缇萦的父亲就不幸遇到了这样的状况："太仓令有罪，就递长安城。""太仓令"就是缇萦的父亲，他叫作淳于意（公元前

205～公元前150），临淄（今山东淄博）人，因为他曾经担任太仓令（或曰太仓长），故世称"仓公"。他是汉初著名医学家，那么，他为什么会遇到这样的大灾难呢？关于这段故事，司马迁有完整的记载，《史记·扁鹊仓公列传》云：

> 太仓公者，齐太仓长，临菑人也，姓淳于氏，名意。……知人死生，决嫌疑，定可治，及药论甚精，受之三年，为人治病决死生，多验。然左右行游诸侯，不以家为家，或不为人治病，病家多怨之者。文帝四年中，人上书言意，以刑罪当传西之长安。意有五女，随而泣，意怒骂曰："生子不生男，缓急无可使者！"于是少女缇萦伤父之言，乃随父西，上书曰："妾父为吏，齐中称其廉平，今坐法当刑。妾切痛死者不可复生，而刑者不可复续，虽欲改过自新，其道莫由，终不可得。妾愿入身为官婢，以赎父刑罪，使得改行自新也。"书闻，上悲其意，此岁中亦除肉刑法。

原来，淳于意的医术精湛，能够断定病患的生死。但是他有时候不肯医治，常常故意不在家，让病家找不到，因此得罪了不少世家贵胄，引起了一些医疗纠纷，"病家多怨之者"，竟然上书朝廷控告他，淳于意被判有罪，而根据刑律，凡做过官的人被判肉刑，必须押送到京城长安去执行。就在淳于意要被押送到长安的时候，淳于意的五个女儿跟随在后面哭泣，淳于意忍不住发起火来，怒骂说："生子不生男，缓急无可使者！"意思是生了孩子却不是儿子，女儿遇到紧急情况就只会哭，没一个有用的！这就是班固所说的"自恨身无子，困急独茕茕"，他恨自己没有儿子，遇到困难危急的时候只能一个人面对，孤立无援。

这时，最小的女儿缇萦听了十分心痛，便自告奋勇跟随父亲到长安，并且上书给当朝的皇帝。其内容有几个重点，一是为父亲辩解，说"齐中称其廉平"，齐国这个地方都称赞父亲的廉洁公平，却犯法而受到刑罚，这是替父亲申冤。接着，缇萦说："妾切痛死者不可复生，而刑者不可复续，虽欲改过自新，其道莫由，终不可得。"她深深痛切接受死刑的人无法复活，而受到肉刑者也无法恢复原状，即使当事人想要改过自新，却再也没有办法了，必然始终不能如愿，永远活在残缺里。

当缇萦说完这个道理以后，接着就表达自己要代父受过的心愿，说："妾愿入身为官婢，以赎父刑罪，使得改行自新也。"她愿意捐出自己进入官府当奴婢，以抵销父亲的刑罚，让他能改过自新。缇萦这种牺牲自己、拯救父亲的精神，真是大无畏的勇气啊，难怪感动了汉文帝，司马迁说"上悲其意，此岁中亦除肉刑法"，皇上悲悯她的心意，在那一年里就废除了肉刑法。

以上，就是整个缇萦救父的过程。而我们可以注意到，这一段上书的内容，到了班固的诗里就做了一些变化，更符合诗歌所需要的精炼以及感性。

第一，班固省略了原本详细的论证层次，把它浓缩为"小女痛父言，死者不可生。上书谓阙下"这三句，说缇萦这个小女儿悲痛父亲所说的话，痛惜人一旦死了就无法重生，于是上书给当朝的皇帝。其中只讲死刑而不谈肉刑，避轻就重，效果更强烈。

第二，班固增加了感性的部分，让缇萦接着说"思古歌鸡鸣。忧心摧折裂，晨风扬激声"，这三句诗使用了《诗经》的两个典故。"思古歌鸡鸣"是说缇萦追思古人，引用了《国风·齐风·鸡鸣》这一篇。根据清崔述《读风偶识》解释，《鸡鸣》的这一名篇的主旨是"美勤政"，赞美君王勤政爱民，如此一来，缇萦的"思古歌鸡鸣"就表达出她追思古人，对汉文帝给予寄望的心声。

而在"忧心摧折裂"的心碎肠断之下，缇萦又"晨风扬激声"，她引述了《国风·秦风·晨风》这一篇，这一篇的内容是感叹"未见君子，忧心如醉。如何如何，忘我实多"，就《韩诗外传》和《说苑·奉使篇》载赵仓唐见魏文侯时引及此诗，用来表达君父忘记臣子之意。那么照这个用法，"晨风扬激声"这一句的意思是说，缇萦通过《晨风》这一篇扬起激昂的声音，呼唤汉文帝不要忘了对臣子的顾念。

由此可见，缇萦上书时引用了《诗经》中的《鸡鸣》《晨风》两首诗，一方面希望汉文帝效法古人，勤政爱民；一方面更殷殷期待汉文帝不要忘了臣女的一片孝心。她字里行间充满斑斑血泪，令人肝肠寸断，那份至情令人无比动容，难怪"圣汉孝文帝，恻然感至情"，深深打动了皇帝，不仅特赦释放了淳于意，还做出一个历史性的重大改革，废除了千百年来的刑罚，那是何等的力量！于是班固特别点出汉文帝所感动的，就是缇萦的"至情"。

讲到这里，不知大家有没有注意到，在《史记》的记载里，缇萦上书时并没有引用《诗经》的《鸡鸣》《晨风》这两首诗，连班固自己的《汉书》中也没有提到，这个说法是在班固《咏史》诗里才出现的。而这样的增补又有什么特殊的意义呢？很明显，这是文学性的做法，可以增加更大的艺术效果，那是历史记载所不允许的。但有了这样的虚构，确实让缇萦的形象变得更加优美深厚了。

首先，她虽然只有小小年纪，却拥有很好的文书能力，不仅言辞恳切，还能引用《诗经》来表达深刻的感情，展现出饱读诗书的大家闺秀形象，在皇帝面前必然可以增加她的分量；何况，通过引用《诗经》让文章更深刻、更委婉，也会强化抒情说理的感染力，掷地有声，讲起话来更受人重视。这应该就是班固如此改写的原因。

其次，班固虽然添枝加叶，做了文学性的虚构，却并没有违背情理，甚至更加强了合理性、说服力。从常理上而言，淳于意的女儿应该是可以受到良好的教育的，而"引诗"从先秦以来就是传统士大夫在交流过程中的基本表现，那么，缇萦的上书引诗，就充分显示出名门才媛的教养，这也让她的孝心、孝行更加感人。从这一点来说，此时的班固确实是一个诗人，而不只是一个历史学家了。

最后，当班固讲完了缇萦救父的故事之后，还是忍不住回到历史学家的习惯，在人物描述之后增加了一段评论，这可是相当于司马迁写《史记》时，每一篇《列传》后面的"太史公曰"呢。班固在篇末做了一个总结，说道：

　　　百男何愦愦，不如一缇萦。

"百男"是形容众多的意思，"愦愦"是糊涂、心智昏乱不明的样子。这两句的意思是说，世界上的"百男"——众多的男性是多么的糊涂昏聩，根本比不上一个小女子缇萦！

这样的赞美，简直就是横扫千军，把所有的男性都给比下去了，完全颠覆了淳于意，或者说大部分的人的认知。想当初，淳于意不就气急败坏地说女儿不中用么："生子不生男，缓急无可使者！"他被释放以后，一定会对缇萦刮目相看吧？也会后悔自己说过这样轻视女儿的话吧！而一个小女孩缇萦竟然抵得过世界上的"百男"，这有没有夸大其词呢？我们必须说，没有！因为班固是一个历史学家，拥有客观严谨的判断能力，不是凭感觉说话的。那他为什么对缇萦做了这样高的推崇呢？

首先，在男女有别的情况下，儿子可以离开家门，名正言顺地一路跟随父亲，成为父亲的助手；但年轻女性是出不了大门的，外面的世界对女性并不一定怀有好意，甚至常常给予阻力，因此，缇萦可得要付出更大的勇气、承受更大的艰辛，单单这一点，就已经超过了男性。其次，到了京城以后，儿子也未必有胆识给皇帝上书，更不一定能井井有条地为父亲辩解，可见缇萦的文笔和头脑都是属于上乘的，绝不亚于男性。最后，也是最重要的，很少有人愿意牺牲自己，换来父亲重生的机会！

所以说，缇萦的胆识、勇气、头脑、学问、才情、孝心都是天下第一流的，她既然这样的杰出，难怪班固要以一个历史学家的身份，极力赞赏"百男何愦愦，不如一缇萦"。

缇萦确实是一个非比寻常的女性，但这时她还只是一个年纪轻轻的少女，我们再进一步设想一下：当她年龄渐长，阅历更加丰富，担任一整个家族的重任之时，她的表现岂不是更值得期待！很巧合地，在汉乐府诗里，就有一首赞美女家长的诗，那应该就是缇萦的未来，该《陇西行》云：

> 天上何所有，历历种白榆。桂树夹道生，青龙对道隅。
> 凤凰鸣啾啾，一母将九雏。顾视世间人，为乐甚独殊。
> 好妇出迎客，颜色正敷愉。伸腰再拜跪，问客平安不。
> 请客北堂上，坐客毡氍毹。清白各异樽，酒上正华疏。
> 酌酒持与客，客言主人持。却略再拜跪，然后持一杯。
> 谈笑未及竟，左顾敕中厨。促令办粗饭，慎莫使稽留。
> 废礼送客出，盈盈庭中趋。送客亦不远，足不过门枢。
> 取妇得如此，齐姜亦不如。健妇持门户，亦胜一丈夫。

这位妇女待客从容又合宜，进退之间分寸恰当，堪称是"上得了厅堂，进得了厨房"，把客人招呼得妥妥帖帖，自己又十分严守礼节，绝不跨出大门一步，难怪诗人说"取妇得如此，齐姜亦不如"，能娶到这样的妻子，那真是连齐姜都比不上啊！

而齐姜又是何许人也？她是齐桓公的女儿，嫁给流亡到齐国的晋公子重耳，用智谋帮助重耳登上王位，使其成为鼎鼎大名的晋文公。后来，西汉的儒家学者刘向《列女传》将她列入《贤明卷》，于《晋文齐姜传》中云："颂曰：齐姜公正，言行不怠，劝勉晋文，反国无疑，公子不听，姜与犯谋，醉而载之，卒成霸基。"说的就是齐姜鼓励重耳返回晋国，不惜设计把他灌醉，再载在车上送出齐国的智谋，被迫返回晋国的重耳才能登基为王，创立霸业。

所以说，齐姜可是古代女性的完美典范，美丽高贵，有胆识有谋略，协助丈夫功成名就，因此《诗经·陈风·衡门》也赞美道："岂其取妻，必齐之姜。"她等于是妻子的最佳人选。在这样的高标准之下，《陇西行》居然说诗中的女家长是"齐姜亦不如"，可见她的杰出简直就是无与伦比了。

于是，这首诗在最后一联索性总结说："健妇持门户，亦胜一丈夫。"由这样一位刚健的妇女操持门户，她的成就也会胜过一家之主的大丈夫。这不就是对女性的绝大赞美吗？而这不就等于是班固所说的"百男何愦愦，不如一缇萦"吗？汉代女性的光辉，堪称是光芒万丈，令人炫目。

讲到这里，我们看到了汉代女性的杰出地位，无论是民间女性还是书香世家的大家闺秀，无论是年纪轻轻的少女还是主持家务的女家长，都把女性的伦理意义发挥到极致，成为道德的强人，甚至超越了男性，因此获得了诗人的一致赞美，这些对女性的评价可谓空前绝后。

下一节，我们就要继续谈汉朝的文人诗，在班固之后，文人的写作有了进一步的发展，对后来的诗歌贡献良多。

第七节 《古诗十九首》（一）：死生新故

上一节，我们看到了汉代诗歌中对女性的伟大歌颂——"健妇持门户，亦胜一丈夫"，这在历代诗歌里，是很罕见的情况。

而我要提醒大家注意一个现象，前面所讲的汉代乐府诗里，有不少是歌曲的歌词，因此句式长长短短，包括《李夫人歌》《上邪》《有所思》《薤露》《蒿里》等等，都反映了这一点。这其实比较接近民间乐府歌谣的原貌。

另一方面，像《羽林郎》《陌上桑》《陇西行》等，却已经是通篇五言的作品，特别是《陇西行》中响应了《诗经》的内容，这可不是一般的民歌会出现的状况；再加上它通篇和班固《咏史》一样，都是整齐的五言句，所以这首诗应该已经经过了文人的润饰，是文人化了的乐府。

《古诗十九首》：民歌向文人诗的过渡

至于五言诗为什么会逐渐受到文人的欢迎呢？原因就在于五言比起四言，虽然只增加一个字，但表达上更加灵巧、多变化，犹如《诗品·序》所言："夫四言，文约意广，取效风骚，便可多得。每苦文繁而意少，故世罕习焉。五言居文词之要，是众作之有滋味者也……指事造形，穷情写物，最为详切。"甚至从魏晋六朝开始，变成了诗体的主要形式。

请大家试着回想一下，从小到大所背的诗歌有哪些？再接着想一想，这些诗篇的形式是不是以五言者最多？确实，五言诗是中国诗歌的最大宗，无论质与量都无出其右者。而这种诗歌体式并不是突然冒出来的，它是在漫长的演变之下逐渐成熟的，关键就在于文人开始重视、运用五言的诗歌形式，班固《咏史》就是最早的一首文人诗。

不过班固的这首诗被称为"质木无文"，质朴没有文采，可见东汉初年的五言诗发展还在初步阶段。从此以后，五言诗的形式越来越整齐，内容也越来越雅化，当然也就越来越脱离了民歌的范围，文人可以独立去创作。也因此，东汉晚期、建安之前出现了比较多的五言诗，留下来大约三十多首，通称为汉代古诗，其中主要的那一组称为《古诗十九首》，属于先秦两汉的民歌到魏晋之后诗人创作的过渡。

这些作品采用了这么整齐的五言句式，这么深厚的情韵，离开民间的质朴已经很远了，作者是姓名不可考的文人们，内容则是对人生的各种感慨，既深刻又耐人寻味。这些作品的技巧更成熟了，艺术价值更高了，后代给予高度的评价，例如钟嵘《诗品》置于上品，评曰："文温以丽，意悲而远，惊心动魄，可谓几乎一字千金。"接下来的两节，我们就要谈谈这一组诗。

关于这一组诗，清朝的沈德潜《说诗晬语》卷上说："古诗十九首，不必一人之辞，一时之作。大率逐臣弃妻，朋友阔绝，游子他乡，死生新故之感。"意思是这些诗篇不是一个人所写的，也不是同一个时间所作，应该是漫长的一段时期之内的集体创作，有的人增补一两首诗篇，有的人做一点修改，才逐渐形成了这一组诗。其中所书写的主题包括了"逐臣弃妻"——被放逐的臣子、被抛弃的妻子，这是一种打入冷宫的悲哀；还有"朋友阔绝""游子他乡"，这两种都是分离的主题；最后则是"死生新故"，也就是在时间的流动中，所出现的生死、新旧的无常变迁。这些主题恰恰都是人生不可避免的主要课题，也产生了最大的感慨。

以"死生新故"来说，"新故"是说新的变成旧的，主要就是因为时间的变化所造成的无常。而最彻底的无常，就是失去了生命本身，向世界告别，这就是所谓的"死生新故之感"。我们今天就先从这一范畴讲起。

死生新故，推移的悲哀

所谓的时间，是由过去、现在和未来所构成的，那是一个无法分割的连续的过程，无论站在哪一个点上，都有过去，有现在，也有未来。但是，从什么时候开始，人们才会发觉时间带来的压力呢？从几岁开始，我们便会有"死生新故"的感慨呢？

你想想看，小孩子年纪小，没有什么"过去"，只有看不到尽头的未来，时间是站在他这一边的，所以一心一意只盼望着快快长大；但一旦长大以后，情况就完全不一样了，过去的越来越多，未来的旅程越来越短，更糟糕的是，以前拥有的，现在失去了，那些过去的事物，就像是一个永恒的坐标一样，在记忆里不曾改变，也对照出后来的变化，所谓的"十年河东、十年河西"，还有"沧海桑田"之类的成语典故，讲的都是这样的感慨。在人身上，更是呈现出明显的对比，例如年轻会变成衰老，生会变成死，存在会化为虚无，日本汉学家吉川幸次郎就把这一类的感受，称为"推移的悲哀"。

其实，这种因为时光流逝所产生的"推移的悲哀"，是人类都会深深触动的经验，你还记得《诗经》的作者曾经感慨说："昔我往矣，杨柳依依。今我来思，雨雪霏霏。"从杨柳到雨雪，何止是景物风光的变化，变化最大的是人自己啊，出发时的青春小伙子，归来时已经是饱经风霜、历尽沧桑的中年人了。我们再来看看一个大将军因此流下来的眼泪。

《晋书·桓温传》里面记载，桓温担任大司马，带兵四处打仗，有一天：

> 温自江陵北伐，行经金城，见少为琅邪（任太守）时所种柳皆已十围，慨然曰："木犹如此，人何以堪！"攀枝执条，泫然流涕。

看到从前种的柳树现在长得那么高大强壮，桓温并不觉得喜悦，反而感慨到泪流满面，原因就是看到时间所带来的改变，而时间的改变对人的影响更大，所以才会这样惊心动魄。后来南朝的大文学家庾信，则是把这一段史书中的内容做了一些更动，把原来柳树的成长苗壮，改写为柳树由盛而衰的凋零，让桓温的感慨更直接、更优美，也更悲哀了，他在《枯树赋》里说桓温叹息道：

> 昔年种柳，依依汉南。今看摇落，凄怆江潭。树犹如此，人何以堪！

过去在汉水南岸种下的柳树，柔软的枝条曾经迎风飘拂；今天却看到它摇落凋零，江边一片凄怆的景象。树尚且如此，又何况人呢？

一个叱咤风云的堂堂大司马，到处征战奔走，居然只因为看到柳树的变化，就悲怆到流下了眼泪，那热腾腾的泪水简直就要把心给烧毁了，显然那份无常的悲怆强大到令人心碎。桓温的眼泪，应该就是有感于廉颇会衰老，美人会迟暮，再加上各种的生离死别，又有谁能像钢铁般屹立不倒呢？这就是连权倾一时的大将军也都会被深深触动的悲哀。可见每个人的心里都住着一个诗人，当你意识到生命的本质的时候，那个沉睡的诗人就醒过来了，带着你流下了眼泪。

而《古诗十九首》的诗人们，对于时间所造成的变化说得更温婉、更悠长，我们可以注意到，这种"死生新故之感"常常表现在一些副词里，例如"忽"这个字：

> 人生天地间，忽如远行客。(《青青陵上柏》)
>
> 人生寄一世，奄忽若飙尘。(《今日良宴会》)
>
> 所遇无故物，奄得不速老。……奄忽随物化，荣名以为宝。
>
> (《回车驾言迈》)
>
> 四时更变化，岁暮一何速。(《东城高且长》)
>
> 浩浩阴阳移，年命如朝露。人生忽如寄，寿无金石固。
>
> (《驱车上东门》)

这个代表匆匆忙忙、突如其来的"忽"字，用在生命的短促上，意味着"一瞬间"就稍纵即逝，让我们想到现在还用来表达这种感受的成语，包括：白驹过隙、白云苍狗、光阴似箭、岁月如梭等等，或许这些成语已经变成陈词滥调了，可是它们之所以会变成老生常谈，不就是因为那是人类一直在面对的重要体验吗？每一个都要真正经历过以后，才会发现那些陈词滥调其实是历久弥新，否则早就被淘汰了，哪里还有机会被一直重复，变成了老生常谈？

这就难怪，《古诗十九首》也用快速的"速"字来描述时间感，又用寄托的"寄"字说明存在的短暂，人生如寄，生命就像暂时在世间寄住一下，最多几十年，很快地就要退房离开，投向茫茫大地的怀抱。所以诗人说"人生忽如寄"，又比喻为"忽如远行客""年命如朝露""奄忽若飙尘"，一场短短的人生，匆忙得像是远行的旅客，甚至像清晨的露珠、空中飞扬的尘埃，这"年命如朝露"的模拟，不就是西汉时期送葬的挽歌里所说的"薤上露"吗？比起来，"奄忽若飙尘"的意象还更渺小、更无足轻重。

可叹的是，连这个暂时借住的过程也都是无常变化的，只要过一段时间，就会发现总有一些人事物改变了，中唐诗人韦应物便对故人说："浮云一别后，流水十年间。欢笑情如旧，萧疏鬓已斑。"（《淮上喜会梁州故人》）如同天上飘移不定的浮云一样，彼此偶然聚在一起，匆匆相会，之后便各自奔赴前程，这阔别的十年时光就像流水一样，一去不复返。再见面的时候，虽然还是像以前一样，那么的快乐，但这时两人都已经染上了岁月的风霜，两鬓出现了斑斑的白发。这只不过十年而已，如果再拉长一点，二十年没见面呢？那改变就更大了，杜甫《赠卫八处士》这首诗就写他遇到老朋友的时候，所发生的情况，他震惊地说：

少壮能几时？鬓发各已苍！访旧半为鬼，惊呼热中肠。
焉知二十载，重上君子堂。昔别君未婚，儿女忽成行！

经过了二十年，彼此早就已经不再青春少壮，不但各自的鬓发都斑白了，现在好不容易重逢，问起以前的老朋友，居然一半都过世了，曾经活生生的人变成了鬼，这哪里能想象得到呢？于是杜甫乍听之下忍不住惊呼出声，整个心肠都激动到像沸腾一样，浑身发热。

当然，眼前的老朋友也从一个人变成了一家人，从人家的儿子变成了几个孩子的父亲，你怎么能够联想到以前他那青涩稚嫩、淘气调皮的样子！何况，那些突然冒出来的儿女，就是最大的改变啊！那自己又怎能不老呢？所以《古诗十九首》里的《回车驾言迈》便感慨说："所遇无故物，焉得不速老。"当你遇到的都不再是旧的事物，周围总是不断地换新，那就像沧海桑田的钟摆加速转动，人怎么能不很快地变老呢？时间不停留，更新的速度越快，老化的速度就越快，离死亡不就更近了吗？

确实，时间的终点是死亡，那是来到人世间游历一趟的远行客的最后一站。面对死亡，可以说是人类必然要承担的难题，虽然万物皆有死，但人类却是为此最感到痛苦的，因为拥有生命，才能拥有现在的一切，而死亡却是吞噬一切的可怕的黑洞，所以让人充满了恐惧与悲哀。古埃及人建造宏伟的金字塔，就是对死亡坚决抵抗的一种方式。

尤其是身为一国之君，所拥有的更是全天下的权力与财富，当然更是对世间眷恋不舍。战国时代就发生了这样一则和生死有关的故事，那充满大智慧的晏婴，总是像个冷面笑匠一样，毫不客气地揭发人们的各种弱点，让人哭笑不得，却又非常佩服，连对国君也是如此。在《列子》这部书里记载道：

齐景公游于牛山，北临其国城而流涕曰："美哉国乎！郁郁芊芊，若何滴滴去此国而死乎？使古无死者，寡人将去斯而之何？"史孔、梁丘据皆从而泣曰："臣赖君之赐，疏食恶肉可得而食，驽马棱车可得而乘也；且犹不欲死，而况吾君乎？"晏子独笑于旁。公雪涕而顾晏子曰："寡人今日之游悲，孔与据皆从寡人而泣，子之独笑，何也？"晏子对曰："使贤者常守之，则太公桓公将常守之矣；使有勇者而常守之，则庄公灵公将常守之矣。数君者将守之，吾君方将被蓑笠而立乎畎亩之中，唯事之恤，行假念死乎？则吾君又安得此位而立焉？以其迭处之迭去之，至于君也，而独为之流涕，是不仁也。见不仁之君，见谄谀之臣。臣见此二者，臣之所为独窃笑也。"景公惭焉，举觞自罚。罚二臣者各二觞焉。

当大家沉浸在生死的感慨里，甚至哭成一片的时候，只有晏婴是清醒的、理性的，用一种冷眼旁观者的角度，嘲笑这些人的感性耽溺，然后提醒他们不要自我中心地看问题，想想看，如果人可以不死，又哪里轮得到你当国君？这么一提醒，让齐景公惭愧不已，也就充分发挥了劝谏的功能。

应对死生新故：炼丹求仙与及时行乐

牛山之悲这个故事显示出齐景公、晏婴都是贤能的君臣，所以可以理性面对生命的难题，但一般人就很难做到了，一旦越是迫切地想要超越死亡，就越容易产生长生的欲望，秦始皇的求仙就是出于这样的心理。它让人可以有一个希望，暂时消除恐惧，安心地过日子；但是，人只要稍微有一点理性，就会看清这实在是一种自欺欺人的假象，因为有史以来从没有人可以长生不死，炼丹求仙的人也没出现过成功的例子。《古诗十九首》之十三的《驱车上东门》这一篇就说道：

> 驱车上东门，遥望郭北墓。白杨何萧萧，松柏夹广路。
> 下有陈死人，杳杳即长暮。潜寐黄泉下，千载永不寤。
> 浩浩阴阳移，年命如朝露。人生忽如寄，寿无金石固。
> 万岁更相送，圣贤莫能度。服食求神仙，多为药所误。
> 不如饮美酒，被服纨与素。

诗人一开始就写北邙山坟堆累累的景象，到处是萧萧作响的白杨和松柏，感慨死者进入永恒的黄昏里，再也不会醒来，日月不断地推移，生命像朝露一样短暂，人生有如在世间寄住一下，人的寿命不可能像金石一样地坚固，连圣贤也没办法超越这样的自然法则。至于那些服食丹药追求像神仙一样不死的人，则是大多被那些丹药给耽误了，他们反倒死得更早、更痛苦呢。

你一定想不到，连唐朝鼎鼎大名的韩愈，也是其中的一个，真是不可思议，这么有学养的人，居然也躲不过炼丹求仙的诱惑，可见人的心是多么害怕死亡。那该怎么办呢？诗人们就发展出及时行乐的思想了，所以这一首诗最后说"不如饮美酒，被服纨与素"，诗人要我们把握当下，享受美酒、华服所带来的快乐，那是唯一可以把握到的。

除此之外，《古诗十九首》之十五的《生年不满百》这一篇也说道：

> 生年不满百，常怀千岁忧。昼短苦夜长，何不秉烛游？
> 为乐当及时，何能待来兹？愚者爱惜费，但为后世嗤。
> 仙人王子乔，难可与等期。

人生短短不满百年，却还真是要操很多的心，不只是烦恼今天的问题，还要烦恼明天的问题；不只是要烦恼自己一个人的问题，还要烦恼其他人的问题，那些志士仁人记挂着天下苍生，甚至会操心到一千年以后的未来，这就是"常怀千岁忧"的意思。可是诗人提醒你"昼短苦夜长"，人生很短，死亡很长，就像白天总是不够用，那你"何不秉烛游"呢？

在古时候没有良好照明设备的情况下，人们只能"日出而作，日入而息"，入夜就是一天的终结，如果要和大自然抗衡，向上天争取更多有意识的活动，就只有秉烛夜游了，那样也等于延续了白天，同时等于延长了生命的长度。诗人说，这可不能等到未来再做呀，谁知道人能活到什么时候呢？那些舍不得花钱的人是愚蠢的，只会被后来的人嘲笑，因为他们轻重不分，省下了钱财，却辜负了人生；再说，你以为人生很长，可以像仙人王子乔一样啊？其实根本是"难可与等期"，你很难有和神仙一样同等的寿命。所以诗人才会苦口婆心，叮咛世人要"为乐当及时"。

《驱车上东门》《生年不满百》这两首诗都是因为逼近了死亡才会产生的彻底的领悟，所以，其中所说的及时行乐绝对不是不负责任的意思，也不是要人们放纵于物质享乐，而是希望你不要浑浑噩噩，懂得由死见生，如此才会意识到当下这个无可取代的瞬间比什么都重要，才能过有深度的生活。所谓有深度不是指一定要做什么大事，而是去发现以前未曾注意过的小事，甚至去创造出本来所没有的乐趣。例如晚唐杜牧《九日齐山登高》诗中云："尘世难逢开口笑，菊花须插满头归。"杜牧说，人生不但很短暂，而且快乐更少，不如意事十之八九，很难遇到让人开口哈哈大笑的时刻，那你何不放开一点，在回家的时候满头插上菊花，路上岂不是快乐有趣得多？而这样的乐趣就给了曹雪芹很大的灵感，用来设计出刘姥姥的滑稽形象，《红楼梦》第四十回这样描写道：

> 碧月早捧过一个大荷叶式的翡翠盘子来，里面盛着各色的折枝菊花。贾母便拣了一朵大红的簪于鬓上，因回头看见了刘姥姥，忙笑道："过来带花儿。"一语未完，凤姐便拉过刘姥姥来……将一盘子花横三竖四的插了一头。贾母和众人笑的了不得。

你看，文学的长河就这样丰沛地流淌下来了，杜牧创造出来的快乐，还灌溉了曹雪芹！

我们可以说，隐含在《古诗十九首》里的"死生新故之感"推出了及时行乐的思想，反过来说，"秉烛游"的背后是奠基于悲哀的心境，也就是深深觉觉到自己就在死亡的边缘，直接面对无常的煎熬。这类作品都隐藏着对无常的恐惧，表面上这些文士夜阑秉烛，饮美酒，穿锦衣华服，但对他们而言，其实无常就在眼前，没有时间准备，唯有当下及时行乐，这才是真实拥有的。

这就难怪英国作家波伊斯（John Cowper Powys，1872~1963）在《快乐的艺术》（*The Art of Happiness*）一书中这么说："我可以坦言，人类所有的快乐都是基于对死亡的思考。"所以，真正的及时行乐，并不是逃避，而是用心找到对我们自己来说最重要的事，把握时间去实现自己真正在乎的价值和意义，不要等临终的时候才后悔错过，留下无法弥补的遗憾。

《古诗十九首》作为东汉末年文人五言诗的杰作，其最重要的主题之一就是"死生新故之感"，那是由时间流逝、生命短暂所引发的悲哀，为了抵抗这样的压力，便产生了及时行乐与游仙思想，这两种面对死亡所衍生出来的形态，到了魏晋南北朝时期，更成为诗歌的中心主题。而我们今天所谈到的相关诗歌，确实证明了南朝梁钟嵘《诗品》所言：《古诗十九首》让人惊心动魄，几乎可以说是一字千金。这是很真切的赞美。

第八节 《古诗十九首》（二）：远距离别

上一节我们已经看了东汉晚期的《古诗十九首》，这组诗奠定了文人五言诗的传统，也看到其中"死生新故之感"的一大主题，原来"及时行乐"的思想是在无可奈何、无比恐慌痛苦之下的心态。接下来，我们就要开始谈这些古诗中，关于"逐臣弃妻，朋友阔绝，游子他乡"的主题，它们都具有一个共通的性质，那就是"远距的离别"，而都吟诵了失根的哀歌。

游子他乡

古人对故乡的依恋，是我们现在通信发达、几乎天下一家的地球村所无法想象的，他们一出远门，可能就是几个月、好几年，甚至一辈子的隔绝，见不到面，也说不上话，只有靠亲友传递信息，再不然就是"家书抵万金"了。唐朝的贺知章有一首名诗《回乡偶书二首》之一，就道出了这种人生的处境，诗中说：

> 少小离家老大回，乡音无改鬓毛衰。
> 儿童相见不相识，笑问客从何处来。

像贺知章这样，年轻时上京考试以后就一去不回，忙着做官，浮浮沉沉了一辈子，直到晚年退休才落叶归根，是古代并不少见的情况。而"少小离家"也不只是为了做官，还包括戍守边疆之类的原因。早在《诗经》中，就已经出现了涉及军事征伐、迁徙旅泊等篇什，我们以前谈到过；到了汉乐府诗里，诗人又做了更进一步的表达，在《悲歌》这一首诗中说：

> 悲歌可以当泣，远望可以当归。念故乡，郁郁累累。欲归家无人，欲渡河无船。心思不能言，肠中车轮转。

原来，想念故乡的时候，不是只能躲在被窝里面偷偷地哭泣，而是可以放怀高歌，把眼泪转化为苍凉的歌声，抒发出心里的思念和悲伤，如同柳宗元所说的："长歌之哀过于恸哭。"
那悲伤的力量比起掉眼泪还要来得强大。除了悲歌之外，游子
还可以做一种聊胜于无的努力，那就是"远望可以当归"，因为
故乡实在太遥远了，隔着一重重的高山、一道道的河流，望都
望不到，哪还谈得上回家一趟呢？既然登高可以望远，那就爬
到高一点的地方，向远方的地平线眺望，多少可以更接近故乡
一点吧？感觉上，故乡也就不会那么遥不可及了吧？心里也就
多多少少得到了一点安慰，所以登高远望就当作回家了一趟。
这真是无可奈何到极点的心意。所以这首诗最后说"心思不能
言，肠中车轮转"，那郁积在心里的满满的思念，根本就说不出
口，整个心肠翻腾激荡，就像车轮在转动一样，无法平静下来。

　　"远望可以当归"正是后来许许多多的游子们最常见的做
法，想念家乡的时候，就去登高，只要是高一点的地方，山上、
楼上都可以。中唐诗人柳宗元《与浩初上人同看山寄京华亲故》
就是从山来发想的，诗中说：

　　　　海畔尖山似剑铓，秋来处处割愁肠。
　　　　若为化得身千亿，散上峰头望故乡。

　　当时柳宗元被贬到南方的柳州，柳州临海，所以称海畔，
这样写的用意也是夸大距离的遥远。有一天，柳宗元和一位出
家朋友浩初上人一同看山，内心涌起了满满的愁绪，于是写了
这首诗寄给京华的亲故们，山在这里就跟思乡之情怀结合在一
起。可柳宗元写得多么与众不同，他说，在这海边的高山都非

常高耸，插天而立，就像刀剑的锋芒一样，秋天一到，那样尖锐的山峰就像要割断我的愁肠一样，这一句就点出柳宗元内心充满了哀愁的情绪，连看到山都让他柔肠寸断。

柳宗元在哀愁什么呢？为什么高山会让人心碎，每一座山都让他心如刀割呢？从后面的两句我们就恍然大悟了："若为化得身千亿，散上峰头望故乡。"柳宗元幻想着，怎样才能化出一千亿个身体，分散到每一座山头峰顶，那就会有一千亿个柳宗元一起望向千里之外的故乡！原来柳宗元满心乡愁还不够，居然希望可以化出一千亿个分身，才能抒发那沉重到无法负担的思乡之情。这样一来，思乡的情感不就变成了一千亿倍吗？这是多么新鲜、生动，又多么有趣的想象，柳宗元的想象力岂不就是孙悟空的前辈吗？

柳宗元的这首诗，其实就是"远望可以当归"的反映，而"高山"被充分地运用，写尽了怀念故乡亲人的情感强度。另外，也有从"高楼"来表现的。宋朝的范仲淹有一阕很感人的词《苏幕遮·怀旧》，就是写他一个人在明月高楼上思念故乡的情景，其中说：

> 碧云天，黄叶地。秋色连波，波上寒烟翠。山映斜阳天接水，芳草无情，更在斜阳外。
> 黯乡魂，追旅思。夜夜除非，好梦留人睡。明月楼高休独倚，酒入愁肠，化作相思泪。

前半阕同样是写秋天，如同柳宗元的"秋来处处割愁肠"，原来这个季节早就和羁旅他方的游子情怀结合在一起。我们以前谈到过，先秦末年《楚辞》的作家宋玉，在他的《九辩》这篇文章里就已经说"憭栗兮若在远行，登山临水兮送将归"，从此，秋天的情怀就包括了游子思乡的情感。

这时，范仲淹站在斜阳下看着眼前的山水，清朗的碧云天，满地黄落叶，湖面上的水波映带着疏淡的秋色，笼罩着冷冷的烟雾，这真是一片如诗如画的秋景！但要一直到了后半阕，才真正透露出这阕词的主题就是思乡，所谓的"黯乡魂，追旅思"，告诉我们诗人正在深受思乡之情的折磨，从黄昏到深夜，那思乡的心魂多么黯然，旅人对故乡追思不已，于是"夜夜除非，好梦留人睡"，而好梦难得，每天晚上就只有辗转反侧、饱受煎熬了。

那么，睡不着的诗人便想要"远望可以当归"，到楼上去看看远方也好。但是，范仲淹却又不敢独上西楼，唯恐自己会负荷不了思乡的痛切而崩溃，于是借酒消愁，又没想到一杯杯的酒进入了愁肠，还是化为了一滴滴的相思泪！原来怀念故乡的情感是这么的浓烈而彻底，无论如何都化解不了。

你可不要一看到"相思泪"就以为是男女之间的恋歌，其实范仲淹所写的就是怀念故乡的情感，却把这种强烈的感情写得这么缠绵悱恻。你看，他虽然也用了"远望可以当归"的做法，却又把从《诗经》以来"明月高楼"的思妇主题移用到了游子身上，再加上辗转反侧的煎熬难眠，还有"相思泪"的语感，都很容易导向情人的范畴，于是把怀念故乡写得像思念情人似的。为什么会这样呢？那不单单是因为词的柔媚性质所导致的。

固然宋词这个文类本身就很女性化，但其实早在《古诗十九首》里面，写怀念故乡的诗就已经出现这种表现方式了，其中的第六首就是这样写的：

> 涉江采芙蓉，兰泽多芳草。采之欲遗谁，所思在远道。
> 还顾望旧乡，长路漫浩浩。同心而离居，忧伤以终老。

这位诗人辛苦地跋涉过江，为了是要摘取水中盛开的芙蓉花，古人所说的水中的芙蓉指的就是荷花；而在岸边的沼泽里，也长着兰草以及很多芬芳的花草。下面诗人就自问自答，提问自己采了芙蓉花是要送给谁呢？然后又立刻给出了答案，花儿是要送给所思念的人，而他身在遥远的地方。

看到这里，我们可能又会以为是夫妻恋侣之间的情歌了，但是接下来就说得很明确了，"还顾望旧乡，长路漫浩浩"这两句告诉我们，原来诗人是在想念故乡，他"所思"的远方其实是"旧乡"，也就是故乡，而故乡何其遥远，因此说"在远道""长路漫浩浩"。在这里，诗人并没有登高望远，而是"涉江采芙蓉"，不惜沾湿了衣裳，弄脏了双脚，都想要摘取那一瓣馨香；也顾不得春花短暂，根本走不到半路就凋谢了，哪里还能到得了家乡。其实只要多想一下，就会像第九首《庭中有奇树》所说的：

> 庭中有奇树，绿叶发华滋。攀条折其荣，将以遗所思。
> 馨香盈怀袖，路远莫致之。此物何足贵，但感别经时。

同样都是想要把美丽的花送给想念的人，只是这里不是采芙蓉，而是大把地攀折院子里树木上的花朵，放在长袖里，整个胸怀满满都是芳香，但诗人立刻意识到"路远莫致之"，根本无法送达对方的手里。只因为深深感到离别好久了，所以这些平常的花朵也就变得珍贵起来，它们都代表着无限的怀念。

比较之下，这个"涉江采芙蓉"的诗人完全没有意识到这一点，没有计算，没有保留，只是一心一意想要和乡亲分享这一缕芬芳。你看，这是多么痴傻又真挚的情感！也就难怪了，这首诗最后说"同心而离居，忧伤以终老"，血浓于水，他和亲人是一条心、一个血脉，自己却离居异乡，两地间横亘着的是不可望、更不可及的距离，只剩下无比的忧伤，而何日可以回家呢？只怕要忧伤到终老了。这是多么的绝望！原来，在人类的情感里，爱情并不都是最强烈、最重要的。我们现代人以为爱情远高于一切，甚至还大过于生命，这其实是一种时代思潮所造成的误解。《涉江采芙蓉》这首诗和柳宗元、范仲淹的作品一样，都告诉我们，人生里有许许多多同等真挚、同等崇高也同等强烈的情感，爱情只是其中之一，我们应该打开视野，领略造物所带给我们的各种经验，体悟生命要教给我们的许多课题，这样才不会自我局限。

逐臣弃妻，朋友阔绝

既然"游子他乡"可以写得这样缠绵悱恻，就像前面几首诗所说的"同心而离居，忧伤以终老""酒入愁肠，化作相思泪"，如果把这些诗句用在其他的情感类型上，例如"逐臣弃妻，朋友阔绝"，就更自然而然了。

果然，梳理《古诗十九首》里面所写到的分离的主题，我们可以发现，离人的一颗心无以寄托，往往会具体化，通过礼物来表达，除了花卉之外，还常见精美的家用品。其十八《客从远方来》便提到："客从远方来，遗我一端绮。""一端"，是二丈长，也相当于半匹的长度，二端为一匹；"绮"是绫罗一类的丝织品。这远客帮忙带来的"一端绮"，就寄托了深厚的情意，也等于是信件的变形。当然，直接用文字写成的信件是更重要的沟通方式，它可以表达的内容实在丰富细腻得太多，因此其十七《孟冬寒气至》说："客从远方来，遗我一书札。"淡淡写来，收信人的心情其实是杜甫所说的"家书抵万金"。

再者，我们可以注意到离人之间彼此的祝福或劝勉用到了"努力加餐饭"这一类的叮咛，第一首《行行重行行》便说：

思君令人老，岁月忽已晚。弃捐勿复道，努力加餐饭。

这是多么朴实，却又多么真诚的关怀，就像唐代诗人孟郊《游子吟》所说的母爱："慈母手中线，游子身上衣。临行密密缝，意恐迟迟归。"那份爱并不华丽炫目，但却是最坚固、最厚实、最可以依靠的深情。其实何止是母爱，所有真正的爱都是如此，它不会要你去做什么轰轰烈烈的事业，只要你平平安安、健健康康就好。所以，面对远方的亲友，总不会忘记说一句"努力加餐饭"，请你好好活着，就可以让人安心。

无独有偶，汉代文人化的乐府诗里也有类似的表达，而且上面提到的礼物、信件、加餐饭的劝勉等这些元素都更为集中地，见诸《饮马长城窟行》：

> 青青河畔草，绵绵思远道。远道不可思，宿昔梦见之。
> 梦见在我傍，忽觉在他乡。他乡各异县，辗转不相见。
> 枯桑知天风，海水知天寒。入门各自媚，谁肯相为言。
> 客从远方来，遗我双鲤鱼。呼儿烹鲤鱼，中有尺素书。
> 长跪读素书，书中竟何如？上言加餐饭，下言长相忆。

　　这一首诗，所写的可以说是夫妻情人之间的关系，但当作朋友之间的关系来看待，也很可以解释得通。"青青河畔草，绵绵思远道"，是借由绵绵不尽的青草，把绵绵不尽的相思给形象化了，情景交融，余味无穷。并且青草是到处可见的植物，春风吹又生，连墙角门缝都可以看到踪迹，那么，只要一看到青草就兴起了相思，那不就等于天涯海角处处都是相思了吗？世界上还有比这个更宽广的情意吗？

　　请看最后的八句，同样是"客从远方来，遗我一书札"，只是这书札要精巧得多，被放在雕刻成鲤鱼造型的信匣里，受到更周严的保护，而信中所写的重点，一个是"长相忆"，另一个就是"加餐饭"。

　　其实，后来到了唐朝，连王维这样的大诗人，这样学问高深的文人，也都还是这样安慰朋友的。当时王维的忘年之交裴迪去参加科举考试，却不幸落榜了，心情非常低落，于是王维写了《酌酒与裴迪》这首诗来安慰他，其中的最后两句就有"努力加餐饭"的内容：

酌酒与君君自宽，人情翻覆似波澜。
白首相知犹按剑，朱门先达笑弹冠。
草色全经细雨湿，花枝欲动春风寒。
世事浮云何足问，不如高卧且加餐。

其实能不能中举，不全在于个人的实力，还必须要有一点运气，那就无法操之在我了，算是一种冥冥之中上天的旨意；尤其唐朝的科举考试是不糊名的，谁的答卷一目了然，有时候人脉关系就起了决定性的作用。几十年来一直身在官场的王维太了解这一点了，于是安慰裴迪这个小朋友，告诉他世事有如浮云一样，变化无常、难以捉摸，功名得失也是如此，所以不用太过认真，也无须追问其中的公平性，一个人活着，真正重要的是平安健康！最后王维就希望裴迪放宽心，把自己照顾好，与其耿耿于怀，损害了生活质量，那还"不如高卧且加餐"，睡暖吃饱，身心舒泰，这样才更踏实而幸福！可见，"努力加餐饭"的祝福一点儿也不庸俗，而是真心诚意的深情，更是平淡如水的大智慧。

由此可见，《古诗十九首》都是以平淡的语言文字蕴含丰富的情意，犹如沈德潜《古诗源》卷四所言："清和平远，不必奇辟之思，惊险之句，而汉京诸古诗皆在其下。五言中方员之至。"这真是对汉朝古诗的最大赞美。

《古诗十九首》里关于"逐臣弃妻，朋友阔绝，游子他乡"的内容也写得温婉动人，所书写的语言文字看起来很平淡、很日常，却深深触及人生的本质，所以才会这样耐人寻味。也只有能够返璞归真的读者，才能领略到其中永恒的情韵。

第四章　汉代诗歌

285

欧丽娟品读古诗词

〈下卷〉

欧丽娟 著

北京联合出版公司

图书在版编目（CIP）数据

　　欧丽娟品读古诗词 . 下 / 欧丽娟著 . —北京 : 北京联合出版公司，2020.9
　　ISBN 978-7-5596-4139-7

　　Ⅰ . ①欧… Ⅱ . ①欧… Ⅲ . ①古典诗歌 – 诗歌欣赏 – 中国 Ⅳ . ① I207.2

　　中国版本图书馆 CIP 数据核字（2020）第 057660 号

　　北京市版权局著作权合同登记号　图字 : 01–2020–4563 号

欧丽娟品读古诗词 . 下

作　　者 : 欧丽娟

出 品 人 : 赵红仕

责任编辑 : 管　文　徐　樟

北京联合出版公司出版
（北京市西城区德外大街 83 号楼 9 层　100088）
北京联合天畅文化传播公司发行
北京天宇万达印刷有限公司印刷　新华书店经销
字数 510 千字　　880 毫米 × 1230 毫米　1/32　21.75 印张
2020 年 9 月第 1 版　2020 年 9 月第 1 次印刷
ISBN 978-7-5596-4139-7
定价 : 98.00 元（全二册）

第五章

六朝文学

扫一扫,
试听课程

第一节　曹操《短歌行》：霸王诗人

在上一章里，我们已经看到东汉文人诗《古诗十九首》的几个主题，反映出当时流离颠沛的社会状况，以及面临生离死别时的各种情感，质朴浑厚，耐人寻味。接下来，我们就要开始谈魏晋诗歌了，第一个要谈的，就是曹操。

横槊赋诗

在曹魏的时代，曹操掌握了政权，是实质上的皇帝。他在历史上是以一个篡位者、反道德的负面形象而闻名，尤其是通过小说《三国演义》的风行，其玩弄权术、老谋深算的刻板印象更加根深蒂固。尤其他曾经三次颁布《求才令》，用人唯才、不谈品德，更是为一般人所诟病，认为他是破坏社会风气的罪魁祸首，是野心勃勃的乱世枭雄。但其实，历史永远不是那么简单，仔细分析曹操的《求才令》，可以发现他是"文武并用，英雄毕力"，并不是全然不顾是非道德的。

最值得欣赏的是，他虽然主要在政治、军事上穷尽心力，但他绝对不是刘邦之类来自民间的庶人武夫，而是出身于世代累积雄厚的豪族，学养深厚，即使在纵横沙场、兵马倥偬之际，都手不释卷。历史家说：曹操"文武并施，御军三十余年，手不舍书，昼则讲武策，夜则思经传。登高必赋，及造新诗，被之管弦，皆成乐章。"（晋陈寿《三国志·魏志·武帝纪》裴松之注）也因此，在曹家成长的第二代，如曹丕、曹植等，也都是文采斐然的精英，于是，父子三人就成为三国时期引领文坛的盟主，环绕着他们而形成的文人集团，即是著名的"建安七子"。这些诗人在曹魏所定都的邺城发光发热，成为后代文人所集体向往的典范。

所以应该说，曹操不仅很有学问，内心里更住着一个诗人，最可贵的是，曹操即使在日理万机、奔驰沙场的时候，也会涌现出高昂的诗兴，当场就可以挥洒笔墨，写出动人的诗篇，"横槊赋诗"这个成语就是出自曹操父子。

槊，是一种长杆矛，"横槊赋诗"是指把长矛横放在一边，然后吟咏起诗歌来，那是一种意气风发、不可一世的样子，也是对沙场上的将领文武双全的赞美，而这正是曹操父子所塑造出来的形象。唐朝元稹《唐故工部员外郎杜君墓系铭序》中提道："曹氏父子鞍马间为文，往往横槊赋诗。"到了宋代，苏轼《前赤壁赋》里写赤壁大战之前的情形，也这样赞叹说：

> 方其破荆州，下江陵，顺流而东也，舳舻千里，旌旗蔽空，酾酒临江，横槊赋诗，固一世之雄也。

试想，当时曹操横槊赋诗的意气风发，比起诸葛亮的羽扇纶巾，其实也不遑多让。

你看，"横槊赋诗"就等于是"放下武器，立地成诗人"，一瞬间就脱胎换骨，从军人变成了诗人，不用找资料、打腹稿，也不必营造气氛、等待灵感，更完全不受战场气氛的影响，这份才情简直就是不可思议！当然，在这种状况下写出来的作品，必然带有一种豪迈的气象，不可能是软绵绵的风花雪月，果然，曹操的诗展现出了苍凉深远、沉雄大气的风骨，南朝钟嵘《诗品》的评价是："曹公古直，甚有悲凉之句。"宋敖陶孙《诗评》则说："魏武帝如幽燕老将，气韵沉雄。"而《短歌行》就是其中的代表作。

《短歌行》：从个人忧愁到观照天下

《短歌行》是汉乐府的旧题，属于《相和歌辞·平调曲》。曹操这首诗采用《诗经》古雅的四言句式，慷慨悲歌道：

> 对酒当歌，人生几何！譬如朝露，去日苦多。
>
> 慨当以慷，忧思难忘。何以解忧？唯有杜康。
>
> 青青子衿，悠悠我心。但为君故，沉吟至今。
>
> 呦呦鹿鸣，食野之苹。我有嘉宾，鼓瑟吹笙。
>
> 明明如月，何时可掇？忧从中来，不可断绝。
>
> 越陌度阡，枉用相存。契阔谈讌，心念旧恩。
>
> 月明星稀，乌鹊南飞。绕树三匝，何枝可依？
>
> 山不厌高，海不厌深。周公吐哺，天下归心。

你已经注意到了吧？这整首诗都是用四言的句式写成的，属于《诗经》体的嫡传，尤其是其中套用了不少《诗经》的典故，乃至原始的完整诗句。

首先，曹操一开始就豪迈地放声高歌："对酒当歌，人生几何！譬如朝露，去日苦多。"有谁不会感到年华如逝水的匆促和悲哀呢？人们都喟叹着青春是一本太匆促的书，但岂止青春，人生也同样短暂，像清晨的露珠般转眼消失，抚今追昔，只有失去的时光是越来越多！

曹操终身在战场上奔驰，在政治圈里纵横，这样的一代霸主，更容易感受到无常所带来的压力，毕竟，他们这一类的人不缺天赋才智，更不缺现实成就，唯一会欠缺的，就是时间！天赋才智可以充分施展，现实成就可以不断地累积，唯独时间无法延续，可一旦没有时间，才能、成就再高，都必然面临报废归零的一天。到了那时，这一切岂非化为梦幻泡影，又有什么意义呢？想到这里，曹操心中涌现出一股深重难忘的忧思，再也忍不住激昂起来，放怀感叹道："慨当以慷，忧思难忘。"曹操说他感到"去日苦多"的无奈，现在的心情应当是无比"慷慨"，充满忧思。

那么，什么是"慨当以慷"呢？这是"当以慷慨"的倒装，意指"应当慷慨"。而所谓的"慷慨"，可不是今天用来表示大方的意思，也不是指宴会上的歌声激昂，其实，在建安时代的诗文里，这是一个很常见的语词，算是当代文人的惯用语。例如曹植《赠徐干》诗云："慷慨有悲心，兴文自成篇。"所谓的"慷慨有悲心"最能指出这个词汇的意义，那就是"慷慨悲凉"。这种悲凉清越的情绪，激发了诗人的创造力，也实在是建安文人的生活特征，因而集中表现了他们的时代感受，这便是"慷慨"这个语词之所以如此常见的原因。而曹操也是这样用的，所以在"慨当以慷"这一句的后面，紧接着就是"忧思难忘"，那真是一种无比悲凉的感受。

那么，要怎样才能排解这一份慷慨的悲心忧思呢？"何以解忧？唯有杜康"，曹操认为唯一的答案就是酒！杜康，就是酿造出酒的发明家，这里代指酒。难怪《短歌行》的第一句就说"对酒当歌"，它和第四句的"杜康"前后呼应，让人油然感到浓烈的酒香里浸透了沉重的悲哀。

奇特的是，悲凉慷慨到这种程度了，一般人应该就会沉沦到酒乡里去了，大醉一场，图个浑然忘我，同时也可以忘掉这份背负不起的忧愁。可是，曹操毕竟不是李后主，也不是一般的诗人，他意志坚强、胸襟开阔，以天下为己任，因此面临这样的慷慨悲凉，仍然有超然自拔的力量，没有继续沉沦。他从忧思中跳脱出来，想到天下还有无数的贤能之才，这才是值得他放在心里的、沉甸甸的永恒珍宝，于是下面接着说"青青子衿，悠悠我心。但为君故，沉吟至今"。

值得注意的是，"青青子衿，悠悠我心"这两句，完全引用了《诗经·郑风·子衿》里的句子，那原来是一首责备对方忘了自己的诗，其中写到了相思的煎熬：

青青子衿，悠悠我心。纵我不往，子宁不嗣音？
青青子佩，悠悠我思。纵我不往，子宁不来？
挑兮达兮，在城阙兮。一日不见，如三月兮。

意思是说，那个身着青色服饰的有如周代学士的人啊，一直在我的心里绵绵不尽地思念着，就算我没去看你，你怎么也不捎个信儿给我呢？同样的意思在第二段换个说法，埋怨对方"子宁不来"，你怎么不来看我呢？最后说自己"挑兮达兮，在城阙兮"，在城楼上来去徘徊，这显然是为了眺望远方是否有那人的踪迹，所以才会如此地辗转流连，望眼欲穿，饱受相思之苦。在度日如年的情况下，一天没有见到对方，感觉就像过了三个月那么久。

进一步来看，《子衿》里的"一日不见，如三月兮"，到了《王风·采葛》这首诗中，相思就更加拉长了：

> 彼采葛兮。一日不见，如三月兮。
> 彼采萧兮。一日不见，如三秋兮。
> 彼采艾兮。一日不见，如三岁兮。

从"一日不见，如三月兮"到"一日不见，如三岁兮"，那漫长等待的感觉从三个月变成三年，等于是永远无法解脱的相思炼狱了，可想而知，这份相思是何等的殷切难舍。

很显然，对"青青子衿，悠悠我心"这两句含蓄蕴藉的幽情，三国时期的一代霸主曹操也深深为之感动，他在《短歌行》里就套用了其中两句，另外创作了一首诗："青青子衿，悠悠我心。但为君故，沉吟至今。"这可以说是青出于蓝了。两相比较起来，原来的诗句还带有一点抱怨甚至不满，所谓的"纵我不往，子宁不嗣音？"其中带着一些指责或抗议，怨怪对方竟然忘了自己。虽然这是因为想念的重量让人不堪负荷而产生了情绪的反应，算是人情之常；但曹操取消了这两句，只保留"青青子衿，悠悠我心"，接着进一步深化那"悠悠我心"的思念，以"但为君故，沉吟至今"来表达一种无怨无悔、越深越厚的情怀。

"但为君故，沉吟至今"的意思是说，只因为了你的缘故，而一直沉吟到今天。他沉思低吟，沉吟着什么呢？沉吟的就是那"悠悠我心"的青青子衿！换句话说，固然想念的重量已经让人不堪负荷，但曹操却没有"纵我不往，子宁不嗣音"的抱怨或责怪，而是依然保持这份"悠悠我心"。他口里低低念着的，是那位青青子衿；心板上深深刻画的，还是那位青青子衿，而且口里念着念着，只觉得口齿生香，像一首低吟浅唱的慢板情歌，心板上刻画的形象也越来越清晰，注定永生难以磨灭。

这不就是一种深不可测的幽渺之情吗？曹操作为一代枭雄，竟然把原本就温柔敦厚的《诗经》精神进一步深化，把那种思念的感受表达得更优美含蓄，更耐人寻味，即使单独用来表达恋爱时的心情，也非常恰当传神。这份功力诚然不同凡响，让我们看到曹操的深不可测。

就在这深沉低回的情感之下，曹操接着发出呼朋引伴的召唤，接下来继续引述《诗经》的诗句，说"呦呦鹿鸣，食野之苹。我有嘉宾，鼓瑟吹笙"。这四句又是原封不动地出自《鹿鸣》篇，那是《诗经·小雅》的首篇，包括三章，其第一章说：

呦呦鹿鸣，食野之苹。我有嘉宾，鼓瑟吹笙。

吹笙鼓簧，承筐是将。人之好我，示我周行。

呦呦，是鹿的鸣叫声，朱熹《诗集传》云："呦呦，声之和也。"那是一种喜悦和乐的声音，鹿就在原野上吃草。"食野之苹"的"苹"，是一种草的名字，指萍草，又叫作藾蒿，陆机《毛诗草木鸟兽虫鱼疏》有一番描述，说："藾蒿，叶青白色，茎似箸而轻脆，始生香，可生食，又可烝食是也。"那为什么要以鹿吃草时所发出的叫声写起呢？根据毛诗的解释，这两句是说："鹿得萍草，呦呦然而鸣叫，相呼而食以兴喜乐，宾客相招以盛礼也。"可见这又是一种起兴的写法，诗人看到鹿在原野上吃草，发出喜乐的呦呦声，像是在呼唤鹿群一起和乐地共享，于是联想到好客的主人在宴请宾客时，大家其乐融融的场景。所以后面接着说"我有嘉宾，鼓瑟吹笙"，弹奏瑟这种弦乐器，吹奏笙这种管乐器，就是要好好招待心中所珍惜的嘉宾啊。这么说来，呦呦的鹿鸣声就像琴瑟笙管一样的悠扬动听了。

原来，《鹿鸣》篇本就是周王宴会群臣宾客时的一首乐歌，属于一首宴饮诗。《毛诗序》云："《鹿鸣》，燕群臣嘉宾也。既饮食之，又实币帛筐篚以将其厚意，然后忠臣嘉宾得尽其心矣。"后来也成为贵族宴会或举行乡饮酒礼、燕礼等宴会的乐歌，一直到唐宋时期，根据《新唐书·选举制上》所言："每岁仲冬……试已，长吏以乡饮酒礼，会属僚，设宾主，陈俎豆，备管弦，牲用少牢，歌《鹿鸣》之诗。"在科举考试后，为新科举子所举行的宴会上，也歌唱《鹿鸣》之章，所以称为"鹿鸣宴"，表示广纳一流人才的喜悦，可见此诗影响之深远。直到现在，台湾大学里还有一家餐厅叫作鹿鸣堂，这都是来自这个源远流长的典故。

至于曹操把此诗的前四句直接引用在《短歌行》中，主要是借由宴请忠臣嘉宾而"得尽其心"，以充分表达求贤若渴、收揽群才的心情。

只是，在这幅君臣相得的美好画面之后，曹操忽然又感到这个期望有落空的可能，接下来便说"明明如月，何时可掇？忧从中来，不可断绝"，掇，是拾取的意思，曹操表面上是怀疑冰清玉洁的月亮何时可以摘取下来，拿到手里，其实，这是用以比喻那些贤才何时可以尽归于他的麾下。一想到他会错失人才，曹操又开始惴惴不安起来，那份由衷产生的担忧，居然到了无法抑制的地步。

而诗篇到了这里，已经出现了明显的变化：一开始，曹操是为了人生苦短而"慨当以慷，忧思难忘"，那是为了个人的生命有限所产生的悲哀，所以用酒来解忧；但曹操并没有停留在这里，没因此走上借酒浇愁的老路，而是立刻把心思转向了天下，因此想到了身为国家栋梁的那些青青子衿，再延伸到后面的沉吟、鹿鸣、嘉宾，都是超越个人层次的。而那些曹操所渴望的嘉宾们一如明月般的美好，可惜却很可能遥不可及，于是就此产生了第二次的"忧从中来，不可断绝"。很明显地，这时候的忧心，为的不是自己，而是国家了，境界由小而大，呈现出飞跃性的提升。

在这样的情况下，曹操深深感到天下还有许多流落各地的人才，对国家朝廷而言，那是多大的浪费！面对这些怀才不遇的悲剧，又该如何才能解忧呢？显然这不是喝酒所能做到的，也不是放在心里沉吟就可以的。于是他表达出访贤求才的积极努力，呼唤那些嘉宾们，"越陌度阡，枉用相存。契阔谈讌，心念旧恩"，请大家越过田野中纵横交错的阡陌道路，远道而来，对于劳驾朋友们来访和问候，曹操满怀感激，在这阔别后重逢相聚的时刻，大家一起尽情欢宴、开怀畅谈，彼此心里都眷念着旧日的恩情啊。

你看，这又是一种殷勤的期待了，曹操迫不及待地呼唤这些失散各地的人才可以聚在一起，于旧日的恩情中彼此契合无间，这岂不又是"呦呦鹿鸣，食野之苹。我有嘉宾，鼓瑟吹笙"的另一种说法吗？这是多么温暖快乐的场面，那些流落在外的嘉宾们有见于此，岂不会心向往之？

然后，曹操又从相反的一面描写人才流落的悲剧。所谓的"月明星稀，乌鹊南飞。绕树三匝，何枝可依"，这固然是写实的景物，在残酷的大自然里，总有那么几只乌鹊遇到了困境，在月明星稀的深夜里，还在振翅奔波，没能够安顿下来歇息，即使好不容易找到一棵树，可绕着飞了三圈，仍然没有一个枝头是可以依托的。那这样一来，这些乌鹊岂不是要筋疲力竭，第二天哪里还有力气上路，往前飞呢？

这样发生在大自然界的悲剧，就被用来比喻动荡不安的社会里人才的流离失所，他们空有一身的本领，最后很可能毫无用武之地，这其实是许多文士共同的悲剧，在建安的乱世中更是屡见不鲜。而曹操这种设身处地的感同身受，充分表现出深刻的同情与理解，岂能不深深打动那些无枝可依的沦落人？

对于无依无靠的嘉宾们，曹操展开双臂，展现出宽广的胸怀，欢迎他们全数都到他的麾下，曹操就是他们最坚强的归宿。所以说"山不厌高，海不厌深。周公吐哺，天下归心"，就在这最后一段，曹操拓开了宏大的视野，山之崇高，海之深广，格局非凡。典故出自《管子》所言："海不辞水，故能成其大；山不辞土，故能成其高；明主不厌人，故能成其众。"可见，这两句讲山高水深，弦外之音还是求贤的渴望。

曹操自视为一代明主，广纳人才，多多益善，所以也自比为制礼作乐、开创文化道统的周公，而周公之礼贤下士，就表现在三吐哺、三握发上。《韩诗外传》卷三云：

> 周公践天子之位，七年……成王封伯禽于鲁，周公诫之曰："子无以鲁国骄士。吾文王之子、武王之弟、成王叔父也，又相天下，吾于天下亦不轻矣，然一沐三握发，一饭三吐哺，犹恐失天下之士也。"

这段记载也被司马迁收入《史记·鲁周公世家》里。吐哺，是将正在吃的食物吐出来，"哺"在这里是名词，指口中咀嚼的食物。握发，是指正在洗头的时候，把湿漉漉的长发给挽起来。吐哺、握发都是日常生活中被打断的动作，原因是周公常常忙于接见贤者，所以连吃一顿饭、洗一次头发都得中断几次，草草停下来，顾不得把饭吞下去、把头发拧干，就是唯恐怠慢了来访的士人。对士人这样的谦逊礼敬，怎能不赢得天下归心！

诗写到这里就结束了，而曹操的胸襟与形象就登上了文化的最高峰，也成为政治家的最完美风范，再也没有一丝一毫对人生苦短的悲哀，他的对酒当歌也从治疗个人的忧愁完全转向对天下的观照，体现出一个时代领导者的胸襟，可以说是"诗如其人"。

既然"言为心声"，诗歌用以抒情言志，展现的是内在的自我，那么，曹操是一个怎样的人呢？从这首诗可以看到，曹操并不是一个穷兵黩武的独夫，只懂得打仗夺权，而是拥有深刻的性灵，既能领略到存在中的痛苦，以及感受到生命的种种难题，又能实实在在地面对人生，用自己的精神力量超越存在的困境，因此粹炼出刚强、坚毅和宏大的气魄，诚然是一个深沉丰富的伟人。

曹操的诗歌也反映出他受到大雅文化的深刻影响，表明他是那个时代的文化精英，所以才能引经据典，把《诗经》运用得出神入化，乃至青出于蓝。这位才气纵横的诗人，在中国文学史上永远占有一席之地，难怪沈德潜《古诗源》卷五推誉他的四言诗是"三百篇外，自开奇响"。

尤其我们最应该注意的是，曹操在《短歌行》里，一点儿也没有目空一切的霸气，反而处处流露出对天下人才的惺惺相惜，更可贵的是，曹操并没有以权位相诱，也完全没有提到荣华富贵，自始至终都是在深情呼唤，以"心"相许，包括"悠悠我心""天下归心"这两句都写到了心，岂不证明了这一点？更不要说，曹操对那些怀才不遇者的同情与理解，那可不是一个高高在上的人会有的体贴。因此他一再地宣告说：这里有一位礼贤下士的明主，可以让你们施展抱负，共享深厚的情谊，所以，不要像无枝可依的乌鹊一样，独自在黑夜里流离失所，大家来到这里吧，我曹操珍惜你们会如同赏爱天上的明月，以盛宴相款待，我们彼此可以宾主尽欢，一起共创天下基业！

《短歌行》这首诗，凸显了曹操的另一面，值得我们重新看待这个历史人物。尤其是我们应该仔细思考：曹操和曹丕一样，明明文学成就都很高，并不亚于曹植，但为什么后人的评价却偏偏相反？如果认真思考原因，就会发现这又是一个很不理性的、凭感觉所造成的偏颇。关于这一点，中国伟大的文学批评家刘勰已经想得很透彻了，《文心雕龙·才略篇》说："俗情抑扬，雷同一响，遂令文帝以位尊减才，思王以势窘益价，未为笃论也。"

也就是说，魏文帝曹丕因为是政治上的成功者，于是读者就以"平衡原则"降低对其才学的评价；而陈思王曹植因为现实的失败，以致读者发挥"补偿心理"而提高对他的肯定，这当然是非理性的心态，就被严谨公正的文论家批评为"俗情""未为笃论"，其实是一种庸俗的情绪反应，而不是一种公允可靠的评判。可惜的是，这种"同情弱者"的心理本能是极为普遍的，所以说"雷同一响"，正是我们应该要警惕的地方，否则一不小心，很可能就会被感觉牵着走，做出不客观的评判而不知。曹操可以说是一个很好的例子。

这一节，我们讲了曹操的杰作《短歌行》，仔细分析之后，可知曹操是改变历史的一代霸主，就像其他的政治人物一样，功过难定；但一方面他又是杰出的诗人，深受雅文化的熏陶，才有了"横槊赋诗"这样光辉闪耀的形象。因此，我们千万不要忽略了世间人事物的复杂性，而流于简单化、浅薄化。

第二节　潘岳《悼亡诗》：复杂深情的感伤诗人

上一节我们看了曹操的《短歌行》，也认识到每一个人都是很复杂的，不能简单地就凭某种成见加以褒贬。曹操的历史功过难定，但他却的的确确是一优秀的诗人，在兵马倥偬、国事如麻的情况下，还能拨动心弦吟诗作赋，这是很值得赞美的。今天我们要往下讲晋朝的诗人，同样会涉及个人性格复杂的情况，那就是千年美男子潘岳，通过他的为人处事、诗文作品，可以带给我们一些很有价值的思考。

我们先看晋朝的背景。曹魏结束了统治之后，就是司马氏的晋朝，晋朝的前五十年称为西晋。在整个魏晋南北朝的三百多年里，西晋是唯一南北统一阶段，后来发生了五胡乱华的灾难，就进入东晋偏安江南的阶段。在西晋统一太平的五十一年中，诗坛上是由所谓的"太康八诗人"主导，简称为"三张、二陆、两潘、一左"，其中，最为后人熟悉的，就是潘岳。

拜路尘与优游养拙

潘岳，字安仁，以无比的俊秀闻名，是历史上著名的美男子，所谓"潘安再世"的潘安就是这个潘岳。但这个诗人存在着两面性，首先，对潘岳的人格操守，历史上具有很大的争议，《晋书》本传中如此记载：

> 岳性轻躁，趋世利，与石崇等谄事贾谧，每候其出，与崇辄望尘而拜。

他曾经为了巴结权贵贾谧，与石崇守候在贾家的豪宅外，等到贾谧乘车出门的时候，就跪倒在地弯腰低头，即使车子已经走了很远了，马蹄、车轮扬起了滚滚灰尘，遮蔽了贾谧的座车，但潘岳、石崇仍然跪在路边对着尘土下拜，表示忠诚。当然这个行为已经太过，因此，他也从此留下一个污秽的历史形象，常常被后人借以嘲讽那些极端谄媚权贵、过分趋炎附势的无品文人。

但是，这与他写的《闲居赋》显得很矛盾。潘岳在五十岁的时候因母亲生病而离开官职，回顾三十年的仕途，过程是那么的曲折，因而心灰意懒，产生了归隐的念头，写下了一篇表白心迹的《闲居赋》。在这篇赋里，潘岳总结自己做官的经历，包括：八次调换岗位，一次提升官阶，两次被撤职，一次被除名，一次没就任，三次被外放。这三十年间的宦海浮沉，起落不定，得失无常，让潘岳因此感慨万千，断定自己是一个"拙者"，也就是笨拙的人，不够聪明机灵，无法弄巧周旋、如鱼得水，所以才会这样坎坷。"于是退而闲居，于洛之涘"，"闲居"就是隐居，也成为这篇赋的篇名和写作主旨，他所退隐的地方，就在"洛之涘"，河南省洛水之滨，因为他认为这里是一个仁义之乡，也就是孟母三迁所要寻找的地方，最宜居住。

定居之后，潘岳就开始经营园林了，盖造屋舍，挖掘池塘，栽种各式各样的花草树木和农作物，形成一片美丽缤纷的植物景观：

爰定我居，筑室穿池，长杨映沼，芳枳树篱，游鳞濣瀹，菌荼敷披，竹木蓊蔼，灵果参差。张公大谷之梨，梁侯乌椑之柿，周文弱枝之枣，房陵朱仲之李，靡不毕殖。三桃表樱胡之别，二柰曜丹白之色，石榴蒲桃之珍，磊落蔓衍乎其侧。梅杏郁棣之属，繁荣藻丽之饰，华实照烂，言所不能极也。菜则葱韭蒜芋，青笋紫姜，堇荠甘旨，蓼荽芬芳，蘘荷依阴，时藿向阳，绿葵含露，白薤负霜。于是凛秋暑退，熙春寒往，微雨新晴，六合清朗。

随着四季流转、风雨阴晴，园蔬林果欣欣向荣，这样的生活是何等的清净自在！比起先前在官场中的荣辱跌宕——天天仿佛走在悬崖的钢索上，不但每天战战兢兢，还几乎丢掉了性命，而今这洛水边的隐居简直就是身在天堂。所以最后潘岳总结说：

几陋身之不保，尚奚拟于明哲。仰众妙而绝思，终优游以养拙。

意思是说，这做官的大半辈子结果几乎连性命都难保，哪里还能和古代的圣明相比。现在要信仰道家的众妙玄虚，断绝官场的思念，终身闲居游乐而培养笨拙的心志。这么说来，大有返璞归真的意向。

这篇赋里面提到的"拙"字并不少见，其中的"拙政"就是苏州拙政园的来源，而文章最后的"养拙"，更可以说是整篇文章的主旨。"拙"这个字来自老子所说的"大巧若拙"，呼应了前面所说的"众妙"，似乎都偏向于道家的清静无为。但你知道吗，"养拙"这个词却是第一次出现在文献中，算是潘岳的发明，其中带有一种择善固执、不媚俗从众的意味。后来陶渊明在挂官归去的时候，也说自己是"守拙归园田"。"守拙"和"养拙"是同样的意思，但一个出自隐逸诗人陶渊明之口，一个却首创于颇具争议性的潘岳笔下，这岂不是太奇妙了吗？

何况，潘岳的"养拙"比陶渊明的"守拙"还要早一百年以上，而且他不只是消极地守护这种拙，还更进一步积极地培养这种拙，如此地以拙自许，彰显出一种崇高脱俗、默默坚守的儒家精神，后来就成为文人清高的表现。杜甫在诗中更是大量运用，还发展出"用拙"的新用法。

如此说来，潘岳可以说是清高脱俗、洁身自爱之辈了，然而这和他"拜路尘"的形象又是多么矛盾啊。难怪元好问就写了一首诗，质疑诗人的性格分裂，其《论诗三十首》之六云：

心画心声总失真，文章宁复见为人。

高情千古闲居赋，争信安仁拜路尘！

第一句中的"心画心声"，出自汉朝儒者扬雄所著的《扬子法言·问神》："故言，心声也；书，心画也。声画形，君子小人见矣。"扬雄认为，言语是心的声音，书字是心情的表现，有了言语或书字，就可以看出这个人是君子或是小人了。这个推论的逻辑，在于一个人的言语或文辞和他的真实心意是一致的。但元好问不同意这个看法，他认为"心画心声总失真，文章宁复见为人"，文章的内容经过了人为的安排，更可以刻意包装、雕琢，所以总是失真不实的，岂能反映出作者的真正为人。然后下面用以举证的例子，就是潘岳，他说看了高尚情操足以传颂千古的《闲居赋》，又怎能相信，潘岳会有守在路边望尘而拜的谄媚行为！

元好问的这首诗，很明显是认为潘岳的文章作假，"拜路尘"的行为才是真实的。但是，这样又会出现两个问题了：第一，潘岳"拜路尘"的行为，难道没有被迫的可能吗？如果文章可以作假，那行为也可以是表演出来的，"拜路尘"就一定是潘岳真实的自我吗？第二，就算那是真实的，为什么一个人只能有、只会有一种真实呢？会不会其实《闲居赋》和"拜路尘"都同样真实呢？以下我们一一来讨论这个问题。

首先，关于"拜路尘"这个行为，以当时的门阀制度来说，潘岳投身于政治，卷入党争而患得患失，这是由他的家世和社会关系所决定的，何况人在江湖，身不由己，难免有不得不然的无奈。当潘岳"拜路尘"的时候，究竟是热衷过头的乐在其中，还是其实充满了无奈甚至屈辱呢？"百代之下，难以情测"，我们当然无法断定，但至少，后来的伟大诗人杜甫是视其为无奈、屈辱的。

　　杜甫为了追求"致君尧舜上，再使风俗淳"的理想，在青壮年时期受困于长安十年，付出了十分惨痛的代价，包括穷到得去排队领政府的救济米度日，最后还饿死了最小的儿子！因此，杜甫在《奉赠韦左丞丈二十二韵》这首长诗中便写到了这个充满挣扎的漫长过程中的辛酸：

　　　　朝扣富儿门，暮随肥马尘。残杯与冷炙，到处潜悲辛。

　　其中的"暮随肥马尘"这一句，不就用了潘岳望尘而拜的典故吗？然而这样的做法只落得"残杯与冷炙，到处潜悲辛"的屈辱，旁观者又哪里能够体会呢？从这个切身体验来说，杜甫是因为懂得，所以慈悲，对于潘岳的行为是宽容的，对于潘岳的内心是同情的，他一点也不觉得矛盾。换句话说，潘岳的性格并不虚伪作假，这一点值得我们深思。

　　其次，就算潘岳望尘而拜是发自内心的行为，那也不等于《闲居赋》的内容是失真的。一般人会觉得这两者构成了矛盾，但其实这是把人性想得太简单了，误以为人只能有一个面相，一种品格。殊不知人类真是太复杂了，每一个人都是立体的小宇宙，那颗心不但有好几个面相，每一个面相又有不同的层次，并且还有时间所造成的变化，这才构成人性的全部。好比同一个地球，有酷寒的高山冰河，也有炽热的赤道，一年里更有春夏秋冬的变化，人不也是如此？

　　何况，从内心的想法到外在的行为，又有许多的因素会造成影响，所谓的"爱之适足以害之"，就说明了好的心意绝不等于就会有好的行为。

再说，面对不同的场合、对象，因为彼此的关系不同，本来就应该有不同的反应。例如以对下属的态度对待长官，就太过失礼；用对客人的态度对待家人，那又过分生疏，都不恰当。所以人的问题并不是这么简单，行为作风必须因人、因地、因事而异，不能一概而论。

从这个角度来说，即使潘岳是真心谄事权臣，乃至毫无节操地拜路尘，属于潘岳真实的一部分，这时潘岳的心固结在功名利禄上，所作所为就是逢迎巴结。但他的《闲居赋》，是在已经脱离了现实的处境，心灵十分纯净的状态下所写出来的作品，在这样纯净的心灵中，平常被"现实中的我"所掩盖的"理想化的自我"就有机会浮现出来了，表现得清雅高洁，所以一点儿也不虚伪，同样是很真诚的流露。

所以说，关于潘岳人格的争议其实并不矛盾，关键在于我们能不能充分把握住这个人的复杂性。元好问质疑潘岳言行不一，认为他在文章中故作清高，只能说明他对人性的认识太过单薄和粗浅了。

中国第一美男子的深情悼之诗

关于潘岳的两面性，还有一个很有趣的情况，那就是他身为中国第一美男子，仍然对妻子一往情深，至死不渝，这可是很不容易的事。

根据《世说新语·容止》所记载："潘岳妙有姿容，好神情；

少时，挟弹出洛阳道，妇人遇者，莫不连手共萦之。"刘孝标注引《语林》补充说："安仁至美，每行，老妪以果掷之满车。"至于《晋书》则整合说道：

> 岳美姿仪，辞藻绝丽，尤善为哀诔之文。少时常挟弹出洛阳道，妇人遇之者，皆连手萦绕，投之以果，遂满车而归。

你想象一下那个画面，简直比我们现代人还开放、还直接。当年轻俊美的潘岳带着弹弓来到洛阳道上，遇到潘岳的妇女，都手拉着手把他围在中间，不放他走，以便欣赏个够，还把水果当作临时的礼物投掷给他，表示她们的赞美和欣赏。而那些水果居然多到可以满载而归，可见围观的妇女有多少了，也因此形成了"掷果盈车"的成语。可见当年潘岳的魅力，实在并不亚于今天的偶像明星。

不只如此，《世说新语·容止》又说："潘安仁，夏侯湛并有美容，喜同行，时人谓之连璧。"当他和同为美男子的好朋友夏侯湛一起出行的时候，就被时人称为"连璧"，意指两块放在一起的璧玉，那真是珠联璧合、互相辉映的图画，十分耀眼夺目。一个男性可以俊美到这种程度，已经是非常罕见了，说他是男性版的倾城倾国，应该也不为过吧？而当时妇女在路上见到美男子，一点儿也没有偷眼窥看的扭捏，反倒当面直视、联手围观，欣赏赞叹之余还直接打赏，这种大胆开放的表现，完全超出了我们所以为封建保守的妇女规范，颠覆了现代常见的中国古代社会生活的成见。可见传统中国文化是非常多元而复杂的，不能用"封建礼教"而一言以蔽之。

就在这样的情况下，或许我们可以思考一个问题：一个万众瞩目的绝世美男子，本来就具备了吸引女性的绝佳条件，因而大受欢迎，一般来说更容易拈花惹草；何况他又活在以男权为中心的传统社会里，容许三妻四妾，也纵容男性的婚外发展，照理来说，潘岳似乎很有风流倜傥的空间，如果他到处留情，结交许多红粉知己，似乎也不算犯错。而他的妻子因此成为闺中怨妇，也并不会令人意外。

但是，人世间真是奇妙啊，事实却不是如此。潘岳十二岁时，便与杨肇的十岁女儿定亲，十七岁与杨氏结婚后，夫妻十分恩爱，度过了二十多年伉俪情深的幸福时光，潘岳也终身没有纳妾。但杨氏不幸于元康八年（298）去世，潘岳非常悲痛，提笔写下对妻子的追悼，也因此开创了"悼亡诗"这个崭新的题材。

请注意，狭义的悼亡诗，就是指丈夫所写的怀念去世妻子的诗，对象是很限定的；后来范围慢慢被扩大了，有一些人写给亡友的诗也被叫作悼亡诗，这是一种比较宽松的用法。无论如何，悼亡诗这个新题材在潘岳的笔下诞生了，但为什么要到潘岳的时候，才出现这个题材的诗作呢？原来，对古人而言，"妻子"虽然是至亲的伴侣，但却属于整个大家族的成员，夫妻要一起为家务贡献心力。一旦两人间有了深厚爱情，就很容易以私害公，影响到家族的整体利益，所以最好避免这种两人之间亲密的私人感情。

也正是因为如此，即使丧偶的丈夫深爱着妻子，却也常常不敢公开表达出来，直到唐代晚期，还有诗人感慨自己的妻子过世了，悲伤却必须压抑下来。赵嘏《悼亡二首》之一便说道："一烛从风到奈何，二年衾枕逐流波。虽知不得公然泪，时泣阑干恨更多。"悲伤的丈夫不敢公然掉眼泪，这就清楚证明了个人的私情是不好公然表达出来的，以免引起舆论的批评。

唐代的情况尚且如此，这种"不得公然泪"的社会要求应该是很普遍的。因此潘岳首创悼亡诗，正表现出他对妻子的深爱是无比的真挚，所以才会突破这种无形的社会限制，用诗歌去写一个前人从未表达的主题。并且不仅如此，在现存潘岳所写的五十二首诗歌中，就包括了《内顾诗二首》《杨氏七哀诗》《悼亡诗三首》等伤悼亡妻的多首作品，再加上《哀永逝文》等文章，不仅数量很多，而且占比很高，更显示出潘岳对妻子的深情难舍。

我们就来看看潘岳《悼亡诗三首》，其一云：

> 荏苒冬春谢，寒暑忽流易。之子归穷泉，重壤永幽隔。
> 私怀谁克从，淹留亦何益？黾勉恭朝命，回心反初役。
> 望庐思其人，入室想所历。帏屏无髣髴，翰墨有余迹。
> 流芳未及歇，遗挂犹在壁。怅恍如或存，周遑忡惊惕。
> 如彼翰林鸟，双栖一朝只。如彼游川鱼，比目中路析。
> 春风缘隙来，晨溜承檐滴。寝息何时忘，沉忧日盈积。
> 庶几有时衰，庄缶犹可击。

这一首诗很长，表现出长河一般的绵延不绝，应该是写于守丧一年期满的时候。整首诗可以分为五段，第一段写妻子过世后的处境，第二段写妻子生前卧室的样貌，第三段写当时盘桓的悲痛心情，第四段写失偶的孤独不幸，第五段写解脱丧妻之痛的期望。

潘岳一开始说，妻子过世后时光依然不停地流逝，"荏苒冬春谢，寒暑忽流易"，冬天、春天渐渐地离去了，冷热的季节也迅速更迭变换，这大约是经过一年的时间，也是古代礼制中为妻子服丧的期限。而"之子归穷泉"，"之子"是这个人，也就是我的妻子魂归九泉之下，"重壤永幽隔"，厚重的土将她永远隔绝在幽冥世界里。

面对这样的生死永隔，"私怀谁克从"。私怀，也就是私心、私情，指个人悼念亡妻的心情。"谁克从"，即"克从谁"的倒装。意思是这份心情能向谁说呢？但想念得再深，"淹留亦何益"，留在这里又有什么用？毕竟妻子已经不在了。于是，潘岳决定"僶俛恭朝命，回心反初役"。僶俛，是勉力、勉强的意思；朝命，指朝廷的命令；回心，也就是转念；初役，指原来的官职。这两句是说，他回心转念，决定勉强遵从朝廷的命令，离开这里返回原来任职的地方。写到这里，这八句是第一段，表达出丧妻之后彷徨空虚的心情，经过一年的挣扎，终于做出回到生活常轨的选择。

但是，潘岳虽然做出了决定，在临行之前，还是那么的依依不舍，不忍离去。接着第二段便开始写他走进妻子生前的房间里盘桓流连，睹物思人，想要再一次重温那亲爱的记忆，也把妻子的气息牢牢地记在心里。因此接下来说"望庐思其人，入室想所历"，在外面望着居宅思念她的人，进入卧室后回想着她所经历的生活，处处都留下许多的印记："帏屏无髣髴，翰墨有余迹"，帐帏和屏风之间再也没有亡妻那依稀仿佛的形影，但桌案上还留有她生前的笔墨痕迹；"流芳未及歇，遗挂犹在壁"，那些遗物到现在还散发着芳香，没有消失，遗留下的挂饰仍然悬在墙壁上，没有改变。

很显然，潘岳保留了房间的原貌，像是一个标本一样保存生活的记忆，极力挽留妻子的印记，努力要抗拒回忆被冲淡的可能性。于是这个房间化为一座情感的纪念馆，眼看着一切景物依旧历历在目，让潘岳"怅恍如或存"，失魂落魄地觉得妻子就好像还活着一样，因此引起了"周遑忡惊惕"的情感激荡。这一句用了四个强烈的情绪字眼，意指身心充满了惶惑、怔忡、惊恐、忧惧的感受，它们集中翻搅在一起，就像狂风暴雨的吹袭一般。诗人这时候该要怎样地努力忍受？心中一片凌乱，几乎要承受不住。

对于这样的情绪状态，清人吴淇《六朝选诗定论》说得好："'周惶忡惊惕'五字似复而实，一字有一字之情。'怅恍'者，见其所历而犹为未亡。'周惶忡惊惕'，想其所历而已知其亡，故以'周惶忡惊惕'五字，合之'怅恍'，共七字，总以描写室中人新亡，单剩孤孤一身在室内，其心中忐忐忑忑光景如画。"这就是第三段所写的悲痛心情。

而潘岳悲痛到这种程度，深感自己将来注定是一个踽踽独行的孤独者了，接下来的第四段便写失偶的孤独不幸，用了鸟和鱼的比喻来说明失去伴侣的悲哀。他说"如彼翰林鸟，双栖一朝只。如彼游川鱼，比目中路析"，就像那栖息在树林中的鸟，原本双宿双飞，有一天却落得形单影只；又像悠游在河川里的比目鱼，原本成双成对，中途却遭遇分别，让他难以继续往前走下去。

这样一来，潘岳怎样才能再度拥有幸福的生活呢？"春风缘隙来，晨溜承檐滴"，即使春天又来临了，温暖的春风从门窗的缝隙吹进来，清晨时屋檐上的雨水也开始往下滴沥，但这一点也融解不了他被冰封的心。那颗心被沉重悠长的哀思牢牢地捆绑，以至于"寝息何时忘，沉忧日盈积"，这两句是说连睡觉休息的时候也不能忘怀妻子，这深沉的忧愁一天又一天越积越满，整个人就要被淹没了。

到这里，潘岳已经到了面临崩溃的地步，再下去又该怎么办呢？要怎样才能活下去呢？只要再增加一分悲痛的重量，就要从悬崖边坠落下去了！他的心在拼命挣扎着，那一点求生的本能开始想要解救自己了，于是潘岳想到有一个古人给了他一线希望，那就是逍遥豁达的庄子。

《庄子·至乐》描述了这样一个故事："庄子妻死，惠子吊之，庄子则方箕踞鼓盆而歌。"庄子的达观甚至让他在妻子死了以后，也可以超越悲伤、鼓盆而歌，让深陷悲痛之中不能自拔的潘岳好像找到了救星，他痴痴地想"庶几有时衰，庄缶犹可击"，但愿自己能够达到庄子的境界，那么这沉重的悲哀就有衰退、减少的可能，到了那时，庄子的瓦盆仍然可以继续敲打，他自己也能过正常的日子了。

这短短的两句话，算是整首诗的最后一段，因为它转向另一个层次，那个层次加进了重生的希望。很显然，潘岳是以庄子鼓盆而歌的典故，盼望自己终有一天得以超脱思念的痛苦，可以不再陷于生死异途所造成的绝望之中。但其实，那一线希望是多么渺茫，几乎是不可能做到的，潘岳越是这样希望，越是这样努力，就越表明他的悲伤难以自拔。全篇结束在一个不可能企及的希望里，那万般挣扎的痛苦反而让人更加不忍，因此也更表现出他对妻子的深情挚爱无可比拟。

这组悼亡诗，呈现了潘岳人格上的两面性，他是绝世的美男子，同时又是对妻子无比深情的好丈夫，这不是给我们的很好的示范吗？原来身为一个备受女性欢迎的美男子，仍然可以做一个忠贞的好丈夫，证明了一个人的人格才是最重要的，与外表原来没有太大关系。在这一点上，潘岳不正是一个面对诱惑而不为所动的正人君子吗？

更值得注意的是，潘岳是一个很特殊的伤感诗人，死亡对于他似乎有一种特别的触动，因此成为相关文类的杰出作家，不仅开创了哀悼妻子的《悼亡诗》，而且诔文、墓志铭也都写得哀凄动人，成为当时的名家。清初的诗评家陈祚明《采菽堂古诗选》中便评论说："安仁情深之子，每一涉笔，淋漓倾注，宛转侧折，旁写曲诉，刺刺不能自休。夫诗以道情，未有情深而语不佳者。"这样的一个诗人，应该才是真正的情圣吧！

从此以后，后代凡是写悼亡诗者，包括李商隐在内，都承继了潘岳《悼亡诗三首》的基本格局，例如从室外转向室内的空间转移，由遗物唤起对亡妻的回忆，以及对妻子性灵慧黠、才情不凡的潜在暗示，其中主要的陈述架构以及相关意象都一脉相承。由此也可见潘岳的才情和影响力。

西晋诗人潘岳的两面性造成了后代评论者的争议，但其实如果不停留在表面的矛盾上，深入去考察的话，就会发现人本来就是复杂的小宇宙，他本来就具备不同的面相，而每一个面相都是他真实的一部分。以潘岳为例子，他虽然有趋炎附势的行为，但其实不妨碍内心的纯净，《闲情赋》就是这颗纯净之心的结晶。尤其是潘岳身为一个绝世的美男子，对妻子却深情又忠贞，完全不受外界的诱惑，足以证明他正人君子的一面。所以说，要了解一个人是很不容易的，我们在批评之前，应该先下足功夫、做好功课，才不会把问题看得太简单，犯下以偏概全的错误。

第三节　顾恺之《神情诗》：四季的讴歌

　　潘岳所处的西晋只有短短的五十一年，当时的统一太平促进了诗歌创作的蓬勃发展，只可惜接下来就遇到了五胡乱华，大批江北衣冠为了避难，来到了江南地区，从此进入东晋的偏安阶段。这个偏安江南的时期比西晋长了一倍，一共一百零四年，可是诗歌的表现却反而消沉许多。应该是国难当头，一方面要重新整顿政权，在侨居地惨淡经营；一方面则是痛定思痛，面对面目全非的家国努力振作，于是出现了"新亭对泣"的场景。在这样的情况下，东晋时期出现了虚无的玄言诗，以及超现实的游仙诗，脱离了现实世界，进入思想推理、凭空想象的玄想世界，被视为诗歌发展的消沉阶段。

　　但是，在这样的时代里，却有一首很独特的诗歌，短小而优美，很值得我们欣赏。而它的作者也不以诗闻名，反倒是以绘画著称，那就是顾恺之。今天，我们就来看看这位肖像画家所留下的一首非常有意境的诗歌作品——《神情诗》，内容是在描写四季的自然景色。

顾恺之，字长康，出身于江南本地的世家大族，当时号称"朱张顾陆"，"顾"就是其中的一个大姓。也因此顾恺之有很好的文化资源，可以充分发挥他的天赋，从小就才华横溢，非常博学且多才多艺。他工于诗赋，善写书法，在绘画方面更是专精，当时人称为"才绝、画绝、痴绝"，著有《论画》《魏晋胜流画赞（摹拓妙法）》和《画云台山记》三本绘画理论的书籍，在绘画上卓有成绩。大家对顾恺之的认识，主要在于他是一个了不起的人物画家，而《世说新语·巧艺》里记载：

> 顾长康画人，或数年不点目精。人问其故，顾曰："四体妍蚩，本无关于妙处；传神写照，正在阿堵中。"

他最奇特、也最有名的作画习惯，就是把人物的"眼睛"放在最后一笔，甚至一放好几年。人家问他为什么，他说：因为身体四肢的美丑，对于画像是否神妙根本没有关系，要想真正传达出画主的神采，正是在眼睛这个东西上啊。"阿堵"是当时的土话，也就是"这个"的意思，在上下文的指涉里，便是指眼睛。可见眼睛这个部位是一个人的灵魂所在，是传达人物的内在精神的窗口，所谓的"画龙点睛"也是同样的意思，因此是人物画成败的关键，必须等画家把模特的性格特质都充分把握到了，才能有最佳的呈现，所以顾恺之才会放到最后再画上去。

由此可见，顾恺之对人物是非常敏感的，对人物尚且如此，何况大自然中的景物呢？大自然的景物本来更是诗人创作的基本材料，甚至是激发其写作的不可或缺的动力。可以说，没有自然景物，也就写不出好诗。

四时风物与诗歌创作

先前在《诗经》的六义中，其实已经涉及这个问题，尤其是"兴"，基本上就是讲景物带给人的兴发情感的作用。例如：看到春天时"桃之夭夭，灼灼其华"，就联想到新嫁娘"之子于归，宜其室家"的欣喜，桃花盛开的美丽与生机，岂非和青春少女当上新娘的美丽，以及有了归宿后结婚生子的生机十分类似？再譬如"昔我往矣，杨柳依依"，不就是通过杨柳随风飘动的枝条，纤细柔软、悠长绵延，呼应了离家远行时心里的依依不舍吗？还有汉代古诗里的"青青河畔草，绵绵思远道"，也是借由绵绵不尽的青草，把绵绵不尽的相思给形象化了，情景交融，余味无穷。

可见，即使是不自觉的"兴"，它之所以产生作用，同样建立在人事的感受和景物的特点两者之间的类似，在这个基础上产生了相关的联想，而通过那些景物的特点，人事的感受便得到最传神、最生动的呈现。这就是我们会说"没有景物也就写不出好诗"的原因。

到了魏晋时期，文人对自然与人心的关系就了解得更清楚了，不只是把心里的感觉与外在的类似景物联结起来而已。诗人是怎样写诗的？诗人为什么会被触发写诗的动力？诗歌的内容不能没有景物，那么景物对人产生了哪些影响？人面对这些景物时会有哪些反应？这些问题，到了六朝都被思考得更深入了。

我们举几篇最重要的文献来看。西晋时期陆机奠定了感物美学，其《文赋》中就指出："遵四时以叹逝，瞻万物而思纷。悲落叶于劲秋，喜柔条于芳春。心懔懔以怀霜，志眇眇而临云。"在强劲的秋风中，落叶让人感到悲哀，这不就是宋玉《九辩》所说的"悲哉，秋之为气也，萧瑟兮草木摇落而变衰"吗？但陆机更扩大观察到四季景物对人的情绪的影响，发现人也会因为春天的草木开始萌芽，而感觉一种生机盎然的喜悦，因此加了一句"喜柔条于芳春"。在这一段话里，对四时的感应已经大致具备了。

到了南朝，诗歌评论家钟嵘在《诗品·序》中提到季节对诗人的触动，也大致涵盖了四季，他说：

春风春鸟，夏云暑雨，冬月祈寒，斯四时之感诸诗者矣。

这一段话清楚地指出，春夏秋冬的景物就是感发诗歌创作的外在刺激，仿佛是这些景物带给了诗人创作的灵感。到此为止，六朝的诗歌理论已经清楚把握到四季的变化对人心、对创作的影响。同样，这个情况也同步出现在诗歌创作里。

过去的诗歌里，通常单一的作品中只会涉及单一的季节景物，即使是同时写到两个季节景物，那也是为了呈现出时间的对比。例如"昔我往矣，杨柳依依；今我来思，雨雪霏霏"，前两句写春天的杨柳依依，后两句写冬天的雨雪霏霏，但主要的目的是对照过去和现在两个不同的时间点，以及两种不同的处境，景物只是发挥衬托的作用。

然而到了魏晋时期，不但对四季的变化更加敏感了，诗人们常常察觉到季节的微妙变化，更有趣的是，这时期的诗人们把四季当作一整个观察的对象，同时歌咏四季的景物特色。

在南朝民歌里，就有《子夜四时歌》，属于吴声歌曲，又称《吴声四时歌》或《子夜吴歌》，简称《四时歌》，相传是晋代一名叫子夜的女子所创制，多写哀怨或眷恋之情。现存七十五首，其中包括春歌二十首，夏歌二十首，秋歌十八首，冬歌十七首。非常明确的是，这一组民歌通过组合的方式，对四季的景物特色和人物的心情状态加以描写，可见对四季的掌握已经很全面了。这是从连缀起来的整体来看。

《神情诗》：四季于一诗

如果只就单一的作品来说，要把四季同时放进一首诗里，那就非常罕见了，而那罕见的、唯一的一首诗，就是顾恺之《神情诗》：

> 春水满四泽，夏云多奇峰。秋月扬明辉，冬岭秀孤松。

这首短短的五言小诗，只有四句，依照先后顺序，每一句分写一个季节，刚好涵盖了四季，可以说是一篇对四季的讴歌。

第一句写春天，诗人注目的是"春水满四泽"，那大地上满溢了春水，四处泛滥。也许有人会觉得奇怪，最能代表春天的，不是缤纷盛开的百花吗？"春花秋月"还成为世间最美好的事物的代表，让李后主感慨"春花秋月何时了，往事知多少"，为什么顾恺之却不写春花，而写春水呢？再对照陆机所写的"喜柔条于芳春"，以及钟嵘所说的"春风春鸟"，都不包括春水，更凸显了顾恺之在取材上的与众不同之处，而这一点就是杰出的画家最高明的地方。

你试着想想看，草木萌生了嫩芽，花朵绽放出鲜艳的色彩，都得要有水的滋养，才能产生这样的生机，然后才会连动地带来鸟鸣啁啾的风光。可以说，水才是最重要的生命来源，所以春天的生机勃勃，根源就在冰雪融化成为春水，只要春水开始流动之处，万物的生命也就跟着蓬勃起来，如杜甫《客至》也曾经歌咏道："舍南舍北皆春水，但见群鸥日日来。"他的草堂南北都有溪水流过，这时更是春水盈盈流淌，孕育了丰富的生机，鸥鸟也跟着每天报到，四周的气氛活泼而热闹，杜甫不禁感受到一种欣欣向荣的喜悦。

可见"春水"才是春天化育万物的奥秘，它滋润大地，唤醒了被寒冬镇压的生命，激发出蓬勃的生机，那些引人注目的"春花"只是表面的结果而已。所以说，顾恺之才是真正把握到生命的根源，对春天发出最深刻的赞叹！更何况，写春水就隐含着一种广大的空间感，比起单一的花鸟树木，更可以开展出宏阔的视野，将小品图放大为山水画，格局便自然打开，这就是顾恺之专取春水来写的深层原因。

接着第二句写夏天，"夏云多奇峰"，这也是很特别的取材，反映出诗人的独特眼光。

其实，有人统计过诗歌里所写的季节，春天、秋天是最频繁的两季，这也难怪，这两个季节温度适宜，景物多变，最适合写诗，陶渊明《移居二首》之二就说道："春秋多佳日，登高赋新诗。"可见春、秋是最舒爽宜人、诗兴最浓的好季节，登高望远，自然就引发了吟诗作赋的雅兴。至于夏天，则是大家写得最少的，连钟嵘所举出来的夏季景物，也是"夏云暑雨"，试想：高温之下酷热难耐，暑气无所不在，让人无处可躲，苦不堪言，走到哪里都挥汗如雨，再加上午后的滂沱大雨，浑身又湿又热，脾气跟着浮躁起来，哪里还有写诗的兴致！我们检视一下相关的作品，《苦热》之类的题目占了最多，诗中总是抱怨酷暑的难耐，也是这个原因。相比之下，冬天虽然寒冷，但还可以拥炉饮酒，也可以赏雪滑冰，尚且别有一番情趣，以致夏天就成为诗人兴致最缺的季节了。

可是，顾恺之却与众不同，他超越了一般人的局限，以画家敏锐的眼光发现了夏天特有的美。正是高温的热度使得水汽蒸发旺盛，山中的云雾也特别浓厚多变，在山谷中、树林间，一会儿如棉絮铺陈，一会儿如海浪翻腾，变化多端。当浓密的云雾聚拢过来，遮蔽了整片的山岭，只露出最高的山峰时，就好像一片孤帆航行在大海上。于是，山峰的奇峭被凸显了，它不再是连绵的山势的一部分，而是单独的存在，那不规则的几何造型被放大了，奇形怪状，有如造物主的鬼斧神工，而这样凸显的效果，都是夏天的浓雾厚云才能形成的。可见，顾恺之以一个画家的眼睛捕捉到了山林中的一幕画卷，又添加了诗歌的情韵，夏天竟然因此令人耳目一新，真是一场美的发现之旅！

到了秋天，顾恺之所聚焦的还是皎洁的明月，这是最常见的笔法。毕竟最美的月亮就在中秋，这时天空特别清朗、空气特别透明、月光特别明亮，因此第三句写秋天时，就是"秋月扬明辉"。历来古人对于秋月的歌咏很多，例如谢灵运《初去郡》的"野旷沙岸净，天高秋月明"；李白《静夜思》的"床前明月光，疑是地上霜"；苏东坡《念奴娇·中秋》的"凭高眺远，见长空万里，云无留迹。桂魄飞来光射处，冷浸一天秋碧"；还有金朝李纯甫《送李经》的"秋天万里一明月，西风吹梦飞关河"等等，都可以作为"秋月扬明辉"这一句的补充。

最后，时序来到了冬天，第四句写的是"冬岭秀孤松"，这也是十分出人意表的视角，非比寻常。

一般来说，冬天是枯槁的、单调的、冷冽的，空空荡荡的原野上，万物销声匿迹，举目所见一片萧瑟，点缀的枯木也显得形单影只，连钟嵘对冬天所举出的景物都是"冬月祈寒"，因此冬天最常见、也比较容易写出美感的景色，就是冰雪了。唐代柳宗元就是以这个角度写出了杰作，其《江雪》一诗说："千山鸟飞绝，万径人踪灭。孤舟蓑笠翁，独钓寒江雪。"这番景致是既孤独又安适，意境悠远，如诗如画，所以耐人寻味。

但是顾恺之再度与众不同，看到了绘画的另一种意境。他远眺寒山，注意到一棵孤独的松树依然挺拔翠绿，高高耸立在空旷的山岭上，衬着无边的天空，更显得无比的苍劲有力。而"秀"这个字，本来是指植物吐穗开花，引申出来，就用来指草木繁盛，以及特别优异的资质表现，那为什么会用在不开花的松树上呢？原来，松树经冬不凋，四季常青，那是一种坚忍卓绝的内在精神的表现，而非华而不实的炫耀，因此是安静的、沉稳的。当它独自立足于最高的山岭上，在皑皑的冰雪中凸显出一树独绿，更有一种傲睨天下的姿态，却又带有一种淡泊悠闲的大气，无须声张，不用叫嚣，比起梅花来，更显得坚毅内敛、温润优雅。

讲到这里，我们看到这一场由画家的眼光所引导的发现之旅，把四季的美写得清新有味，其中，有视觉的敏锐，所以这四句充满了鲜明的画面感，让人身临其境、如在目前；但同时也必须有一颗诗心，才会用精雅的文字来凝结大自然四季的美景。而一颗能欣赏四季之美的心，当然是平静的、空灵的，否则遇到夏天的燥热就烦躁不已，面临冬天的酷寒也苦不堪言，哪里还有写诗的兴致？那一颗平静的心，让人能随遇而安，坦然面对环境中的一切，也就能察觉到一般人所忽略的细节，并且更能欣赏周遭的美好。

所以，当对四季的欣赏加上一点哲理，就能通往一种"无入而不自得"的通脱境界。宋代慧开禅师（1183~1260）于《无门关》第十九则说得好：

> 春有百花秋有月，夏有凉风冬有雪；
> 若无闲事挂心头，便是人间好时节。

一般人只看到"春有百花秋有月"，慧开禅师则又看到"夏有凉风冬有雪"，原来凉风的美好，就是在酷暑燠热中才呈现的，所以要感谢夏天让我们领略到凉风的舒爽。最重要的是，就是因为心胸开阔，没有偏执，不被烦恼、焦虑所捆绑，才能够在任何情况下都发现环境中的美好，所以说"若无闲事挂心头，便是人间好时节"。

这种心灵的修养，理学家的体悟最深，就像程颢《秋日偶成二首》之二所言："万物静观皆自得，四时佳兴与人同。"静观，就是一种不被干扰的观照，约略等于"没有闲事挂心头"，那就可以感到"万物皆自得"以及"四时佳兴"，领略到万物都是那么悠然自得，四季所带给人的也都是"佳兴"——好兴致，这不就是"春有百花秋有月，夏有凉风冬有雪"的"人间好时节"吗？到了这个境界，人就可以活得愉快自在、从容圆满了啊。

其实，早在先秦时期，《庄子·知北游》中便记载庄子对天地四季发自内心而毫不保留的礼赞，说：

> 天地有大美而不言，四时有明法而不议，万物有成理而不说。

大自然是如此的深沉博大，却又是那么谦虚，不言不语、毫不张扬，端赖于人们张大眼睛、打开胸襟，才能体察其中的大美与哲理。而对四时的感应，在六朝时期的江南体验中就已经表达了，包括魏晋之交的陆机《文赋》，以及南朝的文学批评家钟嵘的《诗品·序》，都说明了文学从业者对四季流转的敏感。但似乎到了顾恺之的《神情诗》，才那么完整地涵盖了四时的美景，并且以画家的眼光提炼出最富有视觉效果的景致。可见顾恺之以画笔作诗，果然成效非凡。

我们可以想象古人就生活在大自然里，没有水泥建筑，没有柏油马路，居处在山林田野之间，只有花草树木、风花雪月，每天看着天光云影、月升日落，在四季循环的规律变化里生活着，也因此洞察到大自然在默默运行中所蕴含的深刻道理。读过了顾恺之的《神情诗》，以后在你匆匆忙忙地上学、工作的时候，不要忘了停下脚步，清扫一下心灵，看看天地万物、四时景致的大美，那就会增添几分佳兴，替生活创造出好时节，也因此更不虚此生了！

第四节　陶渊明（一）：田园诗中的田园生活

上一节我们看了顾恺之《神情诗》，也认识到原来古人对于大自然有这样丰富而美好的体会。人啊，其实不需要一直胶着在熙熙攘攘的人群里，追求功名利禄，陷入是非纷扰，我们也可以试着离开红尘走向大自然，放眼四季的循环，欣赏不断变化的美丽景物，去感应那默默流动的无限生机，沉淀心思，舒展视野，那岂不是恢宏得多？

确实，历史上就有人索性离开官场，回归自然的怀抱，亲自务农，过着晴耕雨读的生活，而把这样的经验写进诗歌里的，就是中国文学史上的第一位田园诗人——陶渊明。

当东晋经过了一百年，进入到尾声的时候，陶渊明出现了，他是晋朝开国功臣大司马陶侃的曾孙，也属于出身寒门。父亲、祖父皆为郡守，而他自己一辈子更与高官无缘，只担任过一个小小的彭泽令，而且做了80余日就辞职回归故里，那是晋安帝义熙二年（406），当时他大约四十岁左右，以后就终身安顿在田园里，跟着大自然的韵律流转。这种隐居躬耕的生活一直到宋文帝元嘉四年（427）病故为止，而这20多年就是他创作最丰富的时期。

他的一生只留下一百首左右的诗、几篇文章，在他的年代与后来的两三百年，陶渊明都是很边缘的、很孤独的诗人，没有什么影响力。我们对他的了解，主要就是他归隐之后所写的田园诗。

其实，古代的读书人只有出仕做官的一条路，从官场上退下的人，就等于一无所有，最主要的是失去了俸禄以及官场上的人脉，这都对陶渊明的创作直接产生了影响。首先，失去了俸禄，生计立刻出现了问题，以古代的条件来说，文人就只有归园田居了，靠种田维生，每天的主要活动就是配合四季流转的天候整理田园，春耕、夏耘、秋收、冬藏，很自然地，这些农村的体验就出现在他的笔下。因此，陶渊明也就成为中国诗歌史上的第一个隐逸诗人，也是第一个田园诗人。

当然，在他之前并不是没有人隐居，也不是没有人写田园，但是，那些隐居的人没有写诗，而写到田园的人却没有真正描写田园生活，只是把田园当作归隐的代名词。这么一来，又写隐居生活、又写田园体验的诗人，就属陶渊明是开创新猷的宗师了。

那么，田园生活是怎样的生活呢？我们在城市里过日子的人，很可能只看到平畴万里的绿野，想象那是一幅宁静安详的图画，令人悠然神往，就觉得那是一个可以让人修生养息的乐园。确实，古代也有这样优美动人的田园牧歌，最有名的是唐代的一首诗，是张志和的《渔父歌》，诗里说：

> 西塞山前白鹭飞，桃花流水鳜鱼肥。
>
> 青箬笠，绿蓑衣，斜风细雨不须归。

这真是一幅美丽无比的图画！在百花盛开的春天里，雪白的鹭鸶在碧绿的西塞山前飞翔，河水里漂着几片落下来的桃花，里面有肥美的鳜鱼游来游去，捕鱼的渔夫穿戴着青箬笠、绿蓑衣，徜徉在斜风细雨中的大自然里，根本就不想回家了。

那么，首创田园诗的陶渊明，是否也这样歌颂农村田园呢？当然是的，我们来看一些例子。首先，当陶渊明辞官回到农村以后，第一步是要安顿下来，于是找到了几间房子，周围有繁茂的大树，树上有清脆的鸟鸣，陶渊明一住进来就非常欢喜，觉得这真是人生真正的归宿，在《读山海经十三首》的第一首中就说：

> 孟夏草木长，绕屋树扶疏。众鸟欣有托，吾亦爱吾庐。
>
> 既耕亦已种，时还读我书。穷巷隔深辙，颇回故人车。
>
> 欢言酌春酒，摘我园中蔬。微雨从东来，好风与之俱。
>
> 泛览周王传，流观山海图。俯仰终宇宙，不乐复何如！

诗人一开始先从环境着墨，"孟夏草木长，绕屋树扶疏"，这时是初夏时节，草木生长着，树木围绕着房屋，枝叶繁茂，然后诗人听到了从树上传来的鸟鸣声，心里感应到一种快乐和喜悦。他觉得这些鸟儿一定是很喜欢它们的家，才会这样高兴地唱歌，你看，"众鸟欣有托，吾亦爱吾庐"，陶渊明认为树上的小鸟和他一样高兴呢，小鸟们爱它们托身的窝巢，陶渊明爱这个简单的草屋，人和鸟都找到了自己的家，安全又舒适，周围是一片温馨的世界！

也因为人和鸟之间有了微妙的共鸣，彼此好像形成了一种共同体，于是陶渊明的笔下常常出现鸟类的踪迹，而且都带有他的自我投射，好比《饮酒诗二十首》之五说道：

结庐在人境，而无车马喧。问君何能尔，心远地自偏。
采菊东篱下，悠然见南山。山气日夕佳，飞鸟相与还。
此中有真意，欲辨已忘言。

从这首诗里，可以看到诗人心灵平静祥和，行走在大自然恬美的气息里，而飞鸟也跟着他一起踏上归途，人鸟相伴，不又是一组物我合一的景象吗？而陶渊明喜爱鸟，实在是显然可见的，鸟儿就是他的自我化身，那代表了一种超越的、自由的追求！

现在，这群鸟安居在田园草庐四周的大树上，快乐地发出啁啾的鸣叫声，而大家注意到没有？陶渊明《读山海经十三首》的第一首诗的背景是夏天！前面讲过，历代写夏天的诗少之又少，就算写进诗里，也大多是苦热之类的抱怨，可陶渊明却非常罕见地把夏天写得很清朗，让我们领略到夏天的优美。原来让人苦热的是农历五、六月的仲夏，以端午为巅峰，整片中国大地都笼罩在高温里，就像置身于火炉里一样的难受。但是我们却忽略了，夏天也是有变化的，"孟夏"就是初夏，又叫作首夏，都是指夏天的第一个月，也就是农历四月。当春天结束了，刚刚进入夏季的时候，那可是很舒坦的时刻呢，因为这时还带有春天的温度，却没有春寒料峭的不稳定，那是李清照《声声慢》所说的"乍暖还寒时候，最难将息"的初春，而孟夏却在不热的同时又延续了春天带来的蓬勃的生机，草木从嫩绿到翠绿，更加地欣欣向荣，一旦等到仲夏的苦热来临，这一片翠绿就会泛滥到变成杂乱又霸道的浓绿了。所以精确地说，陶渊明的"孟夏草木长"写的就是这样恰到好处的翠绿世界。

在暮春、初夏之交这份恰到好处的舒适，后来的诗人就以"首夏清和"这个词来形容，指初夏天气清朗温和的意思。例如山水诗人谢灵运的《游赤石进帆海》云：

首夏犹清和，芳草亦未歇。

诗人的皮肤灵敏地感受到初夏的气息仍然是清朗温和的，还看到大地上芳草萋萋，再晚一点的谢朓《别王丞僧孺》诗也说道：

首夏实清和，余春满郊甸。花树杂为锦，月池皎如练。

这就更清楚地把握到初夏所延续的春天的遗迹，在清朗温和的气候之下，郊外的原野上还呈现着满满的春景，树上的花仍然错落地盛开，就像一片美丽的锦绣，而倒映着月亮的池塘皎洁得像白色的练布一样。无论是"首夏犹清和"还是"首夏实清和"，都把初夏的美表达得言简意赅，将陶渊明没有说出来的季候特点补充得更完善了。

也因为初夏的清和舒朗，再加上归隐的如愿以偿，所以陶渊明的心里特别踏实，也特别愉快。在"众鸟欣有托，吾亦爱吾庐"的情况下，他把握住农作物生长的好季节，勤勉地到田园耕种，"既耕亦已种，时还读我书"，忙完了农事以后，就回到草庐里读自己喜欢的书，这样的生活形态就是所谓的"晴耕雨读""耕读为生"，也是传统文人归隐之后最典型的生活模式。"既耕亦已种，时还读我书"这两句就体现了陶渊明田园生活里的"耕"与"读"。

那耕种有多辛苦呢？陶渊明在另一首《归园田居五首》之三里面就有很清楚的说明：

> 种豆南山下，草盛豆苗稀。晨兴理荒秽，带月荷锄归。
> 道狭草木长，夕露沾我衣。衣沾不足惜，但使愿无违。

原来陶渊明是一个很优秀的读书人，却不是一个好农夫，就像孔子都承认他自己比不上老农，《论语·子路》里记载：

> 樊迟请学稼，子曰："吾不如老农。"

可见种庄稼也是一门专业技术，不是纸上谈兵就可以学得会的，以致陶渊明得要努力学习，尝试失败。"晨兴理荒秽，带月荷锄归"，天没亮就起床去田里除草，等到月亮东升才担着锄头回家；"道狭草木长，夕露沾我衣"，走在田埂间狭窄的小径上，一路擦着横生的杂草，晚间的露珠把他的衣裳都沾湿了。种田种到披星戴月，这简直是夜以继日的辛苦啊。

可即使这么孜孜矻矻地努力，陶渊明还是落得"草盛豆苗稀"的结果，努力与收获实在不成比例。但陶渊明并没有失望，更不气馁，因为心里有一个理想在支撑着他，那就是"但使愿无违"的"愿"。有了这个"愿"，人就挺拔了，有力量了，可以看到超越现实生活那个更崇高的境界，贫穷失败也就不会让他怨天尤人或自暴自弃，这就是孟子所说的"贫贱不能移"的原因。

《孟子·滕文公下》说："富贵不能淫，贫贱不能移，威武不能屈，此之谓大丈夫。"这么说来，陶渊明确确实实是一个顶天立地的大丈夫，而给他力量的这个"愿"，就是一种人格的高度，这种人格的培养当然一定要通过读书而来，《红楼梦》第五十六回里薛宝钗说得好："于小事上用学问一提，那小事越发作高一层了。不拿学问提着，便都流入市俗去了。"因此宝钗也是大观园里书读得最多、学问最好的金钗。

那么陶渊明读哪些书呢？以他的博学来说，家里的藏书应该很不少，儒家、道家还有佛学都是他感兴趣的，也只有这样的广博才能真正培养出宏大又厚实的胸襟。但这一组《读山海经十三首》的题目却告诉我们，陶渊明也喜欢看《山海经》这样古老的神话呢，可见这部奇特又原始的书籍，绝对不是荒诞的迷信，而是可以启发各种思想的宝库，陶渊明一定是从其中感应到扣人心弦的精神脉动，所以才会一口气写了十三首的读后心得，这也是我们这本书一开始会从神话讲起的原因之一。

而陶渊明在归隐耕种的生活里，除了"时还读我书"之外，还有一个很重要的心灵慰藉，那就是多年的好朋友。接着"既耕亦已种，时还读我书"之后，陶渊明说"穷巷隔深辙，颇回故人车"，他居住的是偏远的村落，门前只有狭窄无法行车的巷子，因此隔绝了达官贵人的豪华大车，也就没有笨重的轮子所留下的深深痕迹，可这并阻碍不了旧时的知心老朋友，所以这样的穷巷隔绝了深辙，却"颇回故人车"，故人的车驾即使很费力也会想办法转进来呢。这样的情谊真是让人充满了喜悦，于是"欢言酌春酒，摘我园中蔬"，陶渊明很高兴地倒了几杯春天时自己酿造的酒，然后到庭院里摘几把新鲜的蔬菜，这就是待客的最丰盛的心意了！

后来的杜甫也写了类似的情境，《赠卫八处士》这首诗的后半说道：

> 夜雨翦春韭，新炊间黄粱。主称会面难，一举累十觞。
> 十觞亦不醉，感子故意长。明日隔山岳，世事两茫茫。

杜甫在乱世奔波中居然遇到了二十年不见的老朋友，那是多么珍贵的时光！两人彼此诉说别来的种种沧桑，不胜唏嘘，而到了用餐时间，杜甫用来招待卫八处士的，也是亲手种的现成的菜蔬，他冒着夜雨到院子里剪了一把春天的韭菜，还有刚煮好的掺有黄粱的米饭，这热腾腾的菜饭香加上酒香，和着温馨的友情变得更加地有滋有味，不就是最美味的一顿吗？

当然，陶渊明和杜甫还是有一点不同的，杜甫是在动乱流离的生活里出现了这一场偶遇，有意外的惊喜，却还有更多的感慨悲伤，何况经过了这一晚的相聚，"明日隔山岳，世事两茫茫"，要再相见几乎是不可能的，明天的生离其实就是今生的永别啊！两个久别重逢的故人又怎么不知道这一点呢？于是这顿晚餐百感交集，隐藏着深深的苦涩；而陶渊明就不同了，他是终于把人生安顿好的状态，心里无比踏实，老朋友还很愿意常常来看他，这简直就是幸福的乐园，让他感到天地之间充满了祥和与美好。

所以下面便接着说"微雨从东来，好风与之俱"，细微的雨丝从东方飘过来，随着细雨一起吹送的，是初夏清爽的微风，所谓的"好风"，就是微风。你看，春夏之交是万物生长的季节，不只是草木，连鸟类动物的幼雏也都需要细心呵护，才能顺利长大，于是上天好像生怕伤害了它们似的，吹风下雨，都轻轻巧巧的，那轻盈的微风悠悠带来了细雨，大地只感到温润的滋养，又清凉舒爽，没有任何压力。

同样地，杜甫赞美春雨的细致温柔时，说的也是"好雨知时节，当春乃发生。随风潜入夜，润物细无声"（《春夜喜雨》）。为什么说这是一场好雨呢？首先，因为它来得正是时候，春天万物都在苏醒，多么需要雨水的滋润啊！时间对了，就是最好的帮助，所以叫作"及时雨"；再者，这一场雨下得绵绵细细，无声无息，一点儿也没有惊动大家，但又确实滋润了万物，这么低调的付出，简直就是为善不欲人知的表现，再加上及时行善，那绝对是一场上天赐予大地的好雨！而看得到、又写得出来的杜甫，不就正是拥有一双锐利透亮的慧眼，以及一颗上体天心的伟大心灵吗？

而陶渊明的好风也不遑多让，我们闭上眼睛，似乎可以看到陶渊明站在绿野平畴上，展开双臂迎接着远方吹拂过来的微风细雨，还舒坦地深深吸一口气，脸上更绽放出平静的微笑呢！他就像被滋润的花草树木一样，也浑身充满了流动的生机，和天地之间那一股大自然的伟大又温柔的力量融合为一体。

并且，当我们仔细揣摩、认真品味，就会感觉到"微雨从东来，好风与之俱"说的是大自然的善意，可似乎也双关了老朋友的情谊，那份情感经过了岁月的淘洗和沉淀，就像美酒一样的甘醇，不辛辣也不呛鼻，让人从心底温暖起来。所以故人莅临寒舍，他来得正是时候，又给得恰到好处，不就像带来了好风微雨一样吗？

这时候，陶渊明心满意足又舒适自在，顺手翻起书来了，"泛览周王传，流观山海图"。他随意翻阅"周王传"，也就是《穆天子传》，这部书中记叙周穆王驾着八匹骏马游历宇宙天下的神话故事；然后陶渊明还浏览"山海图"，也就是配合着图画的《山海经》，整个人开始翱翔在超现实的世界里，进入另一个圆满的境界，所以最后说"俯仰终宇宙，不乐复何如"，就在他低头看书、抬头神游冥想的过程里，领略或参透了宇宙的种种奥妙，哪里还会不快乐呢？还有比这更快乐的吗？

写到这里，陶渊明的自我安顿又提升到了更高的层次，他不只是"吾亦爱吾庐",和小鸟归巢一样的雀跃;还更以宇宙为归宿,在天地大化之间安然自在,并且随着自然的运行合奏出和谐的诗篇。我们可以说,陶渊明正是"即使劳苦,都还能诗意地安居在大地之上"的绝佳印证。

陶渊明放弃了官场权位和荣名利禄,归隐于田园,过着耕读的生活,从现实上来看,陶渊明一直是很边缘的、很孤独的诗人,没有什么影响力,甚至还要和贫穷搏斗,可以说是一个失败者。但是,历史是非常吊诡的,也可以说是公平的,陶渊明偏离了当时的主流,自愿退居到边缘地带,却因此成就了超越时代的贡献,这不能不说是历史的奥妙。有的人生前风风火火,囊括举世的推崇,占尽了权位,声名显赫,可是死后却逐渐被历史给遗忘;而有的人却反过来,生前默默无名,与权位无缘,在边界默默耕耘自己的生命,不求闻达,死后却被时间打磨得越来越明亮,像明珠一样地发光,甚至堪称"夏季大三角"的"天津四",陶渊明就是这类人物的代表。

下一节我们还要继续挖掘陶渊明之所以伟大的奥秘,看看他之所以能够超越历史的关键。

第五节　陶渊明(二): 挣扎的智慧

上一节我们看到了陶渊明的田园诗,也认识到原来古人对于农村田园有这样丰富而美好的体会,难怪陶渊明还创造出一个历久弥新的桃花源,成为我们这个民族永恒的向往。

只不过，陶渊明并不是天纵英才，生来就是个看透一切的高僧，实际上他也是历经种种思想上的挣扎，和一次次艰苦的打磨，才终于成就了宽宏的大智慧的。就这一点来说，陶渊明其实是一个和我们很接近的人，只是他更有毅力、更坚忍不拔、更诚实地面对自己的内心，也因此走得更高更远，大大超过了我们凡人的境界。这就是我们今天要谈的主题：陶渊明挣扎的智慧。

　　首先，谈到陶渊明更有毅力、更坚忍不拔，这可以从他读了《山海经》以后的心得看得出来，那就是我们上一期讲到的《读山海经十三首》。这一组诗中的第十首写到"刑天舞干戚，猛志固常在"，表达出他对于刑天这个神话人物的敬佩，因为刑天在失败之后被砍断了头，身体却依然屹立不倒，那是多大的意志力！同时，刑天的两只手还分别挥舞着干、戚，"干"是投出去刺杀敌人的矛，"戚"是用来保护自己的盾牌，可见刑天不仅不肯倒下去，在没有了头颅的情况下还奋战不休，双手依然挥舞着干戚继续作战，那真是一种连死亡都不能让他屈服的伟大的意志力！陶渊明深深受到感动，从刑天身上看到了"猛志固常在"，一种坚持不懈的刚猛意志，这岂不显示了陶渊明自己也向往着这样的精神！

　　而怀抱着这种刚毅的精神的人，才能够忍受种种的挫折磨难，返璞归真，提炼出深沉的智慧。对于这个道理，元朝的诗评家元好问阐述得很深刻，他在《论诗三十首》之四针对陶渊明说道：

　　　一语天然万古新，豪华落尽见真淳。

南窗白日羲皇上，未害渊明是晋人。

第一句指出陶渊明的诗是"一语天然万古新"，每一句诗都出于天然、发自内心，没有加上任何的雕琢装饰，表面上看起来平淡无奇，其实无比地深厚奥妙，因此获得了千古以来历久弥新的力量。这一点是大家都能看得出来的，也是陶渊明最值得推崇的地方，但是，为什么陶渊明的诗会这样深厚奥妙，就不是那么容易看得出来、说得清楚的了，元好问却非常精确地把握到了这一点，第二句的"豪华落尽见真淳"就把陶渊明的人格奥秘阐释得极为透彻，那正是陶渊明大智慧的来源。

"豪华落尽见真淳"的意思是说，在走到真淳的境界之前，陶渊明还得历经"豪华落尽"的过程，一层层地剥落，一层层地敲开，把多余的东西拿掉，然后才能由绚烂归于平淡。这个过程说来容易，其中实在是一种拆肌裂骨式的精神疼痛，由此也可见陶渊明多么勇敢地、诚实地面对自己的内心，所达到的结果就是耐人寻味的真淳境界，没有杂质，透明纯净，因此深不可测。

的确，虽然后人对陶渊明的评价到了超凡入圣的程度，但他其实并不是炉火纯青的思想家，也不是老僧入定的宗教家，即使他表现出深不可测的淳厚，其中却时时隐含着思想的挣扎与心灵的痛苦。我们应该注意到，他的境界并不是一蹴而就的，也不是通透直达的，而是曲曲折折、矛盾辩证的，在他诗文的字里行间，总是跃现出这样深沉的苦思，哪里是简单易懂的呢？我之所以把它称为"挣扎的智慧"，想说的就是隐藏在那些智慧后面的挣扎。

因为时间的关系，我们就集中讲一个重点，那就是他面对出处进退的困境时，看似豁达潇洒、实则辛酸难堪的考验。

古代的读书人只有一个事业的选择，那就是出仕做官，一旦此路不通，便只能退隐，这叫作出处进退，由此也产生了穷达的问题。《孟子·尽心》早就说过："穷则独善其身，达则兼济天下。"但退隐以后要怎样"独善其身"，那可是一个大问题。从"穷"这个字就反映出一种逆境、困境甚至贫穷的处境，尤其对读书人来说，隐居耕种都不是很容易的事，毕竟那直接牵涉到生计，确保衣食无忧可是人生的第一大事。一旦放弃了朝廷给的俸禄，失去了稳定的薪水，连怎样过日子，都得要费力去解决，其中的辛酸很难体会。

以陶渊明来说，单单是他的《归去来兮辞》，我们只看到他回归田园之后的平静自足，却忽略了这个抉择背后的挣扎，以及他所付出的重大代价。

《乞食》：归园田居最彻底的辛酸

我们得知道，当一个度假的旅客，会觉得田园很美、很浪漫，但要靠田园生活，却是很辛苦，甚至很辛酸的。试想：春耕夏耘秋收冬藏，哪一种农务不用大量劳动？哪一个季节没有天灾的威胁？一旦遇到旱灾、水患、病虫害，几个月来的心血就要付诸东流，辛苦白费的痛心当然是不必说了，家里的生计顿时无以为继，那种无依无靠真是令人无语问苍天。

果然，陶渊明归去来兮、归园田居以后，必须为自己和一家人的生活负责，于是他当起了农夫，扛起以前从来没有拿过的锄头，到农田里插秧、除草。而且他还要面对"种豆南山下，草盛豆苗稀""晨兴理荒秽，戴月荷锄归"的压力，这可是非常严峻的考验。

所以说，田园牧歌很悠扬动听，但其实充满血汗，一不小心遇到水灾、旱灾，那一切心血就要付诸东流，甚至沦落到乞讨度日的窘境。你可能不知道，陶渊明真的要过饭呢，他有一首《乞食》诗，说的就是这段辛酸的经历：

> 饥来驱我去，不知竟何之。行行至斯里，叩门拙言辞。
>
> 主人解余意，遗赠岂虚来。谈谐终日夕，觞至辄倾杯。
>
> 情欣新知欢，言咏遂赋诗。感子漂母惠，愧我非韩才。
>
> 衔戢知何谢，冥报以相贻。

陶渊明一开始就赤裸裸地说"饥来驱我去"，因为饿火中烧，饥饿得太痛苦了，于是驱使他出门去乞讨，但天下之大，世态炎凉，要到哪里才能找到贵人的帮助呢？何况一个读书人，居然沦落到去沿街乞食的地步，那种羞愧又让人怎么迈得开脚步？所以陶渊明"不知竟何之"，虽然走出了大门，但眼看茫茫人海，却不知何去何从。

但陶渊明还是得往前走，否则站在这里，只有死路一条。于是他鼓起勇气"行行至斯里，叩门拙言辞"，他一路走着走着，来到了一处的乡里，或许是凭着灵感或直觉，或许也是没有别的选择，终于选中了一户人家，然后上前去敲敲门，这时候门打开了，主人看见陶渊明这个陌生人，当然会有疑惑，也一定会问他是谁呀，有什么事啊，这一类的问题。可这个时候陶渊明却说不出话来了，言辞笨拙了起来，支支吾吾、期期艾艾，原因当然不是陶渊明口才不好，而是他内心的羞愧，让他没办法把要饭的来意说出口。

幸亏陶渊明遇到了一户非常宽厚的人家，"主人解余意，遗赠岂虚来"，意思是说，主人眼看这个陌生人涨红了脸说不出话来，就明白他的来意了，也无须再多说，直接就把这个不速之客请进来，拿出丰盛的饭菜来招待他。这一下子，陶渊明的困窘也解除了，扫除心理的沉重难堪，又恢复了轻松健谈，他像遇到了善解人意的老朋友一样，一起喝酒聊天，彼此非常投机。最后，陶渊明也深深表示对这个恩人的感激，这一双援手是多么地温暖啊，他不但挽救了陶渊明的饥饿，也挽救了陶渊明的自尊，于是他很想感恩图报，即使今生今世无法像韩信报答漂母的恩惠一样，但他会永远记在心里，来世相报！

在这首《乞食》诗里，描绘出人世间最美善的一幅图画，那位主人在帮助受苦的人的时候，是那样的亲切温暖，完全没有施舍的傲慢，反倒体贴被帮助的人那脆弱的心，让受苦的人不但解决了问题，也获得情感的抚慰，维持了人的尊严，这真是人性里最高贵的表现！可以说，陶渊明这一次是非常幸运的，在无比艰困的情况下圆满善终，关键就是遇到一个温厚善良的人，所以他才特别写下这首诗，表达对那位主人的敬意，而不惜暴露出自己的羞耻。但这首诗也记录了陶渊明归园田居以后最彻底的辛酸，令人万分不忍。

这么说来，陶渊明在辞官退隐的时候，有没有想到这一点？他当然知道，虽然也许没有料到会穷困到这样的程度，但他还是决定要归隐田园。在这里，我们要先澄清一个很大的误解，《晋书·隐逸传·陶潜传》中记载，陶渊明在辞官前发生过这样一件事：

　　　　郡遣督邮至县，吏白应束带见之，潜叹曰："吾不能为五斗米折腰，拳拳事乡里小人邪！"

　　其中说，郡守派遣一位督邮来到彭泽县，这位督邮代表太守督察县乡，宣达政令，是一个很重要的官员，所以小官吏说应该要束上腰带，郑重地见他，陶渊明就感叹说："吾不能为五斗米折腰，拳拳事乡里小人邪！"然后就辞官了。

　　对于这两句感叹，一般人都误会了陶渊明真正的意思。因为大家大多只注意到前一句"吾不能为五斗米折腰"，就误以为陶渊明不想为了五斗米而受委屈，于是率性地挂冠求去。其实，这并不是任性。试想，每一个人本来就应该为自己的生活去奋斗，那是一个成熟的人该尽的责任，你不为自己的生活折腰，难道要别人为你折腰吗？更何况，陶渊明哪里不折腰了？他辞官以后躬耕田园，一年四季插秧、施肥、除草、收割，哪一件事不用折腰呢？不但每天都得弯腰，甚至有时候还得跪在田里面工作！所以说，每个人为自己的生活去奋斗，弯下腰来，滴下额头上的汗珠，得到一份糊口的工资，这是光明正大、值得骄傲的事！

何况，陶渊明辞官归隐之后，还发生过一次讨饭的情况，前面讲到他写了一首《乞食》诗，记录他去向人要饭的心情和过程，这不是比折腰更难堪得多吗？那陶渊明为什么又愿意忍受了呢？

所以我认为，陶渊明这一段话的关键并不是"折腰"，而是"折腰的对象"，如果对方是圣贤君子，是伟大的大自然，那他就会心甘情愿、心悦诚服地折腰；可如果对方是小人、伪君子，那他就无法忍受了，忍耐到一定的程度，甚至宁可挨饿。因此，"吾不能为五斗米折腰，拳拳事乡里小人"这一段话，应该重新标点为"吾不能为五斗米，折腰拳拳事乡里小人"，意思是说，我才不要因为五斗米的薪水，拳拳（也就是殷勤）向乡里小人鞠躬哈腰！陶渊明称那位来到当地的督邮为乡里小人，可见是很不屑于他的品德，所以，要向他们鞠躬哈腰，就让陶渊明觉得非常痛苦，认为这是对自己节操的羞辱，以致宁可辞官回家，不要这份薪水了。

因此，陶渊明绝对不是一个任性的人，用"不为五斗米折腰"来逃避职场上的辛苦，任性地不去工作，这就完全误会陶渊明了。其实，折腰本来就是应该的，但假若是要殷勤地向乡里小人折腰，那陶渊明就忍受不了了。可见对陶渊明而言，高尚品格的君子要屈服于没有品德的小人，那才是最不能忍受的事，他宁可辞官，去过一种比较辛苦的田园生活，至少可以保全内心对品格的坚持，这就是所谓"但使愿无违"的"愿"。那么，这是一种怎样的心愿呢？一般人都以为，陶渊明是为了追求自由、反对官场的虚伪才辞官的，但我认为，这个"愿"就是陶渊明真正的自我，经过千锤百炼之后，那是一种融合了儒家理想和道家精神的人生境界。

《归园田居》：误落尘网三十年

我们都没有注意到，陶渊明为了找到这个"愿"，究竟花费了多长的时间！请大家注意他所写的《归园田居五首》之一，这首诗说道：

少无适俗韵，性本爱丘山。误落尘网中，一去三十年。
羁鸟恋旧林，池鱼思故渊。开荒南野际，守拙归园田。
方宅十余亩，草屋八九间。榆柳荫后檐，桃李罗堂前。
暧暧远人村，依依墟里烟。狗吠深巷中，鸡鸣桑树颠。
户庭无尘杂，虚室有余闲。久在樊笼里，复得返自然。

一般的读者通常都只注意到第一联以及最后的两句，用以解说陶渊明喜爱山林、追求自然的性格。第一联是陶渊明的自我反省，说他"少无适俗韵"，从年少的时候就没有那种迎合适应世俗的心志，因为他"性本爱丘山"，本性一直都是热爱自然山林，因此，他身处滚滚红尘中就好比"羁鸟恋旧林，池鱼思故渊"。这第三联是比喻自己像被羁绊的鸟，对以前栖息的旧林恋恋不舍，又像困在池塘里的鱼，思念着过去优游的深渊，最后终于选择了归隐田园。

接下来这首诗中间的一大段便描写田园生活的简单朴实，这里远离人烟，却有许多榆柳、桃李的树荫，还点缀着一声声的狗吠鸡鸣，这才是陶渊明最喜爱的生活，于是最后两句很欣慰地说"久在樊笼里，复得返自然"，他告别了尘世的樊笼，又再度回到自然的环抱，可以尽情地展翅飞翔、自在优游。

以上的看法当然是很正确的，不过我要进一步指出，这只看到了整首诗最明显的一部分，让我们仔细阅读，就会发现诗歌中有一个非常重要的地方，那就是"误落尘网中，一去三十年"。这两句有的版本是作"误落尘网中，一去十三年"，数目虽然不一样，但意思是相同的："三十年"是从少年时算起，到他挂冠求去的年纪，差不多就是三十年；如果是"十三年"，那指的就是开始进入官场，到辞官归隐的时间。无论哪一种，指的都是"误落尘网"的岁月，那可是人一生中最精华的阶段呀！

换句话说，陶渊明回顾自己的前半生，发现自己做错了选择，走上了一条不适合自己的道路，于是过了三十年像笼中鸟、池中鱼的日子。想一想，实在令人不得不深深地感慨：以陶渊明这样有智慧、有勇气的人，竟然还会缺乏足够的自知之明，将三十年的时光都用在不适合自己的道路上，等到苦苦挣扎、不断地反复探测之后，才终于发现自己真正的道路，那算是后知后觉吧！这时才毅然决然地做出归去来兮、归园田居的行动。陶渊明在《归去来兮辞》中所说的"觉今是而昨非"，也是指这一段误入歧途的漫长时光。

由此可见，一个人要真正了解自己、找到自己的人生使命，这是多么艰难的功课！在这个过程中，要遇到多少的迷惑，得走多少的冤枉路？连陶渊明都深深感慨"觉今是而昨非"，过去三十年的努力和信念都被今天的我给否定了，那该是多么痛苦的自我归零？其间的进退挣扎又是何等的煎熬？所以说，陶渊明是经历了很长时间的"豪华落尽"的过程，忍受了拆肌裂骨式的精神疼痛，然后才达到"真淳"的平淡自然。"误落尘网中，一去三十年"这两句诗里所蕴含的意义，真是让人感慨万千。

也难怪，陶渊明居然为自己写了一篇《自祭文》，把自己当作死者，为人生做了一个回顾和总结，可叹的是，对于这一段人生，陶渊明终究还忍不住感慨说："人生实难，死如之何！"原来，人生太艰难了，死比起活着还轻松得多呢，可想而知，陶渊明究竟承受了多大的内心煎熬和痛苦。但也正因为陶渊明历经了这样的挣扎，才能锻炼出坚忍又宏大的心胸，让他可以在"人生实难"的旅程中，拥有"采菊东篱下，悠然见南山"的自在，以及"欲辨已忘言"的超然。即使活在东晋这样一个历史分合、社会动荡的时代，他仍然可以开创出一个精神上的桃花源，做一个与世无争的、远古时代的羲皇上人，窗边的凉风就可以让人神清气爽，那不也就活成了桃花源里"不知有汉，无论魏晋"的居民了吗？

所以应该说，陶渊明并不是一个得道高僧，高高在上地给我们指点迷津；他也不是不食人间烟火的隐士，嘲笑世人的庸俗，事实上，陶渊明刻画出的是一个极力思考人生意义的勇士，在漫长又艰难的自我追寻里，找到了真正的自我，认识到了生命的价值。对我们普通人来说，陶渊明也同样可以给我们带来很深刻的启发，试想：连被后人敬佩的陶渊明也会做错了选择，走上一条不适合自己的道路，那我们一般人又怎能奢望，一开始就做得完全正确呢？所以，后知后觉并没有关系，只怕终身不知不觉。我们也要不断地给自己机会，努力去了解自己，而不是随波逐流、人云亦云，这样才有机会找到自己真正的使命，做出自己的贡献，从而活得坚忍、尊贵而无私。

至于第二个启发，就是当陶渊明到中年以后真正找到自己，以及自己最想要的生活方式时，也愿意为了这样的选择付出惨重的代价都在所不惜，毅然决然、没有后悔，这又是多么大的勇气！他让我们看到，一个人即使到了中年，都可以悬崖勒马、急流勇退，全力改造自己的人生。因此，对于所谓"人在江湖，身不由己"这样的话，陶渊明恐怕会嗤之以鼻的。

总而言之，陶渊明的伟大不在于做出归园田居的选择，而是在做出这个选择背后所蕴含的挣扎，让我们看到一个灵魂是怎样千锤百炼地打造自己。陶渊明没有因为挣扎太痛苦，而选择随波逐流；也没有因为选了一条隐居的道路，而自命清高，对世人冷嘲热讽。相反地，我们总是看到陶明有血有肉的苦苦思辨，一会儿无比的平静淡泊，可一会儿又开始自我质疑；有时候他非常豁达地超越了生死，可有时候又充满了对死亡的恐惧。但，就是这样才能锻炼出真正的大智慧。

我们所讲到的重点，主要就是说陶渊明大智慧的来源在于"豪华落尽见真淳"，那是一种长达数十年的努力。因此陶渊明绝不是一个任性、不负责任的人，所谓的"不能为五斗米折腰"，关键在于"折腰拳拳事乡里小人"，目的还是为了追求高洁的品格。最后，我们发现陶渊明原来一开始也不是那么了解自己，也会误入歧途，所以"误落尘网中，一去三十年"，但他努力找到真正的自我，更勇于面对中途转弯的风险，这种智慧与勇气，才是最令人敬佩的。

下一节，我们就要从田园诗转到山水诗，并且看看山水诗大家谢灵运又有哪些不同的挣扎。

第六节 谢灵运：宏伟而寂寞的山水

在上一节里，我们看了陶渊明的诗，发现他心里面复杂挣扎的一面，也了解到伟大的心灵都是千锤百炼出来的，没有轻松的快捷方式。而陶渊明的晚年遇到朝代兴替，东晋灭亡了，历史进入了南朝的刘宋时期，据说陶渊明用一种很特殊的方式表达对东晋的忠贞，那就是写文章的时候，只书干支纪年，不加上新朝的年号。这也算是一种不足为外人道的苦心。

历史总是继续往前走的，不会因为一些人的抗拒而停下脚步。到了刘宋时期，就出现了一位伟大的山水诗人——谢灵运，他开启了对于大自然另一种丰富而美好的体会，那就是宏伟而寂寞的山水诗。

山水安顿寂寞心

首先应该说明的是，谢灵运和陶渊明是非常不同的两个人。第一个不同，是关于写作的题材。陶渊明躬耕田园，写的是农村的活动和田园景物，而谢灵运描写的是人迹罕至的崇山峻岭，影响所及，诗歌的内容、风格当然大不相同。

陶渊明所隐居的农村是半人工化的地景，平原上被刻意栽

第五章 六朝文学

347

培了一整片农作物，以提供粮食生产，而且农夫一代代住在那里生活，人和土地相依为命，所以给人一种亲切感和归属感；而谢灵运所热爱的，则可以说是真正的、原始的大自然，保留了山水自古以来的原貌，因此美丽而冷峻，对那些少数走向它的人也充满挑战性。因此，把陶、谢并称为"自然诗人"的说法并不是那么精确。

之所以会造成这样的不同，当然是因为两个人的阶级出身、成长环境迥然有别，这是他们两人第二个不同的地方。在实行九品中正制度的六朝社会里，陶渊明属于中下阶层的寒门，家世背景不高，没有丰厚的财富基础，因此辞官以后只能靠耕种为生。但谢灵运就不同了，他是最正统的王谢大家族出身，属于名副其实的贵族子弟。

谢家是东晋以来的名门高第，帮东晋打赢了淝水之战，并阻止了桓温谋反的东晋第一宰相谢安，就是谢灵运的长辈。谢安在淝水之战爆发的时候，派谢石为征讨大都督，谢玄为前锋都督，与将军谢琰、桓伊等率众八万，以北府兵为主力，北上抗击秦军。这位前锋都督谢玄又担任了车骑将军，正是谢灵运的祖父。也因为这样显赫的家世，谢灵运世袭封康乐公，所以后世又称他为"谢康乐"。

谢灵运的血统让他从小受到深厚的雅文化的教育，不仅能诗善赋，还注解经书、撰写史书，甚至翻译佛经，确实是一个非常杰出的文化精英。他的成就是多方面的，既是学者，也是作家，可以说是一个很有眼光，也很有自信的贵族诗人。

而谢灵运的眼光和自信，就表现在对曹植的评价上，那正是"才高八斗"这个成语的来源。五代李瀚《蒙求集注》卷下引述谢灵运说道："天下才共一石，曹子建独得八斗，我得一斗，自古及今共享一斗。"虽然这段话是到了五代时才完整地记录下来，但其实唐朝的大诗人李商隐便已经加以运用了，他在《可叹》诗中说："宓妃愁坐芝田馆，用尽陈王八斗才。""陈王"即陈思王曹植，"八斗才"即是指其才高八斗，可见谢灵运对曹植的赞美广为流传。可是，这段话不只高度赞美了曹植，也表现出谢灵运的自信，他认为自己才高一斗，却已经等于全天下所有的人加起来的总量！换句话说，他以一当天下，自己一个人就足以抵得过有史以来所有的天下人，难怪他这么狂傲。

而狂傲的人，总是与世扞格的，无法融入世俗社会的，谢灵运因此非常不快乐，他在《斋中读书》这首诗的前四句便清楚地说："昔余游京华，未尝废丘壑；矧乃归山川，心迹双寂寞。"这双双寂寞的"心迹"，就是指身、心这两方面啊。幸而如此孤独的谢灵运很喜爱大自然的山水，于是把那份沉重的孤独寄托在游山玩水里，创造出宏伟壮观的山水诗。这也就是白居易《读谢灵运诗》所感受到："谢公才廓落，与世不相遇。壮志郁不用，须有所泄处。泄为山水诗，逸韵谐奇趣。大必笼天海，细不遗草树。岂惟玩景物，亦欲摅心素。"同样地，金朝元好问《论诗三十首》之二十也说："谢客风容映古今，发源谁似柳州深？朱弦一拂遗音在，却是当年寂寞心。"

原来，谢灵运的山水诗是为了解决自己的寂寞而创作的，并不是单纯追求艺术表现的文字游戏。

安顿那颗寂寞心的山水，就在谢家的历史故居。当初谢安还没有出来承担国家重任的时候，是隐居在会稽东山的，地点在今天浙江的绍兴东南部。后来谢玄也在东山的始宁营建了别墅，在广大的原始山林中费心营造园林，一般称为始宁别墅，谢灵运就诞生在这里，一直成长到十五岁才去京都。后来他仕途不顺，辞官回到故居归隐，又在这里的南山新建石壁精舍，位置在今浙江省嵊州市西北的突山、石门山一带。和北山的旧宅遥遥相对，自称山居，可见对谢灵运来说，山水反倒是最投合的栖居之地。这么一来，这座始宁庄园不仅是谢灵运现实中的家园，同时也成为他的精神家园，许多山水诗就是在这里完成的。

其实，诗歌中讲到山水之美，更早要追溯到东晋郭璞的《游仙诗》，他为了铺陈仙境的美丽风光，所以借取了山水景物，也因此创造出山水之美，但是把山水之美给发扬光大的人，则必须归诸谢灵运。单单以诗歌来说，谢灵运大约有一百首的作品，其中山水诗所占的比例就超过三分之一，这种数量已经足以奠定这个题材成为崭新的诗歌类型；再从内容上来说，谢灵运更是有如大自然的雕刻师，把山水立体地展现在文字里，让读者好像身临其境，饱览各式各样的景致。所以毋庸置疑，谢灵运确实是山水诗的大师。

《于南山往北山经湖中瞻眺》：谢式山水诗典范

谢灵运是通过什么形式、技巧，而弘扬了山水之美？以《于南山往北山经湖中瞻眺》这首诗为例：

朝旦发阳崖，景落憩阴峰。舍舟眺迥渚，停策倚茂松。

侧径既窈窕，环洲亦玲珑。俯视乔木杪，仰聆大壑淙。

石横水分流，林密蹊绝踪。解作竟何感？升长皆丰容。

初篁苞绿箨，新蒲含紫茸。海鸥戏春岸，天鸡弄和风。

抚化心无厌，览物眷弥重。不惜去人远，但恨莫与同。

孤游非情叹，赏废理谁通？

　　这是谢灵运很典型的一首山水诗，诗题中的南山就是谢灵运自己新营造的石壁精舍，而北山就是谢家几代居住的始宁别墅，从谢灵运《山居赋》自注所言："大小巫湖，中隔一山。然往北山，经巫湖中过。"可知他中途经过的湖泊就是巫湖了。宋文帝元嘉二年（425）春，谢灵运从南山的新居经过巫湖返回北山故宅，一路之上欣赏湖光山色，于是写下了这首诗。

　　这首诗很典型地反映了谢灵运山水诗的三个特点。

　　第一，就反映在诗题上。单单看《于南山往北山经湖中瞻眺》这个题目，其中有地点、有过程，还镶嵌了高山、湖泊，再加上人的动作，本身就像一个迷你版、极短篇的游记，让我们好像跟着他走了一遭，这可以说是谢灵运山水诗的一个特色。除了这一首《于南山往北山经湖中瞻眺》之外，还包括：《石壁精舍还湖中作》《登石门最高顶》《石门新营所住四面高山回溪石濑茂林修竹》《从斤竹涧越岭溪行》《田南树园激流植楥》等等，短短的诗题充满了诗情画意，简直就是一篇小品文，这是过去的诗题上从来没出现的情况，让我们感到谢灵运是真心地热爱着大自然，又很有突破常规的创造力。

第二，诗歌内容往往有一个基本结构，大致分为三个段落，包括了"记游—写景—兴发情理"。

首先，一开始先交代他的这趟行程，这是"记游"或"记行"的部分。

接着，从各个方面去铺陈沿路所看到的景色，这是属于"写景"的段落，也是全篇诗歌最主要的部分。而在景物的铺陈中，采取的是"模山范水"的立体笔法，所谓的"模""范"，都是指建筑上设定模型框架的意思。因此，"模山范水"意味着谢灵运写山水诗的时候，常常是一句写山、一句写水，一句写近景、一句写远景，或者一句写动物、一句写植物，一句写仰望、一句写俯瞰，山光、水色不断交错，呈现出一种"移步换景"的审美结构，仿佛把自然风景都移植进来了。这些山水诗句就像一幅具体而微的山水画卷，让人感受到一种整齐的建筑美感。其实，这样的写法是从汉赋里面借过来的，可见，汉赋对于文学经验、艺术美学的开发与尝试，对后来的诗歌是有深远的影响的，而谢灵运则是一个擅于吸收、创造的艺术家。

最后，当完成了景物铺陈以后，诗人回到自己的心情和感受，并且往往连带一个儒释道的思想领悟来结束全篇，这个部分就属于"兴发情理"。完整地说，整首诗的基本框架就是"记游—写景—兴发情理"，段落分明。

《于南山往北山经湖中瞻眺》这首诗便表现出这样的典型结构，一开始就是"朝旦发阳崖"，谢灵运说他一早从南山出发。"朝旦"这两个字都是指早晨，"阳崖"就是南山，古时以山南水北为阳，山北水南为阴，所以把南山称为阳崖。第二句说"景落憩阴峰"，"景"这个字在古代就是指阳光，"阴峰"就是北山。整句是说，当太阳落下以后就在北山休息。很明显，"朝旦发阳崖，景落憩阴峰"这一联就是简单的记游，并且告诉我们，谢灵运从新居所在的南山走到北山的旧宅，要花上一天的时间。在这个过程中，路途上的山光水色一定带给他很多的赏心乐事，于是反映在接下来的诗歌内容里，那就进入了第二个段落的"写景"。

谢灵运说他"舍舟眺迥渚，停策倚茂松"，放弃了舟船，也就不能直接横渡巫湖，他徒步沿着湖边的山径往前走，速度慢得多，但是也更能细致地欣赏各种景色。因此可以"眺迥渚"，眺望到远方湖中的沙渚，累了的时候就"停策倚茂松"，停下脚步和支撑的手杖，倚靠在茂盛的松树边休息。而当人一静止下来，眼界就开放了，可以环顾周遭，视野更加辽阔，因此谢灵运便注意到"侧径既窈窕，环洲亦玲珑"，不但山边的小径蜿蜒曲折，湖中环状的小沙洲也在天光水色的辉映中澄明闪光。再进一步游览四周的景物，可以"俯视乔木杪，仰聆大壑淙"，低头时会看到高大乔木的树梢，抬头则聆听到深深的山谷里传来淙淙的流水声。

这时更仔细一看，你会看到"石横水分流，林密蹊绝踪"，河床上有巨大的石头横亘着，以致河水分流，淙淙的流水声就是从这里发出来的；而树林非常茂密，把蹊径的踪迹都给遮蔽了，无路可走，这是多么原始又宏伟的山林。接着忽然雷雨大作，天水沛然而降，这就是下面"解作竟何感"这一句里"解作"的意思，典故出自《易经·解卦》："天地解而雷雨作，雷雨作而百果草木皆甲坼。"形容天地解冻，雷雨形成，草木复苏。谢灵运自问对这样"解作"的现象"竟何感"，究竟有什么感受呢？他说"升长皆丰容"，草木欣欣向荣，一片繁盛，显然他的内心也同样对生命的生机勃发而感到无比欢欣。

因此，接下来诗人就开始具体地描写各种洋溢着美好生机的景物。"初篁苞绿箨，新蒲含紫茸。海鸥戏春岸，天鸡弄和风"，这四句诗分别写四种不同的景物，但是又有精密的安排：前两句是眼前的近景，对象是静态的植物；后两句是远方的远景，对象则是动态的动物，井井有条。试看"初篁苞绿箨，新蒲含紫茸"，初长出来的竹子包着绿色的外皮，新生的水草含藏着紫色的新芽，鲜绿、嫩紫这两种颜色互相映衬，像丝绒般精美的工笔画，细致地为大地染上斑斓色彩，而展现出大地回春的生机。这是你逼近观察大自然的时候会收获到的惊喜。

再把镜头拉开，向远方眺望，你可以看到"海鸥戏春岸，天鸡弄和风"，海鸥在春水满溢的河岸边翱翔嬉戏，天鸡展翅飞跃，好像在舞弄着温暖的和风，那是多么活活泼泼的场面啊。谢灵运似乎也融入这安详和谐的大自然里，在春天的气息中与万物合一，浑然忘我。

第三，我们要注意到，这四句写动植物的诗，之所以能够这么生动，有一个很重要的原因，那就是"诗眼"的运用，这也是谢灵运的山水诗能够成功的一个特点。所谓的"诗眼"就是诗歌的眼睛，通常就是把动词用得特别精彩，发挥一种拟人化的作用，就像画龙点睛让一个人有了灵魂一样，让整个画面生动了起来。包括"初篁苞绿箨"的苞、"新蒲含紫茸"的含、"海鸥戏春岸"的戏、"天鸡弄和风"的弄，都可以说是诗眼，尤其是"天鸡弄和风"的弄字，更让人有一种像小孩子一样淘气的感觉，天真活泼又可爱。这个字在宋词里也有很突出的用法，那就是张先《天仙子·送春》中所说的"云破月来花弄影"，一个"弄"字确实让平凡的景色瞬间变得非凡起来，诗眼就是赋予生命的关键。

而从"境由心生"的道理来说，谢灵运会用"戏、弄"这两个动词形容海鸥在岸边飞翔、天鸡在风中展翅，岂不就是因为他深深被这样一幅春天的景色给吸引，感受到一种美好的、蓬勃的生机吗？他的心跟着海鸥一起飞翔，和天鸡一起舞弄着和风，读者也跟着诗歌一起在这大自然的欣欣向荣里悠然神往。难怪谢灵运这时心满意足，说自己"抚化心无厌"。"抚化"意指抚触、体察自然大化的运行，意思就是把自己的思想感情渗透到天地万物之中，并且与之融为一体，应和着其中生灭盛衰起落的自然脉动。这种体验无比的美好，以致内心总是不感到满足，于是"览物眷弥重"，观览万物的兴致更加地浓厚，对万物的留恋也更深了。

讲到这里，谢灵运简直已经到达一种最圆满的境界了，用谢灵运自己的话来说，就是"良辰、美景、赏心、乐事"四者皆具。谢灵运在《拟魏太子邺中集诗八首·序》中曾经感慨："天下良辰、美景、赏心、乐事，四者难并。"而此时，不就已经四者俱全了吗？这样一种圆满，就是谢灵运在山水里最完美的自我安顿！

其实，这种与万物冥合的绝妙体验，之前的陶渊明也有很深刻的感受，例如"微雨从东来，好风与之俱"就是典型的例子。只不过，陶、谢两人的性格毕竟差别太大了，陶渊明的体验是让他从自我超脱出来，到达一种《形影神·神释》里所说的"纵浪大化中，不喜亦不惧，应尽便须尽，无复独多虑"的境界，也就是坦然接受宇宙人生的规律和变化，毋须因为愿望或欲望得到满足而欢喜，也不用因为失落而忧虑，因此时时刻刻都是圆满，而陶渊明的人格高度和魅力就体现在这里。但谢灵运却恰恰相反，他在"抚化心无厌，览物眷弥重"的情况下，反而对人生感到不满了，于是进入了"兴发情理"的第三段，也就是整首诗篇的最后一段。在这最后一段，凸显了谢灵运的孤傲和寂寞，也让整首诗产生一种很大的断裂感。

这是一个心境的翻转、心情的变奏，谢灵运感慨说"不惜去人远，但恨莫与同"，他不惜离开人群很远，一个人欣赏这湖光山色，只恨没有和他一起分享的知己啊！他在这样美好圆满的自然里，突然又感到一种牢牢固结在内心的寂寞了，而这个"恨"字是多么强烈的一种遗憾，于是前面那些欣欣向荣的自然万物，那么温柔祥和的春天意境，似乎一下子都消失不见了，谢灵运还是满心的烦躁不安，以致最后留下来的袅袅余音，还是"孤游非情叹，赏废理谁通"这样的感慨。

这最后两句，根据《文选》的注解所云："言己孤游，非情所叹，而赏心若废，兹理谁为通乎？"意思是说，一个人孤身游历，这并不是他心里所悲叹的事，关键在于"赏废理谁通"，如果这样赏心悦目的体验被荒废了，其中的奥妙道理又有谁能通透地理解呢？换句话说，谢灵运不但非常寂寞，而且非常高傲自信，他认为世界上只有他懂得这样的境界。或者应该说，就是因为他非常高傲自信，所以才会那么寂寞。可是一个忘不掉自己的寂寞的人，又怎能真正融入宇宙自然万物一体的和谐里，获得心灵的宁静呢？

于是，我们看到他的寂寞和前面的写景就产生了很巨大的断裂，对于我们现代人来说，这个巨大的断裂是一种艺术上的失败。因为前面写景那么精美、完善，让人仿佛融入景色之中，跟大化合一，而且他对于景物的观察如此细微，连光影的变化都能够精密捕捉，可是最后又突然跳脱出来，在天人合一之中突出了自我的孤立，整个人陷入彷徨、寂寞之中无法自拔，让人觉得主客分裂、各自为政，诗歌内部的整体性、统一感就分裂了。

但是，我们不要忘了谢灵运是一个活生生的人，他之所以写诗，真的是在解决他的问题，不是为了创作而创作，写出完美的诗给别人欣赏。如果可以看到这一点，那就要尽量和他一起呼吸，感受他之所以会出现这种情况的原因。而原因就在于：谢灵运虽然得天独厚，出身王谢世家的贵族阶层，高高在上，又天资聪颖，和天下人分庭抗礼，但这一切并不能保障一个人的幸福，他同样要面对人生非常艰苦的难题，要不断地挣扎才能暂时得到一点解脱。可见，每一个人都有他的地狱，有他自己的苦恼要面对。

这一节我们讲了谢灵运的山水诗，他真的到人迹罕至的山里寻幽探胜，行走在崇山峻岭之间，近观远眺，表现出很强烈的写实精神，以"记游—写景—兴发情理"的基本框架，浓墨重彩地展现出山林的精美，让我们看到他的才气出众，以及他的烦恼重重，所以我们说那是宏伟而寂寞的山水。

接下来，我们还要留在刘宋诗坛上，去看看另一出身背景不同的诗人鲍照，思考家庭环境对一个人的深刻影响。

第七节　鲍照：边缘者的悲愤

在上一节里，我们看到了谢灵运的诗，他的山水佳作树立了典范，那是来自学问渊博，又眼光敏锐、心意真挚的作品，把诗歌的发展推进了一步，实在无愧于他"才高一斗"的自豪。从中我们也认识到原来古人对于大自然有这样丰富而美好的体会，那是和陶渊明截然不同的视角，也带给我们全新的发现。这一节我们要留在谢灵运的时代里，去看一个和他命运大不同的诗人，鲍照，以及他的诗《梅花落》和《拟行路难》。

才秀人微

在刘宋时期的诗坛上，和谢灵运同时代的诗人，还有鲍照、颜延之，号称"鲍颜谢"。从我们今天的角度来看，鲍照可能更有吸引力，因为他直抒胸臆，最具有自我表现的特质，对于追求个性的读者来说，最具感染力。也确实，鲍照是现代所写的文学史中最受欢迎的诗人，文学史中几乎公认他是刘宋时期最好的诗人。

不过，在当时鲍照是比不上谢灵运的，谢灵运是贵族出身的世家公子，拥有丰富的文化资源，再加上智力超群，可以说是天之骄子，他的"才高一斗"并不是夸大其词。相对地，鲍照就没那么幸运了。他出身寒门，而六朝的社会制度造成了"上品无寒门，下品无势族"（《晋书·刘毅传》）的情况，于是鲍照注定一辈子奔波，在各个权贵的门下尝尽了有志难酬的辛酸。

对于这种社会结构所造成的处境，鲍照并不是第一个遭遇的人，比他更早的西晋"太康八诗人"里，左思也同样是出身于寒门，而他所写的《咏史八首》之二中，早就以很生动的比喻做了说明，这首诗感慨说：

> 郁郁涧底松，离离山上苗。以彼径寸茎，荫此百尺条。
> 世胄蹑高位，英俊沉下僚。地势使之然，由来非一朝。
> 金张藉旧业，七叶珥汉貂。冯公岂不伟，白首不见招。

开篇第一联，就用两种植物做对比，也进行人事的比喻，所谓的"郁郁涧底松，离离山上苗"，是说山涧底下山谷里的松树长得浓郁而高大，相对地，山上的小树苗却低垂着叶子，缺乏生气。然而，这样孱弱矮瘦的小苗，却"以彼径寸茎，荫此百尺条"，虽然它的茎直径只有一寸长，但所投射下来的影子，竟然可以把枝叶广布、长达百尺的涧底松给遮蔽了。

左思说，这就像当时的社会里，"世胄蹑高位，英俊沉下僚"，那些世世代代拥有荣华富贵的豪门子弟，总是占据着有权有势的高位，而拥有真才实学的英才俊杰，却只能沉沦在下面做低阶的官僚，才能和待遇是多么地不成比例。为什么会有这么反常的现象？原来这和个人的品格能力无关，而是由出身背景所决定的结果，所谓"地势使之然，由来非一朝"，就是在说这个道理。一个人出身的高低就像地势一样，决定了你会在哪一个层级，出身高贵的庸才就像"离离山上苗"，出身寒微的才德之士便好比"郁郁涧底松"，因为地势即家世背景的关系，就造成了"以彼径寸茎，荫此百尺条"的情况。而这并非一朝一夕的特殊案例，其实是长期以来的社会现象。

于是左思举了几个著名的人物来说明这种不幸，比如说，"金张藉旧业，七叶珥汉貂"，金、张是指汉朝的金日磾（mì dī）和张汤，这两个人借着旧业，也就是旧有的家业，都"七叶珥汉貂"，拥有好几代的飞黄腾达。"七叶"是七个世代的意思，"珥汉貂"是插在官帽上的貂尾，这是汉代侍中、中常侍的服制。确实，金日磾是汉武帝时投降的匈奴人，深受皇帝的信赖，武帝驾崩后还成为昭帝的辅政大臣，他家从汉武帝到汉平帝一共做了七代的内侍。而张汤家则是从汉宣帝以后，有十余人担任侍中、中常侍等重臣，所以说"七叶珥汉貂"。

其实，金日磾忠直刚正，不逾本分，而张汤也是清正廉明的好官，两个人都名留青史，也算实至名归。只不过，这两家的子弟凭借祖先的世业，七代都做汉朝的贵官，有如《汉书·张汤传赞》所云："功臣之世，唯有金氏、张氏亲近宠贵，比于外戚。"这就难免有祖宗庇荫的成分了，那些"珥汉貂"、做高官的子孙们，真的有与其地位相称的才能品德吗？还是"地势"的因素比较多呢？他们得天独厚，拥有更高的制高点、更早的起跑点，一出生就雄踞山头，那是涧底松再怎么努力都比不过的。

左思就为那些没有家世背景的英俊之士深深抱不平了，他叹息"冯公岂不伟，白首不见招"，冯公哪里不够奇伟呢？怎么一直到年老白头，都没见到朝廷招揽他，加以重用呢？冯公，就是冯唐，他历经了汉文帝、汉景帝、汉武帝三朝，才能杰出，却因为性格耿直，只能一直做中郎署长的小官，到了九十多岁时，虽然机会来了，却也无法重用了。初唐的诗人王勃《滕王阁序》中便感慨道："嗟乎！时运不齐，命途多舛，冯唐易老，李广难封。"这个"冯唐易老"的成语，真是让人感到无比辛酸，也触动了无数失意文人的隐衷，左思就是其中之一。

讲到这里，我们清楚看到人类社会中常见的不平等，阶级其实是很容易不断复制的，这是很自然的事；而六朝实施了九品中正制度以后，这种家世背景的影响力就更有决定性了，因为那成为一种结构性的保障，更巩固了家族的地位，左思心里的痛就更深了。同样地，身在南朝的鲍照，自称"家世贫贱"（《拜侍郎上疏》），晚一点的南朝诗评家钟嵘《诗品》也慨叹他是"才秀人微，故取湮当代"，虽然才华秀出，可惜出身寒微，以致湮灭于当代，那就注定改变不了"英俊沉下僚"的命运了。于是鲍照郁郁不平，形诸笔墨，就写下了不少抒发愤懑的诗篇，再加上他身处社会边缘，不怎么需要跟着当时的主流发展，不用像谢灵运那样追求文字形式的雕琢，因此更可以直抒胸臆，文字浅白，这种与当时主流不同道的个性，让他的作品情感真挚，又形象鲜明，形成了一股打动人心的力量。

《梅花落》: 直抒胸臆，打动人心

鲍照《梅花落》就是一首这样的诗篇，《梅花落》属于汉乐府诗，鲍照沿用乐府旧题，尽情歌咏梅花的高风亮节，那当然也是自我的模拟，诗中说道：

> 中庭杂树多，偏为梅咨嗟。
>
> 问君何独然？念其霜中能作花，露中能作实。
>
> 摇荡春风媚春日，念尔零落逐寒风，徒有霜华无霜质！

一开始，鲍照也是用对比的手法，说庭院中各种杂树很多，可他偏偏特别只对梅花发出叹息，表示情有独钟的赞赏。然后鲍照很巧妙地转变了口吻，用设问法安排了人和树木的一问一答，他让那些受到冷落的杂树有所不甘，反问诗人说："问君何独然？"它们问鲍照，您为什么单单这样偏重梅花呢？给了这样一个问题以后，鲍照自己就提出了解答，说"念其霜中能作花，露中能作实"，他想到梅花在寒冷的冰霜中能够开出花来，在沉重的露水里能结出果实，这种无论环境多么艰难，都要完成使命的顽强，就是他特别欣赏梅花的原因啊！

至于那些为数众多的杂树呢？鲍照很不客气地说，你们只能在"摇荡春风媚春日"的大好时光里，开开花、做做媚态，但是只要天气一冷，就什么都没有了，所谓的"念尔零落逐寒风，徒有霜华无霜质"，想到你们随着寒风吹来就脆弱地凋零飘落了，只有在冷霜中开花的一点表面能力，却没有真正在冰霜中耐寒的内在品质啊！很显然地，鲍照在梅花身上投射了自己的心志，表明自己奋力抵抗艰困恶劣的环境，不愿迎合流俗的坚定意志。整首诗文字浅显，情意真挚，语气直率，在五七言的杂言形式里，表现得更加抑扬顿挫，那一腔的悲愤感慨便毫无保留地汹涌而出。

可是，我们也要了解，这样直言不讳的表达，当然是会得罪人的，谁喜欢被贬低为杂树呢？当鲍照累积了很深的愤愤不平，禁不住酣畅淋漓地骂人的时候，往往自己也会受到重伤，而这样一来就形成了恶性循环，鲍照的人生道路便越发艰难了。于是，他写了一组《拟行路难十八首》，内容上可以望文生义，就是在感慨人生的路非常难走。

《拟行路难十八首》：绝望的悲愤

这一组《拟行路难十八首》也是乐府诗，模拟《行路难》而作，而《行路难》原为汉代歌谣，属于《杂曲歌辞》，晋朝袁山松改变其音调，制作新词，流行一时，但现在已经都失传了，鲍照模拟《行路难》而写的《拟行路难》，反倒变成了最早的作品。这类的诗，根据《乐府诗集》卷七十云："《行路难》，备言世路艰难及离别悲伤之意，多以'君不见'为首。"可知《行路难》是用于歌咏人生多种忧患的。而鲍照所拟作的这一组诗，主要是用以抒发人生坎坷、怀才不遇的悲哀，形式上都采用七言和杂言乐府。

现在，我们就来看《拟行路难十八首》之六，诗云：

对案不能食，拔剑击柱长叹息。丈夫生世会几时？安能蹀躞垂羽翼！

弃置罢官去，还家自休息。朝出与亲辞，暮还在亲侧。

弄儿床前戏，看妇机中织。自古圣贤尽贫贱，何况我辈孤且直！

一开始，鲍照就给了我们一幅困顿愤慨又乖张的肖像画，他"对案不能食，拔剑击柱长叹息"，对着桌案上的酒菜却难以下咽，然后拔出剑来砍向柱子，发泄心中狂暴的悲愤，忍不住发出长长的叹息。他悲愤的是什么呢？就是身为男子汉大丈夫的怀才不遇，下面接着说"丈夫生世会几时？安能蹀躞垂羽翼"，一个人在世上能活多久？时间是不等人的，怎么能被困在地面上"蹀躞"，用小小的步伐行走，而垂下他本来可以张开高飞的翅膀呢？大鹏鸟萎缩成小蚂蚁，这就是鲍照最痛苦愤懑的地方了，那"垂天之云"般的羽翼怎么就这样作废了呢？

可是形势比人强，鲍照也只能"弃置罢官去，还家自休息"，在被抛弃闲置以后，还是罢官回家休息吧，至少可以享受天伦之乐。你看，在这样平凡的日子里，他"朝出与亲辞，暮还在亲侧"，早上出门的时候和亲人告别，晚上回家的时候又回到亲人的身边，过着"弄儿床前戏，看妇机中织"的日常生活，或者逗弄小孩在床前嬉戏，或者看妻子在织布机前纺织，其中有夫妻的鹣鲽恩爱，也有父子的舐犊情深，这不就是一种最踏实的幸福吗？

讲到这里，我们会以为鲍照终于想通了，也找到了一个心灵的出路，消解了"拔剑击柱长叹息"的激烈，而转化为好丈夫、好父亲的温柔，就像陶渊明一样，在官场之外的地方寻得了可以安顿终身的桃花源。

但是，原来世界上的陶渊明确实真的不多，鲍照的回归家庭其实是迫于无奈的不得已，虽然一时之间从妻子儿女身上获得了抚慰，让心情平静下来，但那只是暂时的风平浪静，怀才不遇的暴风雨还是会再度来袭，而且会再度掀起波澜。你看最后的两句："自古圣贤尽贫贱，何况我辈孤且直！"这不就清楚表露出他心中的块垒郁积难消吗？仕途坎坷的失意是那么的沉甸甸、硬邦邦，固结在内心深处，怎样都化解不了，于是那一份熊熊燃烧着的、让他"拔剑击柱长叹息"的悲愤，这时又喷发出来了，鲍照义愤填膺，激烈地控诉说，自古以来圣贤都是贫贱的，何况我们这些孤独又直率的人呢！

真可谓是绝望到极致了，原来做圣贤的代价就是终身贫贱，难怪世界上的圣贤这么稀有，谁愿意过这样吃力不讨好的人生呢？圣贤的境界需要无比坚毅、努力才能达到，可结果竟然没有任何实质的奖赏，还要忍受人人避之唯恐不及的贫贱，那不就让人人都望而却步吗？话虽如此，可总有那么一些人看到的不是贫贱，而是灵魂的充实圆满，所以才会有孔子的弟子颜回这样的人。《论语·雍也》说他是"一箪食，一瓢饮，人也不堪其忧，回也不改其乐"，这就是西方知识分子所说的："团体是庸才的庇护所，只有个人才追求真理。"而那些追求真理的少数个人，就注定要孤独了，因为他走上了"the road not taken"，一条没有人选择的道路。

这就难怪，鲍照虽然慷慨激昂、悲愤不已，却也清楚表达了自己对人格的坚持，所谓的"我辈孤且直"，就是用一种不同于流俗的正直，以致孤独，来作为自己的精神标记，那也是他唯一的、最后的心灵根据地。

诗歌写到这里，就戛然而止，留下一个无比高亢的余音，一直缭绕在无数失意文人的脑海里，当后来的诗人要感慨"行路难"的时候，就会召唤出鲍照的心声。想一想，这样的控诉，简直就是绝望的哀叹了，对熟悉唐诗的人来说，会觉得真是似曾相识，确实，受鲍照影响很大的诗仙李白，就抒发了类似的说法，例如他在《将进酒》中放怀高歌道："古来圣贤皆寂寞，惟有饮者留其名。"这"古来圣贤皆寂寞"不就呼应了鲍照的"自古圣贤尽贫贱"吗？

尤其是，鲍照的"对案不能食，拔剑击柱长叹息"，这两句也进到了李白的诗篇里，李白《行路难三首》之一说："停杯投箸不能食，拔剑四顾心茫然。"他停下酒杯、丢下筷子，同样的食不下咽，也同样的拔剑而出，连诗题都是《行路难》，简直就是如出一辙。鲍照确实可以说是李白的前世导师，在"行路难"的人生里预演了坎坷的轨迹。

当然诗仙是更加青出于蓝的，李白的境界更高。仔细比较一下，鲍照是"拔剑击柱长叹息"，而李白却是"拔剑四顾心茫然"，这两句的差别在哪里呢？原来，鲍照的叹息让他和现实世界处在同一个层次，因为他还看得到敌人，还有让他愤怒的对象，所以对这个世界生气又无奈；然而李白并不是如此，他拔出剑来却四顾无人，根本看不到对手，于是出鞘的剑锋芒再利，他自己的剑术再高，都失去了用武之地，从另一个角度来说，岂不是也等于武功全废吗？这，就是李白会感到"心茫然"的原因。

原来，李白的高度根本无人能及，他就像一个站在华山山顶的绝世高手，四顾苍茫，只见天地悠悠，空无一人，那是多么孤独！难怪他会把鲍照的"自古圣贤尽贫贱"改写为"古来圣贤皆寂寞"了。

由此可知，鲍照作为一个出身寒门的文士，终身绝望地对抗着无法改变的宿命，于是在他的诗里不时迸发出强烈的抗争和哀叹，这就是他的诗歌会如此激荡人心的原因。而我们也终于明白，鲍照的成就可以说是来自历史的偶然，由几个原因所共同造就。

第一，他诞生在注重门第的六朝时代，却偏偏诞生在寒门，这就给了他特别艰难的环境，让他比别人更能深切地感受到压抑的痛苦，以及遭遇不公的悲愤。这种直接性常常比较能感动人。

第二，若非鲍照对自己的出身耿耿于怀，一直放不下心里的纠结，那就不会有这样顽强的抗议精神，形成一种刚烈激昂的风格，这就和同样出身寒门的陶渊明截然不同了。所以，虽然鲍照有时候会退回到家庭的怀抱里，享受亲情所带来的抚慰，但他毕竟不是陶渊明，于是始终沉浸在寒门士人在仕途上的坎坷和痛苦中。

第三，又因为他不是正统文学潮流的主流派，所以可以放笔去写，不假雕琢，才有这样淋漓尽致的歌行体，也滋养了后来的李白。单单就这一点来说，如同陶渊明退到边缘地区，独自讴歌自己的田园诗，在这种个人性上两个人则有着异曲同工之妙。

鲍照和谢灵运是同时代的诗人，可是在注重门第的社会制度之下，鲍照的寒门出身让他品尝到强烈的痛苦，怀才不遇、壮志难酬的遭遇，让他写出了《梅花落》《拟行路难十八首》之类的乐府诗。可是也因为他不用理会主流的发展，反倒可以尽情自在地直抒胸臆，因此表现出浓厚的个人特色，形成了这些深具感染力的诗篇。可见人生的得失真是难料，所谓的"有心栽花花不发，无心插柳柳成荫"，原来这就是世间的奥妙，鲍照又给出了一个案例。

所以说，是千秋，还是一时，实在是很难预料的，一个人只要尽力就好。下一节我们就要谈南朝齐梁诗坛上最重要的一个诗人谢朓。

第八节　谢朓：精致的自然

在前面两节的专题里，我们看到了南朝的第一个朝代，也就是刘宋时期的两个主要诗人——贵族王公的谢灵运和素族寒门的鲍照，他们刚好是两个不同阶层的出身，形成了两种截然不同的特点，一个精雕细琢，一个豪迈不羁，风格和内容都很不相同。可是，每个人都有他的地狱，无论是贵族王公或普通寒门，都一样面临着生命的痛苦和烦恼，谢灵运的难题并没有比鲍照少一点。

接下来，我们就要开始谈刘宋之后的齐梁诗人，谢朓。

谢朓，李白最崇拜的诗人

谢朓，字玄晖，因为当过安徽的宣州太守，所以又称谢宣城。他姓谢，敏感一点的人就会想到东晋的王、谢大家族，是的，谢朓也是出自这样的世家大族，谢灵运就是他的长辈；再加上谢朓也是山水诗的名家，所以谢灵运被称为"大谢"，谢朓被称为"小谢"。这大小之分，一个是指年龄辈分，谢朓是谢灵运的侄子，小了一辈；但也多少有一点成就上的高下之别，一般认为，"小谢"谢朓的创作成果略逊一筹，谢灵运名气又响亮得多，于是谢朓就被称为"小谢"。

但其实，小谢可一点儿也不小，他的贡献和影响力并不亚于谢灵运。谢朓所活跃的永明时期在历史中并不是那么地突出，但这时所开创的"永明体"，却革新了诗歌的声韵格调，逐渐形成我们所熟悉的律诗。《南齐书·陆厥传》中就说道："永明末，盛为文章。吴兴沈约、陈郡谢朓、琅邪王融以气类相推毂。汝南周颙善识声韵。约等文皆用宫商，以平上去入为四声，以此制韵，不可增减，世呼为'永明体'。"也就是说，"永明体"的出现促使近体诗走向成熟，所以，吴淇《选诗定论》将它称作"古诗与唐诗中间一大关键"。谢朓作为"永明体"的开创者之一，其才能和作用也不可谓不大。

除此之外，你可知道诗仙李白最崇拜的古代诗人是谁？那就是谢朓。谢朓竟然是大诗人李白最佩服的一个诗人，可是算一算我们周围的人，不知道李白的人恐怕没几个，可听过谢朓的人就少了，而那样如雷贯耳的诗仙居然崇拜一个没多大名气的小谢，这可跌破了许多人的眼镜。

然而事实正是如此。李白被视为中国文学史上最伟大的诗人之一，却对谢朓情有独钟，对他津津乐道。从统计数字来看，李白单单在诗歌里提到谢朓的次数，就有十二次之多！而且每提到一次，就是一次莫大的褒扬，简直是佩服得五体投地。李白对谢朓的热爱，后来的人也都注意到了，例如清朝王士祯《戏仿元遗山论诗绝句三十二首》之三云：

> 青莲才笔九州横，六代淫哇总废声。
> 白纻青山魂魄在，一生低首谢宣城。

第一句说李白这个狂傲的诗人才气纵横，横扫天下九州，对于六朝诗可是睥睨不屑、嗤之以鼻，但他却一生都谦逊地向谢朓低头臣服，这可是大大出人意表的奇迹。

我们先看两个例子，李白《金陵城西楼月下吟》云：

> 金陵夜寂凉风发，独上高楼望吴越。
> 白云映水摇空城，白露垂珠滴秋月。
> 月下沉吟久不归，古来相接眼中稀。
> 解道澄江净如练，令人长忆谢玄晖。

李白来到了金陵，这可是六朝金粉的繁华仙境。在一个寂静的夜晚，城里吹起了凉风，李白独自登上城西的高楼，在月光下登高望远。一般来说，登高望远会产生的心情大都有两种，一种是远望当归，反映出游子他乡的心绪；一种是范围大一点的，怀念远方的亲友。但李白却非常不同，他"独上高楼望吴越"，吴越是长江下游的区域，他远眺到了"白云映水摇空城，白露垂珠滴秋月"的景色。这两句中所描写的，是非常细致的意象：天上的白云投映在水面上，云彩飘移、水浪涌动，仿佛摇晃着这空明清朗的城市，而夜晚的露水逐渐在叶片的边缘凝结成形，好像低垂着白色的珍珠，映着皎洁的秋月光滴落。这是多么纤细、多么精微的洞察力！

现在问题来了，李白为什么不思乡、不想念亲友，反倒写起这些细致的景物来了呢？原来他的心另有所属，遥想的是超越现实之外的历史豪杰。他"月下沉吟久不归，古来相接眼中稀"，一个人在月色中徘徊沉吟，良久不归，心里感叹着自古以来，能够精神相接、心灵相通的大灵魂是多么稀少，即使登高望远、穷尽了千里之目，所能见到的还是寥寥无几。这其实有一点陈子昂所说"前不见古人"的意味。写到这里，李白应该感慨寂寞了吧？陈子昂不就因此"独怆然而涕下"吗？连苏东坡都深深悲叹着"琼楼玉宇，高处不胜寒"，因此，在这金陵城西楼上沉吟徘徊的李白，应该也会寂寞到一种萧瑟无边吧。

但是，李白突然笔锋一转，心境也随之一变，整首诗发生一百八十度的大翻转，因为远方出现了一颗熠熠发光的恒星，那就是谢朓！李白说"解道澄江净如练，令人长忆谢玄晖"，原来，在古往今来的苍凉时空里，还有一个谢玄晖，也就是谢朓，他是值得让人一直怀念的。那谢朓不就是"古来相接眼中稀"

的萧瑟里，一个让他减轻了寂寞的知音吗？于是，一想到谢朓，李白的寂寞就消失得无影无踪，而且还一瞬间充满了喜悦。"解道澄江净如练"，"解道"是"会说""能够讲"的意思，而他能背出来的"澄江净如练"这五个字，就是谢朓《晚登三山还望京邑》中的一句诗，比喻清澄不染的江流洁净得就像一条白色的练布那么柔细美丽，纯白无瑕！

但是，谢朓的诗句不少，为什么李白单单挑这一句来表示他对谢朓的推崇呢？仔细推敲一下就会发现，李白这时登高望向吴越，所看到的就是长江"白云映水"的景色，也正是谢朓写《晚登三山还望京邑》时眼中的风光，因此古今的空间叠映在一起，李白的脑海里就跳出了这一句诗，并且特别说明他还能吟诵。

你可能又会觉得奇怪了，能背诵一句诗，有什么好得意的？李白竟然雀跃得像个小孩子一样，很骄傲地炫耀说，他能诵读谢朓的诗句："澄江静如练"！

确实，在我们今天看来，这实在是一大谜团。不过，只要我们冷静下来，理性地想一想，就会注意到：李白并非平庸之辈，他既然是第一流的大诗人，必定拥有非常好的审美能力，因此，一定看到了我们现代人不容易看到的特殊优点。而谢朓所拥有的那个超乎寻常的优点是什么呢？答案就是：以一种极端纤细的功力，捕捉、刻画了细致微妙地变化着的自然景象，以及随着时光逐渐消逝的瞬间的景致。

既然是极端纤细的景象，那就不容易察觉，要很有洞察力、极其细致敏锐，还要有对大自然各种景物的喜爱，才能那样深深地注目，并且将其微妙地表现出来。而李白的"白云映水摇空城，白露垂珠滴秋月"这两句诗就做到了这一点，不愧是一个大诗人！但是，李白这两句诗并非只是在自我表现而已，他是在发扬谢朓的精神，把从谢老师那里学到的本事给发扬光大，这就等于是对老师最大的赞美！

确实，李白的"白云映水摇空城，白露垂珠滴秋月"这两句诗很有谢朓的风格，尤其是洁白的露水逐渐成形，在树叶的下缘低垂着，越来越浑圆，也越来越沉重，最后终于因为负荷不了这个重量，就滴落下来，其间还折射着秋月的光芒，有如一颗闪亮的珍珠！难怪后来的白居易《暮江吟》索性比喻说："露似珍珠月似弓。"你想想看，露珠多么细小，怯怯地附着在枝叶之间，又隐蔽在夜色里，本来就很被容易被忽略；而形成露珠的过程又是那么缓慢，几乎是不知不觉，所以没什么人耐心去注意它。但李白却留意到了，还捕捉到那转瞬即逝的月光，这是多么细腻入微的一双眼睛，谁说李白只能写"白发三千丈""海水直下万里深"这样气势磅礴的诗句！

可见，李白也拥有博大精深的心胸，谦虚地向前辈学习，谢朓就是他最佩服的导师。而谢朓的"澄江净如练"，前面的那一句"余霞散成绮"，也同样是非常细腻的眼光，表现出清丽脱俗的大自然。谢朓注意到，黄昏，夜色越来越深，太阳已经下山了，残留着剩余的霞光，散布在天边，就像一片五彩斑斓、精美华丽的绮罗一样。试想：天边缤纷的绮罗和大地纯洁的白练，彼此相衬、互相对照，那色泽是多么地亮眼，却又多么纯净无瑕！

我们可以注意到，"余霞散成绮"这一幕也是一种稍纵即逝的景色，那真是李商隐所说的"夕阳无限好，只是近黄昏"，尤其是谢朓用了一个"余"字，显示下山的太阳已经告别天空，接下来的回光返照也很快地就会消逝，这个"余"字很精确地表达出那一种所剩无几的短暂，诗人的选字是非常精确而又传神的。

不只如此，"余"字是谢朓很喜欢用的形容词，在他现存全部的二百多首诗歌里，一共有十七个用例，可见谢朓特别地关注那些最后消失的边际景色，而其中最有名的，是《游东田》里的"鱼戏新荷动，鸟散余花落"。

鱼戏新荷动，鸟散余花落

当时，谢朓到东田去游赏，东田就在当时的都城建康（今南京市），那是一个有名的游览胜地，西临富丽豪华的台城，北傍龙盘虎踞的钟山，东靠迂回迤逦的青龙山，南倚热闹繁华的秦淮河，居中的雀湖（即前湖），里面游鱼成群，荷叶田田，意态万千。谢朓来到这里，远眺又近望，描绘出一大幅清丽的自然风光，其间，谢朓收回了视线，特别聚焦在两个小小的画面上，也就是"鱼戏新荷动，鸟散余花落"，前一句写鱼儿们在水里嬉戏，活泼地游来游去，触动了水中荷花新长出来的枝叶，所以茎干和荷叶微微颤动了一下；而后一句写湖边的树上鸟儿飞走了，翅膀拍动的力道震落了尚存的残花。

大家想想看，这是不是前所未有的观察，"新荷""余花"点出了当下正是暮春初夏的时节，荷叶是初夏新长出来的，而花朵是暮春最后剩下来的。这两句诗表面上很合乎逻辑，因为"鱼戏"而"新荷动"，因为"鸟散"而"余花落"，因果关系表达得清清楚楚；但是，实际情况其实是谢朓反推回来的，他首先是看到湖面上的荷叶突然出现一瞬间的颤动，由此推测那是水面下的"鱼戏"所造成的；同样地，他是先注意到树上有落花飘下，所以推测那是因为"鸟散"所带来的。只是在写进诗句的时候，他以正常的因果逻辑表达了出来，就变成了"鱼戏新荷动，鸟散余花落"。

这看起来并没什么大不了的，可是，让我们再仔细想一想：这"新荷动""余花落"的动态只是突如其来的一瞬间，稍纵即逝，若非手疾眼快，岂能历历在目？何况荷叶的颤动、花朵的飘落都是那么无声无息，缺乏了声音的引导，那就更只能靠眼睛的观察了。这么一来，又有几个人会注意到"新荷动"和"余花落"的瞬间动态呢？而注意到的人，又能发现造成这个小小动态的原因吗？一般人可能只会觉得有点儿奇怪，怎么没有刮风，荷叶却突然颤动了一下，落花也倏忽一阵飘落，但接下来就不再多想，然后置诸脑后，不知不觉。

相较之下，谢朓不只是细腻地注意到"新荷动""余花落"的瞬间动态，以前他还应该曾经仔细观察了水面下、树枝间的动静，欣赏过鱼儿的活泼优游、鸟儿的轻盈跳跃，所以才发现了其中的奥秘。原来，水中鱼、树上鸟，就是缔造这一幅工笔画面的动力源！

"鱼戏新荷动，鸟散余花落"虽然只有寥寥十个字，却是精彩万分，蕴含着很大的艺术能量，而其中的鱼、荷、鸟、花，四种景物构成了一个清新美丽的画面，整个画面凸显的又是刹那间的动态，字里行间绽发出大自然的活力，却又无声无息，谢朓的功力真是令人叹为观止。

这两句诗写的是暮春初夏的时光，如果我们把时序再往后推，到了秋天时，这"鱼戏新荷动"的景象又会有怎样的变化呢？秋风冷洌，导致了宋玉所说的"萧瑟兮草木摇落而变衰"，池塘里的荷花当然也不能例外，谢朓对此也有很精密的刻画。他在《治宅》这首诗中说："风碎池中荷，霜翦江南菉。"你注意到了吗？谢朓别出心裁，他把风吹落荷叶的过程写得更加生动有力，"风碎池中荷"的碎字，让荷花的枯萎不再是默默地凋谢，而是瞬间的摧残，像遭到无情的碾压而纷纷破碎了，毫无侥幸的余地。而和它对仗的下一句"霜翦江南菉"，也是比喻江南的菉草被冷霜给剪除了，用"翦"这个字，可见秋霜的冷洌锋利，像尖锐的剪刀一样，一点儿不剩。这两句形容秋季的风霜好比碎纸机和剪刀，毁灭那些原本欣欣向荣的草木，把秋天的威力形象化了，令人心眼为之一开，也开始重新发现了自然的奥妙。

青苔首入诗

看过了天边的余霞绵延、庭院里的余花飘落，还有池塘中被风碎灭的荷花，在在可见谢朓细心关注到了任谁都会忽略的微小事物，而且刻画得如此之清新优美，可以说是一个杰出的工笔诗人，很明显地，这和谢灵运那样大开大阖的模山范水是很不同的。难怪，谢朓还是一个美丽小事物的发现者，是什么美丽的小事物呢？那就是青苔。

青苔，是多么渺小而单调的植物，生长在阴暗的角落里，没有几个人会多留意，结果又是谢朓注意到它们的存在和美丽，他在《直中书省》中说道："红药当阶翻，苍苔依砌上。"诗题的《直中书省》，意思是在中书省当值，值班的时光通常没有公事，于是谢朓有足够的时间，从容品味这个朝廷重镇的肃穆清幽，也因此注意到默默生长的小小青苔。

谢朓先是写"红药当阶翻"，红药，就是红色的芍药花，它在阶梯前随风翻动着盛开的蕊瓣，非常鲜艳；接着诗人看到了"苍苔依砌上"，绿色的苔藓沿着石阶往上延伸，一路青绿。这两句的巧妙在哪里呢？巧妙之处就在于：一动一静、一红一绿，静止的青苔衬托着动态的红芍药花，显得更活泼耀眼了，反过来也一样，本来青苔是暗淡的，但谢朓把它和红色的芍药花放在一起，瞬间就被艳丽的花所绽发出来的红光给打亮了，从暗绿到翠绿，生机勃勃，一下子亮了起来，这真是画龙点睛的神来之笔！

其实，在谢朓之前，并非没有人写到青苔，但是，那些青苔都是又暗淡、又寒酸，让人只感到凄冷。到了谢朓的笔下，青苔才突然拥有了欣欣向荣的生命，是他告诉人们，它活得很开心！即使只是小小的植物，终身住在角落里，也可以呈现一幅优美的景致，自在又圆满。于是，"红药当阶翻，苍苔依砌上"同样是谢朓刻画动态小景著名的两句诗。在谢朓之后，甚至开始有了集中描写青苔的文章了，包括：南朝后来宋齐的江淹，初唐的诗人杨炯、王勃，这三个人都有《青苔赋》这样的专题文章。

而盛唐大诗人王维，就是继谢朓之后写青苔最优美的一个诗人，王维《鹿柴》："返景入深林，复照青苔上。"那真是青出于蓝而胜于蓝，可以说是站在谢朓这个巨人的肩膀上所达到的巅峰！

可见，谢朓真是一个观察入微的诗人，总是能看到一般人看不见的，他所刻画的这些动态的、精美的小品图，让人领略到他的心神、笔触别有洞天，把我们前面说过的"诗人是人类的感官"发挥到极致。

但是，你可不要误会谢朓只能做一个工笔诗人，他也有大气恢宏、金碧辉煌的一面。《入朝曲》这首诗中所说的"江南佳丽地，金陵帝王州"，江南的山水之美孕育了无数动人的佳丽，而金陵是一个让帝王睥睨天下的都城，《入朝曲》结合了美丽与权力，壮丽辉煌，简直就是对南朝之美最盛大的讴歌！不仅如此，它还构成了大家对江南的文化想象，一直影响到了清朝的《红楼梦》，小说中的金钗们不是出身苏州，就是金陵，否则就是扬州，也确实添加了优美又华贵的气韵。

试想，如果才子佳人的爱情故事里，千金小姐的籍贯是北方山东或者内蒙古，那气质就明显不符合了。山东、内蒙古当然也产美女，但所谓的"燕赵古多慷慨悲歌之士"，既然自古以来北方就给人一种慷慨豪迈的感觉，所以说，谢朓的"江南佳丽地，金陵帝王州"可以说是南朝金粉的最佳脚注。

总而言之，南朝齐梁时期的诗人谢朓，是一个影响深远的创作者，可以说是唐诗的先锋，滋养了许多唐代诗人的诗心和诗笔，明朝的诗评家胡应麟《诗薮·外编》卷二便指出："六朝句于唐人，调不同而语相似者。'余霞散成绮，澄江静如练'，初唐也;'金波丽鳷鹊,玉绳低建章',盛唐也;'天际识归舟,云中辨江树',中唐也;'鱼戏新荷动,鸟散余花落',晚唐也。俱谢玄晖诗也。"说他的诗句有些简直就像是初唐、盛唐、中唐、晚唐的风格,换句话说,谢朓的作品里已经出现了唐代三百年的绝代风华,难怪李白会"一生低首谢宣城",以诗仙来肯定和确立谢朓的历史地位。

我们现在认识了南朝齐梁时期的诗人谢朓,这个小谢居然是李白最崇拜的诗人,能让这么狂傲的诗仙一生低头礼敬,简直到了五体投地的地步,这个诗人肯定很有过人之处。从我们今天所欣赏的诗篇,足见他真是一个观察入微、刻画细腻的工笔作家,写青苔、写晚霞、写荷花,特别有一种纤细的精神和笔触,这可以说是影响唐代诗歌最大的地方,其实不止李白、王维,中唐的许多诗人都奉谢朓为师。

只可惜我们只知道李白,却很少人知道谢朓,他的诗歌成就显然是被大大埋没了,今天我们就等于是还给他一个公道。

第九节　吴歌、西曲:谐音双关的爱情表达

在上一节,我们讲了"小谢"谢朓的诗歌,其实他的成就并不亚于鼎鼎大名的"大谢"谢灵运,对唐诗的影响也很大,因此受到李白十分的赞扬,可以说是实至名归。

讲完了谢朓,六朝的诗人系列就要告一个段落了。但在进入后面的隋唐诗歌之前,我们还要看一下民歌的部分,因为南

朝时期民歌特别流行，和文人的风格有很大的区别，因为特殊的机缘，这些民歌流行到了宫廷里面，还促成了新的题材、新的体式的诞生，并且它特殊的写作技巧也影响到后世，在文学史上有其重要性，所以值得我们赏析一下。

民歌是一直存在于民间的歌谣，散布在广大土地上的百姓，同样要面对人生的各种喜怒哀乐，也要通过歌唱质朴地表达出他们的心声，从先秦的《击壤歌》、汉朝的乐府民歌，都是如此。到了六朝，民歌当然还是传唱不衰，但与之前的民歌相比，却有了很大的不同，不同的地方就在于：

第一，秦汉时期的民歌主要是社会底层的劳动者，所抒发的内容大多是东汉何休《春秋公羊经传解诂》所说的："男女有所怨恨，相从而歌。饥者歌其食，劳者歌其事。"反映的是现实生活中的各种喜怒哀乐，包括了生存的艰苦。但六朝的民歌却很不一样，孕育它们的是长江中下游的江南城市，出自长江下游的民歌叫作"吴声歌曲"，简称"吴歌"；出自长江中游与汉水两岸的，就称为"西曲"。吴歌西曲的主要内容是抒发男女之间的恋情，占了百分之九十以上，并且大部分是以女性的口吻直率地表达情感，可以说是"一种以女性为中心的艳情讴歌"。这些恋爱中的人可不是村野农夫，而是都市里歌楼酒馆中的商人与欢场女性，所以带有浓厚的商业气息，彼此的打情骂俏其实不能算是正常的爱情。

第二，是歌词的形式的差异。汉乐府民歌的句子比较不整齐，篇幅也长得多，风格上比较质朴。但南朝民歌就很不同了，那些诗大都是五言四句的小诗，篇幅简短、句式整齐，所以影响了后来的绝句。

至于吴歌西曲的第三个特点，也带来另一个影响，那就是它们的语言很天然、明朗而巧妙，和过去质朴的民歌明显有别。本来民歌就很少修饰，像《大子夜歌》里面有两句诗刚好可以用来概括这类民歌的语言特点，那就是"慷慨吐清音，明转出天然"，也就是清新、天然，没有太多的人为雕琢。可南朝民歌却又同时大量运用双关的隐语，例如谐音字或一字多义都很常见，形成了很有趣的修辞手法。这种写法很新鲜，也给了正规诗人一点灵感。

下面我们就来看看，这些民歌是怎样运用语言文字的巧妙来写自由恋爱的。

谐音双关：道是无情却有情

后来的读者最熟悉的，应该是吴歌里的《子夜歌》，包括一组《子夜歌四十二首》，此外还有多组《子夜四时歌》，其中的一组《子夜四时歌》包括了春歌、夏歌、秋歌、冬歌等四季的歌曲，总共七十五首，全部都是五言四句的绝句形式，而且内容都是写女性的爱情。

而它们在写作技巧上所采用的最特别的修辞方式，主要是利用植物及其各部位的名称，来进行恋爱的谐音双关。例如梧桐树会结出种子，它的种子就被称作"梧子"，但为什么不说"桐子"呢？那是为了要用"梧子"来谐音双关"吾子"，就是"我的人儿呀"！这就是指她所爱的情郎啊。例如《子夜歌四十二首》第三十七首说：

怜欢好情怀，移居作乡里。桐树生门前，出入见梧子。

这个女主人公说，她怜爱自己所喜欢的人，那是一种多么甜蜜的情怀啊，后来她移居到乡里之间，梧桐树就生长在门前，每天进进出出的时候都会见到梧桐子。只看这四句诗，不知情的人会误以为难道她是在做生活记录吗？当然不是的，如果她只是在说出入家门口的时候，看到门前的梧桐树都结了果实，这跟情歌有什么关系？其实她这样写，是故意取谐音字来双关，间接地表达爱情，梧桐树就这么被善加利用了。你看，她家门前种了一棵梧桐树，可她爱的不是这棵梧桐树，她爱上的是"梧子"的谐音，每天出出入入见到梧桐树，心中想的都是"我的人儿呀，我的心中想着你呀"，所以真的是一首情歌。

除了梧桐常常被运用之外，莲花更是被运用得最多的植物，因为它所有的部位几乎都可以派上用场，包括莲子、莲藕、藕丝，甚至莲这个字本身，因此谐音也是最多的。例如"莲"被谐音成怜惜的"怜"，也就是"爱"，于是"莲子"就代表"我爱你"。而它的地下茎结成了莲藕，"藕"又谐音为配偶的"偶"，也就是"成双"的意思，所以，当她用"莲藕"这个词的时候，不要以为她想要拿莲藕来煮汤，不是的，这些都是情歌，"莲藕"表示她很怜惜她的伴侣，想要成双成对的意思。

除了这个之外，莲藕切开或折断的时候会有细丝，就是成语所说的藕断丝连。而"藕丝"用来谐音很方便，因为"丝"谐音为"思"。有趣的是，在中国文学里，尤其是诗歌，要表达男女爱情的时候未必用"爱"这个字，反而比较倾向于用"思"

和"念"这两字。所以不要以为"思念"就只是想念而已，它常常是表示"爱"的意思，而藕"丝"就是谐音相思的"思"，可见，莲藕几乎所有的部分都可以被用来谐音。

现在举个例子，《子夜四时歌·秋歌十八首》的第十二首说道：

掘作九州池，尽是大宅里。处处种芙蓉，婉转得莲子。

这位女主人公在大宅院里挖掘了很大的池塘，有多大呢？大到像九州一般宽广，九州就是天下，可见这个比喻极尽夸张之能事，主人公处处种了芙蓉，便可以收获很多的莲子。其实，这里的"芙蓉"是长在水里面的水芙蓉，也就是莲花、荷花。那为什么说芙蓉呢？因为她要谐音"夫容"，丈夫的面容，用来表达她对丈夫的想念，因此顺理成章，第四句里也用了"莲子"，表示"我爱你"的心意。可见这首短诗，从头到尾都在利用这种谐音双关的修辞技巧。

这样的修辞技巧也影响了后来文人的创作，并且在这个影响之下，唐代出现了一些很好的作品，连李商隐都在他的诗里面运用这种修辞技巧，大家都很熟悉的"春蚕到死丝方尽，蜡炬成灰泪始干"这两句诗，其中"春蚕到死丝方尽"的丝，其实也同时谐音双关了"相思"的思！李商隐这个人，真的是情愿忍受情的折磨，相思到死。

我下面还要举一个大家最熟悉的例子，之所以放在这里当作压轴，是因为这可以算是被民歌启发之后，使用谐音双关表达得最巧妙、最精彩的作品，它虽然通俗，可是却一点都不俚俗，反而让人觉得别有一番韵味，那就是刘禹锡的《竹枝词》。而这些所谓的竹枝词、杨柳枝词，一听名称就知道是民歌，果然里面也运用了这类手法，那就是刘禹锡《竹枝词》，其中说道：

> 杨柳青青江水平，闻郎江上唱歌声。
> 东边日出西边雨，道是无晴却有晴。

这个少女在江水边，望着青绿色的杨柳、风平浪静的江面，迷迷蒙蒙的，不知心里在想些什么，然后就听到了自己思慕的情郎的歌声。忽然之间天气变了，出现非常特别的情况，那就是最有名的"东边日出西边雨，道是无晴却有晴"，你以为这两句讲的是天候吗？当然不是。确实，这样一边晴朗、一边下雨，泾渭分明的晴雨现象是很少见的，要刚好处在雨云的边缘，才能看到阴晴共存的景观，一边是晴朗的天气，甚至很可能还阳光灿烂；另一边却是大雨滂沱，斜斜的银针交织密布，行人惊慌奔逃。

你们见过东边日出、西边下雨的现象吗？我至少见过几次，非常震撼。大自然真的妙不可言。最后的那次是在我大一的时候，正在骑着脚踏车从新生南路到台大上课，当时我在学校旁边的十字路口等红绿灯，赫然发现红绿灯的这一边没有下雨，但是隔着一条辛亥路，对面的整个台大校园却笼罩在烟雨蒙蒙之中，而我刚好就在雨幕的边缘，等到绿灯一亮，我往前一走就冲进了雨幕里，当时心里觉得真是不可思议。

什么叫作"东边日出西边雨"？有过经验的人就知道，刘禹锡下面接着说"道是无晴却有晴"，实在讲得太精彩，当然他并不是在描述这种难得的体会，而是要间接地转达一种忐忑不安的心境：在这段不确定的感觉当中，男方对我是爱，还是不爱呢？晴，就是谐音"情"，"道是无晴却有晴"这一句的言外之意，就是那个心中暗暗思慕的情郎啊，说是无情嘛，却又好像有情，令人捉摸不定。这不就是恋爱前期最悬心的滋味吗？

于是，你就可以看到总有少女们满心期待收到一封信、一通电话，可一日不见，如隔三秋，于是耐不住这样的忐忑，就在花园里或草地上摘下一朵花，用数花瓣的方式占卜爱情是否成功：摘下第一片花瓣，代表他爱我；第二片则是暗示他不爱我。到最后看是单数还是双数，就可以预测情郎的意向了。可想而知，如果最后一片是单数，命运的指示就让人安心了，他是爱我的！这位少女得到了保证，晚上可以含笑入梦了。但如果不幸是双数呢？天意透露出他不爱我，这个少女大失所望，恐怕就要暗自哭泣了。这样傻气的游戏是不是很熟悉呢？和刘禹锡这首诗里的女主人翁，是否又有异曲同工之妙呢？

刘禹锡的《竹枝词》也告诉我们，陷入爱情尚未确定的悬疑里的人，特别敏感，也因此特别迷信，以致生活中的每一个征兆都能牵动了恋爱中人的心。于是，在无比的全神贯注之中，她变得患得患失，结果让天气都加入这一场占卜了，整个世界只有一种范畴，也就是只为少女显示征兆，处处都在暗示：对方到底是有情？还是无情？思慕的情郎的歌声，究竟有没有明确的表白？那歌声配合着步伐的节奏，既嘹亮又昂扬，少女都听得入迷了，听到歌声中的这一句似乎有那么一点回应了，于是像一剂强心针一样，让人鼓舞起来；可那一句却又淡淡地不痛不痒，立刻像浇了一盆冷水，否定了那一丝的希望。于是乎，少女的心悬挂着、纠结着，眼睛看到东边，也看到西边，怎么会同时出太阳又下大雨呢？在矛盾里无所适从，这真是恋爱中的人最能懂得的滋味！

也确实，那种悬荡、猜测、揣摩，是恋爱中的少女们最迷人的心态，因为通常两个人敲定以后就不刺激了，变成老夫老妻，很稳定了。当然这也很好，但是跟试探期、暧昧期那种全心全意的敏感完全不一样，所以"东边日出西边雨"要讲的是"道是无晴却有晴"，你到底对我是爱还是不爱呢？有的时候似乎郎有情，有的时候又感觉郎无意，究竟怎样呢？这种心情被刘禹锡表现得非常好。

由此可见，民歌的一个重大特性在刘禹锡的这首《竹枝词》诗里明显地呈现出来，那就是用自然景物的谐音双关来表达情感，这种技巧百分之百是从民歌中得到的灵感。以后，当你们看到这些民间浅白、浅俗的语言所涉及的自然景物描写，就要敏感地从谐音双关的角度展开联想。

唐代以后，如果我们继续追踪，更多的例子就会出现。这个现象一直延续到后来，文人也开始采用，当然也开始创造新的双关，最有名的就是金圣叹。他是清初一位非常异类、狂放的文士，因为太直率了，所以经常得罪人，后来就被人诬陷，中国古代很多类似的案例，莫名其妙一道命令下来，就直接绑赴法场，斩首示众。金圣叹就是这样，仓促之间，生死永别，什么都来不及准备。当时金圣叹的孩子还很幼小，感到非常惊恐，抱着爸爸的腿不肯放开，金圣叹也很难过，觉得不但给自己找了麻烦，还让年幼的孩子自小就要失去父亲，在那样仓促的情况下，他有感而发，当场口占一诗，也就是随口吟出一首诗，表达对孩子的怜惜和不忍，以及抱歉的心，其中他采用的就是民歌式的谐音双关。

他说："莲子心中苦，梨儿腹内酸。"各位看一看，其中用到的还是我们刚刚所提到的莲的意象，而且他还增加了梨。各位都吃过水梨吧？一般人大概还没有吃到接近梨核的部分就丢掉了吧？因为核的部分好酸好涩，所以他用的也是水果的特性。难道他是在写水果经验谈吗？当然不是，他借由"梨"和"梨儿"的谐音双关来表达："我真的好爱我的孩子，但是我现在被迫要离开他，从此他就要变成一个孤儿，我心中真的很苦，要离开我的孩子，腹内心中真是无限辛酸！""梨"谐音双关"离开"的离，这个用法当然不是从金圣叹开始的，在中国文字单音、单形、单义的情况下，谐音字特别容易发挥，所以文人接受了民歌的暗示和启发之后，就开始去进行类似的创作。

但是，我想大家应该知道，这种文字游戏无论写得再传神、再有趣，其实还蛮通俗的，所以可以偶一为之，却最好不要多作，不然文人的品格或者创作的质量是会降低的。这是没有办法的事，不是我们歧视民歌，这是雅与俗、精英与大众文化之间本来就有的距离。

其次，我还要特别谈一个问题，那就是关于这些民歌里的自由恋爱，是不是值得大声鼓吹、大力提倡呢？让我们先看看他们是怎样恋爱的。

吴歌西曲里的爱情：春风动春心

前面我们已经讲过，吴歌、西曲百分之九十以上以男女之情为主，但所谓的男女之情，往往是思春之情，常常夹杂着感官欲望在里面，请看《子夜四时歌·春歌二十首》的第一首里面说"春风动春心"，再看第十首，其中非常标准且传神地表现出这一点：

> 春林花多媚，春鸟意多哀。春风复多情，吹我罗裳开。

整首诗都在讲春天，树林里开满了春花，飞翔着春鸟，四处吹拂着春风，把这位女性美丽的衣裳给吹开了。这里的"春鸟意多哀"的哀可不是"悲哀"的哀，在魏晋的语境里面是"美"的意思。在这首《子夜春歌》里，四句就有三句带着"春"字，从"春风复多情，吹我罗裳开"这两句，可见对她而言，春天里处处萌动着某一种强烈的欲望，这是夹杂着情欲的，整个世界弥漫着荷尔蒙气息的状态，不只是表达春天的美好而已。

再看《子夜四时歌·夏歌二十首》的第十八首所说：

> 情知三夏热，今日偏独甚。香巾拂玉席，共郎登楼寝。

似乎夏天的热度为恋情加温，在这个火炉般的三伏天气里，特别躁动的不只是天气，还有人的欲望，以致两人一起登上楼阁，同床共寝。而这个情况可以说是吴歌、西曲里主要的特质，对于怀春、思春、情欲的那一面，描写真的很大胆、暴露，因此它们被诗评家称为"妖而浮"，即妖媚而轻浮，并不是没有原因的。

其实，男女之情有很多的层次和阶段，而且爱情和欲望本质上根本不同，不能混为一谈。应该说，思春女性那种纯天然、纯自然的写真，比较接近民歌所塑造的女性，它基本上没有经过文明的陶冶，也没有经过更高的精神升华，所以大多停留在欲望层面，而且吴歌、西曲中的男女之情常常是以欲望为导向的，这和诗中人物主要是欢场女性有关。

那么，我们应该怎样理解这类民间歌谣呢？至于内容上以思春为主、男女之情为大宗的作品，我们究竟该如何看待？必须说，爱是一个很复杂的课题，不能用行为上的是否直接、是否抛开束缚来定义它是否真诚、热烈。事情没有那么简单，实际上，民歌之所以可以这么"大胆"，和它的文化属性有关。

我要特别提醒大家注意：古代的资源有限，文化集中在少数的精英阶层里，一般社会大众、特别是乡野农村，基本上都是不认识字的。对那些没有受过教育的庶民们，儒家是很宽容的，并不会拿礼教来要求他们，所以民间在道德的要求上其实是很低的，也因此他们可以拥有很大的婚姻恋爱的自由。一些学者已经注意到，民间的姑娘可以接受或拒绝求婚者，也可以在接受之后改变主意，同时男性青年也享有同等的自由，而这跟上层阶级的婚姻必须有父母之命、媒妁之言完全不一样。那种在大家闺秀身上必须严格遵守的"父母之命，媒妁之言"，对这些民间女性来说，大致是不存在的。

这也就清楚说明了为什么民歌里多数是恋爱的主题，而且其中还有一些居然是很大胆、暴露的表达。

这么说来，我们现代以为是最好的婚姻恋爱形态，其实早在古代的民间就已经存在了，古人根本就没有什么"礼教吃人"。而且我们更应该认真想一想：我们现在所追求的，竟然是传统社会里的下层文化。可是我们已经都受了很好的教育，所追求的却是不受约束、不求升华的状态，这是合理的吗？让我们一起来认真思考一下这个问题。

现在我们做一个总结。六朝，主要是南朝的民歌叫作吴歌、西曲，内容上以女性的爱情为主，占了百分之九十以上，为了表达这种思慕之情，就发展出谐音双关的技巧，像是"莲子、莲藕、藕丝"都被用来表达爱意，这种崭新的手法丰富了之后的文人创作，唐朝刘禹锡《竹枝词》所说的"东边日出西边雨，道是无晴却有晴"就是其中的杰作。

至于吴歌、西曲里，涉及了很大胆、暴露的欲望表达，我们应该要了解，那是出于下阶层的庶民气息，因为没有受到文明的教化使然，并不是人类的爱情追求中的良好典范。如果把那样的激情欲望和真正的爱情混为一谈，那就是鱼目混珠了。

第六章

———

隋唐诗歌

扫一扫，
试听课程

第一节　隋炀帝《诗》：寂寞狂乱的灵魂

在上一节的专题里，我们谈到了六朝的民歌，那是来自民间以及中下层文人的作品，所以带有很强烈的庶民气息，最主要的内容就是自由恋爱，而其中谐音双关的写作技巧很新鲜，也给正规诗人提供了些许灵感。然而，这一类的诗歌毕竟很少数，内容也比较狭隘、浅白，难登大雅之堂，诗歌的发展主流还是要回到精英文人的手里，到了唐朝终于迈向巅峰。

接下来，我们就要开始谈隋唐时期的诗歌了。

所谓的"隋唐"，通常都是以唐代为主，因为隋朝（581~618）只有短短的三十八年，可以说是中国历史上最短命的朝代之一，仅次于秦朝的十五年，一般都把它当作大唐王朝的前奏，或是唐代的附属品；在文学方面，诗歌的成就更是唐人的天下，历史上无出其右，隋朝的诗坛越发显得黯然失色，因此便直接合并称为"隋唐"。

但其实，隋朝这个时代承先启后，既统一了分裂四百年的版图，开拓了历史崭新的一页，又开启、奠定了唐朝的发展道路，包括科举在内的许多制度，都是从隋朝开始的，所以这个王朝不容小觑。只可惜，由于隋朝太短暂，还来不及出现成果就灭亡了，所以很容易被忽略；而亡国之君隋炀帝又实在过于荒淫无道，形成了完全负面的政治形象，以致这个刻板印象拖累了他的其他的面相，隋炀帝的艺术才华也就没有得到应有的认识和公正的评价。

艺术皇帝隋炀帝

事实上，隋炀帝的暴虐事迹罄竹难书，但其中却也常常显示出他的良好品位。举一个例子来说，他动用百万民工开凿运河，建造几万艘龙船大肆旅游，又为了让整个旅途赏心悦目，于是下令运河边沿路的御道都要种上杨柳，这当然是劳民伤财的大工程。但是请你注意一下，为了装点河岸风光，隋炀帝并没有选择镶金包银的夸富，例如设立精美的灯柱，晚间再燃烧昂贵的蜡油，这样岂不是更加辉煌炫目？但他却舍弃那些昂贵的人工装饰品，而选择种树，这显然并不属于物质享受的范畴，其中反映出的是一种对自然的热爱，品位一点也不流俗。

接着让我们再想一想：他指定要种的植物，并不是富丽堂皇的牡丹，不是娇艳欲滴的玫瑰，也不是花团锦簇的桃花、李花，而是只有一片绿意的柳树！对一般人来说，一千里的河岸边都只种柳树，那没有变化的景观恐怕是很单调乏味的，其实并不能增加感官享乐的程度。就这一点来说，岂非又是一个十分脱俗的做法？

现在再进一步设想一下：沿岸杨柳依依的景色，那是多么优美的画面！这般的诗情画意，历代的诗词里面都有很精彩的描写。当晚春的时节，柳絮纷飞，河面上仿佛雪花飘飘，正是一代才女谢道韫所比喻的"未若柳絮因风起"，岂不远远胜过于宋代词人晏殊《寓意》所说的"柳絮池塘淡淡风"？还有，柳永《雨霖铃》也曾经说道："今宵酒醒何处？杨柳岸，晓风残月。"那么，到了夜晚时分，当龙舟停靠在岸边时，隋炀帝不就置身于这样的天然图画里吗？

所以，在隋炀帝豪奢的大手笔中，其实仍然带有高级的审美品位，这不是单单挥霍金钱就可以做到的。换句话说，就像曹操、唐玄宗、李后主、宋徽宗一样，隋炀帝也是一个杰出的艺术家皇帝，心里住着一个诗人，在文学上同样有所贡献。他有一首题目叫作《诗》的五言绝句，最能证明这一点。

《诗》: 一望黯销魂

为什么这篇五言绝句的题目叫作《诗》呢？非常有趣的是，其实根本的原因，就是它本来就没有题目！所以后人编辑的时候，只好派给它一个笼统空泛的题目，就叫《诗》，等于是真正的无题诗。可是，早在魏晋时期，文人写诗的当下同时安上一个题目，这已经形成了惯例，清朝乔亿《剑溪说诗》就注意到："魏晋以前，先有诗，后有题……宋齐以后，先有题，后有诗。"题目甚至早于诗歌内容，因此，除非是因为特殊状况而失落了题目，才会变成无题诗。

但依照隋炀帝的身份地位，他的作品肯定会被妥善保存，应该不会出现失落题目的情况。所以我们合理地推论，隋炀帝当时写作的时候，并不是为了写诗而写诗，不是有一个特定要创作的压力才去写诗，而是纯粹发自内心的自然流露，所以抒发了感受之后，也不去考虑诗歌流传的问题，当然也没有必要特别为它标上诗题，以便于后人追踪，因此就成为一篇没有题目的作品。

可以说，这首诗从它诞生到诞生后的际遇，都看得出来完全不是隋炀帝有意为之的，而是当他内心中蓄积了很饱满的感触，非纾解不可，加上他很有文采，所以自然地选择了这样的抒发形式来加以表达。就此而言，这才是一篇真正的文学作品，因为真正的文学是不应该为了写作而写作的。文学家所受到的相关训练，应该是为了一个真诚的感受，或者一个睿智的洞见去运用的。在这样的情况下，隋炀帝应该是内心中有一个非常饱满的感受郁积到非抒发不可，非越过那个临界点，否则就无法宣泄的时候，作品就在这样的一个时刻诞生了，那也应该是最感人的。这是我们对隋炀帝创作心理的看法。

现在，我们就来看这一首五言绝句的内容：

寒鸦飞数点，流水绕孤村。斜阳欲落处，一望黯销魂。

坦白说，我第一次读到隋炀帝这首诗的时候，真的非常惊喜、惊讶，甚至惊愕，之所以出现这些反应，有两个原因：第一，它完全颠覆了我们对这个暴君的一贯认知；第二，它的内容竟然跟著名的元曲《天净沙》如此神似，简直就是《天净沙》的雏形。所以在乍读这首诗的那个瞬间，我突然领悟到几个道理。

首先，这首诗所流露出来的心绪状态，完全颠覆了我们对这个暴君的认识。

请看第一句"寒鸦飞数点"，那是隋炀帝抬头望向天空的一瞬间所看到的景色，不是白云悠悠，也不是万里晴天，而是振翅高飞的几只乌鸦所留下的几个小小黑点，可能是它们发出嘈杂、粗哑的声音，才吸引了隋炀帝的注意吧？但是，这"寒鸦数点"飞翔在无限的高空中，在高反差的对比之下，其实显得非常渺小微弱、飘荡无依，再加上"寒"这个形容词，更呈现出一种荒凉的不安，让人也感受到那眼看着"寒鸦数点"的诗人，他的心似乎也跟寒鸦一样，在无尽的天空中找不到方向，是架空、无依的。

会看到这个景象，应该是在户外的空旷地区吧，果然，接下来第二句写的是"流水绕孤村"，这句诗被宋代的词人秦观原封不动挪用到词里了，《满庭芳》中说："斜阳外，寒鸦数点，流水绕孤村。"那"流水绕孤村"，是在原野奔波的道路上触目可见的寻常景色，可是隋炀帝并没有感觉到炊烟袅袅的温馨，他看到的竟然是"孤村"，一座孤立的村庄，在一片旷野上，只是个孤立的存在，周边还有流水环绕，显得更加封闭，与世隔绝。

所以，从"寒鸦数点"到"孤村"的意象，我们已经逐渐被带到隋炀帝孤绝的心境中，就在这个时候，夕阳跳出来了，诗人说"斜阳欲落处"，夕阳在天际摇摇欲坠，那"欲落"的"欲"字，让我们感觉到一种惊惶、不安定的意味。这个夕阳非常脆弱，因为它稍纵即逝，很快就会落到地平线之下，然后整个世间就会陷入黑暗，所以用"欲落"。

而"斜阳欲落处"的地方正是日薄西山，那里只剩下依稀的微光，半明半暗，越来越黯淡。隋炀帝眺望着西方的地平线，那是一种怎样的心情呢？我们似乎可以感觉到隋炀帝心中的惊惶，怎么办？夕阳快要坠落了，光就要消失了，很快就要被一片黑暗吞噬，可他却还在路上奔波，下一站不晓得在哪里。所以说，"斜阳欲落处"真的带来了不安，甚至悲怆，也果然隋炀帝接着说"一望黯销魂"，这个"销魂"可不是至乐的境界，而是断肠、心碎的意思，是肠为之断、心为之碎。隋炀帝因为看到了这一瞬间的夕阳，整个灵魂就悲怆到几乎要崩溃的地步了。到此，这面临断肠、销魂的诗人，当然再也没有办法控制他心碎的情绪，所以诗篇就在这里告一个段落，结束在那心碎魂断的一眼中。

讲到这里，我们会发现这首诗的文脉进行上，包括意象的累积、情绪的发展，都指向销魂、断肠。斜阳欲落，隋炀帝还在奔波的道路上，周遭也只有一个孤村，他的前途在哪里？他要到哪里去？就算是当天晚上的归宿，都还在遥不可及的远方，无家可归。其实，隋炀帝在这里透露出来的，并不只是那一天的特定经验，应该更是他对整个生命的感受，否则他不会单单注意到这些孤寂、荒凉的意象，而忍不住写下这首诗。何况隋炀帝也挺忙碌的，各种施政的纷扰、纵欲的享乐都来不及了，短短几年就让整个国家沸腾、爆炸，哪里还有片刻的安静？但显然隋炀帝真的非常不快乐，于是就在奔波的道路上乍然流泻出一缕寂寞的心声。

我觉得，隋炀帝也许在政治上非常失败，但是作为一个诗人，他确实真的非常优秀，而且他的优秀并不是来自高超的文学技巧，而主要是来自他的内心，这颗心非常敏锐、细致，并且跟所有的诗人一样寂寞、忧伤。

他明明是个暴君，拥有天下，为所欲为，为什么内心却那么寂寞，以至于寂寞到无以复加，在路途中有感而发，信手拈来，随地取材，写下了这首寂寞、忧伤的诗歌，成为后来《天净沙》最早的血脉渊源？

那瞬间我领悟到，原来隋炀帝会这么暴虐，是因为他内心有一个没有办法填补的空洞。那个空洞是权力没有办法满足的，这是人类的心灵最大的奥秘，也是权力唯一行不通的地方。可是另一方面，对权力的欲望也是没有止境的，因为权力会无限扩张，它是没有极限的，所以我们才会说，权力使人腐化；当隋炀帝通过一个个阶段达到了无限的权力扩张之后，接踵而来的，还是一种不能满足的空虚，因此他非要不断地扩张不可，再加上古代的专制也没有制衡的力量，所以他便一直向外扩张，最后内心的空洞也越来越大，形成了一种恶性循环。他不能通过权力向外得到满足，以至于他的内心一直无法安定，一直处在一个无法填补的黑洞里。

所以，当我读到这首诗的时候，内心最大的感触是，他真的是一个非常非常寂寞的人，而且他的寂寞不能通过一般人用平等的对待、彼此的慰藉来获得满足，因为帝王不可能有朋友，他也绝对不可以有朋友，这就是极权的本质，以至于他其实非常可怜，他根本没有办法通过平凡人的渠道，让内心的寂寞、空虚得到排解，没有办法获得平凡人所能够拥有的幸福，于是，他只好用手上拥有的无限权力来弥补。但权力本身很抽象，而且它的本质就是不断地扩张，最终这个人就被不断扩张的权力所摧毁。

原来，隋炀帝这个人身上具有我们所不知道的一面，在他非常残暴的外表底下，其实有一颗非常脆弱、空虚，甚至比一般人还要孤独的心。这首诗之所以叫作《诗》，应该就是他在权力扩张的过程中，全国到处跑，在奔波的过程中偶然产生的。表面上，他是奔驰在到下一站去享乐的路途中，但就在那么一个偶然的瞬间，突然看到了车马之外黄昏大地的景致，触景生情，尤其是被那即将坠落的夕阳触动，情思激荡，于是就随笔写了这样一首短短的五言小诗。

　　我想，隋炀帝所感觉到的，是不断的奔波带给他没有尽头的悲哀，那些等着他的下一站，都不是可以让他安顿下来的终点，都不是真正的家，所以永远只能继续往下一站去。实际上，他也知道追逐欲望的满足是很痛苦的，因为那是没有根的漂泊，他不能够安定下来好好品味、感受他所拥有的东西，因此整个过程让人感到疲惫、空虚。但是他除了这样的方式之外，没有别的方式可行。

　　在此，我们要为隋炀帝的人格造型做一点补充和平衡。一般都说"可怜之人必有可恨之处"，可是相反的，其理亦然，"可恨之人也有可怜之处"。他为什么会这么可恨？如果我们能够感同身受、设身处地设想，再去探本溯源，也会体会到他也有很多的无奈与辛酸。原来他是一个如此不快乐的人，却没有办法用一种正确的、平衡的方式，去解决他心灵的问题，让自己的内心平静安宁，只好滥用他所拥有的权力，结果就是完全失控，好像一个没有办法控制情绪的人驾着高速马车一路狂奔，遇到悬崖也没有办法及时刹车，最后整个坠落到悬崖下面，粉身碎骨。

换句话说，这个暴君虽然拥有了天下最大的权力，就像《诗经·小雅·北山》所说的："普天之下，莫非王土，率土之滨，莫非王臣。"整个国家、全部的人民、所有的财富，都是属于他的；可偏偏他的心里还住了一个寂寞的、受伤的小孩，他不知道怎样去面对自己的空虚寂寞，于是只好一直乱发脾气破坏玩具。试想，隋炀帝这样对待国家人民的暴虐方式，不就像一个不懂事的、任性的小孩一样吗？

让我们想一想，隋炀帝杨广是怎样长大的，又是怎样变成一个暴君的：他从小生长在权贵之家，父亲杨坚当上隋文帝的时候，他被封为晋王，这时他才十三岁，等到三十六岁时登上帝位，成为隋朝的第二任皇帝，随即逼迫兄长废太子杨勇自尽。从这样争夺权力、踩着至亲骨肉的血迹登上龙座的过程，就可以知道，隋炀帝的成长过程必然是很不快乐的，宫廷里的尔虞我诈、权力斗争都非常残酷，一个人在这样的环境中长大，既不能享受真诚的爱，也无法获得真正的安全感，相反地，连至亲好友都很可能笑里藏刀，任何的相处都必须步步为营、小心翼翼，否则，别说要取得权力，连性命都可能葬送了。

这么一来，当他心里觉得空虚寂寞的时候，又能怎么填补抚平呢？当他在御道上奔驰的时候，应该有那么一些片刻，心里会涌现出四顾苍茫的悲哀吧！在那夕阳西下的孤村旁，他就像天边的寒鸦一样，是一个漂泊天涯之人，不知道哪里有自己的立足之处，哪里有温暖的烛光，有欢迎他的笑靥，有打从心底为他的成功感到高兴、为他的失败感到悲伤的人，愿意跟他一起领受人生的各种喜怒哀乐。因此他在心里深深感到自己就是一个"断肠人在天涯",才会在面对夕阳时"一望黯销魂"。从这个角度来说,我们对隋炀帝的看法岂不是要大大地改观吗?这就是我们可以从这首诗中获得的第一个领悟。

我们从这首诗可以获得的第二个发现,那就是它的内容竟然跟《天净沙》如此神似。这首诗出现的"寒鸦""流水""孤村""夕阳"的诸多意象和"销魂"的悲哀感,全部都出现在元朝马致远《天净沙·秋思》里,展现出最饱满、最典型的风貌。这篇著名的元曲说道:

> 枯藤老树昏鸦,小桥流水人家,古道西风瘦马。
> 夕阳西下,断肠人在天涯。

比对一下,是不是高度地雷同?两者之间几乎有一半的重叠了,这绝对不是偶然的巧合。很明显地,《天净沙·秋思》中那饱满、典型的意境,是在过去的文学长河中成长、变化、累积而成的,而其最初的渊源就是隋炀帝的《诗》。

可以说,隋炀帝的这一首诗是《天净沙·秋思》的精神血脉,为这首杰作提供了强而有力的元素,给后来的创作者提供了养分,可那却是他随手所写的一首诗,连题目都没有,却无比凄美,影响深远,真是令人赞叹!

在谈完隋炀帝的一首小诗后,有两个很重要的发现。第一,在这首短短的五言绝句里,隋炀帝开展出另一个心灵层面,让我们重新认识他,使他的人格造型更立体。而这是我们从历史的角度所读不到的，也是文学最有趣的地方。第二，原来杰作之所以能够诞生，都必定是站在前人的肩膀上，才能垫高艺术的立足点，跨越到最高的层次。所以我们看待一个作品时，千万不要截断众流，只定位在一个焦点，而是应该看到它在整个文化里的承前启后之功，这样一来，我们的视野才会更开阔。

第二节　张若虚《春江花月夜》：永恒的叩问

在上一节里，我们看到了隋炀帝的诗，从中可以看到，他虽然是一个大权在握的帝王，心灵却是非常的寂寞，再加上拥有高度的文艺才华，就创作出一首影响深远的绝句，提供了《天净沙》这首元曲的基本雏形，可见人性的复杂。

有哪些人写过《春江花月夜》

我们就要进入唐诗的阶段了，首先要讲初唐张若虚的《春江花月夜》。而这一首杰作的题目，隋炀帝也曾经写过。

《春江花月夜》本来是乐府旧题，最初是由陈后主（叔宝）所创，属于乐府《吴声歌曲》，是陈后主所作的艳曲之一，原词早已失传。顾名思义，内容主要是描写春天的夜晚中，由春天、花朵、江水、月亮所构成的景色。在张若虚之前，用这个题目写诗的人并不多，其中就有隋炀帝，而隋炀帝的《春江花月夜二首》简短清新，如下：

暮江平不动，春花满正开。

流波将月去，潮水带星来。（其一）

夜露含花气，春潭漾月晖。

汉水逢游女，湘川值二妃。（其二）

这两首短短的五言绝句，充分表现出隋炀帝敏锐的眼光、清新开阔的兴致。到了初唐，和张若虚大约同时代的张子容也有同题的一组诗，《春江花月夜二首》：

林花发岸口，气色动江新。此夜江中月，流光花上春。

分明石潭里，宜照浣纱人。（其一）

交甫怜瑶佩，仙妃难重期。沉沉绿江晚，惆怅碧云姿。

初逢花上月，言是弄珠时。（其二）

意境、篇幅都和隋炀帝的作品相当，只是从五言四句扩增为五言六句，多了两句而已。但是必须说，这几篇同题的作品比起张若虚之作，都显得黯然失色。最值得注意的是，在张若虚之后，这个题目几乎成为绝响，整个唐代的诗坛上，也只有晚唐温庭筠写了一篇《春江花月夜词》，不知是否因为张若虚的作品太过杰出，给后人带来了心理压力，以致不敢率尔操觚，倘若如此，张若虚就实在太了不起了，竟然造成了"影响的焦虑"。

就在这样一个简单的脉络里，我们可以看到这个乐府诗题并不是热门的选项，写的人很少，内容更是主要是扣住题目里的"春、江、花、月、夜"五个字,以相关的风景描写为主,情调偏向女性化,再加上通篇是以五言绝句、五言六句写成,延展性就受到了很大的局限,即使是隋炀帝也不例外。可以说,把这个题目做得最好的,还是要等到初唐的张若虚。

张若虚这位诗人非常特别,他是扬州人,担任过兖州兵曹,与贺知章、张旭、包融等号称"吴中四士"。唐代总共有二千二百多位诗歌作家,张若虚并不算知名,一般人并不认识,确实,在《全唐诗》里,他全部也只留下两首诗,《春江花月夜》就是其中之一,另一首则是《代答闺梦还》,这两首诗在题材上都属于闺怨诗,写的是闺中思妇的心情。

这类的作品通常不容易写得突出,但张若虚《春江花月夜》的写法却是横空出世,傲视古今,把一个狭隘的主题写出了宇宙的深度、广度和高度,那就一跃而成为伟大的杰作。张若虚也因此而留名千古,我们可以说张若虚属于"一诗明星",对后世影响深远,犹如王闿运《湘绮楼诗文集》所说:"张若虚《春江花月夜》用《西洲》格调,孤篇横绝,竟为大家。李贺、李商隐揔其鲜润,宋词元诗,盖(《王志》作"尽")其支流,宫体之巨澜也。"(《说诗》卷一)这在诗史上是很罕见的。

为什么说张若虚的《春江花月夜》"孤篇横绝"

这首诗有哪些特点呢?首先,它采用了七言的句式,一共三十六句,属于长篇的乐府古诗。但是,虽然这是一首形式比较自由的古体诗,但张若虚却安排得十分精密,无论是押韵上的精致、内容上的布局,都令人叹为观止。

从音乐性来说，这篇作品有一个很大的特色，那就是作为一首乐府诗，其中却充分运用了格律，把初唐所奠定的律诗成果用在乐府古体上，以致原来丧失了配乐的古体诗，因此恢复了某一种音乐性，更加抑扬顿挫，流利通畅，念诵起来充满了音乐的节奏感，特别婉转动听，是初唐古诗声律化最成功的案例。

这篇诗歌共分为九段，每一段包括四句，各有一个书写的重点，而且随着重点转移，每换新的一段，韵脚也跟着换韵，可以说是由九首七言绝句所组成。而每一段的四句中，押韵的句尾就有第一句、第二句和第四句，换句话说，每一段四句就有三句押韵，简直把韵脚用到了极限，因此韵律感本来就很和谐；再加上这种安排构成了逗韵的效果，"逗韵"也就是一首诗里转韵的时候，第一句就用上转换的新韵部，这样的做法会使转韵的过程顺利地衔接，不会让人觉得突兀，念诵起来特别地宛转动听。

全诗云：

　　　春江潮水连海平，海上明月共潮生。

　　　滟滟随波千万里，何处春江无月明。

　　　江流宛转绕芳甸，月照花林皆似霰。

　　　空里流霜不觉飞，汀上白沙看不见。

　　　江天一色无纤尘，皎皎空中孤月轮。

　　　江畔何人初见月，江月何年初照人。

　　　人生代代无穷已，江月年年只相似。

不知江月待何人，但见长江送流水。

白云一片去悠悠，青枫浦上不胜愁。

谁家今夜扁舟子，何处相思明月楼。

可怜楼上月徘徊，应照离人妆镜台。

玉户帘中卷不去，捣衣砧上拂还来。

此时相望不相闻，愿逐月华流照君。

鸿雁长飞光不度，鱼龙潜跃水成文。

昨夜闲潭梦落花，可怜春半不还家。

江水流春去欲尽，江潭落月复西斜。

斜月沉沉藏海雾，碣石潇湘无限路。

不知乘月几人归，落月摇情满江树。

　　这样声律化的乐府古诗比律诗更长篇大论，又比一般质朴的乐府古诗更和谐、更有韵律感，单单听一遍，就令人心情摇荡，这是如何的淋漓尽致！

　　再从内容的布局来说，这一篇诗歌一共分为九段，每一段除了换韵之外，也同时变化不同的书写焦点，因此开启了多元的视角，意境十分宏大辽阔。更应该注意的是，这九个段落平分为前后两半，以中间的第五段为分界线，侧重点各有不同，十分地均衡，后面的解说可以清楚呈现这一个特点。

　　至于它的内容，更是无限开展，让渺小的人类可以启动心灵，去探测无穷无尽的宇宙，因此触及哲学的深度，这简直就是思想的飞跃与突破。然而，这样的哲学性却不是枯燥的、抽象的，因为全篇紧紧扣住"春江花月夜"的诗题，极力铺陈春、江、花、月的种种景色，而彼此相辅相成，如明朝王世懋《唐诗解》卷十一所说的"句句以春江花月妆成一篇好文字"。若更精确地说，其中又是以"月"为主轴，从第一段的月升开始写起，到最后第九段的月落收结全篇，月亮是这首诗最核心的生命线，春天的花朵、江水都是对月亮的衬托，让整体意境更优美。

钟惺承王世懋"以春江花月妆成一篇好文字"之说而发端，然立论迥异："将春、江、花、月、夜五字炼成一片奇光，分合不得，真化工手。"① 此论一出，引发了学人对《春江花月夜》进行重新考察。毛先舒《诗辩坻》说此诗："不着粉泽，自有�腴姿，而缠绵蕴藉，一意萦纡，调法出没，令人不测，殆化工之笔哉！"② 认识更为深入，看到了诗中绮丽华美的一面。顺治间徐增《而庵说唐诗》的评价更高："此诗如连环锁子骨，节节相生，绵绵不断"③；"春、江、花、月、夜五个字，各各照顾有情。诗真艳诗，才真绝才也"④。

第一段："春江潮水连海平，海上明月共潮生。滟滟随波千万里，何处春江无月明。"

诗人从月亮东升开始写起，第一句"春江潮水连海平"说春天的江水充盈弥漫，在冬雪融化之后丰沛雪水的流注之下，潮水高涨，直流淌到远方的大海，连绵成一片汪洋无际的水面。

---

① 钟惺、谭元春编：《唐诗归》卷六，《续修四库全书》本。

② 毛先舒：《诗辩坻》，见郭绍虞编选、富寿荪点校《清诗话续编》，上海古籍出版社1983年版。

③ 徐增：《而庵说唐诗》卷四，康熙九浩堂刻本。

④ 同上。

这时，我们的视线被拉到了海边，也就顺势注意到海面上正在冉冉东升的月亮了，于是第二句说"海上明月共潮生"，你看那涌动的潮水高涨起来，就像在推升月亮似的。但最意味深长的是，张若虚并不用"升起"的升，而是用"诞生"的生，一字之差，可谓天壤之别，意义大不相同。因为"升起"的升只是一个平凡的描述，指原来就存在的月亮提高了位置，属于一种空间移动的现象；但是，用"诞生"的生字就截然不同了，"生"是一种无中生有的创造，是从无到有的新开始，所以，当张若虚说"海上明月共潮生"的时候，简直就是在赞叹每一次的月亮东升都是一场宇宙的创世，每一天都是生命新的开始！这是一种怎样新鲜的眼光，他并没有对日复一日的天文现象习以为常，像一般人早就对月亮视而不见，而是那么全心全意地感受到每一天都是崭新的大发现！其实，这也是初唐诗人共同的眼光，例如张九龄《望月怀远》说"海上生明月"，可见初唐的时代精神是无比生气勃勃的，充满了探索的能动性，所以看月亮的时候也看到了创造的能量。

而这一轮明月冉冉上升，居高临下，向普天之下散发出光芒，就像一盏黑夜中的光源一般，照亮了世界，诗人接着便说"滟滟随波千万里，何处春江无月明"，滟滟，又作"潋滟"，形容河水满溢涌动、波光闪耀的样子，既然广阔的江面上汪洋一片，水波绵延，那闪烁的粼粼月光也随着波浪延展到千万里之远。这春江所到之处，没有不折射出明亮的月光的，这样开阔、光明的景象，岂不很像佛教所说的"千江有水千江月"？佛教的经典又说"月印万川"，表达的是一种智慧的照明无远弗届，而这样的比喻，正是建立在江水的纯净、月光的皎洁上，上下交辉，那真是一种无声的美、无形的力量。张若虚的第一段，歌颂了月光的广度，而以江水入海的绵延千里来表现。

接着第二段，诗人在写了春、江、月、夜之后，又进一步增加了"春江花月夜"的"花"，继续展现月光的皎洁。所谓"江流宛转绕芳甸"，意思是说，江水蜿蜒，缓缓绕过芳甸——那一片花草繁茂的陆地，而在月光照耀之下，树林中盛开的花朵、繁茂的树叶一片片反射了月光，就像是无数晶莹洁白的雪珠，所以说"月照花林皆似霰"。那么你可以想象，那岂不是"滟滟随波千万里，何处春江无月明"的另类景观吗？只不过这一大片闪光的雪珠是出现在广大的树林上，树叶随风摇动，反光忽明忽暗，让人有一种置身于水波荡漾中的错觉，这是多么新鲜、美丽的体验！

既然连反光都如此地晶莹剔透，那月光本身又该是如何的纯净无瑕，于是诗人接着说"空里流霜不觉飞，汀上白沙看不见"，那月光漫射于空中，就像是冰霜在流动着，那么透明，所以看不见它流动的痕迹；当月光照耀在岸边的白沙上时，竟然和白沙化为一体，白沙就像是月光的延伸，分不清月光和白沙的界线。注意，这一段的四句诗里，对于月光一共分享了三个比喻，包括霰、霜、白沙，都是洁白、晶莹、纯净的意象，集中突显了月光的质地，让无影无形的月光具备了具体、传神的感受。

其实，这样把月光与白沙结合的描写，连同前面"滟滟随波"的景象，早就有诗人观察、描写过。见于南朝萧梁何逊《望新月示同羁诗》中所言："的的与沙静，滟滟逐波轻。"但很明显地，何逊的诗只讲到月色的宁静、轻盈，既没有"滟滟随波千万里"的辽阔，也未曾突出"汀上白沙看不见"的纯净，当然就没有涉及月光的晶莹无瑕。所以说，张若虚的开篇这两段就已经展现出对前人的大大超越，而青出于蓝，下面的叙写更证明了他的卓越。

到此为止，张若虚用第一段写月光的广阔无边，第二段写月光的皎洁纯净，接下来的第三段就转向月亮本身了。所谓的"江天一色无纤尘"这一句承先启后，继承前一段所盛称的月光之美，说天地江水都笼罩在一片月光里，纯净得一尘不染，然后就聚焦到那散发光辉的本体，也就是一轮明月本身。于是下一句便说"皎皎空中孤月轮"，它孤独地高悬在天空上，虽然极其遥远，但又天天在望，它到底存在了多久呢？一触及这个问题，诗人便开始展开思想的飞翔，去探究一个不可能有答案的问题："江畔何人初见月，江月何年初照人"——是谁在江边第一个看到这个月亮，缔结了人与月最初的第一场邂逅？而江上的月亮又是在哪一年初次照映在人的身上？这岂不等于追究宇宙的起源吗？这可是一个超越人类能力的永恒疑问。

但就因为这是一个永恒的问题，所以让人无比着迷，连最爱月亮的诗仙李白，也同样举杯询问："天上有月来几时，我今停杯一问之。"(《把酒问月》)当然被询问的月亮总是沉默不语，即使它见证了地球的演化、万物的更迭，以及历史上无数人类的悲喜，但这个问题都只能由人类自己去寻找答案，而这些苦苦思索、不愿放弃解答的诗人、哲学家，那执着于追问的意志，就是人类最独特、也最伟大的地方。

只不过，在这样宏大的探索过程中，诗人们明显会注意到一个很残酷的事实，那就是江月永恒常在，而人类却是生死无常！第四段里面说"人生代代无穷已，江月年年只相似"，确实，人类的想象力虽然很有限，但在有限的生活经验里，就足以领略到一代又一代的传承，也就是一代又一代的生生灭灭，每一代的人都面目全非，不同于上一代，但江月却是永恒不变的。这样的对比，岂不是让人感到悲哀无奈吗？而多情善感的诗人，对于生命的无常、自然的永恒之间的巨大落差，也就经常发出类似的感慨，例如李白的《把酒问月》说：

> 今人不见古时月，今月曾经照古人。
> 古人今人若流水，共看明月皆如此。

这不就是张若虚的翻版吗？李白《古风五十九首》之十八又说：

> 前水复后水，古今相续流。今人非旧人，年年桥上游。

这不就回应了《论语·子罕》里孔子所感叹的"逝者如斯夫，不舍昼夜"吗？每一瞬间的流水都是不同的，无法复制，也无法倒流，孔子用了这样的意象来比喻时间的流逝，是很有洞察力、感染力的，此所以希腊伟大的哲学家赫拉克利特（Heraclitus，约公元前540~公元前480），也无独有偶地做了类似的说明："人不能两次踏进同一条河流。"意思是说，你不可能两次踏进河里都遇到相同的水，因为当你第二次踏进河流的时候，其中的水已经不一样了，因此也就不是同一条河流了。

试看这些诗人、哲学家如此地异口同声，岂不都是深深震撼于存在的瞬息万变吗？人类也是无常的一部分，所以"古人今人若流水""今人非旧人，年年桥上游"，相对地，物是人非，"共看明月皆如此""江月年年只相似"，月亮是宇宙间永恒的坐标，从古到今不曾缺席，代表了大自然不朽的力量。明月当空，从古到今，也必然从现在到未来，无数的人们就在同一个月亮的看顾之下，度过他们充满喜怒哀乐的短暂人生，然后消失得无影无踪。

这么一来，诗人就继续往未来追踪下去，第四段的后两句就是向无限的未来展望，既然"人生代代无穷已"，人类会一代又一代地传承下去，那么坚持守在天空中的月亮，又是在等待哪一个人？这个问题所获得的，当然也是一个大大的、空心的问号，所谓"不知江月待何人，但见长江送流水"，就表明了诗人的疑惑并没有答案，他只能目睹江水悠悠，昼夜不息也一去不返，送走了瞬息万变的流水，也送走了一代又一代的人们。

讲到这里，我们跟着诗人经历了一次宇宙之旅。"宇宙之旅"这个说法是非常精确的，毫不夸张，宇宙的"宇"是上下四方，"宙"是古往今来，结合起来就是空间与时间。参照《春江花月夜》前半的这四段诗，第一段歌颂了月光的广度，体现在江水入海的绵延千里上；第二段讲月光的皎洁，同样照顾到上下四方的空间铺陈，正属于宇宙的"宇"的部分。到了第三段、第四段，去探究人类的起源和终结，不就是古往今来的"宙"的范畴吗？而且诗人的安排更精密，从第三段的向前追溯，转向到对未来的想象，恰恰涵盖了无穷无尽的过去与未来。所以说，这首诗的切入点真是非同一般，空间轴无限地扩张，时间轴无限地延伸，张若虚的心，简直就是要涵括整个宇宙！

但是，人不可能一去不返，否则会在宇宙间迷航。《春江花月夜》的前半首深入到时间的过去与未来，那么，人类的现在呢？诗人总是立足在当下的，于是走完了这趟宇宙之旅后，张若虚也回到现在的人间世了。当诗人从宇宙到人间的时候，他所注目、关怀的对象又是放在哪里呢？

放眼望去，张若虚要把他对人们的关怀投注在谁的身上呢？让我们注意一下：既然第四段最后是收在"不知江月待何人，但见长江送流水"上，诗人便继续发挥，环环相扣，天上在默默等待的人是月亮，那么对应到人间，同样在苦苦等待的人不就是闺中思妇吗？"不知江月待何人"的"待"字构成了一个串接的枢纽，而"但见长江送流水"的河流意象也顺势带出扁舟游子的身份——就这样，整首诗大幅地转向了思妇，这也是它之所以被归类为闺怨诗的原因。

可以说，前半篇极力刻画月光的辽阔、皎洁，都是在为这个女主角打底，用以呈现思妇念远之情的无边无际，以及那份幽情深爱的纯净无瑕，这是张若虚被深深打动的地方。后半篇所要描绘的，就是这位空闺女子如同月光一样无边无际、皎洁无瑕的相思。

但是，诗人构思的精密、巧妙不只是如此而已，张若虚不是直接从宇宙跳接到思妇身上，那样就太突兀、太断裂了，他从宇宙的无限大、思妇的单一个体之间，找到了一个很顺畅的衔接点，建立了平稳的过渡，也因为这个安排，整篇诗歌的前半首也自然过渡到后半首。这个衔接点，恰恰也是全篇均衡切半的分界线，就是第五段的"白云一片去悠悠，青枫浦上不胜愁。谁家今夜扁舟子，何处相思明月楼"。其中写的是游子，作为思妇心系的对象，那被思念的人漂泊在外，天涯海角，像一朵没有国界的云，又像断了线的风筝。虽然没有宇宙那么广大，却已经大大超越了一个单一的定点，所以成为宇宙和思妇之间的中介。

就"白云一片去悠悠"而言，悠悠，是长远无尽的样子，延续了前面空间的广大，白云在高空上飘移，隐隐比喻了离家在外的游子，留下的是在青枫浦等待他的妻子，满心是承受不了的哀愁！这么一来，诗歌就很自然地转向思妇的主题了。青枫浦，是一个地名，在今湖南省浏阳市南，也可以不这么落实，用来泛指长满枫林的水边。但无论是哪一种解释，都渲染出一种浓重的情绪，以今湖南省浏阳市南的地点来说，此处接近湘江，很容易让人联想到神话故事中娥皇、女英苦恋殉情的传说。她们为了追寻不到的舜而泪洒湘江，泪痕染在竹子上留下了斑斑点点，而成为世世代代传承悲情的斑竹，并且两人投江殉情，化为湘水女神，这和思念远方夫君的思妇岂不同一衷曲，彼此对应？

倘若以泛指长满枫林的水边而言，"青枫"的意象在神话故事里，已经被赋予生死不渝的意象，生死以之，难怪会"青枫浦上不胜愁",因不胜思念而无限哀愁了。

而这份浓重的哀愁,一直牢牢地牵系在远方的游子身上,天高地远,被深深思念的那个人,现在又停泊在哪里呢?第五段的后半问道"谁家今夜扁舟子,何处相思明月楼","谁家今夜扁舟子"这一句其实是"扁舟子今夜谁家"的倒装,意思是说:这位游子以扁舟为家,不知今天晚上停泊在何处?他是在哪里想念着明月楼中的这个思妇?

让我们再注意一下:这一段用"浮云""扁舟"两个意象,以及"谁家""何处"两个疑问词,都属于空间范畴,展现出无法限定的范围,也把"悠悠"这个形容词具体化了,它们都是游子的化身,而游子身上绑着一条看不见的线,那就是青枫浦上、明月楼中的思妇对他的思念。一缕情丝,就这样从白云、扁舟所代表的游子递接到思妇身上了,自然而然,浑然天成,诗人的安排至为巧妙。

如此一来,《春江花月夜》的"月夜"结合了思妇,便回应了《诗经》所奠定的"明月相思"传统,接下来的第六段说:"可怜楼上月徘徊,应照离人妆镜台。玉户帘中卷不去,捣衣砧上拂还来。"

画面上聚焦于思妇在闺中的活动状况。"可怜"是可爱的意思,这美好的月光温柔地在楼上徘徊不去,那流光应该穿透到户内,照耀在妆镜台上,似乎是对思妇的怜惜与抚慰。然而,孤独的离人见景却更添矛盾的心绪,"玉户帘中卷不去,捣衣砧上拂还来"是说思妇在美丽的门户内卷起窗帘,看到窗外的明月徘徊不去,当她在砧板上捣衣的时候,挥手把月光给扫开,但月光仍然回到眼前。卷帘的操作表现出思妇遥望念远的心情，但跃入眼中的不是夫君而是明月，隐隐然不免产生期望落空的失望；当她把对游子的思念化为实质的行动，开始在砧板上捣衣的时候，那月光又不请自来，纠缠不去，相较于思念的人一直没有回来，不被期待的月亮却偏偏赶不走，这时就感到恼人了！

一方面，这样忠诚、温暖的月亮，恰恰是这寂寞的夜晚里，唯一守在身边的。可它偏偏不是思妇所企盼的那个人，填补不了心中的空虚，于是欲迎还拒。这就是"捣衣砧上拂还来"的矛盾所在。

月光虽然恼人，但既然它广照大地，无远弗届，思妇居然突发奇想，展开了一个沿着月光去找寻游子的傻念头！第七段说："此时相望不相闻，愿逐月华流照君。鸿雁长飞光不度，鱼龙潜跃水成文。"

这一段的深层意义，在于延续了前半篇所开展的空间广度，说思妇这时候想要见到游子，却看不到对方，于是讲的是一个闺中思妇想要乘着月光，去寻找万里游子的心情。

月光简直变成了交通工具，像宇宙飞船一样，可以航行到大地尽头，载你到天涯海角。那么，月光普及的范围到底有多大呢？前面的第一段说"随波千万里"，千万里又是多远呢？接下来的两句就很具体地加以呈现，"鸿雁长飞光不度，鱼龙潜跃水成文"，连鸿雁这种南来北往、万里跋涉的候鸟，都"长飞光不度"，无法逾越月光的范围，这是在说月照的广度；再则，连潜伏在水底深处的鱼龙，都被月光惊醒而跃动起来，让水面掀起了波纹，这是在说月照的深度。这么一来，世界上还有什么地方是月光照射不到的呢？这样无远弗届的月光一定也会照耀在游子的身上，只要跟着月光，也就能抵达游子的身边，这就难怪思妇"愿逐月华流照君"了！

然而，这是一个多么虚幻的想法，当事人自己又怎会不知道呢？就在傻等痴想的时候，青春也一点一滴地流逝了，春花很快地凋谢，春天也短暂易逝，于是第八段说："昨夜闲潭梦落花，可怜春半不还家。江水流春去欲尽，江潭落月复西斜。"

这一段的深层意义，在于延续了前半篇所开展的时间范畴，连月亮都走到西边，即将落下，在梦里都保不住花的永恒不凋，那么现实里又怎么不会残缺呢？江水悠悠，逝者如斯，"江水流春去欲尽"，春天也即将随着江水流逝，而一并流失的，还有女子的青春华年。

第九段说："斜月沉沉藏海雾，碣石潇湘无限路。不知乘月几人归，落月摇情满江树。"月亮偏斜了，隐藏在海上的迷雾里，可现实中的分离阻隔还是那么遥远！最后一段呼应了第一段的大海意象，首尾相扣，再次展现了张若虚精心布局的巧妙。

碣石，是河北的地名，两个字都是石头的部首，传达出又冷、又硬、又荒凉的意象，代表了远方游子的所在；而潇湘，则是娥皇、女英苦恋殉情的地方，深情似水的两人追随舜到另一个世界，从此潇湘就成为美丽与哀愁的象征，也呼应了前面所说的"青枫浦上不胜愁"，这就是张若虚为思妇所搭配的造型，空灵而优美。一石一水，一北一南，彼此之间真是无限路途，相聚无期。

但这么一来，有一个落差或矛盾又出现了，前面说"谁家今夜扁舟子"，似乎这个离家远行的游了是在外四处经商，所以与船相关；但这里又说他身在碣石，那却是一个北方的边疆之地，则意味着他是在前线作战的兵士。这样的写法，表面上是前后不一致，但其实是诗人很高明的策略，企图扩大悲剧的涵盖面，试想：那些远征的、经商的、从政的丈夫们，不都会留下一个苦苦等候守望的妻子吗？这首诗中的游子，既随着扁舟四处漂泊，又驻守在北方边疆作战，那么诗中思念着他的妻子，岂不就是天下思妇的共同代言人吗？

　　而那些远方的离人，"不知乘月几人归"，乘着月光，又有几个人回得来呢？这一句，又呼应了前面所说的"愿逐月华流照君"，只是反向而言，既然"愿逐月华流照君"必然落空，那么同样也注定"不知乘月几人归"，两方相思，一场空幻。失落的心，又能如何收拾呢？于是，最后只剩下"落月摇情满江树"，月亮落下了，月光也跟着消失，江边的景致不再是"月照花林皆似霰"，失去了光的魔法，那些晶莹发亮的雪珠都融化了。然而一夜的相思折腾，那摇荡的情思依然满涨，像弥漫的雾气一样，充塞在天地之间，于是江边的树上依然摇荡着满溢的衷情，不知何去何从。

　　花落、水流、春尽、月斜、夜终、人老，这一个夜晚就像一场华丽又哀伤的幻觉，只有皎洁的月光、流淌的江水永恒不变。

　　整首诗的九个段落，其主题结构可以简单列表如下：

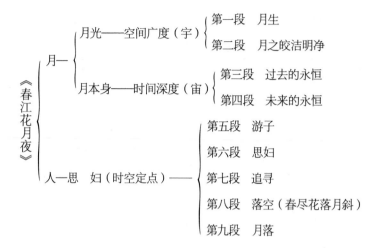

就因为有了前半篇的深远开阔，整个宇宙站在思妇的背后，让她不再只是一个受伤的女性，而是人间闪耀着永恒光芒的艺术肖像，结晶了纯净的美丽与哀愁，春天的温暖、江水的绵延、月光的明亮，在一个宁静而孤独的夜晚交光互映，创造了一个女性的典型。她的美丽融合了大自然的清新，与春、江、花、月合一，而她的哀愁也不只是人间的常态，在诗人张若虚的宏大视野下，跃升到了宇宙的范畴，有了一种无限性。这么一来，她的等待与悲情就不只是她自己一个人的悲剧，而是千千万万从《诗经》以来所有思妇的共同悲剧，并且带有一种对存在本质的哲学性思考了。

原来，诗人告诉我们，看人生不必局限于肉眼可见的现实，而是可以穿透表象、提升层次，甚至拉到宇宙的境界，即使是渺小的个人，也可以进行那没有答案的追问，这会让人不停留在原地，而投身于广大无限的时空中，即使面临了寂寞、坎坷、绝望，都还可以活得顶天立地。并且纵然生命注定是一转瞬的稍纵即逝，仍然可以绽放出灵魂的光芒，成为光年之外闪烁的星辰。

这种"凝视永恒"的时代精神贯注在初唐诗人的笔下，使他们即使面临悲伤失落，都还可以有一种健朗的力量，因为他们永远望向宇宙！张若虚的《春江花月夜》正是如此。诗中的思妇甚至不一定真正存在过，诗人张若虚也早就离开人间，但他们都会随着这首诗永远流传下去，成为中华文化中永恒的光。

从题材上来说，张若虚《春江花月夜》只是一首非常普通的闺怨诗，却竟然可以写出这样永恒的深度，真是令人惊艳。这种凝视永恒、望向宇宙的精神质量，让我们心向往之！因此我们要继续谈初唐的诗歌，看陈子昂怎样展现这样的精神。

第三节　陈子昂《登幽州台歌》：孤独的坚强

在前一节的专题里，我们看到了初唐张若虚的长篇乐府古诗《春江花月夜》，他把原本非常平凡的思妇主题提升到宇宙的层次，写出了空前绝后的高度，堪称一首永恒的杰作。它虽然不是律诗，却把初唐时期所奠定的格律运用进来，于是更有抑扬顿挫的音乐性，也更增加摇荡人心的魅力，可见艺术形式的追求本来就是文学家的责任，也是提升作品价值的必要条件。

只是，对于格律形式这样一个六朝以来的诗歌发展主流，在初唐时期开始出现了一股反对的声音，那就是陈子昂，他所开启的复古思潮后来影响到了李白，在盛唐发挥了很大的影响力。但是，情况并没有那么简单，我们就来谈谈陈子昂以及他的《登幽州台歌》。

陈子昂复古的两面性

大家可能知道的是，陈子昂很激烈地批判六朝的诗歌，在《与东方左史虬修竹篇序》这篇文章里说：

> 文章道弊五百年矣。汉、魏风骨，晋、宋莫传，然而文献有可征者。仆尝暇时观齐、梁间诗，彩丽竞繁，而兴寄都绝，每以永叹。

这几句话是说，"汉魏风骨"到了晋朝、南朝刘宋时期就已经没有传下来了，再到了南朝的齐、梁时期，诗歌更是十分华丽雕琢，却缺乏情志的寄托，因此诗歌中的兴寄都断绝了，只剩下虚有其表的绮丽文字，这个情况让陈子昂感叹不已。后来的大诗人李白也是这么说的，《古风五十九首》之一云："自从建安来，绮丽不足珍。"意思是建安时期的汉魏风骨以后，整个六朝的绮丽诗歌并不值得珍惜看重，可见李白的复古确实是陈子昂的传人。不单是观念上的主张，李白在实际的创作上，他自己的创作主力也是以比较自由的古体诗为主，所写的律诗算是少之又少，和杜甫相比，那真是相差悬殊。

但是，事实真相永远都不是那么地简单，我们简单说两个地方。

第一，陈子昂和当时的主流派诗人杜审言、宋之问都是好朋友，而主流派在做什么呢？那就是推敲格律的精致、琢磨文字的表现力，也就是他自己所说的"彩丽竞繁"，以及李白所抨击的"绮丽不足珍"。尤其是宋之问，他正是诗歌史上奠定律诗格律的代表人物，与沈佺期并称"沈宋"。一般说来，价值观完全对立的人，是很不容易做朋友的，所以陈子昂应该也有主流的那一面。

第二，陈子昂自己也写了一些主流派的诗歌，最明显的，就是他参与了一群诗人的创作活动，大家一起模拟齐梁诗歌，共同写出《上元夜效小庾体同用春字》这样的诗篇。那他们在元宵节聚在一起写诗，所仿效的"小庾"又是谁呢？恰恰就是南朝最重要的诗人之一——庾信，而庾信所创造的"小庾体"，正是陈子昂所批评的"齐、梁间诗，彩丽竞繁"的一大代表！可见陈子昂也参加了主流活动，并没有例外。

换句话说，表面上陈子昂是一个非主流的诗人，以复古来反对当时的主流走向，然而事实上，他和所有的诗人一样，都受到过去长期累积下来的大传统的滋养，所以也是南朝文学的直接受益者与实质承袭者。这一点，也反映在陈子昂最著名的作品《登幽州台歌》里。这是一首脍炙人口的诗篇，其中歌咏道：

> 前不见古人，后不见来者。
> 念天地之悠悠，独怆然而涕下。

这整首诗看起来很复古，像散文一样，很符合陈子昂的主张，但其实并没有这么简单，其中蕴含了从先秦以来的源头活水，也包括六朝的诗歌遗产。

你知道吗，这首诗可以追溯到《楚辞·远游》：

> 惟天地之无穷兮，哀人生之长勤。
>
> 往者余弗及兮，来者吾不闻。

"天地之无穷"不就是"天地之悠悠"吗？都是开展无限的空间；而"往者余弗及兮，来者吾不闻"意思是说，过往的昔日我已经赶不上，未来的世界我也看不见了，这不就是"前不见古人，后不见来者"吗？都是推衍无限的时间，包括找不到开端的过去，以及看不到终点的未来。两首诗的差别只在于：屈原悲哀的是"人生之长勤"，人生是这样漫长的劳苦，这个"勤"字是劳苦的意思，不是我们今天所认为的"勤奋"，而陈子昂感慨的是一种宇宙洪荒的孤独！所以说，陈子昂是站在屈原的肩膀上望向宇宙的！

此诗又和六朝主流派有什么关系呢？原来，在屈原的滋养之下，"往者余弗及兮，来者吾不闻"这两句也启发了后来许多的诗人。属于汉魏风骨的阮籍吸收过来，在他的《咏怀》诗第十三首说："去者余不及，来者吾不留。"而这两首诗都还是在陈子昂复古的范围内；但令人意外的是，最晚到了六朝时的晋、宋时期，"前不见古人，后不见来者"这两句话已经是流行的俗语了，使用的诗人很多。而这个晋、宋时期就属于陈子昂的复古所排斥的范围，然而，即使这个阶段被陈子昂给一笔抹杀，但其中还是留有如此传承不息的文学生机。

换句话说，陈子昂宣称"汉、魏风骨，晋、宋莫传""齐、梁间诗，彩丽竞繁"，其实并不是公平的说法，六朝诗歌并不只是绮丽而没有情感寄托的，相反地，他们在追求文字艺术的同时，也继承和保留了古老的资产，并把它们延续下来给唐朝一起吸收，《登幽州台歌》的第一联"前不见古人，后不见来者"，就展示了一条从先秦到唐朝的生命线。原来，包括建安在内的汉魏风骨，以及六朝包括晋、宋、齐、梁的彩丽竞繁，大家都在"共饮长江水"，都是大传统的继承人。

所以说，这首《登幽州台歌》就像马致远的《天净沙·秋思》一样，是千百年来许多心血所哺育出来的伟大结晶，包括了他口头上所反对的那些对象，他们全部都是为大传统薪火相传的命脉！大传统被继承下来了，就看一个诗人怎样去将其转化、丰富，用自己的才华回馈给大传统，使得这个文化命脉更加壮大有力！陈子昂自己也做到了这一点，现在我们就来谈《登幽州台歌》这首诗的感人魅力。

《登幽州台歌》打动人心的是什么

幽州台，也就是蓟北楼，是战国时代燕都蓟城北部的门楼，遗址在今天的北京。在隋唐时期，这个地方是北方的军事重镇，是和突厥、契丹、奚等游牧民族冲突不断的战场。陈子昂来到这个很荒凉的边疆地带，当然是有朝廷的任务在身的，也是因为政治道路上有挫折、有失落，所以才会感慨成篇。从创作背景来说，陈子昂怀才不遇，建言不被接纳，于是来到了蓟北楼这个燕都的要塞，遥想战国时代燕昭王礼遇乐毅、郭隗，燕太子丹礼遇田光的历史佳话，痛心明主贤君之难觅。

　　不过，这首诗之所以那么打动我们，和这一个背景并没有太大的关系，单单从诗歌本身就已经产生了所有的感人的力量。那么，这首诗最动人的地方在哪里呢？你仔细感觉一下，这首诗表达的是极端的孤独，但却又有一种强大的力量，这是为什么呢？

　　我们可以注意到，这首诗一共只有短短的四句，其中却有三句延展了宇宙的格局，于是把整个境界拔高了，这岂不是和张若虚的《春江花月夜》异曲同工吗？你还记得，所谓宇宙的"宇"，就是空间范畴的上下四方，宇宙的"宙"，则是时间范畴的古往今来，这样无穷无尽的宇宙视野也被陈子昂吸收到这首诗里了，前两句的"前不见古人，后不见来者"，就是古往今来的无限时间的开展，往前无穷尽的追溯，却看不到古人的踪迹；往后无穷尽的推延，也望不见未来的接棒人；再来第三句"念天地之悠悠"，就是空间的无限了。

　　只不过，比较起来，在张若虚的《春江花月夜》里，他所写的无限的宇宙都是通过江水、月光来间接呈现的。以空间来看，他说："滟滟随波千万里，何处春江无月明。"读到这两句诗的时候，大家很容易都被月色照耀之下水面上晶莹的闪光所吸引，不特别说明一下，就很可能忘了去注意"千万里""何处"这些词所指涉的广大空间！再看他接着所写的无限的时间，也是类似的情况，他说："江畔何人初见月，江月何年初照人""不知江月待何人，但见长江送流水"，在江水、月亮的基础上又加上了"人"的这个元素，于是，"时间"就变成了人和月亮之间互相等待的过程，有了这样天长地久的深情款款，那温情被突显了，相对地，永恒的向度便被减弱了。

可以说，在张若虚的《春江花月夜》里，宇宙是为了人、也就是那位美丽深情的思妇而存在的，思妇是主角，宇宙是衬托的背景；而这个作为背景的宇宙，点缀着美丽的春花，流淌着温柔的江水，更辉映着纯净皎洁的月光，像一幅宁静而深邃的画布，让人悠然神往。

但是，陈子昂的诗就很不相同了，有两个主要的差别：第一，在写作形式上，很明显地，陈子昂的《登幽州台歌》质朴浅白得多，而且用的几乎是散文的笔法，并没有加上任何的雕琢或装饰，因为他就这么站在高台之上，眼前所见，没有春花，没有明月，也没有江水，只有茫茫天空下一望无际的平沙旷野，以及平沙旷野上一望无际的茫茫天空。

第二，在诗歌内容上，就因为陈子昂直视宇宙，所以也没有任何的缓冲或美化，宇宙就站在陈子昂的面前，以无比的巨大向他压迫过来，他无处可退，只能挺直身躯、坚定心志，才能不被这样的洪荒给压倒。在这里，宇宙没有温柔的深情，只有冷酷的力量，赤裸裸地向一个人提出挑战，这个人是要被压倒、被摧毁，从此在尘埃里匍匐过日子，还是要被淬炼、被升华，变成顶天立地的巨人，就看他的选择与努力。

而很明显地，陈子昂选择做一个顶天立地的巨人，迎向那冷酷而庞大的宇宙！

让我们先设想两个问题：

第一，一个人登上高台以后，他会想到什么？

第二，当他有了所思所想，会跟着出现怎样的反应？

以第一个问题来说，前面我们讲过，一个人登高望远的时候，通常会怀念故乡、缅思亲友；当然，也有人看着苍苍茫茫的天空和旷野，会感慨人类的渺小和世事的无常，例如晚唐诗人杜牧就有一首这样的诗，他在《登乐游原》中说：

> 长空澹澹孤鸟没，万古销沉向此中。
>
> 看取汉家何事业，五陵无树起秋风。

乐游原是长安城里最高的地方，杜牧在此登高望远，眼看着一只渺小的孤鸟飞在天空上，那长空万里，就像深不见底的水潭无声无息地摇晃着，"澹澹"是广阔无边的样子，却也可以用来形容水波荡漾，而飞翔的孤鸟逐渐在远方消失不见，岂不就像被天空给吞没一样吗？但被吸纳进黑洞而无力挣扎的，又岂止是孤鸟而已，还有自古以来所有的一切！所以第二句"万古销沉向此中"就推出一种更彻底的虚无了，原来天空俯望着大地，见证了无数的盛衰兴亡，它也默默地把万物都给收回去，只留下无影无踪的一片空幻。

于是，杜牧就感慨历史的无常了，他说"看取汉家何事业，五陵无树起秋风"，看看那伟大的大汉帝国多么事业辉煌，在历史上闪耀着万丈光芒，但那些引领风骚、创造丰功伟业的帝王们，连死后安葬的陵墓也都只留下荒烟蔓草、秋风萧萧，一片凄凉！五陵，是西汉五个帝王的陵墓，其中包括了汉高祖的长陵、汉武帝的茂陵，原本都应该是树影婆娑，受到良好的维护，但既然连汉朝都灭亡了，这些陵墓又怎能抵挡各种的破坏呢？上面的树木都被砍伐了，被百姓拿去当作柴薪烧掉了，甚至很可能是被盗墓者给铲除的，那光秃秃的土丘更显得颓败不堪了。但阵阵的秋风依然无情地吹袭，即使没有树木枝叶的摇摆助阵，秋风还是呼啸而过，掀起漫天的黄沙！这就是无常啊，一切都回到宇宙的吸纳里，在天空的黑洞中化为乌有。

看到这里，我们可以领略到一种无限的虚空，一切终究都要被席卷一空的幻灭！而陈子昂在幽州台上的所思所想，似乎有一点接近，却大不相同。表面上，从"前不见古人，后不见来者"这两句接连用了两个否定词，可见那确实也是一种空空荡荡、没有着落的虚无，而"念天地之悠悠"也展现出无边的空洞，可陈子昂接下来的"独怆然而涕下"一句里的"独"字，则更清楚点出了孤独的核心，因此"怆然而涕下"，潸然落下了男儿泪，那是比一般的叹息更凄怆、更强烈的悲恸！

这就是关于第二个问题的解答：当陈子昂面对这样的叩问和怀想，所出现的反应便是"独怆然而涕下"。

但最奇怪的是，这首诗那么孤独而苍凉，最后还带上了眼泪，却还是展现出磅礴大气而铿锵有力。这是为什么呢？

原来，关键还是在于性格和胸襟。既然人格类型有许多种，孤独的样态也就有很多种，其实孤独也可以很有力量，让人产生一种坚强面对、毅然承担的勇气。陈子昂的《登幽州台歌》

就属于这一类。

其中的道理主要在于：陈子昂的孤独感并不是来自自我的欠缺，而是对外在世界价值和理想的失落，在他追求价值和理想的路途上，虽然从古到今都没有知音、看不到同伴，但他自己仍然是健全的、强大的、勇于承担的，所以并没有抱怨或自怜，而是更坚持这样一条寂寞的道路，即使四顾无人，仍然要做一个孤零零的独行者，往最高的地方走去。

让我们试着想一想：幽州一望无际的旷野上，矗立着一座高台，本身就像一个擎天支柱一样，挺立在天地之间，而陈子昂要站在高台上，那是需要一步一步往上爬的。王之涣的《登鹳雀楼》诗曾经说："欲穷千里目，更上一层楼。"则陈子昂奋力登上最高的顶峰，就必然具备了昂扬向上的心志，有意面对千里、万年的宇宙！

更何况，就像曹植《杂诗》所说的"高台多悲风"，楼台越高，四周就越开阔，风势也就越强劲，杜甫《登高》诗中不也写到"风急天高猿啸哀"吗？站在高台上本来就需要抵抗强风的力量，一旦手没握紧、脚没站稳，一不小心就会被吹倒在地。可见陈子昂没有停住脚步，更没有消沉丧气，而是坚定地挺立在无边无际的天地之间。而独自站在幽州台上的陈子昂，不就是个顶天立地的巨人吗？他飞舞的衣袂鼓荡着，那双辽阔的眼睛，即使涌现出眼泪，也闪烁着宇宙的光芒！

必须说，陈子昂在台上怆然涕下，临风洒泪，这种眼泪不是像小女孩渴望母爱般，哀哀无告的乞求；也不是受到委屈，觉得世界亏欠了他，因此不满的控诉；当然也不是面对压迫时，无力反抗的自怜。自怜的人永远只看到自己的欠缺，总觉得自己是被抛弃、被冷落的可怜人，因此愁眉苦脸、哭哭啼啼，像这样瘦弱不堪、无能为力的人，连自己的人生都扛不起来。

陈子昂完全不是这样，在这首诗中，孤独里有一种大气。在高台上延展的是无限的胸襟，那"怆然而涕下"的泪水是迎着强风迸散的，飞洒在空中，人却依然挺拔不屈，屹立在东西南北风的吹袭中，没有丝毫退缩或妥协，而是随时准备继续大踏步往前走。于是那满脸的泪水是被风吹干的，而不是用来淹没自己，这样的眼泪又怎么会软弱无力呢？所以，很奇妙的，陈子昂的眼泪并没有酸涩的腐蚀性，反而蕴含着一种特殊的力量。

更值得我们注意的是，当陈子昂单独面对宇宙的压迫，还毅然扛起古往今来的荒芜时，这个人所呈现出来的就不再是沧海中的一粟，而是中流里的砥柱。可以说，陈子昂示范了一种孤独却壮大的勇者形象，告诉我们：孤独永远需要豪迈！

我们讲了大家很熟悉的诗人和诗歌，分别领悟到两个道理，第一个道理是：陈子昂其实就像大部分的人一样，多少有言行不一的多面性，虽然无伤大雅，却提醒了我们，如果一个人要成长、要壮大，他就必须宽广地兼容并蓄，如果一味地偏食，抱着自己的成见不放，那只会削弱了自己，成不了大器。

第二个道理是：陈子昂的《登幽州台歌》，确实是一首千古杰作，而他打动人的地方就在于一种无私的胸襟，以及对理想的执着，最关键的是，他展示出一种孤独的形态，即使在怆然泪下时都能宏大而有力量，和李商隐"蜡炬成灰泪始干"之类的缠绵悱恻截然不同。当我们想到这一首诗，立刻就被灌注了豪迈的精神，真是不可思议！

第四节　王梵志《诗偈》: 冷眼旁观的警钟

在上一节，我们讲了初唐陈子昂的《登幽州台歌》，那首诗痛切地感慨理想失落的悲哀，却又带有一种宇宙般豁达的豪迈，让人虽然感到无比的孤独，却又不会气馁消沉，因此有一种悲壮之感，更加令人充满奋斗的勇气，可以说是大家最熟悉的名篇了。

本书到现在，所提到的诗人来自不同的社会阶层，有贵族，也有平民，其中最多的是饱读诗书的文人。到了唐朝以后，社会上又出现一种新的写作身份，叫作"诗僧"。诗僧，就是写诗的和尚。从六朝以来佛教大为流行之后，逐渐诞生了一批宗教人士，他们出家之后，主要的工作任务是钻研经典、翻译佛经、讲经传教，偶尔也会进行一些诗歌创作。尤其到了唐朝时诗歌大盛，文人之间彼此唱和交流，他们的朋友里面也有一些学问高深的僧侣、道士，这些出家人更加投入诗歌创作后，便叫作"诗僧"。

和尚写诗，可以写得和一般文人一样，让人分辨不出来，但也可以运用他们的专长，把诗歌用来谈禅说理，写一些警世劝善的内容，就叫作"诗偈"。所谓的偈，本来是佛教中的颂、讽颂，为梵语文学的赞歌、诗句，每一首偈是由四句所组成。

一旦用诗歌的形式来写偈，就叫作"诗偈"，这类的诗不讲究艺术美感，只强调世间的道理，算是修行者的宗教诗，属于一种新的传教管道。接下来，我们就来谈一谈初唐时候的一个诗僧王梵志，以及他所写的诗歌。

从"梵志"这个名字，就能看出他是一个出家人，他不但虔诚地修行，也热诚地传教，写下了不少的诗偈，用来规劝世人以取得解脱。在王梵志所写的五言诗偈中，有一首非常知名，内容说：

> 城外土馒头，馅草在城里。一人吃一个，莫嫌没滋味。

所谓的"城外土馒头"，就是城郭外面山丘上的坟堆，一个个用泥土堆砌起来，远看就像个馒头似的，于是王梵志突发奇想，利用这个形象发展比喻，写出了这首很有趣、又很发人深省的诗偈。

试想：既然一座座的坟墓就像一个个的土馒头，里面埋葬的是死者的骸骨，那么当这些死者都还活着的时候，他们不就是住在城里面的人吗？而当他们死了以后，不就是土馒头里面所包的馅料吗？反过来说，土馒头里面所包的馅料就在城里面！仔细想一想，这个比喻和推理还真是无比传神，无论人生长短，人们在世间住个几十年以后，每一个人最终都就会被包进去，一个萝卜一个坑，一个死者就是一座坟墓，除非夫妻合葬，所以下面说"一人吃一个"，那是每一个人都跑不掉的归宿。你觉得这土馒头很难吃、不想吃吗？那可由不得你，所以说"莫嫌没滋味"，不要嫌弃，就吞下去吧。

这样的诗歌真是俚俗浅显，却直接点醒了人们在世间的迷妄，王梵志这样的诗僧带着一点点玩世不恭，看上去荒诞不经，实则隐藏了大智慧，他直接挑战禁忌，直指人们避之唯恐不及的生死问题，也不讲大道理，只是赤裸裸地展示，没有美化，就像是一记冷眼旁观的警钟，如雷贯耳，让人警醒。

对人来说，死亡当然是可怕的、残酷的，然而，并不是我们避之不谈，它就会自动消失，用逃避的心理去面对死亡，最后只能失去把握生命的机会，来不及校正自己、珍惜重要的人事物。因此，真正大智慧的人一定是洞察死亡的价值的人，他会感谢死亡所带给他的启示，王梵志就是如此，他像庄子一样坦然面对这个终极问题，这样就能让我们避免本末倒置，能更清楚地逼使自己去寻找最有价值的人生道路，而不是盲目地跟着别人走，随着世俗潮流浮沉，忽略了最真实的自己。

可以说，直面死亡是这首诗偈带给我们的启发；此外，它还提醒我们通过虚伪的表象，看到真实的自己。

比如有时候，我们旅行到了大城市，会特意到外围的郊区上山去欣赏夜景，居高临下，在开阔的视野之下，那万家灯火就好像繁星点点，一片星海，璀璨繁华，让无边的夜晚变得非常迷人。

如果从王梵志的角度来看，这样繁华的城市景观，岂不是会有另一种感觉：那挤在一起的成千上万的人们，都只是暂时待在城里面讨生活，最后都会回到土馒头的怀抱里吧？这么说来，城市究竟是不是另一种乱葬岗呢？人们在那里浮浮沉沉，追逐游移，很多的时候迷惘、痛苦，有一些时候痛快大笑，大部分的情况则是又忙又累，不知所为何来，那是真的在活着吗？还是只是在人云亦云，追求一些虚假的幻影呢？难怪古希腊的大哲学家柏拉图（Plato，公元前427～公元前347）会感慨说："整个雅典城里，只有苏格拉底（Socrates）是活着的，其他的人都只是影子。"

那么，当王梵志说"馅草在城里"的时候，会不会也有这样的感慨呢？那些在城市里活动的人们，有几个是真正活着的呢？他们是不是在身体死亡之前，其实就已经精神死亡了呢？德国大哲学家尼采（Friedrich Wilhelm Nietzsche，1844～1900）曾经感叹说："很多人二十岁就死了，等到六十岁才拿去埋葬。"可不是吗？从二十岁到六十岁，人们真的是在认真地活着吗？这样看起来，唐朝的王梵志和西方的尼采还真是英雄所见略同，表达出同样的智慧。

所以说，王梵志的这首诗偈，直白地揭示出凡人必死的命运，让人不要自欺欺人，也因此就不会浪费时光，去争夺那些根本并不重要的东西。

而哪些东西其实并没有那么重要，可是却耗费了我们大部分的人生呢？其中，似真实假的幻影，主要来自世俗中经过比较所产生的虚荣心，也就是要赢过别人的优越感。学生要争第一名，工作上要争卓越，权力地位要越来越高，还要比豪宅、财富，永远比不完的马拉松，到最后不就是一个土馒头吗？那些拼死拼活得到的第一名，到这时又有什么意义呢？连第一名都不重要了，那些挫折、失望等等的不如意，又何必纠缠在心上，白白辜负了大好岁月？

很多古人也想通了这一点，元朝关汉卿就有一首著名的作品《四块玉·闲适》（节选），诉说他历经一生之后的感触：

> 南亩耕，东山卧，世态人情经历多，闲将往事思量过，贤的是他，愚的是我，争甚么！

写这首元曲的时候，关汉卿已经退隐了。东山，是东晋名相谢安的隐居之地，历史上说，谢安在没有踏上仕途以前，隐居在会稽的东山（在今浙江省上虞区西南二十多公里），经常与王羲之一起游山玩水，朝廷屡次征召他做官，他都以生病加以婉拒，因此形成了"高卧东山"这个成语。很明显地，关汉卿就是用这个大家耳熟能详的典故，以表达一种富贵如浮云的豁达。

不同的是，谢安的高卧东山是在早期的阶段，他后来到了四十岁的时候还是出来为国家做事；而关汉卿则是返璞归真，在"世态人情经历多"的情况下归隐山林。这时，关汉卿在无所事事的空暇，"闲将往事思量过"，把整个人生回想了一遍，那些历历在目的往事，有世态炎凉，也有人情冷暖，更多的是非荣辱，当时是那么斤斤计较，那么地纠结放不下，甚至因为求之不得而痛苦不堪。但到了这个时刻，却只觉得云淡风轻，一点儿也不重要，就让贤能、成功的是他，愚笨、失败的是我吧！有什么好争的！

让我们想一想：就算当时争到了名利权位，最后还不是一无所有？事过境迁，当时呼风唤雨的胜利者到后来不也是被人遗忘，去当了土馒头里的馅草？关汉卿之所以会被我们记得，就是因为他曾经做过了真正有意义的事，留下了能够超越时空的精神遗产，例如这首元曲，而不是他当时有什么世俗成就，谁记得他做过什么官、拥有多少财富！一旦放大格局、拉长时间、眼光放远，就会发现所谓的"第一名"都只是井底最大的那一只青蛙，又有什么好得意的？

何况输赢是一时的，《圣经》说："生有时，死有时。"连最珍贵的生命都有限度，那些得失荣辱不更是枝枝节节、琐琐碎碎的东西吗？这就难怪白居易《对酒》诗说："蜗牛角上争何事，石火光中寄此身。"我们周围的环境狭小得像蜗牛的触角，生命短暂得如同电光石火的瞬间，有什么事值得争破头！既然如此，那何不早早认识到这一点，挣脱世俗的绑架，真诚地度过这短暂的人生？很显然，关汉卿就是已经领悟到"放下"的境界，看清所有的计较、执着都不重要，才会有"争甚么"的洒脱。

再回到王梵志《城外土馒头》这一首诗偈来看，如果我们严格一点的话，应该会注意到有一个意思不通的小问题。试想：既然土馒头的"馅草在城里"，那馅草就是人，人等着被包进土馒头里，那他又怎么能够吃这个土馒头呢？苏东坡早就发现这个逻辑问题，于是把后半首诗作了改写，他说：

> 己且为馅草，当使谁食之？为易其后两句云："预先着酒浇，图教有滋味。"

其实，苏东坡会这样想，当然一方面是因为他绝顶聪明，凡事追根究底，不愿意像一般人一样地囫囵吞枣，只要感觉到了就好；而是感觉到了以后，还要理性深思，这样才不会停留在泛泛的表面，于是就注意到这个问题。

既然这是个问题，苏东坡就忍不住要加以修正，他没有更改前半首"城外土馒头，馅草在城里"，因为这个比喻很传神，也很恰当，所以他改的是后半首，既然希望死后还可以有乐趣，豪放的苏东坡就想到了酒。酒，那真是古人的黄金泉源，李白更是"一斗诗百篇"，和其他七个爱喝酒的人一起组成了"饮中八仙"，杜甫的《饮中八仙歌》写得多么逸趣横生！

爱喝酒的人总希望永远不要失去这个乐趣，连死后都不需要丰盛的贡品，有酒就好，这当然是苏东坡和其他古人共同的心声。不过，我们如果仔细考察一下，就会发现，最早把"酒"和"坟墓"连在一起的人，应该是中唐的诗鬼李贺，他也写了一首《将进酒》：

> 琉璃钟，琥珀浓，小槽酒滴真珠红。
> 烹龙炮凤玉脂泣。罗屏绣幕围香风。
> 吹龙笛，击鼍鼓，皓齿歌，细腰舞。
> 况是青春日将暮，桃花乱落如红雨。
> 劝君终日酩酊醉，酒不到刘伶坟上土！

最后的两句说"劝君终日酩酊醉，酒不到刘伶坟上土"，意思是说，人要及时行乐，尽情喝酒，否则只要一死，就连一滴也尝不到了，即使是刘伶这样一个爱喝酒的人，他的坟墓也都不可能沾上美酒了。

刘伶是魏晋时期，著名的竹林七贤之一，这个人恐怕是最爱喝酒的古人了，据《世说新语·任诞》的记载：

> 刘伶病酒，渴甚，从妇求酒。妇捐酒毁器，涕泣谏曰："君饮太过，非摄生之道，必宜断之！"伶曰："甚善。我不能自禁，唯当祝鬼神自誓断之耳！便可具酒肉。"妇曰："敬闻命。"供酒肉于神前，请伶祝誓。伶跪而祝曰："天生刘伶，以酒为名，一饮一斛，五斗解酲。妇人之言，慎不可听！"便引酒进肉，隗然已醉矣。

刘伶的酗酒已经到了很严重的地步，他的妻子哭着苦劝他不要再喝了，还把酒杯都给砸碎了，他便勉为其难地答应了，为了表示郑重其事，还要妻子准备祭天发誓的仪式，一副诚心诚意要戒酒的样子。他的妻子就认真准备了酒肉，在神明前面请刘伶发誓，没想到他跪下来以后，大声念出来的祷词竟然是："天生刘伶，以酒为名，一饮一斛，五斗解酲。妇人之言，慎不可听！"而且念完了这篇祷词祝文以后，居然就把祭神的酒给喝光了，很快就又大醉如泥。这个做法可真是讽刺，简直就是利用戒酒来多喝酒，旁观看到这一幕的妻子真是情何以堪，不知该有多么痛心失望。从这个故事来看，刘伶爱酒的程度也就可想而知，真是到了不惜一死的地步。但是，即使这样重度沉迷的酒徒，一旦死了以后也必须滴酒不沾了，难怪李贺会感慨万千，说"酒不到刘伶坟上土"。

从宗教人士的眼光来看，这样的执着沉溺当然是很不明智的，于是他们就去传达解脱的智慧，而采用诗歌或韵文的形式，可以让人朗朗上口，也就更容易深入人心，有助于点醒世人，迷途知返。你会发现，这些宗教的劝世歌都比较白话、口语化，就是因为要渡化世人，在当时教育不普及的情况下，当然要浅显易懂才能打动人心。可这种直白的风格别有一种朴素的魅力，因为没有精心包装，也不用文学技巧，所以更直接强烈。

而这一类的劝世歌，当然不只是佛教徒的专利，道教的道士也参与其中，他们所唱的劝世歌就叫作"道情"，在民间社会上是很流行的。最有名的例子，就是《红楼梦》第一回里的《好了歌》，当时甄士隐备受打击，于是拄了拐杖到街前散心时，忽见那边来了一个跛足道人，口内念着几句言词，道是：

世人都晓神仙好，惟有功名忘不了！

古今将相在何方？荒冢一堆草没了。

世人都晓神仙好，只有金银忘不了！

终朝只恨聚无多，及到多时眼闭了。

世人都晓神仙好，只有娇妻忘不了！

君生日日说恩情，君死又随人去了。

世人都晓神仙好，只有儿孙忘不了！

痴心父母古来多，孝顺儿孙谁见了？

这就是典型的"唱道情"，其内容也同样是要劝醒人们对功名、金银、娇妻、儿孙的执着，让人清楚意识到这一切的追求，到最后终究唯一拥有的就是"荒冢一堆",而这就不是王梵志所说的"城外土馒头"吗?果然甄士隐立刻就豁然开朗,不再那么忧愁悲伤了。可见只要彻底认识到这一点,人也就会真正地解脱,得到心灵上真正的自由。

总结一下,这一节我们讲了一首很特别的唐诗,从入世到出世,借由佛教的眼光省思人们的执着是否有意义,目的不是要否定世界,而是要提醒人们:应该要清楚明白生命的短暂有限,好好把握人生去做真正有价值的事,才能不虚此生。这种思维不也很有积极的意义吗?

当然,毕竟"诗人是人类的感官",诗歌就是栖居在人间的歌咏,下一节我们又要从出世到入世,看看诗人们对人生的种种感发。

第五节 孟浩然《望洞庭湖赠张丞相》: 求之不得的中年危机

在上一节,我们讲了初唐王梵志的诗偈,那首诗融合了生死的哲理,直白得让人触目惊心,也因此更加令人警觉、省思,可以说是宗教诗歌的名篇。当然,大多数的诗人还是活在人世间,和一般人一样,有各式各样的追求,也深切感受到各种喜怒哀乐。接下来,我们就通过孟浩然的诗歌,进入唐诗里最辉煌的时代——盛唐的诗歌。

大部分的人并不知道,唐朝的历史、文化通常分为四期,包括初唐、盛唐、中唐、晚唐，而单单初唐就占了一百年，然后才有一个不到五十年的盛唐，可见文化的发展是很缓慢的，我们必须珍惜其中一点一滴的成果。就在初唐所累积的成果上，诗坛也即将迎来灿烂的百花盛开，李白、王维、杜甫都是其中大家最熟悉的，他们也都是最成熟、最伟大的诗人。而比他们还要早一点的孟浩然，他的诗开启了盛唐气象，可以说是盛唐诗歌的先导。

吾爱孟夫子

孟浩然与王维并称为自然诗人，他比王维大十二岁，确实写了不少清新的自然风光，也算是诗歌迈入盛唐的里程碑。而且他有一个很特别的人生历程，那就是他从年轻开始，就选择不参加科举考试，拒绝了从政做官的道路，隐居在家乡湖北襄阳的山林里，过着怡然自如的生活。可是，当时正是盛唐蒸蒸日上的阶段，有才能的人都摩拳擦掌，个个准备要乘风破浪，创造自己的丰功伟业，也参与国家强盛伟大的盛世，相比之下，孟浩然的选择是非常与众不同的，至少反映出一种不慕荣利的清高，因此受到了诗仙李白的高度赞美。

李白的赞叹就写在《赠孟浩然》这一首诗里：

> 吾爱孟夫子，风流天下闻。红颜弃轩冕，白首卧松云。
> 醉月频中圣，迷花不事君。高山安可仰，徒此揖清芬。

李白可真是坦率得十分可爱！他劈头就说"吾爱孟夫子"，我爱孟浩然这位才德兼备的夫子，为什么呢？因为他"风流天下闻"，天下人都听说了他的风流倜傥，那真是名满天下。这里，我们得提醒大家，"风流"的意思和我们今天的用法不同，那是指一种潇洒的风度，就像风的流动一样，从六朝开始，"风流"就是对一个男性最高的赞美，李白用"风流"来推崇孟浩然，可见对他确实是佩服得五体投地。

至于孟浩然为什么能如此赢得李白的心，答案就在接下来的两联诗里。李白说"红颜弃轩冕，白首卧松云。醉月频中圣，迷花不事君"，原来，孟浩然在风华正茂之时，就抛弃了官位，"轩冕"指的是高官所用的车驾和冠冕，借指功名利禄或显贵的人。这种把荣华富贵弃之如敝屣的心性，确实是非常与众不同的，而且孟浩然一直到了年老白头的时候，依然"卧松云"，徜徉于青松白云的山林之间，过着隐逸的生活，"醉月频中圣，迷花不事君"，常常在月下畅饮而酒醉，宁愿迷恋春花的美丽而不去侍奉君主，这岂不是神仙般的境界吗？

于是李白非常佩服，最后说"高山安可仰，徒此揖清芬"，他认为孟浩然的人格境界就像一座高山一样，哪里可以望得到山顶呢？于是李白只能"徒此揖清芬"，就此撷取一点点芬芳罢了。这"高山安可仰"一句，出自《诗经·小雅·车辖》的"高山仰止，景行行止"，都是表示对人的品行的尊崇，而在仰望不到山顶的情况下"徒此揖清芬"，李白谦卑地说，自己只能远远地闻到那品德的芳香，这表示自己与孟浩然相比实在是望尘莫及，差得远呢。

只不过，当我们看到这里，也都不免会有所疑惑：明明李白比孟浩然伟大得多，为什么却把孟浩然捧得这么高，说"高山安可仰，徒此揖清芬"呢？似乎李白到了孟浩然面前，就变成一个盲目的崇拜者，以致过度拔高了孟浩然的人格地位，以致夸张到了颠倒的地步。

但事实当然不是这样的，以李白的绝顶才智，必然拥有高度的判断力，不会鱼目混珠，就像李白也对南朝的谢朓"一生低首"一样。因此，李白对孟浩然的极端推崇，可以分两个方面来谈。

第一，孟浩然确实是有值得赞美的优点的，一般会把孟浩然当作开启盛唐的标志，不是没有原因的。孟浩然的《春晓》，那真是一首家喻户晓的杰作：

> 春眠不觉晓，处处闻啼鸟。夜来风雨声，花落知多少。

诗人香梦沉酣，安享春天的柔和轻盈，却在天蒙蒙亮、即将破晓的时刻，隐隐听到远远近近、处处传来的鸟鸣声，此起彼落，连绵漫延，就像一张音乐的网，轻轻把人从睡梦中唤醒。孟浩然就这样一觉醒来，沉浸在一片大自然的音响里，似梦非梦，半睡半醒，这时又想到昨夜也听到了风雨的声音，于是不禁挂念起花朵被吹落了多少？这样鸟啼花落、微风细雨的春天，多么浑然天成，又多么生机盎然！

从这一首著名的小诗，可以看到孟浩然确实写得清新而感人，蕴含了饱满的、浑然天成的情韵，这已经比初唐的诗进化了很多，所以说他是盛唐诗坛的第一个诗人，完全是可以成立的。李白会这样赞美他，孟浩然也算是当之无愧。

至于李白这样高度推崇孟浩然的第二方面，就显示了李白其实是一个很谦虚的人，很懂得发现别人的优点，绝对不是我们一般所以为的豪放自傲，目中无人。试想：一个眼中只看到自己的人，怎么可能会不断成长，又怎么能成为伟大的人呢？真正伟大的人，都是胸襟开阔，可以看到别人的长处、吸收别人的优点，就这一点来说，李白和杜甫是一样的，他虽然豪迈狂放，却是豁达而真诚的君子。于是，他看到了孟浩然的优点，就诚心诚意地赞美他，表现出一个真正的天才才会有的气度。

但是，我们仍然可以进一步讨论，李白的赞美是否有夸张的地方呢？事实上还是有的，你再看《赠孟浩然》里所说："红颜弃轩冕，白首卧松云。醉月频中圣，迷花不事君。"这其实只说对了一半，这一半属于孟浩然的前半生；但没有说对的那一点，是孟浩然中年时所发生的巨大变化。

《望洞庭湖赠张丞相》：躲不掉的中年危机

历史上记载，孟浩然隐居到了四十岁的时候，突然静极思动，去到长安想要求取一官半职了。对唐代的文人而言，一般的做法是在参加科举考试之前，先去毛遂自荐，以诗文干谒权贵，让自己的才华被认识，这样就可以增加中举的机会，陈子昂、李白、杜甫等人，都是这样做的。于是，孟浩然就写了一首诗《望洞庭湖赠张丞相》，送给当时的宰相张九龄，诗中说：

八月湖水平，涵虚混太清。气蒸云梦泽，波撼岳阳城。
欲济无舟楫，端居耻圣明。坐观垂钓者，徒有羡鱼情。

这一首五律诗，表现出宏大壮观的气势，把洞庭湖的波澜壮阔写得气象万千，并不亚于诗圣杜甫。首先，孟浩然说"八月湖水平"，八月中秋的洞庭湖水势盛大，湖水高涨，与岸齐平，一眼望去整个是一片汪洋，水连天、天连水，于是下一句就进一步夸大洞庭湖的景色，说它"涵虚混太清"，湖水就像涵摄了天空太虚，和天空最高的层次，也就是"太清"整个混为一体。要知道，道教把天空分为玉清、上清、太清，称为"三清"，上清就是最高的一层。这么说来，那高涨满溢的湖水简直就是吞没了太空！

难怪下面一联接着说："气蒸云梦泽，波撼岳阳城。"湖面上蒸腾的水汽迷迷茫茫，那是从整个云梦泽所散发出来的能量，而波涛汹涌的力道撼动了湖边的岳阳城！这样盛大的气势，让我们想起宋朝时范仲淹《岳阳楼记》的描写："予观夫巴陵胜状，在洞庭一湖。衔远山，吞长江，浩浩汤汤，横无际涯，朝晖夕阴，气象万千。"这篇《岳阳楼记》脍炙人口，但其实，孟浩然的"气蒸云梦泽，波撼岳阳城"早就已经做了非常精彩地呈现了。

这样的大手笔，并不是容易达到的，仔细算一算，也只有晚一点的杜甫的《登岳阳楼》才能和这一联旗鼓相当，甚至后来居上。杜甫诗中说："吴楚东南坼，乾坤日夜浮。""坼"这个字原本是分裂的意思，这里引申为划分。而"吴楚东南坼"整句的意思是说，泱泱大国东南方的吴地和楚地，一个在长江下游、一个在长江中游，这两个地方就是以洞庭湖为界的，这是在赞颂洞庭湖的宏大有如天险，足以成为大地的界线。

而这样宏大的湖泊既然涵盖了天地，太阳和月亮就好比是从湖水里升起、降落的，而且在日月当空的时候，就像是漂浮在湖面上似的，于是下一句说"乾坤日夜浮"。乾坤，原本是指天地，这里是指日月，根据《水经注》卷三十八所言："湖水广圆五百余里，日月出没于其中。"这应该就是杜甫发想的依据。可见自古以来，洞庭湖的壮盛气象不知打动了多少人的心，而这些伟大的诗句都是对大自然的讴歌！这么一比较，可以看出孟浩然的"气蒸云梦泽，波撼岳阳城"这一联诗句并不逊色，可见他确实有资格被称为盛唐的序曲。

只不过，当我们被这样宏伟的景色宕开心胸，感到一种气吞山河的魄力之后，诗歌却突然急转直下，整个境界萎缩到个人的欲望追求里了，孟浩然说"欲济无舟楫"，意思是他要渡过水面，却没有舟船可以接引。原来孟浩然不想只是做一个旁观者、欣赏者，而想要投身其中，直接航行在万顷波涛之上，但却又发现无路可通，只能留在原地，求之而不得！

然后孟浩然解释他为什么有这样的追求，那是因为"端居耻圣明"，在这样的一个圣明的时代还隐居的话，那就太羞耻了。所谓的"端居"就是平居、隐居，这一句是说，在这个朝廷有着圣明之君、举世蓬勃的太平时代，机会众多，一个人还隐居着，只能证明自己无能。所以说，在圣明的时代还一直隐居就是一种耻辱了。

但是，写洞庭湖又和用世施展才能有什么关系呢？从这一句诗就透露出这首诗其实都是求官的比喻，原来，整首诗都是双关的用法，当时的文人一看就懂。那波澜壮阔、气象万千的洞庭湖，就是比喻官场，古人早就有一个词，叫作"宦海"，用以形容官场既广大又复杂。而孟浩然是一心求官的人，所以羡慕官场的人才济济和资源丰富，他眼中看着洞庭湖，心里想的却是官场。

于是，最后一联就说得很直接了，所谓"坐观垂钓者，徒有羡鱼情"，孟浩然坐在岸边，观看那些在湖面上垂钓的人，眼睁睁看着他们满载而归的大丰收，只能满心的羡慕不已，那种求之不得的渴望简直是不言可喻。这里的"羡鱼"用了一个典故，《淮南子·说林训》云："临河而羡鱼，不如归家织网。"《汉书·董仲舒传》引古人有言曰："临渊羡鱼，不如退而结网。"意思是说，与其在岸边心里羡慕水里的鱼很多，不如踏实地具体行动，回家编织渔网。所以，孟浩然就写了这首诗赠给张丞相，这就是他为了求官所采取的行动。

那么，写诗和求官又有什么关系呢？原来，唐朝的文坛和官场相通，通过科举考试，文人就可成为官员，而在这个考试的过程中，如果能获得名人的推荐，那就能大大地提高机会。于是唐代普遍流行一种做法，叫作"干谒"，"干"是干求的意思，"谒"是指谒见上位者。文人写诗投赠给有威望的权贵，以获得他们的欣赏和提拔，这首诗就是孟浩然到长安去找门路的时候，写给张九龄的作品，张九龄担任过玄宗时的宰相，所以诗题上就称他为张丞相。而这种表达自我推荐，以及希望提拔的诗，就叫作干谒诗。

讲到这里，我们终于知道这样一首波澜壮阔的诗篇，居然是一首带着现实功能的、世俗性的干谒诗，是为钓取官位而写的！这或许会让有的人失望，因为纯粹的诗歌因此降低了层次，而且整首诗前半宏大壮阔、后半俗气又浅薄，也不免头重脚轻、虎头蛇尾，反映出孟浩然的诗常见的缺点。不过反过来说，能把一首有求于人的干谒诗写得这样不同凡响，那实在也并不容易。

那么，这首诗到底有没有成功地把孟浩然送进官场呢？答案是：没有。他后来失败而归，回到故乡继续过着隐居的生活，一直到人生最后。所以说，李白赞叹孟浩然"红颜弃轩冕，白首卧松云"，其实是漏掉了他在红颜和白首之间的这个大转弯，而且如果孟浩然当时转弯成功，恐怕也就没有后来"白首卧松云"的晚年了，那么，孟浩然是否还能享有终身隐逸的清高形象，恐怕也是要大打折扣。当然，并不是终身隐居的人就一定清高，也不是一辈子做官的人就不脱俗，下一节我们所要讲的王维就证明了这一点。

现在，我们需要推敲的问题是：孟浩然怎么会突然在四十岁的时候，做出这样反向的选择呢？从人性和常情来思考，应该有一个答案，那就是孟浩然也发生了中年危机！现在的心理学指出，"中年危机"是一种人类心理的普遍现象，大约出现在四十至五十岁的这个年龄期。确实，"中年"之于许多男女是一个"艰难的年龄期"，因为到了四十岁上下便日益感到有许多事自己已经"不能做"或"想要着手做也迟了"。

让我们回想一下，前面宋玉的《九辩》里就说过"时亹亹而过中兮，蹇淹留而无成"，宋玉眼看着时光流逝，人生已经过了大半却一事无成，还停留在窘迫的困境里，翻盘的机会越来越渺茫，岂不是注定要一辈子潦倒落魄了吗？原来日薄西山的感觉，多半是从中年开始的，连孟浩然这样习惯于隐居的人，也终于面对这样的恐慌和焦虑，他到了四十岁的时候，突然发现自己的人生已经所剩不多，于是起心转念，静极思动，跑到长安去求官了。那可是一种想要抓住最后的机会，去开创第二个人生，或者填补生命空缺的奋力一搏！

这么说来，孟浩然的中年危机之所以会发生，可能就是因为以前还年轻，想要就有，所以有恃无恐，也可以满不在乎，何况这"不在乎"的姿态还能表现为一种清高脱俗，让人敬佩，李白不就赞美他是"高山安可仰，徒此揖清芬"吗？可是一到了四十岁，没有什么选择的机会了，这才发现以前不想要的东西，其实内心是很想要的，而且来日无多，再不去争取就会完全得不到了。于是，孟浩然就以这首诗来表达他求之不得的渴望。

这让我们想到，陶渊明也是在四五十岁时挂官求去、归园田居的，但是，虽然同样都在中年的时候做了人生大转弯，陶渊明却和孟浩然作了相反的选择。由此可见，每个人的中年危机都不一样，结果也会有所不同，所以说，人生的功课都得自己去做，无法靠别人指点，你只能在一次又一次的选择中去塑造自己的人生，责无旁贷。

总结这一节，我们讲了孟浩然的诗歌和人生，他是开启盛唐这个黄金时代的舵手，也是李白赞佩不已的清雅隐士，因为他终身没有走上官途，于是在文学史上获得了很高的评价。不过，其实他在"红颜弃轩冕，白首卧松云"之间的中年，忽然出现了一次极度的大转弯，一改对先前弃之如敝屣的功名的认识，一心一意积极求取进士，而写下了《望洞庭湖赠张丞相》这首干谒诗，希望获得引荐。我们揣摩人的心理共相，认为孟浩然可能是遇到了中年危机，才出现这个突兀的变化。从诗歌入手来窥视人的心灵奥秘，是不是很有趣呢？

下一节我们要看盛唐诗人王维，他是真正深不可测的桂冠诗人。

第六节　王维（一）：深水静流的深情

上一节，我们看了孟浩然的诗歌和人生，这个开启盛唐黄金时代的舵手，表面上走了和一般人相反的道路，在原本应该奋发有为的青壮年时期便隐居度日，不问世事，并且终身都是隐士，所以赢得了李白的赞佩。不过，他在四十岁的时候，忽然出现了一次大转弯，热衷求取功名，而写下了《望洞庭湖赠张丞相》这首干谒诗，这很可能是孟浩然遇到了中年危机所导致，可见人性真是复杂多变。

虽然天不从人愿，孟浩然失望而归，继续隐居，却也因此留下了一个完整的隐士形象，在当时可是备受敬重的，不但李白写诗赞美他是"风流天下闻"，并且根据《新唐书·文艺传》的记载："王维过郢州，画浩然像于刺史亭，因曰浩然亭。"有一次王维经过郢州，也就是今天湖北省武汉的武昌，那正是孟浩然隐居的地方，于是王维在当地的刺史亭画了一幅孟浩然的肖像，称之为浩然亭。而王维的丹青妙笔，那可是历史闻名的艺术才华，可见孟浩然崇高的社会地位，以及王维对他的敬重。

这位王维，后来也和孟浩然齐名，并称为"王孟"，都被归类于自然诗派，但实际上，王维比起他所敬重的前辈孟浩然，还要更深刻、更崇高得多。接下来我们就来讲这一位非常独特的盛唐诗人，和他的《九月九日忆山东兄弟》。

桂冠诗人

王维和李白一样，都诞生于701年，刚好是第八世纪的序幕刚刚拉开的时候，这两个人也果然都以杰出的才能称霸文学史，其中，李白号称诗仙，王维则是诗佛。但是，把王维称为"诗禅"应该会更加贴切，因为他的境界并不完全是佛教本身的宗教性质，而主要是一种打通了儒、释、道三家的精神高度，用"禅"字可能更精准一些，所以我们可以改称他为"诗禅"。

最重要的是，在盛唐当代的诗坛上，王维是比李白、杜甫更重要的桂冠诗人，更是傲视长安的第一名的天才。一般人往往以为，盛唐的大诗人不就是李白、杜甫吗？这两个人还占据了中国文学史上"最伟大的诗人"的地位，怎么能说王维是桂冠诗人呢？

其实，历史长河有许多的曲折，也有古今不同的变化，古之所重、今之所轻，这是经常发生的状况。毕竟每一个时代所关心、所追求的价值都多少有些不同，何况我们经过了一百多年来的西化，已经和传统精英文化之间形成了巨大断层，对于古典文学的理解极其有限，品味也往往隔靴搔痒。因此，一旦我们回到盛唐长安的诗坛上，就会发现当时公认最优秀的诗人是王维，而不是李白，更不是杜甫。并且，即使到了后世的宋、元、明、清时期，李、杜已经变成了公认最伟大的诗人，但王维仍然一直都至少是第三名，形成了一个盛唐的金三角，甚至很多时候，王维还被认为是三大诗人里最杰出的一个！

现在，就让我们回到盛唐的历史现场去看。当时，李白虽然飘逸潇洒，被贺知章称赞为谪仙人，但他行踪飘忽不定，个性豪迈不羁，并不是很被大家接受，杜甫《不见》就很沉痛地说他是"世人皆欲杀"，而且以他这样的个性，写作时往往一挥而就，不很注重艺术的雕琢，于是不免有一些粗略浅率的作品，多少也让他的诗歌整体成就打了一点折扣。

杜甫就更摸不上边了，他连进士都没有考上，在长安的那十年简直是穷困潦倒，如《奉赠韦左丞丈二十二韵》所谓："骑驴三十载，旅食京华春。朝扣富儿门，暮随肥马尘。残杯与冷炙，到处潜悲辛。"后来在安史之乱发生前夕决心离开长安，从此以后更是流离失所，写作风格和题材偏向于沉郁顿挫，而不是长安所欣赏的精致秀雅的品位。因此有学者认为，杜甫之所以考不上进士，恐怕不完全是因为奸臣把持的关系，杜甫的个人条件不太符合当时的审美标准，应该也是一个重要的原因。

但王维就不同了，整个人风神俊朗，清秀斯文，高雅脱俗，气质非凡，可以说是风度翩翩；何况他又是艺术上全方位的天才，在诗歌、绘画、书法、音乐这四个领域都引领风骚，令人惊叹。试想，一个人只要能专长其中的一项，就可以在历史上留名了，但王维却是囊括这四样才能，而且每一种都是当时一流的佼佼者，这种成就哪里有人能望其项背？

以绘画来说，王维开创了南宗的泼墨山水，不同于北宗的金碧山水，影响了宋朝的文人画，从此，单单以墨色浓淡的渲染、大量留白的方式来创造悠远的意境，就成为后世文人画用以表现胸襟的主流，那些烟雨图、溪山行旅图就是这一类的代表。所以明朝的董其昌《画禅室随笔》卷二说："文人之画，自王右丞始。"而绘画和书法是相通的，王维的草书被称为一绝，可见其卓越的程度。

再看音乐，王维二十岁就能作曲，他创作的《郁轮袍》深深吸引了公主，功力不同凡响。尤其有一个故事说，王维看到了王府里挂在墙壁上的乐工演奏图，居然能辨认出那一瞬间的动作，是正在演奏《霓裳羽衣曲》第三迭的第一拍！其音乐造诣真是已经到了出神入化、不可思议的地步。

而诗歌、绘画、书法、音乐的融会贯通，就更创造出一种无以言喻的悠远境界，苏轼《东坡题跋·书摩诘〈蓝田烟雨图〉》就称赞道："味摩诘之诗，诗中有画；观摩诘之画，画中有诗。"这可以说是极有眼光的洞察。也因此，王维被推许为盛唐时期最杰出的诗人，堪称是实至名归。

并且不只如此，你可知道，王维好几首传世的杰作，都是他二十岁以前的少作，简直就是一个让人羡慕的天才。例如大家从小就很熟悉的《九月九日忆山东兄弟》，诗里面的"每逢佳节倍思亲"这一句，简直是脍炙人口，可说是无人不知、无人不晓，而这样一首感人至深的名篇，却是王维十七岁的时候所作的，真是不可思议！

关于这首诗的创作背景，要从一开始说起。当时，王维才十五岁，就独自一个人来到长安，准备参加科举考试。王维必须考上进士，因为他的家世在当时并不算显赫。父亲王处廉最高的官职是汾州司马（汾州副州长），只是"从五品下"到"正六品下"，而且不幸早逝，王维是家中的长子，下面又有四个弟弟和至少一个妹妹，如何孝养含辛茹苦的寡母，并且振兴家族，是身为长子的重责大任，所有的家庭重担就这样全部压在王维的身上，因此他只能一肩扛起这个重担。想想看，才十五岁的少年，身子骨还那么瘦弱，肩膀还那么单薄，正常情况下应该是在父母的照顾下无忧无虑地等着长大，但王维却已经必须要做一个扛起全家责任的大人了。

我们必须说，王维是非常坚强的，唐朝人自己都说"长安居，大不易"，京城物价昂贵，不是穷人寒士所负担得起的，何况王维只是一个无依无靠的少年，赤手空拳、白手起家，要在人才济济、竞争激烈的地方出人头地，那是多么大的挑战！谁会伸出援手，去帮助一个非亲非故的少年人呢？可少年王维却承担下来了，坚定地走上这一条路。我们可以合理地推测，这一条路一定不轻松，王维一开始应该是尝尽人情冷暖、世态炎凉的，对那种求助无门的辛酸也一定不陌生！

面对这样的经历，王维如果像一般大部分的人一样，用墨水写出泪水，可以是说最自然不过了。可在他的笔下，从十五岁一直到二十一岁考上进士，这六年之间却偏偏没有吐露一点苦情，毫无辛酸艰难的痕迹！这实在非比寻常。

假若王维在这段时间里很少作诗，那这个现象就不奇怪，但事实上却恰好相反，王维是一个非常敏锐的诗人，在这六年里写了不少著名的杰作，包括大家耳熟能详的《九月九日忆山东兄弟》，这么说来，可见王维不是"不能也"，是"不为也"。

他的性格是从不诉苦，关于现实中的磨难，他总是加以消化、转化然后泯化，因此从来没有怨天尤人。不因为得失而左右，不被悲喜所陷溺，这岂不是非常罕见的心性？可以说，王维所特有的超然的心境，早早在少年时期便显露出来了。

而这个早熟的天性，也表现在他的少作里，《九月九日忆山东兄弟》就是其中之一，诗云：

> 独在异乡为异客，每逢佳节倍思亲。
> 遥知兄弟登高处，遍插茱萸少一人。

这首诗是一首七言绝句，只有短短的四句诗，却具备了一种高度的自制力，让强烈的情感发生微妙的变化，从强烈转为深刻，激情就化为深情！下面我们就来解释这个道理。

为何"每逢佳节倍思亲"

首先，先看这首诗的创作背景。题目里的"九月九日"，就是农历的重阳节，这个节日据说早在先秦时期就有了，依《物原》的记载，"齐景公始为登高"，而东汉大尚书崔寔所作的《四民月令》则谓："重阳之日，必以糕酒登高眺迥，为时宴之游赏，以畅秋志。酒必采茱萸、甘菊以泛之，既醉而还。"到了六朝的时候，更逐渐形成了一套习俗，如西晋周处《风土记》说："俗尚九月九日，谓为上九，茱萸至此日，气烈熟色赤，可折其房以插头，云辟恶气御冬。"根据梁朝吴均《续齐谐记》所记载，这套习俗有一个神秘的来历：

汝南桓景随费长房游学累年。长房谓曰："九月九日汝家中当有灾，宜急去，令家人各作绛囊，盛茱萸以系臂，登高饮菊花酒，此祸可除。"景如言，齐家登山。夕还，见鸡犬牛羊一时暴死。长房闻之曰："此可代也。"今世人九日登高饮酒，妇人带茱萸囊，盖始于此。

大意是说，桓景追随费长房学道，有好几年了。有一天，费长房告诉他说："九月九日那一天，你家会有灾难，要赶紧离去，叫家人各自做红色的袋子，装上茱萸系在手臂上；再登上高山喝菊花酒，这个灾祸就可以消除。"桓景照他的话做，全家都登山。等到傍晚回家的时候，看见家里鸡狗牛羊全都暴毙，费长房听说这个状况，说这是代替人类而死的。所以现在的人每到了九月九日，就登高山、饮菊花酒，而妇人佩戴茱萸囊，便是因此而生的习俗。

这段神话式的故事，和其他的记载最大的不同，就是增加了全家一起的活动，这才是王维这首诗最关键的背景。换句话说，重阳节的习俗主要是家家户户都团聚在一起，登高，饮菊花酒，手臂上佩戴茱萸，种种做法全属避邪祈福的用意。这个节日一直流传到了唐朝，成为一个非常重要的日子，并不亚于端午、中秋、年节这一类的大节日。

而这首诗的题目下面，有王维自己的原注，说他写这首诗的时候是十七岁，可见当时王维离开家乡两年了，山高水长、音信不通，他是多么想念一起长大的弟弟们啊，尤其到了这个重阳佳节，更是情思澎湃，所以他忍不住写下这首"忆山东兄弟"的诗。

其中所谓的"山东"并不是今天的山东省，而是指王维的
故乡蒲州，在今天的山西永济市。在唐朝时，"山东"主要是指
太行山以东的广大黄河流域，包括今天的河北省、山东省，以
及河南省的部分。王维的故乡蒲州就在个范围内，所以用了这
个笼统的称呼。当然，从诗歌的表现力来说，"山东"比起单讲
定点的蒲州，会更有一种辽阔无边的语感，也更能展现出家乡
遥远的心情。

既然故乡遥不可及，而重阳节又是一个合家团圆的大节日，
那就更容易让人触景生情了。果然，诗篇里第一句就说"独在
异乡为异客"，一个人独自在异乡做一个异客，这看起来平淡无
奇，但仔细想想，什么叫作"异客"呢？其实就是一般所说的
客居在异乡的游子，王维说"异客"而不是旅客，重复了这个
"异"字，似乎显得有一点多余。不过，奥妙就在这里，"异"
字的重复运用加强了疏离、异化的感觉，显示出王维旅居异乡
两年了，却还是无法融入长安，依然是一个格格不入的陌生人。

这种格格不入的心态，并不是因为王维还没有成功，因为
从后面的作品来看，即使他成功了，也并没有认同这个地方，
所以最根本的原因，就是他的心从来就不在这个世俗世界里。
而现在，王维的心完全放在那个看不见的故乡，满满都是亲人
的音容笑貌，于是就激荡出第二句的"每逢佳节倍思亲"，每到
佳节就加倍思念亲人，这一句的弦外之音在告诉我们：原来平
常就很想念亲人，而这份思念一到佳节就变得更加强烈了。

那么，"佳节"为什么有这样特殊的效果呢？仔细推敲，其

中有两个因素：

第一，在平常的日子里要忙于应付各种事务，心思分散乃至于纷乱，那份对故乡亲人的想念只能放在心底一闪而过，顶多在夜里苦思一番。但是当佳节来临，大家都放假了，平时匆忙的脚步停下来了，突然之间，自己的时间变多了，那心底被强行控制的思念就再也压抑不住地泛滥开来，可以尽情抒发了，因此更加地思念亲人。

第二，在平常的日子里，大家都各忙各的，谁是外来的游子、谁是在地的居民，并不怎么分得出来，一旦没有比较，也就少了心里的刺激。但是，重阳节偏偏是个合家团圆的日子，游子一个人游走在外，也想要去登高，可触目所见，处处都是一家家欢聚的热闹，格外提醒这些异乡的异客：你是这么的孤独！于是，平常没感觉到的寂寞，现在一股脑儿地都涌上心头，不管走到哪里，都深感一种无依无靠的悲凉，那些平常被冷落的委屈、被打击的伤痛，就再也压抑不住，这一切，加深了对亲人的思念。

以上所说的这两个道理，就是让王维"倍思亲"的原因！原来一个看起来很自然的心理反应，其实隐含了很丰富又奥妙的道理，我们之所以会被深深地打动、由衷地共鸣，其实还有这么细致幽微的原因。

但无论读者有没有意识到这些原因，都一样被深深触动了，所以说"诗人是人类的感官"，他把我们感觉得到却说不出口、或说得不好，甚至自己都不完全了解的心理，清晰地表达出来了。"每逢佳节倍思亲"道出了天下游子的心声，于是成为千古传诵的名作。单单这一句，王维就足以流芳百世，可见他的才华，也可见他的深情！

但是，真正表现出王维比其他人更独特的地方，并不在于这一句，我们要进一步深入去挖掘。你看，"每逢佳节倍思亲"这一句的"倍思"所表达的，主要是情感的强度，而"强度"总是比较直接，也因此更容易打动一般人，这也是此诗以这一句最著名的原因。不过，这一句还只是写出一般人的普遍心理，然而，最能展现王维的独特性格者，其实是在后半首的"遥知兄弟登高处，遍插茱萸少一人"，这最后两句表达得更曲折、更间接也更深邃，因此一般人反倒很难看出其中的深情。

那份深情就来自于王维并没有陷入在"倍思"的强烈情绪里不可自拔，反而是超脱出来，设身处地去体贴别人，于是情感就更深了一层。

"遍插茱萸少一人"的深情

"遥知兄弟登高处"这一句，表示王维把心转向了所思念的对方，他说即使距离遥远，所谓的"天涯共此时"，仍然清楚知道兄弟们也在佳节登高，一样在高处分发茱萸。但茱萸一枝枝地插在手臂上，最后却发现多出了一枝，因为现场少了一个兄弟，也就是王维自己。可见王维清楚知道，就像他的"倍思亲"一样，兄弟们也在故乡深深怀念着他，也一定会为他准备一枝茱萸花，好像他就在家里和大家一起登高一样！

只有当一个人了解到对方对他的爱有多深，这时他对对方的爱才会最深，这个层次就是五代词家顾敻《诉衷情》所说的：

"换我心为你心，始知相忆深。"原来，当一个人只知道自己的心，即使那颗心很强烈，却还是很有限的；可当这个人能设身处地为别人着想，换成对方的心来思考，那么这颗心就扩大了，因为其中包括了自己的心和对方的心，那就会更深邃了。

这个道理，有一个现代人比较容易体会的经验，那就是很多人说的：他是当了父母以后，才了解父母有多么伟大，才了解他们有多么爱自己。因为在做孩子时，总以为父母的付出是理所当然的，没什么大不了，可是等到自己开始为孩子牺牲奉献以后，这才恍然大悟，明白父母所给予我们的是多么深厚的爱，也因此开始懂得感恩，到了此时此刻，也是我们最爱父母的时候！这不就是"换我心为你心，始知相忆深"的最佳印证吗？

而王维的"遥知兄弟登高处，遍插茱萸少一人"便同样体现出这个道理。当他知道兄弟们有多么想念他的时候，他对兄弟们的想念也到了更深的层次，这时候的"相忆深"已经不同于前面的"倍思亲"，也就是从强度转化为深度，虽然表面上很平静，看不出情绪的激烈动荡，其实正是因为深不可测。

奇特的是，这种境界是一般人所难以达到的，王维可以算是极少数的特例，可见王维的与众不同；但最奇特的是，王维这时只有十七岁，却已经具备了绝大多数的人所不能领悟、也达不到的情感深度，令人不得不赞叹他真是一个早熟的天才！而且，这种罕见的特质贯穿了他的一生，他的诗总是不愠不火、不冷不热，那么云淡风轻，却又那么耐人寻味，历代诗评家说王维的诗"无血气"（清方东树《昭昧詹言》）、"无烟火气"（清黄周星《唐诗快》),也都是看出了这一点。

而我则认为,西方有一句谚语"Still waters run deep",用在王维的这种性格上更为贴切。这句英文谚语翻译成中文是"静水流深",也可以翻译为"深水静流",意思是水很深,所以表面上很平静,相较之下,浅溪就喧哗得多了,因为底蕴不够,一遇到礁石就水花四溅。而王维的心有如一汪深潭,它不是外放的、激烈的,和浓烈激昂的感性有所不同,所以对一般人来说,并不那么容易感受到,甚至还有人认为王维无情。其实,王维的境界一直沉淀、内敛、转化,愈积愈深,于是不再喧嚣,然后才能体悟到那余韵无穷的情怀,"深水静流"恰恰可以说明这一种情感的类型。

王维这一颗"深水静流"的心,就是因为他不执着于自己,所以反倒能深化自己,因此也通向王昌龄《同王维集青龙寺昙壁上人兄院五韵》所赞美的"人间出世心",正因为出世的心脱离了世界的纠葛以及自我的陷溺,才能把世界看得更清楚,把情感洗练得更清澈!这真是太妙了,一颗"人间出世心"反而最能体认人的深情,也最能写出好的亲情诗、友情诗。王维除了《九月九日忆山东兄弟》之外,还有《相思》这一篇友情诗,诗中说:

> 红豆生南国,春来发几枝。愿君多采撷,此物最相思。

让我们试着仔细玩味,可以发现这首诗即使是写"最相思"的情感,也仍然是没有一丝一毫的激动,和《九月九日忆山东兄弟》如出一辙。而且最有趣的是，整个唐朝竟然只有王维一个人在诗歌里写到红豆！前所未有，也后无来者，直到晚唐温庭筠（812~870），才再一次写到这个意象，于《南歌子词二首》之二咏叹道："玲珑骰子安红豆，入骨相思知不知。"可是这时距离王维已过了一百多年。所以说，在唐诗里，王维是第一个把红豆和相思连在一起的诗人！再看《送元二使安西》这一篇，其中深情地叮咛着："劝君更尽一杯酒，西出阳关无故人。"此诗当时就已经传唱天下，称为《阳关三叠》，也一直吟咏到今天。所以说，王维这颗深水静流的出世心，酿造了最动人的深情！

这个道理，明朝末年钟惺《唐诗归》说得最好："情艳诗，到极深细、极委曲处，非幽静人原不能理会。此右丞所以妙于情诗也。彼以禅寂、闲居求右丞幽静者，真浅而浮矣。"以及："右丞禅寂人，往往妙于情语。"因此，钟惺不断地以"深情"来赞美王维，并称他的作品为"情诗"。原来，一个幽静的、禅寂的人，反倒最能写出最深刻、最细腻的情诗，这是王维能成为情诗大师的关键！

有一位民国早期的奇人也体现了这个道理，他就是李叔同，本来是一个艺术天才和情场公子，在三十九岁的时候却忽然出家，成为一代高僧，化身为弘一大师，这是多么截然相反的巨大改变！但其实，李叔同和弘一大师之间只是外在的不同，他们都是同一个人，具有同一个本质。也就是说，当他还在红尘里当李叔同的时候，就是以"人间出世心"写出《送别》这样一首感人万分的骊歌；而等到他不再写这些诗的时候，他就是弘一大师了。

同样地，王维晚年也很少写诗了，他虽然登上了仕途的最高峰，做到尚书右丞相，所以后世称他为王右丞，可是他的心还是一样地云淡风轻，甚至应该说是意兴阑珊。原本他在官场里就已经见识过太多的阴暗险恶，对人性世态洞若烛火的王维，只能更努力保持心灵的独立，才能杜绝外界的侵扰；最后又发生了安史之乱，惊天动地的灾难让人痛彻心扉，王维越发感到世事无常、盛衰沧桑，于是这一颗出世心就更加远离人间了。

当他从局中人变成了旁观者，就不再是一个诗人了。王维晚年诗做得很少，这也使得他的作品总量不多，但即使如此，让人觉得不可思议的是，王维一生所写的四百多首诗，却足以和李白、杜甫这样的千篇作家并驾齐驱，可见他的卓越非凡。难怪，在艺术水平最高的盛唐诗坛上，王维被公认为桂冠诗人，这是实至名归的客观评价。

但是，王维的称霸诗坛却又是这样地不愠不火，一点儿也不张扬，他是那样毫不刻意、自然而然地散发光芒，因此更加耐人寻味。简单地说，王维的魅力就是来自深不可测，以致表面波澜不兴，淡泊宁静。只可惜，一般人只能看到李商隐式的深情，因为那是表面上看得见滴落的眼泪。但王维的深情则是另一种，他的心太宁静，他的情太内敛，以致表面上没有跌宕起伏，属于"深水静流"的类型，甚至应该说，王维的深情没有泼洒出来，反倒因此蕴蓄得更深、更沉。

最特别的是，他又有一颗"人间出世心"，并没有陷溺其中不可自拔，可以说是深于情而不滞于情，于是幽远不尽，山高水长。《九月九日忆山东兄弟》就早早地呈现出这一点。

说到这里，你可以看到王维确实是一个非常独特的诗人，少年早熟，这些知名的少作已经充分展现出王维个人所特有的人格特质，深情而理性，在很多地方其实是超过了李白、杜甫，难怪杜甫《解闷十二首》之八也赞美他是"高人"。其实，我们如果以二十岁为界限，来衡量一个诗人的成就的话，就会发现，王维真可以说是古今第一了！他不仅有很多少作，而且大都是杰作，不但李白瞠乎其后，杜甫在二十岁以前更是根本连一首诗都没有留下来，包括其他有名的诗人在内，二十岁之前他们根本都是一事无成！顶多只有一个李贺可以勉强跟在后面。所以说，王维确实是一个少年老成的天才，难怪他会称霸长安诗坛，成为盛世的明星。

下一节，我们还要再看一首王维的少作，不但可以对他的"人间出世心"体会得更深，也可以对王维的天才有更多的了解。

第七节　王维（二）：发现桃花源

上一节，我们讲了王维脍炙人口的《九月九日忆山东兄弟》，了解到王维少年老成，当时的王维只有十七岁，还在求取功名的阶段，为了家族的未来和弟弟的前途，他必须在宦海中奋力前进。然而在这个过程中，王维不仅毫无怨言，还更展现出一颗"人间出世心"，把情感转化到最深沉的层次，那称得上是高僧深不可测的境界！而这颗心还通过一首很特别的诗流露出来，那就是《桃源行》，一首专门书写桃花源的歌行诗。下面我们就来讲这篇作品。

《桃源行》，这是有史以来第一首专题歌咏桃花源的诗，在王维以前的四百多年里，从来有没有一个诗人这样热烈地赞美桃花源，把它当作人生的终极归宿。而根据诗题下面诗人的原注，这时候王维只有十九岁，也还没有考上进士。诗中云：

> 渔舟逐水爱山春，两岸桃花夹去津。
>
> 坐看红树不知远，行尽青溪不见人。
>
> 山口潜行始隈隩，山开旷望旋平陆。
>
> 遥看一处攒云树，近入千家散花竹。
>
> 樵客初传汉姓名，居人未改秦衣服。
>
> 居人共住武陵源，还从物外起田园。
>
> 月明松下房栊静，日出云中鸡犬喧。
>
> 惊闻俗客争来集，竞引还家问都邑。
>
> 平明闾巷扫花开，薄暮渔樵乘水入。
>
> 初因避地去人间，及至成仙遂不还。
>
> 峡里谁知有人事，世中遥望空云山。
>
> 不疑灵境难闻见，尘心未尽思乡县。
>
> 出洞无论隔山水，辞家终拟长游衍。
>
> 自谓经过旧不迷，安知峰壑今来变。
>
> 当时只记入山深，青溪几曲到云林。
>
> 春来遍是桃花水，不辨仙源何处寻。

很明显地，这是一篇诗歌版的《桃花源记》，一唱三叹，对于世外桃源充满向往之情，可以说是对桃花源的深情讴歌与由衷礼赞！《桃源行》总共三十二句，是一首长篇的古诗，诗题上用的"行"字，表明它属乐府的血脉，但乐府古诗里并没有《桃源行》这样的旧题目，可见这个题目是王维首创的，为的就是要凸显他对桃花源的重视，以他的绝世才能为这个永恒的乐园量身打造出一个空前的、崭新的诗歌篇名，而《桃源行》就成为第一首专门歌咏桃花源的诗篇。

依韵脚的指示，全部分为七段，每一段换韵的时候都使用逗韵，所以读起来更加流畅宛转。内容上，则是亦步亦趋地跟着陶渊明的《桃花源记》，从渔人沿着溪流发现了桃花源，遇到其中与世隔绝了几百年的居民，彼此展开了对话，才知道这是一个外界一无所知的人间乐园，也就是所谓的世外桃源。最后渔人回到自己的世界，却再也回不去了，那一场世外桃源的邂逅，简直就是一场梦境，从此定格在记忆里，也成为后世的有心人精神上永恒的乡愁！

《桃源行》与《桃花源记》

让我们把诗歌和游记比对来看，从中可以彰显出王维的慧眼和慧心。

诗篇一开始的"渔舟逐水爱山春，两岸桃花夹去津。坐看红树不知远，行尽青溪不见人"，这是第一段，意思是说渔舟沿着溪水前进，渔夫心里很喜爱春天里的山林，两岸盛开着桃花，中间夹着河水依然流淌的古老渡口。一路欣赏红花点缀的绿树，不知不觉走了很远的距离，一直走到清溪绿水的尽头，都没有见到人的踪影。这一段对应的是《桃花源记》里所说的："晋太元中，武陵人，捕鱼为业，缘溪行，忘路之远近。忽逢桃花林，夹岸数百步，中无杂树，芳草鲜美，落英缤纷，渔人甚异之；复前行，欲穷其林。"

这算是破题，先铺陈了美丽的山水，盛开的桃花生意盎然，满目缤纷，让人沉迷其中，浑然忘我，这才能在无意之间巧遇桃花源。其实，无论是陶渊明还是王维，都极力追求这种忘我的心灵境界，因此，《桃花源记》所说"忘路之远近"的"忘"，以及《桃源行》所说"坐看红树不知远"的"不知"，就是渔夫可以进入乐园的真正关键。

到了第二段，便出现了转折。这个没有心机的渔夫，一路沉醉在春天的桃花景色里，到了树林尽头的水源深处，才突然发现一个小小的山洞，王维接下来便说："山口潜行始隈隩，山开旷望旋平陆。遥看一处攒云树，近入千家散花竹。樵客初传汉姓名，居人未改秦衣服。"前四句的意思是，渔夫进入狭小的山洞口，只能弯腰潜行，一开始是曲折幽深的穴道，再往下走，山就开阔了，展现出一望无际的旷野和平坦的陆地，远远地望过去，有一个树木蓊郁如同云层聚集的地方，走近一看，那是一个有千户人家的村落，其中还散布了花木和翠竹，是一个美丽而宁静的去处。

这一段对应的是《桃花源记》里所说的："林尽水源，便得一山。山有小口，仿佛若有光，便舍船，从口入。初极狭，才通人；复行数十步，豁然开朗，土地平旷。"原来这个地方其实和一般的农村相差无几，唯一最特别的地方就是它与世隔绝，所以没有历史变化所带来的痕迹，这一点从接下来的两句就显示了出来。

"樵客初传汉姓名，居人未改秦衣服"这两句，樵客，也就是樵夫，这里指的是渔夫。他作为一个不速之客，先是向当地人通报自己的汉代姓名，可居民穿戴的还是秦朝的服饰，并没有改变。这对应的就是《桃花源记》里所说的："其中往来种作，男女衣着，悉如外人。"陶渊明所说的"悉如外人"，指他们的衣服都像外人，也就是化外之人，不同于魏晋时期中土人士的装扮，可见他们是多么地与世隔绝。

于是王维在第三段便特别描写桃花源的宁静安详，说："居人共住武陵源，还从物外起田园。月明松下房栊静，日出云中鸡犬喧。"这一段对应的是《桃花源记》里所说的："屋舍俨然，有良田美池桑竹之属，阡陌交通，鸡犬相闻。"而王维略做了一点调整，写得更优美了，他说这些居民一起住在这个位于武陵的桃花源，另外从世外营造了田园，日子过得平和、美好，夜晚时在明亮的月光下，掩映在松树间的房舍一片宁静，等到日出时分，白云生处的鸡犬纷纷啼鸣吠叫，把周围反衬得更加安详，从此开始新的一天。

可是，这一片维持了六百年的宁静安详，突然间被一个陌生的不速之客打破了，这个渔夫对他们来说，应该像是一个异时空的外星人吧，奇装异服，又姓名怪诞。果然，桃源中的人对渔夫非常好奇，这就进入了第四段。

这一段的前两句先说明这个突兀的惊扰状态："惊闻俗客争来集，竟引还家问都邑"，大家惊讶地听说从外面的俗世来了一个客人，于是争着来到他身边，会集成群，也竞相邀他回家，询问外边大都市的状况。这两句对应的是《桃花源记》里所说的："见渔人，乃大惊，问所从来，具答之，便要还家，设酒杀鸡作食，村中闻有此人，咸来问讯。……余人各复延至其家，皆出酒食。"渔夫成了炙手可热的客人了，这种热诚，不也是农村田舍最浓厚的人情吗？

就这么闹哄哄过了一天，渔父休息了一夜以后，又到了第二天，"平明闾巷扫花开，薄暮渔樵乘水入"，同样宁静的一天又开始了，清晨时巷子里家家户户打扫花径，等到黄昏时分，渔夫、樵夫就乘船顺着溪水回到村里。可以说，渔夫见证了桃花源的一天，而这一天也等于是几百年来的每一天，日复一日，只有永恒的宁静与和谐。这样与世隔绝的世界，岂不是人间仙境？

但若非渔夫偶然闯入这里，谁能知道世界上居然有这样的人间仙境呢？而这一座世外桃源却又是偶然开创出来的，于是王维在第五段就说："初因避地去人间，及至成仙遂不还。峡里谁知有人事，世中遥望空云山。"想当初，这些人会来这里成家，是因为要躲避乱世，才离开红尘人间，从此以后，子孙一代又一代天长地久地隐居在这个峡谷，就变得像神仙一样，再也不想回到人间了。很明显地，这一段对应的是《桃花源记》里所说的："自云先世避秦时乱，率妻子邑人，来此绝境，不复出焉；遂与外人间隔。"

既然两相隔绝，于是彼此都各自为生，变成了两条并行线。可想而知，一方面是"峡里谁知有人事"，桃源中人对于山谷以外的世界已经沧海桑田，改朝换代，历经了多少的战乱杀戮，一定是感叹又惋惜。这对应的是《桃花源记》里所说的："问今是何世，乃不知有汉，无论魏、晋。此人一一为具言所闻，皆叹惋。"而另一方面，渔夫见证了这一段山中传奇，更是赞叹不已，要不是他亲身来到这里，又怎能想象世上还有这样的一个世外桃源呢？所以下面接着说："世中遥望空云山。"意思是在一般尘世中，有谁会知道这个峡谷里居然有人居住、有故事，如果从外面的世界遥望这座山谷，只能看到云雾缭绕的山峦，静静地躺在远方，只有云去云来，聚散分合。

渔夫的偶入，让两条并行线有了一次短暂的交会，擦出了瞬间的火花，照耀出这座桃花源如仙境般的美好。只可惜，渔夫毕竟是一个陌生的异乡人，从哪里来，也注定要回哪里去。于是分别的骊歌悠悠奏起，第六段就展开了赋归的主题。前四句先说："不疑灵境难闻见，尘心未尽思乡县。出洞无论隔山水，辞家终拟长游衍。"意思是说，他虽然眼见为实，并不怀疑这个灵境是难以见闻的、虚构的地方，但是他的心还是羁留在尘世里，没有脱尽牵绊，于是怀念起家乡了，不在乎出了洞口以后隔着千山万水，归途漫漫，他终究还是打算要告辞回家，踏上漫长的返乡旅程。

这一段对应的是《桃花源记》里所说的"停数日，辞去"，这可以说是两篇作品对应的关系里，比例最悬殊的，王维用了四句二十八个字来发挥陶渊明的五个字，很明显地，这是王维很重视的地方。从人情来说，虽然渔夫必定要回到自己的地方，但那又是一种怎样的心情？陶渊明用散文写成的游记里并没有提到，却在王维的诗笔下细腻地刻画出来了，原来，桃花源再美、再好，毕竟不是自己的家，哪里值得多留一会儿呢？这不就是王粲《登楼赋》里所说："虽信美而非吾土兮，曾何足以少留！"一语道中人心之常，渔夫也没有例外。

然而矛盾的是，想回家的渔夫又不忍割舍这座偶遇的桃花源，也算是一种贪心。于是渔夫起心动念，在回去的路上沿途做了记号，以便下一次来还可以按图索骥，再回到这里。没想到人算不如天算，结果竟然是"自谓经过旧不迷，安知峰壑今来变"，渔人自以为这一条曾经走过的旧路不会迷路，哪里知道山谷已经发生了变化，现在再也找不到途径了。这第六段的最后两句，对应的就是陶渊明所说的最后一段，所谓："既出，得其船，便扶向路，处处志之。及郡下，诣太守说此。太守即遣人随其往，寻向所志，遂迷不复得路。"

这里又出现第二个比较大的差别了。陶渊明只是客观地指出失落的事实，《桃花源记》就结束在冷冰冰的语气里，好像在说：没有就是没有，找不到就是找不到，如此而已。甚至其中还有一点点调侃、讽刺的意味，让这些有心人吃闭门羹，等于是作弄世人的庸俗，所以不再给他们机会了！

可是，王维并没有停留在这个客观的事实上，《桃源行》额外加上了一段尾声，充分表现出一种迷离怅惘之感。王维说："当时只记入山深，青溪几曲到云林。春来遍是桃花水，不辨仙源何处寻。"到了这里，王维已经化身为那个渔夫了，他一心一意真诚地热爱着桃花源，并不是那些想要到山中观光猎奇的俗辈，所以对于迷路不得复返由衷地感到失落。

他的脑海里只依稀记得进入深山中，沿着碧绿的溪水绕了几个弯儿，才抵达云山深处的桃花林。而现在又是春天了，到处依然都是满溢的溪水，水面上漂浮着缤纷的落花，但却再也找不到桃花源在哪里，不知道要到何处才能再找到这座世外仙境！

经过这么一对比，可见王维的《桃源行》果然是诗歌版的《桃花源记》，整个叙事结构一模一样，看起来只有特别增加渔夫思乡，以及复返不得的心情，其他大体相同。但是，如果只是把散文版的《桃花源记》改写成押韵的诗歌，这一点本身并没有太大的意义，甚至还会有人以为王维在东施效颦！当然这种看法是错误的，清代吴乔在《围炉诗话》中曾说："意思，犹五谷也。文，则炊而为饭；诗，则酿而为酒也。"那么，王维对《桃花源记》的提炼和升华，正是把饭变成酒的魔术，因此把桃花源变成得更精醇、更纯净。

早熟天才的精神原乡

比单纯的诗歌艺术更重要的是，从文学史、生命史的深层意义来看，这篇《桃源行》的价值堪称是无与伦比，有几个非常重要的地方。

首先，这首诗篇是诗歌史上，第一篇以桃花源为主题的诗歌，也就是说，王维是开创桃花源的专题歌咏的第一人。

你可知道，现代人觉得陶渊明很伟大，但其实陶渊明在他的时代并没有受到重视，死了以后一样地寂寞，没有几个人注意到他。从陶渊明一直到王维，历史已经度过了大约三百年，这期间有多少诗人、多少诗篇，但是居然没有一首诗是对桃花源的专题歌咏，这就说明陶渊明整整沉寂了三百年，并不受重视的事实。可是也正因为如此，王维的这一首诗就意义重大了，他得要有多么锐利的眼光、多么强烈的热爱，才能把桃花源的美好提升出来！在王维之前，可没有人有这样的眼光、这样的热爱。

当然，严格地说，在王维之前，并不是完全没有人提到陶渊明或桃花源，只是提到的诗人寥寥可数，而且提到的时候最多也只是在诗里面简单带过一笔，可以说只是蜻蜓点水，无足轻重。相较之下，王维却是以专题的方式，以古诗的长大篇幅，深情款款地歌咏那个桃花源，这是前所未见的创新，代表了王维确实是陶渊明的知音，把陶渊明苦心塑造出来的理想世界给发扬光大。

所以说，王维是发现桃花源之重要性的第一个人，因此也可以说，王维也就是发现陶渊明、发现桃花源的第一大功臣，自他以后，陶渊明、桃花源开始变成了唐朝诗人所热衷的素材，可见，开发桃花源王维真是功不可没。就这一点来说，已经足以显示王维的眼光非凡，能够见人所未见，更证明他是一个了不起的天才。

《桃源行》第二个值得注意的价值，就在于从诗人的生命史看，具有这样非凡眼光、非凡才能的王维，当时竟然只有十九岁！试想，多少诗人一辈子写不出这样的《桃源行》，而王维却在十九岁的少年时期，就交出了足以压倒群贤的亮丽成绩，可见他确实是一个真正的天才。

但是，除了天才的证明之外，最值得我们考虑的是王维的性格特质。当时他一个人待在长安，也还没有参加科举考试。而在这种情况下，王维却写出了这首诗，就呈现出两个与众不同的特点：

第一，从一般常理来说，一个人在生命史上的早期阶段，大都是比较积极进取、奋发向上的，尤其又有仕途上面的追求，因此会关心、会考虑的，往往偏向于世俗中的事务，甚至就聚焦于荣华富贵的官场。何况以王维当时的表现，他周旋在长安的名利场中，与王公权贵互动频繁，深受青睐，还常常出入薛王、宁王的府宅，是大家都扫席以待的贵客。以这样的年纪和处境而言，如果他热衷功名权位，也算是顺理成章。

但王维却偏偏不是如此，他居然默默地写出对世外桃源的向往，这就更证明了王维本质上完全不是一个世俗中人。正如明朝袁中道《答钱受之》所言："夫处繁华之中，而不忘清净之乐；居寂寞之中，而勇断繁华之想者，此自是一种上根上器，不易得也。"尤其不可思议的是，此一"繁华中不忘清净之乐""寂寞中勇断繁华之想"的境界，王维在十九岁的时候就已经完全达到了，并且具体化为诗歌中的仙源灵境，足见王维确实天生就拥有一种不易得的"上根上器"。

至于少年王维写出这首诗的第二个特点，就在于：从时代的意义来看，当王维深情歌咏这样一个世外桃源的时候，也正是唐玄宗在位期间所开启的开元盛世，写这首诗的时候是开元七年，整个大唐帝国激荡着一片热烈昂扬的情绪，盛世的光辉振奋了大家的心志，大家都想要积极入世建功立业。确实，一个这样蒸蒸日上的大时代，可是千载难逢的机会，不是那么容易可以遇到的，谁不会被那样的气势给感染呢？于是，不但我们前面提到的孟浩然《望洞庭湖赠张丞相》说"端居耻圣明"，李白《古风五十九首》之一也说"乘运共跃鳞"，大家都摩拳擦掌，想要充分地实践自己的才能，而且出将入相又是当时文人的最高理想，所以，王维的现实成就是可以期待的。

然而，奇特的地方就在这里，当开元盛世翩然降临，一干才智过人之士，无不准备奋力表现，因而形成了一个积极入世的时代大合唱，大家纵情放怀高歌，但是，王维却是那么地不同，当时他还是那么年轻，却已经游离在时代的主旋律之外，悠悠独唱着另类的心声，这不是非常与众不同吗？何况，以他的能力来说，功成名就简直是轻而易举，为什么他偏偏不为所动，反而去歌咏一个世外桃源呢？

由此可见，年纪轻轻的王维，心中早就存在着一个坚定的指南针、北极星，指引着他追求一个出世的方向，让他找到了陶渊明的桃花源，而且依照自己的性格去打造出一个脱俗的理想世界。

陶渊明的桃花源是一座标准的农村，"有良田、美池、桑竹之属"，居民还会杀鸡作食来招待客人，完完全全是田园的生活景观。而王维笔下的桃花源虽然也写到了田园、鸡犬，却只是点到而已，整体上完全没有一丝泥土的气息，甚至带有一点仙境般的不食人间烟火。可以说，通过灵境、仙源的想象，以及桃花水的洋溢弥漫，整个意境就是一片永恒的宁静与和谐，这，就是王维终其一生所向往的心灵境界。

这就是令人赞叹的地方，你不能不承认，王维确实是一个早熟的天才，也是一个与生俱来的高僧，他的深情转化到了表面以下的底层，深水静流，所以一般只喜欢"春蚕到死丝方尽"之类诗句的读者，就不是很容易体悟得到。而他的"人间出世心"更远离了人间，也因此对陶渊明慧眼独具，成为第一个全心追寻桃花源的伯乐，在他的重新打造之下，这个世外桃源无血气、无烟火气的污染，成为他终其一生所向往的理想世界。

而这一座不食人间烟火的桃花源，就是王维的精神原乡，也是他永恒的人生归宿，就因为他心里始终住着这一座桃花源，像定了锚一样，所以从来不会在红尘中迷路。对世间的纷扰动荡也就淡然处之，无动于衷，即使风雨潇潇、穿林打叶，他依然心平气和、悠然自在，默默聆听上天的启迪。这就是王维会发现桃花源的人格特质。

下一节，我们要转向另一个令人热血沸腾的诗人李白，看看这位诗仙怎样光芒万丈，又怎样冰冷寂寞，他在巨大的拉扯撕裂之下，打造出独一无二的生命形态，那是一颗永恒的流星！

第八节　李白（一）：永恒的哀愁

前面我们重点讲了王维这位诗人，原来他才是盛唐长安诗坛上的第一巨星，作为全方位的艺术天才，内心却又十分的淡泊宁静、深沉悠远，确实是耐人寻味的"诗禅"，他能在人才济济的盛唐诗坛上戴上第一名的桂冠，堪称实至名归。最特别的是，他从十几岁的少年开始，就已经展现出早熟的天分，但他却总是那么云淡风轻，平静安详，这真是最优美的称霸的姿态！

至于对我们现代人而言，最熟悉、也觉得最有魅力的诗人，应该是诗仙李白。他展现出另一种完全不同的形态，他是一颗永恒的流星，看起来始终青春洋溢、光辉耀眼，当他划过天际的时候，那外放的霸气毫不收敛，不知灼伤了多少人的眼睛。但是，流星是在高速擦撞中燃烧出光芒的，星体在寒冷黑暗的宇宙里流浪、放逐，实际上孤独又寂寞！这才是李白之所以那么爱喝酒的原因。今天我们就来谈谈李白和他的《将进酒》这首诗。

李白为何爱喝酒

李白是一个怎样的人呢？杜甫比李白小十一岁，堪称是最了解李白的知己，两个人曾经有过巨星之间的交会，建立了深厚的友谊，那一段相处的岁月在杜甫的心里留下永生难忘的记忆，他的笔下描绘出的是李白最传神的肖像画。例如杜甫《饮中八仙歌》之六云：

> 李白一斗诗百篇，长安市上酒家眠。天子呼来不上船，自称臣是酒中仙。

李白只要喝下一斗酒，就可以随手写出百篇的诗歌，然后在长安各处喧闹的酒家呼呼大睡。他这时已经深受玄宗的欣赏，被召入宫中担任翰林供奉，可是当天子派人来找他的时候，李白却不愿上船入宫，说帝王是人间最有权力的人，可他自己是酒国中的神仙，神仙当然比人要高一等，所以不用听令行事。连皇帝都不看在眼里，这种气魄何等的豪迈狂放！杜甫就在这首饮酒诗里刻画他睥睨一世、粪土王侯的形象，让人读了以后感到无比地痛快。

而神仙有怎样的形象美感呢？"飘逸""潇洒"这几个西方文化所没有的词汇和概念，简直就是专为李白所打造的，用在李白的诗文和为人上，最是合身相称。

他的飘逸狂放，不只是表现在诗歌里，像是《蜀道难》《远别离》《长相思》等等，简直是飘忽变幻、不可捉摸，那更是出自那原本就是豪迈不羁的人格特质。在唐朝诗人里面，李白最喜欢自比为大鹏鸟，一飞冲天、遨游天际，可以说是非常恰当的自我形象。

大鹏鸟的意象出自《庄子》的第一篇《逍遥游》，庄子说：

> 北冥有鱼，其名为鲲。鲲之大，不知其几千里也，化而为鸟，其名为鹏。鹏之背，不知其几千里也；怒而飞，其翼若垂天之云。

这样的大生命，在海里是巨大到几千里的鲲鱼，变形为天空中的鸟，则同样是庞大到几千里的大鹏，它们所展示的宏大、雄伟而有力量，就是李白被其深深吸引的地方。李白太不耐烦于世间的平庸与琐碎了，所以眼睛里只看到高空上云层里的大鹏鸟，在《全唐诗》中，"大鹏"这个词汇李白一个人就用了三次，是用得最多次的一个诗人。难怪他的朋友任华《寄李白》中就用大鹏鸟来赞美他，说：

> 我闻当今有李白……登天台，望渤海，云垂大鹏飞，山厌巨鳌背。

李白更是以大鹏自喻，例如《上李邕》说道：

> 大鹏一日同风起，扶摇直上九万里。假令风歇时下来，犹能簸却沧溟水。
>
> 世人见我恒殊调，闻余大言皆冷笑。宣父犹能畏后生，丈夫未可轻年少。

再如《临路歌》：

> 大鹏飞兮振八裔，中天摧兮力不济。余风激兮万世，游扶桑兮挂石袂。
>
> 后人得之传此，仲尼亡兮谁为出涕。

可见，李白是多么自豪，他认为即使自己飞不动了，力气不够了，撑不住天空的高度而摔落下来，仍然可以震荡整个大海，掀腾起万丈海啸！而这样的大生命，通常很难受到社会的束缚，只要稍微一鼓作气，就冲出了人群的藩篱，他不想回头，更不愿意降落。这是李白的绝美的姿态，却也是他人生悲剧的根源，在他翱翔天际的飘逸洒脱里，隐藏的是廓落无成的悲哀。

首先，他确实是最寂寞的，因为他太聪明、太敏感、太强大，于是面对这个世界时就更加显得格格不入了。想想看，大鹏鸟一飞冲天就是十万里的高度，"其翼若垂天之云"，翅膀一张开就遮蔽了半个天空，能和他比翼双飞的人寥寥无几，当他降落的时候更是掀起海啸，又哪里有他的容身之处？社会所需要的根本不是大鹏鸟，而是一颗颗的螺丝钉，那一心只想当大鹏鸟的李白就注定要非常孤独了。

前面我们讲过，李白受到南朝刘宋诗人鲍照的影响，而写出类似的诗句，但都更加彻底。例如鲍照《拟行路难十八首》之六的第一联"拔剑击柱长叹息"，到了李白的笔下，却是"拔剑四顾心茫然"（《行路难三首》之一），武功最强的人却等于是武功全废，这种苍凉真不是一般人能体会的。而鲍照这首诗最后两句所说的："自古圣贤尽贫贱，何况我辈孤且直！"到了李白这里又把"贫贱"给改为"寂寞"，在《将进酒》中放怀高歌道："古来圣贤皆寂寞，惟有饮者留其名。"在在可见这种大鹏鸟的寂寞，就是李白之所以不得不开怀畅饮的第一个原因。

至于李白纵酒的第二个原因，就是他太热爱生命了，总是那么尽情享受清风朗月、青山白云的美好，所以完全无法忍受死亡的黑暗和虚无。但是，死亡永远在前方等待着，那是没有人能够回避、逃脱的终点，这个大自然的铁律，李白又怎么会不知道？所以他在《古风五十九首》之三中感慨说：

秦皇扫六合，虎视何雄哉。飞剑决浮云，诸侯尽西来。……徐市载秦女，楼船几时回。但见三泉下，金棺葬寒灰。

秦始皇横扫天下，那虎视眈眈的姿态是多么的雄伟，挥出剑来就可以斩断天上的浮云，这种巨大的力量让所有的诸侯都向西方的秦朝归顺，因此完成了统一的霸业。但是，这样高唱入云的气魄终究只是过眼云烟、昙花一现。即使秦始皇的丰功伟业再加上求仙的努力，派出徐市，也就是徐福领着秦国的童男童女航向东海，寻找长生不死的灵药，但那一批浩浩荡荡的楼船始终没有回来，像海市蜃楼般消失在茫茫大海中。而秦始皇也像所有的人一样躲不开自然规律，最后只见到九泉之下埋葬着冰冷的尸骨，在用黄金打造的棺木里面化为灰烬！

这不就是《红楼梦》里《好了歌》所说的："古今将相在何方？荒冢一堆草没了。"秦皇、汉武叱咤风云，最后也不过是领到一个豪华版的土馒头，可见死亡的黑洞吞噬一切，又哪里会有例外或优待？于是，只要一意识到这个可怕的黑洞，李白就特别感觉到时间流逝的悲哀。这就是《将进酒》这首杰作诞生的背景。

《将进酒》：永恒的哀愁

先从诗题来说吧，《将进酒》属于乐府古题，是劝请喝酒的意思，即"劝酒歌"。一提到这个诗题，我们立刻就会想到李白，其实这个诗题早在汉朝就已经出现，属于《鼓吹曲辞·铙歌》。《乐府诗集》中记载了《将进酒》的古词云："将进酒，乘大白。"其主旨不外乎是以饮酒放歌为言。而把这个诗题写得最淋漓尽致、最深入人心的，确实就是李白，他的《将进酒》放怀高歌道：

> 君不见黄河之水天上来，奔流到海不复回。
>
> 君不见高堂明镜悲白发，朝如青丝暮成雪。
>
> 人生得意须尽欢，莫使金樽空对月。
>
> 天生我材必有用，千金散尽还复来。
>
> 烹羊宰牛且为乐，会须一饮三百杯。
>
> 岑夫子，丹丘生。将进酒，君莫停。
>
> 与君歌一曲，请君为我侧耳听。
>
> 钟鼓馔玉不足贵，但愿长醉不复醒。
>
> 古来圣贤皆寂寞，惟有饮者留其名。
>
> 陈王昔时宴平乐，斗酒十千恣欢谑。
>
> 主人何为言少钱，径须酤取对君酌。
>
> 五花马，千金裘，呼儿将出换美酒，与尔同销万古愁。

李白两度高呼"君不见"，他说：您没有看到吗？看到那"黄河之水天上来，奔流到海不复回"，以及"高堂明镜悲白发，朝如青丝暮成雪"。黄河从西边的高山上发源，好比从天而降，一路往东奔腾到海的尽头，不再倒流；这种白驹过隙般的速度，讲的就是对时间流逝的感慨，而这种感慨早在《论语·子罕》中就记载道：

> 子在川上曰："逝者如斯夫，不舍昼夜。"

孔子正在河川的桥上，看着水流不断流逝，有感而发，时间的消逝就像这样，日日夜夜没有一刻停止，言外之意是，有谁能中断时间之流呢？每一个生命都身不由己——被带到死亡的终点。但李白总是更大手笔得多，他把孔子的"不舍昼夜"扩大为黄河从西向东的千里奔流，跨度、速度、力度都横扫千军，更加令人惊心动魄。难怪一个人的生命也等于一闪而逝。高堂父母在明亮的镜子前悲伤自己头上的白发，早上还乌黑亮丽的青丝，到了晚上却变成一片白雪苍苍，原来从年轻到衰老的一生，就像从清晨到傍晚的一天，只是一弹指之间而已，那离死亡还会远吗？

连大智慧的孔子都不禁因此而感慨触动，所以仓皇恐惧的李白就忍不住要及时行乐了。他主张"人生得意须尽欢，莫使金樽空对月"，当一个人遇到"得意"也就是称心适意的时候，就必须尽情欢乐，不要让黄金酒杯空空如也地对着月亮，没有美酒映射出月光，那该多么浪费难得的称心如意。当然美酒是很昂贵的，但是你何必吝惜、舍不得花费？"天生我材必有用，千金散尽还复来"，你一定可以好好发挥天赋的才能，在千金散尽以后还会重获千金的资财！

有了这个自信，那就放心大胆地"烹羊宰牛且为乐，会须一饮三百杯"吧。这两句写的都是大吃大喝，然而非常特别的是，李白对于这样的大吃大喝其实充满了痛苦。你看"烹羊宰牛"是"且为乐"，姑且寻欢作乐，这"姑且"的且字已经透露出勉强的意味。至于"会须一饮三百杯"就更苦涩难堪了，会须的"会"，是应当的意思；"须"是必须，李白说酒一喝就应该要三百杯，不可以浅尝辄止。这句话大有深意，我们得仔细推敲才能明白弦外之音。

表面上李白爱喝酒，所以要尽情把酒言欢，而李白的豪迈又常常超出常规，因此喝酒的时候非同一般，他是要用"三百杯"为单位的。你可知道，整部《全唐诗》里，一共出现了四次的"三百杯"，居然全都是李白所写的！除了《将进酒》的"会须一饮三百杯"，此外还有《襄阳歌》说：

　　百年三万六千日，一日须倾三百杯。

又《瀛歌行上新平长史兄粲》道：

　　中宵出饮三百杯，明朝归揖二千石。

再有《月下独酌四首》之四也说：

　　穷愁千万端，美酒三百杯。

这当然是李白性格上的一大特色，岂止喝酒这样夸大，你注意一下，李白说他和朋友分别的时候，那哀愁让他"白发三千丈"（《秋浦歌十七首》之十五）；当李白一想到娥皇、女英和舜生离死别的时候，也觉得只有"海水直下万里深"（《远别离》）才能比拟那分痛彻心扉的悲伤。这么一来，连白发都可以三千丈，海水也可以万里深，那痛痛快快地喝起酒来，当然也就可以三百杯了。这一份远远超过常理的豪迈不羁，还真是李白的独家标记。

只不过，在这份豪迈不羁的狂放里，其实隐藏着李白难以言喻的痛苦，而且他的豪迈狂放到什么程度，他的痛苦摧折也就到什么程度，这份无法丈量的痛苦就从"且"和"会须"这两个用词中暗透了出来。让我们仔细想一想，李白说的是"烹羊宰牛且为乐，会须一饮三百杯"，原来，"烹羊宰牛"的享乐是姑且为之的，他根本没有想要这般纵乐；而"一饮三百杯"更是勉强得来的，"会须"这个词就说明李白是在理性上认为必须得这么喝才可以，那就表示他心里根本没有想要狂饮纵酒。那为什么要强迫自己这样做呢？就是因为不这么及时行乐的话，便会辜负短暂无常的时光，也承受不了那千斤万担的重量！

对一般人来说，一天又一天、一年过一年，差别不大；可对诗人来说，每一分每一秒的消逝都显示出死亡的力量，可任何人都无能为力，百般努力都无法挣回一分一秒，这种极端无助的挫败感、无力感，也只有借由饮酒来暂时解决这个问题了。

难怪，早在汉代《古诗十九首》之十三《驱车上东门》这一篇古诗里，那无名的作者早就说"浩浩阴阳移，年命如朝露。人生忽如寄，寿无金石固"，所以"不如饮美酒，被服纨与素"，而李白只不过是把美酒饮到了三百杯的地步，让人瞠目结舌！其实，后来到了五代，李煜《乌夜啼》中也说："醉乡路稳宜频到，此外不堪行。"李后主甚至认为只有到酒国的路是唯一可以走的，其他的路都太坎坷，行不通。

所以，只要我们仔细品味，就可以发现，古诗中所写的及时行乐，骨子里都浸透了浓浓的悲哀，美酒华服就像是快要溺死的人不得不抓住的一根稻草，仿佛不抓住这一根细小的、脆弱的稻草，人就要被沉重的痛苦给淹没了。

后来的唐诗里对这一点发挥得更痛快了，李白就是其中的代表，《将进酒》接下来就大声呼朋引伴，继续劝告亲朋好友，召唤大家一起来痛快举杯：

> 岑夫子，丹丘生。将进酒，君莫停。与君歌一曲，请君
> 为我侧耳听。
> 钟鼓馔玉不足贵，但愿长醉不复醒。古来圣贤皆寂寞，惟
> 有饮者留其名。

岑夫子是指岑勋，他是一位隐士，又称为岑征君；丹丘生就是元丹丘，这两个人均为李白的挚交。李白叫他们不要停下手中的酒杯，自己也引吭高歌，请两位朋友认真地倾听，因为那歌词里灌注了李白的心声，染上了浓浓的凄怆与悲凉。李白说，他一点也不珍惜钟鼓馔玉，也就是富贵人家宴会时用以演奏音乐的钟鼓，以及像珠玉一样精美的食物，甚至其实连那些美酒也不重要，更重要的是痛饮美酒以后，才能醉倒不省人事，还希望从此不要再醒过来！可见李白那三百杯的恐怖酒量就是这样来的。

讲到了这里，我们可以发现李白借酒浇愁的"愁"，又增加了一个新的内涵，一开始是以黄河奔流所代表的时间流逝的哀

愁，而这里又说"古来圣贤皆寂寞，惟有饮者留其名"，自古以来圣贤都很寂寞，只有饮酒的人留下了声名，可见难耐的"寂寞"更增加了痛苦，也就促进了喝酒的动力。但是，果真"古来圣贤皆寂寞"吗？这当然不是真的，那只是一种悲愤至极的情况下所说的反话，好比杜甫《醉时歌（赠广文馆博士郑虔）》中也曾经说：

> 诸公衮衮登台省，广文先生官独冷。
> 甲第纷纷厌粱肉，广文先生饭不足。
> 先生有道出羲皇，先生有才过屈宋。
> 德尊一代常坎坷，名垂万古知何用。
> ……
> 儒术于我何有哉？孔丘盗跖俱尘埃！
> 不须闻此意惨怆，生前相遇且衔杯。

杜甫对于郑虔这位朋友推崇备至，说他拥有比羲皇之道、屈宋之才还有过之的品德和才能，但却一生坎坷，即使留下了万古的名声又有什么用？我们用整个生命去实践的理想，为什么许给我们的却是地狱，而不是天堂？甚至圣人孔子和杀人抢劫的盗跖都同样变成了尘埃，那又何必辛苦做圣人呢？于是杜甫愤愤不平，甚至想把他所信仰的儒术给抛弃了。这首诗简直是惊世骇俗，杜甫完全颠覆自己的信念，竟然做起自己的叛徒来了！

这当然只是一种悲愤至极的反话，就是因为爱之深，所以恨之切，一时的情绪激动过了就消失了，恢复平静以后的杜甫依然是一个百分之百的儒家信徒，同样还是在致力于"致君尧舜上，再使风俗淳"的理想。李白也是如此，他在好几首诗里，都认为自己是孔子的传人。只是李白的性格本来就带有一种不顾一切的狂放，写《将进酒》的时候更还在激动的情绪里，于是李白接着说：

　　　　陈王昔时宴平乐，斗酒十千恣欢谑。
　　　　主人何为言少钱，径须沽取对君酌。

　　陈王就是陈思王曹植，他曾经在洛阳西门外的平乐观宴客，一掷千金在所不惜，一斗就价值万钱的酒被拿来恣意畅饮，纵情欢乐笑谑，做主人的陈思王面不改色，又哪里会说钱不够用！所以"径须沽取对君酌"，干脆直接把酒买来，对着您一饮而尽，痛快淋漓，才不辜负人生。
　　倘若万一钱真的不够了，大家就得停下酒杯了吗？那该多么扫兴，李白当然不肯屈服，他最后说：

　　　　五花马，千金裘，呼儿将出换美酒，与尔同销万古愁。

　　家里还有珍贵的五花马、千金裘，就叫僮仆拿出去变卖换回美酒吧，这样才足以和你一起解消那万古的哀愁。所谓的五花马，有一说是五色花纹的马，一说是马鬃剪成五瓣的马，这里应该是后面的那一种，因为在唐太宗的陵墓里，石壁上的大型浮雕中，那几匹太宗生前心爱的骏马，就是马鬃剪成五瓣的造型，也只有这种等级的名马才会如此珍贵，可以和千金裘相提并论。千金裘是先秦孟尝君的宝物，《史记·孟尝君列传》记载："孟尝君有一狐白裘，直千金，天下无双。"那是用狐狸腋下最柔软细密的部分连缀做成的，所以通体雪白，特别保暖，难怪价值千金。

可是对李白而言，这些价值连城的宝物都比不上美酒，因为只有美酒才能消除那压在心底、让人喘不过气的"万古愁"。"万古愁"就是人必有一死的永恒的哀愁，酒变成了恐惧死亡的诗人最好的忘忧水。这也呼应了《月下独酌四首》之四所说的："穷愁千万端，美酒三百杯。"

诗篇到了最后一句，那骨子里若隐若现的痛苦悲怆终于激昂地破纸而出，变成了慷慨的悲歌，李白说"与尔同销万古愁"，我就和你一同销泯这万古的哀愁吧。原来，李白确实是勉强自己去及时行乐的，但及时行乐既然是勉强去做的，又怎么会真的快乐呢？这种快乐其实充满了苦涩。在"万古愁"的锥心蚀骨之下，千金散尽、斗酒十千都毫不足惜，五花马、千金裘也黯然失色，也因此李白需要"一饮三百杯"，拼命灌醉自己，而"但愿长醉不复醒"。因此很显然地，喝酒只是暂时避开这样沉重的"万古愁"，而且就像《宣州谢朓楼饯别校书叔云》诗中所说的："抽刀断水水更流，举杯销愁愁更愁。"在那"斗酒十千恣欢谑"的笑浪里，李白的高歌便同时夹杂着无声的哭泣，令人万分不忍。

尤其是，这最后一句"与尔同销万古愁"的"尔"，就是"你"

的意思，在第二人称的相关词语里，这是比较随便的用法，是平辈之间或上对下的口吻。你有没有注意到，李白一开始是说"君不见黄河之水天上来"，"君"是一种表示尊重的敬称，相当于今天的"您"，后来的诗句也都是这么用的，包括："君不见高堂明镜悲白发"，以及"将进酒，君莫停。与君歌一曲，请君为我侧耳听"，只有到了最后一句，"君"才忽然变成了"尔"。这一个人称代词上很细微的变化，就非常耐人寻味地传达了李白心情的波动。

从一开始，李白就是以岑夫子、丹丘生作为对象，滔滔不绝地倾诉着他的哀愁，也是对这两个人"将进酒"，请他们多喝几杯，一边听李白的歌吟，所以他用"君"这个第二人称来写诗。但奇妙的是，一开始这首诗并没有点出具体的对象，"君不见"这个词突如其来，就像是对读者的提问似的，因此每个读者一开始念这首诗，就像李白正在当面与自己说话一样，所以特别有一种亲切感、接近感，也就更容易被卷入李白动荡的心情里；何况让李白如此动荡的哀愁，来自人人都要面对的死亡，读者更一下子便掉入李白的狂悲大痛里，产生了感同身受的共鸣。这是李白这首诗会如此感人的原因之一。

微妙的是，这整首诗用的都是"君"这个敬称，而写着写着，到了最后一句却发生了改变，李白悄悄地改用"尔"这个称谓了。这是什么原因呢？我认为，是李白自己被那"万古愁"的惊涛骇浪给淹没了，他淋漓尽致地哀痛这人类的不幸，却又无能为力，于是用烈酒拼命燃烧，就像快要溺死的人紧紧抓住的一根稻草。李白这时已经只求暂时可以不要灭顶，甚至"但愿长醉不复醒"，既然到了这种不顾一切的程度，连五花马、千金裘都在所不惜，又哪里还会在乎保持礼貌的敬称呢？

所以说，从前面的"君"到最后一句的"尔"，不是李白忘记了礼貌，而是超越了礼貌，在死亡、寂寞这一类永恒的哀愁之前，没有什么是重要的、是值得在乎的，包括用语的礼貌在内。于是，我们就和李白平等了，被他拉过去卷入到"万古愁"里，一起陷落，成为命运共同体。

而让李白这么强大的灵魂都无法承担的"万古愁"，那就是"朝如青丝暮成雪"的时不我待，和"古来圣贤皆寂寞"的孤独，正如《宣州谢朓楼饯别校书叔云》一开始所说的：

> 弃我去者，昨日之日不可留。
>
> 乱我心者，今日之日多烦忧。

所谓的"弃我去者，昨日之日不可留"，不就是《将进酒》起首所说的"君不见黄河之水天上来，奔流到海不复回。君不见高堂明镜悲白发，朝如青丝暮成雪"？都是对时间快速流逝的惊恐，而"乱我心者，今日之日多烦忧"，也对应于《将进酒》中"古来圣贤皆寂寞"，在短暂活着的当下，又充满了孤独寂寞、是非纷扰的不如意，可见这两种痛苦就是李白的"万古愁"所在。如果我们只看到"人生得意须尽欢"的痛快和"天生我材必有用"的自信，却没有体会到更深沉的"万古愁"，那就未免把李白看得太小、太低了。

而李白，就这样终身忍受着别人所不能理解，也不曾背负的"万古愁",完成了表面壮丽、实则悲壮的一生。我曾经比喻李白是划过盛唐天空的一颗流星,这个比喻不只是一种赞美,也是一种疼惜。你知道流星是怎么产生的吗?你知道在耀眼的光芒之下,发光的星体其实一直都在承受被火焚身的痛苦吗?

另一位伟大的诗人杜甫,就深深了解这一点,杜甫《不见》(近无李白消息)诗中说:"敏捷诗千首,飘零酒一杯。"原来,作为"敏捷诗千首"的旷世奇才李白,他的人生其实只有"飘零酒一杯"啊,能够慰藉他的飘零寂寞的,就只有那一杯手里的酒了,当一杯不够的时候,便是三百杯的痛饮狂歌了。流星在燃烧,灵魂在沸腾,李白就这样流浪在人间,看起来是及时行乐,其实是"拔剑四顾心茫然",只能燃烧自己的生命去创造出一点光热来慰藉自己。

法国大文豪罗曼·罗兰(Romain Rolland)有一段话说得很好:"世上只有一种英雄主义,就是在认清生活的真面目之后,依然热爱生活。"我认为,这一段话是对"及时行乐"这个说法最积极的诠释,也是对李白的最佳赞美。

李白的伟大不在于一味狂放,他的高雅,让豪放变成了飘逸,而不是粗鲁。如果不了解这一点,以为李白就是一个任性夸张的人,那就太看轻、也太看浅李白了。至于他之所以要这样热衷喝酒,就是因为面临了极大的痛苦,其中最主要的就是对死亡的恐惧,以及在人世间的寂寞,李白的《将进酒》便结合了这两种,而最大的主旨就是寂寞。对于这样的"万古愁",李白可是比谁都还要体会得更深。

下一节，我们要继续谈李白，看看他伟大的灵魂如何自我安顿。

第九节　李白（二）：别有天地非人间的桃花源

上一节，我们重点讲了李白和他的《将进酒》，看到他痛饮狂歌的豪迈之下，隐藏在浓烈的酒精里的深深的痛苦，那是一种对生命短暂无常的仓皇，以及对人生中充满寂寞烦忧的无奈。原来诗仙的内里是剧烈翻搅的苦涩，他心中怀抱着永恒的哀愁，无以解脱。

这一颗划过天空的流星，在灿烂光芒之后其实一直都忍受着被火焚身的痛苦，这样的生命太煎熬，简直就是时时刻刻都在沸腾燃烧，哪里有人可以承受得起！即使李白是"天上谪仙人"，精神无比高昂、意志无比强大，但他毕竟是个人，大鹏鸟的灵魂装在人的躯壳里，终究要受到肉体凡胎的限制，如果一直都绷得那么紧，也比常人多撑不了多久。所以李白还是疲累了，飞不起来了，像《临路歌》中所说的"中天摧兮力不济"，这时候李白带着千疮百孔的伤痕，必须要去休养、去放假，让自己重新恢复力气，然后才能继续生龙活虎地活下去。

那么，李白是在哪里修生养息的呢？哪里可以帮助他心灵平静下来呢？而那样的一个地方，就是李白的桃花源了。这一节，我们就来谈李白"别有天地非人间"的心灵乐土。

笑而不答心自闲

"别有天地非人间"这一句诗,出自李白《山中问答》,全篇云:

> 问余何意栖碧山,笑而不答心自闲。
>
> 桃花流水窅然去,别有天地非人间。

从《山中问答》这个题目来看,这首诗是回答某一个人的提问,而那个人是谁?他又问了什么问题呢?关于第一个问题,我们已经不知道那个人是谁了,不过,在宋朝的刻本里,这首诗的题目叫《山中答俗人》,可见那个提问的人是个俗人,而他提出的问题,就是第一句的"问余何意栖碧山",也果然让李白懒得回答。李白说,你问我为什么栖息、隐居在青山里?我可没办法告诉你原因,因为说了你也不懂!于是李白一笑置之,"笑而不答心自闲",在面对别人不了解、甚至误解之时,心里自有一份无比自在的安然闲适。

从这两句就可以看得出来,对方之所以会被称为俗人,就在于他执着于世俗世界,追求的便是名利权位、物质享受之类,所以根本不能体会红尘之外、之上的自由开阔。而面对这样的人,该怎么做呢?李白的回应很有孔子的智慧,《论语·卫灵公》记载孔子曰:

> 可与言而不与之言,失人;不可与言而与之言,失言。

知者不失人，亦不失言。

意思是说，遇到值得交谈的人，所谓"与君一席话，胜读十年书"，而你却放弃了和他交谈获益的机会，那就是"失人"，错失了良师益友；相反地，有些人是不值得多说一句话的，他要不是扭曲误解，就是断章取义，只会让人更疲惫，甚至带来无谓的伤害，而你却还一直和他费尽唇舌，结果就是"失言"，浪费时间心力还算小事，只怕祸从口出，后患无穷。

很明显地，这个向李白提问的人，就属于"不可与言"一类，如果李白还与之言的话，就注定会失言，那不但白费唇舌，也降低了自己的层次，做不了一个"知者"。本来，对于"道不同"的人所提出的疑惑，确实是很难说明白的，一不小心就会越描越黑，双方误会更深，火爆一点的甚至会吵起架来，不欢而散，这又是何必呢？只要你走你的阳关道，我过我的独木桥，彼此尊重，而不是互相对立，不就是最好的状态吗？只可惜，人世间哪可能这么单纯，人与人的是非纷扰往往就是来自不了解、不一致，所谓的"党同伐异"正是最常见的情况。于是，当阳关道和独木桥不可避免地要交会的时候，怎样化干戈为玉帛，就考验当事人的智慧了。

南朝时候有一位道士兼隐士的文人陶弘景，就和当时的皇帝之间有这样一则有趣的互动，和李白这里的表现有异曲同工之妙。梁武帝（一说是齐高帝）很欣赏陶弘景，想征召他出来做官，报效国家，却被陶弘景拒绝了。皇帝百思不得其解，人人都对荣华富贵求之不得，现在要直接送给他，没想到居然碰了钉子，这真是咄咄怪事！皇帝从来没遇到过这种情况，也无法理解荣华富贵怎么会有人推辞不要，于是下诏问他"山中何所有"？山里究竟有什么更美妙、更吸引人的东西，让你舍不得放下呢？

皇帝之命不能置之不理，陶弘景便写了一首《诏问山中何所有赋诗以答》的诗，给了皇帝一个绝妙的答案：

山中何所有？岭上多白云。只可自怡悦，不堪持寄君。

意思是说，您问我山中有什么？我回答您，山岭上有很多的白云。可是白云的美妙是"只可自怡悦，不堪持寄君"，那只能自己领略、一个人欣赏，没办法寄给您赏玩呀，所以也就不能让您体会了。这正是后来南宋的词人张孝祥《念奴娇·过洞庭》所说的："悠然心会，妙处难与君说。"

其实，陶弘景真正要说的是：隐居山中的境界可意会而不可言传，一般世上的俗人根本就是绝缘体啊。可陶弘景多么地灵巧慧黠，他不愿意直接表达对皇帝的不屑或贬低，因此选了"白云"这种看得见、摸不着的山中景物来举例，言下之意，不是皇帝这种俗人不能体会，也不是自己不肯让皇帝共享，而是心有余而力不足，因为白云是根本捕捉不到的东西。这么一来，答复的时候就委婉客气得多，保持了应有的礼貌。

比较起来，李白就稍微率直一点，他"笑而不答心自闲"，直接拒绝向对方多作说明。但如果真的不屑多说，也根本不用写这首诗了，所以下面紧接着又说"桃花流水窅然去，别有天地非人间"，意思是：我所隐居的青山里，流淌着一条漂浮着片片桃花的溪水，一直前进到遥远的地方，这是一个不同于"人间"而"别有天地"的世界。"桃花流水窅然去"的"窅然"，是深远的样子，表明人间和山中的距离难以跨越，既然人间和山间分别属于两个不同的世界，彼此当然是无法交流了。如此一来，李白隐居在山中的原因，就不是人间的朋友所能了解的了。

这种说法和陶弘景一样，都保有委婉的成分，这是因为诗人处在闲适自在的心境里，完全没有火气，而面对俗人时也根本无须动怒，尊重别人总是应该的。你注意到了吗，李白的"别有天地"里点缀着一条桃花流水，这就暗示出青山等于李白的桃花源！那么，隐居在山中的李白形同桃源中人，而那位提问的俗人就是偶然闯进来的渔夫，渔夫只能来一次，以后就此别过，互不相扰，当下友善地招待他就好，即使陌生人也都可以结一场善缘吧？于是李白笑而不答，只说"桃花流水窅然去，别有天地非人间"，好比桃源中人对渔夫所说的"不足为外人道也"，不说也罢。

由此可知，李白在山里是"心自闲"，哪里还有激昂动荡的"万古愁"呢？他不必再痛饮狂歌了，而青山就是李白的桃花源。

李白的桃花源：青山

李白实在太爱山了，山才是他真正可以安顿、安息的净土，那里没有红尘的喧嚣、人我的争斗，也没有是非的纠葛、利益的冲突，山里面只有宁静与美好。所以他在《庐山谣寄卢侍御虚舟》中说："五岳寻仙不辞远，一生好入名山游。"他不远千里地行脚天下,所到过的名山简直屈指难数,大江南北的名山胜境都留下他的足迹,也在其中孕育出许多优美动人的诗篇。

那么,李白最爱哪一座山呢?答案是:庐山。他一生中去了好几次,每一次都是流连忘返,舍不得离开。如同英国自然作家娜恩·谢泼德(Nan Shepherd)在《活山》(*The Living Mountain*)一书中所说:"那些美无法诉说,只能不断重返。"因此甚至有一次,李白还对山发誓说,他一定会再回来!这段动人的誓言,记录在宋朝祝穆《方舆胜览》这部地理书里,其中引用《图经》的记载:

> (李)白性喜名山,飘然有物外志,以庐阜水石佳处,
> 遂往游焉。卜筑五老峰下,有书堂旧基,后北归犹不忍去,
> 指庐山曰:"与君再会,不敢寒盟;丹崖绿壑,神其鉴之!"

李白要离开庐山的时候,依依不舍,指着庐山说:我一定会和你再度见面,不敢让这个盟约冷却、荒废,红色的山崖、绿色的山谷以及天上的神,都来做我的见证!这是何等的郑重其事,何等的诚心诚意,这岂不是名副其实的山盟海誓吗?而李白把他的山盟海誓给了庐山,庐山简直就是李白的万世情人了。

最特别的是,李白可从来没有对任何人发过这样的深情誓言。以最亲密的伴侣来看,李白在写给妻子的《赠内》诗里面说:

> 三百六十日,日日醉如泥。虽为李白妇,何异太常妻。

面对一个整天烂醉如泥的丈夫，做妻子的不就和汉朝太常卿周泽的妻子一样，等于守活寡吗？太常，是一个官职的名称，这里的典故出自《后汉书·周泽传》，太常卿周泽"清洁循行，尽敬宗庙，常卧斋宫"，他的妻子担心他又老又病，于是到斋宫去看望他，没想到周泽大怒，居然以干犯斋禁为由，把妻子押送诏狱。这实在太不近人情了，当时的人便对这件事议论说："生世不谐作太常妻，一岁三百六十日，三百五十九日斋，一日不斋醉如泥。"后来就用来作为冷淡妻子的典故，常常成为夫妻之间的调侃。

李白用了这个典故，做了一点更改，把太常的"一日醉如泥"变成了"日日醉如泥"，这更符合李白的处境了，他不是主张"百年三万六千日，一日须倾三百杯"吗？何况即使不喝酒，李白也是常常到处漫游、浪迹天涯，丢下妻子独守空闺，一去就是好几年，连个人影也看不见，小孩长多大了也不确定，所以他对妻子感到很抱歉，也很幽默地写了这首诗来表达歉意。但李白虽然满怀愧疚，却根本没有想要改变，所以我们找不到他对妻子发誓的记录。

同样地，李白虽然也热爱朋友，和朋友相处的时候完全推心置腹，彼此水乳交融、亲密无间。例如：他在下终南山的途中，到了故人斛斯山人的家，两人一见面就"相携及田家"（《下终南山过斛斯山人宿置酒》），手拉着手一起进到屋子去；李白、杜甫两人建交的时候，更是肝胆相照、情同兄弟，杜甫在《与李十二白同寻范十隐居》这首诗里就说，当时他们兄弟两个是"醉眠秋共被，携手日同行"，不只是每天手拉着手一起行动，当两人喝醉的时候，在秋凉的天气里还抵足而眠，共享一床棉被呢。

这样的情谊实在是十分深厚了，难怪后来分手以后，杜甫在后半生的二十多年里，还对李白这位独特的师友一直念念不忘，专门为他所写的十多首诗，几乎每一篇都是情深意挚的佳作。从诗题就可以看得出来，《赠李白》《梦李白二首》《春日忆李白》《冬日有怀李白》《天末怀李白》，对李白又是梦见、又是追忆、又是缅怀，简直一往情深，所以才会念兹在兹、无时或忘，那份心意就像陈酿的美酒一样，随着岁月越酿越甘醇深厚，令人低回不已。

但相对地，在李白的作品里，却只能勉强找到一两首想念杜甫的诗，而且内容泛泛，属于李白的平平之作，并不突出。比较之下，似乎两人的情感关系非常倾斜，杜甫这边看起来要厚重得多，而李白是一飞冲天，从不回顾，又哪里曾经许诺将来一定要重逢？

单单就这一点来说，我们应该感觉得到，李白对人确实是热诚而真挚的，这一点毋庸置疑；可是一旦彼此分开，那就几乎是毫不留恋。相较之下，他爱山简直是胜过于爱妻子、爱朋友，如果你不知道这四句话是对庐山说的，很可能会误会李白是对某个情人吐露的情话呢。

李白为什么会爱山？山到底有什么比红尘人间更大的魅力，才能这样吸引李白？答案就是《山中问答》里所说的"别有天地非人间"。李白爱山，因为山是永恒不变的，是宁静深沉的，是清新美丽的，对照之下，人间是短暂无常的，是嚷乱喧嚣的，是混浊粗糙的，他在人的世界里太疲惫、太痛苦了，所以产生了"万古愁"，而名山提供给他最大的救赎，比美酒更有力量得多，毕竟美酒只能给他短暂的逃避，名山却给他永恒的安息，让那些无法承受的沉重都化为轻盈。那么，李白怎么不一直往山里去呢？

一旦到了山里，李白就变得非常可爱，充满了赤子之心，《独坐敬亭山》就是一篇很好的例子，诗云：

众鸟高飞尽，孤云独去闲。相看两不厌，只有敬亭山。

许多的鸟在空中振翅高飞，渐渐飞离不见了；天边一朵孤云也缓缓地、无声无息地飘走了，当这些外在的动态都消失以后，诗人的心完全专注下来，不再受任何干扰，眼睛就更静观默察到敬亭山那沉静而宏大的美丽，于是，李白和敬亭山彼此变成了心灵相通、互相欣赏的知音！

知音是什么意思？知音不只是我了解你而已，你也要了解我，是建立在心灵的交流上，彼此达到更深刻的共鸣。什么叫"交流"？交流就是一种往还的运动，我给你更多的了解，你回应我更深的感谢，这是一种互相不断加强的过程，李白和山的关系正是如此。你看"相看两不厌"这一句里，"相看"的"相"就是互相的意思，我看敬亭山很是美不胜收，敬亭山看我也是千遍万遍都不厌倦，可见李白很自负。

后来，宋朝的作家辛弃疾承续了李白的说法，在《贺新郎》这阕词里也写道："我见青山多妩媚，料青山见我应如是。"他觉得我见青山很美，就反过来推想：青山看我也是这样吧？我对于青山而言，也很妩媚吧？这当然也是很自信的说法。但仔细一比较，其实李白还是比辛弃疾自信得多，你看辛弃疾说的是"料青山见我应如是"，其中的"料"字、"应"字都是推测、料想的意思，可见辛弃疾并没有百分之百的把握，所以用推测的语气保留了一点空间。而李白却不是这样，他直接说"相看两不厌"，斩钉截铁，一点儿也没有犹豫，那是多大的自信。

李白打从心底相信，如果青山有灵，看到李白也会看得入迷，一点也不厌倦，李白果然是一位谪仙人，那浑身的仙气才能经得起青山的凝视！对李白来说，也只有敬亭山才能和他"相看两不厌"。换句话说，除了山以外，这凡间的世人都让李白看不下去，那些面孔被名利权色给污染了，目光如豆，不再黑白分明，清如秋水；风尘满面，不再散发理想的光芒，哪里入得了李白的法眼。

于是，在《梦游天姥吟留别》这首诗的最后一段，李白说：

> 须行即骑访名山，安能摧眉折腰事权贵，使我不得开心颜。

意谓只要能够走动，就要骑上马去探访名山，怎么能留在人间"摧眉折腰事权贵，使我不得开心颜"！这么一说，果然名山就是"别有天地非人间"的乐土。再看《望庐山瀑布水二首》之一，这个道理就更清楚了，李白先是大笔一挥，淋漓尽致地歌颂庐山瀑布的雄伟壮丽，最后说道：

而我乐名山，对之心益闲。无论漱琼液，还得洗尘颜。

且谐宿所好，永愿辞人间。

李白说他自己"乐名山"，那就属于《论语·庸也》中，孔子所说"知者乐水，仁者乐山"的大雅君子了，当他面对山的时候，心里越发的安闲平静，这不就是《山中问答》所说的"心自闲"吗？这样的闲适，不仅是悠闲、清闲的状态，还有一种安适、舒畅之感，可见李白一看到山，就像回到家一样那么放松自在。既然连深层的心灵都安顿了，就不必说身体外表也被净化了，下一联所谓的"无论漱琼液，还得洗尘颜"，意指不用说可以饮用神仙的琼浆玉液，单单山中的清泉已经能把沾满风尘的容颜洗干净，恢复原来的纯净之后，就可以和自己、和世界都素面相见！

可见，大自然的清新美好，让李白的身心都恢复洁净无瑕，修补得十分完满，难怪名山是他一生依恋的桃花源。既然如此，李白又对天发誓了，他说"且谐宿所好，永愿辞人间"，"谐"在这里是满足的意思，两句意谓：如果能满足"宿所好"，素来的爱好，也就是徜徉在名山的环抱里，那么他"永愿辞人间"，愿意永永远远地离开这骚动喧哗、令人厌倦的人间！

最后，李白确实也离开人间了。像所有的人、所有的生命体一样，他也是一个住在天地逆旅里，游历了六十二年的过客，最后迎向那个他抗拒了一辈子的死亡。只是，李白在埋骨青山之前，却留下了一个很美的传说，那就是他在采石矶泛舟的时候，捞月而死。唐末进士王定保在《唐摭言》中记载：

> 李白着宫锦袍，游采石江中，傲然自得，旁若无人，因
> 醉入水中捉月而死。

想想看，那样的画面多么浪漫，李白连人生走到最后一刻，都用这样非凡的方式画下了句点，让人惊艳！

当然，从硬邦邦的历史考证来说，这捞月而死的传说并不是事实，李白和所有的凡夫俗子一样，其实是生病过世的；但重点在于，为什么只有李白被附会出这样的传说？而杜甫得到的下场却是挨饿很久，吃了牛肉白酒饱胀而死，那是多么俗气不堪啊。可见，这些有关诗人之死的想象，都来自读者对他们的感觉，既然李白表现在诗篇里的，是"举杯邀明月，对影成三人"（《月下独酌四首》之一），是"天上有月来几时，我今停杯一问之"（《把酒问月》），月亮是李白的知己，酒是李白的忘忧水，那么喝醉了酒到水里捞月，不就是最自然而然的结果吗？这个传闻很有画面感，而且十分浪漫，很符合诗仙的形象，所以流传最广。

但是，从我们今天所谈的内容来说，李白应该更想要安息在青山的怀抱里，最好可以在庐山上振翅起飞，到天空上去摘星辰、揽明月，然后在星际之间迷航，流浪在宇宙之间，永远辞别人间！

原来李白最爱的，其实不是月亮，更不是美酒，而是名山。月亮是他面对无边寂寞时，最忠诚的伴侣；美酒是他承受内心痛苦的煎熬时，可以抓在手里的一根稻草；但是只有名山，才能让他真正获得内心的安宁、精神的抚慰，所以山才是他不断复归的桃花源。只要到了山中，李白就重生了，折翼的大鹏鸟又有力量拍击红尘，可以兴致勃勃地继续和"万古愁"作战了。

名山，堪称是李白真正的精神支柱和心灵原乡！

接下来，我们就要看杜甫这位最伟大的诗人了，我们要用好几节的内容，才能展现他极大、极深、极广的灵魂。

第十节　杜甫（一）：齐物的胸怀

前面两节我们重点讲了李白和他的诗歌，从著名的《将进酒》看到他心中永恒的哀愁，那是一种对生命无常的仓皇，以及对人生中充满寂寞烦忧的无奈；又从《独坐敬亭山》这一篇，看到李白总是到美丽的大自然里，在"别有天地非人间"的名山中领受深层的抚慰和滋养，这个乐土让他的心灵平静下来，再一次的重生，这就是诗仙永远青春洋溢、神采焕发的秘密。

所以说，李白的桃花源是在名山之中，这就很明显地不同于杜甫了。因为每一个人的性格都不相同，安顿自己的方式随之有别，对杜甫这位诗圣而言，他所追求的理想世界还有更宏大的一面，那就是通过"仁民爱物"所构成的乌托邦，让每一个人、每一个生命都受到慈爱的照顾。而归根究底，这样的境界出自一份"齐物"的胸怀，也就是在信念、价值观上万物平等。这其实才是杜甫之所以能真正如此伟大的原因。

杜甫是中国诗歌史上公认的最伟大的诗人，有"诗圣"之尊称。我们总认为儒家讲究伦理，一切以人为优先，这当然是正确的；但这样的看法并不算很深刻，其实，儒家的君子的最高境界，是《中庸》第廿二章所说的：

> 唯天下至诚，为能尽其性；能尽其性，则能尽人之性；能尽人之性，则能尽物之性；能尽物之性，则可以赞天地之化育；可以赞天地之化育，则可以与天地参矣。

换句话说，"至诚"的最高境界，就是"参天地，赞化育"，要能够帮助天地万物的演化孕育、生生不息，一个人到了这样的境界，就是顶天立地的君子。

因此，即使在实际的社会层面上仍然免不了以人为主，但在思想观念上却是要万物平等，这样一来，就不会过度伤害、侵略到其他生命的福祉，而维持整个生存环境的和谐。这样一个万物欣欣向荣、平等与共的世界，正是杜甫心目中的乌托邦，这一点在杜甫的许多诗篇里都有很清楚的表示，我们就先看《北征》这一首。

《北征》：齐物的乌托邦

《北征》诗是杜甫诗集中的第一长篇，共有一百四十句，写作于唐肃宗至德二年（757），这时候安史之乱爆发也快要满二年了，整个国家动荡不已、纷扰万端，杜甫冒着生死的风险去归附肃宗，官拜左拾遗，这是一个负责对皇帝提出诤言的谏官，职位虽然不高，但很重要，杜甫也很珍惜。但做了一段时间以后，杜甫便感到力不从心，甚至触怒了肃宗，皇帝下诏放他回家省亲，于是杜甫往东北方的鄜州前进，这就是诗歌题为《北征》的原因。

全篇由五言诗句所写成，长篇大论、洋洋洒洒，写一路上的所见所闻，以及到家以后和亲人团聚的百感交集，而最主要的内容是战乱之中的生灵涂炭，大地满目疮痍，自己的跋涉更是千辛万苦。途中"乾坤含疮痍，忧虞何时毕。靡靡逾阡陌，人烟眇萧瑟。所遇多被伤，呻吟更流血"，到处是死伤无数，伤者痛苦呻吟、血迹斑斑，让人触目惊心；而死亡人数更是恐怖地攀升，以致杜甫说"夜深经战场，寒月照白骨"。大批死亡的结果，当然就是"人烟眇萧瑟"，眼前一片荒凉，变成了原始蛮荒的世界。杜甫在跋涉的过程中，居然还遇到了"猛虎立我前，苍崖吼时裂"的惊险，凶猛的老虎就站在杜甫面前发出怒吼，整片山崖几乎都要震裂开来了，那就更不用说"鸱枭鸣黄桑，野鼠拱乱穴"，猫头鹰在桑树上啼鸣、野老鼠到处耙土拱出巢穴这样的景象了。

可是在这整个灰暗的过程中，却很突兀地穿插了一段天堂的缩影。杜甫在面对"猛虎立我前，苍崖吼时裂"的惊险之后，突然之间，被眼前的山谷景致给深深吸引了，笔调也为之一转，整首诗开启了迥然不同的乐园视野，完美到无以复加。杜甫说：

> 菊垂今秋花，石戴古车辙。青云动高兴，幽事亦可悦。
> 山果多琐细，罗生杂橡栗。或红如丹砂，或黑如点漆。
> 雨露之所濡，甘苦齐结实。缅思桃源内，益叹身世拙。

这真是令人眼睛一亮！杜甫看到今年秋天的菊花盛开了，大石头上留有自古车轮碾过的痕迹，山谷里飘浮着白云，触动了杜甫高昂的兴致，心情不再那么幽暗沉重了。他的心情为之一松，于是开始欣赏起眼前那些微小幽细的事物，觉得它们也都是那么地令人欣悦。接下来杜甫就聚焦于山中的果实，展开了对这片山谷风光的描写。

杜甫放眼望去，山谷里生长着许多树木，现在正是秋天结实累累的季节，远远地可以看到"山果多琐细，罗生杂橡栗"，树上满满都是小小的果实，仔细分辨一下，可见其中交杂着橡树和栗子树，各种树木都有，而它们的果实"或红如丹砂，或黑如点漆"，有的像丹砂般的红艳，而有的像生漆般的漆黑，色泽缤纷，星罗棋布，让整个山谷生机盎然。杜甫从这一片丰饶的景观里，看到了造物主伟大的力量，"雨露之所濡，甘苦齐结实"，通过阳光雨露的滋养，无论是甘甜的、还是酸苦的，全部都一起结出了果实。

杜甫的眼光角度是多么有趣，又是多么与众不同，他居然从一片宁静的景观里，特别注意到琳琅满目的、各式各样的细小果子，并且体悟到所有生命背后的力量，感受到那个力量是何等的崇高慈善！"甘苦齐结实"的"齐"字，清楚地告诉我们，杜甫深深感到天地的博爱无私，没有主观的偏私，也没有个别的好恶，很平等地给予所有的生命同样的机会，所以无论是哪一种树，果实是哪一种颜色，果子是甘甜还是苦涩，上天都给予一样的待遇。那是多么宽广的天心，此乃真正的众生平等！

最重要的是，杜甫之所以会特别注意到果实，是因为他深深了解，对于生命而言，延续继起是其最重要的任务，百花盛开、蜂飞蝶舞，交织成天地的锦绣大美，其实目的都是为了创造下一代的生命。有一首现代歌曲的歌词中说："为了播种，花儿要开放。"这个说法看起来一点也不浪漫，却是最客观的真理，

"生生不息"就是万物最深沉的使命。

可见杜甫太与众不同了，他并没有停留在丰收的喜悦上，更不受限于视觉上红黑相间的美丽，而是穿透了眼前感觉的表象，探入生命的根柢，体察到这些树木历尽寒暑风霜，终于完成了这一年来辛苦生长的最大的意义，这一片山谷正展演出"使命大完成"的壮丽，让他因此感动不已！这种感动不是美学的、感性的，而是宗教的、哲学的，尤其是杜甫进一步看到这场万物之使命大完成的背后，有一份伟大的意志、慈悲的给予，造物主所慷慨散发的阳光雨露，是如此广大无边、博爱无私，达到了真、善、美的最高境界，这一切才让杜甫如此地欢欣而动容。

这样的景观，真是一个万物平等的乌托邦，眼前所有的树木都欢唱出生命之歌，像是一幕天堂投射下来的剪影，因此成为杜甫心目中的桃花源，他在当下沉浸在那缤纷丰饶的桃花源里，暂时冲淡了整首诗灰暗阴沉的色调。但非常可惜，人的脚步却无法在此久留，所以杜甫接着说"缅思桃源内，益叹身世拙"，在这个桃花源般的山谷里沉思，对照山谷外人类社会的动荡不堪，以及个人身世的漂泊艰苦，让他更加感叹不已。

从这个片段所呈现的乐园投影，我们可以清楚地看到，杜甫的"仁民爱物"其实已经到了"齐物"的境界。换句话说，儒家、道家的最高层次已经融通为一，成为杜甫的心灵结晶。他一方面"赞天地之化育"，一方面又平等齐物，所以赞叹大自然的博爱是不分物种、不分颜色、不分甘苦，无论是橡树或栗子树，外观颜色是"红如丹砂"或"黑如点漆"，味道是甘甜还是苦涩，阳光雨露都一视同仁，让所有的生命都欣欣向荣。在这个境界上，杜甫的心已经是天心，顺应万物而无私，杜甫的胸襟已经达到造物主的高度。

与万物同舟共济

这种齐物的胸襟和眼光，贯穿了杜甫的一生，也是他思想上真正的主轴。在《北征》诗以后，过了十年，在代宗大历二年（767）秋天，杜甫辗转迁徙到长江三峡沿岸的山城夔州时，当时曾写了一首《秋行官张望督促东渚耗稻向毕清晨遣女奴阿稽竖子阿段往问》，在这首题目很长、内容也多达三十四句的五言诗里，又再度出现了类似的齐物书写：

> 上天无偏颇，蒲稗各自长。人情见非类，田家戒其荒。
> 功夫竞搰搰，除草置岸旁。

一开始所说的"上天无偏颇，蒲稗各自长"，意指上天并没有偏颇，因此让"蒲"也就是水草，这里指水稻，以及稗官野史的"稗"，也就是杂草，两种植物都各自在大地上生长，这不就是"雨露之所濡，甘苦齐结实"的另一种说法吗？只可惜"人情见非类"，人类有了利害之心，于是把万物作了区分，以自己的好恶分出不同的类别，有利于生存的水稻就被呵护珍惜，用尽各种方法照顾它的生长；而会妨碍水稻、导致荒芜歉收的野草，就被极力下功夫给铲除。以致一边是水稻在田里欣欣向荣，一边是被挖掘出来的杂草被弃置在田岸上，一生一死，两者之间是多么大的对比啊，这就是"人情见非类"的结果，和"上天无偏颇"形成了巨大的落差。换句话说，从"上天无偏颇"到"人情见非类"，这两个层次决定了万物截然不同的命运，幸与不幸、生与死，可谓天壤之别，难怪怀抱天心的杜甫禁不住要感慨万千了。

杜甫深刻了解到万物平等的道理，认为每一个生命的价值都不能以人类的好恶来考量。并不是因为人喜欢什么，地球上就该存在什么，多多益善；也不可以因为人类不喜欢什么，就要把那些生物赶尽杀绝，不留余地。其实，万物之间构成了一个和谐的均衡，缺一不可，关于这一点，现代的生态学家了解得最清楚，他们发现大自然中，每一种生物都是不可或缺的，牵一发动全身，只要减少了其中一种，哪怕再怎么微不足道，如蝼蚁，如蜉蝣，都会让整个环境失控。当然，在杜甫生活的一千多年前，并没有生态失衡的问题，可是杜甫以他深厚的仁者之心，同样深刻体认到类似的道理。

可叹的是，既然处在桃源山谷之外的人类世界中，"人情见非类"才是主流、才是常态，那么，杜甫面对种种不平等所带来的苦难，他又会怎么做呢？我们可以看到，杜甫在生活里常常表现出对小生命的怜惜和尊重，而且平等地一体看待。例如，《暂往白帝复还东屯》诗中云："筑场怜穴蚁，拾穗许村童。"杜甫在整顿晒谷场的时候，发现了蚂蚁的巢穴，于是心生怜惜，他所没有明说的是，整顿场地的工程因此做了调整，刻意避开蚂蚁们的家，让它们可以继续安居乐业！

同样地，稻米收割以后，田地里还有一些散落的稻穗，杜甫也默许村子里的儿童趁机捡拾，因为这些孩子都来自贫穷的农家，拾穗是为了贴补家用，杜甫又怎么会和他们计较！可见杜甫对弱势群体是多么地仁慈。而且你注意到了吗？在"筑场怜穴蚁，拾穗许村童"这两句诗里，穴蚁和村童是并列的，杜甫一视同仁地尊重他们、帮助他们，这不就是一种平等博爱的齐物胸怀吗？

此外，这种齐物的心胸还表现在《解忧》和《秋野五首》之一这两首不同的诗里。一般人都是分别看这两首诗，于是不容易发现这一点，我们把它们整合在一起，便展现出奥妙了。先看《解忧》这首诗，其中有两句说：

减米散同舟，路难思共济。

杜甫这时以船为家，艰苦度日、自顾不暇，但还是慷慨施舍，一点也不吝啬，他愿意"减米散同舟"，把米分减一些给同船共渡的人，那他为什么会这么大方呢？因为"路难思共济"，他说人生的路太艰难了，所以总想着大家要一起互相帮助。而你发现了吗？这两句就形成了"同舟共济"这个成语，那真是人类最高贵的一种情操。想想看，那些受苦的人能获得杜甫的资助，有如天降甘霖一般，该是多么由衷地感激！而这份善心也会让人更增加对人性的信心，使世界更增添一分温暖！

杜甫这样无私的胸怀已经非常伟大，令人感动不已了，然而更令人震撼的是，杜甫伟大的善良还不仅止于此，在《秋野五首》之一里，杜甫又说：

　　　　盘餐老夫食，分减及溪鱼。

自称老夫的杜甫在岸边用餐，看着水里的鱼围绕过来，嘴巴一
张一合，好像在乞食求救一样，于是杜甫又心生怜悯，不忍鱼
儿挨饿，便把盘子里的食物分减一些给溪里的鱼儿们吃。试看，
这"分减及溪鱼"的做法岂不是和"减米散同舟"一模一样吗？
由此显示出，一旦遇到受苦或者有欠缺的生命，杜甫就万分不
忍地慷慨付出，几乎忘了自己，他仅有的一份果腹的粮食，既
愿意"减米散同舟"，同时也乐于"分减及溪鱼"，无论是对人、
还是对鱼，杜甫并没有差别待遇，都以同样的真诚帮助他们，
人和鱼在他的爱里获得了平等。这再度证明了杜甫的心确实达
到了齐物的境界。
　　而归根究底，杜甫之所以能够这样真诚而善良地对待每一
个生命，就是因为他认为每一个生命都是大自然的恩赐，是造
物主所创造的奇迹，如同他在《乐游园歌》这首诗里所说的："一
物自荷皇天慈。"这一句清楚表示出杜甫的信念，他认为每一个
存在物能活在世界上，都担负着皇天所赐予的恩慈，既然上天
有好生之德，我们又怎么可以不加以珍惜呢？
　　既然万物都是大自然之子，于是杜甫认为彼此的关系有如
兄弟朋友，于《岳麓山道林二寺行》诗中云：

　　　　一重一掩吾肺腑，山鸟山花共友于。

对杜甫来说，山鸟、山花都是他的至亲手足，彼此一见面就充

满喜悦的心情，这比起后来诗人所说的"好鸟枝头亦朋友"，还要更亲近、更宽广得多，因为在小鸟们之外，连山里面枝头上的花朵也都是兄弟姊妹，这就简直是"万物与我为一"的最高境界了。

难怪，杜甫又苦口婆心地告诫不懂事的小孩子，千万不要欺负小动物，《题桃树》中说道：

> 小径升堂旧不斜，五株桃树亦从遮。
>
> 高秋总馈贫人实，来岁还舒满眼花。
>
> 帘户每宜通乳燕，儿童信莫打慈鸦。

在通往厅堂的笔直小径上有五棵桃树，长得非常繁茂，所以带来了遮阳的树荫，高秋时节也总是结实累累，让穷苦的人可以免除一些饥饿，等到第二年的春天还会舒展满眼的桃花，简直美不胜收！这是多么完美的植物，实用与审美兼具。但杜甫并没有停在这里，他特别打开门户上的帘子，以便小燕子可以顺畅地进进出出，不会受困；并且因为乌鸦懂得反哺，所以叫作慈鸦，于是特别叮咛"儿童信莫打慈鸦"，要小孩子千万不要去扑打仁慈的乌鸦，让它们可以安心过日子。想想看，有多少长者会这样谆谆教诲，把爱护动物的观念教导给小孩子呢？

杜甫这一片爱物的心，从桃树扩大到乳燕、慈鸦，果然足以和"上天无偏颇"的博爱等量齐观，难怪清朝的诗评家杨伦《杜诗镜铨》卷十一就认为，"帘户每宜通乳燕，儿童信莫打慈鸦"这两句："言当广其爱物之仁，非独桃树也。……此诗于小中见大，直具民胞物与之怀，可作张子《西铭》读，然却无理学气。此老杜一生大本领，寻常诗人，未许问津。"可见，真正让杜甫变得如此伟大的，并不是高超的写作技巧，而是至诚无边的胸怀，以及对天地万物的大爱，能够深深体悟到生命背后的恩慈。清朝诗歌评论家仇兆鳌《杜诗详注》卷十八中说，杜甫是"爱物而几于齐物"，真是一语中的。

在中华文化里诞生了杜甫这样的诗人，具有什么意义呢？印度的国父甘地（Mohandas Karamchand Gandhi，1869~1948）曾有一段名言："一个民族的伟大之处和道德的进步，可以用他们如何对待动物来加以衡量。"（The moral progress of a nation and its greatness should be judged by the way it treats its animals.）这样看来，齐物的杜甫简直就是中华民族的骄傲，他证明了这个民族的伟大和道德的进步，可以达到这样的程度，那颗博爱无私的心所灌注出来的诗歌，也因此焕发出永恒的光辉，历久弥新。

杜甫是历代公认最杰出的诗人，也是大家最熟悉的诗人之一。但是，我们对他的认识并不够深入，对于他的伟大也常常停留在表面。从今天所讲到的诗篇来看，杜甫其实并不限于儒家，而是会通儒家、道家甚至佛家最美善的部分，而达到齐物的崇高境界，这才是他真正伟大的地方。

因此，杜甫心目中的桃花源不是陶渊明式的农村田园，不是王维不食人间烟火的仙源灵境，也不在李白与世隔绝的名山胜地里，而是一种"齐物"的乌托邦，带有他自己的性格特点与理想追求。在这样的乌托邦里，住着平等的子民，"一物自荷皇天慈"，每一个存在物都带着上天的恩慈，万物皆被仁爱善良的温情所照顾，因此"雨露之所濡，甘苦齐结实""上天无偏颇，蒲稗各自长"，最终都可以顺利完成存在的使命。

所以，杜甫一定也会劝你要珍惜自己，不要妄自菲薄，不要虚度人生，他自己也是这样取得了诗圣的成就的。下一节，我们就来看杜甫怎样坚强地面对人生的困境。

第十一节　杜甫（二）：面对困境的良方

上一节，我们看到了杜甫伟大的心胸，他简直是以造物主的境界在看待天地万物，一视同仁地面对所有的生命，并且以博大的爱，积极地帮助他们获得存在的幸福、完成其存在的意义，因此他总是不断地呼吁、孜孜不倦地付出，希望能创造出一个万物各得其所的乌托邦。

而在这样"齐物"的乌托邦里，"一物自荷皇天慈"，那禀具着上天赋予的恩慈，被生生之德所照顾的每一个存在物，当然也包括杜甫自己，所以他总是珍惜自己的生命，从不妄自菲薄，即使常被幸运之神遗忘，也不放弃人生，继续全心全意地尽力去奋斗，他就是这样取得了诗圣的成就的。这一期，我们就来看杜甫怎样坚强地面对人生的困境，最重要的就是一种幽默的能力。

漂泊西南天地间

其实，杜甫民胞物与的精神、舍己为人的付出，并不是因为富裕闲暇、行有余力才去照顾别人，恰恰相反，杜甫自己根本就是自顾不暇，常常面临窘困的绝境。孟子所说的："天将降大任于斯人也，必先苦其心志，劳其筋骨，饿其体肤，空乏其身，行拂乱其所为。"（《孟子·告子》）这一切都真真实实地发生在杜甫身上，也算是唐朝带给杜甫的严苛考验。换作一般人恐怕早就无以为继了，哪里还有心思去替天下万物、为那些小生命着想！这就是杜甫最了不起的地方。

杜甫一生怀才不遇，连带地生活也不富裕，甚至面临了难以想象的绝境，至少有两次实在让人触目惊心。第一次是安史之乱发生前夕，杜甫从长安回到郊区，一心要和妻儿团聚，一家人共度患难。没想到才刚刚抵达门口，还没看到妻儿的欢迎，就先传来一阵号啕大哭的声音，原来，他最小的一个儿子才刚刚咽下最后一口气，而且是活活饿死的！杜甫既悲痛又自责，因为是他为了追求理想，耗费了十年的时间在长安寻求仕进之路，却一直没能获得一官半职，才连累一家人穷到饿死的地步！

可厄运并没有放过杜甫，第二次的艰困，就发生在安史之乱爆发以后。当时杜甫投奔到新皇帝肃宗即位的所在地，本来以为可以实践理想，却又历经颇多曲折，甚至触怒了皇帝，最后终于下定决心，放弃当时担任的华州司功参军，到四川去避难，这也等于是彻底放弃仕途，同时也放弃了人生的最大价值，毕竟，对传统文人来说，经世济民就是他们终极的生命意义。从此杜甫携家带眷，展开了"漂泊西南天地间"（《咏怀古迹五首》之一）的后半生。

可这真是一趟"行路难"的艰难路途，全家启程往西南边的四川前进,一路上走的是绵延于崇山峻岭之间的栈道,荒郊野外,路途蜿蜒崎岖,杜甫又缺乏积蓄,只能一站一站地分段前进。结果一年之内搬了四次家,在《发同谷县(乾元二年十二月一日,自陇右赴剑南纪行)》这首诗里留下了记录,其中云:"奈何迫物累,一岁四行役。"他说真是无可奈何啊,迫于外在环境的牵累,单单一年之间就被迫迁居了四次,劳顿不堪。杜甫在这里还加了一个注明,说他的行程是:"夏发华州,冬离秦州。十一月至成州,十二月发同谷。"也就是夏天从华州出发,然后到了秦州,待到冬天时又离开了秦州,十一月抵达成州,在同谷县安顿下来,可是到了十二月又得离开同谷了。这半年多的时间,杜甫一家十口就这样从华州、秦州、成州、同谷,一路摸索,哪里有机会就到哪里去,机会消失了就只好再往前走。试想,携家带眷、长途漫漫,该是多么辛苦的大工程,那份折腾真是难以言喻!

尤其是本来可以获得资助的机会落空了,食指浩繁的一家人该怎么办呢?就在"一岁四行役"的第四站同谷县,杜甫面临了举目无亲、叫天不应的绝境,难怪只待了一个月就得另寻出路。他在《乾元中寓居同谷县作歌七首》之二中写下了凄苦的悲歌:

> 长镵长镵白木柄,我生托子以为命。
> 黄独无苗山雪盛,短衣数挽不掩胫。
> 此时与子空归来,男呻女吟四壁静。
> 呜呼二歌兮歌始放,邻里为我色惆怅。

面对一家挨饿的惨况，杜甫唯一的依靠就只剩下那一柄用白木做的长镵了，长镵是一种长柄的锄头或铲子，可以用来掘土，把埋在土里的黄独挖出来，就可以让一家人吃饱。黄独，是一种野生的土芋，它的地下根茎就像土豆一样，可以充饥。当下已经到了性命攸关的地步了，于是杜甫紧握着长镵的白色木柄，就像牢牢抓住救命恩人一样，以对老朋友的亲切语气对它说："我生托子以为命"，我的生命就要托付给你了，你就是我的命啊！

　　可是当前正是冰天雪地，厚厚的积雪掩盖了植物的踪迹，哪里能看得出黄独的所在呢？杜甫当时已经"手脚冻皴皮肉死"，而且衣衫褴褛，但仍然冒着严寒，穿着"短衣数挽不掩胫"的短衣，踏雪四处寻找，可是再努力也没有用，只好空手回来。这一路上空荡荡的，一无所有的杜甫只有长镵可以相依为命，也只能对长镵诉说心里的失望与悲哀，"此时与子空归来"，一个"空"字隐含了多大的失落！果然回到家时，迎接他的是"男呻女吟四壁静"，因为家人饥寒交迫，都饿得没力气了，只能微弱地呻吟。在四周非常安静的情况下声声凄惨，杜甫听在耳里，该有多么痛心！于是他"呜呼二歌兮歌始放"，忍不住叹息发出第二次的悲歌，以致"邻里为我色惆怅"，附近的邻居们眼见杜甫一家的困境，大家也都十分不忍，感到惆怅黯然了。

　　看到这里，我们也都惊心动魄，禁不住替杜甫一家担忧了，再设身处地一想，简直不知如何是好！那么，到底杜甫是怎样解决这个困难的？这个答案现在已经无从得知，总之，幸亏后来他继续写诗，表示他走出了当时的困境，实在让人松了一口气。

　　虽然我们不知道杜甫究竟是怎样解决现实困境的，按常理来说，不外乎是刚好获得亲友的救援，食物送来了，危机顿时解除，这当然得要一点运气；不过最重要的是，在这个过程中，杜甫展现出面对困境的强大的心理能量，这才是让一个人不会倒下去的真正原因。

杜甫面对困境的两个方法

犹如美国总统林肯（Abraham Lincoln, 1809~1865）曾经说："要培养各方面的能力，包括承受悲惨命运的能力。"那要怎样培养这种能力呢？我们可以向杜甫学习两种方法，第一个方法，就是超越自我、放怀大我，从"可怜自己"扩大到"悲悯别人"，那就可以获得承受悲惨命运的能力。例如，《自京赴奉先县咏怀五百字》这首诗记录了杜甫第一次的悲惨遭遇，他遇到小儿子活活饿死的悲剧，既悲痛又内疚，一般人早就承受不起这样的痛苦了，而杜甫却从自己的悲剧想到天下更不幸的百姓，整首长诗的最后一段，便收结在一个伟大的悲悯里：

> 岂知秋禾登，贫窭有仓卒。生常免租税，名不隶征伐。
> 抚迹犹酸辛，平人固骚屑。默思失业徒，因念远戍卒。
> 忧端齐终南，澒洞不可掇。

杜甫说，哪里知道秋天时五谷丰登，本来是最没有后顾之忧的时候，但贫困的百姓还是发生这样意想不到的灾难。然后杜甫并没有放任自己沉浸在悲哀里，而是换另一个角度设想：他自己是一个受到朝廷优待的读书人，"生常免租税，名不隶征伐"，可以不用纳税、出征，但是都会有这样惨烈的遭遇，让他"抚迹犹酸辛"，追思这一段过程都还是痛彻心扉，那么，没法享有这些优待的天下百姓们岂不是更加骚动不安吗？想到"平人固骚屑"的这个时刻，就是一大转折点了，杜甫从自我转向了大我，也从个人的悲哀转向了大我的悲悯。

杜甫转向他人的悲悯展开了伟大的胸怀，他"默思失业徒，因念远戍卒"，默默怀想那些失去家业、流离失所的人，又挂念远方戍守边疆的兵卒，杜甫禁不住"忧端齐终南，澒洞不可掇"，那满涨的忧心直冲天际，与终南山一样高耸，激动的心绪澎湃满溢，不可收拾。由此可见，当杜甫一心为天下人的苦难悲恸的时候便超越了自我，也就超越了个人的悲剧，这种悲悯的胸怀让自我扩大了，因此增强了承受悲惨命运的能力。

而另一个方法，就是学习幽默。什么是幽默？那是一种以坦然的心态轻松对待厄运的态度，这么一来，就不会被厄运或困境给压垮，所以林肯总统又说过："幽默是一种润肤膏，它使我避免了许多摩擦和痛苦。"杜甫又是怎么做的呢？我们举一个例子来看。

就在杜甫"一岁四行役"中秦州的那一站，杜甫写下了《空囊》一诗。秦州是一座陇右的山城，孤零零地位在重山叠岭之间，杜甫之所以会来到这里，是因为有亲友可以投靠，包括杜甫的侄儿杜佐和一位出家的朋友赞上人。但他的侄子也不是很富有，能够接济他们的资助也是有限的，所以杜甫在此处只寓居三个月，到冬天就离开了，再度启程往成州同谷去找出路。在这短短的三个月间，杜甫免不了又遇到困顿的局面，于是写下了《空囊》一诗：

> 翠柏苦犹食，明霞高可餐。世人共卤莽，吾道属艰难。
> 不爨井晨冻，无衣床夜寒。囊空恐羞涩，留得一钱看。

单从诗题来看，就能看出这是一首很特别的诗，由诗歌的题材分类而言，以一个小物品作为题目，描写这个物品的方方面面，即属于咏物诗。可历来咏物诗所涉及的对象，即使会有一些日常用品，却从来没有"空囊"这一种——空空如也的钱袋，代表贫穷、失败的困境，谁会去歌咏这种东西？

果然，整部《全唐诗》里，杜甫的这一首《空囊》也是空前绝后、独一无二的。从这一点就可想而知，杜甫在困境里居然还有这么大的创造力和突破性，已经足以显示他拥有无比强大的内在，所以才能在这样的境况里不坐困愁城，而是坦然地拿起这个小东西大做文章，为它专门写一首诗。单单这一点就已经足以显示，杜甫确实有承担悲惨命运的能力。而杜甫最强大的是，他居然开起自己的玩笑来，这就越发难能可贵了。

第一联说："翠柏苦犹食，明霞高可餐。"翠柏，翠绿的柏树，柏树做了中药是以苦味闻名的，往往让病人愁眉苦脸，然而杜甫说，虽然苦还是要吃下去。然后杜甫更夸张了，说"明霞高可餐"，明亮灿烂的彩霞高挂在天边，也是可以当作餐点的！为什么这么说呢？原来，传统道教里修炼成仙的方法之一，就是这一类不食人间烟火的辟谷术。辟谷，又叫作断谷、绝谷、却谷，字面的意思是不食五谷杂粮，而那些宗教人士相信，这样就可以延年益寿甚至长生不死。

关于辟谷最早的记载，源自《庄子·逍遥游》："藐姑射之山，有神人居焉。肌肤若冰雪，淖约若处子，不食五谷，吸风饮露，乘云气，御飞龙，而游乎四海之外。"可见在"不食五谷"的情况下，替代它们的是"吸风饮露"，当道教创立后，六朝唐代继承并发展了这种养生术，许多传说中的仙人就是这样练成的，而替代五谷杂粮的食物又包括柏树的果实，例如《列仙传》说："赤松子好食柏实，齿落更生。"又道："仙人偓佺，食松柏之实。"赤松子就是服食成仙的一个例子。

至于庄子说姑射之山的神人只要吸风饮露就好，这也反映在其他先秦时代的作品里，屈原在《楚辞·远游》则说："餐六气而饮沆瀣兮，漱正阳而含朝霞。"当屈原远游的时候，就是靠食用空中的六气、清晨的朝霞为生的，那让他轻盈得像羽毛一样，飘飘欲仙，因此后来汉赋大家司马相如《大人赋》中亦云："呼吸沆瀣兮餐朝霞。"就是在这样的背景之下，杜甫开玩笑地说，"翠柏""明霞"都可以当作食物来吃。

只看开篇的这一联，我们可能会以为杜甫想要修炼成仙，才会要模仿这些道教的养生术，这在唐朝来说，并不是很怪异的做法；可是从下面的诗句来看，就清楚呈现出杜甫那非凡的幽默感了。原来，杜甫并不是要修炼成仙，而是因为他根本没东西可吃，所以才打起那些柏树、彩霞的主意！在挨饿的时候，又哪里能挑挑拣拣呢？所以只能"翠柏苦犹食"，至于那天边高不可攀的彩霞，就算是妄想了。

但是真正特别的是，杜甫这时候在粮食匮乏的状况下，并没有愤世嫉俗，更没有消沉丧志，反倒顽皮起来，看到四周那些不能吃的柏树、彩霞，居然福至心灵，想到可以采取另一种求生的方法，也就是学习道教人士求仙时的养生术，让那苦涩的柏树果实、天边的彩霞都变成了灵丹妙药，没东西可吃的窘境也变成了高雅脱俗的境界。这样把挨饿讲成修炼的心态，简直就是苦中作乐，不是非常幽默吗？

试看杜甫接下来说："世人共卤莽，吾道属艰难。"世上的人都是鲁莽的，而我的道路也就注定要属于艰难的那一条了。所谓的"卤莽"，最早出自《庄子·则阳》："君为政焉，勿卤莽。治民焉，勿灭裂。"司马云："卤莽，犹粗粗也，谓浅耕稀种也。灭裂，断其草也。"杨慎注云："不治其刚卤，不芟其草莽，是谓卤莽之耕。"原本是指荒地中的野草，扬雄《长杨赋》李善注云："卤莽，卤中生草莽也。"引申为荒废，后来也用来指草率粗忽、胡乱随便。

换句话说，杜甫把自己和世人区隔开来，作为对比，芸芸世人就像遍地的野草，敷衍苟且地过日子，那么整个世界等于是荒芜的旷野，而杜甫一个人踽踽独行，走的正是美国诗人罗伯特·弗罗斯特（Robert Frost, 1874~1963）所说的"没有人走过的路"！这一条路当然很不好走，所以说"吾道属艰难"。

"吾道"，字面上的意义是"我的道路"，代表一个君子对理想的执着与实践，最早是出自孔子。《史记·孔子世家》记载：孔子被陈蔡两国的大夫围困于旷野，"不得行，绝粮，从者病，莫能兴。孔子讲诵，弦歌不衰。子路愠见，曰：'君子亦有穷乎？'孔子曰：'君子固穷，小人穷斯滥矣。'"在无法往前进的情况下又断了粮食，跟着他的人也生了病，起不了身，但孔子仍然讲学、诵读诗书，也没有停下弹琴唱歌。这时，子路很生气地来求见了，问老师说：君子也会有穷途末路的时候吗？可见子路觉得很不公平，君子为什么没有得到应有的回报呢？而孔子回答道："君子固穷，小人穷斯滥矣。"君子当然也会遇到穷途末路的情况，只是君子此刻能够固守节操，而小人一遇到困穷就会泛滥出格了。这才是君子的真正价值，那价值不在现实的回报，而在于人格的质量。

只不过，孔子虽然讲了这一番有关君子的道理，但也知道学生的心理仍然愤愤不平，于是接下来一一对子路、子贡、颜回加以提点、开示，用的都是"吾道非耶？吾何为于此？"这个提问，请他们思考"吾道"是不对的吗？我为什么会沦落到这种困境？然后看学生怎么回答。等轮到颜回的时候，颜回的解释是说："夫子之道至大，故天下莫能容。虽然，夫子推而行之，不容何病？不容然后见君子。夫道之不修也，是吾丑也；夫道既已大修而不用，是有国者之丑也。不容何病？不容然后见君子。"原来真正的问题是这个世界不肯走寻正道，以致容不下孔子的至大之道，因此，不见容于天下本身并没有问题，反倒因为不见容于天下而更能突显出君子的质量。孔子听了，非常高兴，因为颜回作为他最好的学生，被当作孔门衣钵的传人，真是一语道出孔子的心声啊。

杜甫的"吾道属艰难"这一句，不仅用了孔子的话语，也走上了孔子的人生道路，既然连孔子都面临这样的困厄，杜甫又怎么能例外呢？所以同样扎扎实实地面临了现实的磨难。下面所谓的"不爨井晨冻，无衣床夜寒"，就是一种几乎活不下去的困境，他穷到没有柴薪烧火做饭，早晨的井水也结冻了，连水都没得喝；也没有足够的衣物、被褥，夜晚的床铺冷得让人无法入睡。看到这里，我们终于确定，杜甫在第一联所说的辟谷养生的奇思妙想，真正的原因就是极端的贫困啊，而在这种困境里杜甫居然还有心情开玩笑，岂不证明了他的心灵确实无比强大，所以才没有被压垮吗？

我们要设身处地去体悟，这时候的杜甫已经四十八岁了，将近半百之年，不但一无所有，家人也跟他一起饥寒交迫，这简直不是一般人所能承受的人生大失败；而从"世人共卤莽，吾道属艰难"这两句来看，杜甫还是难免感慨的，一个追求理想、择善固执的君子居然沦落到这种地步，不就是世道不公的结果吗？只不过令人敬佩的是，杜甫和子路不同，他一直都没有因此而愤世嫉俗，反倒自始至终都十分诙谐。于是最后居然说"囊空恐羞涩，留得一钱看"，身为一家之主口袋里却空空如也，恐怕太丢脸了，为了不要蒙羞，所以故意留下一文钱。这么一来，那个钱袋就不是空囊了，随时看着那一文钱，也就证明自己不是真的一无所有了！

诗篇写到这里，简直令人拍案叫绝，杜甫写空囊居然写到"不空"，真不知道哪里来的幽默，竟然可以把绝境写出这样的趣味！杜甫这样做，绝对不是弱者的自欺欺人，也不是出于孩子般的傻气，反倒是一种从坚强的人格里提炼出来的伟大智慧。这最后一联的"囊空恐羞涩，留得一钱看"，恰恰呼应了第一联的"翠柏苦犹食，明霞高可餐"，首尾一贯、前后包夹，把中间两联"世人共卤莽，吾道属艰难。不爨井晨冻，无衣床夜寒"的艰难惨况加以冲淡，甚至抵销，于是可以振作精神、恢复力气，从而以笑容渡过难关，找到出路。

于此，有一句西方人说的话很是发人深省："我们无法改变风向，但是可以调整风帆。"而杜甫的幽默感，就成功地调整了风帆，让心灵不要往绝望的深渊坠落，而是继续平衡地、开朗地往前走！所以，奥地利的心理学家弗兰克（Viktor E.Frankl，1905~1997），也从他在集中营的苦难经验里体认到幽默感的重要，在《苦中作乐》这一篇文章里，说道：

> 试着培养幽默感，试着以幽默的眼光观察事物——这是精研生活艺术时必学的一招。人世间尽管处处有痛苦，却仍有可能让生活的艺术付诸实现，即便在集中营亦然。

换句话说，即使面对艰困的处境，心灵还是可以不紧张、不焦虑，而有富裕闲暇的从容，而这份从容就能让人发挥幽默感，让自己能够开玩笑，甚至大笑，就更能给自己一个心理空间，可以减轻压力，稳住自己的情绪，防止别人夺走你的尊严。

想想看，那创造出"幽默的眼光"的心理该是何等强大！所以说，杜甫之所以如此伟大的一个原因，就是他拥有无比坚毅的性格，面对困境、绝境，都能如此诙谐地面对。可见，"幽默"其实是很重要的一种人格力量。

这一节，我们讲了杜甫的绝境和他面对绝境的两种力量，一个是幽默感，一个是悲天悯人的博爱，这两种精神质量都能让人超越自我，也就能跳脱出来，不太会被绝境所困。而杜甫不是只有"国破山河在""朱门酒肉臭，路有冻死骨"之类的沉郁忧愁，当他苦中作乐，开起自己的玩笑的时候，真是太可爱了，让人忍不住也笑了出来。杜甫好像在说，"这不过是摔了一跤，并不是倒下而爬不起来"，于是绝境也就不那么可怕了。你是否也了解到幽默感的重要呢？那是让人内在强大的一种力量，我们应该好好向杜甫学习！

第十二节　杜甫（三）：生活小确幸

上一节，我们讲了杜甫的悲悯心和幽默感，尤其是幽默感，那是一种十分健全的心灵才能锻炼出来的智慧，不是仅仅聪明就能做到的。

而人一旦有了幽默的智慧，连集中营的苦难都可以面对，那么，对于生活中美好的事物当然就更能欣赏和把握。果然，坚强又幽默的杜甫常常摇身一变，成为一个最懂得生活的艺术家，也可以说是一个生活的魔术师，总是可以从一顶破旧的帽子里变出一只鸽子，或者变出一串彩带。

现在我们就来看看杜甫对日常生活的欣赏与珍惜，特别是在成都草堂的岁月里，他让那些点点滴滴的平凡的快乐成为对心灵的滋润，使人生更有滋味。

前面我们已经看到，杜甫历经了惊天动地的历史巨变，整个人生也发生了移山倒海的转向，动荡不安的后半生诚如他自己所概括的"漂泊西南天地间"。当他穿透了狂风暴雨的洗礼以后，也锻炼出用轻松愉快的心情去过平凡的日子，而不是一直把家国责任、民生疾苦扛在肩上。虽然追求经世济民的奋斗非常有价值，但如果能够在当下安顿，在日常生活里寻找，甚至创造微小的快乐，也是一种很可贵的生命意义。

杜甫之所以能做到这个地步，主要有两个原因。第一，是内在心理上，坦然面对放弃官途所带来的挫败感，能有宽阔博大的心灵加以化解。该放下就放下吧，既然决定选择这个人生大转弯，就不要再纠结下去了，整天放不下这个账本上的赤字，不就是自寻烦恼吗？换一个角度积极面对未来的人生，才是最正确的选择。既然杜甫的心理已经准备好了，所以没有挣扎，没有摆荡，也没有遗憾和不甘，整个眼光都放在当下的生活里，那就更能珍惜每一个小小的美好，每一个小小的幸福。

第二，是外在的现实环境刚好能够配合，不再像逃难的时候那么地艰困了，所以不必再用全部精力去和贫穷搏斗，而可以有一点余裕了，这也是一个很重要的客观条件。这个客观条件在成都时期特别具足，于是成为杜甫一生中最温馨、最平静、最甜美的时光。

当时，杜甫熬过了"一岁四行役"的千辛万苦，终于抵达了成都，一家人就在浣花溪畔营建了草堂，定居下来，以后的那一两年中，杜甫可以免除衣食之忧，不用操心生计的问题了。因为那时有"故人供禄米，邻舍与园蔬"（《酬高使君相赠》），老朋友慷慨提供了各种物资的援助，包括世交严挺之的儿子严武。严武此时在成都担任剑南节度使，甚至特别表奏朝廷，让杜甫得到了"检校工部员外郎"的职位，这是一种不用到朝廷上任的虚衔，所以才加上"检校"这两个字，但仍然可以领取"工部员外郎"的俸禄，杜甫之所以被后人别称为"杜工部"，原因在此。

如此一来，杜甫不但获得了头衔，多少弥补了心里的缺憾，更多了一份薪水，生活压力顿时减轻很多，甚至可以说是衣食无忧，各种日常用品不虞匮乏。不仅生活安稳了，杜甫还要来了许多的植物，包括桃树、竹子和其他的果树等，为此写下了《诣徐卿觅果栽》等好几首诗，尤其在《萧八明府实处觅桃栽》一诗中，杜甫就记录了"奉乞桃栽一百根，春前为送浣花村"，大量的树木种在草堂四周，一片欣欣向荣，简直可以长成一片森林了，让环境更加优美清静。再加上成都本来就是天府之国，当地的风土气候温暖适宜，悠闲安适，于是，杜甫就开始充分品尝起生活的滋味了，据此创造出一段幸福洋溢的时光。

而成都浣花溪边的草堂，也就成为中国文学史上的胜地。后来晚唐的诗人韦庄还特地找到这处遗址，重建了草堂住了一段时间，韦庄的弟弟帮他整理了诗集，也命名为《浣花集》。可见杜甫的浣花草堂简直相当于孔子的曲阜、屈原的长沙，是代表了诗圣的精神中心。

寻找天地大美

在成都这一段时间，杜甫是怎样过日子的呢？其中主要有两个范畴，一个是对大自然的欣赏，一个是对家庭的珍惜。我们就先看杜甫对大自然的欣赏吧。

因为心灵安定了，所以脚步也跟着慢了下来，一旦时间沉淀下来，眼睛就可以品味周遭的风光，一草一木、清风朗月，就可以敏锐地感受到了。于是突然之间，生活变得很有滋味。你可以注意到天上云彩的变化，也会观察到小昆虫忙碌不已，充满了干劲；并且你也会发现路上的野花开放了，墙头上有一只猫在懒懒地晒太阳。

前面我们已经谈过杜甫具有齐物的心胸，他认为"上天无偏颇，蒲稗各自长"，连野草都是造物主慈悲照顾的孩子，因此十分怜爱天地之间动潜飞植的万物。到了这个时候，那更是《岳麓山道林二寺行》所说的"山鸟山花共友于"，杜甫处处都可以遇到这一类的好朋友。他用敏锐的眼光、高度的创造力，去发现从来没有被发现的美，去留意别人都忽略的风景，就像小孩一样，对身边的小昆虫、小花小草都兴味盎然，有如发现新大陆一般。

例如他在《独酌》中说，当时他一个人"步履深林晚，开樽独酌迟"，在茂密的树林里独自漫步，接着开了酒瓶一个人喝酒，当下时间有点晚了，但还是很从容地观察到旁边微小的景物。"仰蜂黏落絮，行蚁上枯梨"，他仰头一看，发现一只蜜蜂黏在飘落的柳絮上，然后注意到一排蚂蚁列队爬上枯死的梨树，这不是太有趣了吗？因为看蚂蚁排队上树，是小孩子最常见的兴趣啊！

如果连一只蜜蜂被黏住，一排蚂蚁爬上树，都可以入得了诗圣的法眼，其他就不言而喻了。例如《落日》的"啅雀争枝坠，飞虫满院游"，描写一群吵闹的鸟雀在枝头上起了纷争，差一点坠落下来，而飞舞的昆虫满院子游历；《徐步》的观察更是细腻入微，所谓"芹泥随燕觜，花蕊上蜂须"，杜甫像用了放大镜一样，看到燕子的嘴喙上沾着带芹草的泥巴，准备要用来筑巢，而蜜蜂的须上也沾上了花粉，可见它的辛苦有了丰收。

此外，杜甫又说"江鹳巧当幽径浴，邻鸡还过短墙来"（《王十七侍御抡许携酒至草堂奉寄此诗便请邀高三十五使君同到》），江鹳这种大型的水鸟恰巧在幽静的小径上沐浴，而邻居养的鸡越过了矮墙，大大方方地跑到杜甫家的庭院里，还真是宾至如归，一点儿也不见外。再有"鸟下竹根行，龟开萍叶过"（《屏迹三首》之一），小鸟飞落到了竹子根下，走在地面上，而水里的乌龟游过去的时候，拨开了密密麻麻的浮萍，于是满池的碧绿出现了一道缝隙。试想，这种景观大概少有人会留心注意到，更不用说把它们写进诗歌里！这些描写让人读起来，无不产生如沐春风之感。

而且，除了视觉上细腻的观察之外，杜甫也发挥了敏锐的嗅觉，处处体味着花开的芬芳。诸如："风含翠篠娟娟净，雨裛红蕖冉冉香"（《狂夫》），下过雨以后，红花受到了滋润，更冉冉散发出香气；至于"云掩初弦月，香传小树花"（《遣意二首》之二），这两句说，即使夜晚来临，还是可以闻到小树传来的花香，不知这棵小树是否就是夜来香？既然连下过雨或者夜晚休眠的时候都有香味飘送。因此，当春风吹拂之际，更是"迟日江山丽，春风花草香"（《绝句二首》之一），何止是春花，传播芬芳的还有整片原野的芳草。当那浮动的馨香扑鼻而来时，空气的流动也更加温柔了。

于是，杜甫趁着春天来临，还专程跑去赏花，上元二年（761），《江畔独步寻花七绝句》（斛斯融，吾酒徒）就是在这种时候写成的。这组诗的题目告诉我们，他当时一个人在浣花溪边漫步，寻找春天的花朵。其中没有任何忧国忧民之类的社会意义，纯粹就是在写赏花的心情，却是无比地趣味横生，令人拍案叫绝，我们先看第一首：

> 江上被花恼不彻，无处告诉只颠狂。
>
> 走觅南邻爱酒伴，经旬出饮独空床。

一开始第一句就说"江上被花恼不彻"，"恼"这个字不是烦恼，而是撩拨的意思，杜甫在浣花溪边漫步，被到处盛开的花给撩拨到忍不住了，那份鼓荡的兴致无处可以诉说，无法宣泄，整个充塞在心里，简直要令人发狂了，于是跑去找南边的邻居，那是同样爱喝酒的酒伴，大家可以一起痛快喝酒，宣泄一番。从杜甫的原注可知，这个人叫作斛斯融，但没想到他一连十天都外出喝酒，根本不在家，只留下空空如也的床案，扑了空的杜甫实在无法可想了，只得一个人鼓起勇气，独自面对那满眼的春光。

为什么赏花还得要鼓起勇气呢？原来，这些春花太泛滥了，铺天盖地、拥挤到没有空隙，这组诗就不断地强调这一点。例如第二首说"稠花乱蕊裹江滨"，稠密的花朵密密麻麻，包裹住整个江边，可想而知，岸上的绿叶、绿树、绿草都被花给掩盖了，这哪里是王安石《泊船瓜洲》所说的"春风又绿江南岸"？

应该说是"春风又红江南岸"吧！

　　果然这组诗的第六首也说："黄四娘家花满蹊，千朵万朵压枝低。"单单黄四娘家里的花就满溢了整条小径，树上盛开着千朵万朵的花，加乘的重量居然连枝条都承受不住，被压得低垂了下来。我们何曾见过这样的盛况？一朵花本身根本轻盈得像蝴蝶一般，哪里能沉重到把树枝压低的地步？由此可见千朵万朵是何等的盛大壮丽，连坚硬的枝条都负荷不了。

　　这般"稠花乱蕊裹江滨""千朵万朵压枝低"的缤纷，固然是一片锦绣颜色，但那般非凡的壮丽却也让人感到压力，不知道要如何消化才好，难怪杜甫会"被花恼不彻"，意乱神迷到了癫狂的程度。于是，杜甫居然还烦恼起来，这些繁花乱蕊争奇斗艳，令人眼花缭乱，要怎样才不会遗漏呢？到底要欣赏哪一朵才好呢？在这组诗的第四首中，便透露了这种不知如何是好的烦恼：

　　　　黄师塔前江水东，春光懒困倚微风。
　　　　桃花一簇开无主，可爱深红爱浅红？

杜甫这时走到了黄师塔前，那是一座黄姓僧侣死后埋骨的墓塔，正面对着江水东流，当下吹拂着春天和煦的微风，令人感到一股慵懒的气息。而四周宁静悠闲的野地里，有一丛无人栽种的桃花正在怒放。杜甫开始伤脑筋了，每一朵花都很娇艳动人，到底是要喜欢深红色的，还是浅红色的呢？

　　你看，诗圣居然一本正经地在为这种事纠结，面对着一簇桃花举棋不定，岂不是很有趣吗？比起先前为饥饿困顿而烦恼，这岂不是太幸福了吗？最珍贵的是，这也显示出杜甫即使饱经忧患，依然还拥有一颗"赤子之心"，一种孩子般纯真无邪、善良活泼的心灵，并没有变得冷漠、世故，这是多么难得！所以《孟子·离娄》中说："大人者，不失其赤子之心者也。"那么，保有一颗赤子之心的杜甫，不就是一位顶天立地的大人了吗？孟子所说的"大人"，就是指心胸宏大健全的人，也正因为看花的杜甫是一位真正的大丈夫，所以才能把花的美丽和看花的兴致展现得淋漓尽致。

其实，这一簇桃花既然是"开无主"，就表示它是天生天养、自生自灭的，没有人呵护，也没有人欣赏，即使凋落了也无人惋惜，它的盛开只不过是大自然的规律而已，再美丽都默默无闻，最多只是短暂几天的幻影，一旦花谢了以后，便等于从不存在。可是杜甫来到它的身边，那就完全不同了，杜甫的深情凝视给了它非凡的意义，当杜甫为了要爱哪一种颜色而烦恼的时候，这一簇桃花就瞬间灿烂了起来，像是绝世佳人般无比辉煌，从此在诗歌中留下了永恒的倩影。

所以说，杜甫一心一意地寻花、看花、赏花而写花，为天地留下了大美，这难道不是和忧国忧民一样地有意义吗？而杜甫借此把握每一分的春光，每一刻的良辰美景，这不也和读四书五经一样，都让生命无比地充实吗？

感受温馨亲情

看完了对大自然的欣赏，接着我们要谈杜甫对家庭的珍惜，这一份夫妻、亲子之间浓郁的伦理亲情，同样是他在成都时写得很多、也很温馨的题材。

其实，就像我们前面讲过的陶渊明、鲍照一样，当文人辞官隐居的时候，也就是回归家庭的时候，整天和亲人生活在一起，很自然地，家人成为他生活里的重要组成部分，把彼此的互动写进诗里，是非常自然而然的结果，杜甫也是如此。之前是共苦，现在是同甘，在成都草堂时期，杜甫写到妻子、儿女的次数很多，并且反映出一家人和乐融融的情貌，可以说是诗歌史上第一次个人家庭的显影。

值得我们注意的是，杜甫本来就是一个非常专情的爱家好男人，当初他一个人在长安寻找仕进的机会，却一直很不顺利，蹉跎了宝贵的十年；后来在天宝十四年十一月安史之乱爆发前夕，他已经敏锐地感到山雨欲来的动荡不安，于是赶往妻儿寄居的郊区，而写下了《自京赴奉先县咏怀五百字》这首长诗，其中便提到："老妻寄异县，十口隔风雪。谁能久不顾，庶往共饥渴。"可见杜甫是一个很有责任感的一家之主，和李白真的很不一样，他心里总是记挂着分隔两地的妻子，没办法放下不管，于是在大难临头时不是"各自飞"，而是"共饥渴"，除了道德责任之外，想必也一定有一片深情吧。

这就难怪了，从现有的资料来看，杜甫终其一生都没有纳妾，这在古人里面是很罕见的，连苏东坡、纳兰性德这些深爱妻子的人都没有做到。也许会有人以为，这是因为杜甫太穷，养不起的缘故，但其实这是想当然的反应。其实对古人来说，家里多一个人就是多一个人手、多一份人力，何况妾不比正配妻子，她属于半个婢女的身份，可以协助家务，至少可以跟着正妻一起做女红，从这一点来说，经济应该不是主要的问题。

那么，我们就只能从其他的可能性来推敲了，一个可能，就是对妻子的深情，可是对妻子深情、却又纳妾的诗人并不少见，苏东坡、纳兰性德就是这一类。那么，应该就只剩下一个可能了，那就是杜甫宅心仁厚，不愿意让另外一个人跟着自己受苦！这样无私的理由，最符合他仁者的胸襟，应该是最接近杜甫本衷的正确答案吧。

到了成都以后，日子平顺多了，但也还是需要夫妻互相扶持，于是杜甫在《别李秘书始兴寺所居》这首诗里面提道：

重闻西方止观经，老身古寺风泠泠。
妻儿待米且归去，他日杖藜来细听。

原来身为儒家信徒的杜甫，对于佛学也是深感兴趣的，于是在始兴寺里聆听老朋友李秘书讲解佛经，但是听到一半，杜甫想到"妻儿待米且归去"，家里的妻儿还等着他送米回去，否则就会挨饿了，于是先行告辞，赶回家照顾亲人，然后表示"他日杖藜来细听"，改天还会拄着拐杖在来细听。你瞧，杜甫真是一个好丈夫、好父亲，不忍心妻儿挨饿，所以即使听经再专注、再入神，都不会沉迷其中不可自拔，宁愿先放下自己的兴趣，听到一半就打道回府。这种按捺住个人兴趣、以家人为重的表现，又再一次显示出杜甫对家庭的高度责任感和一片深情。

于是，杜甫闲暇的时候，就和妻儿一起度过闲适和乐的时光，例如《江村》：

> 清江一曲抱村流，长夏江村事事幽。
> 自去自来梁上燕，相亲相近水中鸥。
> 老妻画纸为棋局，稚子敲针作钓钩。
> 多病所须惟药物，微躯此外更何求。

这是一个漫长的夏天，浣花溪所围绕的村庄十分幽静，而由于杜甫平常十分疼惜万物，以致各种鸟儿也都把杜甫当作朋友，甚至在草堂里安居了下来，你看"自去自来梁上燕，相亲相近水中鸥"，屋梁上的燕子来去自如，水中的鸥鸟更是愿意亲近杜甫，表现出信赖，这已经是庄子所谓的乐园境界了。

既然连人鸟都相安互信，一家人当然更是相濡以沫，即使物质贫乏、简单，也还是可以其乐融融，当下"老妻画纸为棋局，稚子敲针作钓钩"，一切都是自行手工制作，但这种不用花钱就能得到的乐趣，其实更快乐、更有创意，因为那不是买现成的，得自己去找、动手去做，就必须更费心力。这样一来，妻子亲手绘制的棋盘，不是更独一无二、更珍贵可爱吗？

这样人鸟亲如一家、妻儿甜蜜相伴的情景，既是血浓于水，更是万物一体，真是前所未见的境地。果然杜甫也是有史以来，第一个以"江村"作为创作题目的诗人，可见，成都浣花溪边的草堂确确实实也是杜甫的桃花源了！

讲到这里，我们可得要知道，杜甫这种积极把握当下、领略各种小幸福的心态，其实带有很高的智慧，以及非常强大的心灵力量，并不是一般人所能达到的。

想想看，杜甫的确属于不成功的人，因为他终身与官场无缘，不仅没有机会实现抱负，甚至最后穷困潦倒而死，这对于传统读书人来说，算得上百分之百的挫败，如果他因此而沉沦抑郁、愤世嫉俗，谁也不能过于苛责。但是，杜甫的伟大就在这里，他从不怨天尤人，也没有因此失去心理的平衡，仍然以博大、均衡的心胸坦然面对人生，有一点余裕的时候，就积极地创造快乐和幸福。所以说，浣花草堂的短暂岁月里，那些点点滴滴的小幸福，虽然也算是上天的恩赐，但最主要的还是杜甫自己所创造的。关于这一点，有一句西方的至理名言，可以给我们很大的启发："成功"是得到你所想要的，"幸福"则是始终喜爱你所拥有的。（Success is to have what you want, happiness is to want what you have.）换句话说，杜甫之所以能够拥有这些小小的幸福，正是因为他换了另一个账本，不再追求成功，而是懂得珍惜、热爱这些已经在身边的人事物。这么一来，赤字就变成了盈余，带来了真实的喜悦，这就是杜甫之所以那么伟大的另一个秘密。

这一节，我们讲了杜甫对日常生活的欣赏与珍惜，用今天的话来说，可以算是一种小确幸。只是，杜甫的小确幸并不是没有志气，相反的，它让时间缓慢了下来，心灵也有了更大的空间，有余暇去欣赏路边的景物，也有心思去品味小小的乐趣，更有一种往前冲的时候所没有的敏锐，因此能够深入到很细微的地方，成为一个生活艺术家。对于我们忙碌急躁的现代人而言，这应该也是非常值得我们学习的吧？

第十三节　杜甫（四）：天鹅的挽歌

前几节，我们已经可以感受到，杜甫的一生大部分是流离失所，充满了挫败和困顿，直到生命的最后一刻，还饱受饥饿的苦难，甚至因为饮食问题而导致死亡，一代文学巨人就此颓然倒下，无声无息地陨落。

但在这个过程中，我们看到了杜甫面对人生的困境时，依然发挥积极的精神，认真过日子，他一边带着幽默感，化解了令人难堪的沉重；一边又带着儿童似的纯真的眼光，处处发现生活的乐趣，为自己创造存在的美好，以致平凡生活也就变得不平凡。所以说，幽默感和欣赏日常生活的眼光，就是杜甫用来扛起人生重担的精神力量。

接下来，我们就要开始谈杜甫在他的人生中，最后所写的诗歌之一：《江南逢李龟年》。

在谈这首诗之前，我们要先了解一下杜甫晚年的行踪。当安史之乱发生以后，杜甫避难到了成都，于乾元二年（759）岁末抵达，从上元元年（760）春天起，开始了一段短暂的安定时光。但这段成都草堂的岁月并不长，大约算起来，只有四年，期间还来来去去，仍然也有不稳定的情况，可见杜甫一生都处在忧患之中。

既然心理上难免流离失所、客居异乡的失根之感，再加上提供协助的好朋友严武过世，现实中又失去了依靠。于是，唐代宗永泰元年（765）五月，五十四岁的杜甫开始准备要回河南的故乡终老。他出生于河南省巩县，家族的祖坟都在那里，是落叶所归的根，于是他动身往东边走，一路到了重庆附近，在夔州这个山城待了将近两年。到了代宗大历三年（768）正月，杜甫又携家带眷出了三峡，沿着长江展开了以船为家的漂泊旅程。

接下来以船为家的这两年多，杜甫一家的水上旅程走走停停，因为杜甫实在太穷，常常米缸空了就得停靠岸边，或者卖药，或者卖字筹钱，赚一点旅费以后再开船继续到下一站。他写《江南逢李龟年》这首诗的时候，是代宗大历五年（770），也就是杜甫过世的这一年的晚春，杜甫五十九岁，仍然在船上漂泊，到了潭州，也就是湖南的长沙。就在这一年的夏天，杜甫因病过世，旅殡于岳阳。因为子孙无力归葬，他的尸骨暂厝在这个地方，等到孙子杜嗣业后来勉强将其迁回老家安葬，距离杜甫去世已经隔了四十多年。

换句话说，杜甫遇到了这首诗的主角李龟年以后，再过短短几个月就不幸离开人间。因此，这一首七言绝句正写于杜甫人生的最后阶段，属于他最后的作品之一，可以说是杜甫创作上的“天鹅之歌”，也就是一个艺术家在生命最后时刻所完成的最动听的歌曲。全诗从李龟年这个人物来切入，以安史之乱为分水岭，呈现他的人生境遇从过去到现在、从长安到江南的巨大变化，其中所哀悼的实际上是国家与个人一去不复返的黄金岁月（Golden Age），表露出对玄宗朝的太平盛世一去不返的深深感慨，所以又是一阕大唐盛世的挽歌。

《江南逢李龟年》诗云：

> 岐王宅里寻常见，崔九堂前几度闻。
> 正是江南好风景，落花时节又逢君。

诗句本身并不艰涩，反倒显得浅易直白，表面上只说：李龟年啊，以前常常可以在岐王李范的宅第里见到您的身影，也几度在殿中监崔涤的厅堂前聆听您的歌声。现在正是江南风景美好的时节，我在这花落的晚春又再度与您相逢。这就是此诗表面上的大意。

看起来，全篇四句只是简单交代一下他们过去见过几次，以及现在再度重逢的因缘，而且无论提到的是过去或现在，杜甫的笔调都只是蜻蜓点水，有如一段机械的简单记录，但其实，这首诗堪称七言绝句的登峰造极之作，其内涵的深厚是在字句的底层之下，所以才会那么耐人寻味。

那么，其中的奥妙在哪里呢？我们要知道，在诗歌中所书写的人际关系里，无论是聚、是散，是重逢还是离别，总脱离不了人、事、时、地、物这五个要素，这篇《江南逢李龟年》也不例外，而且杜甫把每一个元素都发挥到极限，因此蕴含了悠远深厚的含义。下面我们就一项一项来看。

《江南逢李龟年》之人、时、地、物

首先，在"人"的部分，包括了杜甫与李龟年。而杜甫在流浪漂泊的路上，所遇到的这个李龟年又是何许人也？李龟年是一位杰出的歌唱家，和另外两个兄弟都借着优异的表演才华受到玄宗的宠幸，以致当年在长安炙手可热。根据唐朝郑处诲《明皇杂录》卷下的记载：

> 唐开元中，乐工李龟年、彭年、鹤年兄弟三人，皆有才学盛名。彭年善舞，鹤年、龟年能歌，尤妙制《渭川》，特承顾遇。于东都大起第宅，僭侈之制，逾于公侯。宅在东都通远里，中堂制度甲于都下。

以致那二十多年之间，长安城里能请得动他一开金嗓的，只能是王公贵族、权贵要人，像岐王李范是玄宗很优遇的皇弟，而根据杜甫的原注，崔九是殿中监崔涤，中书令宰相崔湜的弟弟，李龟年能出入豪宅朱门，可见其身价何其不凡。

相比之下，当时杜甫蹭蹬困顿，根本望尘莫及，但身为读书人，还是可以凭借朋友圈见识到李龟年的荣耀繁华，也留下了对开元天宝盛世的深刻印象。既然这两个人在玄宗时期都待过长安至少十年以上，假如长安算是他们的第二故乡的话，那么彼此就算是故人了，异地重逢，自然涌现出一种亲切感。

那么，他们是在哪里重逢的呢？题目上的《江南逢李龟年》告诉我们，是在江南，而杜甫这时暂且落脚在长江南岸的潭州，也就是现在湖南的长沙，这就点到了人、事、时、地、物中的"地"。但杜甫不说潭州，而选用"江南"，因为这个名词本身就代表了一种美丽风光、富庶繁华的文化想象，南朝诗人谢朓《入朝曲》还有一句诗说"江南佳丽地",江南甚至变成了一个盛产佳丽的温柔乡。难怪明末的时候出现了大量的才子佳人小说,其中的才子佳人半数以上都是用江南的城市作为出身籍贯,这样可以更加烘托出一种优雅细致、旖旎浪漫的气息。

也确实,江南的风土气候不同于北方的土厚水深,因此孕育出富丽缤纷的风光,尤其是春天,诗人的美妙歌咏简直多不胜数,例如王安石所说的"春风又绿江南岸",一个"绿"字非常生动地表现出大地的变化,还被赞美为"诗眼"——诗歌的眼睛呢!然而江南的美,又岂是一个"绿"字可得!隐藏在绿意盎然里的,是生生不息的生机盎然。南朝梁代丘迟《与陈伯之书》写得最美:"暮春三月,江南草长,杂花生树,群莺乱飞。"明媚的春景简直让人如痴如醉,天气逐渐和暖,万物更是蓬勃畅旺,一片热闹!而暮春三月也正是这首诗写作的时间,杜甫就是在这样的季节遇到李龟年的,这便点出了人、事、时、地、物中的"时"。

只是,暮春虽美,江南的春天一样明媚,却也是春天即将要结束,到了落英缤纷的时刻了,多少诗人对此感伤落泪,《红楼梦》里的林黛玉还咏叹出一篇血泪斑斑的《葬花吟》。杜甫所谓的"落花时节又逢君","落花"就是这首诗所关联到的人、事、时、地、物中的"物"。至于落花,总是给人带来一种万般无奈的怅惘,就像宋朝词家晏殊《浣溪沙》中所说的"无可奈何花落去",以及民国初年王国维《蝶恋花》中所说的"最是人间留不住,朱颜辞镜花辞树"。眼看落花飘零,却是无可挽回,怎不令人心碎肠断?而留不住的,又岂止是落花?王国维不就说,明镜里的青春红颜也是一样地一去不回？再进一步来说，随着他们的青春年华而消逝的，还有开元天宝盛世的辉煌时代啊！

所以，只要我们仔细玩味便可以感受到，这首诗的核心意象就是落花，杜甫对李龟年说：如今又再见到你，已经是落花时节了。就在这无奈又怅惘的落花时节"又逢君"，这个"又"字，说明了当下是和李龟年的第二次相遇，但这次重逢的时候，究竟两个人说了什么？又做了什么？杜甫都没有进一步多做说明，留下一个无限想象的空间，余音袅袅。

其实，又何必多说呢？全篇字里行间充盈着含蓄深厚的情韵，那是一种说不出的沧桑，百感交集却又无言以对。对这两个历尽沧桑的人而言，一切都尽在不言中，"落花"这个意象已经说明了一切。

表面上，两人重逢的时空环境是江南春天的好风景，是最明媚的大地、一年中最美好的时节，但是暮春的百花纷纷凋零，不复盛况，旁边两个白首老人也是满面风霜，都在告诉我们：春天已经到了终点，眼前的好风景其实隐含着衰亡的气息，即将幻灭。而幻灭的又何止是春花呢？同时失落的，还包括个人的青春，连生命都快要走到尽头，甚至整个国家的国祚、时代的运势也进入到衰颓残破的局面，大唐盛世一去不返。

《江南逢李龟年》之事

这首诗点明了人、时、地、物这四个要素，人是李龟年，时间是暮春，地方是江南，物件是落花，杜甫所唯一没有明说的，就是人、事、时、地、物中的"事"，而这首诗所涉及的"事"，就是安史之乱所带来的巨大变化。当战乱发生以后，两人都流落到了江南，杜甫固然是苦苦挣扎求生，李龟年也不例外，他被战争剥夺了一切。前面引述过的《明皇杂录》这部书，描述了李龟年的春风得意之后，又有后续的记载：

> 其后龟年流落江南，每遇良辰胜赏，为人歌数阕，座中闻之，莫不掩泣罢酒。

想当初，他的豪宅栉比鳞次，丝毫不亚于王公贵族，出入的是权贵的门庭，来往的是当朝的名流，要听他的歌喉，得到深似海的海底龙宫才能一饱耳福。谁能想到，晚年的李龟年反倒流离失所，竟然像流落街头的流浪汉，为了活下去，只能靠卖唱为生，获得一点点微薄的收入来度过残生，这真是情何以堪，哪里是他过去所能想象的！

那么，李龟年流浪卖艺时所演唱的曲目，又是哪一些呢？关于这一点，同样是唐朝的范摅在《云溪友议》卷中提道：

> 龟年曾于湘中采访使筵上唱："红豆生南国，春来发几枝。愿君多采撷，此物最相思。"又曰："清风朗月苦相思，荡子从戎十载余。征人去日殷勤嘱，归雁来时数附书。"此词皆王右丞所制，至今梨园唱焉。歌阕，合座莫不望行幸而惨然。

原来，他最常演唱的就是王维的绝句诗，尤其是那一首红豆相思。"红豆生南国，春来发几枝。愿君多采撷，此物最相思。"真是道尽了他对开元天宝盛世的怀念，而在场的听众同样都被触动了心肠，为之潸然泪下，再也咽不下一滴酒，整个宴席一起陷入盛世不再的悲哀里了。

或许是这样的盛衰巨变太令人惊心动魄了！后来的文学家常常发挥想象力加以渲染，极力演绎那份彻骨的悲凉，例如清初的剧作家洪升《长生殿·弹词》中，李龟年所唱的是："当时天上清歌，今日沿街鼓板""唱不尽兴亡梦幻，弹不尽悲伤感叹，凄凉满眼对江山"等等，这样的文字情调是洪升所模拟出来的，表现出后人对天宝惨剧的感慨万千。

也或许，杜甫就是在这样充满眼泪的酒宴上遇到李龟年的。这两个又老又穷的人浪迹天涯，他们不但是久别重逢，更是九死一生，进入到退无可退的人生绝境，居然在一个意外的机缘里再度见面，两人在惊喜之外，更多的必然是感伤悲哀、不胜唏嘘！

想当初，大家还活在开元、天宝盛世的时候，正值青壮之年，又是大好时代，人人充满了信心和希望，太平繁荣是理所当然的，是天经地义的，甚至是天长地久的，犹如纳兰性德《浣溪沙》所谓的"当时只道是寻常"，谁能想到这三四十年的时光竟只是昙花一现！杜甫这一批在开元、天宝盛世中诞生、成长并且到达中壮年的人，亲身见证了"眼见他起高楼，眼见他宴宾客，眼见他楼塌了"的盛衰过程，这个彻底的毁灭令人惊心动魄！好比鲁迅所说的："悲剧将人生的有价值的东西毁灭给人看。"（《再论雷峰塔的倒掉》）那么，安史之乱的巨大海啸把一切珍贵的文明都给摧毁殆尽，简直就是世界末日。

因此，杜甫、李龟年这两个时代的难民、盛世的遗民，被安史之乱的惊涛骇浪冲刷到异乡陌路，在江南这个地方再度重逢时，已然是满脸风霜、穷途末路，在对方身上就可以看到自己。而这两个难民的交会，必然产生巨大的冲击而激荡出无限澎湃，因为彼此都见证了椎心泣血的大失落，两个人会在江南这个地方碰面，就是大失落的一个证明。

可想而知，两人意外重逢时的情境与心情更是火光四射，只是在这首诗中，杜甫以极其内敛的方式表达得炉火纯青。因为在杜甫的心目中，如此激荡、碰撞的火光已经被巨大的悲伤消融掉，只剩下非常温润深沉的感伤，这就是这首诗之所以如此感人的地方。

让我们掩卷遥想：这首《江南逢李龟年》中所涉及的时空人事，在在表现出眼前之现实与过去之往昔形成极端尖锐的对比，杜甫和李龟年都已失去了青春华年而一无所有，伟大的大唐帝国也失去了辉煌繁盛而苟延残喘，只剩下贫穷衰老又动荡不安。但是，在这个重逢的时刻，杜甫并没有将这今非昔比的尖锐性扩充为刺伤性的语言描述，相对地，他以温柔敦厚的笔调形诸字句，没有一个字去抱怨，没有一个字去指控，也没有一个字去感伤，那种种不堪回首的无限感慨只会集于"落花时节"来展现；而单单"落花"这个简单的、美丽的意象，便涵摄了所有的层次，包括两个人彼此的苍老流落、整个大时代的残破失落等悲剧的命运，结果反而产生出撼人心魄的深刻力量。

因为文学真正的最大力量不是把话说尽，说尽了，文学的感染力就没那么深；而抱怨和指责的感染力更是有限，它最多只能引起愤怒，一旦愤怒过后就不容易留下什么。相反地，含蓄蕴藉、温柔敦厚却能在人的心理中引起余韵无穷，这种回响是非常悠长深远的，只讲个三分或其他另外的五分，这样反倒具有一种更深远的力量。

也因此，杜甫这首《江南逢李龟年》虽然仅仅只有四句、二十八个字，用语也极为浅白平淡，但内涵却是无限深沉而饱满，其中包笼了一切繁华幻灭的巨大伤痛，却又如此地意在言外，所以才会更感人肺腑。清初何焯《义门读书记》卷五十六对这一首诗的评论说得真好：

> 开元盛时，今已久矣；不意江南复与龟年相逢，故兴感焉。四句浑浑说去，而世运之盛衰，年华之迟暮，两人之流落，俱在言表。

后来编订《唐诗三百首》的孙洙，也有类似的说法："世运之治乱，华年之盛衰，彼此之凄凉流落，俱在其中。"难怪乾隆皇帝御定的《唐宋诗醇》赞赏道：这首诗"言情在笔墨之外，悄然数语，可抵白氏一篇《琵琶行》矣。……此千秋绝调也。"杜甫的二十八个字可以抵得过白居易长篇大论的《琵琶行》，这真是最高的赞美！

看完了杜甫这首《江南逢李龟年》，我们也要从无限的感慨中醒过来了。这真是一篇诗人的天鹅之歌，也是一曲大唐盛世的时代挽歌，淡淡的一句"落花时节又逢君"，就蕴含了今非昔比的无限沧桑，那刺骨的感伤穿透了文字，让读者的心也为之泫然欲泣，而杜甫，他又该是多么心绪凄凉！至痛无言，于是千言万语、深悲大痛都化入了平静无波的诗句里，只有慢慢咀嚼、体悟的人，才能感应到字面下让人无法承受的大悲恸。

而几个月后，杜甫就带着这样波澜壮阔又刻骨铭心的一生长眠了，不知他在生命的最后一刻，眼角是否含着一滴泪水？他千辛万苦地完成了自己的使命，无愧于天地，而我们是否也能珍惜他所留下来的心血结晶，从那一千五百多首诗篇里得到启发、得到升华，学着像杜甫一样，正直、善良、坚强、尽心尽力，做一个真正的君子？

回顾这四节的内容，通过杜甫的诗歌展现出他伟大的人格，包括宽广的齐物心胸、可爱的幽默感，以及品味生活的纯真心灵，还有今天所说的对沧桑的无限感慨，总而言之是一片温柔敦厚。下一节，我们就要来看杜甫是怎样培养自己的，也就是他如何让自己成长为如此伟大的诗人的。

第十四节　杜甫（五）：学习、成长的态度

上一节，我们讲了杜甫最后的诗篇之一《江南逢李龟年》，也走完了诗圣的一生。这个时候再来回顾这位中国最伟大的诗人做了哪些努力，探测他之所以会如此伟大的奥秘，那是最好不过。

其实，杜甫之所以会成为中国最伟大的诗人，并不是偶然

的，也不是单单凭天赋就可以办到的。任何成就都需要辛苦的努力、严格的训练、高度的自律、广泛的吸收，甚至还要具备宏大的人格，杜甫也是如此，他更在自己的作品里清楚写出他一生待人处事、创作学习的心态或原则，最主要的就是《戏为六绝句》。今天我们就来谈谈这一组诗的主要内容。

这组诗一共是由六首七言绝句所构成的，题目上虽然说是"戏为"，一种游戏式的写作，其实内容严肃无比，甚至还开创了"论诗诗"这种写作题材，亦即以"诗"的形式来评论诗歌，这就扩大了诗歌抒情言志的功能，让诗歌可以发挥的内涵更宽广了。后来有不少文人受到杜甫的影响，也写了系统化的、连篇成组的论诗诗，最著名的就是元好问《论诗三十首》，我们前面也引述过其中的见解。单单这一点，又再度证明了杜甫伟大的创造力和开创性。

如何避免身与名俱灭

杜甫之所以会特别地专门写这一组诗，有一个很重要的背景。原来盛唐时期，诗坛上有一股复古的风潮，他们继承初唐陈子昂的复古理论，标举所谓的"汉魏风骨"，并且否定南朝齐梁追求格律、辞藻的努力，认为那是流于形式化的、离开文学真生命的末流外道。其中，李白是影响力很大的一位人物，他声称"自从建安来，绮丽不足珍"，主张建安所代表的汉魏风骨以后，诗歌就走上绮丽的方向，并不值得珍惜。而李白以诗仙的飘逸潇洒激荡了这个风潮，于是，盛唐诗坛上人云亦云，把南朝齐梁诗歌贬低为虚有其表的声浪一时澎湃到了横扫千军、所向披靡的程度。

不只如此，南朝以后、盛唐之前还有初唐一百年的诗歌发展，一般也认为那一阶段是南朝齐梁的延续。例如明朝诗评家陆时雍《诗镜总论》便说："王勃高华，杨炯雄厚，照邻清藻，宾王坦易，子安其最杰乎？调入初唐，时带六朝锦色。"意谓诗歌的声调进入初唐以后，还时时带有六朝华丽如锦绣般的色彩，而那些"时带六朝锦色"的诗人，主要就包括著名的初唐四杰，王勃、杨炯、卢照邻、骆宾王，合称"王杨卢骆"。这么一来，当盛唐主流在抨击南朝齐梁的时候，往往把初唐也给一并骂进去了，四杰也就成为替罪羔羊。

换句话说，杜甫在他的时代里，感受到一种一窝蜂否定前人的盲从，以所谓的"复古"进行诗歌的褒贬，却落入单一而狭隘的价值观，既不公平，又非常浅薄，暴露的是自己的无知又傲慢，让杜甫看了感到痛心又无奈，于是忍不住写了《戏为六绝句》加以反驳。

因此，这一组诗全部的主旨就是要广泛吸收、兼容并蓄，向所有的对象学习，其中的每一首诗都是在阐述这个原则，同时劝告大家，不要用自己有限的成见画地自限，否则唯一会被耽误、被损害的，就是自己！

例如其中的第二首说：

王杨卢骆当时体，轻薄为文哂未休。

尔曹身与名俱灭，不废江河万古流。

第一句的"王杨卢骆"就是初唐四杰，他们在历史的延续性之下，于初唐时期认真创作，表现出"当时体"——也就是一种带有时代性的体貌风格，于是被盛唐这一大批盲从跟风的复古派"轻薄为文哂未休"，人多势众的复古派轻薄放肆地写文章，对初唐四杰嘲笑个不停。试想：这样的情况，我们也都不陌生吧？对已经成为过去的古人滥加批评，不是很常见的一种傲慢吗？好像只因为还活着，拥有发言权，就代表最高的权威似的，于是信口雌黄、任意褒贬；却浑然不知，古人能在历史上留名，那就表示他们拥有踏实的、真正的、有影响力的成就，虽然难免于时代的局限，却也以真才实学对时代有所贡献，才能不被遗忘、不被磨灭，而后世那些凭一张嘴就妄加批评的人，本身却还早得很。

于是，杜甫接着说"尔曹身与名俱灭"，其中的"尔曹"，就是"你们"的意思，指的是盛唐那些摇旗呐喊的复古派。但"尔曹"这两个字属于一种比较率直、不甚尊重的第二人称代名词，一般用在平辈之间、或上对下的人际关系里。可见杜甫对他们实在没有什么好感，所以这里就以居高临下的语气称呼他们，更大胆预言他们会"身与名俱灭"，他们现在如日中天、声势浩大的名气，也会随着身体的死亡一并消灭。换句话说，他们之所以能这样呼风唤雨、不可一世，只不过是趋炎附势，跟着主流搭顺风车，靠的是人多势众，根本不是靠自己的实力，因此，一旦退休了、人死了，就留不下任何痕迹，也不会有人再记得他们。然而，他们所攻击的初唐四杰却必定依然屹立不摇，"不废江河万古流"，像江河一样永恒不灭，万古流传。

让我们认真想一想，就会禁不住赞叹：杜甫说得实在太正确了，当时谩骂初唐四杰的那些人，到了现代，我们却一个都不认识，他们早就在历史残酷的淘汰之下烟消云散，化为灰烬，再也没有人记得；但是，初唐四杰却依然是我们耳熟能详的文学家，确实是"不废江河万古流"！

以其中的王勃而言，其《送杜少府之任蜀州》中的"海内存知己，天涯若比邻"，这一联诗直到今天我们仍朗朗上口，每当感到孤独的时候，只要想到天涯海角还有知音，甚至收到远方传过来的一封信，就可以带来无比的温暖，那遥远的距离缩短了，甚至不存在了，知己就仿佛在身边，为我们激发出勇气和信心，驱散了无边的荒凉。

而王勃的《滕王阁序》更不用说了，作为一篇骈文的杰作，里面的文句简直美不胜收。"落霞与孤鹜齐飞，秋水共长天一色"，"关山难越，谁悲失路之人？萍水相逢，尽是他乡之客"，多么的美丽，又多么的深邃！那一片无穷无尽的辽阔，却又不免带着悲怆苍凉，在抑扬顿挫的音节里让人心灵起伏、感慨万千，谁能想到它是出自一个年仅二十六岁的年轻人之手？

这么说来，历史果然证明杜甫是正确的，他做了一个无比精准的预告，那不是神灵附体的天机泄漏，而是一种洞察事理的真知灼见。其实，人只要能免除虚荣心、势利心，就比较容易看清很多的事实，如果再加上深厚的学问、理性客观的思考，就更会培养出正确的判断力，杜甫的预告就属于这一种。

那么，要怎样才能避免"身与名俱灭"的命运呢？杜甫在《戏为六绝句》的第五首便说道：

不薄今人爱古人，清词丽句必为邻。

意思是：不要鄙薄、看轻现在的人，也同样要珍惜、喜爱古人，毕竟，看一个人、一件事，最重要的不是它属于哪一个时代，而是它本身有没有价值！只要是有内涵，不就是我们应该欣赏的珍宝、应该吸收的养料吗？因此杜甫说"清词丽句必为邻"，那些南朝、初唐所创造的清词丽句，一定要当作我们邻近的良伴，那样才可以丰富我们的心灵和才华！

很明显地，杜甫肯定六朝，尤其是南朝和初唐的诗歌价值。因为他清楚地看到，盛唐的成就是奠定在前人的基础上的，包括南朝和初唐的清词丽句，它提供了适当的表现形式，促进了精妙的表达力，提升了艺术的境界，同样是杰作不可或缺的必要条件；换句话说，单单只有"汉魏风骨"，不但难以写出杰作，更创造不出伟大的盛唐。

于是，到了《戏为六绝句》压轴的第六首，杜甫便总结说道：

未及前贤更勿疑，递相祖述复先谁。

别裁伪体亲风雅，转益多师是汝师。

第一句的"未及前贤更勿疑"，是指出那些复古派的支持者根本比不上前贤，这是根本不用怀疑的事实，否则前面就不会说"尔曹身与名俱灭，不废江河万古流"了。因此，下一句杜甫就指点他们一条明路，说：你们应该"递相祖述复先谁"，对于前贤要一个一个地效法、遵循，没有哪一个是具有最重要的优先地位。这就是说，众多的诗歌前辈各有千秋、各擅胜场，复古派所推崇的"汉魏风骨"只不过是学习清单中的一项，实在不需要排挤其他优秀的古代诗人。

那又要怎样确保"递相祖述"时，不会变成盲目的照单全收呢？关键就在于"别裁伪体亲风雅"，"别裁"是指区别、裁除的意思，我们要做的不是区分时代，因为用古今的差异来作为好坏的标准，那实在是太表面、太形式主义了，也实在太简单了；谁说汉魏时期的建安诗歌就都是风骨具足？谁说南朝的诗人就全部都是徒具形式的败笔？因此，用时代作为好坏的判准，简直称得上是幼稚。洞察到这一点的杜甫语重心长地提醒我们，一个好的学习者、批评家最应该做的，是"别裁伪体亲风雅"，区分文学生命的真假，把"伪体"——那些鱼目混珠的假作品给辨别出来，加以淘汰，然后亲近"风雅"，也就是文学的真面目、真生命，这才需要高度的眼光，也才能发扬文学的价值！所以说，诗歌的高下不是从时代的古今来判断的，而是要回到文学本身，看作品中是否有真正的力量来决定。

也因此，从古到今、从《诗经》到盛唐，又有谁不能当我们的老师呢？连孔子都说："三人行，必有我师焉。"（《论语·述而》）何况"江山代有才人出"（清·赵翼《论诗五首》之二），古今才人辈出、各领风骚！每一个时代都有真诚创作的诗人，也都会留下具备真价值的作品，所以杜甫最后一句说"转益多师是汝师"，你辗转向这许多的老师请益吧，而这种"转益多师"的心态和做法，就是你唯一的老师！这一句的"转益多师"呼应了前面第二句的"递相祖述"，都是强调一种广泛学习的原则，其中用以殷殷告诫"是汝师"的"汝",也就是第二首"尔曹身与名俱灭"的"尔曹"。杜甫在这里是说,你们这些复古派所反对的南朝、初唐的不少诗人,其实当你们的老师也都绰绰有余呢,你们不好好向他们学习,岂不是画地自限,耽误了自己,只注定最后要落得"身与名俱灭"的下场!

由此可见,杜甫真是义愤填膺,诗中才用了一些比较尖刻的表达方式,和他一贯的温柔敦厚不大一样;但他也还是不厌其烦地苦口婆心,为一般凡夫俗子指点明路,真堪称是有教无类的人师了。而他自己更是言行合一,亲身实践了这个原则,确实做到了"递相祖述"和"转益多师",也因此,杜甫的诗歌成就被称为"集大成"。

为什么说杜甫的诗歌是"集大成"

在杜甫之后的中唐诗人元稹,因为受到杜甫孙子杜嗣业的委托,写了一篇杜甫的墓志铭,其中就是这样表彰杜甫的:"至于子美,盖所谓上薄风骚,下该沈、宋,言夺苏、李,气吞曹、刘,掩颜、谢之孤高,杂徐、庾之流丽,尽得古今之体势,而兼人人之所独专矣。"而后来的苏轼《书唐氏六家书后一首》诗呼应了这个说法,云:"杜子美诗,格力天纵,奄有汉、魏、晋、宋以来风流。"甚至更用"集大成"来赞美杜甫的成就,而这个词本来是孟子用来赞美孔子的最高境界的,可见杜甫的伟大。

但"伟大"并不是喊出来的,而是建立在扎扎实实的能力上,这就和杜甫开阔的心胸密不可分。

以古典诗的创作而言,盛唐诗歌已经是登峰造极,但站在峰顶上的杜甫，却仍然非常虚心地面对整个过往的传统，了解并尊重其中点点滴滴的成果，也欣赏并效法每一个古人的心血，这就是他之所以能登峰造极，成为人上之人的原因。古人早就说："泰山不让土壤，故能成其大；河海不择细流，故能就其深。"（李斯《谏逐客书》）杜甫的成就确实是"地负海涵"，像大地一样承担无数，像大海一样包含万千，也助成了杜甫集大成的境界，所以成为真正的"大家"，而傲视古今。

所谓的"大家"，犹如明朝诗评家胡应麟《诗薮·外编》卷四所定义："偏精独诣，名家也；具范兼镕，大家也。""清新、秀逸、冲远、和平、流丽、精工、庄严、奇峭，名家所擅，大家之所兼也。浩瀚、汪洋、错综、变幻、浑雄、豪宕、闳廓、沉深，大家所长，名家之所短也。"换句话说，"大家"就是兼具各种优长之处的大师，其成就是宏大而深厚的；相较之下，"名家"就是只能在某一两个方面有很好表现的诗人，以致还有一定程度的成就，可以获得一定的名声；至于"小家"，就是一般平庸的作家了，无足称道。可见"大家"是多么不容易抵达的境界。

换一种现代人比较容易理解的标准来说，我们可以参考英国人奥登（Wystan Hugh Auden，1907~1973）为《19世纪英国次要诗人选集》（*Nineteenth-Century British Minor Poets*）所写的序言，其中指出，一位诗人要成为大诗人，要必备下列五个条件之中的三四条：

一是必须多产；

二是他的诗的题材和处理手法必须宽泛；

三是他在观察人生角度和风格提炼上，必须显示出独一无二的创造性；

四是在诗的技巧上必须是一个行家；

五是尽管其诗作早已经是成熟作品，但其成熟过程要一直持续到老。而一般的次要诗人，尽管诗作都很优秀，但你却无法从作品本身判断其创作或形成的年代。也就是说，是一成不变的，静止的。

因为写一首好诗不难，难的是在不同的阶段包括创作的最后阶段，总能写出不同于以往的好诗。

简洁地说，这五个条件就是：多产、广度、深度、技巧、蜕变，而一个诗人要成为大诗人，应该至少要具备其中的三四项才能达到。如果我们将这些条件用以衡量杜甫，就会赫然发现，这五项杜甫全部都具备了！连和他并称"李杜"的李白都略逊一筹！因为李白缺乏了最后的那一项，也就是与时俱变，不断地有所创新，而比较偏向始终如一。以他最著名的《早发白帝城》一诗而言，就可以证明这一点。这首诗放在他二十五岁离开四川而下三峡的时候，完全说得通；可放在他五十八岁流放夜郎，遇到朝廷大赦而下三峡的时候，也同样没有冲突，可见李白的创作风格是一以贯之的。

从这一点来说，李、杜虽然并列为中国文学史上最伟大的诗人，但第一名的桂冠还是应该属于杜甫，杜甫被视为中国最伟大的诗人，诚然是实至名归。

杜甫的《戏为六绝句》这一组诗，清楚说明了伟大的成就是怎样造就出来的，也就是即使自己已经站在高峰，但仍然十分地谦逊、虚心，对所有人才的优点都十分尊重、赞美并加以学习，甚至胸怀古今，于是更上一层楼，探测到天外有天的那一片宇宙！这样便自然会长成一位巨人。甚至我们应该说，拥有谦逊、公正、恢宏的心灵，本身就是最美好的存在姿态，那是比现实成就更珍贵的人品格调，即使不能因此让事业登峰造极，但那样的气度本身就是伟大的成就。

而这就是杜甫通过《戏为六绝句》所给出的指点大家的指南针，大家是否体会到他的苦心劝告呢？

第十五节　王昌龄《闺怨》：一个女性的成长

在前几节的专题里，我们看到了杜甫的博大精深，堪称"集大成"的诗圣，他能登上诗史上第一名的宝座，确实是当之无愧。

但在盛唐的诗坛上，人才济济，除了王维、李白、杜甫之外，还有一些很值得一提的诗人，例如王昌龄，他的七言绝句成就并不亚于李白，还被称为"七绝圣手"。而七言绝句的最高境界，如同清朝诗评家沈德潜《说诗晬语》卷上所言："七言绝句以语近情遥、含吐不露为主，只眼前景、口头语，而有弦外音、味外味，使人神远。"我们前面讲过的杜甫《江南逢李龟年》，就是其中的圣品；而王昌龄以这样的七言绝句来写闺怨诗，更是深妙动人。

这里我们要来谈王昌龄的一首女性诗，题目就叫《闺怨》，它非常与众不同，刻画了其他类型诗歌所没有触及的深层部分，所以别具一格，很有特色。

闺中女性怨什么

以前我们谈过，闺怨诗是从《诗经》开始就已经出现的女性主题，可以说是历代的热门题材；如果闺怨的主角是皇宫中的女性，那就会被特别归类为宫怨诗，算是闺怨诗的限定版。但对于闺怨、宫怨的描写方式与呈现角度，历来难免于特定的类型而流于窠臼，仔细观察其中所写的内容，大都不出两个范畴：

第一种，是专注于女子独守空闺的哀怨情境，描写她内心的寂寞、外观的憔悴，其中常常包含"明月相思"的模式。这已经成为此类诗歌很常见的写作范式。第二种，则是带有现实的目的，诗人写闺怨诗的动机不只是单纯地同情这些女性，而是要借以控诉战争的残酷，或怨责君王、良人的冷落无情。这两种主题方向几乎涵盖了闺怨诗的全部。

而一般说来，造成思妇的原因大致上有三种：做丈夫的出外经商、仕宦做官，以及上战场征伐，基于这三种原因而离家远行，夫妻分隔两地，这就是形成闺怨诗的前提。至于思妇对这几种离别的情况，可以有几种反应：

一种是针对丈夫的出外经商，思妇后悔嫁错了对象。例如李白《江夏行》云："不如轻薄儿，且暮长相随。悔作商人妇，青春长别离。"既然商人的工作就是外出贸易,那就注定要长期、甚至终身独守空闺,于是李白笔下这位商人妇悔不当初,竟然觉得不如嫁给浪荡不羁的轻薄儿,他们虽然用情不专,但至少总会每天回家,可以日夜相随。这种怨怼越积越深,后来就诞生了白居易《琵琶行》里的名句:"商人重利轻别离。"这也许不尽公平,却已经被牢牢贴在商人身上,成为撕不掉的负面标签了。

至于思妇的另一种反应,是针对丈夫的仕宦做官。一般而言,传统的男性本来就是以国家为己任,出将入相被视为终身的最大成就。初唐诗人骆宾王《从军中行路难二首》之二所谓"但使封侯龙额贵,讵随中妇凤楼寒",便清楚说明了,对男性而言,只要能够封侯拜爵,得到高贵显赫的功名,那就应该全力去争取,怎么可以贪恋妻子,在精美的凤楼闺房里过着妇唱夫随的日子呢?那样就太没出息了。后来,盛唐诗人岑参《送费子归武昌》也声称:"男儿何必恋妻子,莫向江村老却人。"他警告说,爱恋妻子不仅有失男子汉大丈夫的气概,甚至会注定终老江村、一生无成,一个男人何必眷恋在温柔乡里呢?

这么一来,男方为了证明自己的成就,势必汲汲营营地在朝廷出人头地,哪里会在意妻子的寂寞呢?而且官位越大,职务就更忙碌,早出晚归,哪里还有陪伴妻子的余暇呢?所以李商隐《为有》诗中云:"无端嫁得金龟婿,辜负香衾事早朝。"原来这位人人称羡的贵妇,也有她不足为外人道的苦衷,"无端",是无缘无故的意思,她觉得自己莫名其妙地嫁入豪门,夫婿飞黄腾达,是一个佩戴着金龟袋的三品以上的高官,固然身边有个金龟婿让人风光，但是也要付出很大的代价，毕竟有谁能和朝廷抢人呢？难怪名臣大将的后面常常有一个寂寞的妻子。

相对地，我们前面讲到南朝诗人鲍照的时候，就看到他因为仕途不顺，索性罢官回家，这才享受到家庭伦理亲情的温暖，于《拟行路难十八首》之六云："弃置罢官去，还家自休息。朝出与亲辞，暮还在亲侧。弄儿床前戏，看妇机中织。"这就说明了其中难以两全的矛盾。对妻子来说，虽然对金龟婿难免有所怨怼，但真要在骆宾王所谓的"封侯龙额贵"和"随中妇凤楼寒"二者选一，恐怕也还是会万分为难吧。

最后，造成思妇的第三种原因，就是丈夫上战场征伐不归。这种类型应该算是最惊心动魄的离别了，因为其中充满了生命危险，一不小心，生离就变成了死别。因此，这一类的思妇是最辛苦的，除了寂寞之外，还要承担生死的压力。这种日复一日的提心吊胆更沉重、也更折磨人，于是，李白就代替那些悬心的妻子们祈祷说："何日平胡虏，良人罢远征？"希望朝廷赶紧让战争平定下来吧，丈夫就可以早日平安归来，夫妻团圆。

而在这个悬心的等待过程里，所谓"没消息就是好消息"的道理，并不是绝对的，最惨烈的情况见诸晚唐陈陶《陇西行四首》之二，这一首诗云：

> 誓扫匈奴不顾身，五千貂锦丧胡尘。
>
> 可怜无定河边骨，犹是春闺梦里人。

远方边疆的将士勇敢善战、冲锋陷阵，奋不顾身地保卫国家，和匈奴等边疆蛮族战况激烈，那五千名穿着貂皮锦袍的精锐部队，就这样覆没在胡人的铁蹄刀剑之下，一去不回。他们的尸体在荒凉的无定河边渐渐化为枯骨，可苦苦在家里望君早归的妻子，却还在春天的闺房里做着团圆的美梦。"无定河"这条黄河的支流，地理上位于陕西省北部，因为常常迁移改道，故名。诗人选用"无定河"，一方面是呼应军事作战的区域，和边塞荒野的空间性相吻合；而另一方面，更是要借由字面来传达一种无常的意象。无常的岂止是河道？胜败无常，生死也无常。生死一线间，这是战争最可怕的地方。可是那些活生生的将士不但就这样化为枯骨，最悲惨的是，无定河是十年河东、十年河西，那么埋葬在河边的尸骨不也就失去坐标了吗？英魂找不到回家的归路，妻子也找不到丈夫的尸骨，注定永世不能重逢，那春闺中的美梦更是多么虚幻又残酷！

讲完了这三种思妇的成因，也就注定这些独守空闺的女性心中有怨怼，有遗憾，还有担忧和恐惧，这些都是沉甸甸的重量，让人的心轻松不起来。

《闺怨》：一首女性的"成长诗"

盛唐诗人王昌龄的这一首《闺怨》，实在是非常与众不同，令人耳目焕然一新，因为他所写的完全和上述的负面内容无关，相反地，他捕捉到一个少女变成少妇的瞬间过程！这就是它独一无二的原因。诗中说：

闺中少妇不知愁，春日凝妆上翠楼。

忽见陌头杨柳色，悔教夫婿觅封侯。

第一句，点出这首诗的女主人公是"闺中少妇不知愁"，原来这是一位结婚不久的年轻少女。你注意到了吗？虽然诗人说她是少妇，我却说她是少女，为什么呢？因为诗人清楚地说她"不知愁"，换言之，她虽然已经结婚了，成为人妻、人媳，伦理身份上确实算是少妇，但她的心态却还是停留在少女的状态，天真单纯、无忧无虑，完全不懂得独守空闺的意义。所以从心理状态来说，她还是一个少女，甚至是一个小女孩。

可奇怪的是，这位少女已经嫁作人妇，而且明明丈夫不在家，心态却是"不知愁"，这实在不是常见的情况，到底有哪些可能的原因呢？

首先，这位少妇出嫁前，在自己的原生家庭里，一定本来就是个备受宠爱、娇生惯养的掌上明珠，同时也是家境优渥、锦衣玉食，所以才能如此顺利快乐地成长。再从下一句的"春日凝妆上翠楼"来看，夫家提供了华贵的装扮和精美的楼阁，以及充裕的闲暇，那么她应该是在门当户对的情况下，嫁入豪门成了贵妇，毋须操心柴米油盐，不必洗手做羹汤，就像在自家一样，只是换了另一个别墅而已；而且所谓的丈夫，这时候对她而言，应该也只能算是一个很喜欢的玩伴，玩伴不在身边，也没什么大不了。可见这位女子是很幸运的，在她的成长历史中，"少妇"只是一个表面上身份的转变，因此在人格状态上依然还是"少女时代"的延续，这就难怪她一直"不知愁"了。

而这种不懂得忧愁的状态，就反映在她依然兴致勃勃地享受大好青春。春天来了，桃红柳绿，到处欣欣向荣，一个十几岁的少女年纪轻轻，怎么可以不好好把握春光，享受人生呢？于是在一个美丽的春天，她精心地打扮自己，这就是第二句所说的"春日凝妆上翠楼"。"凝妆"，亦即精心装扮，我们似乎可以看到她坐在妆台的镜子前，细细描绘着蛾眉，再扑上香滑的脂粉、抿上嫣红的唇膏，最后鬓边再插上一支摇曳生姿的金步摇，左顾右盼，觉得满意了，然后提着鲜艳的罗裙，走上精雕细琢的翠楼。

而"春日凝妆上翠楼"这一句，其实隐含了两个重点，那才是王昌龄没有说出来的弦外之音。首先，这位少妇怎么会有"春日凝妆"的心情呢？《诗经·卫风·伯兮》早就说过："自伯之东，首如飞蓬。岂无膏沐，谁适为容。"诗中的思妇独守空闺，自从丈夫到东方去作战以后，根本就没有心情打扮，不是因为没有胭脂之类的美容用品，而是失去了想要为他装扮的那个人。从这个角度来说，王昌龄笔下的这位闺中少妇依然很有打扮的兴致，以致"春日凝妆"，恰恰透露出"不知愁"的原因，那就是她还不懂得爱，所以也不懂得离别！

那么，为什么她精心装扮以后会接着"上翠楼"呢？翠楼，就和红楼一样，都是指富贵之家所建造的精美楼阁，可以是千金小姐的居所，也可以是庭院中让人游赏休憩的建筑物，在这里，应该是后面这一种。而且推敲这位闺中少妇登楼的动机，应该就是我们常说的登高望远，这种高度的变化可以让人看到不同的世界，同样地，这位少妇也是如此，登上翠楼以后，就可以更尽情地饱览春天的景色了。毕竟家里的庭院花园再大、再繁华，总是有局限的，而且被高墙围住，又能欣赏到几朵春花、几只蝴蝶？晚唐诗人孙光宪《玉胡蝶》不就说：

> 春欲尽，景仍长，满园花正黄。粉翅两悠飏，翩翩过
> 短墙。

满园的黄花里，两只蝴蝶翩翩起舞，飞着飞着就越过矮墙，到别人家的院子去了，只留下虚无缥缈的幻影，那是多么不尽兴啊。所以说，这位少女精心打扮以后，觉得自己应该拥有更宽广的青春，那就优雅地一步步款款走上楼阁的最高层吧。

果然，上了翠楼以后，眼前的风景为之一开，辽阔的大地尽收眼底，大门之外的街道巷弄更像是地图一样历历在目，在远方地平线的那一端，很可能还铺展了绿野平畴。这位少女游目四顾，眺望着各种斑斓的、缤纷的景色，迎面春风吹拂，应该是感到无比地心旷神怡吧。

可是猝然之间，在那么突如其来的一瞬间，一个表面上看不到、隐藏在内心深处的天崩地裂发生了，她被路途尽头的杨柳给触动了。"忽见陌头杨柳色"中的"忽"字，清楚告诉我们，这真是一个不经意的瞬间，是根本没有料想到的。当那片如烟似雾的青绿色映入眼帘时，已经不仅仅是美丽的景物，停留在视觉上供人欣赏，而是竟然穿透了视网膜击中内心，像是爆炸一般，让她的灵魂发生了剧烈的、本质的变化，使得她"悔教夫婿觅封侯"，后悔鼓励夫婿去追求拜官封侯、飞黄腾达！

整首诗就停在这里，没有更多的发挥，却是余韵无穷，有

一种说不出的低回感伤。由于这样的心态实在太具有典型性，后来的中唐诗人李频居然毫不避嫌地把这一句用在他的《春闺怨》里：

> 红妆女儿灯下羞，画眉夫婿陇西头。
> 自怨愁容长照镜，悔教征戍觅封侯。

这最后一句的"悔教征戍觅封侯"，和王昌龄的诗如出一辙，而更点明了"封侯"是要通过"征戍"才有机会；再加上第二句所说的"夫婿陇西头"，清楚表明了这些远赴边疆作战的丈夫，不是一般低阶的士兵小卒，而是掌握军令的高级将领，同样都得在沙场上舔血卖命。因此，包括王昌龄这首诗在内，诗中女主角的闺怨成因，都属于做丈夫的仕宦做官以及上战场征伐这两种的结合。这么说来，这些思妇承受了双重的折磨，难怪会悔不当初。

于是，王昌龄的闺中少妇一旦在心里产生了"悔教夫婿觅封侯"的悔恨，那么，第一句的"不知愁"就变成了"知愁"。而一旦懂得忧伤哀愁，幸福的城堡便塌陷了，她就会是一个成年人了，不管现在几岁，因为"愁"的重量使她再也无法回归少女的纯真与轻盈，也使她不能重获童稚般无忧无虑的欢乐。

也就是说，从心理的成熟度而言，"不知愁"的是天真的小孩，不了解人生的无奈与缺憾，所以无忧无虑；那"载不动许多愁"的是成人，成人就注定要背负压力，忍受忧患。因此，当一个人开始有了烦恼忧虑，也就开始背负了人生的重量，那么他的童年也就结束了。这就是闺中少女变成闺中思妇的原因。

而且不只如此，这首诗最耐人寻味的第二个地方，就是委婉地告诉我们：这位少妇之所以会悔恨，就是因为这时懂得了爱情，那离家的夫婿不是少女的玩伴，而是"执子之手，与子偕老"的终身伴侣！所以，当她"悔教夫婿觅封侯"的时候，就等于说，她现在真正地爱上了这位夫婿，所以才会感受到"爱别离"的痛苦；也因为"爱而别离"是如此苦涩，所以才会悔不当初。悔恨的前提，就是爱情的诞生，那么，她作为一个恋爱中的女性，当然也不再是一个小女孩了。

再看第三个非常发人深省的地方，那就是：这位变成了少妇的女子，突然清楚地意识到，她之所以会落入这种悔恨里，是咎由自取的结果，谁让她当初"教夫婿觅封侯"，欣然同意，甚至积极鼓励丈夫去追求功名！这个"教"字说明了少妇并没有怨天尤人，而是反省自己、归咎于自己的虚荣和无知。这样的一种自责心态，也已经不是少女式的自我中心，而是能够承担命运的成年人了。

一如王文濡《唐诗评注读本》卷四所说："少妇于春日凝妆上楼，怡然自得，初不知愁为何物。忽见陌头春色，不觉触目惊心，念夫婿一去不返，纵觅得封侯，亦不能偿此春日之离恨，悔不当初莫使之去。写'怨'字归咎于己，所谓怨而不怒也。"换句话说，这位少妇开始有了较深刻的存在自觉，也意识到了自己必须为自我的错误决定承担后果，这就是一种人格成熟的表现。

总而言之，诗中的这个女主角从少女变成了少妇，有三个关键性的变化：第一是她懂得了失落的忧伤和悔恨，所以感受到离别的痛苦；第二是她懂得了爱情，发现两情相守比起荣华富贵要重要得多；第三是她又表现出自我反省的能力，勇于承担自己的无知和虚荣所带来的结果，而没有怨天尤人。这三点加起来都让她跨过了少女的门槛，成为一个真正的、成熟的大人，进入成年的人生阶段。西方有一句谚语说道："未哭过漫漫长夜的人，不足以话人生。"就此而言，这位少妇从此也开始拥有诉说人生、评价人生的权利了。

而这一切的改变都发生在"忽见陌头杨柳色"的一瞬之间，堪称是一种顿悟，那样巨大的、飞跃性的成长幅度实在是石破天惊，令人十分动容！从一个人的觉醒与成长而言，王昌龄的这首闺怨诗可以说是一首"成长诗"，就像小说里有一种题材叫作"成长小说"，这一类小说的主旨，犹如莫迪凯·马科斯（Mordecai Marcus）所定义的：

> 成长小说展示的是年轻主人公经历了某种切肤之痛的事件之后，或改变了原有的世界观，或改变了自己的性格，或两者兼有；这种改变使他摆脱了童年的天真，并最终把他引向了一个真实而复杂的成人世界。

把这段说法用来衡量王昌龄这首《闺怨》诗，不是完全吻合吗？他刻画了一个年轻主人公、也就是这位闺中少妇，在"经历了某种切肤之痛的事件"之后，改变了原有的世界观，也改变了自己的性格，以致摆脱了童年的天真，走向了一个真实而复杂的成人世界。所以我说这首《闺怨》堪称一首诗歌世界里的"成长诗"!

那么,这位闺中少妇所经历的"切肤之痛的事件",又是什么呢?很明显地,她心理状态的质变是在登上高楼后,一下子看到了远方的杨柳时所发生的,在"忽见陌头杨柳色"的一瞬间领略了切肤之痛,因此完成了成长。但是,为什么"陌头杨柳色"足以触动这个成长的契机呢?杨柳又为什么有这样的力量,让人感受到切肤之痛?

原来,杨柳代表了离别,这是《诗经》所奠定的象征意义。你还记得我们前面讲过,《诗经·小雅·采薇》的最后一段说:"昔我往矣,杨柳依依;今我来思,雨雪霏霏。"杨柳把依依不舍的离情给具象化了。后来,汉朝时还出现了折柳赠别的习俗,据说当时京城因为官员频繁地送往迎来,长安边的柳树越来越多,成了一大片树林,在灞桥附近形成了既美丽又哀愁的景观,例如号称李白所作的《忆秦娥》这阕词里,便感叹说:"年年柳色,灞陵伤别。"柳树,给春天的锦绣大地染上了伤心的颜色,也改造了这颗青春少女的心!

总结王昌龄《闺怨》这首诗的魅力,主要是表现少女的纯真,以及由少女到少妇的觉醒与成长。以前半首的内容而言,这位女主人公只能算是闺中少女;但到了后半首,她就成为闺中思妇了,这才是这首诗称为"闺怨"的关键。

虽然这只是一首短短的七言绝句,但却是如此精彩绝伦,其中完全没有用到任何深奥的典故,也没有艰涩的词汇,属于语言浅近的眼前景、口头语。但却居然把握到一个女性蜕变的一瞬间，让我们看到她开始懂得悔恨哀伤、懂得爱情和离别之苦，也拥有自我反省、承担责任的成熟度，于是产生了一种含而不露、耐人寻味的"弦外音、味外味"，确实"使人神远"，令人低回不已，难怪会成为千古杰作。

第十六节　白居易《放言五首》之三：观人术的秘诀

上一节，我们看到了王昌龄的闺怨诗，描写了一个少女的成长过程，从无忧无虑到领略忧患沧桑。那个跳跃性的一瞬间，真是神妙至极，简直把人性的幽微和诗歌的象征传统完美地融合在一起，让闺怨诗有了令人耳目一新的拓展，确实是一篇无与伦比的杰作。

接下来，我们就要进入中唐的时代了。中唐历经了安史之乱，也打开了截然不同的面貌，诗人所关心的、所描写的对象，发生了剧烈的转向，大时代的宏壮失落了，盛世气象消退了，只剩下残留的余光，让人追忆缅怀，却撑不起现实摇摇欲坠的残破；但另一方面，个人的生活性也被凸显了，诗人开始注目私人的小世界，也触及以前很少碰触的题材。例如李贺大胆去写鬼魂的世界；而白居易、刘禹锡等专门写了关于女妓的长诗，对于那些社会底层的小人物，刘禹锡就至少有《与歌者米嘉荣》《与歌者何戡》《泰娘歌》等三首，至于白居易的《琵琶行》等于是乐伎琵琶女的传记，更是知名。可见中唐以后，诗人的世界观发生了改变，所以把视野拓展到以前认为不重要的领域。

从这一期开始，我们会看到的诗篇内容，都是过去所罕见的。今天，我们就主要来谈白居易一首很特别的诗歌，那是《放言五首》中的第三首，他居然苦心地教导我们，怎样在复杂的社会里看对人，不要受骗！

这个主题很特别吧？诗歌是以抒情言志为主要内容，但用来教导如何看人的观人术，实在是空前的领域。或许就像我们前面一再提到的，人性真是太复杂了，那么多的面相、那么多的层次，简直就像一个小宇宙，根本无法简单地认识和掌握；一旦遇到人性险恶的那一面，那更是令人戒慎恐惧，大多数的人只要遇过一些不愉快的经验，甚至受到金钱上、情感上的伤害，往往就不大敢再相信人了。白居易应该也不例外，于是在诗歌里写起了对人性的观察。

《天可度》: 人心不可防

在《新乐府·天可度》这一篇里，白居易感慨道：

> 天可度，地可量，唯有人心不可防。但见丹诚赤如血，谁知伪言巧似簧。

原来，我们以为广大无边的天空、难以测量的大地，都还是有可以测度的方法，但只有人的心，藏在胸膛里那颗小小的、看不见的东西，却深不可测到了无法防范的地步。白居易接着具体举例说："但见丹诚赤如血，谁知伪言巧似簧。"只看到一片赤诚像鲜血一样殷红，是那么热烈纯真，谁知道吐出来的都是虚伪的言语，舌头灵巧得如同乐器里用以震动发声的薄片一样，说起话来像音乐般地美妙动听，让人沉迷如醉、信以为真。

而这样心口不一、言不由衷的情况，不就是孔子所说的"巧言令色"吗？白居易应该也是曾经深受其害，所以才写下这首诗抒发一下心中的愤慨。其实，两千多年前的诸子思想家，早早就洞察到这一点，甚至应该说，白居易此一"天可度，地可量，唯有人心不可防"的对比修辞法，其实还是来自庄子的发明。而庄子的感慨更让人惊心动魄，虽然他是借由孔子来表达的，《庄子·杂篇·列御寇》中记述孔子云：

> 人心险于山川，难于知天。天犹有春秋冬夏旦暮之期，人者厚貌深情。

意指人心比起山川还要凶险，比深奥的天还要难以了解，因为天即使有不测风云，但至少还有春夏秋冬、白天晚上的基本规律，是十分稳定可以把握的。可是人啊，却是"厚貌深情"，外表的容貌厚厚的一层，就像戴了面具一样，根本看不出内在的真心，他的真实的感觉或想法埋在很深的地方，从外在的颜面上根本看不出来，于是更加凶险难测，这就是"厚貌深情"的意思。

由此可见，其实庄子的逍遥并不是很容易达到的，甚至可以说，他是在复杂险恶的人间世经过地狱般的锻炼，历尽严苛的考验以后才真正看到无比的自由和光明，这是一般人讲庄子的时候很容易忽略的地方。

而庄子的这个说法，让唐代诗人由衷地产生共鸣，也就成为他们很喜欢引用的典故，主要是"人心险于山川"这一句。所以白居易就说"天可度，地可量，唯有人心不可防"。不仅如此，比白居易更早的李白，于《古风五十九首》之二十三也曾经说："人心若波澜，世路有屈曲。"原来诗仙也深受人间的苦痛，由此感慨人心就像水面上的波澜一样，起伏不定，什么时候会掀起一阵大浪把船给打翻，什么时候又突然出现涡流把人给卷进去，又哪里可以预料得到呢？等到发现大浪扑来或漩涡在前，往往已经来不及了。李白用这样的比喻，说明"世路有屈曲"的原因，就是因为人心变化无常，才会让世间本来平坦的道路都弯曲不通。

　　难怪后来的诗人在写《行路难》这个乐府古题时，就常常提到人心的凶险，例如晚唐诗人薛能在《行路难》中自问自答：

　　　　何处力堪殚？人心险万端。

薛能提出一个疑问：哪里是可以让人竭尽力气的地方呢？然后他说，答案就在险恶万端的人心！因此诗僧齐己也以《行路难》一诗提醒大家：

　　　　行路难，君好看。惊波不在黤黮间，小人心里藏崩湍。

他说人生道路很难走，您得好好注意看着啊，惊涛骇浪不在"黤黮"，也就是黑暗之间，而是在小人的心里，其中就藏着"崩湍"，也就是激流，一旦碰到就得翻船送命哪。可人心根本看不见，等于是黑暗中的激流，那比单纯在黑暗中摸索还惊险得多。

但是，李白说"人心若波澜"的比喻恐怕还比不上庄子的说法，庄子说"人心险于山川"是指人心比波澜更险恶。所以，白居易的好朋友刘禹锡《竹枝词九首》之七更直接说道：

> 瞿塘嘈嘈十二滩，人言道路古来难。
> 长恨人心不如水，等闲平地起波澜。

三峡中的瞿塘峡已经够翻腾难走了，可是与之比起来人心更有过之，那些翻腾的水势毕竟还有迹可循，只要多用心观察、多走几趟，大致都还可以应付，但人心的活动却是完全不依照情理逻辑，轻易地就能在平地上掀起海啸！你可能会说这真是莫名其妙，可现实就是如此，正因为感觉不到才会让人措手不及，无法预做防备以致身受重伤，这才叫作人心险恶。而这样的剧痛，让刘禹锡心存长恨，一直很难释怀。

回来看庄子用来对比衬托的"人心险于山川"这一句中，除了用水来比喻之外，还有山，当然诗人也同样用上了，例如晚唐雍陶《峡中行》云：

> 楚客莫言山势险，世人心更险于山。

原来山难不只是发生在崇山峻岭里，还更常常发生在人生道路上，世人的心让人颠簸受害，甚至搭上幸福和性命！

麻烦的是，人心根本看不见，要怎样才能洞察到"厚貌深情"之下的人心呢？它又是怎样伪装的呢？前面提到白居易说"伪言巧似簧"，可见制造陷阱的关键就是言语。固然说"言为心声"，语言文字代表或传达了一个人的内在心声，人们也主要是靠语言文字交流的，但事实上，人们所说的话是可以改造的；如果再加上"厚貌深情"的"厚貌"，在脸孔上加工修饰，那就等于孔子所说的"巧言令色"，如此一来，就等于是完全改头换面，谁又能捉摸到其中深藏的用心？

确实，除非像君子般做了很多德行上的努力，一般人只要稍微社会化一点，就多少会言行不一。这种言行不一的程度，有时还非常极端，到了言不由衷的程度，以致处处可见说一套、做一套的现象。何况，当一个人有所企图的时候，语言更是最容易操作的工具，根本不用花费成本，如同西方谚语所云："为了自己的目的，魔鬼也会引用《圣经》(The devil can cite Scripture for his purpose)。"而这一点，孔子早就注意到了，也因此发展出破解之道，《论语·公冶长》中记载孔子曰：

> 始吾于人也，听其言而信其行；今吾于人也，听其言而观其行。

原来，一开始孔子也很单纯，以为人总是言行如一的，所以相信他会照他所说的话去做；到了后来，才意识到这是一种错误的判断，所以面对别人，他会继续观察他的做法，再决定要不要相信他的说法。孔子所提供的"听其言而观其行"，就是最佳的观人术。

《放言五首》其三：如何识别人心

　　识人这个过程必须花费一段时间，观察个几年是基本的功夫，甚至还有人花了一辈子才看清一个人。于是，白居易一方面感慨"天可度，地可量，唯有人心不可防"，一方面也提出一帖良方，秘诀就是"时间"！他把这个秘诀写进《放言五首》之三里，诗云：

> 赠君一法决狐疑，不用钻龟与祝蓍。
>
> 试玉要烧三日满，辨材须待七年期。
>
> 周公恐惧流言日，王莽谦恭未篡时。
>
> 向使当时身便死，一生真伪复谁知。

诗题上的"放言"，是放开拘束、大胆言论的意思，白居易显然要狠狠批判世道人心，不愿再保留了。一开始，白居易就说：我送您一个方法解决狐疑不安的焦虑吧，根本不用靠"钻龟与祝蓍"那一类神奇的占卜术。"钻龟"是在龟甲上钻洞，烤了火以后看它裂开的纹路来做推测；而"祝蓍"的蓍是一种多年生的草本植物，它的茎又长又直又硬而能通灵，这里的"钻龟与祝蓍"是指求签问卜。那么，问起比求签问卜更有效的方法，可以让你心思洞明、不再犹豫的秘诀，就是"时间"，只要通过时间的考验，就可以知道真正的答案了。

　　于是接着白居易举了四个例子说明这个道理。前面的两个例子都是物品类，一个是"试玉要烧三日满"，用火来测试玉的时候要烧满三天，这一句下面有白居易自己的原注云："真玉烧三日不热。"他根据的是《淮南子·俶真训》所说："譬若钟山之玉，炊以炉炭，三日三夜而色泽不变。"原来，真正上等的玉完全不怕火烧，即使用炭火烧了三天三夜还是完全一样，白居易只是把色泽改为温度，但"不变"就是它可以识别的一大特征，这和"真金不怕火炼"的道理是一样的。

另一个案例是"辨材须待七年期"，要分辨出真正的木材必须等到七年的期限，在这一句下面又有诗人自己的注解，谓："豫、章木生七年而后知。"据司马贞对《史记·司马相如传》的注解说："豫，今之枕木也；章，今之樟木也。二木生至七年，枕、樟乃可分别。"意思是一种叫作豫的树木，也叫作枕木，它得长到第七年才会显示出自己专属的形态，而在此之前则是很容易和另一种樟树相混淆。这么一来，从试玉的三天到区分豫、章两种树木的七年，时间越拉越长，没有耐心和细心是做不到的。

既然连物品都这样真假难辨，而人心复杂得多，岂不更是雾里看花吗？于是白居易接下来就举两个历史人物作为例证，说明人心是何等的难料。所谓"周公恐惧流言日，王莽谦恭未篡时"，周公可是制礼作乐，对中华文化贡献卓著的大人物，连孔子都对其赞佩有加。但想当初，他身为周武王的弟弟，在武王驾崩、成王即位的时候担任摄政，从旁辅佐刚刚登基的幼主，也大权在握。但其他嫉妒眼红的人便制造谣言，管叔等人"乃流言于国，曰公将弗利于孺子"，也就是说周公有篡位的野心，想要陷害成王，以致周公戒慎恐惧，如临深渊、如履薄冰，直到最后还政于成王，功成身退，终于证明他对成王的一片赤诚。

至于王莽的例子，恰恰是颠倒过来的。想当初，王莽是多么礼贤下士，谦恭好学，表现出泱泱风度，获得了天下人一致的赞扬；但最后他篡位夺取了汉家天下，才暴露出真面目，那庞大的野心居然隐藏了数十年，没有露出破绽，那样滴水不漏的深藏不露，果然是庄子所谓"厚貌深情"的绝佳印证。

接下来白居易便进一步假设说："向使当时身便死，一生真伪复谁知。"向使，是如果、倘若的假设副词，假使当初周公、王莽先一步死去了，没有走到最后的结局，那么他们一生的真假又有谁能知道呢？这两个例子说明了对人心的辨识确实是"难于知天"，还得天假以年，让当事人活得够久，否则真相很可能就永远不明了，历史上留下来的评价反倒适得其反，周公将遗臭万年，永远蒙受不白之冤；而王莽却会流芳百世，永远被欣赏赞颂，这岂不是令人扼腕吗？最令人不甘的是，后人连扼腕的机会都没有，因为根本被蒙在鼓里，不知道真相！

由此可见，有时候一个人的品格得要到盖棺才能定论，不到最后一刻，谁又能掌握到事实？甚至即使到最后一刻，也得老天保佑，给上一点运气！有一部现代小说的例子，可以和白居易这首诗中西呼应，亦即《哈利·波特》里的斯内普（Severus Snape），那不正是一个最恰当的例子吗？若非到了整套书第七集的最后一刻，他应该都会被当作一个迫害好人的大坏蛋，让人恨得牙根痒痒吧！可是真正的事实却截然相反，原来他才是最能忍辱负重、最富牺牲精神的一个人！

此所以白居易这首诗会这样打动人心，其中没有深奥的哲理，却鲜明地提供了前车之鉴，让读者心有戚戚焉，而更加戒慎恐惧。

不过我要提醒大家，白居易只是很简单地指出时间的重要，要人们拉长时间来看清事实，但其实，单单只靠时间也是不够的。孔子早就说得很清楚，拉长时间是要用来"观其行"的，最好是能在"当时身便死"的时候就可以分辨出他的"一生真伪"。如果想做到这一点，要根据怎样的行为来做判断呢？可惜白居易并没有明说，但我认为，除了观察一个人是否言行如一之外，还有一个原理更为关键，简单地说，就是所谓的"疾风知劲草"，等到疾风、也就是狂风吹过来，哪一棵草比较坚韧就可以显现出来了，墙头草也同样无所遁形。

而所谓的"疾风"，可以有哪些具体的情况呢？我推测当孔子开始"观其行"时，会注意到他的行为所对应的环境和对象，也就是看他怎样面对艰困和诱惑，又怎样对待比他地位低下的弱者以及他的敌人！

先看一个人怎样面对艰困的处境。前面我们讲杜甫的时候，提到孔子厄于陈、蔡，几乎没命，但就像他对子路所说的："君子固穷，小人穷斯滥矣。"在穷途末路的时候依然坚守原则，淡然处之，不愿做出违背良知的行为，于是孔子弦歌不辍，依旧读书诵诗，这就可以显露出真正的人品。同样地，面临诱惑的时候也是如此，容易被诱惑出轨的人，当然谈不上原则，他的心也就必定不可靠了。

然后，我们再看一个关于对象的问题。这又可以分为两种，一种对象是弱势者，一种对象是敌对者，这两种人都足以考验出一个人的品格高下。

先以一个人怎样对待弱势者的部分而言，就像美国文学家马克·吐温（Mark Twain，1835~1910）所言："我评论一个人的品格，不看他如何对待比他地位高的人，而看他如何对待比他地位低的人。"其实这一段类似的说法也在《哈利·波特》里出现过，是由校长邓布利多（Albus P. W. B. Dumbledore）所说的，他认为看一个人不是看他怎样对待朋友，而是看他怎样对待比自己低下的人，用来解释天狼星（Sirius）对于家养小精灵的轻视是不对的。因为人们对待权力比自己大的人周到有礼、尽心尽力，那是必然而然的，但对于相对没有权力的下位者，那就不一定了。于是美国总统林肯说："想了解一个人的个性，那就赋予他权力。"这句话实在太有智慧了，对于人性真是一针见血，因为"权力"最能考验出一个人的品格。所谓："权力使人腐化，绝对的权力使人绝对地腐化。"当一个人拥有权力以后，会得意忘形的、会嚣张跋扈的、会欺压善良的，那他一定是个很浅薄，甚至很恶毒的小人；相反地，握有权力时还是奉公守法、愿意自我节制、谦虚助人，那一定会是个善良正直的君子。

另外，要判断一个人的品格，应该看的不是他对自己人的行为，而是要看他对"异己"者的做法，尤其是观察他对敌对者的态度。

试想：爱自己喜欢的人或对自己好的人，其实容易得多，因为那等于是爱自己，可以说是自然而然；但是，这种"自己人"的心态，虽然让彼此的关系很紧密，却也很容易让人护短，丧失了是非，结果一起变成了互相掩护的利益团体。所谓的党同伐异、结党营私、沆瀣一气、一丘之貉，都是指这种现象。很明显地，这种情感无论是亲情、爱情还是友情，都属于"私情"，局限在彼此的主观感觉甚至现实利益里，那就属于美国心理学家弗洛姆（Erich Fromm）所说的"两人份的自私"。而这"两人份的自私"可以扩大为四人份、八人份、几十人份，但都还是自私，因为他们只是互相共利的小团体，不一定会延伸到对大我的爱，也很难保有对真理、公道的坚持。

换句话说，如果表现出党同伐异的情况，那么他即使对自己人很好，仍然是自私的小人，因为他并没有是非公道，所谓的护短、护航，不都是出现在自己人身上吗？但是如果他对于自己所不喜欢的人，仍然不嫉妒、不随便诬蔑丑化、不任意攻击陷害，也能看到对方真正的优点，给他公平的肯定，那这样的人就应该可以成为一个真正的君子了。

难怪在西方的思想文化里，就有《圣经》教诲说"爱你的敌人"，而在此之前，这样的观点已经于古希腊和罗马哲学思想中出现了，那样的境界简直就是难如登天了吧？可是只有取法乎上，以最高的境界作为学习的典范，才能真正提升一个人。在学习"爱你的敌人"的过程中，你就逐渐宽广了、公平了，品格也就提升了。所以说，单单只是爱，并不能让当事人变成一个君子，更重要的还是品德，品德就表现在他"爱的是谁"，又"怎么爱"这两个关键上。

讲到这里，已经比白居易所说的要深入得多了，当我们想要"观其行"的时候，就有线索可以进行判断，而不是空等时间来告诉我们答案。这么一来，这些观人术不也就相当于"钻龟"与"祝蓍"吗？看一个人怎样面对艰困和诱惑，又怎样对待比他地位低下的弱势者以及他的敌人，那就像真理的纹路，通过这些方法所得到的答案，应该也会很有帮助。

以上，我们讲了一个很特别的主题，触及人心险恶的问题。庄子所谓的"人心险于山川，难于知天"，以及"人者厚貌深情"，真是令人惊心动魄，也引起了许多唐代诗人的共鸣，白居易在感慨之余，还"放开言论"写了一首诗，用四个例子印证孔子的指引。至于具体的做法上可以怎么"观其行"，我们也提出了一些参考做法，不知对你是否也有用呢？希望大家在人生道路上，都可以用智慧化险为夷、如履平地，古人的心血就是我们最好的导师。

第十七节　元稹《遣悲怀三首》：悼亡诗的巅峰

前一节，我们看到了白居易的观人术，其实就是一种不要妄下断言的好习惯，通过长期的观察、用心的思考，就能培养出良好的判断力，而不会被花言巧语所迷惑。

但其实，白居易自己就是一个有争议的人物，他的挚交好友元稹，就更是一个政治上声名狼藉的人。元稹家世寒微，八岁时父亲过世，只好依赖外家为生，在母亲的教育之下苦读出身，通过了各种重要的考试。但在力争上游的过程里过于积极，流于热衷权位，难免不择手段地钻营，例如不惜谄媚宦官，所以历史上称他为"巧宦"，辛苦挣来的宰相也只当了几个月，留下了难堪的污名。苏东坡曾经批评白居易、元稹这两个好朋友是"元轻白俗"，这四个字指的不是他们的诗风，而是他们的人品，一个是"轻薄"，一个是"世俗"，这确实是很犀利、很精准的洞见。

可是，人性偏偏就是这么复杂，元稹以这样带有争议性的品格，却写出情深意挚、感人肺腑的悼亡诗，就像潘岳一样，他也是一个对妻子无比深情的诗人，更是把悼亡诗带到登峰造极的功臣。今天，我们就来看他的悼亡杰作《遣悲怀三首》。

其一：回忆同甘共苦的生活

首先，我们先认识一下这位在丈夫的笔下永垂不朽的女性。元稹的原配妻子叫作韦丛，是太子少保韦夏卿的幼女，身为京兆的名门之女，二十岁的时候被父亲许配给元稹。当时是贞元十八年（802），元稹二十四岁，还没有功名利禄，要到唐宪宗元和元年（806）四月，元稹二十八岁时才和白居易一同高中进士，登书判拔萃科，授秘书省校书郎。成婚以后的那几年，年轻夫妻同甘共苦，度过了一段刻骨铭心的新婚岁月。但在结缡七年以后，三十一岁的元稹当上了监察御史，正要和妻子分享荣华富贵时，韦丛却因病逝世，年仅二十七岁，这让元稹十分悲痛，于是写下了好几篇缠绵悱恻的悼亡诗。

其中，这一组《遣悲怀三首》由三篇七言律诗所组成，内容层次井然，从不同的角度或重点来写他和妻子的情深义重。第一首是先回顾夫妻俩过去同甘共苦的生活，既辛酸又温暖，诗云：

> 谢公最小偏怜女，自嫁黔娄百事乖。
>
> 顾我无衣搜荩箧，泥他沽酒拔金钗。
>
> 野蔬充膳甘长藿，落叶添薪仰古槐。
>
> 今日俸钱过十万，与君营奠复营斋。

元稹一开始就先表达对妻子的怜惜，她本来是个无忧无虑的掌上明珠，备受父母宠爱，所谓的"谢公最小偏怜女"是一个倒装句，原来应该作"谢公偏怜最小女"。谢公是指东晋的名宰相谢安，"偏怜"就是偏爱的意思，整句说谢安最偏爱他最小的侄女谢道韫。这位谢道韫才华横溢、出口成诗，《世说新语·言语篇》中记载：

> 谢太傅寒雪日内集，与儿女讲论文义。俄而雪骤，公欣然曰："白雪纷纷何所似？"兄子胡儿曰："撒盐空中差可拟。"兄女曰："未若柳絮因风起。"公大笑乐。

面对大雪纷飞的景象，她所吟咏的"未若柳絮因风起"，比起堂兄谢朗的"洒盐空中差可拟"不知优美多少倍，那是真正的诗情画意，难怪受到谢安的疼爱，她也因此成为中国文学史上著名的才女。曹雪芹在《红楼梦》里，就是用谢道韫的"咏絮才"来赞美林黛玉的诗人气质的。

　　而元稹用"谢公最小偏怜女"来比喻自己的妻子，便双关了韦丛的出身高贵，又聪慧多才，简直就是读书人梦寐以求的名门闺秀，元稹真可谓如获至宝。不仅如此，最难能可贵的是兰心蕙质、品德贤淑，韦丛"自嫁黔娄百事乖"，她所下嫁的元稹是像黔娄一样的穷文人，自从结婚以后便只能过着贫困的生活，却毫无怨言，那更是完美得无以复加。这里所说的黔娄，是战国时齐国的贫士，才德兼备，却不接受君王的聘任，情愿隐居在石洞里过着读书做学问的生活，并且也娶了一位才德兼备的贤妻，夫妇同心、安贫乐道，成就了历史上的一段佳话。

因此，元稹这个黔娄的自我比喻又是非常巧妙的用法，具有三层的含义：第一层当然是点出自己的贫穷，所以说韦丛"自嫁黔娄百事乖"，结婚以后生活拮据，所有的事都乖违、不顺利。第二层的含义就是垫高自己的品位，黔娄死后，孔子的大弟子曾参还特别前来吊祭，元稹自比为黔娄，等于也暗示了自己拥有崇高的人品学问。当然，第三层含义是最重要的，那就是推崇妻子的贤惠可敬。

黔娄之妻可以说是古今淑女的典范，连陶渊明在自传性的《五柳先生传》里，最后还引用了她所说的话来自我表彰，所谓："不戚戚于贫贱，不汲汲于富贵。"亦即对贫贱不耿耿于怀地忧虑，对富贵不汲汲营营地追求，陶渊明认为五柳先生，也就是他自己已经达到了这样的品格标准，可见这是传统君子心向往之的最高期许。如此说来，黔娄之妻的德行根本不亚于黔娄，这一对夫妻岂止相濡以沫，他俩更是在同一个精神高度上的灵魂伴侣，于是唐代诗人吴筠《高士咏·黔娄先生》一诗中赞美道："哲妻配明德，既没辩正邪。"品德智慧卓越的妻子匹配具有光明美德的丈夫。这么一来，元稹的妻子韦丛也可以说是一位"哲妻"了。

而韦丛这位"哲妻"是如何的品格贤淑，对元稹又是如何的情深义重呢？在《遣悲怀》的第一首里，中间的四句诗就很具体地用生活中的四个案例，写出韦丛"自嫁黔娄百事乖"的困境，也十分生动传神地表现出她的可爱。

所谓的"顾我无衣搜荩箧"，是说：妻子看我没有衣服可以添加或替换，就去草编的箱子里翻找，生怕我受凉，或出不了门；而我想喝酒了，就"泥他沽酒拔金钗"，这个"泥"字，有缠着人家耍赖央求的意思。明朝杨慎《升庵诗话》道："俗谓柔言索物曰泥，乃计切，谚所谓'软缠'也。"此处元稹很生动地描写出夫妻相处的情境，那是多么纯真无邪、多么亲密温馨的时刻！你看做丈夫的元稹就像小孩子胡闹一样，也不管家里根本没有闲钱，一味瞎缠着妻子央求要去买酒，而做妻子的被缠不过，于是拔下头上的金钗。她要做什么用呢？不言而喻，当然是拿去典当，甚至变卖，换了钱来买酒给丈夫解馋。而那支金钗恐怕是跟着她陪嫁过来的嫁妆，但为了耍赖的丈夫也顾不得了，这样的场景像极了母亲对儿女的溺爱，却蕴含了妻子对丈夫的无限深情。

但元稹的贫困不只是没有酒钱而已，他们一家甚至连维持基本的生活都很勉强，所谓的"野蔬充膳甘长藿"，意指饭桌上是从野外摘回来的蔬菜，其中包括了长长的豆叶，那样就充作一顿饭了，但韦丛也吃得很甘甜，很心甘情愿。至于"落叶添薪仰古槐"这一句，更是活灵活现地描绘出韦丛勤俭持家的身影，因为就算是粗茶淡饭，也得要有柴火烹煮才能上桌吧？而显然地，这一家穷到连木柴、木炭都买不起，所以主中馈的家庭主妇才会动脑筋到落叶上，站在院子里仰头观望那棵古老的槐树，巴望着可以赶快飘下一堆落叶，那么煮饭烧菜的柴薪就有了着落，丈夫也就不会挨饿了。

试想：韦丛那站在树下仰望树梢的身姿，是多么的辛酸、多么的傻气，又是多么的可爱，元稹在屋子里读书，一定把这一幕都看在眼里，心中也一定充满了感动。那个努力想办法做出晚饭来的妻子，就这样牢牢地刻印在他的心板上了，如此的挚爱，如此的恩情，怎么可能被取代？又怎么可能忘得掉？

这首诗中间的四句，真是道尽了天下贤妻的做法，比起杜甫相关的描写还要更胜一筹，难怪会成为经典。杜甫所深爱的妻子杨氏，也为丈夫做出一样的奉献，杜甫在《秋日夔府咏怀奉寄郑监李宾客一百韵》中说，杨氏"囊虚把钗钏，米尽拆花钿"。同样都是为了家庭而牺牲，当"囊虚""米尽"的时候，也就是钱袋空了、米粮没有了，杨氏就"把钗钏""拆花钿"，把钗钏花钿之类值钱的首饰拆卸下来，替贫穷的丈夫做好后勤补给，也协助维持一家的生计。这可以说是天下贤妻的共同做法，只是比较起来，元稹笔下的韦丛要比杜甫诗里的杨氏柔情得多，也许是因为彼此还是年少夫妻，她和元稹之间更像是两小无猜的伴侣，所以做丈夫的元稹还会对她撒娇呢。

可遗憾的是，当元稹开始有能力回报的时候，韦丛却已经不在人间。从过去那辛酸又温暖的回忆里醒来，一下子跳到眼前，元稹成功了，大富大贵了，拥有高官厚禄，"今日俸钱过十万"，可是又有什么用呢？过去和他共苦的妻子已经不能一起同甘了，这样的富贵又是多么空虚。这真是永远无法弥补的遗憾，再多的心意都不能表达过去的亏欠，只能用铺张的祭祀来表达心意。于是元稹"与君营奠复营斋"，为您、也就是妻子筹办各种奠祭仪式和施斋祈福的活动，这是遗族唯一能尽心的方法了。而一个"复"字，说明元稹是一再举办这一类的宗教仪式。可见那份深厚的悲痛、无尽的遗憾实在难以宣泄、无处寄托，只能不断通过这些活动加以安顿、纾解，稍获抚慰，这也就从过去写到了现在。

其二：亡后自伤

《遣悲怀三首》的第二篇便承接那失去挚爱的巨大悲伤，继续描写妻子过世以后百般哀戚失落的心情。而同样地，元稹也是用很具体的行动场景来呈现，所以特别有画面感，也特别让人戚戚共鸣。诗云：

> 昔日戏言身后意，今朝皆到眼前来。
> 衣裳已施行看尽，针线犹存未忍开。
> 尚想旧情怜婢仆，也曾因梦送钱财。
> 诚知此恨人人有，贫贱夫妻百事哀。

这头两句诗真是道中天下恩爱夫妻的共通之处，世上多少夫妻会戏谑地叮咛或威胁对方，我死了以后你可得如何如何哦！连身后的情况都考虑到了，可见那深情比生命还要长；甚至也曾认真地这样盘算过，两个人之间，谁先死比较好呢？又为什么要抢着先死呢？因为先死的那一个可以受到伴侣的悉心照顾，在爱的扶持之下安详地离开人世。但留下来的那一个却得担受锥心刺骨的悲痛，一个人面对生命的孤独和苦难，一想到就让人于心不忍。于是乎，抢着先死的一方，是希望自己永远被爱到最后一刻，而选择后死的一方，则是万分不舍伴侣独活在世的孤苦，一想到心爱的人那样无依无靠，那样饱受想念的折磨，都会心痛得死不瞑目，因此宁可由自己承担那无可承受的痛苦。所以说，这个傻气的问题，所展现的就是一种至死不渝的深情。

只是万万没有想到，元稹这一对夫妻竟然只有七年相处的幸福。他只能万般苦涩地独自面对这一片空虚，打点妻子留下来的遗物，"衣裳已施行看尽"，韦丛所穿的衣裳已经用不着了，整理好送给别人，即将一件不存。但是"针线犹存未忍开"，她的针线还保留着，不忍心打开，因为一针一线都是韦丛的心血，还留有她的手泽唾痕，让人触景伤情。

同样地，诗人"尚想旧情怜婢仆"，基于对妻子难忘的旧情，于是元稹爱屋及乌，对生前侍候她的婢女特别怜惜，那可以算是共同的故人吧，一起悲痛，或者一起话旧说说往事，多少也重温了往日的时光，产生一丝丝的安慰。此外，元稹"也曾因梦送钱财"，可见他曾经被托梦，因此烧纸钱给亡妻。这看起来很迷信，其实从心理学来说，托梦的现象其实是一种潜意识的需求，反映了当事人对生命中重要之人的眷念不舍，这也正显示出元稹对妻子的魂萦梦系。

由此可见，这第二首诗同样用最平凡、却又最真挚的日常生活，具体地表达出丧妻之痛，所以令人感同身受。而元稹最后感慨说："诚知此恨人人有，贫贱夫妻百事哀。"诚知，是确实知道的意思；而所谓的恨，在诗歌中通常是指遗憾、悲愁之类的憾恨。元稹总结说，他切身体悟到这样的遗憾人人都有，只要是恩爱夫妻便在所难免，只是他自己不幸提早面对罢了，而最后的一句"贫贱夫妻百事哀"更是一语道中天下贫贱夫妻的心声。想想看，一无所有的两个人，唯一拥有的就是相濡以沫的真情了，可是真情却不能保障幸福，妻子过着拮据困顿的生活，连活久一点的机会都降低，年纪轻轻，才二十七岁就病逝。这难道不是因为贫穷的压力损害了健康，甚至很可能是因为无力延医救治所导致的悲剧吗？而人死之后，就连真情都不能苦守了，那还剩下什么呢？只剩下无止境的悲哀。这一句"贫贱夫妻百事哀"呼应了第一首的"自嫁黔娄百事乖"，却又更加浅显易懂，难怪成为千古名句。

其三：自悲如何报答平生未展眉

事已至此，既然诗人只剩下无限的遗憾，除了"与君营奠复营斋"之外，还能怎样表达那一份无处可去的深情呢？元稹在无尽的悲伤里展望未来，在最后的第三首说：

闲坐悲君亦自悲，百年都是几多时。

邓攸无子寻知命，潘岳悼亡犹费词。

同穴窅冥何所望，他生缘会更难期。

惟将终夜长开眼，报答平生未展眉。

第一句"闲坐悲君亦自悲",元稹说他在闲暇坐下来休息的时候,只感到里里外外都空落落的,不禁悲从中来。一方面是悲痛妻子的不幸早夭,来不及领受他所给予的回报,一方面也因为生死永隔,而悲怜自己的痛苦和凄凉。自己就是那个活得比较久的人,留在人间承受着沉重的痛苦,可是"百年都是几多时",所谓的人生百年,那究竟是多久呢? 随着妻子的撒手人寰,这一生注定要孤独终老了。

由于韦丛并没有留下子嗣,于是元稹自比为西晋的贤臣邓攸。邓攸在战乱中为了保住弟弟的骨肉,而牺牲了自己的儿子,后来却再也没有后嗣。他一生有道而无子,受到了人们的怜悯与同情,而成为不幸绝后的代表人物。我们都知道,无子可是古人最大的灾难。但元稹却说"邓攸无子寻知命","寻"是常常的意思,这里是说他很快就知道,像邓攸一样终身无子就是自己的命运。可见元稹做这个比喻,言外之意便暗示了他不要再续弦,宁可无子绝后,也都要一辈子守住对原配的专一,可见情之深、爱之切。

难怪下面接着说"潘岳悼亡犹费词"。潘岳,作为西晋太康八诗人之一,又是历史上的第一美男子,我们前面已经看到过他对妻子的深情,《悼亡诗》的题材是由他所开创的。元稹却说潘岳的悼亡诗是多余的,仍然白费了文字,因为至痛无言,那样的悲哀哪里是文字所能表达的呢?

但大家立刻会质疑了:元稹自己不也写了悼亡诗吗? 他为什么还是做了一样白费力气的事呢? 可见元稹万般无奈,明知白费无用却还要去做,这就是知其不可而为之啊。因为除了第一首所说的"与君营奠复营斋",其他的努力都无法进行,所有的期望都不可能实现,那也只能拿起笔来写下点点血泪,否则还能怎么办呢?

而元稹所不能实现的期望,就包括了下面所说的"同穴窅冥何所望,他生缘会更难期"。一个是"同穴窅冥何所望","同穴"也就是同生共死,但妻子先一步离去,地下的墓穴深远幽暗,在黄泉里哪里可以找到她的踪迹?所以说"窅冥何所望",此路不通。那么进一步期待来生吧,但人海茫茫、万世流转,彼此要相遇再续前缘的概率更低,因此说"他生缘会更难期"。既然今生、来世皆无着落,那就来到了绝望的极致。

于是元稹最后说,他唯一能做的,就是"惟将终夜长开眼,报答平生未展眉",把整个残生都用来怀念妻子,每一个夜晚都备受相思的煎熬,睁着眼睛无法入睡。于此,元稹用鱼类的习性作为自己的写照,因为鱼类从不闭眼,呈现鳏鳏的样子,因而被用以类比愁思失眠的人,后来丧妻或无妻的人也称为"鳏夫"。这么说来,元稹用鳏鱼来自我比喻,又等于有双层的含义:一方面是表达对妻子刻骨铭心的怀念,所以辗转难眠、无法入睡;另一方面又暗示了不再续弦的心意,和前面的"邓攸无子寻知命"相呼应,但这两句都意在言外,所以耐人寻味。

难怪元稹在另一组悼亡诗《离思五首》的第四首说:

曾经沧海难为水,除却巫山不是云。

取次花丛懒回顾,半缘修道半缘君。

表面的意思是说，对那些见识过大海、巫山的人而言，任何的水和云都不看在眼里，也没有丝毫的吸引力了。第一句的"曾经沧海难为水"用的是孟子所说的典故，《孟子·尽心篇》说："孔子登东山而小鲁，登泰山而小天下。故观于海者难为水，游于圣人之门者难为言。"这讲的就是天外有天、开拓视野、增广世面的重要，也证明了对元稹而言，妻子是那么的美好、那么的独一无二，远远凌驾于世间所有的女性之上，无可比拟。因此无论生死，元稹都要用整颗心、整个生命去爱她，这就是元稹"报答平生未展眉"的心意了。

这里的"未展眉"对应于第一首的"自嫁黔娄百事乖"，以及第二首的"贫贱夫妻百事哀"，可见元稹对妻子深深的愧疚，一再想到妻子跟着他受苦，天天为家计操心，一辈子愁眉不展，何曾开怀地大笑过？可能只有在元稹缠着她要买酒喝的时候，才会看着耍赖的丈夫无奈地笑了吧？但那样的笑脸，应该是隐藏着更多的阴影，因为拔下了金钗以后，生活就更拮据了。

而元稹是多么希望看到心爱的妻子展露欢颜啊，那舒展眉头的巧笑倩兮，一定是他们家里最灿烂的阳光！只可叹阳光即将闪耀时，却瞬间陨落，于是黑暗笼罩，一切对未来的希望都失去了。元稹只能用所有的真情，甚至不惜自虐自苦，不愿意再追求幸福，来回报妻子奉献给他的恩情。换句话说，元稹的未来，要永远和亡妻相伴，那就是他对妻子的报答。

至此，我们可以看到这三首诗层次井然，通过不同的角度或重点来写他和妻子的情深义重，从过去、现在、未来一层层地推进，如同清朝毛张健《唐体余编》所说的："第一首生时，第二首亡后，第三首自悲，层次即章法。"而内容的深入浅出，则是如清代周咏棠《唐贤小三昧集续集》所提示的："字字真挚，声与泪俱。"《唐诗三百首》的编纂者孙洙更指出："古今悼亡诗充栋，终无能出此三首范围者，勿以浅近忽之。"

或许，元稹写这一组诗只用了几天，但是，要创造出这一组诗的伟大力量，却必须有经年累月的共患难又不离不弃的生活，才能沉积出这样厚实的深情；又必须因为发妻的早逝而来不及共富贵，才能产生这样难舍的遗憾。由于这两个因素，才孕育了强大的力量，千古以来不知打动了多少人的心。

姑且不论元稹后来另有发展，至少在写这一组诗的当下，他的心沉淀了、专注了，全心全意地回忆亡妻，于是满心都是感谢、怀念、挚爱；也正是在如此纯净的、饱满的时刻，元稹把他人格里最好的素质都放进来了，一往情深，无比晶莹，所表达出来的哀思便十分地感人肺腑，让人读了低回不已，仿佛也一起被净化了一样。

在元稹所写的《遣悲怀三首》里，我们看到了古今最动人的夫妻之情，彼此无私的共患难、毫无保留的奉献，诗人细腻地刻画家常琐事，所展现的是看起来平凡、实则伟大的爱情。元稹就像潘岳一样，都以他们最美好的心灵来面对妻子，这真是最感人的地方，至少，他们虽然品格有瑕疵，甚至德行不端，但对于结发妻子却是情深义重、生死不渝，这一点是很多人都没能做到的。

由此可见，谁说婚姻一定是恋爱的坟墓？其实婚姻可以让爱情更坚固、更深刻；又谁说古代的父命之命、媒妁之言一定会造成空心的婚姻，让当事人失去幸福？其实白头偕老、互相珍惜的案例也是很多的，元稹和妻子的恩爱一生，比起现代婚姻真是毫不逊色，完全可以当作一种典范。

并且，元稹固然是一个品格不高的人，对他的妻子韦丛来说，却是一个值得托付终身的"有情郎"。可以说，元稹和潘岳这两个人如出一辙，他们的悼亡诗也都证明了一个道理，亦即人与人之间的关系非常复杂，不能一概而论；并且让我们清楚地看到人格与作品并不能完全画上等号的道理。或者应该说，人类，真是太复杂的存在物了，像一个小宇宙般立体而深邃，当然绝不可能那么单一、扁平，以致一个人再虚伪、再虚荣，总还有极其真诚、极其纯净的时刻，只是这些真诚纯净的时刻出现在哪里，面对的是哪些人罢了。

这也就是我们必须实事求是、仔细思考，不要囫囵吞枣、妄下断言的原因。

第十八节　李贺《苏小小墓》：鬼仙的悲歌

从上一节所讲的元稹悼亡诗，我们已经看到了夫妻之间的情深义重，也证明了婚姻并不是爱情的坟墓，其实，一颗冷淡的、厌倦的心，一种见异思迁、喜新厌旧的品格，才是真正破坏婚姻的刽子手。

而世界上最美的爱情，是在婚姻中完成的，《诗经·邶风·击鼓》早就说过："死生契阔，与子成说。执子之手，与子偕老。"婚姻帮助人们锻炼心灵、双手紧握，让爱情可以天长地久，对古代女性来说，婚姻更是终身归宿，是安顿一生的家园，有些人终其一生还求之不得呢。今天，我们就要聆听一曲鬼仙的悲歌，通过李贺《苏小小墓》这首诗，来谈一位非常独特的女性——苏小小，她对爱情与婚姻的渴望与幻灭。

不论古今中外，在人类的社会里，有一种女性注定很难得到真正的爱情，更与婚姻绝缘，那就是风尘女子。即使是倾动一时的名妓，往往也只能拥有空心的虚荣，难免终身遗憾，试看白居易笔下的琵琶女，即使"五陵年少争缠头，一曲红绡不知数"，还不是落得"门前冷落车马稀"吗？那些热烈追捧的掌声、慷慨赏赐的礼物都不等于真正的爱情啊。这一点，苏小小就体验得最是深刻。作为文学史上最著名的名妓之一，她的美丽与哀愁，在李贺的笔下最是展现得淋漓尽致。

先看作者李贺，他是中唐诗人，只活了短短的二十七岁。他所处的时代环境，正承受着安史之乱所带来的巨大冲击。在中唐七十年的诗坛上，整个诗风有了很大的转向，以韩愈为代表，出现了怪奇反常的新风格，包括用字遣词、想象思维都呈现了前所未有的新局面。其中，最怪诞奇诡又优美脱俗的诗人，就属李贺。他是唐代宗室大郑王的后裔，拥有皇族的血统，然而家世没落，又因为科举应试的重大挫折，落入一辈子不能考上进士的绝望，于是"二十心已朽"（《赠陈商》）。一个二十岁少年居然已经沧桑老去，怀抱着一颗朽坏的心自我放逐，直到二十七岁便含恨而终，成为一个昙花一现的巨星。

也正是在饱受打击之下，李贺全心投入诗歌的创作，到了呕心沥血的程度；又因为终身无路可走的彻底的绝望，对人类社会含恨难消，于是转向幽冥的世界，在异类的环绕中获得了慰藉。对他来说，鬼魂比人类还可爱得多，至少它们不会说谎诈欺，用邪恶的手段陷害别人！这一点，清朝写出《聊斋志异》的蒲松龄最能够体会。而王士祯看了《聊斋志异》以后所写的心得，清楚地说明了这些爱鬼文人的心理，其《戏书蒲生聊斋志异卷后》一诗云：

姑妄言之姑听之，豆棚瓜架雨如丝。
料应厌作人间语，爱听秋坟鬼唱诗。

也因为爱鬼甚于爱人，鬼才是他的知音和同伴，于是李贺的两百多首诗中较多地书写了鬼魂冥界，那些鬼气森森的诗歌为他赢得了"诗鬼"的称号。

只不过，李贺心目中的鬼魂并不全是恐怖的牛鬼蛇神，很多时候又竟然像仙女一样的美丽、清新、高贵。因此有诗评家认为，与其说李贺是"诗鬼"，不如说是"鬼仙"，还比较精确。而在李贺的笔下，最符合"鬼仙"的作品，就是《苏小小墓》这首诗，其中写尽了苏小小的美丽与哀愁，可谓同类作品中傲视群伦的佼佼者，李贺也堪称是苏小小的旷世知音。

至于苏小小是何许人也？其实历史上最初的记载堪称模糊简略，由于中晚唐诗人包括李贺的深情歌咏，感动了后世的文人，越来越附丽种种传说，这才成为脍炙人口的传奇人物。而李贺等诗人所看到的苏小小，大约是南朝萧齐时钱塘地区的青楼名妓，多少王公贵族、巨商富贾拜倒在她的石榴裙下。然而她身在风尘之中，虽然大受欢迎，心灵却无比寂寞，唯独酷爱西湖山水，常乘坐油壁车出游，到湖边欣赏湖光山色。油壁车，是一种以油彩涂饰壁帷的车子，承载着这位芳心寂寞的倾国美人走向大自然，就算是苏小小唯一的知己了。

　　然而这段相依为伴的日子也很短暂，苏小小二十岁就香消玉殒，徒留无限的美丽与寂寞。她死后被埋葬的地方，一说是嘉兴县，位于浙江的苏州、杭州之间，如宋朝《方舆胜览》所载："苏小小墓在嘉兴县西南六十步，乃晋之歌妓。今有片石在通判厅，题曰苏小小墓。"一说是在西陵，在今杭州西泠桥一带，《玉台新咏》这部诗集里收录了一首古乐府《苏小小歌》，诗云：

　　　　妾乘油壁车，郎骑青骢马。何处结同心，西陵松柏下。

这一首古乐府诗，提供了和苏小小有关的几个最基本的故事情节，除了油壁车之外，还有她的坟墓所在地，最重要的是她的终身遗憾，在于错失一位同心相爱的伴侣。到了唐代，甚至增加了一段悲凄的灵异现象，中唐诗人李绅《真娘墓·序》云："嘉兴县前亦有吴妓人苏小小墓，风雨之夕，或闻其上有歌吹之音。"每到刮风下雨的夜晚，有人会听到坟墓上有歌唱或吹奏乐器的声音，这岂非证明了鬼魂的存在吗？

《苏小小墓》：一场迷离悲哀的冥界婚礼

　　可见到中唐时期为止，苏小小的传闻已经非常凄美动人了，李贺也得悉这些传说，并且对其中永恒失落的悲哀、死后却不死的永恒执着感动万分。诗鬼李贺被鬼仙苏小小深深打动了，于是用他"笔补造化天无功"（《高轩过》）的创作才能写下了《苏小小墓》，诗云：

> 幽兰露，如啼眼。无物结同心，烟花不堪剪。
> 草如茵，松如盖，风为裳，水为珮。
> 油壁车，久相待，冷翠烛，劳光彩。西陵下，风吹雨。

这首诗一开始就从苏小小死后写起，那一缕芳魂悠悠荡荡，还依稀徘徊在西湖畔，应该是心中郁结着太多的寂寞、太深的哀愁，那沉甸甸的重量束缚了她的一生，连死亡都无法解脱，于是这沉重的灵魂只能继续留在人间。那么，你怎样能看到她呢？

李贺首先看到了"幽兰露"，在空谷幽兰的花瓣上，凝结着点点晶莹剔透的露珠，在月光下闪耀着微光，也散发着淡淡的芳香。李白《清平调词三首》之二早就说过："一枝红艳露凝香。"不同的是，李白写的是红艳的牡丹花，那最能衬托杨贵妃深受帝王宠爱的雍容华贵，而苏小小的风华绝代却是如此地遗世独立，只有空谷幽兰才足以比拟。

然而，这幽兰上美丽的露珠却是"如啼眼"，有如苏小小啼哭的眼睛，原来，她把辛酸的泪水带到了死后的世界，满心的酸楚哀凄依然让她热泪盈眶！这样浓浓的悲剧感接下来就弥漫在全诗里，到了最后一句，便扩大为一片凄风苦雨。

我们可以注意到，李贺选择从眼睛下笔，那正是最高明的人物肖像画的绝妙秘诀，因为眼睛为灵魂之窗。前面讲过，东晋画家顾恺之说："四体妍蚩，本无关于妙处；传神写照，正在阿堵中。"只有眼睛，才能真正传达出一个人内在的灵魂。李贺在此以"幽兰露"比喻苏小小含泪的眼眸，具有双重的效果，一是具体呈现她的美丽，二是特别显示出她寂寞孤高、静雅芳洁的心魂，也暗含墓地荒冷凄迷的气氛。"幽""啼"二字可谓全诗的诗眼，为接下来的墓地之幽与苏小小之悲打下了基础。

那么，让苏小小死后都还热泪盈眶的原因是什么？李贺接着告诉我们，答案是："无物结同心，烟花不堪剪。"原来，她找不到一个物件可以和心里喜欢的人结下同心的盟约，以致不能幸福相守。在传统的民间社会里，情人间用花草或其他东西结成一种代表坚实爱情的信物，叫作"结同心"，就是定情的表示。但哪里是真的没有这些小东西呢？向四周望过去，花草处处，一点也不缺啊，只可惜结果却是"烟花不堪剪"，虽然繁花盛开，如烟似雾，可是没能够剪取下来。

那么问题来了，这一片烟花又为什么剪取不了呢？我们仔细推敲，可能有三种原因：

第一，苏小小这时是个鬼魂，有形无质，像一抹淡淡的影子，看得见却摸不着，那双透明的玉手哪里握得住剪刀，又哪里能碰得到花瓣？她真是心有余而力不足。

第二，很可能连那些烟花都是幽冥世界里的幻影，毕竟她自己都是幽魂了，那些盛开的繁花也都是花的魂魄吧？而幻影又怎么能剪取下来呢？于是苏小小也只能望花兴叹了。

至于第三个，也是最有可能的一个原因，那就是：即使一

602

切都是真实不虚，苏小小是活着的、有血有肉的，烟花是实实在在的，但她仍然无从剪取一瓣馨香，因为根本就没有那个可以结同心的情郎！这正是苏小小一生最大的悲哀。她那么美丽、那么高贵，可偏偏沦落风尘，即使成为一代名妓，受到万众的追捧，但是，就如同唐朝女诗人鱼玄机《赠邻女》所感慨的："易求无价宝，难得有心郎。"对苏小小来说，围绕在她四周的那些有钱有权的浮浪子弟，都只是像苍蝇一样的鄙夫伧父，她根本不屑一顾，否则又何必特地坐上油壁车，到西湖的山光水色去寻找心中的桃花源呢？所以说，真的悲剧不是"无物结同心"，而是"无人结同心"。

你瞧，元稹的妻子韦丛虽然过的是"贫贱夫妻百事哀"的生活，来不及享受夫君的荣华富贵，但她至少有一个同心的丈夫，生前一起共患难，死后还有真心的怀念，而苏小小却只有自己一颗孤独的灵魂。于是，怀抱着永生的寂寞的苏小小，只能徘徊在西湖的西陵桥畔，孤单地等待一个永远不会来接她的人，难怪她美丽的眼睛会充盈着泪水。

在苏小小安息的西陵桥畔，你仿佛可以处处感觉到她的存在。李贺说："草如茵，松如盖，风为裳，水为珮。"碧草如茵，那是苏小小的座席；松树亭亭，那是她所乘坐的车盖，或者是她所戴的头冠；悠悠吹过的风，就是她飘飞的衣裳；而泠泠作响的水声，就是她身上的玉珮发出的音响。你似乎感觉到苏小小正轻轻走过你的身边，那一阵轻柔的风就是她悄悄滑过的讯息。这么一来，苏小小便融入西湖的景物中，在整个大自然里无所不在，兰花、露珠、碧草、青松、清风、流水，处处都是苏小小的化身，空灵缥缈，清丽优雅，若有似无，呼之欲出，你简直可以听到她幽幽的叹息。

那么，莲步轻移的苏小小要到哪里去呢？李贺接着说："油壁车，久相待。"她生前所乘坐的油壁车空空如也，却依然还在等着这位女主人，一起去赴西湖的约会，一直等了三百年。然而它等到的不是苏小小，而是"冷翠烛，劳光彩"。

从字面上来看，这两句是说冷冷的、翠绿色的蜡烛，徒劳无功地散发着光芒。可为什么蜡烛是冷的，是翠绿色的？原来，这就是鬼火啊，碧森森的磷火点缀在西湖边的这一片墓地里，本来是最平常、最自然的景观，这一朵磷火应该也是苏小小依然存在的证据吧！而对一个失去生命的少女来说，这"冷翠烛"般的磷火也是死亡之光，无法照亮人生的道路，所以才会说"劳光彩"。

不过，李贺的用意不只如此，其中的层次还要精密、丰富得多。让我们进一步试想：在这个小小的活动区域里，有车轿、有蜡烛，不正像在举行一场婚礼吗？阳间的结婚仪式就是用车轿送来新娘，然后送入红烛高烧的洞房里。那么，既然这是和阳间相反的阴间，则以反向的思维来说，炙热必须冷却，红色要变成绿色，于是这"冷翠烛"确实就是阴间的洞房花烛。

从这个角度来说，李贺的这一首诗，简直是在写一场为苏小小举行的阴间婚礼！一切都准备好了，"草如茵，松如盖"是苏小小的坐垫和盖头，"风为裳，水为珮"则是形容这位新娘精心装扮、玉珮琳琅，而等在外边的油壁车就是一顶花轿，准备要把她送到礼堂，最后她应该走向烛火燃烧、发出亮光的洞房，完成人生中最重要的一场幸福仪式。只可惜，油壁车久久等不到苏小小，而且这一场在墓地里举行的婚礼也永远等不到新郎！那翠绿色的烛光就更加冰冷了，显得徒劳又凄凉。

于是，"西陵下，风吹雨"，整个天地都为苏小小的悲伤而哭泣了，在西陵桥畔风吹着雨丝，绵绵不绝、无边无际，那也是苏小小永无止境的泪水。

看完了这首诗，我们也从一场迷离的梦境中醒过来了，留下无限的怅惘。那是李贺为苏小小所营造的悲剧意境，如真似幻，有一种说不出的凄怆，让我们一进入诗歌里，就沁透了沉重的悲哀，挣脱不出来。

苏小小一生宁缺毋滥，至死都未尝降格以求。这样的坚持虽然造成孤独失落的人生结局，却展现她出淤泥而不染的高贵品格，而这样的品格也是她之所以毕生热爱西湖景致的真正原因：相对于人群世界的浅薄与歌舞欢场中的龌龊，大自然山光水色的永恒、洁净与清新，才是苏小小那颗高洁孤傲的灵魂唯一的栖身之所。因此，通过死亡的引渡，苏小小终于彻底摆脱了尘俗的拘囿与物质的沉重，死后的一缕芳魂悠荡于山水之间，以幽兰露为眼睛，悲哀地看着这个世界，草如其茵、松如其盖，以风为裳、以水为珮，那般空灵轻盈、飘逸优雅，如同仙界女神的姿态，无所不在地与周遭清新美丽的大自然化为一体。只有那碧悠悠的磷火，显示出她是一个幽怨的鬼魂，期待着一场永远完成不了的婚礼。

你想想看，以前有诗人这样写鬼魂吗？有谁像李贺一样，居然写了一场冥界的婚礼，却又如此的孤独又冷清！

从《山鬼》到《苏小小墓》

当然，在李贺之前，曾经有一位文学大师给了李贺很大的灵感，那就是屈原，苏小小的身上多少带有一点《九歌·山鬼》的踪迹。屈原笔下的山鬼是："若有人兮山之阿，被薜荔兮带女萝。"山腰上恍兮惚兮，似乎有一个人立在那里，柔软下垂的蔓生植物薜荔就像她身上披着的衣裳，女萝则是她的腰带。这种用自然景物衬托无形的存在，赋予她们清新优美的形象，柔若无骨，正和李贺所描写的苏小小一样，可以说是一脉相承。难怪后来的评论家都认为李贺是《楚辞》的后裔，李贺自己在《赠陈商》诗中，也直接说他平常是"楚辞系肘后"，那么他从屈原那里学到了塑造鬼仙的笔法，是无可置疑的了。

但其实，屈原和李贺的这两篇作品又有多么大的不同！屈原的山鬼其实是山神，满怀着恋爱中的喜悦，所以说"既含睇兮又宜笑，子慕予兮善窈窕"，她含情脉脉地凝视着心上人，唇边露出很美的笑容，这种两情相悦真是幸福洋溢！但李贺的苏小小却是失落的鬼魂，这位美丽高贵的鬼新娘，永远等不到携手拜堂的新郎，那是一颗多么破碎的心！

而李贺发现了这颗心，因为他自己也是"二十心已朽"，心同样破碎了，后来也同样早夭，年仅二十七岁就含恨死去，到阴间去找他真正的伙伴，那些原来的异类现在变成了同类，其中也包括了苏小小。这位青春早夭的绝代佳丽，岂不是李贺的跨代同类吗？于是李贺在众多的历史名女人中，特别挖掘了苏小小来专题歌咏，简直就像是她死后三百年的知己。当两人重逢的时候，应该也是无声胜有声吧。

《苏小小墓》这一首诗，犹如李贺为三百年前的苏小小所作的招魂曲，其中刻画了一个清新优美的高贵的灵魂，出淤泥而不染，连死后都美得像一个不食人间烟火的仙女，可以说是苏小小的诗歌传记。李贺为她塑造了光辉的形象，简直把苏小小的形象推向了一个空前绝后的高峰，也把鬼魂从恐怖可怕转向了优美动人。这当然和李贺自己的性格和命运密切相关，他一生短暂又绝望，空有傲世的才华，在人类的世界里却找不到出路，宁可到亡灵的怀抱里去安顿那一颗流离失所的心灵，因此才能写出苏小小这般空有蕙质兰心、倾国之貌，却至死难觅真情、无可依托的悲哀。一个是无路可走的诗歌天才，一个是宁缺毋滥的绝代佳人，彼此一掬"同是天涯沦落人"的眼泪，一切都尽在《苏小小墓》这一首诗中。

第十九节　李商隐《暮秋独游曲江》:
不可自拔的情痴

上一节，我们谈到了中唐诗人李贺，他的《苏小小墓》最是体现出"鬼仙"之词的意境，把鬼魂写得这样美丽脱俗、哀怨动人，甚至虚拟了一场绝望的冥界婚礼，李贺真可以说是前无古人的天才。虽然他不幸于二十七岁就离开人世，但他的成就别具一格，他所开创的"长吉体"无与伦比，单单《金铜仙人辞汉歌》里的"天若有情天亦老"就足以传唱不朽。

而且不只如此，在李贺身后的晚唐诗坛上，最著名的两个诗人李商隐、杜牧都受到他的影响，尤其是李商隐，不仅为李贺写了一篇个人传记，留下很珍贵的资料，让后世对这个鬼才有更多的了解，而且李商隐还模仿李贺的风格，以"长吉体"写了不少华丽又怪诞的诗篇，可以说是"长吉体"最直接的一大传人。

　　今天，我们就来谈李商隐这位晚唐诗人，以及他的《暮秋独游曲江》一诗，看看这个身为不可自拔的情痴，是如何彻底地陷溺、迷醉，到了绝望深渊的地步。

　　李商隐，家世贫寒，人生坎坷，尤其生在晚唐的时代中，更注定一条苦涩哀伤的道路。在体弱多病、心灵沉重的情况下，还在正当中年之时，四十七岁就病逝了。

　　在李商隐所处的晚唐时期，唐朝的国势已经跌到了谷底，因为藩镇割据、宦官干政的局面越发严重，实质上整个国家已经分崩离析，呈现倒计时的空转状态，说是苟延残喘也不为过。如果以大自然的季节来类比的话，这时已相当于冬天了。

　　而文学当然会反映时代，于是唐诗也同步出现了相应的变化。有一位喜爱唐诗的专家吴经熊，写了一本薄薄的小书，书名就叫作《唐诗四季》，其中把初、盛、中、晚和春、夏、秋、冬做类比，晚唐就相当于冷冽的冬天。它比中唐的秋天更萧瑟、更凄凉，国家的处境更是风雨飘摇，岌岌可危，个人的遭遇更加漂泊无依。这时候的读书人即使考中了进士，也不可能有出将入相的功成名就，因为各地的藩镇割据称霸，中央朝廷已经是架空的壳子。于是进士为了糊口谋生，也只能辗转在各个幕府做一名幕僚，从事文书方面的工作，工资微薄、缺乏保障，四处漂泊又壮志难酬，难免心情抑郁。这种前途茫茫的辛酸，一辈子无路可走的苦涩，也充分体现在李商隐的作品里。

然而值得注意的是，在唐诗的冬天里不只是大地白茫茫一片的枯寂、晦暗，其中其实还掺杂着几分世纪末的华丽。为什么世纪末的心灵，在绝望、颓废之外，竟然反倒会在苍白中绽放出一种浓丽鲜艳的色彩呢？这个道理就好比重症垂危的病患，在临终前会出现回光返照一样，那是生命在做最后的挣扎，把所有的能量集中爆发出来，但在这一阵短暂的烟火绚烂之后就归向完全的死亡、彻底的黑暗。而在这样的"世纪末的华丽"里，李商隐是有代表性的一位诗人，他的诗歌总是哀伤而绝望，可是却无比的精美华丽，所以更令人唏嘘怅惘，例如《锦瑟》之类的作品都证明了这一点。

《暮秋独游曲江》: 身在情长在

非常特别的是，这样像凌迟般的痛苦，却是李商隐自己所选择的，而且他也根本不想改变！关于这一点，主要是表达在《暮秋独游曲江》这首短短的七言绝句里，诗中云：

> 荷叶生时春恨生，荷叶枯时秋恨成。
> 深知身在情长在，怅望江头江水声。

我们从题目上可以知道，李商隐在暮秋时节一个人去曲江漫游。曲江，是长安城东南角上的一片湖水，风景十分优美，是著名的观光胜地，唐人康骈《剧谈录》卷下称："曲江池本秦世隑洲，开元中疏凿,遂为胜境,其南有紫云楼、芙蓉苑,其西有杏园、慈恩寺,花卉环周,烟水明媚,都人游玩,盛于中和上巳之节,彩幄翠帱,匝于堤岸;鲜车健马,比肩击毂。……入夏则菰蒲葱翠,柳荫四合;碧波红蕖,湛然可爱。好事者赏芳辰、玩清景,联骑携觞,鼍鼍不绝。"春天时百花盛开,烟水明媚,游人如织,热闹非凡;夏天时岸边杨柳依依,湖面上红色的荷花映照着绿水悠悠,令人赏心悦目,游客同样是络绎不绝。连唐玄宗、杨贵妃都喜欢来这里游赏,杜甫《丽人行》说:"三月三日大气新,长安水边多丽人。"其中的"长安水边"就是指曲江,而那些娇俏的"丽人"们就包括了贵妃姊妹!

可是,曲江的良辰美景,主要是在春夏两季。到了秋天,水里的荷花早就凋谢,也逐渐失去荷叶田田的盛况,尤其是暮秋,也就是晚秋、深秋,时序更逼近冬天了,这时连茎干都枯萎了,湖面上只剩下七零八落的残枝败梗,看起来真是一片凄凉。李商隐却是在暮秋时节孤独一人来到曲江,可见他的心境正是无比萧瑟,面对眼前凋零的荷叶,于是触景生情,写下了这首诗。

有人说,这首诗里提到的"荷叶",是李商隐的情人的名字,也有人说,是李商隐送给情人的信物,就像现在也有一些人喜欢在书本里夹一片枫叶一样,充满了浪漫的情怀。但是,虽然李商隐颇有一些浪漫的爱情事迹,那扑朔迷离、神秘苦涩的恋情也很引人入胜,让读者津津乐道,但其实却不能样样都牵扯到爱情,因为这种做法很容易以偏概全、穿凿附会。

其实,这首《暮秋独游曲江》写的是李商隐在晚秋、深秋的时节，一个人到曲江边漫步游览的感想，就因为是兴之所至、有感而发，所以充分显露了自己的人格特质。而前半篇都是用荷叶来表达一种生命哲学，所谓"荷叶生时春恨生，荷叶枯时秋恨成"，字面的意义是说，荷叶在春天诞生的时候，那一份生命的恨也跟着诞生；当秋天荷叶枯萎的时候，那一份生命的恨也一并完成了。而抒情诗里的"恨"，指的是遗憾、缺憾、哀愁之类的憾恨。换句话说，李商隐认为，荷叶本身就是"恨"的存在，荷叶的生与死，就是恨的产生与完成；而荷叶作为万物之一，其实又代表了所有的生命，于是这两句诗的言外之意，便意味着生命本身就是恨、就是悲剧，恨或悲剧与生俱来，是生命的本质，而生命存在的过程就是悲剧的演绎，直到死亡带来终结，才能从痛苦中解脱。

这种生命哲学是何等的悲观、绝望！依照"荷叶生时春恨生"的逻辑，李商隐看到包括荷叶在内的任何生命的诞生，都不会感到新生的喜悦，只会觉得触目惊心，悲惋着又一个受苦的生命来到人间，而每一个存在物都等于是活生生的悲剧。如此一来，春天根本就不是万物蓬勃、欣欣向荣，令人欢畅喜悦的大好时节，反倒是无数痛苦构成了集体悲剧的庞大海啸！直到秋冬落了片白茫茫大地真干净，才在空虚中恢复一点平静。

这样的心境岂非正是一种无形的凌迟吗？这才是真正的悲剧性格，简直非常人所能想象，也不是一般人所能承受。可李商隐却宁愿活得这般的不快乐，也不想改变如此悲观的生命哲学，所以这首诗后半接着说"深知身在情长在，怅望江头江水声"。"深知"这两个字清楚告诉我们，李商隐是深刻了解自己的个性的，他不是所谓"百姓日用而不知"的一般人，盲目地用本能过日子；相反地，他拥有高度的自我认知，能够正确地分析自己，并且认定了自己的悲剧性格。所以说"深知身在情长在"，意思是，只要自己活着一天，那份情就会一直都在，会永远伴随他的人生，直到最后一刻。

而所谓的"情"，这份伴随他到老死的"情"，又是怎样的情呢？是欢乐、幸福的情，还是悲哀、痛苦的情呢？当然是凄凉、哀伤的情，那也就是前半首中所说的"恨"，其实"情"和"恨"这两个字是上下的异文同义字，彼此定义。既然人生本来就是"不如意事，十之八九"，何况李商隐连那十之一二的如意事也都很短缺，再加上他的悲剧性格，即使遇到了那十之一二罕见的如意事，他也会用悲观的眼光看到阴暗。这就是所谓"乐观的人总是在黑暗中点起一盏烛光，而悲观的人是明明看到了烛光却又把它熄灭"，李商隐正是会把烛光给熄灭的人，否则他就不会说"荷叶生时春恨生"了。

如此一来，李商隐又说他是"身在情长在"，这岂不等于就是前半首所说的"荷叶生时春恨生，荷叶枯时秋恨成"吗？荷叶的每一天，就是带着恨而活着的，等同于李商隐存在的时候，也是带着情而呼吸的！这也隐隐约约意味着李商隐并不想改变这样的性格，他所要的，就是这种因为情、因为恨而痛苦的人生！再看最后一句的"怅望江头江水声"，这一点就更清楚了。

根据《论语·子罕》的记载，孔子早就感慨说："逝者如斯夫，不舍昼夜。"江水流逝，昼夜不息，直到入海消失为止，这岂不又是"身在情长在"的具体投影吗？望着这样一去不回的江头江水，李商隐好像看到了自己，既然自己选择了无比沉重的生命模式，不愿意改变悲剧性格，那也无法怨天尤人，只能无奈地、惆怅地对自己苦笑吧？谁叫自己是那么地顽固、偏执，又选择这样一条苦涩的人生道路呢！

往而不返型诗人李商隐

在李商隐的诗篇里，和"怅望江头江水声"这一句很类似的，还有《西溪》一诗中所说的："怅望西溪水，潺湲奈尔何。"李商隐同样惆怅地望着江水，听着那潺湲的水声，心里涌现出万般的无奈，为什么呢？因为啊，江水悠悠，一去不复返，那就像是他的一往情深，江水昼夜不息，就好比他的情一样绵绵不尽。对于这样伴随着痛苦（也就是"恨"）的情，纠缠一生，李商隐自己却并不想改变，可这样的人生该是多么地沉重！深深体验其苦的李商隐，同时也对自己的固执感到无可奈何了，所以，李商隐说"潺湲奈尔何"，对那一江东流、潺湲不歇的西溪水无可奈何，就像对自己的沉溺执着不愿自拔一样地无奈。于是乎，李商隐不免对自己苦笑了，看着那样的江水，等于看到了自己，于是兴起一种无奈的怅惘。

难怪李商隐的《无题》诗才会说："春蚕到死丝方尽，蜡炬成灰泪始干。"在这两句诗中，"春蚕到死丝方尽"的丝，其实也同时谐音双关了"思念"的思，也就是情，可见李商隐这个人，真的是情愿忍受情的折磨，相思到死。此所以《日高》一诗写尽相思守望之情，最后归结于末联：

轻身灭影何可望？粉蛾帖死屏风上。

"轻身灭影"原本是指轻盈的身躯可以飞翔远去，消失了踪影，这里是双关自己可以超越执着，而获得解脱，不再受世间种种欲望追求的约束；但是，李商隐却又说"何可望"，哪里能有这样的希望呢？换句话说，他认为根本无法如此之愿，那就势必要终身沉溺于情感的缠缚之中。于是最后一句的"粉蛾帖死屏风上"，就是以一种绝望的意象作为总结，诗人就仿佛一只脆弱的粉蛾，控制不住扑火的宿命，不顾一切地往终极的毁灭而去，最后在美丽的屏风上化为一个静止的标本，见证那一份执着又绝望的生命。

就这一种人格特质而言，可以说是"往而不返"的类型，和"入而能出"者不同。词学家缪钺先生有一篇文章说得好：先秦时期的知识分子有两种情感类型，一种是"入而能出"者，一种是"往而不返"型。其中，"入而能出"者呈现出旷达的特质，以庄子为代表；而"往而不返"型的代表人物就是屈原了，试观其所谓"亦余心之所善兮，虽九死其犹未悔"，确实展现出一往不返的执着与陷溺，而这一类的人情感特点就是缠绵，相比于那些投入极深却又能超越出来的人如庄子，堪称大异其趣。

把这两种类型用来衡量唐诗，可以说，李商隐正是不折不扣的"往而不返"，他就是要死在自己的眼泪里，死在没有救赎的、彻底的绝望里。

法国诗人波德莱尔（Charles Pierre Baudelaire，1821~1867）曾经主张：诗的目的是美；诗要表现纯粹的愿望、动人的忧郁和高贵的绝望。而李商隐简直就是这一段话的最佳注脚。

从《暮秋独游曲江》这首诗，我们可以看到李商隐表露出他独特的人生哲学，那是建立在真正的悲剧性格上的悲观眼光，最终把自己打造成一个"不可自拔的情痴"。尤其是，李商隐很有自我了解的能力，并不是浑浑噩噩过日子，他知道自己的性格特点，也做了反省，然后才做出选择，这样绝望、悲苦的人生，便是他所决定要的！这就难怪他无法解脱，注定要走完悲剧的一生了。

可见李商隐代表了晚唐的时代精神，那是一种世纪末的华丽，在金碧辉煌的灿烂底下，布满铁锈斑斑，以及千疮百孔。

第二十节　杜牧《题乌江亭》：
包羞忍耻的大丈夫

上一节，我们已经看到了李商隐真是一个"不可自拔的情痴"，那可以说是一种带有自虐性质的人格形态，一般人只看到他深情的那一面，却可能忽略了其中的不健全特质，我们可以欣赏，并且借以探测人性的幽微多样，但不宜模仿。接下来，我们就要开始谈另一位晚唐诗人——杜牧的诗歌了。

杜牧和李商隐齐名，称为"小李杜"，大家对他的浪漫韵事比较熟悉，所谓的"十年一觉扬州梦，赢得青楼薄幸名"，这段狂放的青春简直就像一场华丽又悲哀的幻境，让人既羡慕又感伤。可是，我们常常忘了一件很重要的事：古代的文人，首先都是以国家为己任的，经世济民是他们人生的终极理想，作诗其实是次要的，是个人的抒情言志或彼此的社会交流，至于风花雪月的放荡，则常常只是无关紧要的游戏人间，人生的价值主要还是在于胸怀天下的抱负。

而身在风雨飘摇的晚唐，国家江河日下，时局动荡不安，个人却壮志难酬，眼睁睁看着山雨欲来，那份痛心和无奈真是无可言喻。所以，志士仁人虽然颓唐，"十年一觉扬州梦，赢得青楼薄幸名"之类的放荡，其实那是一种悲愤的抗议，真正让他们刻骨铭心的，还是施展抱负，为国奉献。只是，当现实已经无路可走的时候，又该到哪里去施展才能、表达见识？我们可以发现，晚唐大量出现了"咏史诗"这类的作品，造成这个现象的原因之一，和当时的大环境关系密切。在晚唐这个多事之秋，国家风雨飘摇，人人自危，有志之士眼看着社会动荡，局势江河日下，既痛心疾首，又感到于事无补，那种对现实的关怀也通过对历史的评论表达出来，算是借古鉴今的用意，也算是间接提出对朝廷的建言。

咏史诗和翻案法

咏史诗，顾名思义就是歌咏历史的诗，同时借评论过去的人物、事件来论功过得失，这是前面我们提到的班固《咏史诗》所奠定的题材。到了晚唐，除了咏史诗的数量大幅增加之外，这时候最突出的一个新发展，就是"翻案法"的流行，清朝诗评家也都发现这一点，如贺裳《载酒园诗话》卷一即指出："晚唐人多好翻案。"而杜牧就是其中运用得最多、也最成功的一个，赵翼《瓯北诗话》卷十一便说：

> 杜牧之作诗，恐流于平弱，故措词必拗峭，立意必奇辟，
> 多作翻案语，无一平正者。方岳《深雪偶谈》所谓"好为议论，
> 大概出奇立异，以自见其长"也。

吴景旭《历代诗话》卷五十二曾也引用《艺苑雌黄》云：

> 牧之数诗（案：指《赤壁》《题商山四皓庙一绝》《题乌
> 江亭》等诗），俱用翻案法，跌入一层，正意益醒，谢叠山
> 所谓"死中求活"也。

这就是我们要来好好读杜牧《题乌江亭》的原因。

那什么叫作翻案呢？顾名思义，就是要在大家已经形成
共识的基础上，再提出与众不同的见解，而标新立异的目的，
是要表现出更深的学问和见识。因为，历史的成败得失很容
易得到共识，但也让大家对问题的思考趋向简单化，忽略了
历史中的人事物都是非常复杂的，甚至充满了偶然，并不是
有逻辑性的发展，所以，面对历史时要有思考的弹性，要有多
元的想象力，翻案法就可以做到这一点。这种翻案法主要出现
在咏史诗的题材里，通过对历史的重新评价，挖掘出被大家忽
略的面相，思考没有人注意到的可能性，给人带来更多的启发，
就可以更充分发挥借古鉴今的功能。这也是翻案法会流行起来
的一个原因。

诗人在咏史诗中作翻案文章时，心态上多少有着这样的预设：如果历史能够重来，是否一切就会不一样？当时没有选的那条路，是否可以真正通往成功或幸福，让人生改写？这个问题不知是多少人的遗憾，其实，不只是个人的得失，连国家兴亡也都难免这样的追问。

《题乌江亭》: 包羞忍耻是男儿

当然，有理性的人都知道，历史并不能假设，因为时光无法倒流，这些假设完全无法改变既成事实，只不过是无力回天者的一点自我安慰罢了。但是，通过把历史倒带重来的假设，可以带给我们一些不同的启发，那些后事之明可以帮助我们看清一些盲点，对于我们现在该怎么做，就会产生指引的作用，提供不同的思考，让困顿的、彷徨的我们看出一条明路。杜牧的《题乌江亭》就是这样的一篇作品。诗云：

> 胜败兵家不可期，包羞忍耻是男儿。
> 江东子弟多才俊，卷土重来未可知。

歌咏的主题是项羽争霸天下，最后却失败自刎的故事。但杜牧别出心裁，采取了非常杰出的翻案手法，让诗歌不只是感人而已，而且还可以带给人完全不同的省思，刺激了对人生的看法。

首先，杜牧所题记的乌江亭，故址在今安徽和县乌江镇，是项羽人生事业的最后终点，当他穷途末路，兵困于垓下的时候，就是在乌江边上演了血泪交织的霸王别姬。当时项羽决定自尽，以死向江东父老谢罪，转头面对着心爱的虞姬，也高歌了一曲作为永远的告别，留下了悲壮的《垓下歌》。

这个惊心动魄的过程，已经定格下来，被许许多多的人津津乐道，尤其是在乌江边的最后抉择，简直就是让人热血沸腾的一幕，其场景犹如《史记·项羽本纪》所载：

> 项王乃欲东渡乌江，乌江亭长舣船待，谓项王曰："江东虽小，地方千里，众数十万人，亦足王也。愿大王急渡。今独臣有船，汉军至无以渡。"项王笑曰："天之亡我，我何渡为！且籍与江东子弟八千人渡江而西，今无一人还，纵江东父兄怜而王我，我何面目见之？纵彼不言，籍独不愧于心乎！"……乃自刎而死。

项羽兵败，乌江亭长备好船劝他渡江回江东，据地为王，再图发展，却被项羽拒绝了，所谓的"无颜见江东父老"，八千个子弟兵信赖他、跟随他，一起出来打天下，如今却全军覆没，他们可是故乡父老的骨肉血脉呀！不能带他们衣锦还乡，白白浪费了他们的青春，这已经无法交代了，现在更是连性命都断送了，江东父老们的心该是何等伤痛！即使那些长辈宽容、怜悯，依然愿意含泪支持他继续进行角逐天下的霸业，项羽自己却无法原谅自己，一个人苟活于世，终身受到悔恨愧疚的煎熬，那是比死还要痛苦的折磨。于是项羽放弃了东山再起的机会，既悲苦又豪壮地走向死亡，那举手挥剑的姿态，应该是草木为之含悲、风云为之变色吧！

到了晚唐，杜牧经过乌江亭时，遥想当时的悲壮，便写了这首咏史诗，但其中提出了与众不同的看法。第一句"胜败兵家不可期"，劈头就给了我们一个开阔的视野，把人的心思从得失计较中松绑。确实，胜败乃兵家常事，一时的得失只是调味料，关键在于是否有奋斗不懈的精神，所谓"屡败屡战"，不就比"屡战屡败"更有力量吗？

既然战争的胜败是很难预料的，当遇到失败的时候，就不要灰心丧志、一蹶不振，而勇敢承受失败、挫折等羞辱的考验，才能等到下一次胜利的机会，这也才算是真正的大丈夫。所以，杜牧这首诗的第二句就接着说："包羞忍耻是男儿"，原来所谓的"男子汉大丈夫"，不是只有"力拔山兮气盖世"的刚强豪迈，他还必须拥有强大的韧性，可以不屈不挠、能屈能伸。"包羞忍耻"就是一种更为强大的意志力，也呈现出高度的抗压性，能忍人所不能忍，就能等待到转机，这是一种外在柔弱、却内在强大的大丈夫。

有趣的是，就在项羽当时群雄并起的环境里，就已经有好几个人体现了"包羞忍耻是男儿"的道理。试看这一段逐鹿中原的争霸中，最后取得历史胜利的刘邦集团，那些开国元勋里的韩信，不就是一个绝佳的案例吗？他所忍受的胯下之辱，在历史上最为知名。其实韩信的能忍不只如此，《史记·淮阴侯列传》记载："有一母见信饥，饭信……后韩信佐刘邦，封为楚王，召所从食漂母，赐千金。"堂堂男子汉沦落到接受一个洗衣妇的施舍，这当然是一种耻辱，但韩信也接受了。这几件事都反映出韩信的气度，不因小失大，所以才是真正的大丈夫。

再看另一个大功臣张良，他具有"运筹帷幄之中，决胜于千里之外"的奇才大能，据司马迁《史记·留侯世家》的见证，却长得像是女子、美人："余以为其人计魁梧奇伟，至见其图，状貌如妇人好女，盖孔子曰：'以貌取人，失之子羽。'"不知道在重男轻女、讲求阳刚阴柔的传统社会里，张良的长相是否会遭到歧视？可是张良似乎也不在意，并且很明显地，这一点也不影响他的英雄本质。尤其是，张良作为韩国的贵族，在饱受亡国之痛后，又受到黄石公的训练，那些训练就包括了"包羞忍耻"在内。

后来，张良又把这个能力教给刘邦，让刘邦不断争取到机会。这一点，苏东坡清楚看出来了，《留侯论》里正是这么说的："古之所谓豪杰之士者，必有过人之节。人情有所不能忍者，匹夫见辱，拔剑而起，挺身而斗，此不足为勇也。天下有大勇者，卒然临之而不惊，无故加之而不怒。此其所挟持者甚大，而其志甚远也。……观夫高祖之所以胜，而项籍之所以败者，在能忍与不能忍之间而已矣。项籍唯不能忍，是以百战百胜，而轻用其锋；高祖忍之，养其全锋而待其弊，此子房教之也。"这就再度印证了"忍耻"是一种强大的意志力，是决胜的关键。

有趣的是，在清朝的《红楼梦》这部小说里，也有一个绝佳的例子，第六回写刘姥姥第一次进荣国府，就是因为家境陷入困境，才带着小外孙子前来贾府求助。可是，当好不容易见着了当家的王熙凤，开口的机会来临时，刘姥姥却讲不出来了：

只见周瑞家的回来，向凤姐道："太太说了，今日不得闲，二奶奶陪着便是一样。多谢费心想着；白来逛逛呢便罢，若有甚说的，只管告诉二奶奶，都是一样。"刘姥姥道："也没甚说的，不过是来瞧瞧姑太太、姑奶奶，也是亲戚们的情分。"周瑞家的道："没甚说的便罢，若有话，只管回二奶奶，是和太太一样的。"一面递眼色与刘姥姥。刘姥姥会意，未语先飞红了脸。欲待不说，今日又所为何来？只得忍耻说道："论理今儿初次见姑奶奶，却不该说的，只是大远的奔了你老这里来，也少不的说了……""今日我带了你侄儿来，也不为别的，只因他老子娘在家里，连吃的都没有。如今天又冷了，越想越没个派头儿，只得带了你侄儿奔了你老来。"说着又推板儿道："你那爹在家怎么教你来？打发咱们作啥事来？只顾吃果子咧！"凤姐早已明白了，听他不会说话，因笑止道："不必说了，我知道了。"

在这个过程中，得要周瑞家的一再提醒、催促、暗示，她才红了脸，在不想说的情况下还是"忍耻说道"，却又说得含含糊糊、不清不楚，幸亏王熙凤玲珑剔透，"听他不会说话"却一听就明白了，否则岂非白来了一趟？但刘姥姥怎么会是"不会说话"的人呢？她可是玲珑剔透的舌粲莲花啊，第二次进荣国府逛大观园的时候，不就表现得如鱼得水、八面玲珑吗？可见，就是因为向人行乞的耻辱让心理有了障碍，于是才变得笨口拙舌，所谓的"欲待不说，今日又所为何来？只得忍耻说道"就清楚指出了这一点。

但也因为刘姥姥能够"忍耻"，才把握住这次机会，得到实质的帮助，带回二十两银子渡过了难关。同样地，如果项羽能够懂得"包羞忍耻"也是男子汉大丈夫，那么就有卷土重来、东山再起的机会了。"江东子弟多才俊"这一句，是就亭长所建议的"江东虽小，地方千里，众数十万人，亦足王也"而言的。但杜牧加上了"多才俊"这三个字，更是画龙点睛，赞美了江东是一个地灵人杰的地方，所以子弟多才俊，而能够领导这些才俊子弟的项羽，不就是才俊中的才俊吗？这也等于间接赞美了项羽是人中之龙。那么，以这样杰出的才俊，要卷土重来就大有机会，那更应该好好活下来找到出路，而不是一死了之。如此一来，"包羞忍耻"的人格力量确实是胜败的关键！整首诗的翻案也就非常成功了。

从韩信、张良、刘邦，甚至小说里的刘姥姥，都证明了"包羞忍耻"其实需要更大的意志力，更深厚恢宏的心胸和气度，才能沉得住气，不受失败的影响，也不会被别人的冷嘲热讽所挑拨，导致一时冲动的行为，这样才能做出最好的决策。

只可惜，每一个人最大的敌人就是他自己。项羽之所以不能"包羞忍耻"，有两个原因，第一个是太过高傲。项羽这个人，简直就是永远得第一名的优等生，出身高贵，他的祖父是项燕，曾率兵大败秦将李信，是楚国著名将领。他自己又天资聪颖，才能卓绝，古人对他有"羽之神勇，千古无二"的评价，堪称一个完美的超级巨星，出道之后便无往不利，虽说一个人的成功总必须有几分运气，所谓的天时、地利、人和，但他的绝世才能还是最值得肯定的条件。却也因为习惯了做常胜军，让他缺乏足够的忍耐力，无法忍受失败与屈辱，以致兵困垓下就一蹶不振。这是第一个原因。

然而，什么叫作失败呢？孟子早就说过了："富贵不能淫，贫贱不能移，威武不能屈。此之谓大丈夫。"（《孟子·滕文公下》）连富贵都是浮云，外在的得失根本不必在意，那么，项羽连一时的失败都无法忍受，哪里还谈得上"贫贱不能移"？所以杜牧才会说"包羞忍耻是男儿"，大丈夫就要受得贫贱、耐得羞耻。

至于项羽之所以不能"包羞忍耻"的第二个原因，是他身上有洁癖。在楚汉相争的过程中，项羽一直不愿意采取刘邦那样的狡猾手段，也不愿意有失君子之道而乘人之危，这当然是最好的政治家风范；同样地，项羽从来没有把部下当工具，只用于个人的争权夺利，而是把他们视为并肩作战的骨肉兄弟，同甘共苦，因此八千个子弟兵全军覆没，就让他愧疚到"无颜见江东父老"，这真是一种仁者的胸怀，令人感动！

但是，杜牧认为一个大丈夫就必须"包羞忍耻"，承担失败、羞愧所带来的耻辱，即使面临"无颜见江东父老"的羞愧也要坚强面对，这样才有机会可以赎罪。对项羽来说，只有活下去才能赎罪，以胜利回报江东父老子弟的牺牲，因此就必须包羞忍耻，在残酷的局势中等到绝处逢生、扭转局面的机会。可叹项羽选择一死了之，历史的成败就此拍板定案，实在太令人惋惜！

杜牧这一首《题乌江亭》之所以能这么打动人，原因就在这里。

有趣的是，杜牧对历史做了翻案，后来的人又对杜牧的见解再作翻案，等于是翻案的翻案，例如王安石。宋仁宗至和元年（1054）秋，王安石舒州通判任满，赴京途中经过乌江亭的所在地和州，针对杜牧的议论，写了一首《叠题乌江亭》，诗题上的"叠"字，有覆盖的意味，暗示了一种和杜牧原作《题乌江亭》互别苗头、压倒对方的企图。诗中说：

百战疲劳壮士哀，中原一败势难回。
江东子弟今虽在，肯与君王卷土来？

楚汉相争的这些年历经了太多战争，沙场上的壮士们又疲劳、又悲哀，再加上中原的一场大败之后，局势已经难以挽回，即使现在江东子弟们都还在，他们岂肯为了项羽的卷土重来，而再度抛头颅、洒热血地牺牲？

由此可见，王安石是从实际的情状去设想，认为在两种条件下，其实项羽并没有翻转的机会，一个是连年作战、兵疲马困，战士的体能、军备的补给都已经衰弱下来，欲振乏力；一个是已经遇到致命性的重大败绩，溃不成军，心理的信念已被瓦解，失去了奋勇向前的气势。在这样主客观两方面都十分匮乏的情况下，又哪里还有支持者给他东山再起的机会！类似的思路，还出现在宋人胡仔《苕溪渔隐丛话》中，他说杜牧这首诗"好异而畔于理。……项氏以八千人渡江，败亡之余，无一还者，其失人心为甚，谁肯复附之？其不能卷土重来，决矣。"

王安石从务实的角度，对杜牧的假想提出了翻案，恐怕更接近项羽的处境。或许项羽之所以自杀，就是清楚认识到这一点，明白他再也没有翻身的机会，于是长痛不如短痛，选择自我了结。

只不过，想要通过翻案文章，给历史找出另一条出路的是杜牧，而杜牧并不是一个纸上谈兵的文弱书生，他会这样写项羽的悲剧，做出《题乌江亭》这一首翻案诗，当然不只是为了标新立异，追求文学上的创新而已。其中，也带有他作为一个知识分子，对国家的抱负、对历史的责任，这才是他关心这个历史事件的核心，其中所寄托的正是他自己的性格与期望。

试看杜牧除了《题乌江亭》之外，最有名的作品就是《阿房宫赋》，其中的"楚人一炬，化为焦土"，简直就是令人惊心动魄！但最重要的历史反省，是在下面接着所说的"灭六国者，六国也，非秦也；族秦者，秦也，非天下也"，真正的失败，并不是别人造成的，而是自己造成的，如果六国能够同心协力，避免秦国的各个击破，又哪里会落得全部亡国的下场？而秦国如果能以仁政爱民，就不会引起天下人揭竿而起，加以推翻，所以秦朝也等于是自取灭亡。

从这个角度来看项羽的问题，也许，杜牧所惋惜的不是项羽的刚烈，而是项羽受困于自己的个性，以致失去了改变历史的机会。可杜牧自己，却连这样的机会都没有！

关于杜牧的翻案诗，就讲到这里，主要是谈杜牧对项羽的翻案，焦点在于"包羞忍耻是男儿"的主张，我们也举了韩信、张良、刘邦、刘姥姥作为佐证。这种翻案法用得好，可以让人一新耳目，重新思索一件事的各个面相、各种道理，尤其是复杂的历史事件，更可以启发出新的意义或价值，让我们不再局限于一种狭隘的角度，而能够打开历史的多重视角，杜牧的《题乌江亭》就是这样的一篇杰作。

第二十一节　皮日休《汴河怀古二首》：暴政与德政的辩证

上一节，我们看到了杜牧《题乌江亭》这首咏史诗，别出心裁地作了翻案文章，认为项羽应该包羞忍耻，而不是以死明志，这才能称得上是一个对得起江东父老、江东子弟的大丈夫。这种翻案法，在晚唐是很流行的，大家都希望通过这样的写法，彰显出自己与众不同的见识，也有一些作品确实写得非常发人深省，这一节我们要来谈皮日休《汴河怀古二首》。

晚唐的诗人里，除了最有名的李商隐、杜牧、温庭筠之外，还有几位名家也很值得注意，其中就包括皮日休。

皮日休这个诗人，和陆龟蒙是好朋友，两人常常互相唱和，所以合称为"皮陆"。正如前一节所说的，他们所活跃的晚唐诗坛上，正流行着一种特殊的写作技巧，那就是"翻案法"。这种翻案法主要出现在咏史诗的题材里。皮日休这组诗的题目叫作《汴河怀古二首》，"怀古"属于另一种诗歌题材，和咏史诗关系密切，这两种类型最大的不同之一，就是"怀古诗"通常是要亲自到历史所遗留下来的古迹去，然后再去抒发思古之幽情；相对地，"咏史诗"是读书之后有感而发就可以了，因此即使整天都待在书房里，也可以写出很有见识的咏史诗。

皮日休的这组诗就是来到汴河的时候，思考这条运河的历史意义，然后提出不同的价值判断，所以在这个层次上，这组诗又重叠了咏史诗的功能。无论如何，皮日休针对眼前流动了三百年的汴河，抒发了一段与众不同的见解，成为晚唐翻案诗里的杰作。

其一：从地理条件发想翻案

至于让诗人抒发思古情怀的汴河，它原来是古代河流的名称，其主要部分位于今天的河南省开封地区境内，是魏晋之际从中原通向东南的水运干道。但是，这里指的是隋炀帝所开凿的运河——通济渠，唐、宋时称通济渠为汴河，而把原来的这一段汴水改称为古汴河。

通济渠是隋炀帝大业元年（605）刚登基的时候就开始进行的大工程，它连接了黄河与淮河，长达一千三百里，南端与邗沟相接，贯通了洛阳到扬州的水路，是炀帝游幸江南的主要干道。而开运河、驶龙舟以恣意游幸江都的纵乐之事，正是隋炀帝一生荒淫无道的主要象征，皮日休《汴河怀古二首》也是针对这一点而发挥的。第一首说：

> 万艘龙舸绿丝间，载到扬州尽不还。
> 应是天教开汴水，一千余里地无山。

意思是，一万艘的龙船航行在杨柳依依的树荫之间，那千条万条的柳枝犹如绿丝一般，轻轻笼罩在运河的波涛上。而万艘的龙船一路载运到扬州，最后全部都没有回到长安。

前两句的描写毫不夸张，历史上说，隋炀帝酷好出京巡游，特别钟情于江南的扬州，当时称为江都，龙舟的终点站就在这里。隋炀帝在位期间总共有三次幸临，包括大业元年八月、六年三月、十二年七月，最后的一次更是一去不回，直至十四年三月被宇文化及所杀为止。隋炀帝除江都之外，又多次冶游其他各地，总共算起来，在位的十四年之间，留在首都长安的时间竟然不满一年，这是他荒废朝政的一大证明。

隋炀帝为了尽情纵欲享乐，不但在扬州兴建了豪华行宫，更开凿运河，以便驾着龙舟一路畅通。为了这一趟交通所需，所有的相关花费都是天文数字，单单就开凿这一条水道而言，就动用了一百多万的民工。《隋书·炀帝纪》里记载：大业元年三月，"发河南诸郡男女百余万开通济渠"，这一百多万的人力，就是一百多万人的血汗，也就是一百多万个家庭的辛酸，河南这一大片地区注定是民不聊生了。而有了河道当然不够，还必须得要有船，单单皇帝自己搭乘的一艘龙舟，那庞大奢华就超出人们的想象，如《资治通鉴·隋纪四》所描述："龙舟四重，高四十五尺，长二百丈，上重有正殿、内殿、东、西朝堂，中二重有百二十房，皆饰以金玉，下重内侍处之。"此外，还有高三层、称为浮景的"水殿"九艘，此即第二首第三句"若无水殿龙舟事"中所说的水殿。

皇帝出巡，排场必然浩浩荡荡，当然不是只有这一艘龙舟就够了。因此，随行的船只之多，可见于《隋书·炀帝纪》所记载：大业元年三月，"发河南诸郡男女百余万开通济渠……往江南采木，造龙舟、凤䑛、黄龙、赤舰、楼船等数万艘。……八月壬寅，上御龙舟，幸江都……文武官五品已上给楼船，九品已上给黄蔑。舳舻相接，二百余里"。换句话说，文武百官都依照不同的等级登船跟随其后，难怪要用上数万艘的船只，连绵二百多里。这就是皮日休说"万艘龙舸"的根据。

但关于龙船的豪华还不只如此，虽然皮日休的绝句诗中并没有提到，但熟悉这段历史的古代文人都心知肚明，自动会补充上去，那就是龙船上还披挂着随风飞扬的帆布，全都是用珍贵的绫罗绸缎所制作的，所以称为"锦帆"。如《开河记》云："炀帝御龙舟幸江都，舳舻相继，自大堤至淮口，连绵不绝，锦帆过处，香闻十里。"试想当时的盛况，这绵延二百里的船帆鲜艳耀眼，又飘送着芬芳的香气，十里之内都能闻得到，该是多么地华丽壮观！但其所隐含的，又是多么惊人的花费，得要多少织工熬夜裁制，磨破了手指才能交货？难怪李商隐《隋宫》诗中便夸大地说"春风举国裁宫锦，半作障泥半作帆"，全国上下都得剪裁赶工，一半拿去作船帆，可见花团锦簇的船帆上，处处隐藏着斑斑的血泪。

而这样壮观耀眼的船队，就浩浩荡荡地航行在通济渠上，一路上穿梭于杨柳的绿荫中，真是令人心旷神怡，这就是诗人接着所说的"万艘龙舸绿丝间"。而我们得知道，"绿丝"是用以比喻杨柳，杨柳依依、绿丝飘扬，形成了非常优美的河岸风光，但这并不只是泛泛的风景描写而已，也同时是隋炀帝的暴政之一。就是因为隋炀帝要让整个旅途赏心悦目，于是下令龙舟所行经的运河边，沿路的御道都要种上柳树，《隋书·食货志》

云：炀帝"开渠，引谷、洛水，自（洛阳西苑）苑西入，而东注于洛。又自板渚引河，达于淮海，谓之御河。河畔筑御道，树以柳。"这一条沿线所筑的御道，被世人称为隋堤，一千里既然沿岸都需要种杨柳，你大约算算看，其数量之多，至少得十万株吧？

这么庞大的数量，一时之间哪里凑得齐呢？所谓"十年树木"，皇帝的权威再大，也扳不动大自然的规律，那是不可能拔苗助长的。于是，为了按时达成目标，官府不但要向民间到处搜购，甚至直接到民宅的庭院里去挖取，这种举国上下供不应求的情况，也算是一大奇观！所以说，当我们看到隋堤的美景，也要了解背后的辛酸。

讲到这里，可见这是一个多么匪夷所思的暴政，难怪隋炀帝也因此付出惨重的代价。他在大业十二年七月第三次临幸江都后，便一直住在这里，直至十四年三月被杀，魂断异乡，从此永远回不了被他忽视的长安。所以皮日休才会说"万艘龙舸绿丝间，载到扬州尽不还"，这支船队在抵达扬州后，确实是一去不回。看到这里，我们以为诗人接下来应该会发出控诉了，这是一般咏史诗最常见的写法；可是不然，皮日休说"应是天教开汴水，一千余里地无山"，他竟然认为开凿汴河应该是上天的旨意，所以才会让这一千多里的土地没有山的阻碍，可以大肆动工！

可以说，就在这一组诗第一首的后半篇，皮日休已经在开始翻案了。他提醒我们注意一件事：若非这一大片区域属于黄土平原，平坦开阔的地理条件有利于开凿运河，那么，隋炀帝也不会动脑筋想到这个主意，也就不会出现这么劳民伤财的暴政了。就这一点来说，诗人确实是很有观察力和推理能力。想想看，如果这一段路上满布着山丘，崎岖不平，那就不可能开运河，而只能筑栈道，但栈道势必狭窄又弯曲，人员货物的运输量实在太低，根本没有大兴土木的价值；既然江南是自己国家的领土，根本没有防御的必要，那当然也就不会筑长城。这么一推想，果然隋炀帝之所以会去开运河，正是上天给了他实行的条件，以致"一千余里地无山"，则诗人说"应是天教开汴水"，这个想法就不会太奇怪了。

其二：从历史角度发想翻案

这组诗第一首的翻案，是从地理条件来发想的。到了组诗的第二首，皮日休的观察又换了一个角度，改用历史的角度来翻案。《汴河怀古二首》之二云：

> 尽道隋亡为此河，至今千里赖通波。
> 若无水殿龙舟事，共禹论功不较多。

诗人当然知道，从隋朝灭亡以来，就留下一个重大的历史议题，大家都会思考一个朝代为什么会灭亡的问题，这当然是为了让自己的国家不要重蹈覆辙，带有"以古为镜"的用意。好比先前秦朝统一了六国，这件历史大事影响深远，晚唐杜牧《阿房宫赋》便认为："灭六国者，六国也，非秦也；族秦者，秦也，非天下也。"这就把国家兴亡的责任归诸自身，也就是期勉国人要自立自强的意思，否则就只能任人宰割了。

依照同样的逻辑，套用杜牧的话，也应该说"灭隋者，隋也，非唐也。"隋朝之所以灭亡，其本身的腐朽可以说是最大的因素。曹雪芹就曾经借着贾探春之口说明类似的道理。《红楼梦》第七十四回抄检大观园的过程中，探春对负责抄检的大队人马说："可知这样大族人家，若从外头杀来，一时是杀不死的，这是古人曾说的'百足之虫，死而不僵'，必须先从家里自杀自灭起来，才能一败涂地！"岂止是大族人家，整个朝代更是如此，隋炀帝作为一个亡国之君，他的所作所为简直就是"自杀自灭"，果然结果就是一败涂地，把江山拱手让人，自己也留下千古的罪名。

那么，隋炀帝做了哪些"自杀自灭"的事情呢？开运河、造龙舟就是其中最有名的事情，所以大部分的人都是如皮日休说的"尽道隋亡为此河"，大家都说隋朝之所以灭亡，就是为了这条汴河的缘故。当然，这样的说法是很有根据的，前面我们已经看到了；但其实，隋炀帝的穷奢极侈、荒诞残暴简直是罄竹难书，何止是开运河、筑隋堤、造龙舟呢？只不过，皮日休现在是在作怀古诗，必须扣紧眼前的历史古迹，也就是汴河来发挥，因此做了一点夸大、简单化，于是说"尽道隋亡为此河"。

然而，在提出一般常见的说法之后，皮日休却给了一个完全不同的见解，他不是要为隋炀帝的行为翻案，毕竟这是一个铁的事实。但他展开了多元的思考，告诉我们：一个行为会产生复杂的影响，因此它的价值并不是那么简单就可以断定的。

首先皮日休注意到，自从隋炀帝开通以来，经过了三百年，这条汴河是"至今千里赖通波"，一直到了晚唐，一千多里的河道依然畅通无阻，附近的广大地区都深深受惠于这条通济渠，人才的流动、物资的运送，都仰赖这个河道。可见通济渠对于整个国家的文化、经济有多么重要。

如果我们再加强关于唐代的历史，就更会了解皮日休为什么会这样说了。大家都知道，唐玄宗晚年发生了惊天动地的安史之乱，大唐帝国溃不成军，简直差一点就要亡国。这场战争打了七年多，损伤惨重，人口只剩下十分之一二，所有的根基也都消耗殆尽。但是，在这么惨烈的情况下，唐朝还是又撑了一百四十年，原因就在于江南地区并没有受到破坏，经济生产、各种物资还是可以通过运河，运输到北方，给帝国续上一线命脉，所以李唐帝国还可以勉强支持。但到了唐朝末年的黄巢之乱，就连江南都沦陷成为战区，于是这个命脉也被摧毁而断绝了，到了此刻，大唐帝国也就真正的灭亡了。

从这个历史背景而言，皮日休就发现了一个看待历史功过的新角度。当事实并没有改变，但慧眼独具的人就能挖掘出更为深远的意义，所谓"若无水殿龙舟事，共禹论功不较多"，这样人定胜天的大工程，简直能与大禹治水媲美。换句话说，如果单单只是开凿运河，而且目的不是为了行驶龙舟，去做皇帝个人的享乐，而是为了促进交通、经济流动，那么，隋炀帝的暴政就会变成德政，他的贡献就不亚于大禹治水了！

这个说法简直太令人一新耳目了，我们怎么也没能想到，隋炀帝的暴政竟然可以和大禹治水相提并论！翻案到这种程度，简直令人瞠目结舌。

可这么一来，隋炀帝历史功过是否颠倒了呢？难道他不是一个荒淫无道的暴君吗？当然是，这是一个客观的事实，也算是盖棺定论，皮日休并没有要否认这一点。但是，皮日休这位晚唐诗人，处在不同的历史阶段，斗转星移、物是人非，就发现了同一个事物的意义可以大不相同。以"通济渠"而言，它诞生于隋炀帝的暴政，对隋朝的百姓而言，是一场苦不堪言的罪孽，并且促进了隋的灭亡，但这个"苛政猛于虎"的暴虐却留给了唐朝一个大礼，成为促进经济繁荣的仁政，造福了唐朝的百姓。如此一来，隋炀帝有过于隋朝，却有功于唐朝，是非功过竟然是一体的两面。再从诗人所说的"若无水殿龙舟事"，可见决定历史功过的关键，其实就在于动机和目的，一个人的所作所为是自私地造福自己，还是无私地为了国家，就决定了他是隋炀帝，还是治水的大禹。

所以说，皮日休《汴河怀古二首》仍然同意一个永恒不变的价值判断标准，也就是一个皇帝是明君、圣王，还是昏君、暴君，乃取决于他是否以百姓的福祉为原则，一个明君、圣王即使开凿运河，也不会用来行驶龙舟，只顾自己到处游乐，完全抛弃治理朝政的责任。但是另一方面，这组诗也提出了"暴政与德政的辩证"问题，清清楚楚地让我们看到历史是这么复杂，所谓的"有心栽花花不发，无心插柳柳成荫"，这个吊诡，又有谁能说清其中的奥妙呢？更何况，只要懂得换个眼光，就会发现不同的事实真相，而不同的人对一个现象的判断也会很不一样。这就是我们所谓"真理的相反还是真理"的意思。

讲完了皮日休，唐诗的部分也就告一个段落了，我们通过皮日休的诗了解到隋炀帝的荒淫暴虐，但也学习到面对历史的不同的角度，很多时候，历史的意义是与时俱变的，能够看得更广、更深，才能真正地学到历史的教训，否则就只能是人云亦云罢了。

下一章我们就要来看宋朝的诗了，第一个要谈的是苏东坡。

第七章

宋诗

扫一扫，
试听课程

第一节　苏轼：豪放的智慧

上一节，我们看到了晚唐皮日休的怀古诗，他引导我们从不同的角度思考历史现象，不要固执在一个成见里，就会看到不同的历史意义，这实在带给我们很大的启发。

在晚唐诗坛上，像皮日休这样带有思考性的写法，已经走向了和盛唐不同的发展方向，反倒与后来的宋诗一脉相承，可以说预告了宋朝诗歌的主轴。宋代诗歌的最大的特色，就是说理性、日常性，从日常生活中去抒发思想哲理，因此有人说是"以文字为诗，以才学为诗，以议论为诗"。著名学者钱钟书先生所谓："唐诗多以丰神情韵擅长，宋诗多以筋骨思理见胜"，也正是看到了这一点。

接下来我们就要进入宋朝的诗坛了，首先要讲苏东坡的诗。

苏东坡可以说是最著名的文学家之一，那纵横的才气简直就是光芒万丈，当时就声名远播。他虽然不是理学家，但因为活在宋代的时代环境里，多少要受到时代氛围的影响，再加上他学问渊博、性格豪放，种种胸襟气度自然流露于诗歌中，也让人有深刻的体悟。

但是在谈苏东坡的诗之前，我们要先澄清一个重大的误会，那就是苏东坡真正投入最多心血的创作，其实是诗歌，而不是词。苏东坡现存三百四十多阕的词，但他所写的诗则多达两千七百多首，单单数量就是词所远远比不上的；再从内容来说，东坡的学问见识、眼光智慧、心灵境界，更是充分展现在诗篇里。同样地，整个宋代的文学主流，仍然还是传统的诗，而不是新兴的词。这一点，从创作量就可以反映出来。根据统计，唐诗总共有大约五万首，而宋诗却有二十七万首，足足多了五倍以上！

可见，"诗"才是文人的书写正统，"词"这个文类是其次的，它被称为"诗余"——诗歌的剩余，就是这个原因。事实上，传统的包括宋朝代在内的历代文人，绝大多数都是以诗为主要创作，词的数量偏少，也不是最费心力的范畴。既然如此，苏东坡便不太理会词的形式要求，把他豪迈不羁的性格放进词里面，大开大阖，反倒对词这个文类有了突破，化妩媚为阳刚，词的层次就不再那么只限于儿女情长了。所以说，要了解这位坡仙，诗歌还是最重要的入径。

苏东坡是一个怎样的人呢？他一生就事论事，无党无派，又才气纵横，性情奔放，不改其志，被他的爱妾朝云戏称为"一肚皮不合时宜"。这就难免与世扞格，因而不断地遭遇逆境，受辱受罪，却又总能在棱角锋芒中参透清明无瑕，豪华中有真淳，令人激赏。

人生看得几清明

其实，苏轼在年轻时，对于人生无常的本质就有了深刻的洞察，而产生无限感慨，在《和子由渑池怀旧》这一首诗中有很深刻的比喻：

人生到处知何似？应似飞鸿踏雪泥。

泥上偶然留指爪，鸿飞那复计东西。

老僧已死成新塔，坏壁无由见旧题。

往日崎岖还记否，路长人困蹇驴嘶。

这是北宋仁宗嘉祐六年（1061）十二月，苏轼才二十五岁，五年前刚刚考上进士。可就在前程似锦的开端，他已经深深感到人生的无常，到处奔波不定，就像一只飞翔的鸿鹄短暂地落脚于雪地上，不一会儿又振翅飞走，只留下指爪的痕迹，而它又哪里能够算定将飞往何方？这些雪泥鸿爪的痕迹，随着雪的融化也很快就消失了，又有谁会记得这偶然的际遇？何况连飞鸿都会消失于天际，一切又回到空空荡荡的状态，仿佛任何人事物都从来没有出现过。可见苏东坡已经洞察到"偶然"才是人生的必然，生命，原来就是一场充满酸甜苦辣的经验的偶然旅程而已！

到了宋神宗熙宁十年（1077），当时苏轼已经四十一岁，历经了更多的纷扰，被是是非非、吵吵闹闹所纠缠。在一个繁花盛开、柳絮纷飞的春天，他有感而发地写下了《东栏梨花》这首诗，属于《和孔密州五绝》中的第三首：

梨花淡白柳深青，柳絮飞时花满城。

惆怅东栏一株雪，人生看得几清明。

在这个"春城无处不飞花"的大好时光里，到处充满了活泼热闹的气息，可这时"惆怅东栏一株雪"，只有东边栏杆旁的一株梨花是惆怅的。"一株雪"是指花开得像白雪一样的梨树，满树的梨花就像一株雪树似的，它把自己努力了一年所结晶的心血，用最没有颜色的"淡白"呈现，在百花缤纷的五颜六色里一点儿也不起眼，而且它也不与百花争奇斗艳，自愿退到边缘，独自站在角落里默默旁观，这岂非就是冰雪般的诗人自己？而这样惆怅的处境，是不是带有一点杜甫所说的"冠盖满京华，斯人独憔悴"（《梦李白二首》之二）的意味呢？

然而，苏东坡这类的大灵魂，又哪里会自怨自艾，怨天尤人呢？他是那么聪明，又那么开朗豁达的人，懂得创造性地开拓生命的意义，所以发现到：就是在这样边缘的位置，而不是跟着大家追逐着热闹，才能静下心来纵观全局，看到别人所看不到的真理。所谓的"人生看得几清明"，就是指这种边缘化的处境，让人不再卷入滚滚红尘里，也就不去汲汲营营、骚动焦躁，一旦心里面热烈的喜怒哀乐沉淀下来了，便不再有求之不得的情绪纠缠。那么，人就可以腾出心灵的空间，擦亮被遮蔽的眼睛，对人生啊，就可以看得出几分透彻清明！

所以，"惆怅东栏一株雪"的"惆怅"只是外表的错觉，一点儿也不是人生的遗憾或缺陷，相反地，"人生看得几清明"的"清明"，才是一个人值得追求的境界。而这种清澈明亮的人生，就不怕乌云的掩盖，无惧于厄运的拨弄，永远可以发现存在的美好！

这种人生观，不断地出现在东坡的诗词里，我们可以举几个例子来看。譬如《题西林壁》一诗所说：

横看成岭侧成峰，远近高低各不同。

不识庐山真面目，只缘身在此山中。

苏东坡清楚地看到，一个人为什么会"不识庐山真面目"呢？就因为他一直在山里面！"身在此山中"不就是一种画地自限吗？陷在一个窠臼里，在山里面跳不出来，就会像一只井底之蛙，只看得到头顶上的一小块天空，以偏概全，结果把自己变成一个眼光如豆，却又夜郎自大的人！只有超脱出来，走出小小的格局，才能以宏观的视野看到全面，发现原来庐山的面貌并不是一个样子！

也因此，苏东坡能够看到庐山"横看成岭侧成峰，远近高低各不同"，这种开阔通脱的人格特质，让他无论面对任何处境，都能完成自我超越而跳脱出来，去发现事事都是圆满，处处都是完善。再例如，苏轼《春饮湖上初晴后雨》之二写西湖的美：

水光潋滟晴方好，山色空蒙雨亦奇。

欲把西湖比西子，淡妆浓抹总相宜。

其实，固然庐山、西湖都是山水名胜之地，但如果没有多元欣赏的眼光，又哪里能看到这些地方时时都美、处处都美，无论什么时候去，都可以满载而归！同样地，对于一年四季中萧瑟的秋天，苏东坡也用不同的角度去看，而充满了丰收的喜悦。《赠刘景文》一诗云：

荷尽已无擎雨盖，菊残犹有傲霜枝。

一年好景君须记，最是橙黄橘绿时。

一般对于深秋时节，荷花枯残、菊花凋零的景致，大概都会十分感伤，"悲秋"的情绪就立刻涌上来了。但苏东坡却迥然不同，他不但看到"菊残犹有傲霜枝"，花瓣都零落不存了，那枝梗却还挺立在冰霜中，这是一种君子的气节。此外还更看到"橙黄橘绿"的鲜艳色彩，那是春花最圆满的结果，也是万物丰足的保证。因此东坡说，这才是一年中最好的景色，你必须要记得这一点。

苦雨终风也解晴

上面的这几首诗歌，都体现了一种人格的大力量！一旦有这种力量，面对人生的困境时，就能超脱个人的得失荣辱，直接看到宇宙之间最真、最善、最美的本质，那种本质并不会因为逆境就被蒙蔽或消失不见。也因此，苏东坡才会在他晚年最潦倒的时候，写出了《六月二十日夜渡海》这一首诗。

当时是宋哲宗元符三年（1100），宋徽宗即位，向太后垂帘听政，下诏让苏轼北还，这时东坡已经六十四岁，被贬谪到海南岛整整三年了。当他准备离开此地踏上归途，正要渡过琼州海峡的时候，回顾这几年来的辛酸艰苦，便有感而发，情不自禁地写下这首《六月二十日夜渡海》，诗中所写的，就是渡海北上的那一天晚上的情景：

参横斗转欲三更，苦雨终风也解晴。

云散月明谁点缀？天容海色本澄清。

空余鲁叟乘桴意，粗识轩辕奏乐声。

九死南荒吾不恨，兹游奇绝冠平生。

第一句的"参横斗转欲三更"是通过天上的星象，点出发船渡海的时间已经是三更半夜了，参星横挂在天上，北斗七星的斗柄已转得很低。但六月二十日的夜晚固然黑暗，几年以来苦难的经历却终于可以结束了。第二句的"苦雨终风也解晴"就是用比喻来说明苦尽甘来，那连绵不断的苦雨停止了，终日不停吹袭的狂风也静下来了，总算是到了天晴的时候。看到这一句，自然会联想起东坡在《定风波》中所说的："回首向来萧瑟处，归去，也无风雨也无晴。"

而历经风雨的摧残，饱受"穿林打叶声"的折磨，一旦等到苦难的尽头，苏东坡的反应是什么呢？不是欢欣鼓舞的一片狂喜，急着想要挣回失去的权位；更不是感伤人生不幸，白白受了这么久的罪。东坡既没有激动的情绪，更没有怨天尤人，恰恰相反，他竟然超越了一切的得失荣辱，完全没有个人的悲喜，因为他只看到干净透明的存在本质，那就是"苦雨终风也解晴"的"晴"字所代表的境界。

于是，苏东坡就"晴"字作进一步的发挥，第二联所谓的"云散月明谁点缀？天容海色本澄清"，意思是说，天上的云飘散了，明月当空，一片光明清澈，又有谁能加上点缀，减损它一丝一毫的纯净光辉？归根究底，其实天空的面貌、海水的颜色，本来就是澄澈清白的！这意味着任何点缀都只是表面的、暂时的，云之所以飘散，那是天容月色必然会恢复澄清的结果。而能够这样看待乌云的遮蔽、海浪的翻搅，因此不被影响，始终都看到那永恒不变的纯净本质，关键就在于一颗始终澄清纯净的心，也就是苏东坡伟大的心灵。

这样的解读，才是这两句诗的真正意义，再从苏东坡所运用的典故来说，也证明了这一点。《世说新语·言语篇》记载说：

> 司马太傅斋中夜坐，于时天月明净，都无纤翳。太傅叹以为佳。谢景重在坐，答曰："意谓乃不如微云点缀。"太傅因戏谢曰："卿居心不净，乃复强欲滓秽太清邪？"

东晋会稽王司马道子半夜坐着，看到当时天上的月亮光明洁净，完全没有丝毫的遮蔽，道子便赞叹不已，认为很好、很美。谢重同时也在座，则回答说："意谓乃不如微云点缀（意下认为还不如有一点微细的云丝点缀一下）。"道子听了，便戏谑地说道："卿居心不净，乃复强欲滓秽太清耶？（你的居心不干净，竟然强要污染天空吗）"其实，谢重想要点缀一丝云彩，以反衬出月亮的皎洁，这也是一种高明的审美巧思，很具有画家的眼光。但在两人要比高下的情况下，就被对手戏谑为居心不洁，才会要在纤尘不染的天空上加上污秽，这当然是故意从不同角度压倒对方的说法。

由此可见，苏东坡确实是用了这个典故，而且站在司马道子这一边，但境界则要严肃得多，表达的是一种存在的哲理。

原来，宇宙天地永恒的本质就是"澄清"，那天心朗现的明月，正是清澈没有杂质的人心。这岂不是一种"心如明镜台"的另类说法吗？能够体证到这样最终极的层次，把握到万事万物的核心本质，就不会被表面上的乌云给困扰了，因为那乌云永远不会减损天容海色的澄清！

同样地，人生尽管起伏跌宕，时有坎坷，但终究是幸福的！因为，能好好地活着，尤其是能以这样的心灵活着，无论外在的际遇如何，都是一种幸福。这个道理，到了最后一联说得再清楚不过了："九死南荒吾不恨，兹游奇绝冠平生。"东坡对于被贬到南方边远的荒岛，遭遇了九死一生的苦楚，却并不悔恨，因为这一趟游历绝顶奇特，是他平生所不曾有过的体验。

照这个说法，只要是没经历过的，都可以丰富人生的意义，即使是莫大的痛苦也一样！这种逻辑简直是匪夷所思，因为绝大多数的人对苦难都唯恐避之不及，所以努力趋吉避凶，一旦不幸遇到了，都认为是自己倒霉；而苏东坡却竟然一视同仁，认为一切的经验都非常珍贵，都让人生更有价值！这样的想法，可真是非常与众不同，很值得我们努力去思考其中的道理。

原来，只要一个人能离开"小我"的这一口井，就不会变成井底之蛙，只看到自己的得失荣辱，只感觉自己的喜怒哀乐；井外是无限广大的天空，一旦在这样的无限广大里，自己就只是宇宙中、人世间的众生之一而已。

这时候，胸襟超然的人就会达到一种境界：你不要把"苏东坡"等于自己，而是把"苏东坡"当作一个独立的生命，只是刚好这个生命借由你来表现。于是，当"苏东坡"遭受痛苦的时候，你自己当然也感受到痛苦，可是你可以把自己抽出来，看着"苏东坡这个人"历经这一切，那就会庆幸自己可以借着"苏东坡这个人"去探索各种人生体验，使人生更丰富。这是多么珍贵的机会，即使这些体验充满酸甜苦辣！这就是苏东坡会说"九死南荒吾不恨"的原因。原来，"九死南荒"的"兹游"是如此地稀有，到了"奇绝冠平生"的程度，真可以大大丰富人生的体验！

更何况，即使是"痛苦"的经验，本来就是可以使生命更有意义的必需品。其中的道理，我们还可以借由奥地利心理学家维克多·弗兰克的意义治疗学（Logotherapy）来说明。

弗兰克这位心理学家经历过最可怕的纳粹集中营，恰恰是苏东坡所说的"兹游奇绝冠平生"，九死一生之后，就借着这样的经验开创了意义治疗学，其焦点放在"人存在的意义"以及"人对此存在意义的追寻"上。他在谈《存在的本质》时，就指出：我们能以三种不同的途径去发现存在的意义，第三种就是"借着受苦"，道理在哪里呢？弗兰克这么说：

> 如果人生真有意义，痛苦自应有其意义。痛苦正如命运和死亡一样，是生命中无可抹杀的一部分。没有痛苦和死亡，人的生命就无法完整。
>
> 一个人若能接受命运及其所附加的一切痛苦，并且肩负起自己的十字架，则即使处在最恶劣的环境中，照样有充分的机会去加深他生命的意义，使生命保有坚忍、尊贵与无私

的特质。①

可不是吗？苏东坡就是坦然接受命运及其所附加的一切痛苦，并且肩负起自己的十字架。因此，无论处在多么恶劣的环境里，都能使生命保有坚忍、尊贵与无私的特质！因而我们可以说，苏东坡就是意义治疗法的最佳见证者，直到今天都还带给我们无比的勇气。

最后，东坡九死一生地回来了，但就在遇赦北归的第二年，苏东坡病死了，那时他还在回家的路上。所以我们可以说，这首《六月二十日夜渡海》算是苏东坡的"天鹅之歌"。这位伟大的诗人一生有太多的逆境，但却以无与伦比的力量滋养了无数的后人，而古今中外，伟大的灵魂不都是这样吗？有如欧洲古典音乐中，德奥室内乐团"哈根四重奏"（Hagen Quartet）所言："经由贝多芬的音乐，音乐家与乐迷都可以成为更完整的人。"同样地，经由苏东坡的诗篇，每个读者也可以成为更完整的人。这就是苏东坡留给我们的最大的文化资产。

关于苏东坡的智慧，就讲到这里。这一节主要是谈苏东坡的人格境界，表现在"人生看得几清明"等作品里，尤其是《六月二十日夜渡海》这首诗。我们可以看到，有的智慧是王维式的，宁静深沉，表面上毫无烟火气；而有的智慧则是豪爽的、放旷的，这种类型的代表就是苏东坡，但都是那么珍贵，值得

① 〔奥地利〕弗兰克著，赵可式、沈锦惠合译：《活出意义来：从集中营说到存在主义》，台北：光启文化事业公司2006年版，第88-89页。

我们这个民族好好感谢他们。

第二节　程颢《秋日偶成》：理学家的从容自在

上一节，我们读了宋代苏东坡的诗，他虽然不是理学家，但仍然活在宋代的时代环境里，多少受到这个时代的影响，再加上他学问渊博、性格豪放，自然流露于诗歌中，也让人有深切的体悟。下面，我们就来看一位真正的理学家的诗，那就是程颢《秋日偶成》。

首先，我要先澄清一个很大的误会：你以为宋朝理学家都是一板一眼的道学老夫子，张口闭口都是"存天理，去人欲"吗？其实我们都误会了，固然他们都学问渊博、品德高尚，但也都是很有个性、极富感情的人！例如，我们今天还在使用的两个成语"如沐春风""一团和气"，就都来自程颢这个理学家。

程颢的性格非常温暖和蔼，"如沐春风"这个成语一开始就是用来形容他的。南宋朱熹《伊洛渊源录》卷四记载道：

> 朱公掞见明道于汝州，逾月而归。语人曰："光庭在春风中坐了一月。"

故事中的朱公掞，就是程颢的弟子朱光庭，他在汝州这个地方见到程颢，过了一个月之后回家去，对人说，他在春风中坐了一个月。可见程颢性情多么宽和，待人一点也不严厉、更不苛刻，反而像春风一样，让人感到温暖而自在，就像多年的老朋友，既轻松、没有压力；却又因为"与君一席话，胜读十年书"，可以享受到真正的知识和智慧，而不是随便聊天、浪费时间，相处起来又快乐又充实，简直就是最完美的人际关系了！你能在这样的人身边度过一个月，不是非常幸福的时光吗？甚至应该说，那真是无比幸运的事。因此，"如沐春风"就成为对一个人的胸襟气度最大的赞美之一。

至于"一团和气"这个词，看起来很平常，其实大有来头，同样是在赞美程颢的气象，也同样是出自朱熹《伊洛渊源录》卷三引《上蔡语录》云："明道终日坐，如泥塑人，然接人浑是一团和气。"可见程颢待人接物的时候，态度十分和蔼可亲，而那是发自内心对人的尊重与珍惜，所以才能整个人散发出温暖和善的气息，就像春风一样。

讲到这里，我们就清楚了解到原来儒家是很宽广的，其实早在先秦时代孔孟也是这样的宽广，《孟子·万章下》说：

> 伯夷，圣之清者也；伊尹，圣之任者也；柳下惠，圣之和者也；孔子，圣之时者也。孔子之谓集大成。集大成也者，金声而玉振之也。

原来圣人绝不是高不可攀的威严，也不总是板起脸孔教训别人的那一种，柳下惠就是"圣之和者"，他那么有亲和力，从不给人压力和让人难堪，却也是被当作圣人来评价。可见儒家从来就是尊重多元的性格，没有要人长成同一个样子，他只是认为每一个人都可以不断地提升自己，依照自己的个性去发展出最好的状态，因此，不同个性的人都可以成为圣人。而程颢也就对此做了最佳的示范，他应该比较偏向柳下惠的"圣之和者"吧。

《春日偶成》：偷闲学少年

程颢不只是温暖宽厚而已，除了像个慈祥的长辈，他还更不失赤子之心，有时候会偷偷地调皮一下，就像活泼的少年呢！程颢《春日偶成》这一首诗就说：

> 云淡风轻近午天，傍花随柳过前川。
> 时人不识余心乐，将谓偷闲学少年。

诗题告诉我们，这是在一个春天偶然写成的诗。当时，是一个云淡风轻、接近中午的时刻，云层淡薄、微风轻盈，春天的太阳洒落着温暖的光芒。程颢不想辜负这样的良辰美景，便自己去创造赏心乐事。他出门以后，"傍花随柳过前川"，依傍着春花、跟随着柳行，一直漫步到前方的河边。这段路程看起来很平常，但其实充满了愉快与喜悦，这从后面"时人不识余心乐"的"余心乐"就可以看得出来。而最堪玩味的是，程颢在整个过程里，始终都是独自一个人，显然他是一个内在很充盈的人，所以很能够享受孤独，这种境界简直很接近于王维《终南别业》的"兴来每独往，胜事空自知"，可见他们都是心理强大的人。第二个有趣的地方，就是程颢自己也知道，他这样一个人跑出来看风景，旁人很可能无法理解，于是"将谓偷闲学少年"，以为诗人忙中偷闲的时间，学起少年来了！

那么，一般的少年们都在做些什么呢？从整首诗的内在脉络来说，少年们会做的事，就是第一联所说的"云淡风轻近午天，傍花随柳过前川"！他在春天云淡风轻、阳光明媚的中午时分，一个人漫步在缤纷的花丛、柳树之间，一路走到河边，这简直就像一个不务正业，逃学去外面游荡的少年。

程颢也是这样看起来无所事事，一点儿也不像个大学者。可程颢心满意足，即使不被世人了解，他也照样自得其乐。这种快乐，就是在这个柔和明媚的季节，天气晴朗清雅宜人，让春风吹拂在身上，让红花绿柳照亮了眼睛，整个人的身心都好像苏醒了，那么简简单单就能得到实实在在的快乐，不就是李白所说的"清风朗月不用一钱买"吗？更何况，浸润在云淡风轻、花红柳绿之间，人，也就参与了宇宙大化的流行，领略了自然界的蓬勃生机，似乎也年轻了起来。

不只如此，这样"时人不识余心乐"的"乐"，还有一层一般人不容易体会的快乐，那是怎样的快乐呢？你想一想，这位学富五车、颇负盛名的大学问家，竟然像个小男孩一样，藏着只有自己才知道的小秘密，一个人享乐，那种"时人不识余心乐"的状况绝不是屈原式的寂寞，相反，那其实是一种更大的快乐！

我想起武侠小说家就曾经描写过这样的小孩心态，古龙《多情剑客无情剑》里就很生动地说：男主角李寻欢在小的时候，"总是一个人偷偷地跑来堆雪人，因为他不愿任何人来分享他这种秘密的欢愉，那时他还不知道欢愉是绝不会因为分给别人而减少的。"所以说，"时人不识余心乐"的"时人不识"就隐藏了一种快乐的秘密。一个著名的理学家，竟然瞬间变成了一个活泼的小男孩了，这不是太可爱了吗？

《秋日偶成》: 理学就在生活中

程颢也会"睡觉东窗日已红"，慵懒地睡到日上三竿，东窗都被灿烂的阳光染红了才起床，一点儿也没有"鸡鸣即起"的刻苦。这实在让人大大松了一口气，原来睡晚一点还是可以做圣人的！这一句诗出自程颢《秋日偶成二首》之二，全诗云：

> 闲来无事不从容，睡觉东窗日已红。
> 万物静观皆自得，四时佳兴与人同。
> 道通天地有形外，思入风云变态中。
> 富贵不淫贫贱乐，男儿到此是豪雄。

果然，这一首诗一开始就说"闲来无事不从容"，和《春日偶成》的"偷闲"一样，程颢总是会给自己留下悠闲的心灵空间，让自己从容自在，而不是一味地汲汲营营。而在这种从容悠闲的时刻，让时间缓慢了下来，所以睡得晚一点也没关系；在没有压力的情况下，人也就变得更敏锐一点，可以平静地做自己、看世界。

那是一种多么从容、多么安静、多么平和的状态，没有汲汲营营的焦灼，也没有匆匆忙忙的紧张，更没有斤斤计较的贪婪。于是，心灵就能像一面洁净、光亮的镜子，映照出各种事物的本来面貌。下面所谓的"万物静观皆自得，四时佳兴与人同"，"静观"就是放下主观好恶的观照，不要用自己的成见去看世界，就不会觉得西施很美，东施很丑；也不会觉得狼很残酷，鸽子很温驯，其实，当造物主创造出各种生命的时候，每一种都是必要的，也都是完美的，彼此一同建构出和谐运作的世界，缺一不可。难怪《庄子·骈拇》说："凫胫虽短，续之则忧；鹤胫虽长，断之则悲。"野鸭子的腿比较短，白鹤的腿比较长，却都一样完美，都恰到好处。这就是道家"齐物"的境界！

当人们能够看到这一点，就会发现"万物静观皆自得"，每一个生命都是圆满的、完善的！并且"四时佳兴与人同"，春花秋月固然美不胜收，但是，酷热的夏天、寒冷的冬天也都有美好的体验，一颗宽广、平静的心就能领悟到其中的"佳兴"——好兴致。例如：就因为酷热，才让人感觉到凉风令人十分舒爽，就因为天气太冷，才能欣赏到皑皑白雪的美景，换句话说，只要人的心坦荡开阔，就可以看到万物的美好、世界的和谐。这个道理，不就是宋代慧开禅师所说的："春有百花秋有月，夏有凉风冬有雪；若无闲事挂心头，便是人间好时节"吗？所以，人确实应该要有空闲，让自己停下来，无所事事一番，那是让自己恢复心灵自由的好方法。

也因为明心见性，领略了"万物静观皆自得，四时佳兴与人同"的美好，程颢进一步要更高一层，去参透那无所不在、处处显示的道，也就是真理，于是接着说"道通天地有形外，思入风云变态中"。"道"是一种普遍的事物法则，体现在天地之间有形的大千万物上，甚至还通透于无形的宇宙，就在风云聚散无常、形态变化多端的现象中，人便可以从中参透道的奥妙。

而且，当一个人已经可以领悟到"道通天地有形外"，也有能力"思入风云变态中"，那他就一定不会浮于表象，因为他看到了一个更完善的世界。那么，这个有限的现实世界里，被大家以为很重要、甚至最重要的富贵贫贱，就一点儿也不会影响到他了。确实，一个心灵充满了"万物自得""四时佳兴"这巨大的、正面的力量，那就不会再关心富贵贫贱了，因为富贵已经不能再满足他，所以也就不会被富贵所腐化；贫贱也不会阻碍他，所以能够自得其乐。这么一来，不就达到了孟子所说的"大丈夫"的境界了吗？程颢甚至直接引述了孟子的原文，《孟子·滕文公篇》说："富贵不能淫，贫贱不能移，威武不能屈，此之谓大丈夫。"只是程颢为了押韵，把"大丈夫"改称为"豪雄"，最后的这一联诗就以"富贵不淫贫贱乐，男儿到此是豪雄"来收尾。

从一开始睡很晚的悠闲，一路写到大丈夫的境界，这个脉络实在是非常特别。让我们再回顾一下整首诗的布局：程颢从一个很简单的日常生活写起，说他早上起得很晚，借此表达出一种从容自在的心态，告诉人们，其实闲暇是自己争取来的，不是别人施舍的。这已经足以显示程颢是一个很有自主性的人，可以轻松自如，也可以严肃认真。然后就扩大到精神的境界，一颗平和坦荡的心可以收纳整个天地万物的美，洞察到每一个存在的圆满，既然如此，拥有这颗心的人就不会受困于浅薄的人间世，而能够顶天立地做真正自己的主人！

所以我们必须说，这首诗实在很有意味，并不是前后莫名其妙地跳跃，把好好的生活趣味转向了迂腐的道学，而是很深刻地展现了有血有肉的学问家是怎样地提升自己的。从这里也可以看到，这首诗确实清楚反映了宋代诗歌的特色，一个是日常性，一个是说理性，而道理就在日常生活中！

再从诗题上来看，我们还可以注意到，《春日偶成》《秋日偶成二首》都是"偶成"——偶然写成的作品，表示诗人的题材是在生活中信手拈来的，不是刻意去探索的。因此，这些诗就更是心灵品质的自然流露，不是刻意摆出来的样子，也就更能显示其真实的全貌。

原来，程颢告诉我们一个美妙的道理：一个伟大的理学家，同时也可以是一个伟大的生活家！谁说"存天理"就一定要"灭人欲"呢？理学就在生活里，它让生活不会流于世俗，变成无聊又无感的柴米油盐、争名逐利，而是能够作高一层，让人的心更豁达，眼睛也看得更高、更远，于是领略到万物的自得、四时的佳兴，也享受到云淡风轻的快乐。这简直可以说是英国诗人威廉·布莱克（William Blake，1757~1827）所说的境界："从一粒沙中看到世界，一朵花里看到天堂。（To see a world in a grain of sand, and a heaven in a wild flower.）"

关于程颢的诗歌就讲到这里，主要是澄清一个误会，原来理学家也是一团和气、让人如沐春风的，相处起来心旷神怡。尤其程颢很懂得闲暇的价值，就是可以让心灵恢复自由，因此他会顽皮一下，"偷闲学少年"；或者轻松一下，"睡觉东窗日已红"。最重要的是，这样的心灵可以进一步追求真理，最终成为一个顶天立地的君子。所以说，理学其实是一种活泼泼的学问，能和人生的趣味合二为一，这就是程颢以及他的诗所带给我们的新认识。

第三节　朱熹《观书有感二首》：求知的快乐

上一节，我们读了宋代理学家程颢的诗。那是一个温暖、宽厚，学问渊博又有大智慧的人才能写出来的作品，所以，他比一般人更能真正领略人生的快乐，以及大自然的美妙。

既然理学家学问渊博、品德高尚，同时又可以深刻领略人生的快乐，以及大自然的美妙，可见读书绝对不是一件压抑人性的苦差事。相反地，读书求知更能带给人莫大的智慧，更让人拥有欣赏世界的能力，所以，有不少古人就津津乐道读书所带来的快乐。接下来，我们就要讲另一位理学家的诗，那就是朱熹《观书有感二首》。

《观书有感二首》：朱熹的读书之乐

客观而论，朱熹可以说是历史上影响最大的理学家了，他甚至影响到了东亚各国的汉学，单单韩国近几百年来，就有不少重要的文人是效法朱熹的。难怪朱熹甚至被称为朱夫子，就像孔夫子、孟夫子一样，他的学问和程颢合称为"程朱理学"。能建构出这么深奥的理论，朱熹一定是很喜欢读书，也确实饱读诗书，所以才能这么学问渊博、品格崇高。从这个角度来说，我们来看看到底为什么他这么喜欢读书、做学问，这在《观书有感二首》里可以找到答案。

从诗题上，就清楚显示了朱熹是怎样看待读书这件事。《观书有感二首》之一云：

> 半亩方塘一鉴开，天光云影共徘徊。
>
> 问渠那得清如许，为有源头活水来。

所谓的"半亩方塘"，那只是一个方形的水塘，虽然不大，却像一面光亮的镜子一样，映照出天光云影，阳光照耀之下白云的影子投射下来，在水面上徘徊不已。天水交映，朱熹看到了这样的景致，就用设问法对池塘提出了一个问题："问渠那得清如许"？"渠"是一个第三人称的代名词，就是"它"的意思，这里用来指那一方水塘。朱熹说，我问它怎么会清澈到这样的程度呢？而所得到的答案就是"为有源头活水来"，因为有源头活水的缘故！

这个一问一答，反映了大自然的客观逻辑，但朱熹当然不是要讲这种自然科学的常识，而是别有用意。确实，没有源头的水，就会是一摊死水，死水不但养不出生命，甚至还会发黑发臭，污染越来越严重，成为滋生病菌的渊薮。所以说，源头活水就是真正的生机，流动的水源源不断地流入这一方池塘，让池水永保清新洁净，可以滋养无数的鱼虾水草，也可以映照天光云影，充满了生机，也十分地美丽。就像美国自然文学家梭罗（Henry David Thoreau，1817~1862）《瓦尔登湖》（*Walden*）

中所赞美的："湖泊是大地的眼睛。"既然眼睛要"美目盼兮"，就得黑白分明，那么湖泊池塘作为大地的眼睛，也得要清澈如许。而要能让湖泊池塘灵动流转，像在大地上画龙点睛，就非要有源头活水不可。

朱熹主要的目的，是要以此比喻学问对人心的重要。一颗心比起池塘要更小得多，但只要它不断地扩充，就可以广阔无边，所能涵摄的是无穷无尽的大千世界！而让一颗小小的心能够扩大到这种程度，那就只能依靠读书做学问了，读书越多、学问越大，心灵的世界就会越宽阔，所以学问就是一个人的源头活水。

至于学问的源头活水，其实有两种来路。朱熹《鹅湖寺和陆子寿》这首诗里就提道：

旧学商量加邃密，新知涵养转深沉。

这两句不就是"温故知新"的意思吗？"旧学商量"相当于"温故"，"新知涵养"等同于"知新"。而朱熹又进一步说明两种读书方式的效果：当你"温故"商量旧学的时候，以前读过却忽略了、忘记了，或没看懂的，都读到了、读懂了，于是原来的学问就更深邃、更严密，所以说"加邃密"。此外，当你"知新"涵养新知的时候，便更增加了以前所不知道的知识，累积在头脑里面，学问的力量就会"转深沉"，变得更深厚、更踏实。于是，在旧学、新知不断地商量、涵养之下，一个人的内在就越来越丰富、越壮大！这么说来，当一个人读书的时候，能做到"旧学商量加邃密，新知涵养转深沉"，也等于有了丰沛的源头活水。

而这种读书的快乐，就是一种成长的快乐。因为读了书，人就不会蒙昧无知，被困在浅薄的世界表象上，结果就像瞎子摸象一样，摸到什么就以为是什么，甚至像陷溺在死水里，只能在污浊的泥塘中睁不开眼睛，不知道整个世界是多么宏大，多么深刻，多么奥妙！

而只有读书，人才能有学问。"学问"是指一种思考能力、判断能力，能够准确地分辨，所以就不会停留在表面，人云亦云；而可以举一反三，通过矛盾的表象，洞察真正的本质、更深刻的意义。这番道理，我想到《红楼梦》里有一段话说得最好，在第五十六回中，曹雪芹借由薛宝钗说道：

> 学问中便是正事。此刻于小事上用学问一提，那小事越发作高一层了。不拿学问提着，便都流入市俗去了。

这真是真知灼见、金玉良言！确实，有了学问，人们就有能力以小观大，"从一粒沙看到世界，从一朵花看到天堂"；而没有学问的人，沙就只是沙，花就只是花，损失了多少的奥妙。所以才会说"于小事上用学问一提，那小事越发作高一层了"。反过来说，"不拿学问提着，便都流入市俗去了"，现实不正是这样吗？没有学问来帮助我们看得正确、看得深刻，当然就只能凭感觉去望文生义，用常识去解释，结果就是流于通俗平庸，甚至犯了错误，不但耽误自己，还会误导别人。

这么说来，读书有助于人养成学问，有了学问就可以让人睁开眼睛，看清世界。这样做人，不就是一种很快乐的境界吗？这便是他们很喜欢读书的原因。

《四时读书乐》：翁森的读书之乐

除此之外，文人写读书的快乐者，最有名的还有元朝翁森《四时读书乐》，这一组诗配合四季各写一首，总共有四首。第一首《春》最为突出：

> 山光照槛水绕廊，舞雩归咏春风香。
>
> 好鸟枝头亦朋友，落花水面皆文章。
>
> 蹉跎莫遣韶光老，人生唯有读书好。
>
> 读书之乐乐何如？绿满窗前草不除。

第一句"山光照槛水绕廊"，用了阳光和流水的意象，其实大有深意。因为阳光让世界清晰地呈现出来，多姿多彩，而绕着走廊的流水昼夜不息，这就是一种生生不息的存在。阳光和水，恰恰都是生命的基本要素，尤其是"水绕廊"，岂不正好呼应了朱熹所说的"源头活水"？并且，它还呼应了孔子的境界。第二句说"舞雩归咏春风香"，典故出自《论语·先进篇》，当时孔子和弟子们一起闲坐，就问大家的志向，曾点说，他的志向和子路、冉有、公西华都不一样，这三位同学讲的都是经世济民的治国大业，而曾点想做的是：

"莫春者，春服既成。冠者五六人，童子六七人，浴乎沂，风乎舞雩,咏而归。"夫子喟然叹曰:"吾与点也!"

暮春三月的时候,穿着春天的服装,约上五六个人,再带上六七个童子,在沂水边沐浴,然后到高坡上吹风,最后再一路唱着歌回家。你想想看,这是一种多么通脱自在的境界,浑身轻盈舒畅,心灵是那么清朗开阔,难怪孔子听了以后,便感叹说:"我欣赏曾点。"这不也显示孔子就是一个非常懂得生活情趣的人吗?这么说来,翁森把居家环境设计为"水绕廊",又说他领略到"舞雩归咏春风香",不就是在刻意模仿孔子吗?

这样的心灵境界,可不是一般人所能领略的,得要靠真正的学问才能参透,有了真正的学问,就可以把"小事越发作高一层",那就能够处处看到美好的价值。于是翁森下面接着说:"好鸟枝头亦朋友,落花水面皆文章。"他感受到万物有情,枝头小鸟就像好朋友一样,为我们唱出天籁般的美妙歌声;而水面的落花飘飘荡荡,看似随波逐流,一片凌乱,其实隐藏了锦绣般的大好文章。试想,一般人谁会感应到小鸟的可爱,又有谁能看出水面落花的纹理?当然还是有的,早在唐朝,杜甫《岳麓山道林二寺行》一诗便说:"山鸟山花共友于。"岂非就是翁森所说的"好鸟枝头亦朋友"?而杜甫可是最伟大的诗人,他和翁森能看出这样的世界,不就是因为学问而作高一层吗?

难怪他会觉得读书很快乐了,果然接下来便说:"蹉跎莫遣韶光老,人生唯有读书好。"要把握光阴好好读书啊,那是一种快乐的泉源!而那种快乐该怎么形容呢?翁森继续说:"读书之乐乐何如?绿满窗前草不除。"读书的快乐就像"绿满窗前草不除"，满窗都是蓬勃的杂草，一片绿意盎然，这就体现了读书的快乐。

这一句实在太特别了，让人一下子转不过来、体会不出，因为一般人一想到杂草，只觉得它们是麻烦的，恨不得除之而后快。但是翁森却不一样，同样是"野火烧不尽，春风吹又生"，他不但不讨厌，反而十分欣赏。因为他看到的是杂草旺盛的生命力，无论大地受到怎样的摧残，草总是第一个重生，只要有一点机会就努力成长，那是多么坚韧的生命力！这种奋发的精神，不也是宇宙间一切生生不息的表现吗？于是我们看到窗内的翁森专心读书，窗外的绿草欣欣向荣，窗里窗外都是流转不息的生机盎然，这都是源头活水所滋养出来的！

翁森的这组《四时读书乐》中，第四首《冬》也是非常感人的杰作，诗云：

> 木落水尽千崖枯，迥然吾亦见真吾。
> 坐对韦编灯动壁，高歌夜半雪压庐。
> 地炉茶鼎烹活火，四壁图书中有我。
> 读书之乐何处寻？数点梅花天地心。

第一句就描绘了大地空旷沉寂的景象，树叶凋落，河水干涸，群山枯寂，"木落水尽千崖枯"的单调让世界死气沉沉。但也正因为这样，万物的律动静止了，万象也都被剥除殆尽，天地之间就只剩下一个简简单单的、完完整整的自我，于是反倒让人可以反求诸己，充分回归自己的内心，也因此"迥然吾亦见真吾",清清楚楚地洞彻真正的自己!这个自己可以不用再追逐外面的花花世界,不必忙碌地汲汲营营,只要关起门来好好读书,思绪特别清明,精神特别专注。中间的四句就是在描写雪夜读书的景象,我坐在四壁图书中,有灯光闪烁跳动在墙壁上,热腾腾的火苗让地炉散发温暖的气息,让茶鼎飘出阵阵的茶香,诗人竟然愉快地高歌起来了!

这时候,对于读书的快乐,翁森又做了一个说明:"读书之乐何处寻?数点梅花天地心。"最后的这一句"数点梅花天地心",真是耐人寻味啊,那数点梅花就是天地之心!为什么呢?

表面上,那是一幅清淡的图画,整个世界一片萧瑟荒凉,除了"木落水尽千崖枯",厚厚的积雪更掩盖了所有生命的迹象,柳宗元《江雪》诗里不也说"千山鸟飞绝,万径人踪灭",人类和动物们都销声匿迹,那积雪还重重地压在屋顶上,"夜半雪压庐"的景观看起来都觉得沉重,连人带房子都被埋没在雪中了。就在这样空无一物的白纸上,只点缀着"数点梅花",有如轻描淡写的泼墨画一样,大量的留白衬托着几朵浅浅的花瓣,更显得气韵流动,比起金碧辉煌的工笔画,更加耐人寻味。

但"数点梅花"的景色再加上"天地心"这三个字,意境又大大不同了,让这句诗产生了更深刻的含义。请大家特别注意:这里翁森所看到、所写到的梅花,并不是一大片地缤纷盛开,而是零零星星的几朵,这两三瓣的花蕊正是寒冬即将结束的新声,它们在天气仍然酷寒、大地依然冰冷的艰困环境里,竟然冲破了刺骨冷风、皑皑白雪,绽开了花蕊,可以说是春天的先锋,宣告了万物即将苏醒的讯息。

所以说，这数点梅花是沉眠世界里的先知先觉者，也是冒险犯难的突破者，它们所代表的精神，不就是清醒、勇敢、坚强的力量吗？那不也就是宇宙人生的真理吗？如果我们又知道，"天地心"这个词是来自北宋理学家张载《近思录拾遗》所说的："为天地立心，为生民立命，为往圣继绝学，为万世开太平。"那就更清楚了，读书的快乐，就来自不断地作高一层，最后便企及那份天地之心！

由此可见，一个人读了书，才能开启灵智，懂得思考，而不是浑浑噩噩、醉生梦死，更不会随波逐流、人云亦云。当一个人善于读书，就能懂得天地之间所流贯的深刻道理，领略到宇宙万物的奥妙，那就能够作高一层，不会流入世俗，变成一个争名夺利、热衷权位的俗辈，或者是在柴米油盐中消耗殆尽的庸人。

更进一步来说，就是因为"拿学问提着"，才可以看到别人所没有看到的，可以参透别人所不知道的，翁森不就看到白茫茫大地上的"数点梅花"吗？他不就参透了数点梅花所蕴含的"天地心"吗？而一旦要参透到这份"天地心"，人就不会只能匍匐在地心引力的束缚里，而是可以顶天立地，可以翱翔于宇宙，那不是身为一个人最高的境界吗？能够作为一个这样的人，不就是最大的快乐吗？这样的最大的快乐，就是从读书启蒙而来的，因此翁森才会说这是"读书之乐"。

讲到这里，我们看到了朱熹、翁森现身说法，告诉我们读书的重要和求知的快乐，我们何不也起而效法，跟随他们的脚步，去洗刷精神，开凿心灵上的源头活水，做一个为天地立心的人!

　　当然,那天地之心并不容易探测,得要不断地读书、思考、体验,才能有所领悟;但即使这么不容易,却也不是男人的专利。下一节,我们就要来看看女诗人朱淑真,如何做一个超越时代的先知,一个现代女性主义的前驱。

第四节　朱淑真《自责》: 最早的女性主义者

　　前几节,我们已经看到了宋代的诗人包括苏轼、程颢、朱熹等,在新的时代精神之下,都写出了很不同于唐诗的韵味,思想性、说理性尤其被突出了,诗人带着我们通过诗歌去动脑,而不只是去感觉。所以说,宋代的诗人既是"人类的感官",也兼具了"人类的理性",可以说是非常特殊的一代诗歌,把感性和理性结合得特别好。

　　这一节,我们就要开始讲我们这本书的最后一首诗、最后一个诗人,那就是文学史上很少见的女诗人——南宋时期的朱淑真。

宋代最杰出的女诗人为什么不是李清照

　　一般来说,一谈到宋代的女作家,大家通常都会立刻想到李清照。确实,李清照的词写得无比悱恻动人,对心理感受的描绘细腻入微,对景物的刻画也达到了情景交融的境界,亦即写景等于写情,情就在景中,从景物的呈现就可以体贴出细腻的情感。你看《一剪梅》所说的"此情无计可消除,才下眉头,

却上心头"，就把看不见的"情"给具体化了，苦恼的情落实在
皱着的眉头上，那么明显，它沉甸甸的，像千钧重似的；可即
使眉头舒展了，那情却仍然没有消失，直接坠落下来，继续纠结
在心里，所以说"无计可消除"。这几句充分表达出无法抛开的情
思缠绵，整个人从上到下都陷在其中，真是无法逃脱的情网！

还有所谓的："试问卷帘人，却道海棠依旧。知否，知否，
应是绿肥红瘦。"（《如梦令》）或是："物是人非事事休，欲语泪
先流。闻说双溪春尚好，也拟泛轻舟。只恐双溪舴艋舟，载不
动许多愁。"（《武陵春》）以及："寻寻觅觅，冷冷清清，凄凄惨
惨戚戚，乍暖还寒时候，最难将息。"（《声声慢》）都是脍炙人口
的佳句。

但是，李清照的词大约只有五十阕左右，远远比不上苏东
坡现存的三百四十多首，她所写的诗则更少，完整留下来的作
品只有十五首而已，内容也并不出色，相较于词方面的表现，
可谓逊色许多。

而我们应该知道，"诗"和"词"是两种不同的文类，作诗、
填词所需要的才能也并不一样。比较上来说，词是一种非常女
性化的文类，最早开始发展的时候，主要就是写美女与爱情的
题材，再加上要配合歌唱的韵律，句式长长短短，因此特别显
得旖旎妩媚，与文人用来抒情言志的"诗歌"是很不相同的。
古人就曾经比较这两种文学类型的特质，而有"诗庄词媚"的
说法，句式整齐的诗歌显得庄重典雅，偏向男性化；而词则是
妩媚娇柔，偏向女性化，这确实洞察了诗、词这两种写作方向
的差别。

从这个角度来说，李清照固然是最杰出的女词人，但是精确一点来讲，"女诗人"的桂冠应该归诸南宋的朱淑真。她是唐宋以来留存作品最丰盛的女作家之一，姑且不算三十三阕的词，单单以诗歌来说，朱淑真的《断肠集》十八卷，其中收录了三百三十七首诗，无论是质、还是量，这两方面都优于李清照。

尤其是，对于男性社会里女性屈居于第二性的性别待遇，朱淑真的认识要更透彻得多，甚至我们可以说，朱淑真是传统中最早的女性主义者，为什么这么说呢？因为她拥有一种"女性主义意识"。现代的学者勒纳（G. Lerner, 1920~）指出，在这种意识之下，女性认识到自己是一个居于从属地位的群体，作为这个群体的成员，自己受到了不公的待遇；也意识到自己居于从属地位并不是一种自然的状况，而是由社会决定的。从这样的定义来看，朱淑真确实可以被称为一个"女性主义"者，她的女性意识就表现在《自责二首》这一组诗中。

女性主义的先锋们

先看《自责二首》之一云：

> 女子弄文诚可罪，那堪咏月更吟风？
> 磨穿铁砚非吾事，绣折金针却有功。

第一句"女子弄文诚可罪"就一针见血，点出女性被排除在文章事业之外的不公平，原来女性操觚作文，竟然确实是一桩必须被指责的罪过！"弄文"不只是写写文章、作诗填词而已，如果我们知道早在汉魏之际，魏文帝曹丕《典论论文》中就已经认为："盖文章，经国之大业，不朽之盛事。年寿有时而尽，荣乐止乎其身，二者必至之常期，未若文章之无穷。"可见文章是一种永恒的事业，可以超越时间、超越荣华富贵。这么一来，"女子弄文诚可罪"的性别规范，让女性不只是失去了借著书写字以抒情言志的机会而已，更被剥夺了永恒的价值。

所以，连正当的文章都不容染指，何况是等而下之的诗词文艺呢？吟风弄月的歌咏之作既然被视为二流作品，那就更加不允许女性从事创作了，所以说"那堪咏月更吟风"。甚至严厉一点的话，还有不少文人担心这样的"咏月更吟风"会败坏女性的心性，让她情思放荡而不守妇道。

在这样的看法之下，朱淑真很清楚地感受到沉重的社会压力，于是感叹说："磨穿铁砚非吾事，绣折金针却有功。"代表用功读书的"磨穿铁砚"不是我们女人的事，那是谁的事呢？当然是男人的事，而且是上进的男人的事。这个典故出自《五代史·桑维翰传》引宋朝何薳《春渚纪闻》的一则故事：

> 桑维翰试进士，有司嫌其姓，黜之。或劝勿试，维翰持铁砚示人曰："铁砚穿，乃改业。"著《日出扶桑赋》以见志，卒以进士及第。

意思是，桑维翰参加进士考试，主试者嫌弃他的姓氏，因为桑树的"桑"和丧事的"丧"同音，让人觉得不吉利，于是把他给罢黜了，没有考上。有人就劝他不要再参加考试了，但桑维翰拿着铁做的砚台给大家看，说等到磨穿了铁砚，他才会改行，以示他不屈不挠的决心。然后写《日出扶桑赋》来表达志向，篇名上还故意用了"桑"这个字，终于进士及第。

在这个故事里，使用铁制作的砚台来磨墨，真是万年不坏吧？可见桑维翰的决心有多大，他还表示要到铁砚磨穿的时候才改变志业，那就是名副其实的铁了心，不考上进士绝不罢休，果然最后也如其所愿。这么一来，"铁砚"就和李白的"铁杵磨成绣花针"的故事一样，都是励志的典范。

只可惜，在古代男女有别的情况下，女性连接受磨炼、吃苦励志的机会都没有。或者应该说，女性不是没有吃苦磨炼的机会，而是她们的吃苦磨炼必须用在家务事上，朱淑真便悲哀地说"绣折金针却有功"，致力于纺织针黹的女红，才是女性分内的事啊！三从四德的"四德"里，就包括了"妇红"这一项，勤于刺绣缝补乃至折断了金针，那可以算是无比荣耀的功劳。

但是，朱淑真的兴趣和才华，却不是做家事而是作文章，她的手喜欢拿笔而不是拿针，因为拿起笔来刻画那无穷无尽的心灵宇宙与大千世界，那真是太有趣的探索了，哪里是琐琐碎碎的针线活能比得上的呢？缝缝补补就像柴米油盐，每天不断地重复，毫无创意；虽然说刺绣纺织之类的精致工艺，其中也需要高明的技巧和灵敏的慧心，但那只能算是"小道"，和真正的知识学问是无法相提并论的。如《论语·子张篇》记载子夏所说的："虽小道，必有可观者焉；致远恐泥，是以君子不为也。"而君子追求的大道，就是关于世界的知识、经世济民的学问，那可不是光手巧心细就可以做到的了。

更何况，只有受到高深的教育，获得了广博的知识学问，才有可能参加科举、金榜题名，大大地建功立业、光宗耀祖，这又哪里是闺房里的针线所能做到的呢？就这一点而言，早在晚唐时期的一位豪放才女鱼玄机，就已经抒发过类似的感慨，她在《游崇真观南楼睹新及第题名处》这一首诗中说：

> 云峰满目放春晴，历历银钩指下生。
> 自恨罗衣掩诗句，举头空羡榜中名。

从诗题可知，这是春天时节，鱼玄机到崇真观游览时，刚好在南楼目睹科举考试发榜的名单，有感而发所写的一首诗。"崇真观"位于长安城的朱雀街上，这时适逢春闱发榜，考生们纷纷赶到这里，争相寻找榜单上是否有自己的名字，少女鱼玄机也挤在人群中，浏览那些和自己无关的赵钱孙李。她看到"历历银钩指下生"，历历在目的是题名的"银钩"，也就是刚劲有力的书法字，一笔一笔都力透纸背，就像带有力拔山兮的气势，那些书法字决定了多少人的命运！是十年寒窗苦读，终于梦想成真，从此鱼跃龙门，还是名落孙山，继续沉沦，都是这些银钩般的字迹所决定的。那拿着毛笔的手指就算比不上阎罗王的生死簿，也足够令人心惊胆战的了。

握着毛笔的手指下——写出银钩般的字迹，在这份榜单上历历在目，一个个都是新科进士，从此人生就要展开崭新的一页了。中举的心情有如刚刚及第登科的孟郊《登科后》所说的：

昔日龌龊不足夸，今朝放荡思无涯。

春风得意马蹄疾，一日看尽长安花。

那种欢欣鼓舞、荣耀光彩是多么激荡昂扬！难怪孟郊要跨上马尽情奔驰，才能抒发那满出来的狂喜。只可惜，鱼玄机是永远不可能品尝到这样的滋味了，她注定只能是榜单外的旁观者，羡慕地仰望这张名单，看着上榜的人在一阵欢欣之后，走上人生的康庄大道，因为她是一个女性，只能转身走回家庭！

于是鱼玄机由羡生恨，在这首诗的后半段笔锋一转，说她"自恨罗衣掩诗句，举头空羡榜中名"，恨自己的诗歌才华被女性穿着的绫罗衣裳给掩盖了，即使她满腹的才华毫不亚于那些中举的进士。"易求无价宝，难得有情郎"这样的名句，就是鱼玄机写出来的，但只因为身为女性的关系，就被剥夺了应试的机会，更不可能金榜题名！从这首诗可以清楚看到，鱼玄机拥有一个不甘于受性别限制的灵魂，所以能感受到女性被压抑的痛苦，这种"自恨罗衣掩诗句，举头空羡榜中名"的"恨"，可不是一般女作家"感春伤秋"的愁绪。因为这种"恨"来自一种发现性别不平等的进步意识，具有思想的深度，在层次上远远高过于多愁善感的情绪。

后来到了清朝，小说家曹雪芹也创造出一位具有进步意识的金钗——贾探春。在《红楼梦》第五十五回里，杰出的三姑娘探春就悲愤地说道：

我但凡是个男人，可以出得去，我必早走了，立一番事业，那时自有我一番道理。偏我是女孩儿家，一句多话也没有我乱说的。

这不就等于是鱼玄机所感慨的"自恨罗衣掩诗句，举头空羡榜中名"吗？只不过探春的才华不在于诗词创作，而更在于宏大的事业，因此她的悲愤不甘更加强烈。必须说，在那个把男尊女卑视为理所当然的时代，大部分的女性自己通常也把男女有别视为理所当然，只有极少数的觉醒者，不知从哪里来的洞察力，让她们看到了男女不平等的事实，并且进一步反思，这种性别不平等对女性所造成的戕害，就是剥夺了女性充分自我实践的机会！所以说，鱼玄机、朱淑真、贾探春等一千多年以来的少数女性，简直就是女性主义的先锋！

但是，当社会环境没有改变的时候，这些觉醒的先知就注定要面对极大的痛苦了。试想：对这样不同的性别待遇，女性若选择隐忍，就得承受理想与才华被埋没或扭曲的悲剧；若选择揭竿而起，则要面对父权社会更严厉的指控，不但没有出路，恐怕还会遭遇更惨烈的下场，鲁迅不就犀利地提醒大家，"娜拉出走之后该怎么办"？因此，"隐忍"是对抗性别的不平等唯一的、也是最好的办法，而女性在了解自己的处境之后，便很难能够不去怨天尤人，喟叹世道不公。

因此，朱淑真不得不发出深沉的感慨了，但她又实在无法放弃写作，自己还曾经坦承说："情知废事因诗句，气习难除笔砚缘。"（《暮春三首》其二）她非常明白自己之所以会荒废事务，就是因为把时间心力用在了诗句的创作上了。既然很难根除写诗的习气和与笔砚的缘分，于是她还是冒天下之大不韪，在百无聊赖的时候拿起一部诗集，沉迷于其中，遨游在古往今来的悲欢离合里。《自责二首》其二云：

> 闷无消遣只看诗，又见诗中话别离。
> 添得情怀转萧索，始知伶俐不如痴。

朱淑真为了消遣而看诗，本来是为了驱除烦闷，没想到"又见诗中话别离"，诗篇里写的是离别的悲哀，反倒让心情增添了一份萧索，而更加沉重，这岂不是适得其反吗？这种出乎意料的结果，竟然让女诗人自我解嘲起来了，说"始知伶俐不如痴"。这时才知道，原来一个人还是不要聪慧伶俐得好，越敏锐的性灵、越善感的情怀，只是让自己过得越煎熬，还不如痴痴傻傻、无忧无虑。

从表面上来看，朱淑真一方面自责是个女性，偏偏越过性别界线去从事诗词创作，这是一条罪过；另一方面她又自责太过伶俐，读了不该读的诗而反倒加重了萧索之情，简直是咎由自取。这两首诗就是由两种不同层次的自责所构成的，也恰恰印证了一百年前英国的女作家伍尔芙，在其《自己的房间》（*A Room of One's Own*）这本书里所说的："一个生在十六世纪有很高写诗天分的女人，可以说是一个不幸的、自己跟自己过不去的女人。"而朱淑真却是生在更早的十二世纪的女诗人，难怪她这么地不快乐，还要写诗来自责了。

只不过，朱淑真表面上是自责，其实是意在言外，我们要懂得读出字里行间的弦外之音。就第一首所讲的自责而言，真正该责备的，到底是执意越界的女诗人自己，还是划定这个性别界线的男权社会呢？至于第二首的自责，那就属于"正言若反""其词若有憾焉，而心实喜之"了，因为"诗人"不就是性灵之所钟，才能感应宇宙万物的奥妙以及人生的悲欢离合吗？如果不够聪明伶俐，恐怕也就不容易写出好诗吧！因此认真说起来，朱淑真应该是宁愿"伶俐"而痛苦，而不要无忧无虑的痴傻吧？能感应那份存在的萧索，能承受生命的苦痛，才是真正活着的证明，这也是"宁愿做痛苦的苏格拉底，而不要做快乐的猪"的一种表现。

这么说来，诗题上所说的"自责"，岂不是一种反讽吗？而这种反讽的写法是那么温柔敦厚，又那么伶俐巧妙，真是令人赞叹。

我们看到朱淑真这位优秀的女诗人，用诗歌来自责，简直是对男权社会的绝妙反讽，既然你们不许女子写诗，我就故意写诗，然后又在诗歌里自我责备，其实表达了对性别不公的抗议，可见朱淑真确实是一个非常聪明伶俐的女诗人。

从先秦的《诗经》《楚辞》，到汉魏六朝的乐府民歌、五言古诗，然后再到唐宋的诗篇，我们跟随古典诗人的脚步，跨越了两千年，看了大约两百首的杰作，一路上风光无限。很高兴能和大家分享这些美丽、深邃又奥妙的文化结晶，更感谢大家一路陪伴。